脸皮

陆 涛 著

译林出版社

用你的表情，
征服含泪的笑脸。
我越过天使的翅膀，
向你投掷春天。

序

不知道这世界上有多少人很幸福，我是最幸福的一个。

我二十三岁就有了墓地，在北京以北高高的峻岭上。无论多有钱多能在我面前吹牛逼的人，我一说我有墓地马上就不吭声了，**默默地看着我**，无话可说。我总能让很多人闭嘴，真的很爽。

我不需要挣钱，因为我有一个不太知道自己有多少钱的爸爸。大佬们常说钱能解决的问题就不是问题，所以才是大佬，而知道自己有多少钱的富翁就不是富翁，是傻逼。

不需要挣钱并不意味着不需要工作，就跟人都得死可并不是为了死才活着。这样说就容易明白了，过程比结果重要，但结果又不可能不重要。有了这样的矛盾，一想起来就让人兴奋不已，何况我是有墓地的人。我很高兴我弄懂了矛盾，世界就是矛盾的，才有了阴和阳，男和女，山和水，天和地，活着被人遗忘的，死去始终缅怀的。

我坐在我家比排球场还大的客厅里专心致志地生气。正在准备考高中的小妹诗诗沉迷于《挪威的森林》哭成了一个小泪人，已经用光了一盒纸巾。保姆正在把新的纸巾盒从库房往客厅拿来，生活用品库房和爸爸的酒窖隔着一堵墙，从地下室到排球场客厅需要七分钟。

从 Stressless 沙发放进这个被我称为"排球场客厅"，标志着一千多平米别墅交付使用的时候，我考上北大中文系，妹妹走进了她的高中时代。装修用了整整一年时间，妈妈从寄住的酒店搬进新家老是把自己走丢了，总不能在第一时间到达她想去的地方。用了一个月的时间，当我熟悉北大、妹妹熟悉全校帅哥的时候，妈妈才逐渐熟悉了家。

妈妈现在很习惯地坐在排球场客厅苦读《廊桥遗梦》，替女主人惋惜，像诗诗一样也是泪流满面，这本比飞利浦烤箱说明书还薄的小说已经看第三遍了。两个女人上一次在奢华的别墅里流泪是为格格，因为小西施格格的悄然离世，现在又让两个不同职责的保姆像受惊的小鸟一样叽叽喳喳。爸爸不知道廊桥遗梦是什么梦，对过去的日子没有什么担心。

爸爸像天外来客，只要回家，就坐在排球场客厅像他一样豪迈的沙发上说他如何拿下地皮建起花舍香榭帝国，妈妈像一个安静的白雪公主，端着一杯KopiLuwak，也叫"麝香猫咖啡"，崇拜地看着老公，脸上保持着花了十万从VIP夫人礼仪特训班学来的尊贵笑容，优雅地端着那杯"有屎以来最香的大便"，这时爸爸看了我一眼，我知道这是愤怒前的信号。

"你准备把她放到什么时候？"

"什么？"

他看着我，冷冷地。我看着他，也是冷冷地。在有钱人的世界里，看谁比谁冷都是强项。

"入土为安你不懂吗？"他瞪着我，"北大中文系不是专门讲死人的吗？活着的都进不了教科书吧？你的书是读完蛋了！"

"村上春树，你太狠了！"妹妹泪流满面地突然冒出来一句。

"他妈的小日本什么时候不狠？"爸爸麻利地接上话茬儿，"所以在北京的日本人想买花舍香榭？没门儿！"

"老方啊，"妈妈用高额培训费学来的柔柔的语调说："那你干吗还非要再找一个日本人来家做保姆呀？"

"要找！"爸爸气宇轩昂地说："老子就是一睁眼就要日本人伺候！越有名的越好！"

"苍井空行吗？"妹妹突然不哭了，一下从"直子之死"跳出来，诗诗忘记什么比记住什么要快得多。

"苍井空？"爸爸眨着眼问："干吗的？"

"我去！"妹妹大失所望。

"那就去吧！"老爸豪迈地说："叫家来让老爸看看她都会什么活儿！"

"阿西吧！"妹妹要疯。

我想笑。当然，父与子不能因为驰名中国的苍井空对视而笑。老爸该哭，老爸既不知道苍井空是谁又不知道阿西吧是什么，怕是落伍了，有钱人把奢侈作为一种时尚，不知道苍井空和"阿西吧"在八零后、九零后就像肯德基和麦当劳，与奢侈无关。

"有你这样的吗？"

"什么？"我看了老爸一眼。

"跟我要了一百万，你不是要捧出一朵花吗？"

"花舍香榭需要品牌，要推出形象代言人啊！"

"人呢？"

"爸！"老爸一刀扎在我心上，我瞪起眼。

"没了！"爸爸怒火中烧也瞪着眼，"你女朋友死了你难过我理解，我也挺喜欢雨婷的，可哪儿有你这样的，非要挨着她给自己也买块墓地？"

妹妹跳下沙发冲向爸爸，把脸贴在老爸的脸上，"你就答应我哥吧！雨婷没福气活到成为我嫂子，哥要和他最爱的人死后在一起，多感人啊，村上春树也没写出来！"

"那让你哥辞职到花舍香榭做品牌总监，我就在八达岭给他买那块双人墓地！"

妈妈急了，说："老方，你还真买呀？"

"这就是北大教育出来的玩意！"爸爸瞪着我说："到花舍香榭报到，把那一百万给我赚回来，我看到行动，你就可以给自己去选墓地了！"

我二十三岁的时候拥有了自己的墓地，爸爸拿出八十万买了一块双穴墓地，我把雨婷的骨灰放进去，辞去工作开始了我年薪一百二十万的新职，还要找到一个我爱的做形象代言人，*我爱的女人必须有名*。出任花舍香榭房地产开发集团品牌总监。

第一章

1

对爱的女人就要像包装箱说的那样：易碎物品，轻拿轻放，小心受潮，不可倒置。

我都做到了，可她还是走了。那两片总是冰冰凉的唇，带着一丝淡淡幽怨的眼神，她就这样永远地走了。我的爱，已不在。雨婷单纯的像是天外来客，清纯的如一汪山泉。被推进手术室的时候，也许就在关门的那一瞬间，她才明白也许再也见不到我了，眼泪从她的眼角缓缓流下，这是她留给我的最后情景，我哭了。

我收到她最后一条短信：好好活着，因为我们会死去很久。别忘了我，但你一定要放下我，永别了。

两年就这样过去了。那丝丝幽香总会很神奇地出现，薰衣草的味道在我思念她时一定会出现。我怎么可能忘了她，也不会放下她。做完了花舍香榭三期，我习惯了品牌总监的身份，干得还算得心应手。我在大一的时候就参与了花舍香榭的前期策划，认识雨婷以后想让她参加"选美"，我希望我爱的人可以人人共赏，没想到她病了。就在雨婷逝去不久，我给一家广告公司一百万赞助的公司老板也死了，他**居然敢死**，我无力声讨。再也没遇到过让我心动的女孩，也就没有了"美丽盛事"。

我终于明白董事长为什么非让他的儿子进入集团占据这个位置，因为"品牌总监"是一个专门花钱的工作。董事长决定把轰动京城的"花舍香榭"完整地克隆到南方小镇，唐启光做江城农业信托投资公司总经理时就负责跟我对接这个项目，省发改委批准他们这个规划了两年的项目时，唐启光已经是主抓城建的副市长了。我开着宝马去新开的一家香港私房菜馆，唐启光每次来一定要去吃那里的河豚。

这是四月的一个周末，**阳光好灿烂**，导航仪提示我前方三公里堵车，我有心理准备，但不知道是交通管制，提前靠边减速想着把车停在哪儿，一个骑摩托车的警察驶过来指着宝马想吼我，我没停车一把轮拐向右边的商业街。警察很生气要追我，哐当一声响，一辆车眼睁睁地跟另一辆车追尾了，我从反光镜看见警察的摩托车就地转了一个圈掉头回去，他一定很郁闷，**警察没有不郁闷的**，没再理我。我给小黑子打电话让他拿着备用钥匙打车过来把宝马开走。

我把车在停车场停好，准备穿过地下商城走到街那头到香港私房菜馆看唐市长吃河豚。我是不吃的，不是怕被一不小心给毒死，毒死也不怕，我有最好的墓地，比房价升得还快，那块墓地已升值到一百六十万了，我估计我老死的时候那墓地得上千万了。老爸把他意外投资一块墓地的英明决策归功于他自己，经常开心地说如果有一天房地产商不替政府背黑锅，花舍香榭破产了，就让我把他和妈妈埋在那儿，等我死了再让我儿子把我塞进去，都是一家人，挤挤没关系。

花舍香榭就是真破产了，爸爸妈妈也不用跟我和雨婷挤着，他留给我的钱够我儿子再好好活一辈子的。可没有了雨婷，我不准备恋爱。两年过去，我平静了一些，都说时间是疗伤药，也许是真的。雨婷最后的短信让我放下她，**哪能够**。当她知道身体噩耗那天，她瞒着我，用她冰冰的唇轻轻吻我，说："该拿起的拿不起，是蠢猪。该放下的放不下，是大蠢猪。"她就是这么可爱。

我总能闻到薰衣草的味道，不知道是不是幻觉。是或不是都不重要，那是雨婷最喜欢的，也就成了我的最爱。

我朝地下商城走去，正对面是一家4S店，**卖汽车的**。在这条街上独此一家卖汽车，有些孤芳自赏。一个背着专业摄影包的人像救火似的从我身边跑过去，我看见他是冲进4S店里去的。

我停下脚，有些好奇，鬼使神差地没有向左拐去，而是穿过地下商城到马路的那一面，走进了这家很大的汽车专卖店。我不知道这是什么汽车，看上去虽然光彩夺目，但我不认识显得有些古怪的标志。抬起头，我看见LED屏上正滚动着字幕：望族汽车送大礼，高高兴兴拿回去！

我笑了，这广告可真够雷人，好在人们早已习惯了被各种花言巧语的广告轰炸积累了足够的免疫力，要是碰上一个不开眼的还真以为白送汽车呢！众多人都拥簇在大厅中间台子上的一辆车上，那个像消防队员冲进专卖店的人从人群中出来，他把包交给了一定是向他通风报信的人，端起装了硕大镜头的照相机夸张地又往人群里挤，嘴里还喊着"让开！让开！"

他的出现显然比我要理所当然。

我不能不打量一下人们都在看什么，目光穿过参差不齐的脑袋，看见一只熊猫。有点意思。望族汽车弄来一只熊猫，比我策划的花舍香榭三期搬来 NBA 半个明星队有创意，花钱少，伺候动物总比伺候人容易，何况 NBA 集中了这颗星球上最著名的黑人，个个价值连城。熊猫虽无价，但运营成本总还计算得出来，如果科比在北京闪了腰折了腿，明年美国总统小布什到北京就不是来看奥运会开幕式了，而是会带来国际上最强大的律师团来北京打官司。哈，我对灯发誓美国佬赢不了，大家都笑了。花舍香榭董事会集体鼓掌通过了我的策划案。

　　那只熊猫正在照顾一侧举着手机拍照的人，转过身来，面对着大厅正门。

　　就是那一瞬间，我下意识地捂了一下嘴，怕心从嗓子里蹦出来。

　　雨婷！

　　我的心揪了一下，用了十秒钟才明白，是痛。

　　并不能看清她，只是瞬间的感觉。她从转身到抬头的韵味，不就是活脱脱的雨婷吗？

　　心抑不住地狂跳！我瞪着惊愕的眼睛，看着熊猫头套遮住了她，所以才更突显出她清纯的面容，我甚至相信看清了她细微的表情。**雨婷的表情**。那时候我还没意识到这种比较是女人特有的，女人半推半就地接受两个男人献媚，才会心里暗暗比较，可这对于男人来说是致命的。原来我还不像看上去的成熟，骨子里还是一个因突然而降的太阳雨傻笑的大男孩。

　　我看出了她的疲倦，尽管笑得如此清澈甜美。雨婷很累的时候也是这样的表情，**不会抱怨**，她只要答应做的，就是累死也不会吭一声。我跟雨婷相识在北大的百年讲坛，她跟着一帮被请来的大学生做国际教育峰会的礼仪。不知道她是哪个大学的，因为我敢出庭作证北大没有美女，何况在我无比骄傲的北京大学学生会副主席的心里，北京有两所大学就足够了，一个北大，还有一个是清华。

　　我跟雨婷一见钟情，我上大三她读大二符合学长学妹的故事，当晚我就把她扣留在了招待所，聊到很晚才弄清她是歌德耐尔学院的，一所民办大学，学的是生命科学与技术专业。我记得我在这个地方停留了一下，太扯了，民办大学研究包子铺发展趋势尚有可能，敢设生命科学与技术专业不是亵渎清华吗？我哈哈大笑，她生气了。就没见过这样生气的，保持着缠绵羞涩的微笑，眼泪却吧嗒吧嗒往下掉，我确定了，她就是我的爱！我当即扯着嗓子从北大门卫骂到北大校长再骂到小布什和萨达姆，招待所的电话响了，值班经理向我传达校党委值班领导的意见，骂北大声音可以放小点毕竟是内部事宜，骂小布什可以加大音量请到未名湖去开骂，顺便可以晨练。

这回是她笑了。我让她生动地见识了北大，那总让我泪流满面亲爱的母校。

我从大三的第二学期到毕业实习和论文答辩期，就是住在歌德耐尔学院的。因为她，我记住了歌德耐尔，做了她们的兼职辅导员，对雨婷发誓今生今世不离不弃，还要把她捧成一朵"国花"。她很高兴，以为我说着玩，第一次知道我老爸是谁，第一次走进方家排球场客厅的时候，晕倒了。

带着一种酸楚，我望着中心展台上那充满韵味的身段，还有那含蓄中一波千层浪的眼神，那曲线分明的唇和淘气的微微翘起的小鼻子头，一弯被汗水浸湿的刘海粘在细润的额头，她不就是复活了的雨婷吗？

她是谁？我感觉心头一热。手心出汗了。

手机在震动，是唐启光打来的。

"老弟，怎么还没到？堵哪儿了？"唐启光的声音洪亮。

"心里。"我说。

"你丫真矫情！"他哈哈大笑，"北京话是这样讲的吧？你丫堵心了？把心房拆了不就结了吗？"

"唐哥，"我一边观察着眼下情景一边说："你丫心房也敢拆？"

"敢！在我们那里有什么不敢的！"他爽朗地笑着说："我要是当了你们北京市长，天安门不敢拆，就这发展速度故宫也敢扒了！别废话了小老弟，快点来！"

"别着急，我马上来！"

2

我挪不开脚，也不打算离开，用吸引形容是不准确的，这不是"吸引"，我居然找不到一个准确的词汇来表述，又一次深刻体会"激动"一词的含义。

我不知道她的名字，来自何方。

一个穿着职装的女士走过来，一看就知道是一个干练的汽车销售主管，长的样子完全可以用"标致"来形容，她的脸上找不到缺点，也许正因为没有缺点看上去才不够生动。显然是职业的嗅觉，她看出来我不像是买"望族汽车"的顾客，又没往人群里挤去看汽车模特，显得有些另类。

"你好！"我迎着她的目光主动打招呼，"请问洗手间怎么走？"

"请向里走，"她站定，抬起左手，轻扬地指向里边，"进办公区走廊左转第二个门，可以看见引导标志。"

"谢谢！"

"不客气。"

我转过身，按照她指的方向快步离开。凭这家 4S 店的规模和所呈现出的气场，我明白要想知道这个"熊猫宝贝"的情况并不容易，但我必须想出办法。我绝不会错过套着国宝熊猫外衣的女孩。

以我的经验，到花舍香榭买五万一平方米房子的总有打售楼小姐主意的人，有的并无恶意，只是想跟销售套套近乎，获得更多信息，比如在展示板上标明已售的房子是不是真的卖出去了。有的就分明不怀好意，把我精心培训出来、刚刚大学毕业涉世不深的女孩挖走做秘书，并以发展成小三为目的。已经发生过很多次这样的事，所以公司规定无论是大学生来实习或者在试用期的，不允许本人并严禁任何人透露出个人信息。

小黑子给我打来电话，告诉我已经把宝马开走了，问我什么时候到，唐市长在等，我告诉他不确定。

"那哪儿行啊？"小黑子急了，"这爷还真以为他是爷呢！我受不了了！你猜他干吗呢老大？他快把私房菜的小老板娘弄疯了，非给人家看手相，告诉人家得离八次婚，你说他缺德不？"

"给他上河豚，丫一吃这家私房菜的河豚就消停了！"我说："还有，先上半打生蚝，再给他六个焗的，小老板娘都知道的。"

"我靠！"小黑子说："吃这么多壮阳的那就成了武大郎要出事儿了！"

我没明白，"怎么扯上武哥了？"

"就他长得这武大郎德性再吃了这些雄赳赳，"小黑子阴损地说："那不成了武大郎上梁山也想闹出点匪（绯）闻来！"

"别废话！吃完了送他回公司，在办公室等我！"我挂断手机，走出卫生间。

卫生间出来是一个过道，拐过去是办公区走廊，我听见了一个女人的声音，停住脚。

"你身材真好，让人羡慕，可也别太瘦了。"是那位销售主管。

"刘姐,"一个女孩说:"我要瘦成一道闪电,照亮北京所有的胖子!"

"你真逗!"被叫了刘姐的人说:"现在模特不让太瘦了吧?我听说法国和美国都立下新规矩了,太瘦的不让上T台,好像是一个名模为了减肥得了厌食症生生给饿死了?"

"刘姐放心吧,我得不了厌食症!我妈老说我前世是个饿死鬼,所以今世特别能吃,而且怎么吃都不胖!我幸福吧,刘姐?"

"你真是太幸福了!"刘姐说:"别蹲在这儿吃盒饭,到休息区去吃吧,那儿有咖啡,也有饮料。"

"我不去,不喜欢坐那吃饭被人围着拿手机乱照,还有一个说是专业摄影师约我去他们公司照呢,我没答应,刘姐也千万别告诉他我是哪儿的啊!"

"放心吧,绝对不会。"刘姐说:"那去我办公室吧!"

"刘姐,你让我换上我自己带来的衣服吧,保证好看,能给刘姐带来更多人气!"

"你带的什么衣服?现在车模可是穿得越少越受欢迎,你带比基尼了?"

"才不会呢!跟你说刘姐,我老家有山有水,我从小就特别想学游泳,从高中到大学没有一个人相信我不会游泳,你知道为什么吗刘姐?我不敢穿泳装!"

"为什么啊?你身上有疤?要不就是有胎记?"

"才没有呢!"

"我说也是,早上看你换衣服,光羡慕你的长腿也就罢了,你的皮肤好得让我嫉妒,像羊脂一样细腻,还透着冰清玉洁,你哪儿来的福气长成这样啊?"

"所以我不敢穿泳装,上初二就没再穿过裙子!因为我们新来了一个语文老师老是怪怪地看我的腿,他说当年德国鬼子要是打进中国会第一个把我做成人皮台灯!我最讨厌语文课老师了,还是北大中文系毕业的,会写诗还号称下半身写作,多恶心啊!"

"你真逗,快换衣服吧,我倒想看看。"

我有些惊愕,还未相识就发现自己处于劣势,有着羊脂一样的肌肤还冰清玉洁的她痛恨北大中文系毕业的,这反而增添了我的好奇,抑或斗志。

我怕她拐过来,会发现一个体面的人居然在偷听女孩说话,赶紧一步走上前,拐过去。

她正端着快餐盒饭站起来,看见我马上转过身去,说:"刘姐,走吧!"

刘小姐看见了我，掩饰着吃惊，似乎洞察到我有什么不对劲，礼节又很职业地微微点头笑了一下，拉住了依然穿着熊猫服的女孩，走开。

这个女孩有一米七六，比雨婷高一些。雨婷是她们学校身材最好的高个女生，所以被她们学校的学生会鼓捣进了礼仪队，为了表达感谢，我做辅导员的时候首先请了学生会的各路精英们。我太了解大学里的"学生会"了，我就是从北大学生会外联部做起的，直接把我任命为部长助理，是想让我多拉一些花舍香榭的赞助，部长要搞一次登山和支持学生社团的一个实验话剧演出，我跟老爸要来二十万赞助。喜爱登山的部长拿着十五万投资装备带着十几个学生去登珠穆朗玛峰了，答应把"花舍香榭"的旗帜插在珠穆朗玛峰上拍张照片发回来让我老爸的公司做广告宣传用，我和花舍董事长都看到了花舍香榭的旗帜，没有看见说好了会气宇轩昂站在旗帜旁的部长，他死在了登上山顶的路上。部长临死前大口喘着气说："那是承诺，你们一定要插上！"

我承认我听到的时候哭了，这就是我的北大学长！

我站在销售大厅，想起从前。好长时间我这个没有了部长的部长助理负责联系接待各个大学的学生会工作。那时我上大二，作为实验话剧《杨白劳凭什么不还钱》的编剧加统筹到很多大学巡演，校团委接到通知封杀堵截这部戏，组织上一致认为杨白劳欠黄世仁的钱不还是有历史原因的，农民的土地因何就被恶霸流氓给霸占了？欠钱不让喜儿去黄世仁家也不对。

我假装没事似的看着走廊里悬挂着的照片，想等着她换上自己带的服装出来。没走几步，就在墙上见到了为我热情指引洗手间的人，知道了她叫刘思雨，连续三个月的销售冠军，职务是"销售顾问"，她们行业里的职位称呼吧。

回到大厅，我在望族宝贝站过的车前停住脚。

已经没有人拥簇，奶白色的汽车显得格外安静。我可以一个人静静地端详，我觉出它像那女孩一样疲惫，*我看见了她的柔软*。曲线玲珑的外形设计，在柔和的灯光下显出那样的可人疼，包裹着两个前大灯的地方隆起，构出精美的圆润，多像一个乖巧女孩蝉丝薄纱下的乳房。我读出了它的性感。

走向休息区，我倒了一杯免费咖啡，没想到望族汽车专卖店还为客户准备了汉堡、蔬菜沙拉和时尚杂志。喝了一口咖啡，含在嘴里，我忘了这里提供的是速溶咖啡，跟 Kopiluwak 差距大了些，就跟到小饭馆喝免费的茶总像是喝土一样，不知怎么咽下去，又不该吐出来。突然听到旁边的人猛拍一下桌子，吓了我一跳，咕噜一声，咖啡掉进嗓子里去了。

我扭头看了拍桌子的人一眼，他觉出失态，很有礼貌地向我点点头，以示歉意。

我没认出他，他在检查照相机里的图片，用了五秒钟，我才想起就是这个人把我招进专卖店的。**我得感谢他。**

他抬起头，向中心展位的那辆车张望。我明白了，他也在等那个女孩再次出场。他是一个摄影师，从他穿的到处都是口袋的马夹就看得出来，像很多导演都留着大胡子一样喜欢张扬身份。摄影师的马夹是装测光表、小毛刷一类照相机用品的，导演的大胡子可能就是留给女一号揪完了再由女二号给梳理的吧！**前者是工具，后者是话题。**如此一想，我笑了，他扭过头，看着我。

我端起纸杯，坐到了他的桌前。

他很乐意向我展示他的摄影作品，我在他的相机里又见雨婷！

"你看她的眼睛，像九寨沟泉水一样清澈！"他感叹地说："女孩可以把妆画得很美，唯双眸无处着笔，眼睛真的是心灵打开的窗，这样的眼睛还没有看过太脏的东西，看到她你才会相信清纯是装不出来的！"

"你认识她？"我笑笑，表示赞同。"做什么的？"

"我？广告公司，你要是问她，我不知道。"他并没有看我，先回答了自己是干吗的，对她同样一无所知，非常赞赏有人分享他拍的照片。"我问遍店里所有的人，甚至答应专门负责模特的那位刘女士免费给她拍一套照片也没用，那个女孩自己也不肯说她是哪儿的！"

"挺神秘啊！"我感慨，也高兴，没人不喜欢神秘。

"我拍遍全国所有大车展的模特，就没见过这么纯的！"他叹息了一下，"她的眼睛告诉我，眼睛是人品最遮不住的地方，所以拍不出女人眼睛的摄影师就不是真正的摄影师！"

我表示认同，笑了一下。

"当然她还不是最好的模特，身高差一些。"他很得意地说："凭我看女人的经验，除了清纯，你知道她最与众不同的地方是哪儿吗？"

我看着他，在等他说。

"腿！"他快速滑动着相机存储卡里拍过的照片，挑一些让我看，"你看她臀部的位置，穿着熊猫道具服也遮不住，这样的身材比例在中国模特界少见，她应该一米七六的身高，却至少要穿三尺六长的裤子！"

这家伙莫非真是猎色高手？通过一张显然是他刻意拍的身体局部就能知道女孩穿多长的裤子？

"你不像搞摄影的啊？"他看着我，问。

"不像。"我说。

"那先生是做什么的？"他还问。

"我路过。"我非常坦诚地说："那会儿看见你往这家店里跑，还以为出现外星人了呢，我是被你招进来的。"

"哈哈！"他很开心，是一个自信又有些自负的人。"我叫白朗，白色的白，爽朗的朗，摄影圈儿都叫我的艺名白狼，这是我的名片。"

他从摄影包里掏出名片，非常有礼貌地站起身双手递给我。

"请多多关照！"

见鬼，**日本人**？只有日本人才喜欢把身体老弯成大虾的样子。我收下名片，直接装进兜里，他在等我还给他一张名片，我没有。我承认我不够礼貌，甚至很是失礼，只因为他像日本人，又说出我的女孩的裤长让我突然不爽。还因为两个心照不宣的男人在等同一个女孩，感觉总是怪怪的。

望族宝贝出现了，她穿着白色的裤子，披着白色的风衣，一弯红纱巾从她脖子上垂下飘逸，带着甜美的微笑迈着轻盈的步态走向了展车。

我莫名有些心痛，大厅里只有三五个顾客，她至于如此职业吗？那流淌出的抑不住的清纯，给谁看？为谁展？会是我吗？

不，她还不认识我，我也不认识她。

雨婷，我多希望她也叫这个名字，我无法忘却的名字。我两年多来每每在心里呼唤，不是怕人听见，而是害怕被风给吹走。

我静静地、远远地端详着她。

我忽然意识到，意识到那个名字随着疗伤的时间有可能被吹走，一旦吹走会不会在空宇中永无落点地飘零？这样一想，禁不住心里一酸。

白狼快速地拿起相机背起包冲向中心展区。

我远远地看了她一眼，真的像是天使。

我拿起咖啡纸杯，没有随狼而动，而是走向了办公室。

3

我站在办公室门口，屋子里有几个人都利用短暂的清闲时间沉浸在自己的世界里，上网、玩手机，也有悄悄打电话的。刘思雨站起身，迎上来，这位看上去也就二十三四岁的刘思雨，脸上虽然总呈现着笑容，我却能感受出冷，她骨子里的严肃和表现出的淡然，有一种不甘卖望族汽车的孤傲，倒像是卖兰博基尼的。

我知道，越是销售具有品质产品的人面对客户才越不卑不亢，她一定是把望族汽车当兰博基尼来卖。她不是尊敬客户的尊严，而是培养客户的尊严。我知道她为什么是销售冠军了。

"你好。"我说。

"你好。"她说。

我们一起走向休息区。

"这条街老堵车，所以老有人跑进我们店上洗手间。"她毫不掩饰，单刀直入还有些骄傲地说："我们的服务理念即便是来上洗手间的，我们也会把他当成望族汽车的客户一样善待。"

"聪明！"我知道，这就是交上火了，岂能示弱，而且要向她出示我的水准，但不必锋芒太露。"营销的最高境界不是把客户当成上帝，而是把上帝培养成客户。"

她怔了一下，看着我，也许很久或者从来没有遇到过像我这样说话的人，她很赞赏我的话语，我看出来了，她的喜悦就是我的机会。

"请坐。"她注视着我的眼睛，大方而得体。"我以为你上完洗手间就走了，没想到会停下来。"她笑了笑，"怎么，不喜欢我们的免费午餐和咖啡？"

她很注意细节，真是一个营销高手。跟高手过招最忌讳装孙子，我不再掩饰。

"不喜欢。"我把坦诚的目光投向她，还有话语。"我想请你帮个忙。"

"望族汽车的服务理念是只有你想不到的，没有我做不到的。"她说。

听着亲切，实际上她又拉开了距离。她知道跟客户上来就建立私密性的亲切是很危险的，除非了解客户是谁，有何需求。

"我的要求可能有点过分。"我说，**开始挺进**。

"如果你像那位摄影师白先生一样，想知道这个模特叫什么，签约哪家公司或者有没有经纪人，哪怕她是不是大学生我都不会告诉你的，这是规矩，希望你能理解。"

我掏出身份证、驾驶证，放到桌子上，推向她。

"刘小姐，你们在做活动，我认为所有促销活动的核心不应该是商品本身，比拼的是服务，我说的对吗？"

"你想试驾？"

"是。"我站起身，"我不想打扰你们任何人午休时间，我想请那个模特，请她代表你们落实'只有想不到的没有做不到'的服务理念，这个理由如果不是无懈可击，至少能让你帮我找到借口了吧？"

"那你等一下。"她笑笑，拿起我的身份证和驾驶证，"我得请示一下经理，试驾是有规定的，作为我的客户该我在车上陪同。"

我看了一下表，十二点二十分，唐启光应该放弃给小老板娘看手相，吃上他的最爱了。我的最爱却在车前摆着各种 Pose，让白狼可着劲儿地照。我走过去。

她的腿确实很长，并不是因为上衣很短，脖子上的红丝带果然随着她非常专业快速变化的 Pose 飘逸。她是九头身材，两个嘴角往上翘，*天生的美人坯*。

我看出她化的是韩式裸妆，看似无妆的妆容是需要功力的，这更突显了她的清纯，还有 hold 不住的甜美。除了看不出一点瑕疵的脸，她还戴着精致的白手套，再看不见她的任何一处肌肤。

这跟我对"模特"的印象不一致，尤其是"汽车模特"。北京车展上的模特开始学日本和韩国了，比拼的是胸脯，人们开始兴高采烈地到北京"胸展看车"去，看谁最节省衣料、谁的乳房大又露得多。她的胸如此丰满，成为她身体视觉的另一个中心，清纯的脸和修长的腿再加上高耸的乳房，不化妆是维纳斯，化上妆就是中国芭比娃娃。

她站在望族汽车边就像一个天使，*望族天使*。我突然知道了她的名字，*我的命名*。

我走向白狼，他正弯腰扭着脖子用奇怪无比或者不怀好意的姿势把照相机的快门当成机关枪摁的乱响，我真想往他因此而高挺起的屁股踹上一脚。

我站在他身边，提前挡住他一定会移动过来的位置。她看向了我。

这是我和她第一次面对面地相视，我看见她惊诧的眼神，那像泉水一样清澈的双眸要把碧波溅出来。白狼不知道有一个准备好了的人在阻挡他，在移动的时候一下撞到我的身上，我是准备好的，所以他撞不动我，他过于投入毫无准备，胳膊肘撞在我的腿上，那是端着沉重尼康单反专业相机的手，尼康一下掉在了地上，他像梦游似的醒过来。

我以为他会跟我急朝我咆哮，没有，他先向我连连鞠躬说着"对不起"，才去收拾他的照相机。说心里话，这一刻我稍感惭愧，想起我一哥们儿杜海在日本开车把一个日本老太太刮倒，警察却认定老太太违反交通标志自己撞蹭车承担全责，叫来救护车把老太太送医院去了。杜海买了东西忐忑地到医院探望，闻知老太太有三个儿子在医院候着，他硬着头皮走进病房，三个儿子见他进屋，站起来迎上他，姿三二郎、姿三三郎和姿三四郎齐刷刷地向他鞠躬，异口同声地说："对不起！"

这事儿让杜海很惊诧，也很歉意，我也觉得欠白狼一点什么。

她一直保持着甜雅的微笑，一个女学生跑过去跟她合影，女生有一对儿很可爱的小虎牙，有点脑残地说："姐姐，将来我也要当汽车模特，让男人流着哈喇子看！给姐姐照相的哥哥是好人，你可得防着点儿旁边那个使坏的家伙！帅哥都很坏！这个更坏，我都看见了！故意挡人家，真恶心！"

我还没遭受过这个，一个女中学生面对面指着我说我坏还恶心，也太过分了。

"喂，怎么说话呢？真没规矩。"我生气地看着女孩。

"就这么说！"一个剃着光头、脸上有一道险恶刀疤、长着八字吊死鬼眉毛，扬起他手臂上文的不知是龙还是长虫的人大声说："我惯的，怎么了？"

"望族天使"很同情我，无能为力地看着我，微笑了一下，拥住女生的肩，头靠着她的头，举起右手做出很萌的样子，摆好姿势准备让那猪用手机拍照。我看出来，这猪拿的是八万块钱一部的 vertu 手机。

她想让我解脱尴尬，把猪的注意力吸引到自己身上，甚至是在讨好猪。猪专啃鲜花哪儿会照相啊，也学着白狼的样子扭着马桶腰。我跨上展台，一把拉住她的手，没等所有人都反应过来就大步离开，只听见猪在后面嚷嚷着："你丫让我照完了啊！"

他不是猪，是蠢猪。

"你捏疼我了，"她小声说："我在站车呢，你干吗呀？"

刘思雨正从办公室出来，看见我拉着女孩的手走过来，她露出了她不易表现的惊诧而瞪大眼睛。

"刘姐，刚才差点打起来！"她立即帮我也是给自己解围，"谢谢你，快松开吧，有刘姐我什么都不怕！"

我松开了她的手。她戴着手套的手很滑，我刚一松劲她就迅速抽离了。

"方先生请稍等一下。"刘思雨还惊魂未定地看着我，我不出所料地感觉到了她的变化。

我知道她回办公室不仅仅是跟经理请示，她在核对我的身份证和驾驶证后，一定上百度查了我的信息，*知道了我是谁*。我最讨厌被人说成是花舍香榭大老板的公子，却无法阻拦，花舍香榭品牌运营总监就站在她面前，我惊讶她还能 hold 的住自己，大有视金钱如粪土、骨子里却英雄气短的气概，只是不经意通过形体语言泄露了信息，很明显，她对女孩亲热了许多，挽起女孩的胳膊走向一边去交代试驾注意事项了。

凭我对她的直觉判断，她是绝对不会告诉女孩我是谁的，甚至会告诉女孩该怎样提防色狼，比如北京人都爱管女孩叫宝贝儿，是在密切关注反应。如果一个男人很直白地对女孩说别相信他，他不是好人的时候，女孩真要信他不是好人，别以为那是率真的玩笑。

白狼过来了，看来他的照相机没事儿，只是表情还残留着心疼，我知道他这套摄影装备可以买三辆望族汽车。他打量着我，开始重新认识我。我等他开口，他果真说话了，"你要把模特弄到哪儿去？"

我笑笑，"专卖店给她安排了新任务。"

他四下看了看，没看到让他挂牵的人，或许有了什么新想法，又扭头盯着我。

"你是一个偷春的贼。"

说老实话，离开北大很久没听到这种酸溜溜的话了，有点触景生情。

"白先生除了照相，还写诗？"我不确定我是不是有点嘲弄。

"我本来就是诗人，"他说："但我不提倡也不支持下半身写作的说法，太直白了。"

我点点头，表示同意，脱口而出，"诗人是精品人渣。"

我看见他瞪大眼睛，呵呵了两下，决定放弃跟我说话，但要通告我事实。

"我要参加在东京举行的人与汽车国际摄影大赛。"他说："告诉你，不管你是干什么的，别跟我争，这个模特我要定了！"

不是通告是警告。

我笑笑，在嘲笑他的自信同时，说出一句想必让他印象深刻的话，"你放屁带拐弯，还臭出一条弧线来！"

我微笑着走了。

我坐进驾驶室，她已经系好了安全带，眼睛正视前方，多少有点紧张。

"我们走吧？"我有点献媚。

她说："您开吧。"

她很在意语言构成，刻意纠正了"我们"。语言是有色彩的，北大中文系的也不一定全懂。

我有些激动，忽然闻到薰衣草的味道，从她身上飘逸过来。我知道这梦幻的味道从哪儿来，用的是洗衣柔顺剂。

驶出大门，来到4S店的前面，一辆凯迪拉克突然蹿出来，我急忙刹车，她往前冲了一下，安全带勒住了她的胸。

我想骂娘，看见了开车的就是刚才那个家伙，旁边坐着水灵灵的女生，猪和鲜花。

凯迪拉克挤到我前面，我看见了车的后窗玻璃上贴的字：罗莉罗莉我爱你！

这算什么？哪个罗莉？是三好萝莉吗？柔体、轻音、易推倒？那我旁边坐的就是女神。

"漫漫人生路，谁没走错几步。"我感慨了一下。

她皱了一下眉。我看出来了，她做足了充分准备不接我的话茬儿，但皱眉不是因为我的卖弄，是她身体某处被安全带勒疼了。

"对不起。"我说。

她笑笑，很迷我心。

"请左转弯，"她像背台词似的说："第一个红绿灯左转，直行，上立交桥左转，从第二个桥下调头，再上立交桥右转，下桥立即进辅路，第一个红绿灯右转，穿过一条斜街到头左转，就回来了。"

"天，你慢慢说，我哪儿记得住啊！"

"不行，得赶紧告诉您，我怕我也记不住！"她紧张地说。

"那也比我强，你好赖也正式背过一遍了，现在算是复习。"我看着她，"认识一下，我姓方。"

"我不姓方。"她说。

"可真有你的！"我笑了，感叹地说："真好！"

她微微低下头，又抬起，转向窗外。

"我说真好呢！"

"真好。"她重复了一遍。

"你是录音机啊？"我很开心地笑了，"还带自动回放的？"

她调整了一下坐姿，掩饰着不安。

"真的，"她依然不肯看我，说："我真的没准备好陪驾。"

"不用陪嫁！"我大声说："再说，你也不用急着嫁啊！"

"什么呀，我说的是试驾。"

"试嫁？"我故意点点头，"明白了，结婚前先同居，互相试试看行不行，比如生活习惯，东辣西酸南甜北咸，我们好像离不开吃啊，谋生叫糊口，工作叫饭碗，把老板蒙了自己又不喜欢的叫混饭，靠过去的叫吃老本，混得好的叫吃得开，占女人便宜叫吃豆腐，美女叫秀色可餐，受人追捧叫吃香，受人照顾叫吃小灶，不顾他人叫吃独食，没占到便宜叫吃亏，嫉妒别人叫吃醋！"

"你真逗，我说的试驾是驾车的驾，不是嫁人的嫁！"她叹口气，"不跟你说了，好好开车行吧？"

她显然应付不了我。

我跟她只有两个车座之间的距离，充满征服欲望的我近看，她露出了年龄的破绽，一看就是一个大学生，还很青涩，不像她站在汽车旁的成熟。她的眼睛果真就是还没有看过太多的脏东西，清澈如水，不曾被男人污染，红润的双唇丰腴饱满，细嫩白润的脸不能碰，一碰就会被划破弄伤。

她换上了高领白毛衣，似乎刻意把自己捂得很严实，毛衣的袖口一丝不苟地裹住纤细的手腕，胸脯起伏得很明显，也许紧张也许是在生气呢。她不喜欢袒露，无论身体还是心绪，这反而更会激发窥探欲望，多像雨婷啊，第一次和雨婷肌肤之亲，她不仅要关上灯，甚至不肯脱下内衣，到非脱不可的时候，她的呼吸失控地急促，还不忘了拉上被子藏匿在被窝里。

"宝贝？"

我想缓解一下气氛，消除她的紧张，不该让可爱的她感到压力。

"是啊，好多人都管望族汽车叫宝贝，"她说："你很喜欢这车吧？我也喜欢，刘姐也叫它宝贝呢。"

"你情商蛮高的！"我由衷地说，为她巧妙又得体地绕开，无论是玩笑还是试探，我喜欢。"培根说知识就是力量是有时代背景的，我们总是滥用，现在知识不是力量，能力才是力量，而支撑所谓能力的是情商！这么跟你说吧，情商是董事长，智商是总经理，情商管智商！"

"你是老师？"

"你看你开始问我问题了吧？我要是情商不高就设计不出问题，想让你问我什么也只能干着急。"我看了她一眼，"我不是老师。你接着问，比如我有没有女朋友。"

"你真爱说教！"她不想示弱地说："刘姐交给我的任务是不能让客户失望，我给你介绍这款汽车，首先望族汽车是中国民族品牌……"

"我有女朋友。"我郑重地说："我的女朋友喜欢安静，喜欢一个人静静地。我除了有女朋友，还有墓地，怎么样，牛吧？"

"快并线，向左转！"

我并到了外侧，右转弯。

"你干吗呀？"

"带你去看看我的墓地。"

她的脸刷地一下通红。

"说一说你，"我忍不住老想看她，"比如，你的梦想？"

"我的梦想就是别让刘姐扣我的钱！"她急促地说："我一天二百，刘姐答应让我陪你试驾再加一百，你不按试驾路线要求乱开我的一百就没了！"

"我就值一百啊？"我假装气急败坏地说："刘姐也太过分了！"

我幽默一下，她叹了口气。**我无话可说。**过去，无论我对谁，只要一提起我的墓地必定收获惊艳的眼神，没有赞赏，没有祝贺，也没有羡慕和妒忌，有的只是惊艳，或许藏着一丝好奇。我宁愿相信那好奇里有悲凉。

是啊，按聪明又会算术的人把计算结果公布到网上来看，在北京买一套一百平米的房子，农民种三亩地纯收入四百元的话，要从唐朝开始，当然还不能碰上灾年；工人一千五百元的月薪需要从鸦片战争上班干到现在，双休日不休息，基本上不吃不喝；年收入六万的小白领要从1960年至今，还得遇到个好上司不跟你找麻烦；小姐接客一万次，要从十八岁接到四十六岁，且例假无休。

就是说，不知怎么，人们好像是为买房活着，条件好点的还要买车。人人都放弃理想，个个抓住了梦想，**悲催的梦想**。雨婷学的是生命科学与技术专业，了解到人的肠子是二百平方米，就是说绝大多数人住的地方还没屎大。

我好生感慨了一会儿，她默不作声，放弃了控制住我的想法，**任由我开**，对我拥有墓地没有任何反应，她现在的梦想是不让刘姐扣除被加的一百块钱。

我深深地吸口气，醉在薰衣草的味道里。

这时，我俩的手机几乎同时响起，她的手机在包包里唱起了歌，我的在裤子兜里震动。

我掏手机，她从包里拿出手机。我看了一眼来电显示，是小黑子打来的，挂了。她掀开手机盖。

"喂？我在城里呢，听不清，回头打给你吧！"她尽量压低声音，"你别发给我地址，我不去，先挂了。"

她挂断手机，看了一下时间，有些着急地看着我。

"这是哪儿呀？方先生，该回去了。"

她叫我方先生，我相信刘思雨告诉了她我的姓，没有说出名。说出名字也不意味着我有多像王力宏，花舍香榭品牌事业部几乎所有女孩都迷恋飞轮海，女孩总喜欢她们够不着的。有心细的女孩打听到我喜欢薰衣草的味道差点规模化发展，我走进办公室穿过办公区时几乎要被她们买来的薰衣草干花给薰死，小黑子一中午全收缴了。

小黑子又打进来。

"干吗？"我不耐烦。

"老大，唐市长都等急了，他给办公室所有妹妹们都看过面相了，丫说她们所有人都是二奶命！我出来在这等半天了，你怎么还不回来，在哪儿呢？"

"我忙着呢！"

一辆车突然并线挤到我前面，我以极快的反应，手脚并用同时做了两个动作，右脚急点刹车，右手伸过去挡住她以防她冲向挡风玻璃，然后又急快地松开，狠踩一脚油，我有点尴尬，真的，挡她的时候真的无意触到了她的胸，她的脸刷地一下红透了。

"这家伙！"我按了一下喇叭。

那人看不起望族汽车，故意的，可能还受不了开望族汽车的人旁边坐着一个美女吧！

我不想放过这辆车，因为太可气了，尽管开车的人是想左转弯才突然并线。我紧盯着它，肯定不在安全距离之内，红灯还是把他和我定在了路口。

他可以冲过去的，没有，在黄灯闪烁的时候他遵守交通规则，这更可气！

我一脚急刹车停在了他的车后，我确定两车之间只有一拳距离。

"你干吗呀？"

她看着我，我相信她一定心跳得厉害，脸色潮红。

我看见车门开了，他下了车，走过来。我的怒火还未全消，以为他要过来打架，血蹭地一下冲上头顶，刚要推开车门接受挑战，被她一把拉住。

"方先生！"

她又急又怕，我迟疑了一下。

他看了看两辆车的距离，表情看上去很奇怪，然后盯着我看了一眼，又看了一眼我开的车，表情更是不可思议。

她坐直了身子，拉着我衣袖的手依然没有松开，悄悄地下滑了一点，我能感觉到她抓得很紧。

这个人舒展了眉头，似笑非笑的样子。四月的北京还有些凉，他却穿着 T 恤，额头锃亮，眼神很犀利。我迎接着他的目光，毫不示弱，看着他转身回去一边掏出手机接听，一边坐进车里，关上了车门。

她松开了手，说："快呀？"

我这才反应过来，发现小黑子还没挂断手机，大傻子似的还一个劲儿喂喂喂，我挂上二挡，准备好随时快速起步，才抬起手说："告诉他我忙着呢！"

小黑子说："老大你忙什么呀？"

"陪领导。"我说。

"什么领导？"

"告诉你怕吓死你！"

她说："要变灯了，开车不许打电话。"

"听见了吗？"我一下又恢复了心情，顷刻间变好了许多，"开车不能打电话，我得听领导的！挂了吧！"

我挂断手机，绿灯亮起，前面的车快速起步，还别说，好车高手，一下就蹿了出去。

我岂能示弱，轰大油门紧跟而上，向右并线抢在中间车道之前，像箭离弦，望族汽车很给力，在根本不可能流畅行驶却处处可笑限速的北京公路，因为刚放行前面没车才容我放肆，眨眼就超过了同样高速的，前脸像大奔屁股像宝马的，我不认识也没见过的车。

他没有追，放弃了。

"怎么样？别瞧不上望族汽车！"我得意地说。

她吃惊地瞪大眼睛，"你不知道？那也是望族汽车啊！"

"你说什么？"

我真的不知道。

真想带她看看我的墓地，但我不能不见唐启光，无论多么依依不舍，我得把她和车送还给刘小姐。为了表示感谢和歉意，我又多拐了个路口，为这辆试驾车加满一箱油。回到专卖店后院的时候，刘小姐已经站在那里，她不是为我而是为她拉开了车门，满脸心疼。

"快，换上你带的衣服去站车！"刘小姐亲切地说："辛苦你了，望族集团董事长来了！"

她下了车，那种韩式细腿牛仔裤更显现她腿的修长，坐在车上觉出她的腿长，没想到这么长。

她走了，回头向我一笑，摆摆手，再转过身去的时候，我的心疼了一下，**这就是爱**，让人心动的女人比比皆是，但能让人心疼了一下之后酸酸的，是我的第一次。跟雨婷都没有这种感觉，那时还年轻，我对雨婷起于一见钟情，终于刚刚懂得爱，还不曾心疼过，却心已碎。

我跟着刘思雨从后门走进办公区，她说："方先生，试的怎么样？"

"太棒了！"

她停住脚，目光像话语一样意味深长，"您是说车，还是人？"

"刘姐，"我没有回应她，"你叫她明天还来吧！"

我和她走进办公室，空无一人。

"您叫我什么？刘姐？"她笑笑，"我有那么老吗？"

"她对你一口一个刘姐，叫得那个甜！"我真诚地说："我就随了她叫，好吧刘姐？"

"您不会让我为难的，每行都有自己的规矩，我要是告诉您她叫什么是哪儿的，以后就请不来模特了，坏了我们的口碑。"她看着我，"她是大学生，我就不瞒您了也瞒不住，您可能什么也没了解到吧？我们请模特周末到店里来，有的女孩你拦都拦不住，私下里会给她看得上的客户手机号什么的，可我们不是卖奔驰宝马，所以职业模特不爱来，钱又不多。"

"一天就给二百，太少点了吧？"我说："做礼仪发资料也不止这个数。"

"大学生利用休息日参加的是社会实践，不是为了钱，为钱就不会到4S店来了。"她委婉地说："怎么样，可以请您填写一张试驾反馈表吗？"

"你干吗您您的啊？客气了！"我说："刘小姐，你讲原则守承诺，很难得的，那个宝贝是谁你不用告诉我，我自己来。还有，我是谁，是做什么的，你同样也不会告诉她，对吧？"

她惊愕了一下，会意地点点头。

"表我下次填。"我看了一下手机，小黑子刚才在路边我的车里看见我和女孩了，发了一串问号，后面还跟着一串感叹号。"刘小姐，欢迎你有一天跟我一起工作，你可以随时来或者我来请你，这是我的名片。"

她接过名片，也递给我她的。

"谢谢方先生。"她客气地说。

"还有，帮我个忙，我的私人助理会马上送过来一万块钱，你交给那个女孩，辛苦她了。"

"这样不好吧？"她并没有显露惊异，淡淡地说："这破坏规矩了，不管你多有钱。"

"我真要去一下洗手间了，"我说："算你帮我一个忙！"

我转身大步走出办公室。

办公区走廊静悄悄，两个保洁员拿着扫帚一类的工作行头站着，好像随时准备着什么。大厅里传来经典的小提琴协奏曲《梁祝》，把卖汽车的地方弄出一种委婉，望族汽车专卖店真有想象力。

刘思雨跟了出来，我发现她耳朵上塞着一个耳麦，职业的微笑挂在脸上。我这才意识到整个气氛有些异样，大厅里正在发生着什么。

"刘小姐，"我被环境影响，竟不自觉地压低了声音，"你们这儿怎么了？"

"真的？他那么高兴？太好了，我就过来！"她在用对讲机不知道跟谁说话。"别谢我，我们好好谢谢她吧！再加二百？知道了。"

"你们这儿干吗呢？"

她看着我，笑笑，"望族集团的董事长来了。"

"我靠！"我摇摇头，有些嘲弄，"我以为你们在接待国王呢，不会赶我出去吧？"

她快步走了过去，步履轻盈，好像是立下了什么汗马功劳，配合着《梁祝》音乐，像一支欲飞的蝴蝶。

我没有跟着她，而是向前走，从洗手间那边的走廊进大厅会离中心展台近一些，可以看见本店敬重如神的什么董事长的正面。

从洗手间出来，看见一群人围着主展车，正如我所料，被拥在中间的中心人物笑逐颜开地看着我的女孩，我已经把她视为我的女友了，她又换上了那身白色礼服，像一个天使受人仰慕。我只能看见她的背影，她的背影更是美轮美奂。

我走近一些，带着好奇想看清望族的董事长，还没有定睛，他旁边那个身体像美式橄榄球队员的人侧过一点脸跟我打了一个对照，表情比我还吃惊，杜海！

他怎么来了？我是说这家伙曾经上午采访过马上押赴刑场的死刑犯，下午专访教育部部长，晚上出现在法国大使馆的冷餐会，半夜到花舍香榭会所跟企业家大佬们畅谈亿万富翁缺失社会资本之痛。就是说，他在哪儿出现我都不惊讶，可看着他跟哥们儿一样靠着望族董事长的肩鉴赏我的天使，多少有些出乎所料。

我出现的位置引人注目，因为除了我没有人在中心展台后面，杜海对我会出现在望族汽车 4S 店，一眼就识破我不是冲着望族汽车来的。我看出来他在思索。尼采说人类一思考上帝就发笑，我相信杜海一思考上帝准打喷嚏。我特别敬重他。我掌管花舍香榭品牌后，《第三只眼》要广告，我一不看钱数二不看合同拿起笔就签字，甚至亲自盖章。他从来不会坑我，看上去表情有些冷的杜海也很少露出笑容跟谁表现出亲切，那么望族董事长就该是一个非同一般的人。

我得好好打量一下这位董事长了，跟杜海会意一笑算是打了招呼，目光轻移，就与敏捷的董事长目光碰到一起，不是追尾，是迎面相撞了！

是他！那个把我别了一下被我疯狂追赶的人！

他也认出了我，盯着我有三秒钟，然后转回去，抬起头，再打量望族汽车旁的模特。我相信他这时也认出了她，心里一定起了变化。

杜海看看我，又看看董事长，再抬头看看模特。我想上帝开始打喷嚏了。

我快速向旁边闪开，大步走了出去。

在绕到他们后面的时候，我侧身扫了一眼她，看见了她那可人疼的眼神，无助又无奈地隐藏着对我有些抱怨的眼神。

我懂，她懂。

我的心又疼了一下。我知道我是真的爱上了，绝不会断篇。

走向门口，白狼追上了我，堵到我的前面，一个劲儿地鞠躬，让别人看见会以为我不是他爹就是他的上司呢！

"帮帮我！"他直勾勾地看着我："请多多关照！"

"狼？"我微笑着看着他。

"白朗，"他执拗地说："也可以叫我白狼，请不要只叫一个狼字！我打听不到这个模特的任何信息，你是前辈，居然把她拉出去兜风了，请你把她给我吧，我只用一个晚上！"

"你说什么？给你？让你用一个晚上？"我知道我的声音变调儿了，"你丫满大街找烟头找抽呢？"

他惊愣住，依然固执地说："急什么？就一个晚上啊，你别骂人！"

我真想一拳上去让他满脸开花，再击一拳让他花儿朵朵！

"我告诉你，狼，听好！"我上前一步，说："你要敢碰她一下，小心我把你拍成壁画、撕成门帘、拧成麻花、剁成肉馅做成丸子！"

我一口气的排比句把他弄蒙了，这是小黑子最爱说的话。

"你丫到底是木匠还是厨子？"

这回是我愣了一下。

"操，"他毫不示弱，在被激怒中暴露出他也是北京人的大量信息，说："厨子不看菜谱研究起兵法来让动车司机惊心动魄的情何以堪哪！"

我也不知道我为什么没生气忽然笑了，因为我喜欢有分量的对手。我拍了拍白狼的肩，留给他满脸迷惑，走了。

4

杜海总说看一个人的分量，不是他有什么样的朋友而是有什么样的对手，希特勒把全世界都弄成他的对手，所以光二战的小说电影一类的还能写一百年。我不想承认我听过杜海的课，高端讲座，面对博士、硕士和企业家的北大课堂，我受不了中文系一个比一个难看、更一个比一个清高的女生，一听杜海来了便放下架子去听，偶尔小议杜海冷冷的酷。他快四十了，正进入男人一枝花的阶段，他的智慧不是从宽大的额头体现的，是他的嘴说出的话，总能让人明白为什么语言是思想的表达，比如他小幽默大智慧地说：眼镜蛇在眼镜发明之前叫什么？第一个喝牛奶的人到底对牛做了什么？第一个吃螃蟹的人会有多变态？郑和如果不是太监会下西洋吗？北京到底是打鬼的圣地还是造神的天堂？中国要不要恢复帝制，哪怕做个摆设让老百姓有一个可以倾诉的皇上？

就是最后一个问题，他再也没来过北大。

小黑子看见我一脸的坏笑。那会他看见我开着望族试驾车，旁边坐着像天使一样的女孩一下全明白了，明白了我为什么把唐启光扔在私房菜馆，又容忍唐大哥在我办公室向所有女孩放屁说她们是二奶命不闻不问，他知道我忙什么了。

"老大，"小黑子拿着一万块钱的信封，有些忧心地说："要给吗？"

"要。"我肯定地说，掏出白狼给我的名片，递给他。"盯住这狼，也许他会比我先知道那女孩是谁是哪个大学的，这家伙非要我的女孩当他的模特拍什么鬼照片，别让他抢了先手！"

"得，把心放宽吧老大！"他看着名片，"这厮到底叫白朗还是白狼啊？怎么印俩名字？"

"他自己都不知道，"我走向停在路边的我的宝马，"但他知道做什么，这家伙从日本回来的，学会了做事从执着走向偏执。日本人才是狼，狼因为知道自己的缺陷——脖子不能转弯才团队作战，所以日本人比我们团结，小心他不是一个人。"

"得，放心吧！"小黑子还是不放心地说："老大，真给她一万试试她？万一她收了，你可就真伤心了。"

"看命吧！"

我坐上车，刚发动，手机响了。

不出所料，杜海打来的。

"杜兄？"

"你别走，高阳要见你。"

"高阳谁呀？"

"望族董事长，刚才你俩不是照了面吗？"杜海说："你怎么认识他的啊？是不是花舍香榭三期太贵了，也玩赠车的小儿科游戏？"

"没有，就是那会儿我在公路上跟追兔子似的撵过他。"

"你什么时候不孩子气呀？怎么就老也长不大呢？"他说："他非要见你，过来吧！"

"不行，方达英要把花舍香榭原汁原味地端到江城去，我把唐市长搁半天了，想见我也不是什么好事儿，改天吧！"

"那就晚上一起吃饭。"

"不行杜兄，"我怕他按习惯发布完信息就挂了，急忙说："晚上安排好了唐启光要到花舍香榭会所，要不你跟那个董事长一起来？我两边一起照应着！"

"算了，甭管多晚你给我打电话，反正今天得见你！"

"什么事儿啊这么急？"

"大动作，五一的时候我要把望族汽车弄到长城上去！"他很得意地说："你为中国品牌干点正事儿吧，我得用你的笔写出彩儿来，CNN 和 BBC 都来。"

"那好吧，我那边一完事儿就给你电话。"

方达英要把花舍香榭克隆到江城，杜海要把望族汽车弄上长城，都找到了我，一个是我老爸，一个是我哥们儿。老爸的事不能不做，哥们儿的事必须得做，今天可真够忙活的，却是喜欢，首当其冲的是我找到了绝不会放弃的爱，都是身不由己。如果再早一点，我那一百万就能派上用场，这个女孩，值。

我恋恋不舍地离开，六点见唐启光。小黑子把晚宴安排到了花舍香榭会所，极少的人才知道那是一个极尽奢华的地方，只有显贵之人才可被邀进入花舍老板命名的"健康会所"。

"健康会所"并非完全挂羊头卖狗肉，因为什么招牌都不挂，只叫了幸福西里56号，在楼林密布中一个极不起眼、毫不张扬的平房建筑，无论从高楼往下俯视还是正面迎看，会让人以为是建筑工地收尾工程的仓库。岂知里面像皇宫，确实也从美国进口了整套的最先进的体检和理疗保健仪器，老爸总说跟比尔·盖茨家里的一样，尖端医疗设备。当人有一百万的时候开始在意营养了，有一千万的时候格外关注健康，一个亿的时候生怕早早谢世，十个亿的时候天天都是保命哲学了。天下任何事物最终都是哲学问题。生有活的哲学，死有魂的哲学。我那 hold 不住升值的墓地就结合了生死哲学，这是老爸对我唯一肯定的地方，他从不提及我是北大的，我和老爸只有一个共识就是北大算个屁！

小黑子对唐启光敬仰地让人欲哭无泪，把他视为"美女之神"，唐启光虽每俩仨月来京一回，却识得京城几乎所有容易上错床的美女。唐爷相信美女没有一个没上错过床，无论影视明星还是公务员或国企女干。如果没上，就是诱惑不够。如果诱惑够了还没上，就是正在上的路上。

唐启光早已成为人人口中的魔头和心中的偶像。他五十出头，脸上总是放着豪光，基因好，又因去瑞士做了一次羊胎保养术，看上去也就四十，听说他爷爷曾是皇宫太医，父亲自然成为江南名医，他在江城所辖的一个县从政起步，从江城大学毕业任了县长秘书，后为农委主任，再赴京成为江城驻京办主任，按唐爷的话说，国务院一咬牙咬掉小城大府伸向北京的鸡巴，驻京办被撤以后他回江城出任农业金融投资总公司老板，就是帮着市政府合法洗钱，后来就出任了副市长。他的弟弟到内蒙古开了煤矿，说玩房地产的有钱，他弟弟笑得西长安都颤了。每天千百万的收入就是印钞票的机器也得累吐血，他弟弟却不知血为何物。

唐启光知道我的雨婷和我的墓地，但还不知道两年零二百一十六天后我找到了爱，雨婷复活了，她根本就没有死，只是穿越了。

不知道他从哪儿弄来四个女大学生，手舞足蹈地说："小老弟，我叫来四个都是去年、今年各种选美大赛的冠军！我最看好王小却，了却的却，见一眼就让人无法了却，成了麻雀的雀，被圈里的丫头们封为雀儿一姐！你要是能相中她就都省心了，树你的美女品牌，我集中精力拆，你集中精力推，我拆房子你推美女，雀儿一姐可以帮你组建京城红粉兵团，攻城略地，固守城池，你就真的战无不胜了！"

王小却美得很惊艳，唯一的缺憾就是胸小了些，我想唐启光一定会给这位叫了"雀儿一姐"投巨资去做天下最好的丰胸术。她和另外三个女生开始跳舞，跳得激情四射。我看出雀儿一姐的兴奋，也许她从未见过这样标致的一排帅哥，个个干净透亮，强力的肌肉，撅在头顶喷了胶的乱发，洁净的眼神（都戴了美瞳），统一的一米八五身高，真真地迷倒了她和另外三朵花。也许她们习惯了在权贵的老男人世界起舞，惊慌于媒体老大装孙子似的威胁加诱惑，在主要是品牌部使用的水星坊，彻底醒悟或迷惑人生到底是 TMD 什么！

她跟我对视了一下，然后就紧紧粘住，一串放电，没有定律的人三五下就会被她给电死。

我走出水星坊，一回头，雀儿一姐也出来了。

我看见她跳出了一身汗，全身加起来不足二两衣物的她亮片晶晶点点地闪，我很难接受裸体，她下身的一根丫字绳和胸前的一根一字带整个就是一裸体。她不知道这里所有地方都是有监控的，她软软地扑靠着我、柔柔地向下滑倒，煞是好看。

我不会去扶住她，那就中计了。其实也谈不上什么计，女人就是喜欢做出让人怜的样儿才是女人，想怜就怜，**可我不想怜**，再说她演绎的形势一看就不会弄伤自己的，我就退半步看着她如何柔软地倒在脚下。她不知道当一个男人有了心爱的女人时，就是仙女来了自会打量几眼却动不了心的，正如一个女人能真正爱上一个男人时，视王子也不过是骑在白马上的二逼。

五秒钟内，我知道是从哪儿冒出来的人出现了，雀儿一姐感觉到了轻沙的脚步而抬头，我摆了一下手，所有的人都消失了，她就冒出来一句让我难以忘怀的话："我是不是穿越了？四阿哥，是你吗？"

我差点吐了。

唐启光出来了，他像只快要成精的老猫，闻着味儿一直盯着雀儿一姐，把她当成了一只乖乖鸟，可人疼的小麻雀，弯下腰，伸出保养精致的手肉麻地说："小麻雀是怎么啦？快起来，我都看见你的两颗草莓啦！"

真受不了他，幸亏小黑子来了，表情怪怪的。唐启光拉着雀儿一姐的手进了水星坊。

"一个好消息，一个坏消息，"小黑子看着我说："你先听哪个？"

"坏消息你自个儿留着吧！"我说："听听你的好消息。"

"她经受住了考验，没拿那一万块钱，我又放你车里了。"

"我不会看走眼的！"果然就是个好消息，我拍了他一下，"下一个。"

"想听啊？"他看着我，"老大，别听了，我收着吧！"

"说！"

"得，你别急！"他把目光移向别处，还做了一个要喝水的手势，十秒钟之内就会有人送到。"我跟白狼打了一架，丫缠着我嫂子不放，说要用她的腿，丫跟我哥的心头肉起腻还他妈说腿，那还成？"

"你就动手了？"

"丫先拉出找打的架势，"他接过服务生送过来的依云矿泉水，喝了一大口，说："我跟他说三年前我还上公共厕所蹲坑呢，丫也敢跟我玩骑马蹲裆式？我飞起一脚就踢丫老二上了，想当太监还不容易？出来的时候我跟丫说了，赶紧找表填去！"

"出来？"我没明白，"从哪儿出来？"

"派出所啊！"他又喝了一大口水，"那个刘思雨不是什么好鸟儿，故意让我难堪，报警了，是杜海大哥把我弄出来的。"

"你让白狼填什么表？"

"加入中国残联呀？"他说："我估计丫废了！"

"黑子，你出手也太狠了吧？"

"你错了，大哥，我没出手，用的是脚。"他说："他去医院了，我赶紧过去看看他，要不派出所的也不干。"

"你小子从来都是好事就一件，坏事必成双！"

"大哥，你先深呼吸，把气儿喘匀了。"

"说吧！"

"那个女孩有男朋友了！"他有些紧张地说："我坐上警车的时候，看见她男朋友开车来接她，挂的是军牌。"

我怔了一下。

"大哥别急，唐爷在北京办事处混了那些年，丫除了不认识上帝，军界肯定也有人，我非把那小子查个底儿掉，告丫的不好好保家卫国勾搭调戏女大学生，让唐爷出手肯定给丫扒了帽徽押送还乡挖沙坑去！"

"你看清了？"

"真真切切坐上军车走的，丫还超了我的专车呢！"小黑子叹口气，"刘思雨那小娘儿们亲切地摇着手送呢！不信你去问她好了。"

我承认，我的心情一下变坏了。小黑子后退几步，看着我必是他意料之中的表情，怕惊动我似的转身走了。

不能够啊！怎么还没开始就到了结局？

> 这个世界太小了，
>
> 小到一转身就遇见了你。
>
> 这个世界太大了，
>
> 大到再转身就丢失了你。

雀儿一姐出来了，现在她穿上了衣服，尽管依然袒胸露背，比起十分钟前身上只有的两根布条，按新闻联播的话说是已经取得了**长足进步**。

"今晚走出这个花舍会所，"她盯着我的眼睛说："我就没想再见你，真的方哥。"

我琢磨着她这句话的含义和分量，笑了一下。

"你的笑很迷人，大叔。"

她拍了我一下，故意的，真是韩剧看多了，居然叫我大叔。

"我没那么老吧？"我不想跟她逗闷子，再逗下去就变成调情了。"王小却，你们学校有模特专业吗？"

她把手放到唇上，示意我别出声，拿起手机。

"槿熙，回去了吗？"她小声说："我？不知道，你没事就行了！这年头骗子多，你应付不了的，那个臭男人也不想想在什么地方跟你显摆起腻，以为是在泰坦尼克号上呢！就那条全是卖臭豆腐和糖葫芦的街，那汪池塘里蹦不出三条腿的蛤蟆来！叫你来你不来，我这边可个个都是没长尾巴的猴精，先挂了吧槿熙，等我回去再说！"

她合上了手机，笑笑。

我看着她，她这一串信息我没能构成一幅画卷，其实足够了，**只是没多想**，要不可以早一天知道我的天使的名字，她叫槿熙。

"方哥刚才说什么？"她眨着戴了假睫毛的眼睛，"模特专业？没有，你能送我回学校吗？"

我跟王小却，这个雀儿一姐就这样相识了。雀儿一姐，她没有辜负这个响亮的绰号。还谈不上认识，她就提出了要求，听见了刚才杜海打电话催我，要我赶紧过去，望族董事长高阳急着见我。哪是要见我，估计那董事长是想剁了我，比唐启光先一步加入残联吧！一想起我开着望族汽车在公路上追击望族董事长，杜海又跟他是哥们儿，这事儿就不再好笑了。

"方哥，你不会就这么把我扔下吧？"

服务生已经把我的宝马开过来，停住。

"方老板，"她上前一步，不准备再套近乎了，面对面地跟我说："你到江城盖房子，唐副市长要拆出一个新江城，你还没利用完我就要走了？"

"可你们并不是我叫来的呀？"我有点难堪，"我不认识你们，又何必说利用呢？难听不说，也不是这事儿呀！"

"就是利用！"她紧逼地说："方老板敢说不是？"

我不想争辩，也从未遇到过这种情况，而且最怕被别人说"利用"，这是我的死穴，她好像一下就抓住了。

"你送我回学校吧，那个马行长太缺德，想让我和那个女孩俩人一起陪他，太恶心了！"雀儿一姐把口香糖吐了，说："他还给了我一样东西，亲手放进我包里的。"

"上车吧！"我说。

她走向车的另一边，拉开车门，坐了进去。

我坐进车里，服务生关上了车门，我挂上挡，让宝马像飞一样地蹿起来，驶过五十米的专用甬道，一把轮右转冲向了公路。

她很受用，欢快地说："我说有钱人怎么都开宝马呢！"

"你错了，"我晃了一眼正在享受的她，"真有钱的人都在家里骑自行车啃老玉米！"

她的手机响了，**震耳欲聋**，总有人把手机铃声设置得好像妈要死了一样，还是名妈，恨不得全世界都能听见那巨响的追魂声。

"马哥？"她拉开包，拿出口香糖放进嘴里，"对，我走了，方哥哥带着我兜风呢！明天？不行，我有课，是星期天，有讲座啊！我手机没电了，信号也不好，什么？马哥说什么？"

她放下手机，利索地掀开后盖取下电池又安回去，"方哥想看看姓马的送给我什么放包里了吗？"

"肯定不是钻戒。"

"你猜？"

"我有病啊，猜它干吗？"

她从包里拿出杜蕾斯，带颗粒的避孕套。

我不知道自己为什么会汗颜，"快扔了！"

她没有马上扔出车窗，很是惊愕地看着我，"没想到方哥反应这么大！"

"太恶心了！"我恼怒地说。

她很庄重地盯着我，笑了一下，按下车窗开关，把杜蕾斯伸出窗外，慢慢地松开手。

我尽管减了速，风还是吹散了她的秀发。

第二章

1

第一次来到望族大学，是雀儿一姐把我带进了这所学校，我被望族大学气势恢宏的建筑群震撼了。不是我不开眼，是想不到会有这样一所民办大学，不为外界所知，神秘地坐落在山脚下，比歌德耐尔学院棒多了！

我放下车窗，深深地吸了一口空气，有点甜。

雀儿一姐看出来我的兴奋，也很是兴奋地说："方哥，没想到我们望族大学这么漂亮吧？"

"你真是这儿的学生？"我像是重新打量她，"学新闻专业的？"

"新闻学院在东区，我们女生公寓在西区，方哥顺着路右转，从望族大道左转，进汽车学院一号路，再向前就不远了。"她重新开了手机，"你不用送我回寝室，我看看槿熙在哪儿呢，她今天被一个二货给折腾惨了！"

我不知道，她也不知道她所说的"二货"就是我。

"槿熙，你在哪儿呢？"她举着手机，说："武术馆？你还非要加入礼仪队啊？又不挣钱有病吧？班主任要你必须参加？你等着我马上把你弄出来！"

她挂断手机，气呼呼地喘着。

"怎么了？"我看着她，"槿熙是谁？"

"我的闺蜜，一起长大的发小姐妹，我住村东她住村西，一起来北京上大学的！"她依然愤愤不平地说："她老气我，一点主见都没有，班主任强迫她进什么礼仪队，学生会那几个贱人就没安好心，个个想泡她！向右转，我得把槿熙这傻丫头救出来！"

我拐弯向东，听她指路。

"你们还有武术馆？"我好奇地问，"干吗的？"

"我们有二十个学院呢，三万多学生！"她很是骄傲地看了我一眼，说："我们新闻学院最棒，可槿熙偏偏读了文学！"

"槿熙不是你们学院的？"

"她学的是中文，汉语言文学专业。"

"你们有文学院？"

"哪有啊，是在心理学院，汉语言文学专业是自考专业，没什么人读，就放在了心理学院。"她眼睛亮闪闪地看着我，"对了，主考院校就是你们北大啊！"

"没想到，"我唏嘘不已，"没想到这儿还有我的同宗校友啊！"

"停！"她呼叫着说："过了！"

雀儿一姐的话没有别的意思，是说我开过了路口。

"从前面的口拐过去吧，正好能看见武术馆里边，被学生会玩快乐绑架的一群傻妞们还能看见宝马！"

我驶向武术馆，从窗户看见里面一个人在给一片穿着运动服的女生训练，他的做派更像是检阅，该是个头参差不齐女生的学长，虽看不见他的脸，但我知道他的表情，旁边站着好几个男生，跟北大学生会我们一帮男部长检查女生部没有什么不同，个个很二，却都自以为很牛逼，摆出权威的架势让小女生从敬畏到崇拜，就是一群色狼在寻找羔羊。

雀儿一姐错了，武术馆里的女孩只能看见汽车大灯晃过来，是看不出宝马的。里面人很多，我也没有看见甚至没有想到她就在羊群里，我不知道她叫槿熙，因为我怎么也想不到站在望族汽车旁的天使会是学汉语言文学专业的。

"快停车！"雀儿一姐突然喊："别过去！"

不知道怎么了，我扫了她一眼。

"调头！还从那边过去，快！"她紧张地说："我可不能让曹大蛤蟆看见我坐宝马！"

我就顺从地猛打方向盘，汽车大灯划出了一条流畅的弧线，闪过被花圃隔开的一辆大奔，停在武术馆门前。

"曹大蛤蟆是谁？"我怪声怪语地问："何方老大？盯上这儿了？黑社会的？"

"我们校长！"

这倒新鲜，也不太新鲜，学生给老师和校长起外号是常有的，雀儿一姐管曹校长叫曹大蛤蟆并不表示曹大蛤蟆跟蛤蟆家族有牵连，倒也显示了曹校长有些身世，想必相貌不俗，过目难忘。

她愤愤地说："救不出来，我还看见大脸了！槿熙这个笨蛋上套儿了，我敢打赌明天不去游泳馆训练，下礼拜也肯定去，这下她可惨了！"

有太多的信息量，我发现雀儿一姐说话总是信息量很大，她无意中把很多东西亮出来摆在那儿，任你自选，她就可以把控话语权的优势。

"大脸又是谁？"我好奇地问。

"校办主任！"她畅快地说："曹校长是大蛤蟆，五短身材，全身最长的器官就是胳膊，快到腿膝盖了！我们这地方叫武大营村，他更像个村长，跟我老家的村长一样，可了不得，我爸爸说他小时候最羡慕村长昂头挺胸背着手在村子里走，后面跟着村里的二号人物村会计，村长的小舅子！所以同学们管曹校长叫曹大蛤蟆管校办主任叫大脸村会计！"

真无语。

"你们很喜欢给人起外号？"我摇摇头，"所以你叫了雀儿一姐？"

"我哪儿是一姐啊？"她争辩着说："我只是去年九月来校报到时不肯参加学生会，二十几个大二大三的男生在新生报到现场像苍蝇似的围追堵截漂亮女生，我得保护槿熙，拦住了那一群苍蝇，后来又不让班里玩得好的姐妹参加学生会，就被人这么乱叫了！"

"游泳是怎么回事儿？"

"学生会联系了社会上的游泳馆，一定会拉着礼仪队的女生，美曰其名去身体协调训练，不把学妹们快脱光了他们是不甘心的！可槿熙害羞，从小到大连裙子都没穿过，夏天穿 T 恤都是带领子有扣的那种把扣子系的严严的，让她穿泳装还不杀了她！可入了礼仪队不按要求做，他们就会通过学生处找班主任的麻烦，班主任的奖金考核是放在学生处的，这样槿熙就死定了，除非她乖乖就范敢脱，她可真就是生不如死了！"

天，多像雨婷啊！如今还有这么保守的女孩，我喜欢。

"我真想见见你说的槿熙。"

"她现在是逃不出来了！"她说："方哥，槿熙是不会跟我去玩儿的，那场合见到唐市长那种人得羞死！她宁可去服装摊和手机店每天两百块做兼职，绝不肯为了钱越过雷池一步！"

"那是诱惑还不够。"

"还是要分人的方哥，"她坦诚地说："我带她见过一次唐市长，话没说一句就被唐市长的眼神给吓跑了！"

"那你不害怕？"

"这都怕还怎么活，还不活活给吓死？"她爽快地说："我们俩都复读了一年，结果也没考上大学，她提高了十七分，我还比第一次少了二十分！她妈妈有心脏病，叫房颤，说犯就犯的那种，老得照顾。我是想自己挣学费，高二就开始到市里做模特走秀了，反正我俩都耽误了，没想到有一个望族大学接纳了我们，别看我们私下里叫曹校长曹大蛤蟆，就是没心没肺的玩笑，我们感谢曹校长，没有曹校长哪儿有我们的现在啊！"

"望族大学，"我想了想，说："望族大学跟望族集团什么关系？"

她也想了想，说："好像没关系吧？就是重名了，望族大学是曹校长呕心沥血创办的，全校学生和老师都知道！"

"这样啊？我还以为你们学校是望族集团呢！"

"没听说过有什么关系！"她笑笑，"不过明天望族集团的董事长要来我们学院的经典人生讲座，听说我们院长跟那个董事长是朋友，所以才能够请来到我们学院，还要记考勤不许请假！"

我知道了，雀儿一姐和那个叫槿熙的是在一个村子长大的，也都是县一中最笨的两个高中生，一起复读了一年，一起参加高考，一起没有考上，一起来到了望族大学，一起选择了自考专业。

在专业上两个人分别了，雀儿一姐选择了新闻专业，槿熙读了汉语言文学。望族大学跟望族集团没有关系，就跟我和槿熙没有关系一样。从开车的路径上我知道望族大学离十三陵很近，那里埋着中国曾经的十三个皇帝，而我离槿熙还很遥远，不知道雀儿一姐说的"槿熙"就是我心目中的"天使"。

我离开了，不知道会不会再来。我好像挺喜欢这里，月光下静谧的大学，听着宝马轮胎摩擦发出的轻微声响，行驶在望族大道上，拐过一片教学楼，看见了一汪清澈，在月光下泛着波澜，后来我才知道它的名字叫"望族湖"。

我看见了阴柔之美。望族大学有一种华美，阳刚的建筑群，有一湾恬静的湖水，阴柔之美，北大也没能具有，北大太多厚重的沧桑，再想起我因雨婷而入的歌德耐尔学院，同样也是一所民办大学，那里的建筑倒真像是周星驰的无厘头搞笑了。

手机响了，是杜海。

"怎么还没到？在哪儿呢？"

"杜兄，还得等一会儿，"我歉意地说："我在望族大学。"

"在哪儿？望族大学？"杜海大声说："你小子怎么抢在我之前了？"

说实话，我并没有听懂。

而此时（我后来才知道），雀儿一姐正在向槿熙深入了解槿熙是不是见鬼了，怎么会给一万不拿着？槿熙和雀儿一姐达成了共识，那个出手不凡的人不是骗子就是傻瓜，因为富二代才不会蹿进望族汽车专卖店买望族汽车顺便泡妞的。

离开了望族大学，心里有一种怪怪的感觉，从后视镜里看着傲视群雄的建筑，它被缩小到后视镜里一个闪着光的图形。我知道那应该是图书馆，里面装着各种有文化的人写出的文字印成的书，教育永远不可或缺的东西：知识。我们从没有怀疑过大学是学习知识的地方。

隐约中，我感觉这里好像将会跟我有某种联系，这飘忽的第六感刚一浮现，不是觉得好笑而是把我吓着了。怎么会呢！我永远不会跟望族大学扯上关系。

脑海里呈现出了那个迷我心扉的"天使"，我真的不知道她叫槿熙，要不我就不走了，才不急着应杜海的要求去见什么望族的董事长。我没想认识高阳，他除了要把我给他的郁闷发泄出来也没想认识我，杜海只想我把他伟大的策划——让"望族汽车"上长城，这种堂吉诃德式的壮举梳理出美妙的说法。

我把车停好，走进写字楼，乘电梯上了十八层，轻车熟路地来到杜海的办公室前，透过《第三只眼》总编辑室落地窗看见杜海像个大将军在黑板上画的长城正指着一个烽火台，旁边站着的高阳就像个大元帅。

我轻轻推开门，站住，没想惊动他俩，看着都有些天生的气宇轩昂的将帅，明白他们在为望族汽车的车头向东还是向西争论，杜海想依据地形把车头朝东摆，高阳说："向西！望族汽车要走向全世界！"

我开始努力回想下午试驾的前脸像大奔、屁股像宝马而中间百分之百是夏利的望族汽车，高阳董事长一挥手就要走向全世界了，怪不得媒体都管高阳叫"汽车疯子"。

我笑了。

杜海转身，看见我，说："臭小子才来？过来！"

我走上前，看着也转过身的高阳。

"董事长，这就是方翔，为卖楼吆喝的！"他指着我，"认识一下，望族集团高董事长。"

"我们见过面，"高阳像是重新审视着我，"我找你有点事情。"

杜海很奇怪，不知道我们怎么会见过面，然后立即想起来了，"对了，你小子今天跑望族汽车专卖店干吗去了？"

我没有说话，微笑地看着高阳，判断着高董事长会回答。

"杜老师，"高阳如我所愿地回答了，"我们在大街上见的，他开着车差点撞上我，后来绿灯一亮他就风驰电掣地超我。"他刻意地停了一下，"怎么样？望族汽车给了你惊喜吧？"

"董事长，让您见笑了。"我瞥了杜海一眼。

"我对北京的路不熟，北京人开车又油滑老练。"高阳沉稳地说："北京的路标不好，全国都差不多，只有安装路标的人自己认为够清楚了，应该改一改，让各城市的交警互相换着去做这事情就很好地解决了。这么简单的事情没人想没人做，你说是不是杜老师？"

杜海肯定有一半没听懂。我懂了，高阳是在解释那会儿为什么会突然并线，他在解释中并不明说，却指出了我的不是，也从他机智的目光中看出了一点歉意，我和望族董事长心照不宣。这我没想到。高阳管杜海叫"杜老师"也是我没想到的，*很亲切*，并不是装出来的。

"杜老师，方案就这么定了，我到你们楼下的那家茶馆坐坐，跟方翔有点事情。"高阳往外边走边说："你把协议改好就下来，做好你在杂志社的最后一件事情，我叫了曹校长来跟你见个面，杜老师就去望族大学上任吧！"

我真的有些吃惊，杜海要去望族大学？

"来呀，方老师？"高阳说。

他管我也叫"老师"？离开歌德耐尔学院再也没听到过有人这样叫我，多么让人心里一热的亲切称谓，*老师*。

在中式茶馆落座，一个穿着旗袍的淑女用古筝弹奏《高山流水》，我更愿听《十面埋伏》。除了我把望族汽车当拖拉机开在公路上跟创造了它的董事长撒野，我实在想不出来他跟我有什么要谈的。如果是把望族汽车弄到长城上显摆涉及品牌推广，我连杜海的都不会听，这正是杜海找我的理由。杜海善于策划，而我对"策划"的认识就是一个傻瓜跟一群傻瓜的故事。我有些桀骜不驯，这点跟杜海一样。另一个共同点就是我俩透明得都像个玻璃人，小妹说的。妹妹透明得也像个玻璃人，追着杜海到清华大学听一次讲座就喜欢上了杜海，妹妹准备报考清华，算是考进清华前的预习吧。妈妈不知道怎么知道了，要我对杜海严防死守，我告诉了杜海，哥们儿就是无话不谈，杜海很生气，瞪着熊眼说："你想让我做你的妹夫？说什么呢你个方老西！"

他管我叫方老西！"你怎么给我起外号啊？"

他说："我还想抽你呢方老西！"

看来我的外号确定了。

"方老师，跟你讲一件事情。"高阳盯着我，呷了一口茶，拐弯儿说了别的，这方面有点像我。"这龙井不行，我再来给你带真正的雨前西湖龙井。"

茶是我点的，我不喝茶，还没有老到喜欢喝茶的年纪，想要可乐，又放弃了。

"小刘跟我讲，花舍香榭的广告不是现在这个样子的。"

我没明白，"董事长说什么？"

"就是同意你单独试驾的那个小刘，销售顾问，叫刘思雨吧？"他认真地说："她说她买的房子是六层，因为喜欢你们在广告上的效果图，往下看是一层楼顶伸出来的花园，很美的。她春节前住进去的，往楼下看没有看到花园，在配房的大屋顶上看到一排中央空调的蒸发器。"

我真的有些吃惊，物业公司把配楼租给了一家做海鲜餐饮的公司，所以屋顶花园没有了，有了嗡嗡作响的蒸发器。我吃惊他找我原来是为这事。

"董事长，刘思雨是您的亲戚？"

"不是。"

"噢。"我想了一下，"这家专卖店是集团在北京的旗舰店？"

"也不是啊！"他说："望族汽车都是加盟代理商，不属于集团，上海一家公关公司管的。"

"那为什么？"

"能帮人处就帮人，能饶人处且饶人。"他又端起茶杯，停住，像是要我解读出他话语的含义，似乎期望值也不高。"我不认识刘思雨，第一次来看看这家店，她也没跟我讲，是她们经理跟我说的，那家海鲜酒楼不下班空调就不关，空调不关小刘就没办法睡觉，现在又要开洗浴中心了，她买了一个闹心房子。杜老师跟我说花舍香榭是你爸爸开发的，你还是品牌总监。她也不是退房，要是能换就帮她换一套吧，我知道很麻烦的，能帮她个忙吗？"

我有些感动，面前坐着的不像是上了2007年福布斯中国富豪排行榜的人物，更像是邻家的大哥哥。

"没问题！"我端起茶杯，一口干了，又倒了一杯，再干，端起第三杯，"交给我吧董事长！"

"茶要品，跟做人做事一样。你这样像喝酒一样一口气干三杯，我们管这个叫驴饮。"他说完哈哈大笑。

我摇摇头，又点点头。形体语言管这叫感慨万千。

高阳，望族集团董事长，如此一个性情中人。

我喜欢，高兴他把我像对杜海一样当朋友，北京话叫哥们儿。

曹校长来了。我跟高阳谈性正高，高阳告诉我之所以叫"望族汽车"就是想通过中国自己的汽车品牌兴旺一个民族。汽车是一个国家综合实力的表现，是一条长腿，再把企业文化搞好，他高声说着"企业文化是企业可持续发展力的保证"，望族集团就有两条腿了，可以甩开大步。当高阳几句话就把为什么请杜海到望族大学并为杜海成立一个文化研究院说明白的时候，雀儿一姐说的"曹大蛤蟆"就出现在高阳和我的面前。

正如雀儿一姐说的那样，后面还跟着大脸，他不像是村会计，更像民兵排长，两个人毫不掩饰地看着他们的董事长，再看看我，马上判断出我不是高阳请到大学当院长的杜海，这情景就是高阳在跟一个至交聊天。曹校长松了一口气说："杜总编不来了？"

"马上到。"高阳指着我说："方翔，你上去请杜老师赶紧下来吧，我一会要去机场了。"

现在已经是夜里十点半，看来高阳坐的是零点以后的红眼航班，他可能真的忙不过来。

望族大学就是望族集团的，高阳还身兼望族大学董事会的董事长，我可以确定望族大学的学生并不知道。杜海听我说后叹口气，道："我不管这些，去那儿把这十几年跟企业打的交道总结出来，研究望族集团企业文化建设，也就是民营经济在中国经济发展中的作用和地位！"

"又来了！"我说："你疯了，真要去望族大学？"

"以后跟你说！"他把文件袋塞我手上，"赶紧回家，材料都在里面了，写一份通稿，设计一句挂在长城望族汽车边上的广告词，我明天上午要！"

"凭什么？"我大声说。

"凭我保证不让你妹妹爱上我！"

Fuck，这个理由够充分！我给了他后背一拳，算是我经常乐意被他利用出口恶气。

他转回身，"方老西，你没跟高阳吹你的墓地吧？"

"你有病啊？"

"你没药！"他装作笑容可掬地说："我这病还挺难治！"

我笑了。他有理想，我却心怀鬼胎，一刹那就想到了什么，对，我的"天使"会不会就在望族大学呢？高阳为什么要帮刘思雨的忙？一个大董事长关心一个素不相识的销售顾问，不是不能，是帮不过来啊，望族集团自己就有上万员工，我在杜海黑板上画的长城知道的。望族董事长到望族汽车专卖店看见了什么才如此高兴？

他的学生！对，一定是这样的！刘思雨从望族大学找来学生做望族车模恰恰让高阳遇见。我想起了下午高阳在中心展区时的表情，这个更像邻家大哥的性情中人一定是看到了望族的大学生才如此喜悦，而且亲自出面找我帮忙，槿熙！我忽然想起了这个名字。

亲切的名字。真会是这样吗？问一下杜海就知道了，可是不能够，杜海会看不起我，这家伙一猛子扎进望族大学，随便编排我一下，我就形象全毁！

好吧，我明天要见刘思雨，帮她的忙也为杜海在高阳那里给点力。

我没有再回到茶馆，看着杜海信心满满地推开了那两扇仿制的古门，我可不想进入他们的话题，让望族汽车上长城一定是杜海决定离开新闻界、为他尊敬的企业干的最后一件事。在高阳亲自安排下，即将上任的望族大学文化研究院院长杜海与望族大学校长第一次见面了。我不知道高阳怎么想的，杜海怎么想的，曹校长怎么想的，这会不会是一个"历史时刻"？

看来"历史"实际上并没有后来人总结时那么复杂，就这么简单又看似轻易地发生了，只因为望族集团董事长不是一个简单的人，《第三只眼》杂志总编辑不简单，还是我的偶像呢，望族大学的校长岂能简单。

跟他们比起来，我是如此简单，一触即发地爱上一个人。

不是一触即发，箭已离弦。

2

回到排球场客厅，妈妈正在客厅看着DVD，她没有去地下室的影音中心看大片。我扫了一眼超大电视机屏幕，妈妈不看《廊桥遗梦》，改看韩剧《冬季恋歌》了。妈妈是一个与时俱进的人，我很高兴有这样一个可爱的妈妈，从不出门的她知道世界上所有的新鲜事儿，很潮，都跟爱有关，戴安娜之死让妈妈哭了有一个月，看上去比英国王子还伤心呢。

已经长大的我，不想让妈妈知道我看见她流泪，故意慢慢地摘下曾被高阳在茶馆很留意的Burberry围巾。2007年的春天有点冷，我在等待妈妈擦去眼泪。

妈妈在奢华的沙发上侧过身，泪眼蒙蒙地看着我，我笑了一下，她的眼泪却成串地流下。

"妈？怎么了？"我又笑了一下，看了一眼电视，"不会吧？"

"不能接受，"妈妈看着我，"我是说无法接受。"

是啊，韩剧有三宝，车祸、癌症、医不好。桥段一个比一个老套，都是琼瑶的小弟子，尽管韩国人快把人类的起源都归纳为大韩民族的壮举了，幸亏琼奶奶还活着，让韩子徒孙们无法造次，但有一天他们把琼瑶说成是韩国人也不一定。

我走过去，坐在Stressless扶手上，没想劝妈妈别看了，因为我知道哭实际上也是一种享受，把手抚在妈妈的肩上。

"不知道你白大爷想干什么，老是为难你爸爸。"

我这才明白，妈妈不是被《冬季恋歌》弄哭的，白大爷一手扶持起花舍香榭地产公司，是爸爸最敬畏的老领导，只要不让老爸杀人就是放火也没什么。

"你跟杜海在一块儿？"妈妈问。

我又知道了，一定是妹妹告诉妈妈的。就是说，妹妹对杜海还穷追不舍，连杜海走路先迈左脚还是右脚都知道，我的行踪只要跟杜海有关系，就尽在妹妹掌控之中了。杜海，你这家伙！

"能让你白大爷赞赏的人不多，杜海是最首当其冲的一个。"

我没有纠正妈妈的语病，"首当其冲"就够了，加个"最"字就让人费解了。

我不想问，不问让爸爸敬畏又生畏的白大爷对爸爸又怎么了，这三代人语境是不同的，跟讨论同性恋一样越说越糊涂。妈妈可怜兮兮地看着我，让我有立马去找白大爷把他抽成血大爷的冲动！

那是不可能的。我虽然是股东，但对花舍香榭从公司变集团不仅介入不深甚至毫无了解。爸爸不想让我知道太多，他偶尔问起我的墓地越发让我胆寒，至少我明白了一点，白大爷不用出手，一个眼神就会让花舍倒塌再把爸爸投进监狱，要不爸爸这些日子老关心我在高山上的墓地干吗？

"翔子，"妈妈叫着我的乳名，"你跟杜海说一下，让他去找你白大爷问问老人家到底要什么？要你爸爸怎么做才是？"

我心里一阵发热，说："妈，您别管，没事儿的，我爸能处理好。"

"看这样子江城的开发得处理好，你白大爷跟人家省里许诺过什么咱不知道，像刚才我看电视新闻，望族汽车那个老板说的，把好事做好才对。天下好事这么多，可不是人人都能做好的，他说得对啊！我在电视上还看见杜海了，跟那个高董事长在一起。杜海有些日子没到家里来了，他瘦了，黑了点儿，牙就更显得白了，更像裴勇俊了。"

"妈，您少看点儿乱七八糟的吧！"我终于忍不住了，说："明儿我给您买郭德刚吧，逗您乐乐，别成天琢磨白大爷还扯上杜海，现在连高董事长您都知道了！"

"这孩子，胡说什么呢！"

妈妈有些不安，对白大爷我有些失言了，尽管我什么都不知道也不想知道，在妈妈的心底里也许像我在高高的山上有一个位置，活着的时候不必老触碰提起。杜海说得对，我没必要老炫耀我的墓地了。

我扫了一眼电视，裴勇俊有着杜海一样洁白又整齐的牙齿，杜海有着裴勇俊式的迷人微笑，只要他不发火的时候。我答应妈妈会跟杜海说一下，让他有机会探寻一下白大爷那深不可测的心。然后洗了澡，躺在床上，看着爸爸执意要装在天花板让我恨之入骨的奢华的水晶灯，哪天地震我可就在床上万箭穿心了。

现在，天使的羽毛正在撩动我的心。

躺在水床上，亏老爸想得出来让他儿子年轻轻地睡水床，让我每天晚上在床上荡漾，一次次驶进噩梦的港湾。雨婷被查出脑瘤前我是有预感的，总是梦见她在高高的山上唱歌，不知道唱那山歌给谁听。我把梦讲给雨婷，她笑了，在她不能低头的时候，我在大街上蹲下给她系鞋带时，她哭了。

"如果你真爱我就必须放下我，要不我跟你没完！"就在这张水床上，她哭成了小泪人，"你听见了吗？放下我！放开我！要不我不会在天堂等你，答应我！"

我哭了。

我以为我会无法入睡，想着雨婷，她变成了天使，没有翅膀的天使，不是在梦里而是在现实中复活了，当我迷蒙中看见雨婷走进了另一个她的身体，站在高山上向我微笑时，我慢慢地进入了梦乡，很甜。

睁开眼睛的时候已经是早上九点，我在努力想着梦，却想不起来。这是我经常没心没肺的标志之一，明明在梦里感觉到经历了一次旅行，刚睁眼的时候还能捕捉到不知是耳边还是脑海里的混响，稍醒一纵就消失了，接下来我就习惯追回它。手机震动介入了，生命程序开始真正启动了。

我看了一眼手机，是杜海打来的。

"臭小子，一夜没睡吧？写好了吗？"

第一个遭遇就是当头一棒，我断篇了才好。

"啊，啊啊……"

"方老西你不会没写吧？"

在这十秒里我被叫了两个名字都只说一件事，他的反应如此之快，所以他是杜海，总能惊涛骇浪。

"你丫死定了！"他又咆哮着再补上一句："你他妈的太二了！"

在他挂断手机之前我赶紧抢上话，像机关枪扫射，"我上午要去完成杜哥的高董事长交办的事儿，下午在办公室写，晚上六点交给你，你在老地方请我吃饭！"

我啪的一下合上了手机，我想我赢得了先机，他必是口吐白沫而亡。

我大口喘着气，有点儿缺氧。

星期天我们家是十点开饭，一日两餐，我洗漱完是九点半，坐到装修成巴洛克风格的餐厅狂吃了一通先上好的凉菜，专司厨艺的保姆为我紧急炸了两根油条，十一点我冲进了看着如此亲切的专卖店。

她没有来。

中心展台上的望族汽车毫无生气，光还是那样透亮，照耀出了钢铁的冷艳，只因没有人，没有天使，也就没有爱，没有了生命。

刘思雨看见了我，不知道是不是故意弄出惊讶的表情，标致的脸多了些鲜活，脸一鲜活人也就生动了许多，不再像珠穆朗玛峰下的水冷冰冰，尽管她喜欢表演职业化的笑。

"方先生又来了？"她呈现着笑脸说："您不会还要试驾吧？"

"她呢？"我盯着她的表情，"不会不来了吧？"

"方先生是说昨天那个模特？"

"你猜对了，可我不想让地球人都知道！"我学了一句爽透了的东北话，又回到标准的老北京腔调："怎么茬儿？你想到我会来让她躲了，跟我逗闷子是吧？"

"瞧您这话儿说的，逗闷子也得分地界儿找对人哪，谁敢跟皇城根儿的方爷逗闷子，那可就是一天吃错三回药——打心眼儿里不想活了。"

说实在的，我被她给镇住了。欣赏舞台上京腔京韵的《茶馆》是艺术，生活中拿出这腔调总像是满大街捡烟头找抽呢！她这段用老北京腔喷出来的话，惟妙惟肖，比我的够味儿不说，还深刻的多。

"不闹了，说正格的，你是不是在大学里也在话剧社混过？"

"你猜错了，这是我的专业，我是北京电影学院毕业的。"

"北电的？北电毕业的卖汽车？"

"那又怎么样？你们北大毕业的不是还卖猪肉呢！"

我靠！

人真的不可貌相，我必须赶紧跟她达成共识。

"我服了，叫你一声姐了！"我真诚地说："赶紧把她找来，我对灯发誓不跟她说你是北电的，你对天发誓不告诉她我是干什么的，好不好？"

"不好！"她肯定地说，又故意问："你是干什么的？"

"不闹了，刘姐！"我四下看了看，发现很多销售顾问都在望着我。"昨天小黑子跟白眼狼在这儿打一架，你们没人不知道我是谁，小黑子是啥英雄了吧？"

"方总，那好，"她也不想烦了，但有一个问题她必须要解决，说："可凭什么你对灯发誓而我要对天发誓呢？"

"灯我们都够得着，想灭就灭了它！"我坚定地说："天太大了，大成了一种形式，姐不吃亏的。"

"你还真叫我姐了？"

"是高阳让我们变成了亲人！"我这么一想，这么一说，快热泪盈眶了，"董事长拿自己不当外人，对他看得上的也就都不当外人了，你的事儿我办，明天就给你换房！我的事儿你办，现在就让她来！"

"你说什么？"

"快着点儿吧！"我笑笑，"要不我把工地上的民工兄弟招呼个一二百来，坐在你这儿白吃白喝，看看你们怎么把上帝培养成客户！"

"你说董事长让你帮我换房？"

"怎么，你不知道？"

"你该知道望族为什么有魅力了吧？"她激动地说："因为老板有魅力！真是的，我怎么谢高董事长啊！"

"嗨，我不爱听了啊！谢谁？你得谢我啊！"

"你还让小赵来吗？"

"她姓赵？"

"合着昨天忙活了半天你真的什么也不知道啊？"

"她叫槿熙？"我同样激动不已地问："赵槿熙？"

她有点受不了，一脸无语的样子，以为我和槿熙联起手来骗她呢！

"真没有！"我说："刘思雨，不管你信不信，答应我别告诉她我是谁，拜托你了！"

她郑重地看着我，不是演戏，脸上不再生动，又恢复了拒之千里的表情。

"我，"我一字一句地说："我喜欢上她了。"

"喜……欢？"她把两个字也分开说，念出了分量。

"我爱她！"

她满意了，狠狠地说："你可不许骗人家！现在我可成了搭桥的了，你要是欺骗了槿熙，我对灯对天一起发誓不会放过你！"

我从小到大接触的喜讯不多，除了小时候有一天，有人来报说爸爸跟白大爷坐车到延庆开会，轿车翻到老八达岭公路下去了，爸爸在车上一直紧紧搂着当时还是处长的白大爷的头，两个人被甩出车外爸爸依然搂着白大爷。两个人奇迹般的都没死，爸爸遍体鳞伤，妈妈说看到爸爸时有点像《红灯记》被押赴刑场枪毙的李玉和，身上全是满目疮痍的血迹，白大爷自此留下了颈椎病，后来经常到医院高干病房把脖子吊几天，可能越吊越长，一直吊进了中央被称为“首长”。

今天就是一个特大喜讯，我的天使叫槿熙，来自望族大学，跟雀儿一姐是发小姐妹，都因复读迟了一年才上大学，不是国家计划内有户口指标而成为自考生，倒跟爸爸一个性质的学历。自考和成教学历的起源，在我看来原本就是为要提拔的干部准备的，爸爸还拿到了文学学士学位呢，拿到文凭那天，我给老爸发了一条短信：劢岫㘝龠爝鲎鞲馘饕薨颫鹾毹鼗痂摎罅氽鹨枭郄骥貅觽锬嫖娼慝隳阒限薹舁骱鄙泡妞。文学硕士处长爸爸快哭了，我估计除了嫖娼和泡妞以外其他的字肯定一个也不认识。

我巴望着槿熙。有了期待，生命会忽然变得超有意义，青春如同圣火在燃烧，我甚至能看见闪烁的火花，她带着光彩走过来，还穿着昨天那身衣服，含着天生腼腆的微笑，新鲜得像一杯鲜榨果汁。

我不能拉住她的手，那样会像昨天看到一万块钱那样把她吓着，怕她会毫不迟疑地甩开。小黑子说泡妞儿也有三十六计，傻为上，装傻要装到一定境界才会显得可爱让妞儿上钩。跟钓鱼一样勾住了还不能急，牵住，慢拽，下笊篱，抄起，入瓮，五步骤即成为囊中之物。对爱的人不可把玩，要用心赏。小黑子是泡妞专家，但紧守兔子不吃窝边草规则，把品牌部英语比小黑子骂人还麻利的女人们都训练到警惕万分，所以个个快成剩女了。

她看着我，还是有些惊愕不已，尽管刘思雨在电话中告诉了她为什么来。槿熙不想来，我听见了雀儿一姐在电话那头高叫“你以为姐是收破烂的随叫随到啊”，还听见了槿熙说“别闹”，这让刘思雨对王小却顿生厌恶，我拿过电话。

“来吧，我告诉你考题。”北京每年四月有一次自考专业考试，我在歌德耐尔学院当辅导员时就知道了。“想知道吗？”

“真的？”这个诱惑足够了。她来了，热热地看着我，“您知道复习重点？”

“跟我来。”

我在前，她步步紧跟在后。

“您不会就是出题的吧？”亲亲的声音，她多么希望是这样啊。

“那要看你的表现了，”我说：“刘姐没告诉你我是北大的？”

“北大的？”她兴奋不已，“方老师是北大的？”

“别叫我老师，就叫我……”

“叔叔，太好了！”她快步跟上我，“今天您让我干什么都行！”

我停住了脚，看着她。

她意识到这句话的危险，怯怯地说："您别想歪了，方叔叔。"

"我想什么了？"我故意变严肃，耿耿于怀地说："叫我叔叔？你韩剧看多了，槿熙。"

她张开了嘴，露出一排珍珠似的牙。

槿熙，不是我叫出了她的名字，而是这名字对于我来说太甜。

又坐上了望族试驾汽车，旁边坐着我的天使，**我心飞翔**，老爸给我起这个名字的时候就是这么想的吧，要我飞，**我要飞**。

下起了小雨，2007年第一场春雨，**洋洋洒洒**，老天爷应景似的做点春天该做的事儿，看不见雨却足以把衣服弄湿、把车搞脏。

我算过时间，刘思雨照我的要求要槿熙打车来，虽然是星期天，北京公路不再像个停车场，也得一个小时。我借用刘思雨的电脑快速写着望族汽车上长城的一句话阐释，**心猿意马**，先写了一句"不到长城非好汉，上了长城傻瓜蛋"赶紧删了，又写了第二句"望族好车上长城，纵览他车走泥丸"，尽管展现了杜海诠释出的高阳心态，可还是驴唇不对马嘴。写下第三个"望族在长城，长城看望族"也觉得狗屁不是，开始恼羞成怒杜海干什么不行干吗非要把望族汽车弄到长城上，还不如求我老爸把车开进中南海见白大爷，让新华社向全世界发张照片得了！我知道象征意义大于实际意义，可我心不在此，**心在槿熙**。

"俯首千山万水，挺进南北东西。"

对，就这句，爱谁谁！我发给了杜海，他打开邮箱看到一定很喜兴。

"去哪里呀？"她说，并不看我，"还试驾，按昨天的路线就可以。"

"我带你去看墓地。"

"您是说教堂吧？"她开始捕捉我说话的含义，努力确定着什么，因为她知道我是北大的。

"教堂？"我摇摇头，"不，天堂。"

"有多远？"她追问。

"回头就是！"我踩了一脚刹车，"这家伙！"

刚拐出来的时候，我就看见了白狼，他头上缠着绷带，那是小黑子的杰作，并由急诊室外科大夫完成的最后形式，开着一辆SUV直眉瞪眼地跟上来。

他停车，刚推开车门要下来，被我跑过去顶住车门。

"方先生，我就用一个晚上！"

"白狼，脑袋被门挤了就去医院，别在大街上晃了。"我用微笑表情和火热的态度说，因为我见过二的就没见过这么二的。

"我真的需要她的腿！"白狼边放下车窗边说："把汽车看成文化的，腿就是翅膀，看成交通工具的，腿就是冷冰冰的机械，我用她的腿和望族汽车走向世界！"

"你真够一根筋的啊！"

"模特是公共艺术品，你不能一个人霸占她！"

"你是不到长城非你妈呀！"

我拉开车门又狠狠地关上，车门撞上了他的腿，白狼一定要好好惦记一下自己的腿了。

我转身走开。

他把脑袋伸出车外嚷了一句："我跟她男朋友都说好了！"

我猛地站住，像是背后挨了一刀，菊花刀。

我突然转身愤怒地踹了他的车一脚，居然把车牌给踢掉了。

槿熙既没下车也没在车里观望这些情景，证明她并不关注我。

这让我沮丧，她甚至没看我，假装热情地说："走吧！"

我挂上了二挡起步，轮胎发出会撕高阳之心的尖叫声，槿熙在推背的冲力中身子贴在座椅上还不忘拿起在响的手机看。

"接啊！"我承认我酸溜溜地说："要不你男朋友还以为你玩儿午后情呢！他那么关心你怎么没送你过来？"

这回她看我了，眼睛在冒火。

"莫非他另有新欢？"我开始不怀好意，冒火的结局演变成燃烧才对。"你不会是害怕失去他，玩失踪才答应来的吧？"

"你没事吧？"

"我没事儿，就怕该你有了。"我说："我的女朋友在墓地，你男朋友呢？还活蹦乱跳的？"

"你怎么这样啊？"她脸色通红，说："你对你女朋友能这么轻松地一说？相信你不是坏人，因为你是更坏的人！"

"对不起！"

"切！"

"我在跟雨婷说对不起！"

"我也没跟你说！"

开始拌嘴了，这是爱的程序，必不可少。可我有些郁闷，槿熙说得对，我怎么一定要表现得如此轻松地那样说呢？

"你也不对，"我说："你男朋友干什么让你这么生气？"

"我可以不回答吗？"

"不。"

"他要过来给你献花。"

"我还没死呢。"

她微笑地看着我，笑得很甜，我忽然有些毛骨悚然。

堵车。我就是因为堵车才被白狼勾进了望族汽车专卖店，我跟槿熙就是这样开始的，今天在继续。这个春天有点冷，可心里多少年了都没这么热过，我爱她的清纯，自私到说我爱她的警惕和保守。她所呈现的保守形态超过了雨婷，圆形立领白毛衣遮住了脖子，只露出一点点肌肤的圆润。

又被堵在路上，我放弃了去八达岭的想法，我的墓地在下，望族汽车将在高高的长城烽火台上。有些路星期天会更堵，交管所签发的合法马路杀手开着私家车出来遛遛，国家是人民共和国，银行是中国人民银行，虽然北京不是北京人的北京，但都不是外人，比一比谁在北京环路停车场更有耐性，唐启光再牛逼也不敢在北京开车，而我同样不太敢在他的江城开车。

她发了很多短信，好像说不明白，还是直接打手机了，"大春，你怎么就不放心她啊？没，我没跟小却在一起，她忙着她们学院今天的讲座，你昨天接我的时候我不告诉你了吗？她不是躲你，她真的出不来，你也别去学校找，小却的脾气你又不是不知道。"

我不知道这通电话是不是说给我听的，句句暖我心。我终于把想证实的都得到了证实，昨天开车来接槿熙的叫大春，是王小却也就是雀儿一姐的男朋友，不是她的。雨好像下大了一些，春天真好！雨声，读雨像听诗，别有一番滋味。

"我给你开暖风吧？"我看着她，"是不是有点凉？"

"那还开车窗？"她没有看我，"您都湿了。"

她是说细雨飘进来打湿了我的衣服，这个学中文的槿熙话语，我喜欢。

"我哪儿湿了？"我按她的路径往前走，巴望着她掉进坑里。

"没湿吗？"她看着我，"不可能吧？"

"真湿了？"我故作羞态，"槿熙，你这么说多让人难为情啊！"

"难为情？怎么会呢，您湿了就是湿了，还非要我说出来？"

"那就不说了，槿熙。"

"您看街上好多人不打伞，不知不觉地就成了湿人。"她声音像她人一样柔美地说："雨中人，看着也是一景，可细雨中的人不知道自己是别人的景，会不会心里觉得看他的人都很傻呢？"

我拐向停车带，打开警示灯，解开安全带。

"怎么了？"

"我下去，在雨中走走。"我也温柔地说："你坐在车里看着我，我来找找你说的感受，会不会觉得你很傻。"

"那杨立伟要是说升天的时候太爽了，您还能买鞭炮把自己绑上往天上崩一回？"

"杨立伟是谁？"我大声说："他干吗升天啊？"

"您太傻了，不，我是说您太逗了，连杨立伟都不知道？"她轻叹了一口气，"高董事长说买望族汽车的人都很聪明，看来也不一定呢。"

完了，我一拐弯掉坑里了不说，还把高阳给捎了进来。

"那我不让你看了。"

"您可以买望族汽车了。"

我还没从坑里爬出来，她又踩了一脚。

超可爱的槿熙，多想抱抱你！

我饿了，真的，开了半天还没出城，当槿熙说到"湿人"的时候，我想带她去颐和园，想和她一起做一回雨中人，一叶小舟荡漾在昆明湖畔。那是我和雨婷没有实现的诺言，跟雨婷看雨，不知道有多浪漫，心里才不会像槿熙说的别人看着有多傻，热恋中的人才一个比一个傻，**为爱傻，为爱泣**，那是最甜的雨，甜雨。

跟槿熙一起读雨，会不会是雨婷的泪滴？如果是，也是喜泪，我正在做你要我做的，雨婷，是吧？

"您怎么了？"

"咱能不用这个您字吗？"我快速地梳理着心绪，让哀思化成这淡淡的细雨。"你饿吗？我带你去吃饭。"

"不用！"她急忙说："您都试两次了，要是喜欢就买了吧！"

"你不饿可我饿了，"我说："你敢情吃饱喝足来了，我傻等了你一中午。"

她歉意地笑笑。

"不怨你的，你没准备好，是我让你来的。"我喜欢她那总像有一根线牵人心的浅浅之笑，"我有点霸气是吧？"

"没有哇？没看出来。我不知道。"

她表达一个意思用了三句话，嗯，有点像学汉语言文学的，不是啰嗦，是像她一样有一种味道。

"真没想到您买车要花这么多心思，这车不贵也三万多呢！"她慢慢地甚至悠扬地说："也是，我买个几块钱的手机护套要去商城好几次，明明想好了买哪种样式的了，真要买了还是犹豫，结果还是没买成。"

"你太奢侈了，槿熙。"

"是吗？也许吧，我真的不该乱花钱。"

"我是说时间，你奢侈到有时间去想几块钱的手机装饰，甚至是奢华无度了，还为此去了几次商城？"

"这您就不知道了，班主任让我必须加入校礼仪队，这样学生处查我们班到课率的时候就会手下留情，班主任的绩效工资就不会被扣，我住的公寓离训练的武术馆远，我不愿意迟到总是早到，顺便就逛逛武术馆旁边的商城。"

我已经去过她所在的大学了，如果知道昨天晚上雀儿一姐就是为槿熙着急，就可以不用在茶馆见曹大蛤蟆了。人与人相识真是太奇妙了，如果命运安排好了跟谁认识或仅仅是擦肩而过，是躲不过去的。

槿熙是一块美玉，很古典，藏在山脚下，等我发掘，等我雕琢。我甚至想她是不是从古代穿越而来的，西施，貂蝉。林黛玉就算了，反正她们各有各的幸运和不幸，但都生错了年代。

"槿熙，我带你去吃饭吧！"

"您不用跟我商量，刘姐让我一切都听您的。"

"我没用问号用的是感叹号。还有，槿熙，你能不用您吗？"

"那您能不叫我槿熙吗？叫我小赵就行了。"

3

我决定去吃饭，我饿死了。她的提示妄图拉开距离，像说天安门城楼上有蟑螂一样，怎么可能？建设花舍香榭的工程队修缮过天安门城楼，老爸闻听后立即要求把胡说八道的几个工人开了，以免产生歧义造成恶果。方氏的遗传基因就是果敢迅速。

我快速并向右转弯车道。为化解她并不明白的给我的尴尬，为在还得四十分钟的路程上说点别的。倘若进了会所，我想她就会被想象不到的奢华所震撼，再知道我是谁，这款望族汽车还抵不过一瓶红酒，就巴不得我在她耳边每每轻唤*槿熙*了。小黑子之所以成为泡妞高手，与他借我之名带女孩到会所炫耀不无关系。

"给你出道题，是真事儿。"我尽量不看她，*我会用一生欣赏她*，尤其在我一定会让她很出名以后。"家父在政府机关当科长的时候，我还在我妈的肚子里睡大觉，从一开始这一觉要睡十个月，因为男人来到这个世界想做点事儿，以后很难这么悠闲地睡了，你说是不是？"

"不知道。"她看似平淡地说："爸爸没跟我说，爸爸是我们家唯一的男人，他参军了，从部队复员的时候写信回家，告诉妈妈他要带上我和妈妈逛北京，结果那大巴士离村还有二十里就掉山沟里去了。"

我不能不看她一眼，她没有泪。

"那时我才三岁，不记得爸爸的样子。"她轻轻叹口气，"父亲，这个词在我心里不是名词而成为一个形容词。您还是说令尊吧，您在娘胎里就有了一个在政府当科长的爸爸，我羡慕，可您不是说出题考我吗？您说吧！"

我突然不想说了。"以后吧，槿熙。"

我把车开到了花舍香榭会所前，当然没有牌子，幸福西里 56 号，在很小的圈子里知道的 56 号院。

"这里没有饭馆啊？"槿熙四下张望着，手下意识地抓紧了包，当然并不是怕我抢她的包，只是暴露了她的警惕，她没准备掩饰，要么还没学会掩饰。

"下车吧！"我微笑着说。

"您去吧，我在车上等着。"她坚定地说："我不能离开车，方先生理解吧？"

"我跟刘姐说一下。"

我拿起手机拨号，并不是要打给刘思雨，拨的是自动开门的密码，花舍高管把它称为"比尔密码"，会所电脑程序中输入了授权手机号，拨通密码，两扇铁门就会自动打开。不知道比尔·盖茨回家是不是这样的，老爸目前只有这样的想象力，没花太多钱就找人设计出来了。

我看出槿熙的为难，而且脸色不好看。

"明白了，你不太想让刘姐知道太多是吧？"

"不是的。"她在尽力放松，"给我出题吧？我挺笨的，你吃饱了回来我也答出来了，你爸爸怎么了？"

我按了手机通话键，铁门打开的程序需要三秒钟反应。

"你得下车，就算陪我吃饭吧！"

"那不行。"她说，然后瞪大眼睛，门开了，她迅速看了我一眼，也许在评估她目前的处境。

我把车开进了五十六号院，驶向甬道，就进入了别有洞天的会所的真正的门。

车刚停，两个帅哥服务生出现，他们像练过轻功似的，走在哪儿都不会发出声音，一左一右地打开车门。

我不想在槿熙前暴露身份，跟为我开车门的服务生夸张地热烈握手，训练有素的帅哥还是被惊着了，没上过这样的培训课。我用身体挡住槿熙的视线，小声说："记住叫我方大哥！"

服务生惊愕了两秒钟，握住我的手使劲地摇，喊口号似的说："方大哥？今天有时间带阿姨来了？欢迎！"

我差点想闭眼。

服务生快步走向另一边的车门，"欢迎嫂子！"

我跟槿熙一起蒙了。

"乱辈儿了！"我嚷嚷着，看着她脸色通红地下了车，羞恼地看着服务生，大声说："别乱叫，人家还没答应做我女朋友，虽然她看上去老了点可也不像阿姨，也还不是嫂子！"

槿熙想杀人，可她太柔弱了，根本就找不到办法对付这种情景。我看她快崩溃了，脸比会所门口摆满的牡丹还红。

"他们搞错了，"我走过去，说："槿熙，对不起！"

她清澈的眼睛突然含泪，我才意识到这个玩笑开大了。

"槿熙别生气，逗你玩儿的。"

"我才不让你玩儿呢！"

说得真诚，听之诡异。

"对不起！"我没想到她气性这么大，身子一抖，差点一软倒下去。"真的对不起！"

我第一次拉住她的手，另一只手扶住了她的腰，怕她真的摔倒。

她是那样的柔软。柔软是一把锋利的刀。

"你不许这样！"她说。

"我错了，槿熙。"

她抽手挺腰一气呵成，看着我，"你要怎么着啊？"

"我给你出题。"

我带着无力反抗的她走进会所，槿熙被美丽的景色迷住，或者是吃惊。在外面看不出来也想象不到会所里面会是这个样，移植了苏州园林的经典，每一个视角都是精美绝伦的建筑小品。榭廊流水，碧池花季，加上高氧空气，浓郁的负氧离子让人精神气爽，现在轮到我惊讶了，她脸色红润，身上飘散出奇异的清香。

她自己也感觉到了，错愕地看着我，好像我在她身上做了什么手脚，除了进门前她那惊愕一软被我拉手扶住，绝没有碰过她一下肌肤。**她是不可触碰的**。不忍触碰，不能触碰，不许触碰。

"你快出题吧！"她的呼吸产生了一点微妙的变化，为了掩饰紧张，不知道接下来会发生什么，她明显想让自己的思绪集中到别的地方，对未知的事采取了逃避，或者解脱。"你爸爸怎么了？"

"家父那时候只是一个小科长，不能坐软卧的，到河南和湖北两地出差，在郑州办完事儿，半夜里上了去武汉的火车，把东西放在硬卧的下铺，火车就开了。走这边，槿熙。"

我停了一下，注意到她百倍警惕下遮掩不住的好奇，不在意那火车，爱开不开。

"火车开了，你爸爸发现把包丢在站台上了，所以拉了紧急制动让火车停了？"

"你可真有想象力！"我笑了。

"不是的，"她认真地说："从北京来的官都厉害，去年六月我准备高考的时候老不踏实，听说我们村给卖了，要搞旅游文化产业，把我们从明朝传下来的半个村子说是保护性拆除？那天村长、乡长都插不上嘴，县长和市里的领导陪着一个人来看，接受指导，后来才知道那人不过是北京花舍香榭地产公司品牌运营总监的司机，一个北京来的司机就能指导我们那里政府的工作，您说厉害不厉害？"

我又愣了一下，小黑子！到江城第一晚我就被唐启光灌多了，早上爬不起来，让小黑子去村里拍几张照片给广告公司做文案备用，丫一定摆出北京大爷样儿山呼海啸加口若悬河地侃上了！

我忽然明白了，原来把花舍香榭"空运"到江城，江城是槿熙的家，保护性拆除半个村子，看来有槿熙家从明朝传下来的祖居？

我在想着什么，有点走神儿。

"火车开了你爸爸怎么了？"

她停住脚，嘴里问的和心里想的不一致，问得心不在焉，想得可是复杂真切，雨婷第一次来也这样。我已经积累了经验，而知识此时无用。

"先别管火车，让它开一会儿！"我笑笑，"你想知道这是什么地方，我为什么能来是吧？告诉你槿熙，这是一家高端会所，不对外的会员制，想成为这儿的会员一年收入不够五千万想都别想！"

她张大嘴，看着我，没笑，是在问。

"好吧，我交代，我这辈子也没想过能挣五千万。"我四下看看这满目花丛，有了，我说："看到这些花儿了吧？都是我的！"

"您是种花的？花棚一定很大吧？"她信了，而且很高兴，"太好了！我是说种花好，我妈妈也种花，我的学费都靠花呢，可惜呀！"

她叹口气。

我心揪了一下，不太疼，有点酸。

进了差不多就是我专用的水星坊，昨晚雀儿一姐在这里身上穿着二两布起舞，不知道槿熙知不知道她的好姐妹快成京城某个圈子里的"一姐"了。当然还差得很远，也就是唐启光唐市长在北京的圈子。

我明白槿熙需要一个不着边际的话题转移她的情绪，她不习惯奢华，不知道我是谁，但相信我一定"不怀好意"，我看出来她甚至有一瞬间的神情恍惚。

"火车一开，家父就去洗手间，刚进去转身要插门，突然冲进来一个女的，用身体靠住门扯开衣服还弄乱了头发，说：给我钱，要不然我就说你耍流氓！"我挥了一下手，服务生上前。"都三点了？我说我要饿死了！给我老三样，槿熙想吃点什么？"

"我不吃，快说你爸怎么办？"

"给槿熙上血燕，美容的，吃完脸就更润了，先上木瓜汁解解渴，我用可乐就行。"她不用"令尊"我也就不用"家父"了，说："老爸掏出笔记本，不是电脑是真笔记本，哗哗地在上面写了句话递给那女的，那女的一看笑了，也哗哗地写上字还给老爸，老爸看完把本一合，说：你喊吧！"

"能给我杯热水吗？"她说。

"马上。"我看着她，"你猜一下老爸和那女的各自在本上写了什么？"

"那问你老爸和那个女的呀，我哪里知道啊！"

"你猜嘛！"我快无奈了，"你得学会玩儿，槿熙。"

"才不呢！"她摇摇头。"我想喝水，甜一点的更好。"

"快上木瓜汁！"我高叫着。

她四下看看，没见着有人，服务生都出去了。"您跟谁说呢？"

"这是高端会所，我叫一声连池子里的鱼都听得见！"我看着她，越发喜悦地说："你快猜！"

"也许你说得对，鱼真能听见，我不是鱼所以不知道。"她又轻轻叹口气，"鱼的记忆力只有七秒钟，我真想做条鱼。"

这就有点意味深长了。一条鱼，记忆只有七秒钟，怪不得它们总被人给钓上来。

"槿熙你得猜，要不就不好玩儿了！"

"好吧，我试试。"她还是没有完全放松下来，笑了一下，"你爸写的是……写了四个字：我是太监！"

我哈哈大笑。

"猜对了吧？"她很得意，"那女的写的是我不信！哎呀，您这出的都是什么题呀！"

"你太伟大了！"我快笑出泪来了，"那女的还应当写你脱了我看看！你怎么了？"

她脸色通红，由红变白。"我去下洗手间。"

我站起身想扶她一下，她好像站不稳，却僵硬着身子做出了一个坚决拒绝的手势，不许我靠近。

我刚要再坐下，就见她软软地倒了下去。

我扑了过去，还是没有接住，从地毯上抱起了她。

槿熙，柔软的槿熙在我的怀里，她果然已经瘦成了一道闪电，*照碎了我*。这是我第二次抱起让我爱到心疼的女孩，莫非命中注定我爱的人一定会倒下，一定有一天我会把她抱在怀里，害怕她在我怀里溶化了。

监视系统发现了水星坊的一切，以做体检为主的医生们终于有了用场，他们下午两点上班，通常无事可做，会所忙碌是在晚上，处理最多的情况是醉酒，还从未发生过客人水没沾一口就晕倒的，这里的急救核心系统是心脏和中风。

两个医生和四个护士出现在水星坊，妄想把我的槿熙从我怀里抱开，我喊叫着什么大步跑向理疗体检区，他们跟在我身后跑，我听见了美国原装进口担架车巨大轮子在地毯上发出的摩擦声。

我把她放在了床上，医生果断地推开我，我再着急难过这时也只是添乱了，看着他从壁板摘下氧气罩，利索地罩在她的鼻口，接下来要打开她的衣服，护士在脱槿熙的鞋，想挽起她的裤角夹上心电图的脚夹。

韩式瘦腿牛仔裤太坑爹了，无法卷起来，还有她身上的毛衣，而在场的两个医生和四个护士全是男性，要卷起她的毛衣摘下她的胸罩再脱掉她的裤子，这是我不能接受的！想起雨婷第一次晕倒在医院急救室，护士用剪刀没用一分钟就把我的女人正面快扒个精光，至今还怒火满腔，我阻止了他们。

"停！"

这一嗓子震惊了所有的人。

"都给我出去！"我指着已经快八十了的老医生，"您留下！"

五个人没有谁敢吭声，我的地盘我做主。这不是医院，所有的规则都是我制定的，包括整个会所连财务中心都没用一个女性，因为这里不需要女人，真正高品位的服务是不会用女性的。

我把脸贴向她的胸，能判断出槿熙心跳得很快，但很有规律。我刚进北大军训中就学会了急救常识，雨婷的病让我学会了更多，何况这三年多在花舍香榭会所见的和经历的太多，我早学会了从容不迫。

槿熙的脸色渐渐有了红润。我判断她是低血糖，一米七六的身高，我看了一眼大屏幕，显示她的体重是四十八点六五千克。就是说，穿着衣服的槿熙还不到九十八斤。

"方总，你要快点，我可不想把一生清白毁在花舍这一天。"老医生说。

他是京城名医，倒不见得会治什么病，但对各种身体检测数据和各式各样 X 光影像有着精准的判断，再加上一生反对中医的他六十岁学起了中医而让人肃然起敬。我不相信他能开出治病的中药方，我甚至不相信中医能治病，但在物理学上无病状态的养生却显现工夫，这就是七十七岁看上去也就六十出头请他来的原因。他不是为钱而来，他开始关注老年病，尤其是富贵型的，准备八十五岁写出他一生中最后一篇论文。老爸请他来除了老年健康保健学还具有政治上的功德无量，因为来这里的人百分之九十九都非同小可。**他来对地方了。**

我看着她，又见一个女孩罩着氧气躺在我面前，恍惚中，心已碎。我禁不住俯下身紧紧搂住她，喊着："雨婷！"

老医生明白了，大声说："她不是江雨婷，你快出去！"

我这才猛醒，眼泪刷地一下流下来。

老医生在这里照顾过雨婷，雨婷最后的一百天就是在这里渡过的，脑瘤压迫了她的视觉神经，她几乎什么都看不见，带着对这个世界的模糊去了天堂。

我能看见的天堂并不遥远，知道在哪里，我为自己留了一个位置，终有一天会陪着她，活着的路上就是守护她。

她化成了天使，就在我的眼前。

我后退着，老医生用他微微抖动的手，用剪刀剪开了她的裤子，又剪开了她的紧身毛衣，翘着手指剪断了她的胸罩，整个过程没有触碰到她一点肌肤。

我走出去，知道他该怎样在槿熙身体太多部位放上仪器，我不知道那些东西都叫什么，我大步走进了控制室。

另一个医生正在调节电脑，看见我进来有些不知所措。

我把目光投向一整排监视屏幕，从各个角度看见了赤身裸体的槿熙，她是那样的美轮美奂，从一个高清屏幕甚至能看见她长长的睫毛在微微抖动。

医生要站起来，我摁住他的肩，离开监控医疗室的该是我。

我走出来，拿起手机，又放下。再等十分钟，我会得到关于她的几乎全部信息，除了健康，还可以让小黑子去为她买衣服，是买品牌还是时尚？她喜欢韩式风格，也许吧！最明显的是槿熙喜欢把自己包裹得很严，而老医生用一把剪刀把她弄成全裸了。我甚至怀疑老爷爷医生是不是故意的，他真的是想以正当的理由为我剪开了她的衣服，让我顺其自然地看到我的所想吗？我的意识里真的潜伏着窥视她身体肌肤的欲望吗？

我突然搞不清自己，不忍深度解析自己，一个有着种种欲望的自己一直潜伏着另一个我，随着雨婷的离去而走远。槿熙的出现是一种召唤，不是雨婷回来了，是**我回来了**，重归失而复得的爱。

我抑不住地激动起来，渴望抚摸她的冰清玉洁，把天使拥在怀里成为我的女神。

控制室的医生出来了，把一张打印的数据交给我。这里的体检医生都是心理学高手，知道我想什么，要什么。我看着槿熙由仪器测量出的一排数据，旁边还标有极为准确的参考数据，她穿 L 号毛衣，但女孩通常该买小一号才好。C 杯胸罩，裤长三尺六寸。她的身材比例是 88、60、90，如果胸围是 90 就是典型的黄金比例太完美了。她的乳房可以发展，让胸围达到 90 并不难。看看她的腿长，已经是无与伦比的魔鬼身材了，比例是 23，很是惊人，怪不得白狼纠缠不放呢。

我的心静不下来，满脑海都是她冰清玉洁的身体。医生回监控室，我跟了进去。

现在槿熙身上盖上了鸭绒被，氧气罩已取下，胳膊插上了输液管。如果没有那些复杂的仪器，看不出这是体检室，就像是七星级酒店卧室。

她睡着了。

我坐在电脑前，把购买衣服的数据通过电脑发到了小黑子的手机上。小黑子最能办好的事就是为女孩效力，而且每每超常发挥。他甚至能做一手好菜，把女孩哄成相信自己是天下最幸福的女孩。不知为什么，杜海却说我是会让女孩流干红泪的男人。这话这事儿有点深，我还搞不懂，杜海懂，杜海总说有一天我不是大男孩而成为一个真正的男人时将让人恐惧，因为男人天生就是要征服世界的，女人征服男人而拥有了世界。他的结论是，我骨子里是一个永远长不大的大男孩，这个世界可以放心了。

我调出槿熙的数据，在电脑屏幕上仔细观看：

贵宾三项指标非气质性异常：低血糖，血压 60：90，心率 115。

贵宾身高 176.9cm。

体重 47.62 千克（按中国女性 18……22 岁万人系数分析，33.77% 这种身高和体重的女性存在心率偏快特征）。

初潮 12 岁零 9 天（月经标准日为每月 9 日）。

处女。

偏碱性体质（参考值为动物脂肪摄取量过少），属于非酸性长寿体质，预期寿命 92 岁零 33……35 天。

特征提示：缺少动物脂肪酸性体质容易形成抑郁症，自杀概率为39.17%（无信仰时会增加 50%）。

"太可怕了！"看到最后一项时我脱口而出。

"有什么可怕？"老爷爷医生正进来，说："这是最先进的科学。"

"我说的就是科学！"我冒着无名火儿，说："您要知道哪天死还能好好活着吗？"

"怎么不能？我还能活十三年零九天呢！"他说："幸福！不过比不上你这个小宝贝儿，她过了九十二岁生日，我没过，差一百多天呢！年轻人啊，人活得可是过程，结果不重要，不给你上课了反正也不听，不过有一句你得听。"

"什么？"我站起来，"您说。"

"她上次进餐时间是昨天晚上八点以后，十七个小时以前，也就是她早上没吃饭，中午没吃饭，现在我给她输的是营养液，还加了人血球蛋白。"他慈祥的目光有了些许担忧，"仪器检查指标显示，她体内存有大量防腐剂和石蜡残留物，通俗点儿说，你一直没照顾好你的小宝贝儿，她方便面吃得太多了。"

我心里咯噔了一下。

方便面，雨婷，歌德耐尔学院，小卖部，女生公寓，一串信息组合涌入我的脑海，多少家境并不宽余或有些犯懒，要么不在意自己的女生和男生的日子啊，雨婷就能如数家珍地知道有多少个牌子的方便面，每个牌子方便面的优缺点。在与我认识之后，我有时不得不顺从她，为她精心泡面，先用水把面泡一遍，倒掉，再重新泡。雨婷总是惊讶不已，说我跟她的方法一样。

槿熙，昨天晚上八点才回到学校，而且吃的是方便面。

这让我一阵难过。

我拿起手机，打给刘思雨。

"你来一下，"我说："幸福西里五十六号院，用导航能找到。"

"你把她怎么了？"她急切地问。

"她晕倒了。"

"女孩就不该谈恋爱，我是说不该跟你这样的！"她说："你暴露身份把她吓着了吧？"

"是她把我吓着了。"

"也是，爱就是一个互相吓的过程！"她好像笑了一下，"我马上来！"

我走进房间，拽了把椅子在床前坐下，静静地看着她。我已经失去过最爱，上帝把雨婷叫回家了，无论如何我得留住她，槿熙。我跟她相识才一天，两天，却好像已经很久很久，我熟悉这忍不住要一看再看的面容，想凝视她清澈含着一汪泉水的眼睛，想吻她有着丰盈曲线的两个嘴角微微上翘的唇。

我能看见她一些暴露在外的肌肤，圆润的脖子，光滑的肩，正在通往隆起的乳房的开始部位，像雕刻家用大理石奏出的华美乐章，读出了撩人心动的细腻。我把心爱的人能读出一种建筑之物美，不知道用的是什么维度，鲜活于哪个空间，又一次开始深信"上帝"的存在，要么就是佛教中生命的轮回，爱不可求，也难知。

她睡得很沉，也很甜。终有一天，她的身旁会有我，我在她旁边，轻轻地或紧紧地搂住她，跟她一起相拥造访梦的故乡，沐浴心与肌肤之爱。

她突然抖动了一下，又一下。我迅速扫了一眼大屏幕，显示出脑细胞图剧烈的变化，一下又恢复了平静。

这个会所让我学到了很多知识。我知道，槿熙在睡梦中有一瞬间肢体向大脑传递出了死亡信号，大脑一刹那发出指令，所以身体才会出现痉挛。这是脑过度疲劳的表现，才十九岁的她因何就如此脑疲劳呢？

她翻了个身，动作有点大，在下意识中把被子撩起卷在身下用两腿夹住。这就是脑波冲击后的肢体放松，也许是她最喜欢的睡姿。

她把整个身体的背面暴露无遗，我看见了她光滑如玉的肌肤，冰清玉洁的雕像，曲线玲珑，如此修长的腿，丰满浑圆的臀。她不再是天使，就是一尊女神。

我心跳中有些尴尬，监控室的老爷爷医生和那个到会所兼职的在读博士同样能看见她的胴体。我甚至相信老爷爷医生是为我不怀好意，要不他为什么把她脱到一丝不挂，就是给我一个机会还是以为她早已是我的人了？人真的很复杂，他想讨好花舍香榭的接班人好完成他人生中最后一篇论文，也许没这么想，但这么做了。能永远用理智控制住自己的是神不是人。

我站起来，有些不知所措，门开了，刘思雨走进来。

我的脸一热，刷地一下红透了。

她看着我，又看了一眼赤裸的槿熙，再看我，嘴角掠过一丝冷笑。

"你别多想。"我说。

"我想什么了？"她问。

我盯着她，无话可说。不穿职装的刘思雨像换了一个人，有了一种生动，这生动里多了不信任我的表情。

"谢谢你能来。"我回避开了她带刺的目光，转向电视屏幕，说："她再有十分钟左右会醒来。"

"你怎么知道？"她打断了我。

"别问了。"我有点厌烦地说："她进入深度睡眠，这是一个打雷吵不醒被人抬出去也不知道的女孩儿，因为她单纯不设防，清纯不杂想，十分钟后会因为要去洗手间而醒。我会让医生过来，之后你照顾她。"

我大步走向门口。

"为什么？"

我停住脚，转回身。

"地产老板就可以霸气？"她迎着我的目光，"因为你是方翔？"

"答对了。"

我推门而出。

4

无名的烦恼，还是刻意想向刘思雨证明我是好人？我突然陷入了困惑。我真的不是故意的，槿熙也并非故意把她润如脂滑如丝的胴体暴露给我。槿熙一旦睡醒洞悉曾有的情景怕是要无地自容了，想想她的着装恨不得连脖子都不想露出来，如果知道曾有一刻我就坐在她的床边静静地看着一丝不挂的她，我都难以接受的！

那一刻是怎么了？我为什么没有站起身转过脸，也丝毫没有立即走开的想法？我是不是就是那样想窥视她的裸体呢？不，这不是窥视，是无所顾忌地凝视，我竟然在跟槿熙甚至还不能说真正认识的时候就这样不眨眼睛地凝视着沉睡的她，我在想什么？我是否冲动了？

我开始拼命回顾刘思雨进来前我的一切行为举止，并试图进入"灵魂深处"检查自己的品行，考评德性。我在环廊走来走去，老爷爷医生和那个在读博士从我身边走过，回到他们的办公室去了，他们面无表情，可我看出了他们同样不怀好意的笑。

跟雨婷认识一个月几乎每两三天见一面，雨婷坐两个多小时的车到北大西门或我坐两个多小时的公共汽车到歌德耐尔比北大正门看上去还要辉煌的大门见面，手拉手地去找饭馆吃饭，并第一次进网吧玩魔兽世界，雨婷瞪大眼睛看我用了四个小时就打到了十六级。也曾走进电影院看弄得我真想杀人的国产喜剧片，看那几个总在电视上耍猴的傻逼把脑残小品用胶片拍下来以为就算是"电影"了来羞辱爷。跟雨婷拉着手，她的手心每次都湿漉漉地出汗。

第一吻发生在这花舍香榭会所，带着雨婷走进会所，我还用了大半个晚上设计了两张精美的请柬，让雨婷相信我是弄来的VIP贵宾免费招待券，就是不想让雨婷知道我到底是谁而让真爱变了味道。

当雨婷知道我是谁的时候，她有一个月没理我，不接手机，中国移动那个犯浑的女人愣告诉我"您拨的是空号"，丫变着花样赚够了钱把裤子一提就不认账了还信誓旦旦地告诉我是空号，见过装孙子的没见过敢这么装孙子的！

八月里，我开着老爸的大奔来到歌德耐尔学院，知道雨婷没有假期，她要为学校招生服务。我不懂什么叫"招生"还"服务"，停好车，在众目睽睽下的新生报道馆外面，一眼就看见了也在向外看的雨婷。

她显得那样清纯典雅，脱俗而立，我朝她的生命科学与技术专业的桌子而去，雨婷笑容可掬地面对我而根本就没看我。旁边的一个老师觉出不对劲儿，赶紧站起身迎接我。我不明白老师干吗这么谦卑，脸上挂着奴隶般的笑，简直是疯了！

"欢迎您同学！"老师热情洋溢地说："您想读我们生命科学与技术专业吗？请坐。雨婷快给学弟拿杯水，坐啊同学！"

"老师，"我说："我想让这位学姐给我介绍专业。"

"那好！江雨婷，你是怎么啦？"老师转向她看了一眼，又对我说："你未来的学姐可是我们学校的校花，这几天身体不好，还是我给你介绍吧，生命……"

"王老师，"雨婷扶着王老师半摁着她坐下，"人家是北大中文系的大才子，北京城里花舍香榭地产老板的大公子，皇城根下的富二代！他哪里瞧得上我们民办大学呀，按北京话说就是逗您玩儿呢！等不想玩儿了，玩儿够了，一脚就把人踢得远远的！"

她把话都说清楚了。

王老师岂能示弱，也想说清楚，指着我说："这就是你的不对了！怎么能看不起民办大学呢？你脑子有问题，思想意识有问题，这些问题会反应到道德上，品质就有问题！"

这可让我有些受不了，可为了雨婷，我还是笑着说："老师，您又不认识我，我道德品质有什么问题啊？"

"北大有什么了不得？现在还有批判精神和文化吗？"王老师很生气，"有钱又有什么了不得？有钱不能缺德是不是？我倒不认为越有钱越缺德，这方面不一定成正比，因为有钱就容易张扬，显现粗野，被人看着呢，所以会被视为过街老鼠，道理一说就明白了吧？就这么回事儿！"

"我没钱，有德。"我继续笑着说："王老师您看我这身强壮的肌肉，还有这大头肌二头肌和胸大肌，再练个两三年抹上橄榄油就是施瓦辛格了，您干吗非把我看成脑满肠肥浑身闪着油光的过街老鼠呀？"

"看看，看看！"王老师对雨婷摇摇头，说："北大倒是能培养出油嘴滑舌的贫蛋！"

"我导师说文明其精神，野蛮其体魄，我二者皆备，王老师走眼了。"

"什么你导师说，这话是……是谁说的来着？就在嘴边我一下想不起来了！"王老师又指着我，说："北大只给美国高校培养精英，毕业拿不到出国留学的奖学金就自认为失败，我们歌德耐尔可是为国家培养实用型人才，就像江雨婷这样的同学！你走开吧，请现在就后退三步，向后转，哪儿来的回哪儿！"

雨婷终于出了口恶气似的，开心地笑了。

"王老师，我可以走，"我盯视着雨婷，"不过我得带我女朋友江雨婷一起走。"

王老师怔了一下，转向雨婷，严厉地说："你谈恋爱了？江雨婷你太让老师失望了！老师失望的是你不知道你的价值，不知道你的未来，不知道将来有一天真爱你又懂得爱的人在一个通向辉煌的路口等着你，而你牵着青春萌动期的一个二货走过来，路口的贵人怎么会再牵你的手？你完了！"

"王老师？"

糟糕又可喜的，是我俩异口同声。

王老师在愤怒中伤心地走了。

我叹口气，看着她，"你满意了吧？"

"我不想再见到你！"

雨婷从桌子后面绕出来，要去追王老师。

"等一下！"

雨婷站住了，转回身，看着我。

至少有一百双眼睛看着我，我不在乎，在众目睽睽下上前，蹲下身子，她的鞋带开了，我为她系上。

忽然响起了掌声。

后来就传成一段佳话，在北京民办大学圈子里很有些影响的美谈，北大的为歌德耐尔的学生系鞋带。

这是我第一次为雨婷系鞋带，第二次是在大街上，她被确诊脑癌以后。

雨婷喜欢穿旅行鞋，而她的鞋带总开。

我抬起头，看见一个男生正恶狠狠地瞪着我，然后我知道了他的名字，许大鹏，雨婷的同班同学。

走进监控室，我才发现所有监视器都在屏保状态，就是说，他们并没有我想象的那样看我和槿熙，我多心了。

我打开电脑，槿熙已不在床上，我调整到三号机位，知道她在卫生间。这个监控是可以看到卫生间的，我关闭了四号探头。

刘思雨在整理着槿熙已无法再上身的衣物，一件件拿起来看，全都被剪开，她说："真缺德！"

她当然不知道会有人在看而且还能听见。

我真的不想窥视，这样会发现很多真实，而真实永远不会完美，真爱的人永远不要去考验对方。当我知道鲁迅只有一米五八而不是公开的一米六五，而且还有脚气和前列腺炎的时候，莫名的有些失望。我经常神经病地臆想中国有多少伟人可能包皮过长，从古时到现代才让一个国家很是躁动。没有人，政府也不可能出钱研究这些，民办资本又够不上，是我们文化的另一种缺失。我们缺失得太多，历朝历代都忙于革命，然后守住不受控制的权力再等待镇压新的革命。我们一代又一代大体就是这么活过来的，我难过失去了不需要进入她的花园就能达到高潮的雨婷，迎来我一见钟情复活的纯情天使，我的女神槿熙。

我看见刘思雨望着房间里的屏幕大惊失色的样子，切换到卫生间的数据，卫生间里也会同时显示，是槿熙坐在马桶小解和周边系统自动生成的"体检"报告：

　　血压：75：115（恢复中，正常值）

　　心率：95（调整中，不能快降，功能性过速）

　　体温：36.2

　　呼吸：26（应为24，调整中）

　　血糖：正常

　　血氧：正常

　　进餐时间：3小时后（已完成营养配置，偏高）

　　生理年龄：19

　　心理年龄：15或16

　　做梦指标：男性入梦偏多（常伴有坠崖式梦中惊醒）

　　建议措施：采阳补阴

　　尿液：微量红血球

　　月经：50小时内

　　乳房：乳腺正常（目前系经前胀感）

　　形态：处女

我看见刘思雨用一只手捂住了嘴，看来这是她对某些事物吃惊时的习惯动作。我不知道槿熙看到关于她的数据会有什么反应，但见槿熙穿着睡袍从卫生间崩溃地跑出来。

"这是鬼屋呀？"槿熙大喘着气说："刘姐，我们快跑吧！"

"太缺德了！"刘思雨大叫着。

手机在震动，我知道，该是小黑子送衣服来了。我离开监控室，不想那么具体地看到槿熙和刘思雨是如何慢慢平静的。

小黑子为槿熙买来从里到外都是清纯路线的整套衣服，文胸、内裤，贴身衬衣是小清新风格，还多了件奶白色韩式短款羊绒风衣。让小黑子为女孩办事我放心，女孩舒心，总是皆大欢喜。

小黑子细心到拆掉了所有包装，装进了两个大购物袋，他怕把槿熙惊着，因为我扫了一眼就知道这些衣物加起来超过两万块钱，希望刘思雨也不太懂，如果小黑子用我的钱一咬牙再配名包就能开走一辆望族汽车了。

我让服务生把衣服送进去，叮嘱他放到门口就可以了。

"老大，什么情况？"小黑子问，脸上尽显坏笑，"你用什么办法把她给脱光还把衣服全废了？"

"闭嘴！"我拍了他一巴掌，"哪儿那么多问题！你想办法让那个刘思雨别穿帮，我开试驾车送她回学校。"

"有一个情况你得知道。"小黑子说："刘小姐她们店在淡季搞促销，看来有模特还真能聚人气儿，你把我未来的嫂子带出来，刘小姐就又叫了一个人过去，她就是昨晚在这儿的京城大学生四朵名花中的王小却，号称雀儿一姐快成裸模站车了！"

"说重点！"

"我在盯着白狼，你给我短信的时候我正在店里，白狼跟雀儿一姐真是臭味相投，一个专拍裸照号称艺术，一个自恋型暴露狂！原来刘思雨认识王小却，本来是叫雀儿一姐去的，钱太少她没去才引见的赵槿熙。雀儿一姐一定知道了有人给了她姐妹一万小费，她就卸下全副武装兴冲冲地来了，跟白狼在巴望着你回去，白狼想槿熙，一姐盼着你！"

"知道了。"我赞赏地看着他，想了一下刘思雨和雀儿一姐、雀儿一姐和槿熙、槿熙和刘思雨，旁边还都跟着一只狼，这简单又复杂的人物关系，向小黑子布置任务说："阻狼防雀！明白吗？"

"明白！雀儿一姐要知道是你对她的姐妹槿熙发情，瞧我这嘴！你别抽，待会儿没人的时候我自己来！"小黑子油嘴滑舌地说："她要知道你的多情，我对着毛主席纪念堂咬牙跺脚带放屁地发誓，雀儿一姐得后悔三辈子昨天没去4S店认识你！可她哪儿知道老大最喜欢清纯型，最讨厌女孩衣服啰啰唆唆，不喜欢蕾丝，更别绷身上不包几两布了！"

我知道槿熙快穿上从里到外的新衣服出来了，还猜不透刘思雨万一认出那些名牌会怎样，雀儿一姐一旦识货会不会发疯。应该提醒一下小黑子才是，这事儿有点做过了，可不怪我小兄弟。

刘思雨为了换房，就是不愿意跟我一起向槿熙隐藏身份撒谎，肯定也不想多说，她是幸运的，因为槿熙，不是槿熙我不会留在店里见到杜海又认识了高阳，而堂堂望族集团董事长竟为他并不认识，只是望族汽车加盟店的小小员工亲自出面帮忙，事出起因如此简单，人之命运真是难测。

我对高阳萌生敬意。

要赶紧把槿熙安顿好送回学校，正好到望族大学见杜海商定望族汽车上长城的文案，也想聆听一下高阳在雀儿一姐新闻学院的演讲。雀儿一姐为了见昨天要甩给槿熙万元的大头才不会在学校听什么"经典人生"讲座呢，正好可以不撞见我和槿熙。我先得跟槿熙慢慢说出我想说的和要说的，是小黑子最后才说出让我大吃一惊的话来。

"雀儿一姐接到一个电话，站在中心展台上眼泪吧嗒吧嗒往下掉，这一哭谁都不知道怎么了，倒是让白狼有机会跟她心贴心了，没准改用雀儿一姐一晚上了！刘思雨还没了解清楚就被你叫到这儿来了，我倒是清楚了，问了雀儿一姐是怎么回事，原来她们家那儿拆房，再打电话一问不拆她们家，只拆村西头百十户和所有的花棚。"

"什么什么？"我有点急，"你再说一遍？"

"不用说了，老大，那是我们的项目啊！我说唐启光这个老狐狸昨天中午等不到你没急，晚上很悠闲，丫是躲到北京来了！那一村子的人都急了，雀儿一姐说村子被警察和武警给围上，丫躲不了了，被市长给往回叫，六点的飞机！"

"你开试驾车送槿熙回学校！"我看了一眼时间，"把宝马钥匙给我，还有，槿熙站过的那辆车王小却怎么能站呢？把它给我买下来！"

"老大，你要干吗？"

"一会儿你跟刘小姐说买那辆车的事儿，给我和槿熙十分钟时间，你们在外面等我，我去机场！"

小黑子示意了我一下，我赶紧打住。

槿熙怯生生地走过来，在我面前停下，一副小学生犯了错误，把心灵和表情一股脑儿呈现给老师的模样，可怜又可爱，我心里竟酸了一下。一个会让人心酸伴着心疼的女孩，就是爱上了，可以为她付出一切，因为钟情，因为还年轻，因为看山还是山，看水还是水，单纯到通透。当看山不是山看水不是水的时候，才证明长大了，成熟了，爱也就变得功利了，终将失去原味。

刘思雨跟着小黑子走过去，不知道小黑子编出什么让她步步紧跟，她还是停下，转回身，看看我，又看看槿熙，由衷地叹了口气，说："槿熙，我在外面等你。"

槿熙不想留下，我看出来了她的无助，也不由叹了口气，差点想拉住她的手。

真拉住她的手她定会毅然决然地跟刘姐走了。

"给您添麻烦了，"槿熙说："真对不起！"

看来她真不知道那会儿发生了什么，甚至会以为成为赤身裸体的过程是刘姐做的。刘思雨让我敬佩，她一定不想让槿熙知道而撒谎，她也不知道在房间两次骂缺德我也知道。知道与不知道看来没有那么重要，只要动机善，谎言有时可以赞美。

"衣服还合身吗？"我喜欢她这身装束，小黑子喜欢《冬季恋歌》和《天国的阶梯》，为槿熙买的衣服打扮成了韩剧女主角的模样，除了悲催的命运，其他我确实喜欢。

"我会还给刘姐的。"她的声音更加柔美了，"真不好意思，刘姐说她这身衣服是准备跟男朋友去旅行穿的，可刘姐的男朋友老没时间，所以就送给我，那怎么行。"

"我看行！"我说，一边计划着对刘思雨的重新认识。

"你在哪？"她谨慎地说："我是说那会儿您去哪里了？怎么把我放进鬼屋不管了？"

"鬼屋？"我笑了，"槿熙，那可是有钱人也不一定进得去的 VIP 体检室呀，你干吗说成是鬼屋呢？"

"就是！"她甩了一下长长的秀发，"有钱人都是魔鬼。"

"有钱人招你惹你了？"

"那你承认你不是养花的，是给这里送花的？"

她耍了个花枪，一下刺向她的目标，想挑开疑问。

"我种花送花爱花护花就不能有钱了？"

"我妈妈也种花，"她的眼睛忽然蒙上一层泪水，"为什么没钱？"

我明白了她疑问的到底是什么，有点失控，一下紧紧拥抱住她，她身子没有拒绝，脸在躲闪，偏偏被我的唇碰上了她的唇，被她一把推开。

"你亲我！干吗呀？"

我不承认绝不认可这算是亲，更何谈吻！

"我没有！"

"你就是亲了亲了！"

"那好吧，我负责。"

"我就被王小却养的小狗给亲了一次，之后还从没被亲过！"

"槿熙，太过分了，我是狗呀？"

"你还跟那小狗一样，是偷袭！"

这一次我不准备放过她，迎面紧紧拥抱住她，一只手爱抚她的秀发让她来不及躲闪，贴向她的唇，深深地吻住了她。

她也许真的没有接过吻，那像珍珠一样小巧细白的牙碰痛了我的舌头，我紧紧搂住她把舌头往里探，她松开了，如此柔软的舌尖在里面迎候，跟我的舌尖触碰在一起，她还没学会防备，没想到也不知道我会含住她的舌头，倒听见她发自心底的一声呻吟。

"你咬疼我了！"

"我没有！"

"你怎么干什么都不承认？刘姐说你很坏让我防着一点，可我怎么就防不住呢？"

"那从现在开始我们俩一起防她！"

"才不呢！你没有刘姐对我好！刘姐昨天给了我五百，今天还要给五百呢！"

"那也因为我呀？我不试驾你能挣一千吗？"

"那看来我从心里没想防你？不，不是这样的，我心不听使唤，看你的目光就该想到你会偷袭亲我一下，没想到还有第二次，还咬疼了我的舌头。"

"槿熙，那就让我亲你一辈子吧，从今天开始！"

"我想想……"

"不用想了！"

"你又想歪了，我是说你爸爸在笔记本上到底写的什么呀？"

"肯定不是你说的，我老爸要是太监我从哪儿来的呀？"

"这得问你妈妈呀？"

"槿熙！离谱儿了！"

"你太坏了，这不是话赶话又让我掉坑里了？对不起！"

"是我对不起！"

"其实从昨天开始，你总跟我说对不起了，为什么啊？"

"真的对不起，槿熙！"

"那能不能这样，我们都不做要对方道歉的事情，就不用说对不起了是吧？"

"一言为定！"

"一言为定！那赶紧告诉我你爸爸是怎么脱离险境的？他在笔记本上到底写了

什么？"

"你要学会换位思考，槿熙，先别想老爸写什么，要想他为什么要写而那个敲诈他的女人也有理由写？这才是要害，抓住这个核心，在笔记本上写了什么答案自然就出来了。"

"对呀！你别说，我再猜猜！对，你爸爸写的是，亲，要多少你写下来。"

"靠，哪儿有那么煽情啊还亲！你以为那女人是大傻子在笔记本上写我要十万？"

"十万？你爸爸肯定没有你也没有，要不怎么会想买望族汽车还一连两天来试驾？"

"你别拐弯听我说！也许她要一百万一千万一个亿咱爸都有，问题不在这儿……"

"问题是不在这里，那是你爸爸在火车上的艳遇，我爸爸死了，妈妈用部队给的复员费盖了花棚，听说也要拆了，我妈靠这个供我上大学还得过日子呢，真拆还不给急死了！"

"拆不了！"

"你怎么知道？"

"我会算命，一看你就是福相还旺夫！说正经的吧，我老爸写的是我又聋又哑不知道你说什么？那女人一看，笑了，原来碰上了个聋哑人啊，就写了你给我钱要不我就喊说你耍流氓！"

"你爸爸也骗人啊？"

"干吗还也？这也是什么意思？"

"你急什么啊？你爸爸不是遇到骗子了吗？我都理解，王小却说的极是，这个世界快成骗子世界了，你骗我我骗你，骗得好的混得好，特别是房地产商，骗政府买地，骗银行贷款，骗人们买房，刘姐说她买的房子真以为楼下是个大花园呢，结果一眼望下去全是租给餐馆中央空调的蒸发器。"

"不会吧？"

"刘姐说你很坏，还说我该答应你，你没跟我说倒是先跟刘姐说你爱我，刘姐说你是很坏的人里的极品好人，比看上去是好人却是假好人中的坏人恶魔强多了。我答应你永远不会骗人更不会骗你，你能答应我吗？"

"我答应！"

"那告诉我，你真是种花的？"

"我爱花护花，相信我槿熙！"

"别……"

我又一次吻住她。

这回她半推半就地依偎在我怀里，牙没碰疼我的舌头，而是张开了她湿润的唇，软软的舌头跟我的纠缠在一起，我轻轻吸吮，她甜甜的舌头探进我的口中，这一次我长久地吮住了她。

我知道这一切都被监视器收录在电脑硬盘里，在走过榭廊时我趁槿熙不注意，扬起手伸出食指和中指做了一个 V 手势，等走过拱形桥就会有服务生在那里等候，我要让会所把这段监控录像刻成光盘，我要收藏这爱的影像，在举行婚礼时播放，给槿熙一个大惊喜，让所有来宾羡慕嫉妒恨吧！

"槿熙，怎么不说话？"

"一直是你先说啊？"

"那就不说，走慢一点。"

"要快要慢，我跟着你呢。"

甜蜜。我挽住她的胳膊，知道被爱突袭后女孩会在含羞中回味幸福的味道，甚至喜欢暗暗咀嚼幸福，一再想幸福是怎样来临的，并因此会短暂的沉默寡言。我要感谢刘思雨，她用女人的方式为我做了足够的铺垫，让槿熙有足够的准备接受我的爱，而且分明她也爱我，在学校接到刘姐的电话才会放下刚泡好的方便面一口没吃而匆匆赶来。

要让小黑子把槿熙送进宿舍，中心任务是把她存放的方便面清出寝室，再为她办一张校园卡，先充一万，够她在学生食堂用到放暑期了。

下了拱桥，一个服务生已经站在那里。出了一个小问题，我习惯性地走在她的右侧，而服务生不能走贵宾道，把托盘举起时我也大意了，槿熙拿起了账单，在递给我时看了一眼，看见了单据上 29800 元的数字，她的脸一下红了，紧接着刷白。

值班经理搞错了我的用意，以为我在监控头前的手势是要在离开前签单，这是会所管理规矩，我和董事及副总裁以上的人才可以到这里来，就是老爸来也不能拖单，不能第二天补签，高端地产的公关开支非常大，况且这里还有政府部门和部队存押的支票，财务中心每天要把报表用短信通告董事长和财务总监。

我接过来单据看了一眼，对服务生说："这么少？对吗？"

服务生怔了一下，说："方总，就这些，不会错的。"

"那好吧！"我拿起笔飞快地签了字，"快点打到我卡上啊！告诉你们陈总我要光盘，我怕一出门你们从电脑上给删了，这是我这个月送花的记录，榭廊池塘都是名贵的花，你跟陈总一说他就知道了。"

服务生在明白和不明白之间端着托盘后退一步，转身匆匆走开。他至少明白了一点，我招待所有人都不允许留下监控录像，在我离开前必须删除，而这一次不仅不能删还要刻成光盘。

"两万九千八？"槿熙对这个对她来说的大数字很是过敏，情不自禁地嘀咕着。

"是啊，两万九千八，他们肯定又把零头给去掉了，这是我上个月供他们的鲜花钱。"不知怎么，我现在真的不想让她知道我，不是花舍香榭品牌总监有什么了不起，其实也狗屁不是，关键怕暴露了我是这个赫赫有名集团的接班人。"知道我为什么试驾把你带到这儿来了吧？顺便跟他们把我上个月的账结了，这些人你就跟太监伺候皇上似的也没用，才不会给你主动结账呢！"

"吓死我了！我还以为是我给花的，那还得了？两年学费都不止呢，我可还不上！"她紧张地说："我们家那里花可不值这么多钱，我的学费生活费都是我妈靠种花挣的，可花棚和房子一旦给拆了搞什么旅游开发，别说学费，村里补的那点钱可能连个猪棚都买不了，我妈成了城市人了可她上哪儿住去呀？"

"槿熙，你就别为你们家和你妈妈操心了，有政府呢，村里不行县里，县里不行市里，市里不行省里，省里不行北京，总会有人管的，利用当地资源开发旅游文化产业就是让你妈妈她们过上好日子，哪儿能让你妈妈无家可归啊？"

"说的是，可一到下面就全变了！"她的脸又通红起来，这回是气的，说："听说是北京的一个大房地产公司去开发，花棚补三千，房子每平米才给两百，你说有多缺德？他们也不仔细了解一下，被村里县里和市里给忽悠了，要不就是利益共沾的狼狈为奸！"

"我可不能让未来的丈母娘受这委屈！"我肯定地说。

"你说什么呢！"她很难为情。

"你们那儿出美女，保卫你的家乡就是保卫精英男人的未来！"我笑着说："我要出趟差，办大事儿，让我的老弟送你回学校，我三五天就回来，就定在周末吧，星期五你们下午没课，我去学校接你，请你吃大餐！"

"吃大餐？那好，我要吃麦当劳！"

说真的，我心里又酸了一下。

"槿熙？"

"你怎么了？"

"让我抱你一下。"

"那不行。"

"好，那我就再亲你一下。"

"更不行了！刚才我是晕了，才不让你再亲呢！"

"那我就说句话，你听好了并且要深深记在心里。"

"你说吧！"

"你得回应我，就假装我在你们家山谷里喊的回声也行！"

"说什么还要喊啊？"

"我……爱……你！"

她背过身去。

"快，给我回声啊！"

"我又聋又哑，不知道你说什么。"

她飞快地跑向大门。

"不待这么玩儿的！"我喊着，"槿熙！"

她停住，慢慢地转过身，看着我。

就是天使。

我看见她淡淡地，优雅地，甜润地笑了。

眼中却含着一汪泪花。

"槿熙……"

我冲过去，把她紧紧搂在怀里。

第三章

1

我开着宝马急赴首都机场，没有把车停在过夜区，小黑子会来把车开走，我要急赴江城。

我走进航站楼，给唐启光打电话他已登机，要他在江城机场等我一小时，我坐下班飞机来。

"小老弟，太好了，你能来就是救驾啊！"他兴奋地说："那个村里一定有人勾结境外反华势力，是要造反啊！"

"你别他妈的扯淡了！"

我挂断手机，意识到自己在愤怒中的粗鲁，甚至抛弃了京骂，在大庭广众之下撒野，可见唐启光这句屁话把我逼到何种程度。

我赶紧四下看了看，发现还是有一个人听见了，正盯着我。

太难为情了，我想赶紧走开，突然有一种怪怪的感觉，又停住，禁不住侧过身来看他。难以置信这是一个活人，我第一眼以为他是男士精品时装店摆放在展窗里的模特呢，脑海里甚至一瞬间闪过这玩意儿怎么登机办托运都费劲，居然看见他的眼睛望我在眨，睫毛比槿熙的还密还长！

他长得太帅了，简直就不是人，该是从希腊庙宇偷来的神像，尽管是单眼皮，眼睛像我在画卷中见过的西施的那样细又长。他的鼻子是雕刻出来的，眉毛延长超过眼角，一弯秀发垂下，遮住他白净如雪的肌肤。他轻扬起手，放到鼻子下，像个机器人检测到空气不好，还轻咳了两声。性感的嘴唇，唇红齿白，咳声清脆。他的动作如此优雅，把我的目光吸引到他的手，他细长的手，十指如笋。穿着精致的短大衣，也系着一条 Burberry 围巾，他有一米九的个头。我好像霎时理解同性恋是怎么回事儿，达到这种品质的男孩吸引了乱七八糟的目光，这才见到两个戴墨镜的如同保镖一左一右上来护住小王子，其中一个说："八一，我们的飞机飞不过来，别跟你爸整脾气了，施总也蹿火呢！这边请八一。"

他转身时回眸扫了我一眼，要是小妹在场一定会发出她举世无双犀利的尖叫，我甚至都诡异地触动了一下。

达到极致的帅哥在两个保镖护送下走了，留下了两个重要信息，一是他爸爸有飞机，而首都机场不让飞过来；二是他有一个让人大失所望的名字，叫什么"八一"，一生张扬着记录下他出生的日子。还有，就是他爸爸被称施总标志着他必姓施，施八一，不知为什么我竟记住了这个名字。

七点飞江城的机票没有了，皆大欢喜的是我能买到头等舱。我走向海航头等舱休息室的时候，有一个想法一直催促着我，为了槿熙，为了槿熙的妈妈和那养命的花棚，我必须阻止拆迁阻止这个项目，尽管开发江城花舍香榭的可行性报告是我委托专业公司写的，我也不止一次到江城西部的江城县考察，记住了山水文化而忘却了生活在山水文化里的人。

我的力量是不够的，必须让杜海出手，求杜海帮我请一个写内参的记者，地方官可以天不怕地不怕就怕京城来的内参记者采访他！我知道杜海干过一件让他后悔一辈子的事，本是好事儿，多年来《第三只眼》光充当批评者了，他邀请联合人民日报、新华社和中央电视台在春节前搞一次地方政府旗帜性报道，选择一个大步迈向城市化的中等新兴城市，正好江城抗雪灾很突出就选择了江城，联合搞一个人物专访系列。他灵机一动鬼使神差地去了省纪委，因为杜海相信纪委对领导干部有着精密考察，省纪委对中央媒体要搞正面报道大为激动，当即挨个给江城各部门领导打电话让他们第二天到省纪委来一趟，结果土地局长跳楼了，交通局长服毒了，发改委主任往身上浇满汽油自焚了。当然也有好领导和不怕事的领导忐忑地把教育局长搀下中巴，教育局长也能贪，这让杜海震惊不已，一次崇尚光荣的旗帜性采访办成了追悼会，可能也是杜海大受刺激决心接受高阳邀请到望族大学的原因吧！

杜海答应了，他陪着高阳已进入学校，对我的策划纲领还算满意，要我尽快完成文本，这事儿他来办。

我走进头等舱候机贵宾室，又见施八一。

在悠扬委婉的音乐中，施八一在两个人的照料下吃着被海南航空首都机场 VIP 服务员切成三角形的西瓜，优雅地把瓜子吐在纸巾上，小心地包起来，吃一口吐一下瓜子用一张纸巾。他脱下了短大衣，穿着杰克琼斯休闲外套，杰克琼斯牛仔裤，实际上跟短大衣的精致风格并不匹配。现在的他看上去更舒雅，透露出阳光感的大男孩，与他有点深邃的目光也不太相符。这是一个沉默寡言的人，气质不俗的人，一个脱离了低级趣味的人，一想到他们家还有飞机，还是一个经常飞得很高的人。看见我，他不吃西瓜了，一动不动，没有表情，他不需要表情就足以让女孩乱了方寸，那几个女服务员个个抑不住偷窥他，只要他一动，她们随着都会动起来。

施八一，让人大跌眼镜的名字证明人都是不完美的。除此之外，看不出也想不出他有什么缺憾。我进过很多次这间头等舱候机室，至少有一两个服务员该是脸熟，过去这屋里的女服务员都是想围着我转的，我没动就有女生动了，为我续上咖啡，或者端来用心拼制的新鲜水果盘，还有一个曾经为我拿来画报放到茶几上，尽管她肯定不知道画报封面花舍香榭楼宇广告是我签发的。

我不再是中心，整个房间里焦点是这个美男，施八一，不知道曾经摧毁过多少个女高中生，他不需要自负，也无意展示自恋，这都会是别人毫不犹豫赐给他的定语。

我扫了一眼电子屏，从时间上判断出他们是飞往图钢的。

"八一，你两年都没考上服装学院，咋整啊？"一个留着寸头的中年男人说，"你干哈非要学模特呢？就我儿子这条件，爸直接给你整个模特公司不就完了？"

"我要上大学。"他语气轻缓、态度坚定地说。

"这咋整？老爸没想办学校，给你整不出模特专业来！"

"我要学模特。"施八一比他老爸还固执。

看不出他爸爸像是有飞机的人，那威武的板寸发型、透着霸气的眼神、强硬的脸和强硬的体魄更像坦克团长。我和他的目光撞了一下，我主动把脸扭向一边，承受不了那股凶煞的做派。他对儿子难以想象的温柔，对别人充满生硬的豪迈。

还是想一想我柔若水清如泉纯似晶的槿熙吧！我不会拆了生她养她的家，去不了的地方叫远方，不准备再回去的地方叫故乡，一个比一个温暖，拥有的和不曾拥有的都一样。

我那情意绵绵的吻，她那不知所措的慌，然后有了彼此舌尖的触动，用舌头进行沟通胜过千言万语，用情用心吻过的人会不一样，一定是把某种信息留在了对方的身体里，总有一触即发的时刻。

她现在应该到校园了，小黑子一定有办法进入女生公寓，把槿熙的方便面从她的生活中淘汰出局。雀儿一姐第一次也是最后一次做槿熙站过的那辆望族汽车的车模，刘思雨答应回去后就把那辆车移下展台，晚上就会打上蜡，明天给小黑子交车，我在试驾时留有身份证的复印件，这将是我的车，行驶本上不会是花舍香榭。我怎么也不会想到我会有一辆望族汽车，**因为槿熙，我才拥有。**

我抑不住地想给槿熙打个电话，发条短信也好，要不要告诉她我正要飞往她的故乡，今晚会见到她的妈妈我未来的丈母娘，可有话要对妈妈说？

我乱想着，知道她现在收不到，刘思雨那会儿告诉我槿熙手机号的时候，同时告诉我她手机欠费停机，刘思雨没跟她通成话，还真不知道我以试驾的名义会把槿熙拉到哪儿去，她并没有掩饰好奇。女人是最不可知的生物，你只要对她好就行了，就像科学家研究科学一样越研究越费解，最后只能上升到哲学或无需论证必须相信上帝存在的宗教上了。

在我想入非非的时候，女服务员过来提示我登机。我走出 VIP 室，禁不住回过头，看见那英俊到难以置信的施八一正盯着我，这会儿他看上去像一尊雕刻完美的蜡人。

唐启光没有在江城机场等我，到了他的地盘丫就是放虎归山狮入丛林没人能hold 得住了。杜海发短信告诉我，他的一个记者朋友正在江城，政府正在设宴，那记者知道该做什么，因为他的老家也被拆了，早已失去故乡。唐启光不知道等待他的是什么，我挺开心，槿熙妈妈和半个村子的人有救了。唐启光倒是给我派了车，一辆加满油的越野吉普和政府办的秘书，秘书跟着我和唐副市长好几次实地考察，他熟悉去槿熙家的路，槿熙村里的人认识他，这就好办多了。看来唐启光没想或知道我今晚不会住在江城而直奔槿熙的家那个动荡不安的小山村，他真是绝顶聪明，让开发商又是这个项目的负责人去跟愤怒的村民交涉，他哪儿知道我来江城不是烧香而是来拆庙的！

我告诉乡亲们项目要重新规划，整个村子都要保护起来，建筑是美学之父，这几百年的民居是旅游开发的灵魂。我没被打死还霎时成了英雄，秘书浑身颤抖地用手机向唐副市长汇报，我大声问："槿熙，赵槿熙的家在哪儿？她妈妈在哪儿？"

乡亲们七嘴八舌地告诉着我混乱的信息，有人说她搬进花棚住了，要跟花棚同存亡，有人说她在老房里哭到泪干准备上吊以死抗争。一个人走出人群挥起手说："不对！她心脏乱七八糟地跳，下午就被送县医院去了，这会没准已经死了！"

这个人有振臂一挥的气势，想必是这个村掌握信息最多的人，在危急时刻或危机被化解的时刻掌握信息越多的人越具有权威性。朦胧的月光下，忽然变得鸦雀无声，他又说："方总，跟我来！"

我就跟着他走，政府办的秘书跟在我身后。古人云：三人行，必有我师，我忽然觉得三人行也可能就是三个傻逼，这人没有把我带进村看看槿熙出生成长的地方而是走向了越野车，月光把他跟跟跄跄的影子投到我前面的路上，而我在欢呼声中被绊了一下，差点摔个大马趴。

这个叫柳三鸣的把我带到县医院。他坐在越野车前面兴致勃勃地指路，我知道了他也是今天赶回来的，比我早，天刚擦黑就站在村西头准备阻止任何人进村拆房。他四十多岁，是村里走出去相当成功的农民工，从帮饭馆刷盘子到从景德镇给很多店家卖盘子，现在从小饭馆卖到大酒店了，发了些财有经济实力回村竞选村主任，太阳下山的时候终于知道不必再挨家挨户送礼投他一票，因为现任村主任把村里能卖的差不多都卖了。这个又黑又瘦，穿着整个就是侮辱金利来的西服，系着金利来领带的他回过头对我讨好地说："方老板，我知道你会来就等着盼着呢！"

这是一个重要信息，什么情况？

我没问，他接着说："我是王小却的舅舅，今天刚好从深圳回来到县城办事，小却打电话说你会来，让我告诉方老板放心，她跟槿熙是我看着长大的，姐俩亲得像一个妈生的，小却说她会照顾好槿熙，今天已经跟槿熙搬到一个宿舍去了，槿熙那孩子好像有病了是吧？孝顺女儿呀，她妈一病能不急吗？"

我基本上没听懂，倒是知道了唐启光为什么只安排了一个小秘书接我而且知道我下了飞机会去哪儿，他跟雀儿一姐原来关系早就不一般啊！这才明白小秘书为什么一路上唠叨着处理好家事，我还一直以为我跟槿熙只有刘思雨、小黑子知道呢，原来雀儿一姐知道了，唐启光知道了，王小却她舅也知道了，那就是全村人都知道了，槿熙的妈妈会不会也知道，知道热恋追求她女儿的人已经飞过来？

"我们小却和槿熙都是要强的女孩子，她俩都非常自尊，也从不会开口求别人什么的，生怕欠了别人什么情，女孩家家的也不好还啊，会难受啊！小却说你能来这里她太感动了，要替槿熙好好谢谢你！"他显得兴奋不已，"我也得谢谢你对我们槿熙和小却这么好，也算跟方大公子方老板有缘分，我上网查了，你们开发的楼盘都是精装修还送这送那的，再送厨房用具就找我吧！你们北京好多大酒店的餐具厨具都是我供的！"

我有点懵，想给刘思雨打电话，问问雀儿一姐不好好站车都知道了什么？可已经快午夜十二点了，刘思雨不会是雀儿一姐那种没事喜欢到夜店找事儿的人，应该睡了。得打给小黑子，可在车上不方便，还没见到槿熙的妈妈，等会儿再说。

到了江城县，我远远看见了灯不太亮的江城县人民医院的招牌。每个县都有自己的"人民医院"，看来我们的"人民"爱得病，好像真是一个人民爱得病的国家。听柳三鸣一堆乱七八糟的话语后，我很难平静下来，莫名其妙地有点乱，思绪不够稳定，跳来跳去，果然天生就不是学理科的料，选择中文专业也没什么后悔的，可槿熙何必学中文专业呢？又是自考，太折磨人了，有这样的自身条件何不学模特呢？

我又想起了施八一，恍然间有些激动。

杜海到望族大学，何不创办个"汽车模特"专业呢？有望族汽车，有高阳，有槿熙、雀儿一姐和学生会的礼仪队，在三万多学生的大学里首先组建中国第一支大学生汽车模特队不是手到擒来吗？

我走进楼道，不明白人民医院为何如此昏暗，难以置信堂堂的县人民医院买不起灯泡，刷不了那斑驳的墙壁，修不好那歪斜总关不上的门。在急诊区内闻不到医院常有的消毒水味道，倒是方便面的味儿四处飘荡。在阴霾的环境下，我看见了一张张面无表情的脸，走进重危病人观察室的时候，在那破旧的长椅上，我看见了一个本身也是女孩儿的人敞开半个胸脯在给婴儿喂奶，她那张毫无粉饰的脸看上去很是漂亮，白皙的乳房在幽暗的光下非常抢眼。江城出美女，我看了她一眼，要是在城市，这样无所顾忌的女孩，不在一张错误的床上，也会是在去上那张错误的床的路上。

我忽然有些羞愧，不是我就这样看见她似乎毫不在意裸露出乳房，而是想起花舍香榭会所，一瓶 Chateau Petrus 1947 红酒可能够她和孩子几年的生活费，我曾看见雀儿一姐不太想喝高了把酒悄悄倒掉，她也许不知道倒掉了她一个学期的学费。我是不是和王小却一起在犯罪，她因为无知而无辜，我因为明知而罪孽？

我忽然怀疑起了自己。

"她丈夫死了，我来给槿熙妈交押金的时候她就在这里了，没有钱把她丈夫送到火葬场烧了。"三鸣说："嗨，现在有多少人不是活不起，是真的死不起啊！"

面对一个露着乳房给婴儿喂奶的她，我动了恻隐之心，默默地问："多少？"

"用殡仪馆的车拉过去再加上火化钱，怎么也得一千吧！"他摇摇头，"槿熙她爸死的时候哪有这么贵呀！"

我真的有些受不了了，掏出钱夹，带的现金不多，大概三四千吧，放在了她怀中婴儿的身上。

她抬起头，没有反应过来，看着我。

我跟着柳三鸣进了观察室。

看见了槿熙的妈妈，一个干干净净、端庄的女人，戴着氧气罩静静地躺在病床上。八九个小时以前，她的女儿也曾这样，却是两个世界。母女俩真的活在两个不同的世界，可谁又比谁更好更差呢？如果槿熙在故乡晕倒，她会躺在这里；如果她不去北京上大学，还在村子里，也许就嫁人了，门外椅子上的女人会不会就是她？

这绝不可能，当然不可能，我不会让这一切发生！

"怎么还在急诊室？应该转到病房去啊！"

"小却帮槿熙把钱转到我的卡上，八点多我带着人把她送来，大夫说再晚个把小时就没救了！"

"谢谢您！"我小声说，"我是问……"

"钱吧？"他也小声抢断说："槿熙很有能耐啊，比我们小却强，不知道她怎么一下挣了这么多的钱，一下子就打来五万一千块，我都给交了，可押金要十万，还差五万呢，所以……"

"你在这儿等着，我马上回来。"

我转身走出病房。

走进急诊室，看见一个年轻医生正在打手机，旁边坐着一位老大爷哼哼着靠在老伴身上等待着。

医生眉开眼笑地在跟谁讨论一个莫名其妙的问题，我知道了他明天早上八点下班，回家要先洗个澡，可日本原装进口的丝蓓绮洗发液和沐浴露没有了，他说他一直用这个，要让手机那边的人去沃尔玛买，九点半可以送到他家。然后我听见一个贱女人的骚娇声，说怎么也得十点才能到他家，他说沃尔玛九点开门最晚九点四十也能到了，贱女人坚持是十点。

我很生气，医生愣把病人晾在一边打这种傻逼电话，就大步走过去，伸手拿下他的手机，把盖合上扔到桌子上。

"摩托罗拉啊！"他叫到。

"摸脱你妈呀！"我指着他，"赶紧给大爷看病，然后我有话问你！"

我有时候真的 hold 不住自己，尤其面对傻逼，真想抽他。他懵了，竟乖乖地坐回椅子上，给老大爷看病。

原来老大爷已经看过了，做完化验回来等着，老伴递上了化验单。

"急性肠炎。"医生说，一边滑动着鼠标在电脑屏幕上看着。

我看见了墙上"禁止医药代表进入"的标语，倒是找到了他乖乖就范的理由，这家伙可能把我看成医政处或纪检委暗访抽察的了，我能那么装孙子吗？

然后更匪夷所思的是，这医生像是从网络上寻医问药，要不此时此刻百度页面算是怎么回事儿？我不太懂，当看着他用电脑打着一长串开出的药时，还是把我吓着了，急性肠炎要开这么多药吗？小黑子骂得对，他怕感冒，他老说北京的春天比蟑螂的鸡巴还短，丫好像见过蟑螂不够伟大的生殖器似的，刚脱了羽绒服没穿几天马夹就换短袖了，他每年供暖一停春天里必感冒一次，去医院看个感冒要花一千多，不是他花不起钱，是现在有些医生到底他妈的是看病的还是卖药的？

我算是亲眼见实了，老大爷的老伴接过打印出来的药单，我晃了一眼看见了825.02 数字，这数字怪怪的，操你妈拉泡稀就得花八百多才能止住？我总觉得我要发火儿！82502，太奇怪了，我忽然明白了我为什么熟悉，靠，这是身份证号码其中的一组数字，是我的出生年月日啊，他妈的！

这小子又拿起摩托罗拉，掀开盖又赶紧合上，看出我的两眼要喷火，我的出生此时此刻竟然跟一泡屎有关，要不总有人说无巧不成书呢，我他妈没想写书，想打人！

"挂号条？"他懒懒地看着我问。

"我不看病，请告诉我一号观察室病人……"

"没钱送这里来做什么？"他打断了我，知道了我为谁来，确信我是躺在病床上钱不够的那位农民的家属，把刚刚拿起的笔又放下，很牛逼地再次拿起手机掀开摩托罗拉的盖，坐直了身子开始很舒服地接起电话来，"大宝贝？"

我不知道他接下来会说什么，也不想知道，迎面一拳打到他的鼻子上，在他连人带椅子向后倾倒时，我抓紧又补了第二拳。我是坐着抽他的，现在我站起来又狠狠踹了他一脚，让他从三秒前的牛逼烘烘到三秒后成了血葫芦，丫血真足，鼻子喷出红色的液体。

我转过身要走，忽然愣住，那个刚才喂奶的女孩不知什么时候进的屋，泪流满面地抱着婴儿在我面前跪下。

我扶起抱着婴儿的她，看见她浑身发抖，肯定是被我的举动吓坏了，站不稳，泪流满面地把孩子伸过来给我。我看着她又要摔倒，赶紧接住孩子，她却突然转身走了，我不明白是怎么回事儿，愣了几秒钟才赶紧追出去，已不见了她的身影。

柳三鸣走过来，看见我抱着婴儿惊愕不已，说："坏了坏了！那女人以为你要买她的孩子！这一转眼方老板就成爸爸了！"

可真坏了，她误解我的好意了，我还不想当爸爸！

我转过身下意识地在楼道里找她，却见两个留着一样小胡子的保安举着警棍跑来，后面还跟着一个惊慌失措穿着白大褂的女护士，被我制造满脸是血的血葫芦大夫从屋里出来大声叫着："抓住他！"

谁也不知道要抓住谁，他飞速地扫了我一眼，居然没有认出我，肯定跟我抱着婴儿有关，那时他倒在地上要看也只能看见天花板，跟我一样没有看见抱着婴儿的女人。女护士用含混不清的地方话安抚着被伤着还见了血的爱情，猛地听到警笛声，冲我来的。

动作可真够快，我哪儿知道县政府把派出所就设在人民医院隔壁啊，这么近接到报警也开着警车来，北京是绝不允许快凌晨一点警车响着警笛进医院的，都这样会惊吓死多少北京病人，还不让公费医疗陷入瘫痪？

警察的皮鞋声在楼道里震荡着，我看着满脸是血的大夫推开胡乱表达着爱意的女友，显然就是刚才通话的人，转过他强睁着一只眼睛的血脸，另一只已经肿成水蜜桃了，好像认出了我，朝我冲来，我怕伤着孩子赶紧转身，这孙子一脚踢到我的屁股上，真你妹淫荡！

柳三鸣已经不见了，还好，一定是帮我照料槿熙的妈妈了。我抱着婴儿，在两个警察一左一右的呵护下上了警车，还好，坐在越野车里省政府办的秘书看见了我，怎么也不明白发生了什么。

我抱着婴儿进了派出所，两个警察还客气，只是一左一右地踢我几脚，怕我摔倒把婴儿给扔出去，他们还紧紧抓住我，把我的两个胳膊抓疼了，我的衣服被婴儿尿湿了。

我得赶紧放下孩子，好腾出手来。警察也是这个意思，进了一个房间命令我把孩子放到桌子上，这正合我意，我把婴儿小心地放好，转过身，其中一个家伙黑心一脚向我下身踢来，妄想将来不让我做爸爸，哪知我有防备，说时迟那时快，我猛地躲闪过，只见他失去重心跌倒在地，皮鞋飞了出去。

没完全防住另一个，只见他冲过来用警棍猛击我的头，我一闪还是挨了一下，半个头皮发麻，警棍砸到肩膀上，一阵撕心的生疼。我晃了一下，在他又举起警棍前，飞起一脚直接踢到他的下巴上，但见他向后跟警棍一起飞舞。一是身高一米八五比他们都高很多，二是我上高中老爸为了培养花舍香榭接班人，做房地产商最好自己能学些拳脚，我又酷爱跆拳道，打过全国青年比赛进入五十强，到高三毕业已是六段黑带。

两个自认不慎倒地的人都爬起来了，他们受不了这奇耻大辱，作为警察好像会让国家很受伤，他俩瞪着血红的四只眼睛向我冲来，岂料哪儿是我的对手，按照鲁迅"我家院里有两棵树，一棵是枣树，另一棵也是枣树"开创的文学化行文，在派出所我面前有两个人倒了，一个是警察，另一个也是警察。

随之第三个、第四个、第五个警察闻声而来，他们不拿警棍改拿枪了，多像老舍《茶馆》里一个爷劝另一个爷学学好别吸毒，那爷说我不抽大烟了，这爷话音未落只听那爷说我改抽白面儿了。我太感性了，不是混在北大而是跟北大一起混，可一面对枪就无话可说了，不是一把是三把枪对准了我，那两个警察一左一右齐心协力同时用拳打在我的胸口，我向后栽倒，头上还被大皮鞋狠狠踩了一脚。

我吐了一口血。

再睁开眼的时候我不知是在哪里，面前晃动着许多脑袋，只听见"醒了醒了"一片惊喜声。我用了五秒钟才判断出我又回到医院了，想挣扎着坐起来，又一个肥头大耳的脸出现，是市政府办的秘书，说："别动，县委书记来看你了！"

"误会了！"一定是县委书记的人看着我亲昵地说："公安局的同志以为你是贩卖儿童的，他们一直为我们县很多失去孩子的母亲们难过，所以激动了一些。"

这个我没有想到，解释得也很合理，就是说我也误会警察了。

"孩子呢？"我还能说话，只是胸憋的透不过气来。

"方老板放心吧！"书记继续说："医院正组织专家给小孩子会诊呢，一切正常，好可爱的女孩！"

"帮她找到妈妈……"

我的音调有点像留遗言了。

"你放心，公安局和县医院会办好这件事情，那两个人不是在编的正式警察，都是合同工，已经开除了！"书记笑容可掬地说："欢迎到江城投资，方翔同志，这真是一场误会！"

"是误会。"我说，但跟他说的不是一回事儿，我艰难地抬起手，指着政府办秘书说："去省医院，快！"

"是要去省医院仔细检查一下，别真伤着！"书记说："赶紧安排车送方老板去江城省人民医院！"

"不是我！"我想挣扎着坐起来，没有成功。"快，送阿姨去省医院！"

"知道了，唐副市长都安排好了！"秘书说。

"让我再看看孩子。"

我看见了她，才两个月大的婴儿，睁着明亮的眼睛看着我，居然还伸出小手腕上带着一个像蝴蝶的胎记的小手，我摸住了，放到嘴边，她哇的一声哭了。

然后我就真的彻底晕过去了。

2

小黑子从北京飞过来了，一副向遗体告别的样子，怎么也不明白在北京夜店曾一个人把五六个黑人打得满地找大白牙的我如何会伤了两根胸骨，为了槿熙会如此受伤？

"跟槿熙没关系！"我瞪着眼说："瞧你这德性，死怕什么，不知道我有墓地吗？"

"老大，哥，你就别牛逼了！"小黑子哭丧着脸，说："杜海找你，那个望族汽车的董事长找你，刘思雨找你，关键的是我和你爸都找你两天了！"

"你丫分开说好不好？什么叫你和我爸都找我？"

"看来你死不了，没事儿了，又能朝我吼了！"

"都两天了？"我还是有些吃惊，"槿熙她妈呢？怎么样了？"

"没开膛破肚，房颤对心脏病来说是个小手术，阿姨很幸运，刚才你没醒，我去过病房看了，阿姨很好，大夫也很满意。"小黑子也学会了叹气，叹口气说："唐启光昨天从北京阜外医院给请来的专家做的，这家伙北京人脉了得！昨天下午专家说可以做，唐启光给我打电话要我从你在我这里的卡上转七万块钱，五万是给槿熙妈妈的，两万给你交的押金。还有，那辆车也买了停到你家车库了，你这张金卡已透支两万七，向老大汇报完毕。"

我忽然发现小黑子有点怪怪的，他这番话信息量很大，我没时间甄别，看他脸色不对，一只手还一直躲在身后。

"你怎么了？"

"我没事儿！"

"把手伸出来。"

"干吗呀？"

"快点！"

我咳嗽起来，胸口像针扎的痛。

他看出来我很急，伸出手，"给烫了一下。"

"怎么烫的？"我看见他手上缠着绷带。

"我对望族汽车不熟悉，也不感兴趣，想帮老大拾掇一下，不小心就给烫了。"他又端出一脸无所谓的样子，"关心一下你自己吧，可别做下根儿了！唉，我没跟警察打过交道，下手真这么狠呀？"

"不是警察，他们是临时工。"我揶揄地说，看他一阵发抖，"你怎么了？别这样。"

"别操他妈了，鬼才信！"他摆了一下受伤的手，一定很疼，咧了一下嘴。"唐启光不接电话了，北京来了一个记者，都在说江城县的花舍香榭项目要停，怎么回事儿？"

"看来杜海帮我请的记者还真管用！"我想坐起来，"你就别管这事儿了，帮我把床摇起来。"

他走到床头，拉出摇把，我的身体随着慢慢直起来。

"帮我把包里的笔记本拿过来。"

"干吗呀？"

"快点！"我有些不安，"江城连着北京，有唐启光这条线，他一定有反应，咱这位唐爷很有手段，瞒不过我。"

"想上网啊？别看了，你老爸找你呢，我跟大家说了，不许说你在江城，唐启光那儿就保不准了！"

"事关重大，动作真快！赶紧给我拿过来！"

"这没网吧？"

"我住的估计是这里的高干病房吧，你没看那儿有 WIFI 吗？"

"你刚做完手术，快歇着吧！"

"我得跟杜海联系，我估计哥们儿早急了！"

"那就打手机吧！我给你拿手机。"

"黑子，快给我拿过来！"

"老大，是上 QQ 找杜海？那你说，我跟他视频，你也不想让他知道你现在这样子吧？"

"视什么频！我得进望族集团网站，看看五一望族汽车上长城有什么动静！"

"不用看了，昨天都开了新闻发布会了！"

"我靠！快拿来我看看！"

"看什么呀，你是执行总策划，都公布出来了！赶紧养好，五一你也得在长城上。"

"我说你有病吧？赶紧拿过来！"

"老大？"

他的音调和表情都有所变化，我不知道是怎么了？"到底怎么了？"

"没怎么！你干吗非上网啊？"

"你干吗非不让我上网？出什么事儿了？"

"没事儿！天天有事儿才叫生活，你说的，我还是赶紧给你弄午餐吧！医院的饭没法吃，老大想吃什么？我去买，我也没吃呢！"

"嘿，你小子……"

护士走进来，身后跟着两个警察，还有一位看上去像是医院保卫部的人。

第一时间我还以为是那两个"临时工"找我道歉呢，其中一个警察看着小黑子，说："江雨阁？"

"啊？噢，是，是我！"小黑子身体抖了一下，还装着耍贫，"我都快把自己的名字忘了，您就叫我小黑子吧！"

"江雨阁，"另一个警察指着小黑子说："你以为能逃得了？"

"怎么了？"我急了，想拔掉输液针头下床，护士急忙上来把我胳膊摁住。

"老大，没事儿！"小黑子笑着，表情突然变了，大声说："哥，对不起，我给你惹事儿了！"

两个警察把他拽住，其中一个给他戴上了手铐。

我有些声嘶力竭地喊："你们干吗抓他？"

一个警察上前看了我一下，北京警察就是素质不同，还呈现出礼貌的表情，说："你就是他的领导方翔吧？不能说你没带好手下，院方告诉我你前天夜里袭警？真是有什么样的领导就有什么样的兵啊，江雨阁把一个叫白朗的打成伤残，跟你一样也在住院，不过是在北京。你的小兄弟还畏罪潜逃，罪加一等，你自己也好好反省一下吧！"

"走吧！"另一个警察说。

"等一下！"小黑子对警察说："劳驾您把我西服里面兜里的信拿出来，交给我哥，谢了！"

那个警察看着这个警察，这个警察又看了我一眼，走向小黑子，从他西服里面口袋里掏出叠好的打印稿，展开看了一眼，跟医院保卫部的人说："请帮着复印一份，原件我们带走，可以把复印件给我们这位北京病人。"

"黑子！"我大声叫，"到底怎么回事儿啊？"

"哥，别说了，经过我都写在上面了，"他孩子般地哭了，"我对不起你！"

"护士，求你拔下针头，我要送送他！"

警察说："你以为他是花舍香榭的英雄啊？我看是惹大事儿了，白朗瞎了一只眼，你和江雨阁可是全瞎了，白朗说江雨阁是为你把他打伤的，要不是有人报警就把他打死了，难道你们一点儿都不知道白朗的父亲是谁？"

天！我靠，不会是白大爷吧？

难道白狼是白大爷的儿子？不会吧！

"你们别把我打成我哥这样儿！"

"走！"

"黑子！"我喊着，"别怕！咱北京警察没有临时工，别哭小黑子！"

我没想到小黑子会哭，他为什么出手那么狠打瞎了白狼一只眼？还有，小黑子为什么不让我上网？网上究竟有什么？

"小王吧？"我没办法坐住了，"求求你把我包里的笔记本电脑拿过来，谢谢你了！"

"我是小王不是小王八。"她操着一口江城普通话不紧不慢地说："我答应过那位先生不让你上网，把VIP病房的网关了，给你拿过来手提电脑你也上不去网，没用的。那位先生说你很爱吃必胜客的至尊比萨，我给你定了最大号十二寸的，你看我的手机有短信了，我看看啊，就是的，必胜客送到楼下了，我去给你拿好不好呀？"

"好呀好呀！"我快疯了，对护士说："你不是小王八是小王，王护士快去拿吧！"

"我也不是护士，我是护工。现在是午休时间，穿白色工作服的护士只有两个人值班，你没看到我穿的是粉色的？粉色的比白色的好看，那位先生悄悄送给我一串珍珠项链是乳白色的，他让我照顾好你，你看好不好看？"

"好看！"我夸张地说："仙女，快去，别把比萨拿上来，快去送给我兄弟和那两个警察吃！快！"

"嘿嘿，你连我被人叫成仙女都知道？"

"奶奶，你叫什么不重要快拿着比萨去追！我不能让我兄弟饿着肚子上路，坐你们贼慢的火车！快去找他们！他们肯定还没走，就是走了也没走远，你先直奔保卫部，给我复印顺便把信拿回来！"

"你讲话好啰嗦哟，嘿嘿，你可真是一个北京病人啊还叫我奶奶？真有意思，你们北京人怎么男的管男的都叫哥？管大一点的叫大哥，年龄差不多的叫亲哥，管女的叫宝贝还带个儿，太好玩了！"

"宝贝儿，不好玩，快去！"

"还没给我钱呢，你让我怎么下楼去拿比萨啊？"

"早说啊！把包给我拿过来！"

她去拿比萨了，我取出了笔记本电脑。

莫名有些心慌。小王没有关上网络，我能看见桌子旁边路由器的灯亮着，我打开电脑，像是要揭开一个秘密。

等待开机，漫长的时刻。我开始猜想，赶紧用眼睛来亲自证实吧！

屏幕上出现了windows标志，它看上去那么神秘，丑陋，还有那熟悉的开机音乐，像是幸灾乐祸。我忽然不知道做什么，要进入我的QQ吗？在我设定的自动链接的新浪首页，忽然跳出来巨幅广告，一个赤身裸体的女孩和一辆被遮蔽了标志的汽车。标志被她半个屁股挡住，两条修长的腿像两根玉柱，有着浑圆曲线的臀也就是女人的屁股闪闪发光，闪动着金属冷艳的光芒，那丰满的乳房让汽车双灯像闪亮中似透着羞愧的眼睛，汽车和人一样地赤裸着性感，我一眼就看出了全身肌肤跟汽车浑然一体闪着肉光的槿熙！

我突然胸口一热，眼睛发黑，来不及闭上开始发麻的嘴唇，一口血喷发而出。

世界黑了。我的世界不再有色彩，一汪黑色。

再次睁开眼睛的时候，一片朦胧。我好像穿越了，只是没有走远，睁开眼，不知是白天还是夜晚，我模糊的世界越发朦胧。

"你醒了？"一个女孩的声音，"你准备就靠给你输营养液活着啊？你不要你的胃了？你要让你的胃功能彻底废了？"

噢，是她，那个姓王的护工。

"我，我怎么什么都看不清？"

"你老闹，医生给开了睡觉的药，你又睡了一天一夜了，睡着还哭，眼睛都肿成金鱼了！"她忽然抱住我的头，"大傻子，不许再哭！"

不对，声音像，好像不是她。

"小王？"我真的睁不开眼了，"是小王吧？"

她没有按我如期的反应，把嘴贴向了我的嘴，我还感觉到了她的舌头。

"对不起！"她哭了，把泪掉在我脸上，"对不起你！"

"你是谁？"我想推开她，却没有一丝力气，"快把灯打开！"

"就不！"

她没有开灯，我受伤的胸感觉到了她的乳房，她有点疯了似的亲我，我躲不开，踢着腿，被子掀开落地了，我才知道下身没有穿裤子，也许被她给脱光了，竟然赤裸着！

她搂住我不放，我不知道该是什么颜色的护士大褂，但知道她是解开了的，把肉体紧紧贴在我的身上，她的手还伸向下面，摸住了我并未崛起的英雄。

"让我报答你！"她的眼泪刷刷地落在我脸上，"谢谢你啊！"

3

下雨了，四月的江城还没有走过梅雨季节，我能听见窗外淅淅沥沥的雨声，还有病房里的空调声，暖风，我出了一身透汗。

我不知道是几点，时间对于我来说已经不重要，太阳此时此刻在哪里跟我没有一毛钱的关系，我甚至不知道自己是死了还是活着。

　　她用毛巾沾湿了热水给我擦洗着身子，为我洗澡，我本来就没有力气反抗，现在更是也只能乖乖地任由她摆布。我看不清她，虽然没有月亮，苍穹还是把天要蒙蒙亮的姿色映进病房，我眼前晃动着把粉色大褂脱了赤身裸体白皙的她，一团精灵的肉色，偶尔还抽泣一下地抖动，告诉我她是一个很受伤的女人，那会她告诉我九月份她才二十周岁，已经不再是一个女孩，是一个有了两个月大孩子的妈妈。她侵略了我，让我进入了她湿滑的身体，现在她看上去比我累。

　　"去看过你女儿了吗？"我羞愧万分，不敢看她。

　　"看了，她比跟着我好，睡得那么香甜，我都嫉妒了！"她摸了一下我的脸。

　　"那你怎么冒充你妹妹进来的？"

　　"没有呀？我也是医院的护工，还是我介绍妹妹进来的，我们不归医院管，我今天就算产假后上班了，跟我们经理说了一下，同意我跟妹妹换岗了，她跟男朋友五一结婚，前天晚上就急着给她男朋友看她的珍珠项链。"

　　"那她多大？还不到二十就结婚？"

　　"我们农村都这样，二十岁以前找不到婆家就只能嫁到连汽车都不通的大山里去了。妹妹比我幸福，找到了她爱、也爱她的人，不像我，是我爸一万块钱给卖的，他是我们乡中学的老师，教了快二十年书，学校去年突然说他根本不算是老师，被清退了，突然无业了，可他爱学校，对我也真好，我自己偷偷交的第一个男朋友对我也好，他们俩都死了！看来对我好的人都得死，你为什么要给我五千多块钱呀？"

　　"不，也就三千。"

　　"五千二百一十整！我还想这人买孩子怎么还带零头呢！"

　　"我一急就把钱包里的钱都拿出来了，是帮你。"

　　"就是你打的那个大夫的女朋友跟警察说的，幸亏我跑了，要不得跟你一样吧？"

　　"不会的，警察误会了。"我停了一下，"你叫什么？"

　　"我叫白小曼。"

　　"好吧白小曼，你走吧，就当我没帮过你，你也没来过这间病房，我们都算是做了一回梦，现在都醒了！"我又怔了一下，"不对呀，你姓白你妹妹怎么姓王？"

　　"俩爸爸呀，还两个妈呢！"白小曼说："我爸死了我妈带着我嫁人，结果妈也死了，那个爸又娶了一个女人，那女人有一个比我小一个月的女儿，我们就成了乱七八糟的一家子了。"她并非痛苦地说："所以我死去的老公老跟我说幸福的家庭都是相似的，不幸的家庭各有各的不幸！这是我们乡中学最有名的至理名言！"

我没有揭穿，这是俄国的一个叫托尔斯泰的人说的，不是她老公说的，可我怎么能忍心呢，这可能是白小曼关于丈夫甜美的最后记忆了。

已经是第五天了，再也没有看到白小曼，做了母亲的女人才是女人，虽然她只有二十岁，那眼神、手指和大部分做派都很成熟。小王又回到了我的病房，我习惯了疼痛，也有些好转，可以自己坐起身了，我承认有点回味那个浑浊的雨夜，同样像是一场梦。

我可以稍微平静地打开电脑，才知道白狼在很多网站展示他"人与汽车"的摄影作品，槿熙不仅仅出现在新浪首页，几乎所有网站都有，只是出现的位置不同。

望族汽车上长城也上了新浪首页，已经不见了槿熙，她被放到美女图库里，现在是杜海出手张扬望族汽车了。他已经知道我的遭遇，说在帮我救火，处理更重要的事儿。我知道他说什么，虽然没有点明，一定跟我老爸有关，跟白狼有关，跟白大爷有关。没有小黑子的消息。我有一个精良的团队，品牌事业部的兄弟姐妹们如常运行，我不许任何人到江城来看我，看来这世界果真缺了谁都行，我并非想象的那样举足轻重。这反而让我如释重负，大家一起封锁我的消息，不让妈妈担心妹妹牵挂，而我到江城的前两天老爸就去美国了，他现在应该辗转到了欧洲。

槿熙的妈妈好多了，小王每天向我汇报她的情况，房颤手术很成功，再有几天就可以出院了。名师出高徒，名医也出名患，江城电视台竟然系列报道槿熙的妈妈，她在接受采访时热泪盈眶地感谢组织。一定是唐启光干的，村子没有拆成，倒把灾难性事件变成了政府的伟绩，唐启光不是流氓而是大流氓。他和我已经彻底疏远，我们好像从未认识，江城县的花舍香榭项目下马了。

在江城，政府和人民一起遗忘了花舍香榭，难能可贵地统一又和谐，真是好事。我没有被遗忘，他们忽然想起我没有任何级别，不可以住在江城人民医院"高干病房"，今天是最后一夜，明天一早要转到八人间病房。白小曼的妹妹告诉我之所以再宽容我一天，是因为没有床位，还好，一个病人被要求出院，为我腾出床位，我从二十二楼转到六楼，那里人气很旺。我也没有什么不想去，白小曼就在那里做护工，小王说她姐做好了准备欢迎我。然后她笑眯眯地补充了一句："小曼盼着你呢！"

我开始明白了，这才是生活，总有意想不到的事儿发生，才够丰富多彩。

"他们不会把阿姨也搬走吧？"

"不会的！"小王说："听说是一个副市长下的令，要照顾好她，体现政府在城市化建设中对农民的关怀，昨天我还见那个唐市长来看阿姨，刚才在电梯里又看见了，他的秘书没让我上电梯。"

我笑了，随之叹了口气。

"小王，叫你姐姐来。"

"做什么？"

"让你姐姐到一楼提款机帮我取一万块钱，不，一万一吧！把一万交给阿姨，一千是给你的，就算你五一结婚的份子钱。"

"白小曼说你是好人，"她闪动着亮晶晶的眼睛，"可惜她没有福气早点认识你，要不非嫁给你不可！"

我苦笑了一下。

"她为什么又换回去？因为她比我会做护工，说她在这里对你恢复身体反而不好，我不知道她指的是什么，好像是怕你总冲动吧！我知道小曼喜欢上你了，这几天特别爱打扮，还减起肥来了，说怕太沉了！"她兴奋又爽朗地说："她哪胖啊，天生两个奶子大，最沉的就是那儿了！她说嫁给你是不可能了，但你出院回北京的时候她要跟你走，到北京去给你当保姆，不管你要不要她，她都一定去北京！"

我承认，承认除了感动还是被吓着了。

她欢快地走了，我不敢再想她的那些话，可白小曼那个雨夜情景突然挥不去地浮现，她性感的唇，丰腴的胸，灵巧的手，缠绵的身子，急促的呼吸，某一刻迷幻的双眸，还有水灵灵的柔软……我要窒息了。

就是小黑子说的那种女人，性在先，不知道情为何物，已冲动。

我拿起包，掏出他留给我的信的复印件，原件被北京警察作为证据带回北京了，不知道他会留下什么不利于他的证据？

很长，居然有七八页。小黑子是最讨厌写东西的，看来他知道公安局会马上查到他的行踪，知道没有时间跟我细说，才写了整个事情的经过。

有些难过。我晕沉沉，拿不稳，复印纸散落到地上。

我真觉得我要死了。我到了天堂？不，不，我没去我的墓地啊，我早想好了，我在死前一定再去看看雨婷，看看我的墓地，那不是墓地，是我和我的爱同乘的诺亚方舟！

我不知是白天还是夜晚，模糊的世界越发朦胧。

我坐到沙发上，听着窗外的雨声，江城又下雨了，在这个黄昏沙沙的雨声中，我泡上一杯雀巢咖啡，准备好好看看这封信。

可我好像突然静不下心来，一种莫名其妙的感觉笼罩住我，像这江城的天，越发沉闷，不是水天一色，是暗得让人难受。

我好像不太想知道是怎样发生的了，已经发生，知道更多又有什么意义？槿熙，像江城的雨变得模糊起来，我知道，一切都已经结束了。

我真的不能接受，这爱还没有像火一样燃烧起来，刚刚开始就已走向结局，她那么喜欢把自己的胴体展示出来，就不再属于我，也从未属于我。既然不属于我，就让她把我承认的她的美奉献给全世界吧！她是自由的，拥有展示美的权力，接下来我只能是满含羡慕嫉妒恨了。不是说美应该共享吗？谁掠夺独占美谁就是自私的，北大新"左派"文学社的人甚至会说是无耻的。

我站起身，打开病房所有的灯，走回沙发，看着窗外，又走向窗口，拉开那层只是装饰用的纱幔，推开窗户，深深地吸了口气。

我准备转身的时候停下了，隐隐听到不知从哪儿传来歌声，缥缈，委婉，带着一种忧伤，无奈，淡淡的甜美和苦苦的涩：

　　　　从未把盏，也未曾许愿，
　　　　却已醉，望月叹。
　　　　从未独处，也未曾双行，
　　　　心已暖，意难还。

　　　　天下就有一厢情愿，自享绵绵。
　　　　天下就有有来无往，孤单轻叹。
　　　　天下就有多舛命运伴红颜，啊……
　　　　梦入云宵，为何要走远？

从未承诺，也未曾纠缠，

心已碎，梦不还。

从未奢望，也未曾怜悯

人已远，情已散。

醉望月，梦飘散

追梦到天边，谁能把你带回还？

甜美一笑，印在心间

梦中穿越，再不回还……

　　这缥缈的歌声把我唱的跟她一样心酸，心痛，心事非非，留下心的沉重。我想关上窗户，手却扶在窗上久久没有动，雨打湿了病号服的衣袖，也湿了眼，湿了心，弄湿了我无法忘却的一段情。

　　我忽然想去探望一下槿熙的妈妈。

　　她住在二十一层，虽然不属于高干病房，却也是很少开放的，白小曼说其实这两层主要是留给当地驻军的，江城没有部队医院。

　　我走出病房，没有坐电梯，从紧急通道下了一层楼，顺便活动活动五天来快僵硬了的身体，每走一步胸口就疼一下，没人告诉我挫伤的肺要多少天恢复，而受伤的心只能靠自己了。

　　我走得很慢，实际上还不能大口喘气，或者说只是很浅地呼吸。走到2112的时候才明白，我就在阿姨的楼上，我住的是2222，可真够二的。

　　我轻轻推开了门，看见躺在病床上的阿姨正侧着身子，看见了我，不认识我，没有惊异的目光，如此和蔼，一脸的善良。看不出她有四十多岁，很年轻，槿熙的眼睛和鼻子很像她，脸型不太像，槿熙长着上镜的明星脸，妈妈是充满喜兴的圆脸庞，皮肤白净细腻，看不出她是农村的，天生丽质，我差点拆了她的家，不，是政府支持花舍香榭差点让她失去家和花棚，真是罪过。

　　我走上前，她想坐起身。

　　"阿姨，别动。"我急忙说。

　　她看着我，一直保持着略带羞愧的笑容，反而让我难为情起来。

　　也许她在组合着有限的信息，猜出了我是谁，目光显得更加亲切，槿熙目光的柔美，一定就是遗传了母亲的基因。

"你坐，"她好像很窘迫，不知是不安还是喜悦，或许两者都有，看了一眼我身后的门，说："她刚到没多一会，在洗澡。"

"谁呀阿姨？"我条件反射有些下意识地问。

"槿熙啊，"她说："槿熙说洗完澡就要上去看你呢，你先来了，这多不好！不，好，很好，你快坐！"

我听见了身后的开门声，心里一阵绞痛。现在，居然是我没有勇气转回身，无法面对五天，不，六天不见的槿熙，我在梦里哭肿了眼睛的槿熙！就是说，刚才那歌是她唱的？从未把盏，也未曾许愿，却已醉，望月叹？不，得改成望雨叹。情已醉，醉到无法苏醒，就这样默默地睡到永远。

"方……方老板，是你吗？"

甜润的声音，她迟疑着，还是叫了我方老板，就是说，关于我，她已经知道了很多？

已经不重要了，我转过身。

槿熙，像一朵亭亭玉立的郁金香，芬芳而典雅，伫立在我的面前。我有一种要扑上去紧紧拥抱住他的冲动，我克住制了自己，我不会再她说她那样喜欢的经典一笑，而且做到了冷冷的。心是冷冷的，目光是冷冷的，表情一定是冷到了极限，*我把自己冻上了。*

我抬起头，迈开步，冷漠地往出走，擦过她身旁的时候，用余光看见了她眼中亮晶晶的泪花。当我走出门的时候，相信她已潸然落泪。

这是我要的吗？不知道。可为什么心里酸得一阵翻滚，也许我在她之前已经泪如泉涌了。

我大步回到病房，一边脱掉病号服的上衣，对正迷惑着找我的白小曼咆哮着"出去"同时把拖鞋甩到了窗户上。我要疯，我知道我的所有系统都中病毒了，再不闪开我会死机！

我换上了自己的衣服，脚一下居然没有伸进GUCCI皮鞋，可我已经使不上劲儿，浸出了一身汗，虚弱，加上急促呼吸的胸口疼，已经快没有力气了。

穿上鞋至少用了三分钟，我害怕槿熙会来，真的不想再见她，因为心太痛，可为什么一阵阵地还发酸？

白小曼吓坏了，一直站在门口，我走出来，她把信用卡交给我，另一只手紧紧抱着那一万一千块钱。

"对不起！"我歉意地看了她一眼，"把一万块钱送给阿姨，别说是我，就说是唐市长送的！那一千给你妹妹。我走了，你别去北京，应该去读职业培训学校。你告诉医院把押金余额打回我卡上，我就不办出院手续了，有事让他们找唐启光，就是今天还来看阿姨的那个唐市长！谢谢你和你妹妹这些天照顾我。"

"等一下！"白小曼有些激动，说："你下午还要输液，没好怎么就走哇？你去看那个阿姨了？怎么气成这个样子啊？"

"不跟你说了！要是有人问我，就说我远走高飞了，下辈子也不会来江城了！"

"那有多高多远啊？"

"出国，到非洲打猎去！打猎，懂了吧？"

"嘿嘿，你真有钱！光打猎？"

"没准儿还杀人呢！"

"哈哈！你们北京人太牛逼了！"

4

我打了出租车直奔机场，下午四点才有飞北京的航班。现在才上午十一点，我有将近五个小时的时间，查询了一下座位，还有三十多张机票，我迟疑了一下，没有买票，只是有一种感觉，不该出票。

我多了个心眼儿，说不清为什么，拨通了杜海的手机，"杜兄，我。"

"你小子还活着？怎么不打电话？"

"我不敢，怕被监听困在江城。"

"你非让我给你找个记者，这事儿惹大了，江城借城市化之由大肆侵占耕地，必有腐败，中央在查。白老爷子本不想管这事儿，被你爸爸给忽悠蒙了，老爷子毕竟当年在那儿打过日本鬼子，一听农村老百姓日子没有老爷子想象的好，你老爸一期要投三个亿开发旅游文化经济，老爷子当然认为是好事儿了，就打电话让省发改委多支持，你们江城花舍香榭这悲催的项目就获批准了！结果老百姓不干，差点儿出大事儿，你小子被打，老爷子五十多才有的儿子被你手下的小黑子给废了一只眼睛，这就叫祸不单行，你给白老爷子惹了大事！你老爸顾不上你了，急得没着没落，那个唐启光把仇都记你身上了，不会轻易放你离开江城！"

"我靠，那怎么办？"

"你先设法离开医院，怎么出江城是你的事！"

"晚上你到机场接我吧！"

"你小子先回来再说吧！"

"用你的那个 VIP 给我在机场旁边的皇冠大酒店开个房！别问了，晚上六点半我在十一号门见你，飞机正点起飞我就不给你发短信了，现在我就关机了！手机真的有回音，我肯定被唐启光派人监听了，先挂了！"

十几分钟我就到了皇冠大酒店，到总服务台报上杜海之名，杜海跟江城没瓜葛但跟全国的皇冠大酒店都有关系，他是白金卡 VIP 会员，我只是冒充他的秘书先拿房卡准备好咖啡和到商务中心预订小型会议室，告诉他们杜海三点多入住酒店再用身份证办理入住手续。

杜海办事上帝都放心，我顺利地拿到房卡，走进 1818 套房，反锁上门，一头扎到床上。人要散了，心紧张得要蹦出来了！

真的会像杜海说的局面有那么严重吗？换句话说，唐启光真要泄私愤，狗急跳墙要扣住我跟我过不去吗？

我相信杜海，一切皆有可能。

我在想象唐启光开始全城搜寻我，火车站、出城高速路口、宾馆酒店，首当其冲的是机场，下午只有一班四点钟飞北京的航班，再就是晚上七点直飞三亚的了。

我得想好怎样脱身，三点三十分进入机场通过安检，只要唐启光本事没大到让江城国安局出动，我四点钟就在我差点用生命爱上的美丽的江城蓝蓝的天上了。

我拿起电话，预订一辆出租车，时间是三点，然后叫了客房送餐，得好好吃一顿来恢复我快丧失殆尽的体力。然后可以睡一觉，三点十五分左右到机场，从买票到办登机牌再通过安检我只有十分钟的时间。

不能早去，我怕被唐启光派的人候个正着。他很可能真跟我急了，那个记者一定发了内参，中央派的工作组就要或者已经到达江城。我总感觉弄不好唐启光会被"双规"，总得有人负责向省里向中央向江城县的百姓有个交代，他一定会咬我一口先出出恶气，我们是一个面子文化的国家，尤其是官场，我知道唐启光即便躲过这一劫，我已让他颜面尽失了。

我只是为了槿熙，我的爱，尽管还没有得到就已经失去。

胸口很疼，我根本吃不下什么，又不能洗澡，而我自从住进排球场客厅的那个家，已经习惯每天至少要洗一次澡。我开始体验遇到挫折要经历什么，还不仅仅是身体，重要的是心理和精神层面。

我坐在沙发上，终可以好好看看小黑子留给我的信了。

老大，还是叫你哥吧，哥：

那天我大意了，把嫂子（我想这样叫，我本来该叫你姐夫的，你用两年多的时间才从失去我姐的悲痛中走出来，弟弟我能不高兴吗？）送回学校的时候，没想到白狼会偷偷尾随着王小却回到学校，不是刘思雨把嫂子的信息泄露的，是王小却的男朋友到4S店接她的时候，不知道被白狼开着车跟踪了。

哥不知道，当我开着车槿熙坐在我旁边，我一直发生错觉，以为她就是我死去的姐姐！我就叫她姐姐吧，尽管她比我还小，姐姐复活了，多像当年我送姐姐来北京上大学坐在出租车上的情景啊！我知道哥为什么一见钟情了，我要谢谢哥！姐姐在地下有知一定会祝福哥的！尽管你和姐姐如此相爱让我感动，可太多太多的时候我会觉得你们俩太傻，甚至很雷人，现在还有这种爱情吗？

原谅我这么说，哥，你知道我不太会说话，但习惯讲真话，实话，当我这样写出来的时候，才知道真话实话TMD不好听！

我进了学校，没想到望族大学比我姐的歌德耐尔大多了。我好说歹说宿管阿姨才让我进去，在她桌子底下发现两大箱方便面，我按哥说的把方便面拿走，以后不许她再吃方便面，姐不知道是怎么回事，拉住我的衣服不让我走，还急哭了，以为是要用这两箱方便面抵她下午在会所输液的钱呢！哥，她真的有点像我亲姐，不瞒哥说，那一刻我差点哭了。

我说我哥今天为她付出这么多反正得还，跟她要学生证，熙熙姐居然就乖乖给我了。我说去复印一下马上回来，她在给手机充电，还给了我五十块钱让我帮她买张充值卡连学生证一起带回来，她的手机没电又欠费。

我到学生食堂给姐的校园卡里充了一万，又买了五张每张一百元的手机充值卡，还买了好多水果，让一个我还能看上眼的档口给姐送餐，因为我要赶去找刘思雨，她在店里等我办买车的手续，她要去办换房手续，我才知道是哥给她换房了，刘思雨说是感谢高董事长，还说哥给的是那个董事长的面子，我不是告她的状，刘思雨很世故。

不说她了，我想到哪儿写哪儿，回到熙熙姐的宿舍居然见到崔儿一姐！就是那个王小却，她来找熙熙姐了，俩人还哭成了泪人。原来崔儿一姐知道熙熙姐的妈妈犯了心脏病，还是王小却的舅给送医院去的，王小却让熙熙姐用她的手机给她舅打电话，证实了必须马上抢救做手术，说得很邪乎，王小却的舅说村子被公安局和武警给包围了，乡亲们组织起来不让拆，她舅说他在医院照顾呢别着急，关键是赶紧打钱过去，县医院不见钱不抢救，做不了手术，病危通知书随时会换成死亡报告单！我知道哥已经到江城了，哥要瞒着不让告诉姐真相，所以我没着急也没多想，哪知就错在这里啊！

我离开学校去见了刘思雨，不知道熙熙姐为救妈妈答应了做人体模特，收了白狼五万块钱打过去，就在我后面走的，白狼急熙熙姐更急！

哥那边出了什么事我不知道，周一带刘思雨办换房手续，忙到周三就办完了。哥能跟熙熙姐有缘，得感谢刘思雨，要不哥也不会把精装修的极品样板间换给她，所以当天我就帮刘思雨搬家。

搬家那天刘思雨一直很沉闷，我还以为她并不喜欢这套白送的装修和家具呢，在我一再追问下，她心事重重地打开电脑，我看见铺天盖地熙熙姐的裸照就傻了，刘思雨知道哥从一开始就是喜欢熙熙姐清纯无瑕的样子，现在可好，她的裸照被冠上艺术之名，终究还是裸照！刘思雨一个劲地说完了完了！

哪能完？那不行！我打过白狼一次了，看来这种找打的男人就跟找操的女人一样，有第一次就会有第二次！哥上周六就把白狼的名片扔给我了，我让刘思雨给白狼打电话说她现在要见他，让他在公司等，我就开车去丫的白狼工作室了，一路上老想哭，哥第一天就告诉过我让我看着点白狼，我对不起哥！

我去了丫的工作室，就是他妈的色狼摄影棚！丫干缺德事有准备，知道来找他的会是我，还叫了四个人在棚里等我，这孙子还专门安排了一个现场摄影的，要把我挨揍的照片拍成系列的，丫哪儿知道我当过武警！

我没进棚就知道不对劲，因为走廊上站着两只骚狐狸，这俩小娘儿们化着妆都披着女式军大衣，大衣扣就没想扣，都赤身裸体快露出整个奶子，他妈的不是污辱我中国人民解放军女兵吗？她俩好像照了一半等我挨完揍再继续照，所以看我走过去的时候两人笑得淫荡又阴险！

我有准备了，一推门丫棚里的大灯全亮了，闪光灯还晃了我一下，拍下我第一张照片，这可是我在专业摄影棚里的破处照啊！

没说的，开练！

过程我就不讲了，描述不出来，我没上过大学，进花舍香榭没文凭不行，我一下拿到硕士学位证还他妈是美国的，是哥帮我的，就讲一点，那五个孙子上来出手就太毒，真往死里发展，所以刚相交就到高潮了！

基本结果是我右手骨折，还有点蛋疼，没全躲开被白狼往蛋上踢了一脚，他想让我成太监，哥说丫毒不毒？我打瞎了白狼一只眼，丫照相玩摄影的，从工作角度来讲，实际上用一只眼睛就够了，只是得改改习惯用左眼瞄，右眼球破了。另外四个不同程度受伤，有要去看牙医的、鼻子整型的、骨科的、耳科的，估计最后都得去整形科，没准再也不看武打片了，接下来得看几年心理医生。

我跑了，刘思雨打电话告诉我闯大祸了，白狼的爸爸是个大人物，估计得把我毙了！是雀儿一姐告诉我哥受伤了，她舅跟她说的，我就买了机票飞过来找你，估计警察能查出来我坐飞机，会通知江城公安局抓我，我怕你醒不过来说不上话，就写下这个，我准备回老家去！

再补一句，你爸爸董事长没去欧洲，从美国飞回来了，不知道跟这事有没有关系？我不会给集团也惹了事吧？

哥，对不起！

我知道了，这就是我离开北京后发生的事儿，算是弄清了来龙去脉，一开始我就有点与其说是惊讶不如说是怀疑槿熙怎么会给雀儿一姐她舅打来五万一千块钱，不敢想是怕把槿熙想歪了，结果比我想的还歪。看上去那样清纯保守的她可真敢脱，一脱成名，现在在百度上搜索"槿熙"估计会有成千上万的内容，我不敢试。

仔细想想这封信，估计小黑子把正喜悦万分的刘思雨也扯进去了，警察不费力就可以确认刘思雨脱不了干系，是她约那个找打的白狼真被打了，如果是小黑子被四五个人暴打到失去一只眼睛，她会是一个完美证人。倒霉的刘思雨，城门失火，殃及池鱼。

槿熙就是这样挣到了五万救她的妈妈，那一千该是她节省下的生活费加上兼职挣的钱。如果她不勤工俭学到望族汽车 4S 店做模特，我就不会见到她，认识她，爱上她！

不对，如果那天唐启光不到北京，那条路不堵车，我没有看见奔跑的白狼，也不会进 4S 店，我也就不会此时躲在离机场十分钟车程的皇冠大酒店。

如果当年潘金莲不开窗户就不会遇到西门庆，武松不会打死西门庆被逼上梁山，武提督不上梁山，方腊不会被擒，可取得大宋江山，后面就不会有金兵入关建立大清；没有清朝，不会闭关锁国，不会有鸦片战争和八国联军进北京，中国会是真正的超级大国，美国都是浮云，甭说小日本、臭越南，恶心的菲律宾在南海手淫了。最后我的老师在课堂上泪流满面地说：小潘啊，你丫闲的没事儿开什么窗户！

悲，悲催，我的爱为什么总是非心所愿注定一个"悲"字！

我真的好无语。偶然，必然，我找不到求解的公式，每一个偶然似乎都是必然，只要你敢回头看。心，越发狂跳。我努力回想着槿熙一转身我总会心酸一下，**那感觉真好**，现在努力想她却怎么都酸不起来。闭不上眼，想休息一下，做不到。有点神经了，我打开酒店客房的电脑，又见裸体槿熙，禁不住泪流满面。

从这里到机场只要十分钟，我是那种让去机场的出租车司机最恨最讨厌的乘客。还是要有所防备，唐启光至少可以以我受伤未愈之由把我扣在医院，非得我老爸也就是花舍香榭董事长亲赴江城说清楚才行。以我老爸的资本运作手段，我怀疑花舍香榭一分钱都没出，江城市政府就是靠卖地挣钱，还有一个"城市化"理由，这届班子为了政绩没准暗中默许让银行放贷，现在都无法收场了。

我坐在桌子前，看着屏幕，退出让我伤心的页面，一咬牙把电脑上所有能删的系统都删了，然后坐电梯下了楼，把门卡放到总服务台，告诉杜海先生会准时入住。我故作轻松地离开，没有走出去，而是穿过大堂走向设在里面的购物区。

没有什么客人，我四下观察了一下，除了两个服务员也没人关注我。走向里面，我从衣架上拿起一件短风衣，很幸运就是 XXL 号的，扬手递给跟过来的服务员，又快步拐向另一边，选择了一顶棒球帽，跟风衣很般配。

我又挑了一副墨镜，随便拽了一个带大轮子的旅行箱，把我的包能放进去就行。服务员很高兴遇到我这种人，我一定用很酷的表情制止了她要包装的热情举动，用信用卡结了账，这潇洒行径从账上抹去了我五千七百元。

酒店购物区就是屠宰场，我已顾不上这么多，穿上风衣，扣上帽子，戴上墨镜，拉起箱子，这样进家估计我妈一眼都认不出来我，在两个女服务员惊赞的表情中走出去。我在大学时除了喜欢博尔赫斯就热衷于《豺狼的日子》，看小说也能派上用场，四五年后发飙了，我是豺狼。我想成为狼。

老大不乐意的司机把出租车拐进机场高速的时候差点让一辆飞驰的车撞飞，那辆越野车向里道急并线四个轮子发出刺耳的声音，这个司机猛地右打轮差点把我甩出去，一头撞在后座左侧车门上，胸口一阵绞痛。

我挣扎着坐起身，看见越野车闪到出租车前面一脚急刹车，幸亏招人烦总以为公路是他家的出租车司机积累了足够的经验，一脚跺住了刹车，还没坐稳的我又冲向前座椅背，我要骂娘了，胸口撕裂地疼，我摘下墨镜，又赶紧戴上，还压低了帽檐。

市政府的秘书跳下车奔过来，还有那个当然认识我的司机也冲过来。这哥们儿自知错了，赶紧下车低头哈腰地迎上去，那个司机扬起手被秘书拦住，然后两个人跟受过训练似的统一呸了一口唾沫，又赶紧跑回车上。我看见越野车后轮胎冒起两道烟，飞奔而去。

唐启光知道我离开医院了，这个秘书还有司机开着这辆越野车急奔机场不是找我抓我又是什么？

我意识到问题的严重性了，很可能无法离开江城，我不是豺狼。飞往北京的只剩下四点的航班，唐启光不需要动用政府资源让这两人在安检口等着我就行了。

可我想马上离开，必须坐上四点起飞的飞机！

怎么办？

出租车司机态度好多了，打开收音机，江城也有交通广播，也是一男一女坐在直播室里像调情似的跟堵在路上的人逗闷子。江城交通台还兼带以健康的名义卖药，不在乎抢了医院大夫的生意。女主持人在介绍妇科良药，男主持人在推广壮阳宝典，人的生活重要部分。然后是听众点歌，一个听众点了周杰伦的歌献给丢失了的爱犬，真的让人很感动，不知道周董会不会像我一样气死在江城？如果杰伦知道想骂娘会不会吐字清楚一点让人听明白？我告诉司机从收费站调头返回，他就是不明白，我只好再说一遍："调头！"

"你是跟我讲话？"司机紧张地说："你是说有人要掉头还是我的车子调头？"

无语。看来跟江城人沟通起来是有些障碍的，文化构成语境，语境养成习惯，习惯决定行为，行为造就性格，性格注定命运。*心绪纷乱*。我跟槿熙是不是存在沟通问题？只这么一想，我立即滑过，同时生自己的气，何苦再想她！

我要拖到三点二十分再进航空港，用三分钟时间买票，五分钟通过安检。江城机场人不多。如果那三十多张余票卖完了，我就听从命运的安排，去见唐启光。

不行，要把那个秘书调开，让越野车离开机场，可怎么让唐启光相信我没有在机场而且没打算离开江城呢？得想出办法！

我指挥出租车在机场高速最近的两个口之间转了五圈，司机肯定在想不是碰到神就是撞见鬼了。他的脖子出汗了，脸色越来越白，可能想起差点让我丢命而我喊着"掉头"的事，这家伙别报警或者一咬牙把车开到公安局去！

我和他都紧密关注着彼此。

三点十分又一次通过机场收费站，我从倒视镜中看出司机快要哀求那个收费员了，他哪儿知道中国公路收费站的收费员坐在小房子里只管收钱哪管人事儿也没想过尽人事儿，而且听懂了又播了一遍那首献给丢失狗的歌，要不干吗笑眯眯地像是替土匪收钱呢？

终于不用掉头了，司机如释重负，眉开眼笑地驶向出发厅，说："大哥，你吓死我了！那天我拉的一个东北客人给我讲了个故事，说一个被枪毙的人到了刑场，负责枪毙他的把枪顶在他的后脑勺上开枪，结果子弹卡住了，警察卸了子弹又开枪，结果又卡住了，一连三枪都没打出来，犯人回过身紧紧抱住警察的腿说：大哥，你掐死我吧！"

我笑了，一个想法已经成熟，现在可以打电话了，必须打。

打给槿熙。

我还没有给她打过电话，这是第一次，我相信也是最后一次。只这么一想，心里忽然酸了一下，那感觉又回来了，我有点烦，厌烦自己。

通了，她的手机一直在回应着响声，没有接。我在心里警告着自己，下一声再不接，我就挂断。

可我没有做到。到了第九声，传来了轻微的一响。

"你好。"我说。

没有回应。

"你好，我，我叫方翔。"

"嗯。"

嗯？嗯是什么意思？

"是槿……赵槿熙吗？"

我怕弄错了。

"是。"她说，就这一个字，再没有声音。

"喂？"我有些尴尬，故意说："我这儿信号不好，能听清吗？"

"能。"

还是一个字。

"你在干吗呢？不方便接？"

"没事。"

两个字了。沉默。她不想说话，可也没有挂了的意思。

"我想见你，跟你谈谈。"

没有回答。

"听见了没有槿熙？可以吗？"

"现在吗？"她的音调有点不对，"你在哪里？"

"我在沃尔玛呢，买剃刀片，洗发液，还有须后水。"我一样一样地说，好让她听明白能转达出去，我需要她告诉唐启光。"我一会儿就回来，不想在医院见你，就到医院门口对面的麦当劳吧，我还欠你一顿大餐呢！"

"你要多久回来？"

"五点吧，"我大声说："五点，你在麦当劳等我！"

"嗯。"

她挂了。

我有点急，不知是否表达清楚？我是说，如果真是唐启光派秘书来机场堵我，她会把这个信息传递出去吗？

不，她怎么会知道我的意思？她会告诉唐启光？这就不对了。五天前她出卖自己，如果她知道唐启光在找我而告诉他五点钟在麦当劳见面的事，不就是又出卖我吗？

手机响了，短信。是她发来的。

"我在卫生间里呢，一个姓唐的市长在病房看我妈妈，他问你去哪了？我该怎么办？"

我立即回复了六个字："告诉他！五点见！"

长长地叹了口气，我走进大厅，向右转，我记住了它在哪儿，直奔海航售票处，同时快速扫视着周围，不由地出了一身冷汗。

两个我怕见到的人几乎同时出现了，司机从安检口方向走过来，那个秘书离开海航售票处径直向我而来。

完了！我一阵心慌，精心的设计全白费了！

但我不想停住，血液在沸腾，他们两个要是敢上来揪住我，我那两根胸骨就是断了我也要把他俩打得后悔来到这个世界！

秘书从我身旁匆匆而过，还一边向那个司机挥着手。

没有看见我，不，是没有认出我来。看来衣服不仅决定人的品味，本身就是一种伪装。秘书分明还看了我一眼，我忘了戴墨镜本来就很扎眼，可他居然没认出我！我变装很成功，他们一定接到了唐启光的消息迅速赶回去不用在机场堵我了，槿熙完成了信息传递。

还是三十多张机票，出了票，办完登机牌，我松了口气，离停止办理登机手续还差三分钟。过安检时有些麻烦，江城安检不认为我胸部缠着绷带是在江城受伤了，像是怀疑我恨江城满胸裹着炸药呢！

还没有办理登机，我疲惫不堪地坐下，打电话告诉杜海确认他会来接我。他说他一定会来的，我不知道他这话是什么意思，沉浸在我的悲痛世界里，还告诉他，我给槿熙打电话她不爱理我可事儿却办得很利索。

擅长教育人的杜海马上给我上了一课，在电话里大声说："你真他妈蠢猪！知道吗？打电话女孩不爱说话又不挂你，百分之九十九女孩是在电话那头默默流泪，她不想让你知道她在哭，放下电话她就会大哭！你这笨蛋还以为懂女人、大彻大悟爱过弄个坟头吓唬谁呀？赶紧回来看你爸怎么收拾你！"

"知道了。"

他是我哥，我一直把他当亲兄长，骂得痛快，触动了我，槿熙接我电话时会在那边流泪吗？她是那百分之九十九里的吗？她不会是那百分之一？她是不是眼含热泪告诉唐启光我五点钟在麦当劳跟她见面？

我五点钟该在天上。忽然有些难过，阵阵酸楚，还有一种伤感油然而生。

我利用了她。

第四章

1

飞机到达首都机场已经是晚上七点多，比预计的整整晚了一个小时。我相信五点钟槿熙会在麦当劳等我，这个时间我乘坐的飞机刚刚进入跑道。心里有点不好受，我承认我利用了她，在心里有些歉疚，实际上还埋下了阴影。

忘记她！走出机场的时候我一再敲打自己，她没有欠我什么，从一开始我就不欠她。

我打电话问杜海在哪儿，他让我坐电梯上二楼从出发厅十一号门等，他还有十分钟能到。这家伙！我以为他在机场等了我一个多小时了呢，哪知他没到还在路上！

这个杜海，既然上帝让他来到这个世界，上帝也别想再控制他！

我站在十一号门外的路边，像每次出差回到北京，总是亲切又奇怪的感受。北京的空气比江城差远了，可北京的大气劲儿，中国还没有一个城市可以相提并论，所以也是南方人的高阳想办教育才把他的十个亿投在北京吧？不是高阳有钱又有魄力，是他有眼力！

我忽然就想到了那个董事长，感觉也是怪怪的，可能因为槿熙吧，对了，还有那个雀儿一姐。我有点看不上王小却，并不是她有什么不好，是这种女孩我见多了。自从失去雨婷后，我的世界出现了太多这样的女孩，她们并没有什么错，只怪无缘，这么多年过去我终于遇到一个让我心动想用一生去爱的人，她却在一个她一无所知的地方伤害了我，难道槿熙没有同时伤害自己吗？

一辆汽车交替晃着近光远光向我驶来，我四下看看，在这个位置上等车接的只有我，那就是杜海了，可他的奥迪 A8 装的是氙气灯啊，这辆车装的更像摩托车的灯，只不过是俩而已。

车在我面前停下，我奇怪地看着这辆奇怪的车，车窗放下来了，听到杜海在车里喊："上车！"

他这才想起来我受伤了，从后车门下来一个女的，我没看清，倒是看见后备箱自动打开了。

"方总，我来吧！"

她提起我的拉杆箱，放进后备箱，又走过来，打开前门。

"坐前面吧方总，杜院有话跟你说。"

"雀……王小却？"我吃了一惊。

"想叫我雀儿一姐吧？"她想搀扶我，笑着说："没关系，快上车吧！"

我躲了一下，**下意识地**，不习惯这种热情。

上了车，我怎么也反应不过来，难道杜海跟王小却要闹出点故事？不太可能吧？又不太好问，说别的，我问杜海："杜兄，哪儿来的车？"

杜海说："废话！这是你的车！"

我怔住了，无语了，北京话叫傻逼了。

可我喜欢它，槿熙做模特的这辆车我是多么珍惜，就是知道雀儿一姐也站了它才让小黑子立即买下来，结果王小却已经坐上这辆让我五味交加的车了。

雀儿一姐很开心，根本不知道这辆车的来历，兴高采烈地说："杜院，一共五个姐妹回短信了，都答应去！"

"太好了！"杜海也很喜悦地说："还差三个，不，你也上，差俩！赶紧找，找齐了就彩排！"

"杜院，班主任都不同意，要你去跟她们院长请假！可礼仪队的这五个同学恰好是五个学院的！"雀儿一姐说："那就别彩排了，五一放假班主任管不了，到时直接去八达岭就行了！"

"那不成！"杜海从后视镜瞄了一眼她说："小却，这可是望族大学第一次服务望族汽车，要给高董事长一个惊喜！"

"知道了，杜院是董事长派来的，当然要为望族集团做事了！"雀儿一姐说："那个曹大蛤蟆不高兴你来，当间谍一样防着你，让校办那个大脸主任挨个跟院长打招呼，连校团委学生会都叮嘱到了，所以班主任才不让请假！"

"嗨，小却，怎么可以这么叫曹校长？太过分了！"杜海真的有点不高兴，"不可以啊！还有，你怎么知道的？"

"学生会副主席一直在追我，他跟我说的！"雀儿一姐心不甘地说："谁不知道曹大蛤蟆一叫才是望族大学真正管用的文件，那个大脸私下里告知所有院长要离你们远一点！"

"胡扯！"杜海说。

"你俩在我的车上都别胡扯了！"我终于说上话了，"杜兄，你干吗开我的车来接我？"

"废话，我的车交社里了，提前到望族大学报到了！"杜海瞪了我一眼，"你的宝马让你老爸收了，那是集团的财产，你小子倒是聪明提前给自己买下了车！"

"什么？"我大叫了一声。

"方总也不是方总了！"雀儿一姐说："杜院果真就是你大哥呀，在文化研究院给你安了职才没一下失业，我昨天看着杜院住进博士楼，今天为你整了一天公寓，刚收拾好，你今晚就可以入住，方总成了望族大学的方老师了！"

"什么什么？"我变了调儿地说："疯了吧！"

"我喜欢！"雀儿一姐幸福地说："杜院要创建汽车模特专业，我爸同意我还上一年级，转到我梦想的模特专业！方总不是方总要当我们的班主任，要叫你方老师了！"

"你有病吧？"我听傻了，"杜兄，她说什么呢？"

"你要相信王小却！"杜海说："我们到望族大学可是两眼一抹黑，没想到这儿水这么深，幸亏有小却，她不仅是向导，还帮我在校园里搜罗美女，组建中国第一支大学生汽车模特表演队，高董事长很高兴，亲自命名望族天使！"

我忽然大笑一声，仰车长笑，像是大无畏地面对枪口要英勇就义了呢！

"你丫别笑！是你有病！"

杜海不知道这是哪跟哪，怎知道我也有超越他的时候，因为第一次看到槿熙就有了"望族天使"这个名字。我和那个董事长英雄所见略同，董事长不知道他和我在某处有神交，不同的是我把"望族天使"当形容词，而他视作了名词。

杜海带着雀儿一姐在望族大学为我准备好了一张床？我没病，是杜海疯了。

"你丫真想当个孝子，就去看看你老爸吧！"他瞪着我，愤怒地说。

老爸怎么了？跟槿熙妈妈一样住院了？她妈妈是急的，跟槿熙无关，我老爸是被我直接气得住进了医院？他的心脏也不好。好人好像都有心脏病。在大部分中外优秀作品中，只有好人才有心脏病而且说犯就犯，没见过哪个坏蛋恶人有心脏病嘎嘣一下死了故事立马儿结束。倒霉的是，好人通常死了故事不仅没有结束尚有新的发展，这可真够扯淡的。说明生活有多扯淡，我的宝马被收了，品牌总监被撤了，赶出花舍香榭要到望族大学当班主任了？

靠！

我忽然意识到，一个人长大和成熟的标志并不是有思想了，沉默寡言了，咽下去想说的话只说该说的话了，收住想做的事只做该做的事了，面对熊熊大火牛逼烘烘地冷静分析救火车为什么还没到，原来是堵在三环路上了，长大和成熟的标志其实很简单，就是开始频繁地去医院探望亲人了！

杜海把车开得飞快，反正还没有上牌照，不怕监控拍下来，开到了一百四十迈。杜海该属好人，好人不一定处处都好老是那么好，人们都纪念雷锋，忘了他该属于责任事故被他指挥倒车撞倒的电线杆给砸死的。不能对一切太苛求，那人人都成了法官成了审判长了，也不能对一切都太宽容，那就成了慧根开悟的长老，成了寺庙里的方丈了，况且太多人有病有事时才去烧香拜佛以为庙里供的是你妈呢！

乱了。读了那么多年博尔赫斯，为什么一点儿没学会博尔赫斯望着布宜诺斯艾利斯的淡定与从容？也许这是北京，当杜海把车开进一条悠长的胡同缓缓驶向一座从外面看不出有什么别样的四合院时，我的心突然猛跳。我知道这是哪里，尽管我从未来过也不可能来。白大爷的家，官场称为首长的府邸。

然后我看见了雪花，四月了北京还下雪，在路灯下车灯前轻轻扬扬。胡同尽头，两个紧闭的大铁门前，站着一个我如此熟悉的身影，爸爸！

"你爸爸下午三点就站在这里了，白老爷子不见，我求情里边的警卫只开了一下铁门上的小窗，传达首长把我也骂了。"杜海苦笑了一下，看着我，"现在九点多了，你爸爸毕恭毕敬就在门外已经站了六个多小时了。方翔，你去吧，求你爸回家吧！"

我明白了，多想不明白啊！

我轻轻推开门，走进雪花中，慢慢地靠近父亲。

"爸？"

爸爸缓慢地转过脸，我几乎认不出他，不是因为头上身上落满雪花，是他的脸，才几天不见一下苍老了太多。

"爸！"我眼睛一热，颤抖着声音说："对不起！"

爸爸的目光呆滞，好像反应了很长时间才认出眼前是谁，慢慢地扬起手，在空中摆动着。他的手搅乱了雪花。

我不知道我会哭，这个我三岁时跌倒，他张开手不是拉起我而是阻挡别人要我自己学会坚强勇敢站起来的爸爸，这个我刚上一年级把老师1+2等于几的题做成1+2=2+1高兴地夸我有大智慧的爸爸，突然间软弱了，傻了，让我难过地泣不成声了。

他的手还在空中摆着，缓慢而机械，我看见了他眼里闪动的泪光。

"对不起！"我不知道我会跪下，为父亲。

2

我来到了望族大学，不知道进的第一个门会是医院，证明我有病还是预示着我将真的一病再病？**不知道**。我太爱浮想联翩，喜欢触景读情，竟想起了槿熙洗完澡走出卫生间，我转身离开她留给我的伤感表情。我真的是不可救药了。

杜海为我安排好了，让校医院为我准备了一张床，要把在江城人民医院没有进行的药液补上。雀儿一姐说不是怕我感染，是杜院长要求我快点好了，因为现在没时间得病。

雀儿一姐搬了把椅子，坐在我的床边，好像很懂地把药液调慢了速度，说："你安心地闭眼睡吧，我看着呢，方老师不会不相信我吧？"

"谢谢你王小却，杜总呢？"我有些不自在，"杜院长？"

"杜院连夜要把创办汽车模特专业的请示写出来，还要做出课程体系，明天上午报学校。"雀儿一姐说："我今晚的任务是照顾好方老师，杜院说你是我们的班主任，太神奇了，你竟然会成了我的班主任？不会是做梦吧？"

"就是做梦，别听你们杜院长瞎说！"我摇摇头，"我才不会来更不可能做什么班主任！"

"是啊，堂堂花舍香榭地产的接班人，可你现在什么都没有了，你们家的地产公司不会破产了吧？"她凑上前了一点，小声说："是杜院让你爸爸把你赶出公司赶出的家，这用的是计啊！你和杜院唱双簧，是做给你爸爸的后台老板那个姓白的首长看！蒙不了我，不过我不会说的！"

我吓了一跳，因为我真没这么想过，她一说我倒是明白了杜海用心良苦，看来我不仅彻底离开花舍香榭，白大爷不消气不点头我还真不能回家了！

但我不想在雀儿一姐前承认。

"你想得太复杂了！"我说："快回去吧，真的谢谢你了！"

"谢我还在后面呢！先不说怎么招生把专业办起来，杜院要找八个美女，不是让八个美女大学生玩八女投江，是八女登长城！"她微笑着说："怎么着？方老师和杜院准备像两只色狼似的在校园里四处流窜找美女？那可太逗了！"

"不说了小却，我有点累了。"我闭上眼，因为我不知道说什么，"你回宿舍吧！"

她没有吭声，站起身，好像想着什么。

"你不给她打个电话吗？"她说。

"给谁？"我问。

"你说呢？"她紧盯着我，带着埋怨的表情。

她不动声色地提到了槿熙，而我正在拼命遗忘。

"方老师太疲惫了，第一次在会所见你你像神，真没想到再见你脸色就像鬼一样！先休息一下，闭上眼，回头跟你细说啊！你就别这样看着我啦，要什么都不跟你说！"

她显然找到了门，就要走进来，走进我混沌不堪的世界。

护士进来，不许我们说话，房间隔音不好，旁边坐着半屋子打点滴的学生，传过去嗡嗡的声音以为这屋在闹鬼呢。话不好听，校医院有这样呵护学生的医生护士，望族大学给了我一丝感动。

那就不说。可我想听，抑制不住地想知道是哪一天雀儿一姐又后悔没坚持什么？

爱并没有走远。原来爱走了，可真的没有走远。

我开始生自己的气，把滴速加快了，雀儿一姐并没有阻拦。她也累了，雀儿一姐知道我是谁，我记得她恨有钱人但并非巴不得一个个都死了，我忽然想跟她有一个约定。

"小却，能答应我一件事吗？"

"哇！我想起来了！前天晚上我陪槿熙来这里输液，槿熙来大姨妈了，她来大姨妈肚子疼是因为有严重的妇科病，有一个二百多斤的男生有心脏病，就死在你这张床上！哇！太可怕了！"

护士又进来了，指着她厉声问："喊什么？不刚跟你说别出声吗？成心呐？你哪个学院的？"

"对了护士，前天晚上就是你值班，我陪我一个有妇科病的同学来，刚扎上针头那个大胖子男生特想看美女，结果一下就鼻子蹿血没抢救过来死在这张床上的是不是？"

"你咋呼什么？医院哪张床上没死过人？"护士真生气了，"我问你是哪个学院的？"

"方老师快起来！这床太恶心了！还吓人！"

"她是新闻学院的，一年级，叫王小却。"

雀儿一姐怔住了，瞪着眼，"你出卖我？"

"学校有规矩嘛！"我尽量用气力大声说："你们学院知道了好，发现一个做好事儿陪老师看病的学生。是我不好，护士，对不起，我叫方翔，是模特学院的。"

"哪有这个学院？"护士说。

"会有的。"我肯定地说。

"给力！"她兴奋不已地说："方老师真是酷毙了！"

我自己拔下针头，尽管护士说的也许对，可我真不想再躺在这张床上追忆一个素不相识的灵魂。护士开始以为我要挪到旁边那张床上，我更不想躺在前天晚上槿熙躺过的床，槿熙怎么会有妇科病呢？

雀儿一姐不会说错，我还记得报告单上昨天槿熙该是来例假的第一天。

已经午夜一点，我尽力克制着，不想让人知道我肯定发烧了，因为我越来越冷。给杜海打手机，这家伙居然关机躺在他博士楼舒适的床上睡觉了！

走在飘着雪花的路上，雀儿一姐坚持要搀扶着脚像灌了铅的我，诚恳地说："我答应你，在学校不会跟任何人透露你是谁，你这个曾经开宝马为赵槿熙看病买衣服花了十万的方老师，你也答应我好吗？别利用我，更不许像刚才那样出卖我！"

"一言为定！"我同样真诚地说："小却，我的床在哪儿？"

我走进了我在望族大学的宿舍，这将成为我的新"家"，还没有我不得不暂时放弃的家的卫生间大。里面放着两张床，一张床是睡人的，另一张床也是睡人的。我这么想是对的，因为在中国被集体饲养的地方总有些床是摆样子的。

雀儿一姐马上证实了我的观点，说："那张床有人但不住，不知道是哪个学院的老师，班主任是不住在教师公寓的，跟学生一起住在学生公寓里。"

"我不也是班主任吗？"我不明白，"怎么可以住这儿？"

"方老师住这里是临时的，你和杜院现在是只有两个人的学院，还不是学院呢，叫文化研究院，专门研究望族集团发展史的，学校文件上这么说。"雀儿一姐很在行又明白地说："杜海是院长，你的名字还上不了文件，入职手续也没办呢，是杜院让高董事长给曹校长打电话让你来的，后勤才按干事安排了宿舍，看来你跟董事长关系也不一般啊！"

她说明白了。

我走向我的床，因为另一张床虽然未见人，可分明是有人的，床上放着一把吉他作为显示有人的形式，看来是一个会弹琴爱唱歌的老师。

"你的被褥枕头床单被套都是新的，杜院给的钱让我下午在望族生活馆买的。"她走向两张床中间的桌子，打开了台灯。"台灯是我的，方老师先用吧，屋子灯的开关在门口，睡觉开关灯不方便。"

"谢谢你，小却。"

我有些感动，想起上个周末在花舍香榭我对她穿着二两布跳舞的态度，现在倒是我有些难为情了。妈妈说得对，要善待别人，你永远不敢说哪个人你用不着。爸爸说得好，永远别往井里吐痰，你不知道哪天你会喝那口井里的水。杜海在北大讲得明白，永远别装孙子！装孙子，蛋必疼！高阳说得更哲理一些，报章常见他一句经典的话语：人对了，这个世界就都对了。

我想上床，已经撑不住了，但我从来不会穿着衣裤上床，连坐一下的习惯都没有，我看着雀儿一姐，说："快回去吧！哪天我会好好谢你的！"

"寝室十点半就锁门了，回不去了，你让我去哪呀？"她说："再说方老师也需要照顾，不为杜院，我为槿熙也得照顾好你，掉进热恋火坑的帅哥伤不起啊！"

她又提到了槿熙，我的心又酸了一下。

"你不该利用槿熙，杜院都告诉我你是怎样惊心动魄逃出江城的，那个唐启光在当副市长之前在我们县做过供销社主任，后来改成农村经济发展公司，我爸爸的顶头上司，他不认识我，可我知道他，很坏的，什么事情都以正确的理由做得出来！"她忽然有些愤愤地说："我爸爸总跟我说，你不防着别人，别人也防着你；你不害死别人，别人就会害死你！"

靠，这都什么歪论啊？

"我爸爸从来不看新闻联播，只看动物世界。"她好像有点热血沸腾地说："对女人来说，男人真的没什么好东西，就跟动物世界的雄性动物一样，不霸占雌性不具有侵略性就不是雄性动物了！"

"你说说槿熙，"我不想听她这些话，说别的，说我关心的，"我怎么利用她了？"

"你让她五点在麦当劳等你，可那时候你在哪里？在飞机上！"她要为槿熙打抱不平了，"我要为我妹妹抱打不平！幸亏她聪明，才没那么傻呢，她给我打电话告诉我你约她她该怎么办？我说你傻呀？方老板坐的飞机这一刻正翱翔在祖国的蓝天上，你该琢磨是跟追你的大眼灯还是答应方老板？"

大眼灯？原来还有一个新人物，正不知躲在哪儿虎视眈眈？

"大眼灯跟死追我的张大春是军校的同班同学，他爸爸是驻扎在我们那里的军长，大春的爸爸现在是江城经济开发区主任，我爸爸现在的顶头上司。"她一下就说清楚了，"上高中的时候我们四个玩得好，大眼灯会开车，开着军车在我们县可牛了，没人管，商场医院和火车站到处都挂着军人优先的牌子。他带我们钻山洞，山洞那一边有一条河，我们都管它叫江城呆头呆脑的静静的顿河，可好玩了，大春拉我去游泳，大眼灯拉着槿熙钻进小树林里！可能就是经不住吧，年轻时谁没爱上过贱货啊！我和槿熙复读就是想考军校的，那两傻瓜考上二本愣是没去陪我们复读，哪知道在我们县军校招生对女生还要做那种体检，槿熙的妈妈带着槿熙居然跨省跑到成都天使妇科医院做了处女膜修复手术，结果高考分数没过罪白受钱白花了！"

我没有激动，不再激动，想着博尔赫斯怎样坐在窗口看着他显然过分溺爱的布宜诺斯艾利斯的老街，构思着他好像就是写给作家的小说。博尔赫斯是公认的作家里的作家，而我像大眼灯，他公然，我自恋，我现在是傻逼中的傻逼。

罢了罢了，我终可安心地在高烧中入睡，不怕甚至期待长眠不醒，杜海知道把我埋在哪儿。

"槿熙在麦当劳坐都没坐就走了，可你还是利用了她，承认吧？"

"王小却，拜托你，我真的得躺下了！"

"槿熙纵然有千般不是，可她真的也是爱你的，甚至在根本不知道你是谁还真相信你像她妈妈一样是种花的！你别这样好不好？槿熙柔弱得像林黛玉，漂亮得赛西施，哪里会快二十了还专等你为你守洁啊？都什么年月了是不是处女有那么重要吗？再说那事情也没人知道，我也假装不知道，你不说我不说就永远是个秘密，你就好好爱她好不好？"

"别说了！"我终于暴发了，"我从来就没爱过她！"

她瞪大眼睛，很伤感，看着我，缓缓地流出眼泪来。

"我真不该说。"她擦了一下眼，"杜院说你是可以信任的，我把你当成我真正的老师，你要因此看不起槿熙，我们俩就都不转到汽车模特专业来了！"

我躺在了床上，一头栽上床的，想哭。

我以为槿熙会在麦当劳静静地等我，暗暗地盼我，哪知这个有妇科病、破了处女膜又紧急修复、装得多纯洁多可爱根本连坐都没坐就走了，没准还被唐启光拉着手呢！

终于知道什么叫心碎，而且是第二次！小妹总说她爱上的男人为什么不是已经结婚的就是基友，男人何不也如此，而我爱上的女人不是死了就是装纯装正经的！

再想想网络上那有了上千万点击率的裸体照片，小黑子真不该打瞎白狼的一只眼，我又何必急赴江城带着两根伤骨回来，让爸爸在大铁门外从白天站到夜晚，迎来星星下片片点点、粒粒离析的雪花？

我瞠目结舌、意外收获、永存的秘密是被丰乳肥臀的一个叫白小曼的小女人给办了，丢人现眼啊，控制不住啊，无地自容啊，羞愧难当啊，都他妈的是神经病啊！

死去吧！

闻到了一股香味儿，我深恶痛绝的方便面味道飘逸在屋子里，我相信屋子里势必会有的老鼠和蟑螂跟我一起兴奋不已睁开眼，我可以得到，而它们只能偷窥。味道只是飘过来，发出味道的实体并没有靠近，没有听到雀儿一姐的脚步声，会跳舞的王小却走路有点蹭鞋跟，她不一定知道，这就是人们不容易发现自己缺点的佐证。听到了吸溜吸溜充满诱惑的声音，我真的是很饿了。

我侧过脸，看见她坐在桌子前酣畅地吃着，雀儿一姐吃相也很漂亮，尽管她的漂亮跟槿熙是完全不同的类型。如果她和槿熙不再热衷于脱衣服穿上戏装，槿熙肯定超过越剧《红楼梦》里的林黛玉，而王小却具有贾宝玉的英气。

我不知道是烧糊涂了还是怎的，忽然想做一做"汽车模特班主任"这个做梦也想不到的新工作，不，这是不可能的，如果想做班主任想当老师，毕业的时候我早去歌德耐尔陪雨婷一起长大了！

她停下咀嚼，转过脸，赶紧咽下，说："醒了？"

"我睡着了？"

"嗯，有半个小时了吧，"她盯着我，"你饿吗，方老师？"

我点点头，好像已经习惯并接受了她叫得亲切又顺溜的称谓。

"那怎么办？"她显得为难了，"要不给你煮袋方便面？你吃吗？"

"吃。"我肯定地点点头。

"好的！"她笑了，站起身，没有马上去煮方便面，倒是很开心地看着我，"哈哈，方总会吃方便面？太逗了，应了那句话，脱毛的凤凰不如鸡，虎落平原被犬欺！你求我，要不我才不给你煮呢！"

"你会的。"我坐起身，靠在床头上说："因为我不是虎落平原，你也不是狗，对吧？"

"倒霉，我把自己装进去了，怪不得槿熙被你弄得团团转呢！"她假装生气，"那天你冒充试驾车，我给槿熙打电话就是要她来！北舞的姐妹儿说一个市长请客，要我带几个会喝酒的美眉，我一听是江城的副市长，这可得也让槿熙认识，结果她被你缠得脱不了身！槿熙喝酒只喝红酒，一次三瓶不打晃，跳舞只跳钢管秀，我都比不过她呢！"

我发现我真的错了，赵槿熙一脱到底绝非偶然，还有多少秘密我不知道？也不想知道了，说："谢谢你，小却。"

除了台灯，她还把一个小电热锅也拿来了，我看着她从床底下掏出一箱方便面。真不知道她是怎么想的，我也不想问，发现她是一个很会照顾人的女孩儿，倒是不多见，男人的核心问题是对爱上的女人犯贱，喜欢照顾而不是被照顾，比如我。

居然还有一双筷子和一个碗，我开始怀疑雀儿一姐都计划好了什么？

"杜院让我找八个美女，怎么也得从全校挑出十个二十个的先训练再确定吧？"她一边盛着面一边说："再说了，我和槿熙确定要转到汽车模特专业来，毕业做不了职业模特就业也不用愁，这可是我们的黄浦一期啊！杜院说招多少董事长答应就安排多少到集团就业！槿熙过两天就回来，答应跟我一起抓美女招新生，不过我还没跟她提你，你才不会真住在学校呢是吧？我和槿熙下决心不管学院的要求了，要组织训练先上长城，没办法十点半回寝室，你不在的时候我俩就住你这里，可以吧？"

我看着她，体味杜海为什么带上这个雀儿一姐去机场接我，就是真的*需要她*，杜海要推出八个美女，果然比我有气势。他总想让我和雀儿一姐先熟悉一些，望族汽车上长城时间很紧迫了。

王小却该是见过很多世面的，比想象的要成熟许多，而且流露出职业感，又聪慧，我想起那个晚上她怎样摆脱着步步紧逼的唐启光，终还是让北京舞蹈学院的女生被唐拥在怀里。

我不能想象，第一天见到槿熙如果她真来了，我会爱上她吗？

不会，回答是肯定的。我怎么会爱上在风情场上招之即来挥之即去的女孩呢？

"方老师，我要跟你很严肃地说一下，因为要创建汽模专业，你又是直接管我们的老师，"她拽过椅子，坐下，神情庄重地说："我和你是在一个错误的时间错误的场合认识的，跟你认识槿熙不一样，但方老师千万别把我想歪了，包括那三个姐妹，她们三个要考研，压力太大出来放松一下，想挣钱就不去那了，有的是能挣大钱的地方，想傍大款做小三儿以三个姐姐的条件你们个个还都不行！你明白了吧？"

我沉默了一下，问："那你呢？"

"你想听真话吗？"

"想。"我把目光移向别处，"假话我自己会说。"

"我要不是今年春节才正式答应大春谈朋友，不管你怎么样我非追你！"她认真地说："真话就是我毕业不想回江城，想在北京混好可没那么容易，我相信那三个姐姐，她们让我去哪里我都敢去，因为我们会跳舞会演戏，都有谁也别想破了的底线！姐姐们带我是学会识人，懂了吧？还有重要的一点，槿熙被那个大眼灯看得紧不敢跟我出去，槿熙不想跟大眼灯开口，可这傻妹妹以为我挣了多少钱了要跟我借钱。她妈妈去年就该做手术了，所以她到处勤工俭学，我也要赶紧挣钱帮帮她，没想到的不是碰见你这个自以为是的方总，槿熙的贵人是白狼！槿熙手机充上费刚开机就接到我舅舅的电话，我跟我舅舅关系并不好，你也见到他了，怎么看都是让人不喜欢甚至讨厌的人！槿熙在走投无路时白狼拿着五万现金出现了，只是拍人体艺术照片，又不是干别的，为了救妈妈，要是你你会怎么做？方老板，方老师，你哪里懂得我们穷孩子的难处？槿熙应该算是被大眼灯在小树林强奸一样地有了第一次，有了第一次，第二次、第三次、第十次，天天做又怎么样？你就别装大尾巴狼了！你要是有一天问槿熙这些还不如直接杀了她也杀了我！我们俩可是还没招生就向杜院报到归你管的学生啊，更别说你们还靠着我们俩组建中国第一支大学生汽车模特表演队的望族天使呢！"

我彻底无语了，不想用"崩溃"这个词，彻底领教了雀儿一姐不仅能说，而且犀利，太像小学时小事儿妈的女班长，中学时爱告状的女班长，大学时善于训诫的女班长，我至今不明白十六年读书班长为什么一直是女的，更不明白工作以后在哪儿聚会都有男人说自己是班长，我知道杜海太需要雀儿一姐这样一个天使班班长了，可跟我无关。

她的话总是信息量很大，总是一股脑儿地抛出来很多，把你当成捡破烂的，挑选有用的或者是鉴定大师自己去甄别真伪，总之价值不在于说的而在于听的。

我吃了方便面，从来没觉得这么好吃过。她也说累了，我躺下，她关上了灯，把台灯的光线调暗，搬了两把椅子，一把坐着一把把脚搁上去。

"你别这样啊，小却，那不是有床吗？"

"我才不躺陌生人的床呢！也不是这么说，我一辈子也不会上错床的！"

没话说，不能说，她在声明或宣告主张，我怕接什么都会招来她又一席带着事实、细节、评判的话来，何况又因床而起的话题。

我收声了，她也安静了，孤男寡女同在一室深更半夜说到床，稍有不慎就会浮想联翩。我看着天花板，这才发现两个足球，不明白天花板上面怎么会吊着两个足球？看来那位弹吉他的老师还爱踢足球，颇有情趣，把足球吊在天花板上有点后现代装饰的味道。进入一个陌生环境，不是很多东西都觉得新鲜，更多的是费解。

"知道吗？"她闭着眼睛，说："方便面是赵槿熙的，你让小黑哥给没收了，小黑哥把一箱半都送给了校东门的保安，我理直气壮又厚着脸皮地给要回来一箱，你不住学校的时候我们俩半夜饿了就有的吃了。"

我没说话。天亮我会走，不想告诉她。

她又坐起来，换了个角度，改成背对着我。

"地上有盆，不知道是谁的，我知道你比刚才更难受，也许我不该给你讲这么多，可没办法，你要是想方便下地就行了，卫生间的马桶坏了。"她又坐起来，转向我，"对了，刘姐说你就是因为堵车想上卫生间才进了4S店，才见到赵槿熙一见钟情的吧？"

"能不提她了吗？"

"我能，方老师能吗？"她翻过身来看着我，"你是不承认还是没有真的爱过她？你刚才说的！"

睡不着，我以为我会浑然而睡，却是一会儿眯眯一会儿醒来。我听见了她轻微的呼吸声，看见她一头秀发散落而下遮住了整个椅背，王小却的头发像槿熙一样长。

怎么又想起她！爱，真的就是挥之不去，伤痛果然需要时间来化解吗？

小黑子怎么样了？他现在在哪儿？他姐姐离开这个世界后我才认识这个从武警复员到北京找姐姐的江雨阁，他和他姐姐的名字为什么都带雨，她和弟弟的世界总下雨而注定蒙蒙吗？

天未亮，我烧得更厉害了，头撕裂地疼。

我下了床，发出了声响，一脚就碰到了王小却为我准备的盆。她没有醒，盖在身上的衣服掉在地上，我捡起衣服，看着把头靠在椅背半仰着的脸，微张开的嘴，毛衣下起伏的胸，有些感动，把衣服轻轻地盖在她的身上，拖着越发沉重的身子，走向门口，一下没有拉开锁，她把锁扣上了。

走出房间，楼道里静悄悄，回荡着我的脚步声，有些孤独的声音。

3

天已蒙蒙亮了，我看了一下表，不到五点。我要去哪儿？要做什么？有些迷惑。进城，回家。不，家是不能回，对，去找刘思雨，她该知道小黑子的情况。怪了，怎么她的名字里也带雨？

宏大的校园，一条笔直的望族中心大道，亭亭玉立的一排路灯依然亮着。远处是望族湖，四月的垂柳绵绵。这是一个充满阳刚气息的大学，也有着阴柔之美。

走向东门，保安看着我，而我看着大门外的车，不是一辆，有十几辆，都是"黑车"，没有运营许可证，不想也没准备没办法给国家纳税的私家车，一个人看见了我，他大概有二百斤以上，声音洪亮地说："去龙泽？"

龙泽是哪儿？我不知道，也没问，肯定就是从望族大学走出来的人爱去或必去的地方吧？我上了车。

"你是学生还是老师？"二百斤很热情，"到龙泽四十。"

"往城里开吧！"我没有力气地说："辛苦您了！"

"那你是老师？这个学校的老师特有礼貌，不像那些国家大学的一个个牛逼的像大傻逼！"他热情里还多了豪爽，我喜欢，他也高兴，"要是去西站得一百二。"

"往城里开，我回家，快到花舍香榭叫醒我，给你三百。"我还是得先回家，换衣服，"谢了！"

"好人！"他很愉悦地说："你是哪个学院的老师？"

"我不是老师，也不是这个学校的。"

"来找女朋友吧？"二百斤更兴奋了，点头加摇头地说："望族大学美女多，电影学院算个屁！可我说兄弟啊，你也别把自己折腾得累成这样啊！"

我觉得我坐上了火箭，嗖地一下蹿了起来，以坦克的气势发出拖拉机的声响，夏利！杜海说最让高阳恼火的是总有人把望族汽车比作夏利，才多想让夏利汽车下地狱而望族汽车上长城吧？

我感觉自己要散了，身子撑不住，软软地缩在后座上，汽油味儿、机油味儿夹杂着二百斤的头油味儿和至少十年没洗过澡的酸臭味儿让我晕眩，夏利不是这世界上通风最好的汽车吗？

呼吸不上来，我眼睛一阵发黑，什么都不知道了。

再睁开眼的时候，我真不知道我在哪儿，看见了二百斤，挣扎着说："这是哪儿？我到家了？"

"昌平医院！"他说："哥们儿，你吓唬我没关系可别害我呀！"

又是医院！我恨医院！爱上雨婷不久后我总陪她去医院，认识槿熙没几天倒是我跟医院结下了不解之缘！

我不准备再哭了，我要杀人，杀死过去的我！

我像是躺在冰床上，枕着冰袋，冰袋漏水了，我的脖子湿漉漉衣服也湿漉漉的，鼻子和嘴扣上了氧气罩，输液的胳膊生疼，我能辨别出是从手背到胳膊的血管疼，我喊着："大夫！大夫！蒙古大夫！"

终于有人从帘子后面露头了。

"蒙古大夫？"一个白白净净、右太阳穴上有一块胎记的年轻大夫说："谁是蒙古大夫？"

"你呀！"我嘶哑着叫道："蒙古大夫！你给我输的什么药怎么血管疼！啊？"

一个护士过来了，大夫说："给他加镇静剂，马上请神经科的胡主任来会一下诊！"

再次睁开眼睛的时候，看不见人，听到了帘子后面的声音。

"老方啊，你说的也许对，真没准儿一代不如一代，翔子除了写写文案，到大学能做出什么事儿来？再说那叫什么大学啊？民办的，挂块大学的牌子罢了！你想想办法怎么解脱你的这一关吧，我不会让他去的！杜海也真是的，他是被那个什么董事长请去的，翔子去能干什么？刚才一个女学生说还要组建什么天使队，胡闹！他可真就掉进花丛里了，做不成什么事儿不说，不定还要买几座墓地呢！刚才那个女生本来好好的，看见他一下就晕过去了，翔子别想去！我叫了车了一会把他送到会所去，把他连关带藏地先放在那儿吧！"

是妈妈。她在帘子后面打这个让我怒火万丈的电话，倒让我决定了，受不了妈妈还把我当成初中生，习惯了早上吃什么都由她决定。**这是不对的**。我动不了，懒得动，知道了雀儿一姐在受到刺激时会突然晕倒，她听到了我妈妈刚进急诊观察室发出一声与年龄不相符的尖叫时，猛回身又见为我交费回来的雀儿一姐扑通一下瘫在地上，小白脸大夫一边让护士把我妈弄出去，同时叫来两个护士把王小却弄上另一张床。

我并不知道这些，镇静剂把我弄得呈现出酣然大睡的样子，这个倒霉大夫弄开我的衣服才知道我胸口绑着绷带，用不上听诊器了解我强壮的心跳声，居然没有再把衣服弄整齐，妈妈看见我张着嘴睡成雀儿一姐那样以为我死了，所以才尖叫，我也听到了，王小却也以为她刚离开片刻我就死了一下瘫在了地上。

因为我叫他蒙古大夫，一直保持耿耿于怀的小白脸对"望族大学"印象深刻。自从有了望族大学，昌平医院也人气飙升，患者呈现出规模化的年轻化，深更半夜救护车送来大学生屡见不鲜，卖药的生意越发好上加好，但被黑车司机凌晨五点多送到急诊室，我还是第一人。二百斤是一个勇于担当的人，掏出我的钱包既有身份证又有钱，为我挂号缴费一阵忙活，后来雀儿一姐坐着黑车也来了，黑车司机跟黑车司机之间保持着通畅的沟通，小却没怎么费劲就到急诊室又见我。我刚刚清醒一点儿就听二百斤抱怨她说："这兄弟身子骨都这样了你还不放过他？折腾了一夜吧？"

小却说："可不是嘛，说他也不听，我刚睡着他就跑了，那怎么行？"

二百斤说："你快饶了这位兄弟吧！身体再棒的人也经不住整夜折腾啊！"

小却说："我哪知道呀！"二百斤说："现在这女大学生可怎么得了，让多少帅哥成了药渣残废在床上！"

小却突然就没声儿了，过了好半天才说："你没事吧？"

二百斤说："给我五十块车钱，不费事儿我自个儿拿了，钱包给你，我走了。"

又是好一阵她又说："什么人啊！"

我艰难地抬起胳膊竖起大拇指说："好人！"

她说："你醒了？听到该死的大胖子说什么了吗？"

我说："他只拿了五十块钱。"

她说："还有呢？前面那句？"然后轮到我没声儿了。

她说："算了！甭管老板老师胖猪瘦猴男人真没好东西！你干吗走？去哪里？要死呀你不怕把我急死？"

我摇摇头说："何必呢！"

她也摇摇头说："可不嘛你何必呢！傻乎乎地爱不受伤才怪，弄不好要死人的！"

雀儿一姐说我妈妈被我的样子吓坏了，杜海来了，在门口正商量着拿我怎么办，反正医院不同意派救护车把我送到什么会所去。我决心已下，我也属于受不了刺激的，反而痛下决心要加盟望族大学做出点大事儿来！

要想出办法不能让妈妈把我弄到会所去，我身体里容不下输进去的几大瓶液体，要上卫生间。我在楼道上看见了小白脸医生的介绍，从理论上原来我跟他不仅是校友还是同届的，他是北京大学医学院毕业的，看来比我智慧，考上让人羡慕的北大中文系有鸟用，在爸妈看来不过是写写文案而已。我以嘲弄我的专业让小白脸感到欣慰，能为北大校友还是同届毕业生治病感到亲切又骄傲，他把我立即安排进病房，告诉我妈妈我从南方回来又发四十度高烧，要做禽流感、鼠疫包括艾滋病血象检查，而这些会所是做不了的，妈妈带着惊慌的表情走了，而我下午就坚定地出院了。

杜海让我先住到他的博士楼，说是条件好方便些，他要飞去见高阳敲定望族汽车上长城的全部细节。他把我送到楼下开着我的车就走了，告诉我，跟曹校长说好了明天上午在办公室见我，然后办理入职手续，并转达了董事长对我为刘思雨换房的谢意和发高烧的关怀，还跟校医院安排好了到博士楼给我输液。

雀儿一姐扶着我爬上六层，进了两室一厅院长和教授待遇的房间，看见一地的书，杜海离不开书，还没顾上全放进书柜里。我这才知道杜海其实也是昨天才入住，这些书是雀儿一姐带着两个同学帮着搬上来的，搬了整整一个下午。

护士来了，我躺在跟主卧对门朝北卧室的床上，该是杜海准备的客房吧，必是为了应急之需。雀儿一姐把书往书柜里放着，发出唏嘘不已的声音。我的两个手背已找不到可以下针的地方，全都肿了，护士决定从我的脚上把针扎进去输液，弄得我很紧张，原来脚像手一样可以输液的，让我对"手足情深"一词加深了理解。

这时有人敲门，敲得不太客气，且有象征性，因为马上听到钥匙开门的声音，护士还在调整着输液流速，只听进入客厅的人说："马上搬家，就现在！"

"为什么呀？"雀儿一姐问。

"我们老大怕烟味！杜海抽烟，不能跟曹校长住一个单元，调到三单元六零一去！"

"曹校长住几楼啊？"

"三层。"

"我还以为马上要加盖一层曹校长要住七层呢！你们家屋里抽烟往外刮还能从六楼往下飘刮到三层去？"

"不跟你说，"他走向里面，扭头就看见了我，说："杜院长，我们后勤工作失误，曹校长怕烟味把你的宿舍调到三单元去，麻烦了。"

"我不是杜院长，你给他打个电话说一下。"我抬抬脚，示意他我正忙着呢。

"你们打吧，六点以前搬完，曹校长今晚来校住。"他不安了一下，岂能泄露校长的行踪，说："也许来啊，不知道！我们接到通知一定要搬走，还给杜院长配了写字台和电脑正搬着，你们自己也快收拾一下吧！"

他没进来，我看见他很坦然地推开主卧的门向里看了看，然后转身走了。

雀儿一姐进来说："方老师我说的没错吧？你不防别人别人防着你，哪有这样的，找个理由也不编顺溜一点，太可笑了！"

"没关系，杜院不跟他住一个单元更好。"我说。

"那配写字台和电脑干什么？"她眨着眼说："不会把文化研究院设在宿舍楼里吧？"

"不会的，院长待遇高！"我看着护士刚想说什么，她的手机响了。

护士小心地听着电话，最后说："知道了。"

雀儿一姐反应奇快，看着我说："不会让你走吧？"

"方老师，很抱歉。"护士说。

我明白了，"没关系，我自己会换拔针，你回去吧，谢谢了。"

"不是，是校办打来的，"护士说："把药什么的都得撤走，让你去医务室输液，要不就到昌平医院去看。"

一定是让杜海搬家的后勤管理员告诉了校办，我的待遇未免太高了，看来望族大学真的不欢迎杜海，把他看成了董事长的奸细。

雀儿一姐叫来半个班的男生，轰轰烈烈地搬家，把铺盖卷和太多的书搬下六楼再上三单元的六楼。我不太习惯指使学生做这些事儿，总有些歉意，应该算是有些讨好地说："辛苦同学们了！杜院长跟董事长是朋友，望族集团也需要人，你们虽然是学新闻的，一样可以去望族。"

"望族集团？"一个同学问："老师说的是望族汽车吗？"

"不是！就是重名了！"另一个同学抢先说："望族大学是曹校长创办的，跟望族汽车没关系！"

"你们这帮脑残！"雀儿一姐说："院长请高董事长来我们学院两次讲座了，你们都听什么呢？"

"那个董事长跟我们院长是朋友，所以才能到我们学院来拉拢我们！"又一个同学说："望族大学要是跟望族集团有关系，那高董事长才是老大啊，要讲座也面对全校，干吗只来我们学院啊？也没见着曹大蛤蟆露面，上个星期天倒是杜院长陪着姓高的董事长来的！"

我太惊讶了，惊讶得没说出一句话来。

雀儿一姐又把我送到校医务室，原来不叫校医院，我把它说大了，就跟我把曹大蛤蟆看高了一样。我为高阳心痛，杜海又会骂我咸吃萝卜淡操心，不，我忽然明白，很敬重高阳的杜海创建汽车模特专业没那么简单，没有阴谋也有阳谋！

"我六点去武术馆训练，再多找几个礼仪队的人！"雀儿一姐说："要找出七个最优秀的来，目标是想转到汽模专业来的！现在只有我和槿熙不够，不过我俩一带头就没问题，八天便上长城！"

"小却，"我由衷地说："谢谢你！"

"方老师，"她也很由衷地说："我告诉了你槿熙的一些事情，是为她好也是为你好，你可别问她，再说女孩有妇科病你没法问，她也为跟大眼灯的事情后悔呢，早晚甩掉他！你别又这表情听我说！槿熙那张裸体照也没什么，你不说我不说，在学校就没人知道！"

我惊诧了一下。看来我进入望族的初期表情是以惊讶、惊诧、惊愕为主，希望三惊过后是惊喜。

"这是你房间的钥匙，"她说："我配了一把没问题吧？我得赶紧走了，帮你们去抓美女去！"

我轻轻地叹了口气。

雀儿一姐高高兴兴地走了，我能想到她有多高兴，她主宰了自己。一个人主宰了自己，也就主宰了世界。主宰不了自己的人，拥有的世界也会失去。我为她高兴，她高兴就能从学校里找到多多的"美女"，八天使将构建汽车模特专业的基石，杜海就高兴，杜海高兴高阳就高兴，高阳高兴造望族汽车的、卖望族汽车和开望族汽车的都高兴，造车的卖车的开车的都要缴纳很多税税务局就高兴，税务局高兴国家就高兴。我的天哪，原来雀儿一姐高兴涉及国家的发展，**这让我大为震惊**，有点像潘金莲开窗户了。

还是那个护士又摁住了我的脚把针扎进，从冰柜取出的药液流入我的血管。醉酒善于胡说，胡说就像发烧，发烧必能胡想，胡想才能创造，创造必定发展，发展就有好处，好处属于国家，人民幸灾乐祸，不，人民欢欣鼓舞，槿熙的妈妈就不会失去花棚，有花棚就能让槿熙继续上大学并转到汽模专业，杜海把汽车模特专业办起来就会高兴地喝酒，喝酒难于不醉，醉酒善于胡说，胡说就像发烧，天，我终于找到了一切事物的前世今生！

我哈哈大笑，冒出一句"祖国处处潘金莲啊"的神来之语，把护士给吓跑了。

我真是烧的，四十一度。四十一，这正是我在北京四中高考一摸时，胡乱一做的数学分数，成为北京四中的耻辱，北京四中之辱就是北京教育之辱，北京教育之辱就是中国教育之辱，中国教育之辱要靠我辈来拯救，妈的，无论脸皮太厚还是太薄，我都得起来，国家需要我，我得起来！

我神经质地坐起身，看到一个标致的女人走进来，她不像春风，夕阳彩霞把她照射得光芒万丈，端庄，凝重，娴雅，骄傲，微笑地看着惊呆住了的我。

"你？你怎么来了？"

"我怎么不能来？"

"你来干什么？"

"管你呀？"

"不用！"

"你说了不算。"

"真的不用，这让我太难为情了！"

"习惯了就好，杜院让我好好管你。"

"那好，把护士叫回来！"

"我现在是管你的，再也不会让你呼来唤去的。"

"什么？"

"我是院长助理，亲爱的方老师。"

"怎么回事儿？快告诉我！"

"就这么回事儿，你害的，我却因祸得福，明天跟你一起办入职手续。"

刘思雨始终保持着微笑。

我要崩溃了！

我闭上眼，不说话，脑海如此混乱，如同划着一叶小舟进入了沼泽地，好一片茫茫。院长助理身上飘逸出芬芳，听见她不急不慌、不紧不慢地询问着我的病情，她有本事把下班了的校医务室主任请回输液室，像是面对一具人体标本一一细问，主任一一作答，了解到我胸肋裂伤，但不是真断了，骨头像始于宋的钧瓷，夕阳紫翠忽成岚裂纹变化的灵活又微妙，属于遭受重击的结果。只是发烧到四十一度有点过分，不能不用退烧药了，以免烧坏脑子，有脑子没脑子都死不了，因为这人身体素质出奇的好。我知道主任想说的是我这鸟人烧成这鸟样，心跳保持在每分钟六十下，低压八十高压一百二，强壮的拳王阿里被意外击倒在拳台六天后都达不到这水准。我听见两人都轻微地笑了，看来她和主任都很满意，主任满意地走了。

"小黑子怎么样了？"我默默地说："你知道情况吗？"

"在看守所，"她也默默地说："你们都做的什么事儿啊！"

"会判刑吗？"我越发不安。

"进了看守所还能没事儿似的出来？"她不看我，盯着药瓶。

"我明天去看看他，一天比一天热了，得送衣服去。"我问："你怎么样？"

"挺好的。"她转向我，"杜老师要我辞职，来帮他把汽车模特专业办起来，我一直喜欢到大学工作，就来了。"

"是啊，还有职务呢！"我看着她，"他给了你个什么？院长助理？就是女秘书吧？"

"别想歪了方总，"她站起身，"杜老师是从结构上考虑，汽车模特专业该以女生为主对吧？你们两个男的从招生到管理面对那么多美女总是不方便的，我算是结构性人物，就这样。"

"别人不这么想吧？"我笑笑，"杜海不喜欢你？我看高阳也赞赏你，要不怎么亲自出面找我给你换房呢？"

"别人怎么想我不管，但你别想歪了就好。"她又坐到椅子上，"我还没顾上谢谢你呢，倒是董事长那天请杜老师吃饭，杜老师把我叫上了，我没想到董事长把我都给忘了，我敬他酒时他才想起来让你帮我的事儿，只能说明董事长在能帮人的时候习惯性地帮人，可别忘了高阳是福布斯排行榜上的人物，他要记得我倒没什么，正因为把我差点忘了才让我感动。"

"你就别给高阳做广告了！"我叹口气，"知道吗？在望族大学居然没人知道高阳也是望族大学的董事长，都以为老板是曹校长，在这里既不知道高阳也没有望族集团的声音。"

"不会吧？"她略显惊诧地说："那天董事长拿着集团刚出的《望族通讯》，上面有望族汽车五一上长城的事儿，杜老师说还是你写的呢，董事长说每期望族大学都有二百多份，发给二十个学院和所有职能部门，怎么会不知道？董事长拿给杜老师看，说是学校会全力支持选出望族天使，还说望族天使要成为望族大学的形象大使和望族集团的文化使者呢！"

我没兴趣听这些了，说："那好吧！明天上午我和你一起办手续，时间很紧了，杜海要挑选出八个望族天使，五一上长城。"

"明天上午我要去接槿熙和她妈妈。"她叹了口气，说："杜老师让我赶过来，就是让我跟你说对槿熙好一点，筹备新专业需要槿熙和王小却，但不许你和槿熙搞什么师生恋！"

我明白了，杜海急急忙忙让刘思雨辞职把她弄来，还有一个任务就是看着我，所以才"职务"比我高当什么"院长助理"吧！我愿意。我有自己的计划，可以把槿熙捧成一朵"国花"。

"把杜院长博士楼的钥匙给我，杜老师说你病的时候最喜欢吃酸汤面，我去给你做，输完液来吃。"

"你会做酸汤面？你是山西人还是陕西人？西安的还是井冈山的？"

"我是北京人。"她站起身，真诚地说："你爱上槿熙的时候不是老师，算不上师生恋，我看你隐瞒着身份那么爱槿熙，真有点羡慕嫉妒恨呢，可更多的是感动，为槿熙高兴。你能把自己弄成这样，就因为槿熙太像雨婷了，这对槿熙不公平啊！"

我忽然沉默了。

槿熙回来了，**她当然要回来**，没想到她会带她妈妈来北京，这是怎么回事儿？我想不明白，我干吗要想明白？莫非我还没有放下她吗？

钢铁是怎样炼成的我不管，但煎熬是如何产生的让我纠结，痛不欲生，杜海就是大哥，让刘思雨来帮我做酸汤面并自此开始看管我，用心良苦，让我由衷地感动。

我饿了，不吃方便面改吃酸汤面了。感冒了爱吃酸汤面本是雨婷的习惯和最爱，她影响了我，感染了我。一场撕心裂肺的爱情，走过来的人才明白，能够真正撕心裂肺的爱多不容易啊，得有多少包容、相同和接受，包括生物钟的吻合，又有几人明白！

雨婷走了的日子，我老是想哭。一想到槿熙要回来，如果真像雀儿一姐说的宁可留一级转到模特专业来，而我竟成了她的班主任，不仅怪怪的，更是酸酸的。

槿熙不是雨婷，而我也不再是我，禁不住心头一热眼睛发酸，我开始恨自己！

输完液已经八点多，烧真的退了，三十七度五，我感觉好多了，尽管依然没有力气，腿还是发软，我走向博士楼。我奇怪曹校长怎么会给这幢楼起这么个名字，**博士楼**？有博士还是需要博士？名字果然是缺什么叫什么，希望什么期盼什么，爷爷那辈儿才有人敢叫张有财马福来，周扒皮和黄世仁不算。父亲那辈儿才叫李红旗王卫东孙文革，方舟子和孔庆东不算。

性格使然，我习惯于浮想联翩，我老觉得我是两个人。我多想成为杜海的狮子座，敬慕他的豪爽和霸气。然后我看见一辆奔驰600开过来，停在杜海搬家前的楼门口，曹校长从车里豪迈地出来，很霸气地站在楼门前，没有进去，而是朝我这边笑着。他的嘴果然奇大，真像蛤蟆，见他招着手，另一只没有扬起的胳膊快垂到膝盖了，不像刘备像长臂猿。我不知道他跟谁这么亲热，下意识地扭回头看看是谁会让曹校长如此，没见人，倒有一条狗默默地跟在我身后。

"过来！"他叫着，使劲地招着手，"快过来，方翔！"

我第一反应以为他叫狗呢，居然是叫我！

我走过去，挺不自在地打着招呼，"曹校长？"

"你来了好，"他笑容可掬地说："可你和杜海两个人能给学校做点什么妮？"

他说的"呢"不是"呢"发音是"妮"，做点什么妮？

"不知道，听喝呗！"我说，一边想着为什么不说是三个，刘思雨去哪儿了？她不是院长助理吗？

"你是北大中文系的，我想好了，别跟着杜海瞎胡闹想办什么汽车模特专业，他的任务是写高阳董事长和望族集团发展史，"他亲切地说："你的任务是写我，你要研究我，研究望族大学是怎么发展地，"他发音是"地"，"我明天上午在办公室等你，听听你的规划！"

"我上午输液，下午也输液，"我也笑笑，"有什么事儿回头您让杜院给我传达安排，我再想想来不来吧！"

"是这个样子地，"他说："你来也是董事长安排地，给我打了电话地，要你为学校做事情地，你也是能做好地，我上网查了你地，没有你策划花舍香榭也没有现在这个品牌地！我明天上午会在办公室等你地！"

他一直得扬头看我才能目光相视说话，说了这一串"地"想必累了，亲昵地扬起长臂用手拍了拍我的肩膀，让我一阵肉麻。他转身走了，跟着搬着一整箱依云矿泉水的司机进了楼门，显然他是不喝学校水地，果真像个有钱地，或者像是大企业职业经理人吃喝嫖赌全报销还伤了肝坏了胃亏了肾振振有词委屈地。

我感觉怪怪的，那晚见高阳跟他谋过一闪之面，他居然记住了我的名字还知道我长于何项并已安排妥当？你就是牛逼成蒋介石我也不做陈布雷呀，想什么呢！陈布雷还有把枪能自尽你给我什么了？烧火棍还没一根呢，对了，我得问问我的工资是多少！

雀儿一姐和她的同学们让我对曹大蛤蟆印象不好，加上折腾杜海的宿舍，还有第一次在茶馆看见他坐的样子比董事长还牛逼，我真替高阳鸣不平。高阳果然有海量，我跟杜海说这些的时候杜海还把我教训一通，说高阳用的是人才不是奴才。杜海很看得起曹大蛤蟆我真没想到，不过看一看这气势恢宏的大学和三万多学生有二十个学院的大学，我想曹校长是值得尊敬的，所以高阳器重他。高阳可不是吃素的，能把杜海这样的人一句话招致麾下也是一个例证。

也许我是北京人又是北大的，做梦都没想过快成北漂了跟南方来的十年前还是农民受不了他走下大奔牛逼轰轰的样子吧！

杜海不在，刘思雨把屋子收拾得干干净净。酸汤面也做好了，还拌了豆腐丝、西红柿、黄瓜条、黑木耳，用一定也是她买来的立顿红茶把雪梨和鲜柠檬切成片做成了水果茶，让我在客厅一端的餐桌前坐下，如果她像个女主人，我呢，男主人还是客人？我们都不是，真正的男主人并不在，一周以前我们三人还都在各为其主，不知为了什么，也许就为"望族天使"的诞生而走到一起来？

太奇怪了！她一定也感觉出来了，在我对面坐下的时候脸刷地红了，笑了一下，说："方总，我可以叫你方翔吗？我们开始吧！"

"噢，"我奇怪地噢了一声，模棱两可，看着她拿起筷子却没有动，说："吃吧！"

她依然在等着我先动筷子，我回避开她的目光，"谢谢你，思雨。"

我知道这声称谓的亲昵，真诚地注视着她。她也看着我，突然移开，低下头，下意识地用手指卷动着头发，然后又抬起她很是漂亮的下巴，看向我，莞尔一笑。

我心里咯噔了一下，然后我俩几乎同声说"吃吧"，然后同时笑了。

这种感觉很微妙，谁都不想捕捉，**不想把味**，又都似在不忍中选择了坚定的放弃。我没想告诉她刚才曹大蛤蟆的话语所泄露的信息，不知道她这位"院长助理"是怎么来的，曹校长就没准备让"文化研究院"有第三个人，肯定是杜海一厢情愿的布局，到现在我还不知道研究院办公室设在哪座楼里。

"你别回避槿熙，"她沉稳地说："我知道你心里放不下她，何必呢？"

"是何必放下还是何必放不下？"我也坦率地问。

"问你的心，别问我。"

"三个字：不知道。"

"你很诚实，杜海说这是你的优点，真诚，可以升华到人性之美。"她停了一下，"我也喜欢，但你不会误解吧？"

"不会。"我肯定地说，然后直白地问："你不会跟杜海有故事吧？"

她没有不悦，不认同不接受也不拒绝不反驳，说："我大学毕业进的是公关公司，我喜欢汽车，做到汽车项目副总，跟《第三只眼》有媒体合作。杜老师说喜欢汽车不如就直接深入，我就选择了汽车销售，卖了一年雷克萨斯，杜老师介绍我到望族汽车来。不到两年我靠销售业绩买了花舍香榭单身贵族的小户型，你们一共推出一百多套，我没排一夜的队，杜老师直接跟你爸爸拿的钥匙，还给了我折扣。去年我拿了望族汽车个人北京销售冠军，高董事长听说我不喜欢推开窗户，不见空中花园只见蒸发器，感谢你为我换房。"

"不说这些了。"

"要说，我太幸运了，一路遇到的都是贵人，现在该感恩了，况且我喜欢到大学工作，跟杜老师还有你，方翔，我们一起好好干，可以吗？"

我看着她，刘思雨，让我真的好感动。

杜海给刘思雨安排了一堆事儿，要做出训练计划，包括形体训练、礼仪和望族汽车知识，她传达杜海交给我的任务是通过雀儿一姐找到学生，星期五开始进入培训。

她坐到电脑前开始做方案了。我欣赏她流淌出的一身职业感，离开博士楼回到我的宿舍，莫名地竟盼着槿熙回来，要不我干吗想着好好剃去胡须，果断地拆去绷带，再不洗澡我宁可去死。

我看见了我床前的两个大箱子，是我的衣物，还有我在家里的整套洗涤护肤用品。我明白刘思雨为什么没有客气一下留我，杜海安排她去了我家，不知道妈妈以怎样的心情帮我整理衣物，显然接受了事实。我给爸爸闯下大祸，现在不仅仅是姿态，要让白大爷看见事实，我被花舍香榭清除还不够，还离家出走了。

我脱光衣服，进了卫生间，像是又回到了我的大学时代，在这个拙劣的卫生间打开喷头。

槿熙回来还带着她的妈妈，这是怎么回事儿？我想不明白。槿熙并没有在麦当劳等我，让我少了歉疚并从伤心走向生气。她到底是一个什么样的女孩？我真的越发对她模糊了，她开始变得神秘了，我倒像一个透明的玻璃人，真让人有点恼羞成怒。

我是不是太在意那张裸体照片了？雀儿一姐说得对，白狼创作的"人与汽车"是很有视觉冲击力的艺术，槿熙优美的曲线造型和汽车浑然一体的色彩，充满质感地呼之欲出，坦率地说是一个上乘的艺术摄影作品。我是不是像大多数人一样，泪流满面地感受《廊桥遗梦》在我看来太过一般的电影，只有一个镜头刺痛了我，就是男主人公开着那辆像他一样饱经沧桑的汽车在雨中拐向另一个通向一无所知又别无选择的路，女主人公从倒视镜中看到车离开的瞬间让我潸然泪下。我们人人赞美爱，假如那女主人是我们的妈妈又会怎样？我们虚伪吗？学中文的谁没赞美过小仲马和他的"茶花女"，我们敢想那不过是一个嫖客和妓女的故事吗？罗丹说美是到处存在的，关键在于有一双能发现的眼睛，不，不对，是要有一颗能发现的心。我们的教育恰恰缺失了勇于面对天下所有事实真相的心，且不论善良还是丑恶，我们不重事实只主张道貌岸然的理念，没有思想或背叛思想，真理又藏身何处？

我又开始胡思乱想，为说服自己接受事实而再一次真正爱上槿熙。我他妈的哪有思想，甚至连所谓的正义主张都是变形的，总感觉从小学到大学的十六年教育就是三个字：他妈的！

我开始鼓舞着自己亢奋了！我要跟着每次都把北大吓着的杜海干，这丫每次讲座总以知识不是力量并打出是鲁迅说的开头，既然槿熙敢脱我何不敢脱光把她按在床上！

我很兴奋，这个澡洗得舒服。

我高挺着一样东西雄赳赳地走出卫生间，顿时崩溃了，*我靠*，雀儿一姐刚进屋，她正站在卫生间门口，我听见她惊叫了一声。

第五章

1

雀儿一姐有钥匙,我忘了她有钥匙更不知道她这一刻会来,我跟她一起发出惊叫。我转身往卫生间逃,脚下一滑栽倒在卫生间,趴在诺贝尔瓷砖上,我这才知道原本跟诺贝尔很近的。我起不来,脑袋还撞在马桶上,跟胸口一起疼。我知道卫生间的门还没有关上,可我怎么也起不来!

不是太狼狈,是丢人到家了!我向天下最亮的灯发誓,雨婷都没见过我这种裸体鸟样,这副气宇轩昂雄赳赳的德性造型,她不允许,正如我也从未坦荡地看过她的胴体。

我的脚还在外面,这卫生间容不下我一米八五的身躯。我试图挣扎着起来,可地太滑,又狠狠地砸了一下地,就这样趴着一分钟,两分钟,大概足足有三分钟,感觉到浴巾披到了我赤裸的屁股上,两只柔柔的手伸过来,要扶起我。

"躲开!"我咆哮着。

"你喊什么?是要让刘姐来帮你?"

"什么?"我变调儿了。

"你得赔我精神损失费!"她蹲下身,很开心地说:"不过算了,你的屁股真好看,方老师不做模特都可惜了,真的!"

"王小却,我求求你!"

"不用,我这不是在帮你吗?"

"你快出去,我自己起来!"

"你起得来吗?"

"起得来!"

"别吹了，还是我帮你起来吧！你自己不行的，我帮你！"

"求求你闭嘴！"

"你自己行吗？"

"快别说了！"

我要哭了。

上帝要是知道我有多倒霉，一定很惊讶，在地球东方因何出了这么个倒霉蛋，我总是一本正经地做人，不料让雀儿一姐近在咫尺看见了我"吊儿郎当"。

她很开心地在桌子上找着什么，且笑得合不拢嘴，终于如愿以偿，"找到了！"

我看见她拿起一条创可贴，看来从未谋面同屋的那个老师也是爱受伤的人，或者准备受伤的人，到望族大学就难免受伤吧？我继续在自由主义思维里翱翔，想摸一下脑门撞出的口子，被雀儿一姐一手打开。

"别摸！"她说。

"让我摸一下！"我说。

"摸什么摸！"她生气地说。

"出血了？"我怀疑地说。

"是第一次吧？"她笑了。

"我不是。"我有点烦。

"你当然不是了！"她笑得很坏。

我又闭嘴了，靠，这让人听见像什么话！

沉默。

"为什么受伤的总是你？"

雀儿一姐问了一个很哲学的问题，心疼地看着我。

"少来！"

妈的，这正是我要问的，尽管我假装拒绝。没听说望族大学有哲学专业，可哲学家就在校门口倒着班地看大门，见着人就问：你是谁？从哪来？往哪去？

"快回去吧！"我真的有点烦了。

"你不想听听？"

"什么？"

"关于天使被掐死在摇篮里的故事。"

雀儿一姐完全主动了，坐在椅子上骄傲又沉稳地等待着我询问，她哪儿像个大一的学生，完全就是一个美少女间谍！我第一次发现信息的重要性，谁掌握信息谁就掌握主动，掌握主动的人就是能控制别人的人。我忽然发觉我还没办入职手续进入望族大学呢就一直处于被动，从进校大门开始的哲学三问就一直被有形的和无形的东西控制，那怎么行，开玩笑！

"爱死不死，关我屁事儿！"我表达了主张，"你赶紧回宿舍去，我要睡觉！"

"那好吧！"她站起身，边走向门口边说："学校有感觉了，要封杀天使训练，也没有什么汽车模特专业，正好槿熙也要退学，我明天也退出礼仪队去筹备《望族青年》校刊。"

"你回来！"

"干吗？"

"怎么回事儿？"

"就这么回事情，你不是赶我走吗？"

"快回来小却！"

"我想想。"

"槿熙要退学？"

"看看，你只关心槿熙，太自私了！我这些天没怎么上课，帮你们做这些事算什么？"

"对不起！"

"我也累了，方老西睡觉吧！晚安！"

我好像听她叫我方老西而不是方老师！我想瞪眼，可她走了，门哐当一声。

她还是走了。*王小却走了。雀儿一姐不玩儿了。*

封杀训练，没有汽模专业，槿熙退学，雀儿一姐退出，刘思雨来了还不知道学校并没有同意她入职，曹大蛤蟆明天亲切地在办公室等我，一切还都没开始就走向结局，多像春雪，落地就化而不见，**好一场春雪！**

杜海到底在干吗？这家伙是胸有成竹还是大愚若智？

关机。他居然关机！

就是想打个电话，不是给杜海，这厮不聪明但有足够的智慧，像高阳没什么文化但是有水平。这就对了，跟着就是了！聪明和文化构不成本事，能力从不来自知识，智慧和梦想才是成功者的通道，妈的，我又跑偏瞎想乱总结了！

拿起手机，停留在槿熙的号码，却始终没有勇气拨出去。

两床之间的桌子上，除了雀儿一姐找到的创可贴，还有两瓶没有打开的小二，红星二锅头。我拿起一瓶一仰脖干了一瓶，不过瘾，又干了第二瓶。上厕所撒了一泡长尿，晃晃悠悠地出来一头躺在床上，希望没见过面的那哥们儿没往二锅头里下毒，我要是这样死了比窦娥她爹还冤。

屋顶上吊着两个莫名其妙的足球，我突然感觉像是两个睾丸悬在空中，妈的学文学就是好，形象思维发达，老子就这么牛逼，能把长安街上的华灯看成两大排国家生殖器，美国白宫前面竖起一根美国鸡巴算什么。每听到我这么说，同学们集体拍着桌子呐喊："方老西，牛逼！牛逼，方老西！"我经常把教我们中国当代文学史的教授气晕，对了，那时候就有人叫我方老西了。

我咯咯咯地笑了，迷迷糊糊进入了梦乡。

好长时间没睡过这么沉香了，睁开眼睛已经是早上八点半，我进了卫生间，从朦胧的镜子中看见脑门上的创可贴，努力想着过去的一夜发生了什么，想起来了，我被雀儿一姐面对面地看见了我的裸体，我的第一次，妈的这叫什么事儿！

我拽下创可贴，伤口不再流血，脑门肿起一个大包。

冲了一个澡，看着刘思雨给我拿来的两箱衣服，穿上白色立领羊绒毛衣，套上 Hugo Boss 夹克，穿上 Lee 牛仔裤，换上 PRADA 休闲皮鞋，整理了一下发型，在脑门大包上凝视了三秒钟，走出公寓。

在去行政楼的路上，一些迟到的学生驻足看我，有两个胆儿大的女生竟然跟着我，说："帅哥给个电话呗！"正弄得我不知如何是好时，就听一声呵斥自身后响起："你们烦不烦？"

有人为我解围，我心存感激地回过头。

"小却？"

雀儿一姐看了我一眼，"前面步行道种苗圃呢，你从心理学院那边绕过去！"

说完她就快速走了，也不是往新闻学院教学楼去，而是拐向了学生会的方向，没再理我。

我苦笑了一下，听被雀儿一姐教训的两个女生异口同声说了句"事儿妈"，然后继续跟着我。其中一个快步追上我，我看见她头顶着一堆杂草，另一个头发像刚从爆炸现场逃离的也追上来，一左一右跟着，她们两个头都挺高，有一米七六，一个问："你是哪个学院的？"另一个说："留个电话呗！"

"模特学院的。"我说："要想来就找刚才那位同学，校礼仪队的，她叫王小却。"

"哪儿有魔豆学院哇？"一个女生嚼着口香糖，很炫地把"模特"说成"魔豆"。

"你是学长呢还是老师呢？"另一个女生问。

"都快九点了你们怎么才去上课啊？"

两个人全站住，瞪着我，然后一起转身，一起走了，嘴里还嘟囔着什么。

我看不太懂，放眼望去，校园里显然有太多都这个时间了才往教学楼去的学生，也许第一节都没课？不知道。

按雀儿一姐指的，我从心理学院走过，一想槿熙就在这幢楼里上课，对整个楼有了异样的情感，把中文专业放在心理学院有点意思，槿熙在几层哪间教室上课？她真的要退学？

我心里忽然酸了一下，老味道又重来。我肯定还在发烧，但我不想去输液，先见曹校长。

一想起昨晚曹校长见到我的亲热劲儿，虽然有点肉麻，总还有些宽慰，至少他对我没有明显的排斥。不行，得给杜海打电话，问问刘思雨到底是怎么回事儿？我拿起手机，拨通了。

"杜兄，"我边走边说："曹校长见我，我要注意什么？"

"你就听曹校长怎么说，他肯定都安排好了，你赶紧把我们的办公室收拾好，我回来记者要来的。"杜海说："刘思雨昨晚去了吧？对了，你别跟曹校长提她，我回来安排！"

"你在哪儿呢？"我听见手机里传来怪怪的声音。

"三亚！"他说："我在一条大船上，跟董事长和望族汽车高管去看燕窝山，董事长叫我呢，先挂了！"

我好不奇怪，杜海怎么跑到三亚还跟望族汽车的高管上一条船上去了？也许他在为汽车模特专业布局吧？从课程体系、实习实训到就业安排，有董事长坐镇，杜海心里的那条船已经乘风破浪了！

我很兴奋。杜海做事情看上去会很不经意，其实总有周密计划，从他跟我弄花舍香榭广告就深深领教了，会让我无话可说，反正逃脱不了他设计的路径，结果往往比我想象的好，所以只要杜海发来单子我问都不问就签字，从未闪失，他也因此在花舍香榭董事会赢得了极高信誉。跟着有口皆碑的杜海做事儿，实际上是我一直期待的，只是没想到是在我虎落平阳的时候。

2

走进行政楼，在指示牌上找到校长办公室在三层，保安显然得到了指示，审视地看了我一下，没有哲学的询问，看着我走进电梯。

我来到办公室，站到门前还没有敲门，就听到电子锁咔的一声开了。我知道，曹大蛤蟆坐在里面可以从监控看到我，开了门。

进门是一道屏风，没见曹校长先见龙趴在屏风上，还有一排射灯照耀闪闪发光。拐过屏风只见两个麒麟把守，左右端坐，威风凛凛。抬头望去，有一张像床大的大班台横霸中央，左有窜至屋顶的巴西木，右有张扬四射的虎皮掌，前面摆着两把低背座椅。

我忽然倒吸了口冷气，有点不敢走过麒麟。作为地产大亨，我老爸的办公室只敢摆两条罗威纳雕塑，**忠诚的狗**，老像是向白大爷表决心，就是客厅比排球场大的豪宅之家门前也绝不敢摆放石狮，哪有如此狂人见龙之后再见麒麟，其命相可承受得了？

"过来，方翔！"

我迟疑着，看见如此大班台后面的人所呈现的比例太不协调，尽管坐在气势恢宏、价格超过望族汽车的小牛皮大座椅上，托起他四短唯有臂长的身材，那张脸像放油太多又烙过火了刚离锅的大饼，闪着光而红灿灿，更如被油炸了的大蛤蟆，张着他的大嘴。

"别客气，过来呀！"

我莫名心慌。我既不懂风水也弄不明白命理学，此时此刻在这个环境里，物语和人相让我一瞬间好像突然明白头上三尺有神灵，人果真就是有气场的，我看见了一片污浊围着他。

我头皮发麻地走了过去，在那张低背椅子上坐下。他不想让在办公室面对他的人坐得太舒服，才会有这样的椅子，我以小人之心猜想他是故意的，正如麦当劳和肯德基都有漂亮但绝不会让人舒服地坐长久的椅子是经过细心设计的。

"我想好了，"他像是卧在大转椅里，很舒服又喜悦地说："你们文化研究院是为集团做事情地，但在学校也不能不做事情对不对？可让你们做什么事情妮？每年就在《人民日报》、《光明日报》、《中国教育报》和其他一些中央媒体发表二十篇文章吧！"

我被吓一跳，赶紧说："曹校长，那可都不是我们家的，您要是买房子……"

"就这么定了，高阳董事长让你们来学校是做事情地对不对？"他坚定地说，不容讨论。"高阳董事长跟我讲了你是北大才子，杜海是新闻界的大亨，他还在杂志社下面创办了企业，拿这个做业绩考核不是个问题！"

"那您跟杜院长说吧，"我看着他，"他好像更想为学校做点能做的实事儿。"

他拿起了大班台上的几份报告，在我眼前晃着，说："杜海来了两天给了我三份请示，一是要办国学班，望族大学是不会搞什么国学地，看我没表态，又要办什么汽车模特专业，这又有什么可办地？再说能办得起来吗？不能！有激情是好地，我是赞赏地，但这是不现实地！"

"您就差说是可笑地了吧？"

我知道我不够尊重，刚有点后悔，看见他张开了大嘴。

"就是可笑地！"

他真这样说，倒是把我惊着了，忙说："您真想让杜海每年在那些报纸上写吹捧您的文章？"

"怎么能这样子讲话妮？"他不生气还笑了笑，"关上门讲，你要讲宣传就是吹捧我也不反对，写我就是宣传望族大学，你说对不对？"

"第三份请示呢？"我说，有点受不了了。

"啊，这个，你们要办公室，我批了！"他当着我的面把三份不叫报告实为请示扔到大班台上，说："文化研究院就放在博士楼，你们两个人用一张桌子也可以地！还有哇，杜海也不用参加院长以上干部会议地，你们写好高阳董事长和我就可以地！你去人事处吧，讲好了，我还约了人，就这个样子吧！"

我以为我会怒火万丈或被这个不要脸的曹大蛤蟆羞得无地自容，我摇头甩动着颈椎把脖子弄得咯咯作响，我奇怪我没生气，真的没生气，反而凭生斗志！

杜海在博士楼原来就是文化研究院的所在地，曹大蛤蟆不想承认杜海和杜海任院长的文化研究院，并不说明曹大蛤蟆有什么心计，只说明他的无耻，给我的任务是让他每年上多少次《人民日报》，从无耻到下流，这厮可真敢开牙！

我充满了斗志，真的，激情四射，痛下决心，不跟着杜海办起汽模专业誓不休！对，先招集训练八天使，我妹妹也可以出场了！

我终于知道，或者明白，进入我的世界，包括遇到的每一个能记住名字的都不是闲人，因为我没有闲工夫记住闲人。我忽然想起在首都机场遇到的那个有难听名字叫施八一的像玉雕的王子，证明杜海的判断是对的，**高中生里有需求**，还有槿熙和雀儿一姐都想学汽车模特专业。妹妹也该从法国回来了，她习惯性地违背爸爸意愿没上清华而以最高分去了中国服装学院学了服装表演专业，跟随文化部代表团赴巴黎，让妹妹来训练八天使，可是国家水准！

好戏开场！

妹妹的手机关机，我给她发了短信，告诉她我到望族大学了，让她回国立即来找我担任特训教官。还有什么要安排？对，要哄哄雀儿一姐，我都不在意她看见了我什么，她就别生气了。还有，对，还有……槿熙。

我要告诉槿熙告诉自己，现在要做大事儿了，放下情感吧，让杜海和我圆你和雀儿一姐还有那个玉雕小王子的梦！

我轻松了，惊喜的不是有梦而是能抓住梦，不就像没人相信高阳能造汽车而望族汽车跑遍祖国大地吗？我忽然找到了高阳成功的密码，一如杜海所言，高阳的成功只有两个字：梦想。如果一定要多说几个字，就是"坚持梦想"。

我得告诉杜海研究院设在哪儿了，还有曹大蛤蟆的那些话，他听了几句就不耐烦了。

"抱怨什么？换位思考，要理解曹校长，但要记住望族集团董事长高阳的话，"杜海大声说："认准一条路，就别问要走多久！"

他可真是我的院长了！我不再把他看成哥们儿，愿意并且承认他是我的老师。我知道，当我失去本不该属于我的，清零以后，我才开始真正地成长了。

我又拿起手机，打给刘思雨。

"接到槿熙了吗？"

"接到了，"刘思雨说："我正往学校开，她妈妈要见你。"

"去会所吧，"我大声说："从哪里开始就在哪里结束！"

"方翔？"

"就这样！"

我挂断了手机。

再见槿熙，情何以堪！不，我想多了，我真的爱过她，**与她无关**。

我第一次开上了我的车，轻盈如燕的小望族，方向盘比宝马轻，像我的心情。

"为什么去会所？"

这是刘思雨的问题，她用短信发给我。

"要给槿熙妈妈彻底检查一下，我也要用最好的药治一下。思雨，我不喜欢你问太多的问题，可以吗？"

她回了短信："知道了。请你也一样，可以吗？"

我发现，当对一个女人认真的时候，错就错在认真。

"还有，小黑子在哪个看守所？"

我想起小黑子，对女人，他总得益于认真与不认真之间。

她回短信了："你这算是个问题吧？不刚说好的吗？"

这丫头！

我想生气，手机短信提示音又响了。

"你一直把我当什么？编外保姆？私人秘书？抱歉，我们现在就三个人，我是杜之下你之上，清楚了？"

这个傻丫头，什么叫杜之下我之上？汉语太微妙。

"对不起！"

我回了三个字。

到了花舍香榭会所，走进熟悉的房间，我躺在槿熙躺过的床上，心里阵阵酸楚。

世界上最放不下的就是爱与恨，在北大四年也没弄明白，其实文学只是纠结四个字：爱恨生死。爱恨生死尽括天下一切文学艺术，永恒的主题，人生何不如此呢？

不知道老医生给我用了什么药，我按不住思维，想槿熙快点到来，想小黑子怎么办，想杜海是否有了对策，想雀儿一姐到底找到了多少美女同学上长城，想老爸现在都好吗，妈妈怎么样，想妹妹收到短信了没有，想刘思雨会对槿熙妈妈说我什么，想高阳是否知道他在望族大学几乎无人知晓，想唐启光如何在江城市常委会上诽谤我，想白狼剩一只眼睛的时候看世界变化大吗？还想起了那个丰乳肥臀的白小曼，一想起她赶紧把思绪转移到机场相遇的帅哥，施八一可知道望族大学要有他梦寐以求的模特专业了？不，曹大蛤蟆不会同意的，校长办公室的女人们和大脸主任的表情告诉我绝无可能，但杜海更绝无可能因此而停下脚步！我还想起带槿熙试车刚上路那辆后车窗上贴着"罗莉我爱你"的情景，我好像苦笑了一下，不知道老爷爷大夫给我输得什么药，迷迷糊糊睡着了。

等我醒来的一瞬间不知道是在哪里，死了还是活着？静，世界从来没有这么安静过，身体很久也没有这样清爽过，我努力回想着什么，突然接上了睡着前的所有思绪，而且重复了一遍，恍然发现竟没有想到雨婷，这是不能接受的，我感觉到了一丝悲哀，不是我想的伤感。

我想坐起来，看着屏幕上显示的身体综合指标数据，除了正常就是优秀，体温恢复到三十六度七了。我知道监控摄像头在哪儿，为表达谢意，朝正前方做了一个微笑表情，然后又发展了一下，向监控室的老爷爷医生展示了我的经典一笑。

想必是从瑞士进口的药物带来我周身轻松，脑子和呼吸清晰通透，甚至听到极轻的电子门锁开启之音，随后传来不用心几乎听不到的脚步摩擦地毯窸窸窣窣的声响。

岑寂中，我侧过脸，血液涌向头顶，用心潮澎湃都是不准确的，顷刻间我找不到形容词，想笑，想哭，想跳起来紧紧拥抱住她，吻她红润的双唇，亲她清澈的双眸，甚至想把她摁在床上，脱光衣裳，挺进她的女人花园，吸吮住我和千万人都见过她丰满乳房上的红樱桃，两只手紧紧抱住她圆凸的屁股蛋，爱一场，干一场，让我痉挛，让我战栗，让我和她一起燃烧呼吸！

"槿熙！"

她对我的激动毫无准备，后退了一步。

我跳下床，紧紧拥抱住了她，想疯狂一吻，她闪开，被她躲过，我吻住了她绵绵的耳垂。

她柔软的身体在我怀里有些僵硬起来，轻轻地推着我。

"方老师……"

她叫我方老师？我清醒了，头颅上的血立即下沉，心跳也渐稳了。

"对不起。"我失望中带着难过，松开她，后退一步坐到床上。

"别这么说，"她脸色红润，调整着呼吸慢下来，"你第一次开口就说对不起，你干吗老说对不起啊？"

"真的对不起！"我没有勇气看她，低下头。

"方老师？"她说，停了一下，希望我看她，我没有。"方老师，你还说这个房间不是鬼屋吗？我在监控室看了你快四个小时了……"

"瞎说，我也就睡了十分钟！"

"你不信到监控室去问那个爷爷，他现在一定还看着我们呢，知道了吗？"

我突然明白了，她是怕被人看见，所以才坚定地拒绝？

这又让我欢欣鼓舞了！她说得对。我知道女人实际上在这种时候永远比男人冷静，让女人冲动不仅需要时间，更需要环境，不比男人说来就来的不管不顾。这是从雨婷身上体会到的。雨婷还让我发现了一些别的，我总相信男人是从爱中找到性，而女人恰恰相反，是从性中找到爱。女人因性悟爱珍惜爱，比男人能海枯石烂。结论是：用性爱才能彻底征服女人，财富对于有理智的聪明女人真的不是根本，当然有钱更好。

"你知道我多难为情吗？"她轻声说："上次我在这里，方老师坐在监控室我都不知道，羞死了，这地方真坏！"

我抬起头，她竟穿着跟我一样的白毛衣，圆高领，还是那条牛仔裤，韩式细腿型的，更显出她修长的腿。就是这迷人的腿勾住了白狼，**我又想起潘金莲开窗**。

我凝视着她的眼睛，迷人的双眸如此澄澈，我能从这迷幻中穿越到另一个世界，她的世界，那里才是真正属于我的花舍香榭吗？

这短暂凝视中，我看见她的眼睛渐渐蒙上一层泪花。

"对不起！"

我和她同时脱口而出。

都知道要表达什么，又都不太想点破，也就都有了心照不宣的尴尬。

我穿上鞋，拉住她一躲再躲的手，走出来，还是那样熟悉，熟悉中孕育了亲切，亲切中多了些许成熟、沉稳和真实存在的隔阂，希望不是芥蒂。作为男人，我必须拆除它。作为爱她的男人，我必须在拆除之后还要踩碎它！

"你妈妈呢？"

"我妈妈等了挺长时间，看你睡得又沉又香，不忍心打扰就走了，刘姐去送的。"

"去哪儿了？"

"一个叔叔要和我妈让我留下来，让我谢谢你，其实我和妈妈都不知道该怎么谢你啊！"

"不用谢。"

"那不行，妈妈不知道怎么还你五万块钱，她想见你其实心里也怕见你，我知道。我跟妈妈说别多想了，我来还。"

"是吗？你怎么还？"

"不知道，总会有办法的。"

"你不怕还是就想让我乘人之危？"

"方老师不会的。"

"等一下。"

手机在震动，我拿起来，是雀儿一姐打来的，正在犹豫要不要接，屏幕闪了一下，没电了，响起了像是默哀的告别音乐。

"用我的吧？"

"算了，是雀儿一姐，你的好姐妹王小却打来的。"

"回给她吧！却姐说她找到了二十几个人今天晚上开始偷偷训练，要我务必七点半赶回学校，我们俩分头进行，却姐负责步态，我负责 pose。"

"你不退学了？"

她比我先停住，疑惑地看着我。

"我当老师，你们的班主任，槿熙才不会退学呢，是不是？"我说。

"是啊，我得让你看着，好还你钱啊！"

我松开她的手，紧盯着她。

"你就为这个才留下来？"

她有些不安，脸色羞红。

"我什么时候说要退学了？"

我拉开车门，让她坐进去，脸色一定很难看。

"对不起，我随便一说，让你真生气了？"

"现在轮到你说对不起了吧？"我还绷着脸，"记住，跟酒桌上一样，女人不能说随意，男人不能说不行！"

"什么意思啊？"

"真不懂？"

"懂什么？"

"好吧！"我忽然就想起雀儿一姐说的那个大眼灯和小树林，一股无名火噌地蹿上心头，"你不能再随意了，赵槿熙，我会让你知道我有多行！"

143

我一脚踩下油门，轮胎发出嘶叫，箭一般地蹿出去。

"你干吗呀方翔？"

她叫我方翔，**第一次叫我名字**，这让我喜从天降，乐从地升，又一脚踩住刹车，在她冲向挡风玻璃前一把搂住她，虽然亲不到她的嘴，吻住了她的脖子不松口，直到我和她都喘不过气来。

"天哪！"她在呼叫，"你行不行啊？"

我行。我向天上最亮的星星发誓，我真行！

"槿熙，让我好好爱你一场，行吗？"

"我想想。"

"你没得想，我乘人之危呢！"

"你太霸气了吧？"

"这只是开始。"

"为什么是我？"

"我慢慢回答你。"

"不要，你得告诉我。"

"下车。"

"干吗？"

"你下车！"

"我不！"

我推开车门，下车绕过去，拉开车门，想拉她的手被她躲了，拽住了她的胳膊，她快哭了。

"方翔，你别欺负我……"

我怔了一下，她完全误解了我的意思。

"宝贝儿，我回答你的问题，你下来看看我的车牌就知道我要用多长时间告诉你了！"

她下了车，看着我的车牌号：VW1314。

威武，一生一世。

她哭了。

我紧紧拥抱住了她，没有吻，有的是时间，让她的头靠在我的肩上。

我的眼睛也湿润了。

她一直沉默，静静地坐在座位上，注视着车的前方，我相信她什么也没有看，如果在看什么，一定在看自己的内心吧。

　　是啊，她不是初恋，有一个大眼灯。一想起雀儿一姐说的在江城有一个军长的儿子追槿熙，而且追到北京，忽然明白她妈妈为什么没有等我醒来，实际上就是不想见我，不能见我。槿熙妈妈不像一个在江城小山村种花的人，如果走在校园更像一个得体的大学老师，再想想能给女儿起了"槿熙"这个名字，至少能说明什么。我猜想槿熙在北京不会突然冒出一个亲戚来，没准就是大眼灯家的什么人吧！看来她妈妈知道是我支付的另外五万手术费，不对，还有一万呢，我让白小曼留下的。当然这不重要，重要的是她妈妈知道女儿已经有男朋友，才没办法也不好意思面对我吧？

　　于是，我也沉默了。

　　"你喜欢大眼灯吗？"过了好一会，我问。

　　"我喜欢刘姐给她的车换的那种氙气灯。"

　　她没有正面回答。

　　也难怪，我知道妹妹高中的时候不是真的同时爱上两个男孩儿，诗诗只是在比较。无论女人还是女孩，实际上是不可能同时爱上两个男人的，哪怕不小心或半推半就地上了床，也只是为了比较，我的那个前台秘书就这样。男人跟女人不一样，我知道小黑子就曾真心真意地同时爱过两个人，偏偏两个女的都知道，没办法，他长得太像金城武了，只是比金成武黑一点，我总相信他要是生在万恶的旧社会一定会妻妾成群。

　　"你好吗？"

　　我没头没脑地一问，她有点要崩溃。

　　"你要说什么呀？"她奇怪地看着我，"怎么了？"

　　"没怎么。"我说，没看她，"关心你，随便问问。"

　　我想起了雀儿一姐说的，王小却说过槿熙一来例假妇科病就伴随着发作。什么叫妇科病？我一定要百度一下。

　　我看了她一眼，不仅仅是有些生气而是真生气了，脸色难看。

　　"你怎么了？"

　　"能找个洗手间吗？"

我启动导航，找到了最近的麦当劳，钻出高速路从桥下调头，飞快地驶向目的地。美国大亨哪儿知道他们为中国政府省了多少纳税人的钱，在所有城市为中国人民建了麦当劳、肯德基公共厕所。

　　"不用这么急！"她倒是急着说："你干吗呀？"

　　"帮你啊！"我认真地说："情况特殊，当然要快！"

　　她不说话了。肯定没法说，红涨着脸。

　　"对了，正好，我还欠你一顿大餐呢！"

　　"别晚了，却姐好不容易才找到训练的地方，要赶紧回去！"

　　"没事儿！"

　　"我就奇怪了，怎么一坐你开的车就彻底崩溃，现在还得由着你的性啊？"她也会发大小姐脾气，说："你别老说欠我的，是我欠你的，肯定还你！"

　　她气喘吁吁，又补了我一枪，"不管你对我有没有信心，欠你的我毕业前保证都还你！"

　　我看见她眼圈红了。

　　"对不起！"我赶紧说："我不是这个意思！"

　　"那你什么意思？不就是老提醒我吗？你干吗给我买两万多块钱的衣服？还有那什么鬼体检的三万！再加上你给妈妈付的钱整整十万吧？你干吗这么欺负我啊！"

　　"天！"我嘟囔了一句，"真的对不起！"

　　"你干吗老说对不起啊！"

　　"因为……因为我爱你！"

　　她的眼泪夺眶而出，刷刷地流。

　　我比她先从麦当劳出来，抱着一大桶家庭号在车上等。

　　她出来了，脸色真的很差。

　　我把大纸桶递给她，说："你看看外面。"

　　"干吗？"

　　"看谁不顺眼，我下去抽他帮你出出气！"

　　"还是我自己来吧！"

　　她扬起手，很猛地向我脸上打来。

我闭上眼。

她的手停在我的脸上，给了我一个抚摸。

我心里酸了一下，然后是一股热流。

"槿熙，让我亲你一下可以吗？"

"不可以！"她肯定地说："以后吧！"

"那我抱你一下行吗？"

"不行，"她坚定地说："等我做出一点成绩来吧！"

"你指什么？"

"跟却姐帮着把天使班招来人。"

"天使班？"

"是啊，先从校内招，反正老有学不下去想退学的美女，没准一听有模特专业就不走了，我们班就好几个呢！能从校内先招起来就有底子了，就叫家中有粮心里不慌吧！"

"一言为定！还有，告诉我你最喜欢哪儿？"

"九寨沟。"

"九寨沟？好！"我充满激情地说："我带你去九寨沟，一言为定，到九寨沟抱你亲你！"

3

我们和好了，真的，她的脸色红润起来，我的胸也没那么疼了，果真就像仙人说的，爱治百病！

好开心，北京的四月美极了，我们追着夕阳，驶出高速公路，向西，进入了树木成荫的大道，在一定是晚清留下来的古树中间享受着流畅，参天大树分列两排欢迎着我和槿熙，树帽在空中搭起翠青的华冠，风情中的风景。有风情才会有风景，有心情才有风情，有爱才有心情，有梦才有爱。

"槿熙，王小却是说偷偷训练？在哪儿呀？"

"却姐招集了二十多个同学，没有一个是礼仪队的，却姐说学生会通知所有学院，警告学生不许参加非校方组织的活动，这是冲着我们来的。却姐让大家去武术馆的时候不要结帮成队，有人问就说是去学瑜伽。"

"学生会可真是黑社会。"

"别瞎说！听却姐的没错，别刚开始训练就被学校给封了！你说学校为什么要这样？"

"不想让集团的势力介入学校，这里像个独立王国！"

"什么意思？"

"一两句说不清楚，不过没王小却说的那么严重吧？"

"我也不知道！但却姐聪明，初二的时候就组织我们罢过课，把校长鼻子都气歪了。"

"怎么回事儿？"

"就是新来的体育老师，男的，说没想到江城河边真的出美女，个头还高，身材又好，一方水土养一方人，就要搞女生体操队。学校没钱买训练服，家长也没钱，不知道老师从哪里拉来赞助，其实就是小背心大裤衩，女生怎么穿啊？能穿也没办法翻来滚去的，做他教的动作女生的小背心大肥裤衩就遮不住，却姐上初中的时候比我漂亮多了，老师还专门找她连扶带摸地指导动作，却姐也挺坏的，算他倒霉，我没法说了！"

"千万别说了！"

槿熙的手机响了。

雀儿一姐知道槿熙是坐我的车一起回学校，沉默了五秒钟，槿熙还以为没信号，傻乎乎地喂喂喂呢，然后雀儿一姐做出了安排。

槿熙要在进校门前下车，我不能把车停在武术馆门口，爱停哪儿停哪儿，反正越远越好，再走去武术馆，代表杜海院长跟大家讲话，我得讲话，还没想好讲什么，尚无纪律性的预备天使们叽叽喳喳，有一个喊出了王力宏，紧接着一片。

她们把我当成王力宏了，那哪儿行，雀儿一姐转过身去，说："都闭嘴！咋呼什么？王力宏有我们方老师帅吗？"

"没有！"

女生们齐声声拖着腔答，完全是中国式教育出来的恶劣惯性，条件反射地回应。槿熙的脸更是红成了牡丹，我相信她的幸福感，还有说不出的甜蜜，没准还有一丝担忧呢？

"就是有点像而已，"雀儿一姐大声训斥道："你们别老口不对心！"

"小却！"槿熙小声劝阻她。

"我没说错！"雀儿一姐说："我说了望族天使队的老师长得挺像王力宏是不是？没骗你们吧？"

"没有！"

依旧是女声长音，还是那么齐刷刷，她们不是被应试教育给骗了，而是被应试教育给弄傻了！

我看出二十多张美脸的热情，有一两个不够热，要么是不追星，要么不迷恋流行乐，对我没有看到帅哥的狂喜，有的只是一点好奇。站在前排最边上的女生有两条像槿熙一样的长腿，牛仔裤有点旧，是真的破旧，她的目光很单纯，长着一张很可爱的娃娃脸，我对她倒是印象深刻。

雀儿一姐转回身，我从娃娃脸收回目光，我知道我又流出满脸汗，脸色必是惨白，看出槿熙也越发心疼。她猛地侧过脸去，不知是第六感觉还是从镜子中注意到，一个人正跑过来，使劲地推开门，这个气质高雅露着半个肩的大美女震住了全场，大家瞪着惊愕的眼，闻着香奈尔，只见大美女扑向我，还张扬起两只美轮美奂的胳膊紧紧地搂住了我。

"你怎么跑这儿来了？"

一阵躁动。

她松开手，像是要看我最后一眼就被推进炉子去火化似的，又一下紧紧抱住我。

"你怎么了？啊？"

她哭了。

突然沉默。槿熙、雀儿一姐和所有人静无声，都傻了。

"别这么夸张，我死不了。"

"可我要死了！"她委屈地说："我听说你被警察抓了？关到局子里差点被打死？你的手机跟哪个蠢妞通话没电了？我都急死了！"

"嗨，那是误会，别这样，诗诗，让同学们以为我是逃犯呢！"

"走！"

"你们先练着！"我说。

我被诗诗拉得根本停不住，对雀儿一姐说，想对槿熙说却没法说，因为我看不见她的脸，槿熙转过身去一直背对着我。

槿熙跟所有人一样当然不知道这是我妹妹，槿熙多心了，槿熙难受了，槿熙真的爱上我了。槿熙当场演绎出真理，槿熙向我证明了实践是检验真理的唯一标准，我们都上过的政治课就真的用上了，可既然是真理又何须检验！

我一直心疼槿熙，不想让她太难受，想早点告诉她，这个刚从巴黎回来的闯入者是我妹妹。

"方翔，你爱的是哪一个？"诗诗看出来了，"跟你穿情侣毛衣的还是前面那个大眼睛？"

"诗诗，爸和妈好吗？"

"我哪儿知道？你回家看看那俩活宝不就行了？"小妹站住，用纸巾帮我擦了一下脸上的汗，"你真不回家了？挺好！不过我没时间帮你来培训这些青涩的生瓜蛋子，明天要去上海。"她四下看着，又说："这学校可真大啊！去哪儿吃？"

"今天是第一天，我得在，不知道你这么快就来，怨我，手机没电了。"我四下看着，有点难为情，"你再来可别穿成这样，都以为是大明星走红地毯呢！"

小妹没理我，把手放到嘴上吹了个响彻的口哨，我以为是叫狗呢，一辆玛莎拉蒂开过来，停下。

"上车！"

我不敢跟小妹执拗，怕她再把学校的保安招来，况且好多手拉手热恋中的学生和不知因何步履匆匆的都停下脚步，有懂车看玛莎拉蒂的，大部分不知道灰头土脸的车是什么车，纷纷拿起手机拍小妹和我。小妹一米八，幸亏她没穿高跟鞋，拉开车门坐了进去，招着手让我赶紧上车，带我去萨拉伯尔。

吃完火锅面，我知道了小妹有多忙，诗诗打电话又找了一辆挂军牌的车，居然没用半个小时就到望族大学了。我听了一路警笛声，过去最讨厌军车在公路上拉着警笛，今晚却很受用，看来如果可以腐败，我也未必拒绝，怪不得杜海总说我们快完了。他老说从文化上解构，我们已经完蛋了。

我开了宿舍门，怔了一下，槿熙和雀儿一姐在房间里，两人都穿着睡衣。

"大帅哥还回来呀？"雀儿一姐说："大美女，还有玛莎拉蒂，你回这破屋子干什么？"

槿熙脸刷地一下红透了，尽管她穿着高领睡衣，还是那种浑身上下都包得很严，可没穿袜子，看见我不知道往哪儿躲，极度不安。

"你们怎么不回宿舍？"

"寝室关了，回不去！"雀儿一姐说："我俩可没你这么悠闲，停电了寝室洗不了澡，教人基本功练了一身汗，我让槿熙拿东西过来，不知道你还回来，她一直眼泪汪汪的，槿熙，现在踏实了吧？我跟你说男人别抓太紧了，越紧又爱掉了，你给他自由他才会用脑子想，他不抓住你是他活该没福气！"

"你们别误会，她是我妹妹！"

"是啊，当然是妹妹了！"雀儿一姐淡淡一笑，看着槿熙说："你那支歌唱得最好了，每次跟大春和大眼灯去 K 歌我都喜欢，把《你有几个好妹妹》唱给方老师听吧！"

雀儿一姐似不经意地当着我和槿熙的面提起了大眼灯，我注意到槿熙迅速看了王小却一眼，又转向我，似乎才明白我问她大眼灯是什么灯。

我叹口气，说："是我亲妹妹，一个爹一个妈，都姓方。好了，那你们在这儿吧，我去杜院那儿睡。"

"对了，把博士楼的钥匙给你，一共配了两把，那把按杜院说的给了刘姐了，我可没留。"雀儿一姐从桌子上拿起钥匙，递给我，说："你就不问问也不关心训练的情况？"

我接过钥匙，看见槿熙拿着袜子走进卫生间。槿熙不想当着我的面穿袜子，也许想趁机静一下，想一想我要是再提大眼灯该怎么说吧？我太爱槿熙了，她走过身边我又闻到了显得幽怨的薰衣草的味道，转身看着走进卫生间的她，那充满韵味的背影。

还传来门锁的声音，她不知道这门从里面锁不上，坏了。

"你得用点工夫，不过她真的很爱你，那会儿差点哭了！"雀儿一姐快贴到我身子小声说："你弄点沙子装瓶里送给她吧！"

"干吗？"我后退了一点。

"哭沙啊！"她笑了，"槿熙《哭沙》唱得可好了，我最讨厌槿熙一唱大眼灯就拿着麦……"

槿熙迅速出来了，袜子是穿上了，好像要去拿床上的衣服。

"大眼灯就拿着麦非跟她一起唱，"雀儿一姐看着她说："槿熙是不是？"

槿熙没吭声，算是默认了。我爱她早把什么大眼灯扔一边去，可雀儿一姐倒是还放不下。

"我回寝室了，你们俩聊吧！"

雀儿一姐过去，把她从床上拿起的衣服夺下，说："哟，你不会吃我的醋吧？真是的，我虽然不是喜儿，可我有我的大春啊？我们上高一就好上了，你和大眼灯都知道啊！"

"你老提大眼灯干什么？"槿熙说。

"好了槿熙，别生气，我保证再也不提他了！"雀儿一姐笑了，"我们说正经事！方老师坐床上来，挨着妹妹坐，我站着汇报下午学校开会的情况，望族天使上不了长城，汽车模特专业也办不了！"

"怎么回事儿？"我上前一步，赶紧问。

"听我慢慢跟你说！"

曹大蛤蟆开全校院长以上干部会，提了杜海和学校成立文化研究院，原来上午我去见曹大蛤蟆在路上看见雀儿一姐，她就是去学生会，被学生会安排下午到会议室端茶倒水，雀儿一姐获得了重要信息。

曹大蛤蟆先宣布了成立"文化研究院"，还特别表明是高阳董事长亲自设在望族大学的机构，属于双重领导，名义上是望族大学的一个"研究院"，实际上是写高阳成长史也就是望族集团发展史的，跟学校其实没什么关系，本质上是受高阳直接领导，虽然没有明确，就这么回事情，因为杜海的年薪是高阳定的，从董事会董事长的经费里出。

说心里话，这个情况我都不知道，杜海没说，他干吗要说。

"我同意一个叫方翔的来，他是北大才子，文章写得好，研究院在学校不能不做点事情对不对？"曹大蛤蟆说："可杜海要做什么事情妮？他要搞什么望族天使，还要爬到长城上去，别是以后乱爬被窝真成了集团的后花园吧？"

会场上响起一片笑声。

讲到这儿，雀儿一姐说："这时候那个校办大脸主任提醒曹校长，不是曹大蛤蟆提起，是有人这么说。"

"是地，是有人说杜海想在学校为集团高管们建一个后花园，想在北京搞一个后宫，这怎么行妮？杜海现在就在那条船上妮！全校各部门都要提高警惕！高阳董事长也是不允许地，不愿意地，传出去影响很坏地！"曹大蛤蟆笑了笑，"也是不可能地！我把学校搞起来是很不容易地！我跟高阳总是讲，有一天集团破产了望族汽车倒闭了，望族大学也是存在地，高阳同意我地说法地，杜海是不务正业地，给我写了好几份请示来，先是要搞什么国学班，我没批，又连着报上来两份要搞什么汽车模特专业，想把这个望族天使后花园的虚名落到实处，再说了，专业哪里是那么好办地？一个没办过学根本不懂教育更不懂教学的人老想着在望族大学胡闹地！"

这时候人事处女处长说："就是，他们要成立个什么望族天使班，那个杜海还问我班长可不可以算勤工俭学，像正经学院每月发四百块钱？"

笑声阵阵。

设备处处长说："还有呢，那个杜海想跟我要两个电话机，博士楼还串两个电话，要做什么呀？"

笑声滚滚。

校办主任大脸说："还跟我要办公室呢！一个人的研究院占着博士楼的两室一厅还不够？想干什么呀？"

笑声不绝于耳。

"两个人，那个方翔是可以地，能写东西地，学校可用地！"曹大蛤蟆说："今天开会，就是说说这本书，全校学生每人一本，书款从学生代管费里扣就可以了。全校教职员工每人发一本，要列入工作计划考核地！我请了很多专家，马上还要开学术研讨会地！现在我就讲讲这部著作的情况，全校该如何学习，所有学院不分专业要列入期末考试地，九月新生入学也要人手一册地，就是说，这部著作要成为全校必修课成为传统地！"

我好奇这是一本什么书？谁写的？

"曹校长写的！"雀儿一姐说："叫《好人操行》，还给了我们做礼仪的每人一本呢，班里每人都发过一本了，扔寝室了，回头我拿给你吧！"

"不看！"我说："一听这书名我就想吐！"

"你想吐吧？可我想哭！"雀儿一姐说："书好贵，从我们交学校的代管费里扣，全校三万多学生，每年新生还一万多！听我们班主任说书号是买的，印刷费是学校出的，可印刷厂是曹校长老家一个亲戚开的，一本破书富了好多贱人！这本破书一个学长看过了，说一看全是乱抄瞎拼的，好多地方连概念都没搞清！这哪里是强卖我们书，还变成规矩列入课程想世世代代传下去，他不仅给自己开了个银行还救助了一帮亲戚，我们班主任认识曹大蛤蟆开印刷厂的亲戚，每年学校光印招生简章就一千多万呢，太缺德了！也没人管，你得让杜院跟董事长说说！"

"王小却？"我忽然有些沉重，"你别听这些乱七八糟的，也不许再说！曹校长不是那种人，即便是也轮不到你一个学生瞎议论，听明白了吗？"

"干什么呀？还一本正经起来了？"雀儿一姐脸红了，这我没想到，但她确有超出我想象的解困能力。"不说行了吧？扣我三十块钱书费就当我养个大蛤蟆买饲料了！你要是不对我们槿熙好我才要说呢！"

"说什么？"

"不告诉你！"她娇嗔地一扭一笑，"你知我知，天知地知。"

"什么呀！"我看着槿熙，"别听她瞎说，槿熙说说教同学们 pose 怎么样？大家接受得快吗？别光摆个样子，要学你发自内心的微笑和韵味儿！"

"我还没说完呢！"雀儿一姐横在我面前挡住了我看坐在椅子上的槿熙，"更关键的，要听吗？"

"什么更关键的？"

"我饿了，你给我们俩煮方便面我就说。"

"你快说关键的，我也想听。"槿熙站起身，看着我，"我来煮，你吃吗？"

"人家哪吃方便面呀？"雀儿一姐说："方老板宵夜是燕窝，凑合一下也是海参小米粥，虎落平阳也不能吃素的啊！"

"却姐别闹了，你快说，我煮三袋。"

"槿熙，你爱他可不能惯他，一惯就成习惯，那你以后就没好日子过了！"

"我愿意！"槿熙朝雀儿一姐做了个鬼脸说。

我心里一动，好不欣喜。

"真是被你打败了！"雀儿一姐故意叹口气，然后指着我，说："你们家是四室一厅还是五室两厅？将来槿熙到你家当厨娘，别忘了给我做一碗花舍会所的那种海参小米粥！"

"王小却，你就贫吧！给你喝凉水，里面还放辣椒面！"槿熙迅速看了我一眼。

我向她做了一个 OK 手势。我和槿熙终于站在了一起，雀儿一姐很开心地笑了，胸有成竹又赞赏有加地说："那你俩就让我做江姐吧，反正有钱人家都是渣滓洞！"

"你说什么呀？"我说："快说更关键的！"

"也有人支持啊！汽车学院的院长就支持，说办汽车模特专业是好事，全国高校都没有，就是创新，有望族汽车做靠山，准行！"雀儿一姐说："商学院的院长也支持，还说杜海找过他，他说杜海的想法和说法都挺有意思。杜院长说美丽是文化，文化是经济，就是美丽经济要在望族大学开花了！"

"那曹校长怎么说？"我问。

"别急呀！"雀儿一姐揉着肩，"我找的这些人个头高又漂亮，都是校花级的，就是太笨，连开肩都不懂，害得我做示范，又酸又痛。"

"却姐，又跑题了，说正经的。"槿熙一边往锅里倒水，一边看着她说。

"我说肩疼就不正经了？那你那会跟我躺床上老说肚子疼算什么？"

"你随便吧，真无语！"槿熙转过身去。

"别生气，我忘了你有病了！"雀儿一姐看着我，诡异地一笑，"快哄哄，女人得哄，我们槿熙最女人了，所以更得哄！"

有点扫兴，雀儿一姐几乎就是当面提醒我关于槿熙的"妇科病"，有点给我浇冷水，这里面可真有辣椒面儿。

"我去博士楼了。"我说。

"干吗呀？让你哄哄槿熙都不愿意？什么人哪！坏哥哥！"雀儿一姐完全主动了，她真的是信息拥有者，完全控制着局面，不想被左右。"商学院的院长说完，还有一个白发老头说话了，他是教务长，看着最亲切的一个，他说这个新专业还真的值得研究，要不专门开会议一议？会场就有点乱，两大院长和教务长一说话，好多院长附和，曹校长就说回头再研究吧，今年的招生简章都设计完了马上就印了，然后就开始说他的书，还一口一个'我的著作'，我看好些个院长表情怪怪的，曹校长的能耐就是能把这么多有本事的人请到学校来！"

雀儿一姐这句还真说到点儿上了。

"这就对了！"槿熙终于插上话，也想说了，娓娓道来："刘邦说过，运筹帷幄之中，决胜千里之外，他不如张良。定国安邦，安抚百姓，供应军需，保证粮道通畅，他不如萧何。统领百万大军，战必胜，攻必克，他不如韩信。刘邦就是善于用人会用人才成为西汉开国皇帝！再想想刘备，没有桃园三结义行吗？没有关羽、张飞那样的悍将，他除了会哭就是摔孩子了！"

我看着槿熙，向她伸了一下大拇指。对曹大蛤蟆这个评价是中肯的，否则高阳才不会用他，尽管槿熙这一说我倒觉得更像是赞高阳，可高阳不是刘邦也不是刘备，高阳就是高阳。

"哟，狗爪子掀门帘还真露一手了？"雀儿一姐唏嘘不已，"真是学文学的啊，原来学文学还真有一点小用！我再说说更气人的吧！散会的时候那个大脸挨个对几个一看就是嫡系的人说不许跟杜海有来往，更不要有私下交往，被我听见了！那家伙一看就是小人，最怕办起汽车模特专业让你们在学校站住脚，你得让杜院收拾他！他太恶心了！小人！不得好死！"

"却姐不必这样啊，"槿熙盛着煮好的方便面说："不与小人为敌，因为小人自有小人之敌，对吧方老师？"

槿熙看着我。

我好想拥抱她！真的，我一开始是不是只把她看成我爱的人，把雀儿一姐看成爱穿三两衣服跳舞的美女？

与其说是望族大学不简单，不如说是望族大学的学子不简单，没准还非同一般呢！

看来，北大四年没什么用，我在歌德耐尔做辅导员的经历倒是大有用场了！

命运就是这样充满玄机。我爱雨婷，原来是为我爱槿熙并且到望族大学做准备的？

4

我开着车离开教师公寓，去博士楼，离开时雀儿一姐说她先替我抱抱槿熙，怕她以后就没机会了。我承认槿熙送我到门口关门前，我的手碰了她的手，感觉到她包裹严实睡衣里的乳房在起伏不定，好想吻她。

没有，我的手拉了一下她的手，触摸到了一汪缠绵，她羞红着脸，说了一句"早点睡"就轻轻地关上了门，我这才想起说"好梦"，不知她听见没有。

望族大道的路灯很亮，跟北大的夜不一样，所有学生公寓都熄了灯，而子夜时分的北大差不多都还亮着。这样一种静谧，一个个明亮的路灯下像是有一团团的雾，车轮声显得有些响。

我看见路灯下马路边坐着一个女生，双手托腮，若有所思，流露出伤感，看见车开过来就站起了身，向我招手。我犹豫了一下，车开了过去，还是停下了。

我下了车，走到她面前，她高扬了一些头，说："方老师，模特专业真能办起来吗？"

我怔了一下，她认识我？

"你那会老看我，我是商学院的，叫韩佑，都叫我佑佑。"

我这才认出她，就是那个腿像槿熙一样长的娃娃脸女生。

"佑佑？"我不解地看着她，"都几点了？你不回宿舍在这儿干吗？"

"想事。"

"想什么事儿啊？"我觉得这个一脸稚气的学生有些意思，她看上去更像个高中生，"快回宿舍吧，大半夜的在外面想事儿越想越麻烦的，睡一觉就都好了！"

"方老师的女朋友是名模吧？就是进训练厅抱住你就哭的那个女的，她把我们好些人都刺激了，她那么漂亮又高贵，好几个特别牛的看见你女朋友就不牛了，原来气质可真是能压住人的，做人就要做她那样的人！"

"那好，你好好训练，争取能成为八天使里的一个，我介绍你认识她，让她来教你们！"

"真的？"她瞪着圆圆的眼睛说："你不骗人？"

"我干吗骗你？"我笑笑，"真的！"

"太好了！"她的脸笑开了花，"可那样高贵又漂亮的姐姐怎么会喜欢你呢？"

她吓了我一跳，"佑佑，我有那么差吗？"

"你说好好的人为什么老吵架？"

"没有哇？"

"我说我爸我妈呢！他俩老吵架，我七岁的时候他们就说要离婚，我都十七了也没离！你说我将来能像那个姐姐那样吗？"

"韩佑同学，你把话分开了说，放一块就乱了。"

"没办法，我就这样吧，你还没告诉我学校办不办模特专业啊？我来北京是学民航的，那个学校骗我，说一米七六可以做空乘的，我就学了，结果一个学期下来我长到了一米七八，他们还说行，可好多同学都说不行，我个头太高了，上轰炸机还行，可轰炸机又不要空姐！"

我差点想笑，为了师道尊严，我得忍住，说："你想对了，女孩长成一米七八做服务员难，会把客人弄郁闷了，在饭店吃饭谁愿意老仰着脖子叫你呀？"

"我不做服务员，我要当空姐！"

"空姐还不如饭店的服务员呢，就是在天上送盒饭的，只说两句话：请问您要米饭还是面条？"

"骗人！"

"你没坐过飞机吧？"

"没有，我连火车卧铺都没坐过！我是湖南怀化的，来回都是硬座，我爸说正常，他当了五年炮兵也没打过炮，炊事班的，戴了五年绿帽子还背了五年黑锅。"

我憋住气瞪大眼睛是为了不笑，她却眼泪吧嗒的了。

"他们吃完饭就吵架说离婚，一睡觉又好了。今天我不想参加训练的，熙熙姐说你来吧，我打电话知道爸妈今天中午没吃饭就吵了，他还打了我妈！我要当名模！将来买房买车把我妈接到北京，爸爸就打不着她了！"

"你认识槿熙？"

"当然了，我今年二月退学来这个学校的，熙熙姐可好了，带我去西单做服装模特，一次能挣一百，熙熙姐还带我一起做了一回发模，挣了一千，够我到现在的生活费。可我没钱了啊，我爸说我能挣我妈说不行女孩没钱太危险，我爸没吃饭就把我妈给打了，我还没敢说把头发给染花了的事，班主任见到吓一跳非让我染回黑的，我说不行，厂家说了马上染头发就完了，我过了三天才染还是给了我个警告处分。完了，我怎么都告诉你了？完了完了，熙熙姐不让说，那个王小却可厉害了，知道我有处分就不能参加训练班成为望族天使了！"

我忽然有些沉默。

"能不能行啊？"她着急地说："我要跟熙熙姐留一级再上大一也要读模特专业！将来挣大钱！"

两个保安巡逻过来，看着我和她。

"你们可以把她送回宿舍吗？"我说。

"不行的！宿管阿姨不开门不让进的！"她说。

"跟宿管老师说训练完了，和新同学开会开晚了。"

"真的可以公开了？"

"我们又不是做贼！"

"太好了！那你们明天给我补个假条！记住了，我叫韩佑，商学院中英商务专业的！"

我开了杜海的房间，一边想着这个叫韩佑同学的梦，一边想着雀儿一姐带来的曹大蛤蟆不会让办这个专业的信息，没注意客厅的灯是亮着的，抬头看见了刘思雨。

刘思雨在客厅的电脑桌打着什么，转过脸惊异地看着我。

她只穿着吊带，还有精致的内裤，我这才注意到屋里很暖和，原来刘思雨开了空调热风。

"你怎么来了？"

我和她都有些尴尬，我赶紧说："对不起！"

"回来！"她叫住转身开门的我，"别动，别回头！我去穿衣服，正好有事儿找你商量呢！"

传来她的脚步声，还有洗发香波的清新，也是薰衣草的味道。

刘思雨没有穿睡衣，换上了她很有品位的休闲服，从小卧室出来。

"杜院说看来一时半会儿我入不了职，也不想跟董事长说，不能再麻烦大老板了！"她走过去，关上了空调，坐在沙发上。"杜院是铁了心要做汽车模特专业，践行他的美丽经济，反正我也辞职了，没想到有一天能跟杜老师一起工作，还有你方老板，我们俩配合好。不过招生简章得你写，杜院说你是策划大师，我把课程体系做完了，按杜院提供的名单跟好多大学教授请教，上网也查了一些，全国都没有汽车模特专业，还真得摸索，杜院说除了服装模特和汽车品牌加上特色的营销课程，一定得上舞台表演课，他受不了车展上模特傻乎乎的样子。杜院明天中午到，跟我们要汽车模特专业简章上的全部内容。"

"可是……"

"不用说了，我知道曹校长不会同意的。我看见过董事长和曹校长到我们4S店，董事长坐的是集团驻北京办事处的望族汽车，曹校长是大奔。在我们店的会客室，曹校长的坐姿像老板，董事长却很谦和。董事长爱才，能宽容曹校长的太多，你知道我是什么感受吗？"

"能想到。"

"杜海在望族大学一定要把汽车模特专业办起来，我理解有两层意思，一是望族大学没有望族集团不行，可大学跟集团老死不相往来不说，还完全被曹校长阻断了。杜院要架接起大学和集团之间的桥梁，媒介就是望族天使，董事长心知肚明才又命名又题词的，我一直在想曹校长为什么这么狂妄？"

"为什么？"

"杜海在新闻界十几年，还兼着他们杂志社跟别人合股，差不多是私人公司的总裁，公司一年就赚了上千万。他只说了一句话，几乎所有能做大的民营企业第一桶金都是腥风血雨的，所以没人知道也没必要知道高董事长和曹校长之间有什么故事或秘密。杜海有点气不过桑塔纳卖二十万，一个车型在中国横行了快二十年，天津夏利快卖到十万，全国哪都是。望族汽车的出现是条鲶鱼，不仅搅乱市场拉下了价格还必定促发中国的汽车工业。现在人们承认望族汽车是民族品牌却没人爱护，所以才有今年"两会"杜海专访高阳那篇被媒体疯转的望族汽车只是汽车婴儿的文章吧！杜海为什么要帮助望族汽车？因为他后来才发现给杂志社和公司买的两辆桑塔纳和四辆夏利花了一百万亏大了，要是买一点不差的望族汽车可以买二十辆，杂志社和公司的负责人早就都开上车了！他说高阳和望族汽车出现得太晚了，他就是要力挺中国汽车的民族品牌，因为他还知道国家从上个世纪五十年代开始投入了几千个亿就弄出来现在怎么看都像搞怪的红旗！"

我又想起了潘金莲推窗，还多了个司马光砸缸。

这回是真的。

刘思雨把整理好的课程打印出来放到电脑桌上，看着我，笑笑。

"接下来该你了。"她期待又信任地说。

我点点头。

我从沙发上起来，走向电脑桌。她离开，我们好像都刻意地躲着，走出一条流畅的弧线，然后我和她都意识到了什么，处于礼貌，不约而同地笑了。

"你睡吧！"我说："我写完不知道几点了，在杜院屋里眯一会儿。对了，谁去接他？"

"我去接。"她没有进小卧室，而是到客厅的餐桌前泡茶，一边说："槿熙住你那儿了？"

"还有王小却。她俩以为我不回来，训练完带着自己的全套洗浴用品跑去洗澡。"我坐在椅子上，说："她俩下定决心转到汽模专业，要是办不起来可就受到狼狼打击了。"

我当然是故意的，故意把"狠狠打击"说成"狼狼打击"，就跟刚学汉语的老外总把"中国人民银行"看成"中国人民很行"。

"是啊，对她们好一点儿。"她端着茶，走过来，放到电脑桌上。"她俩可是你这个班主任的头两个学生，杜院说第一届学生挑选要严，就是我们的黄浦一期，要从全国招二十个美女，十个帅哥。"

"三十人？"我说："目标不高嘛！"

"模特专业三十人合适，也算是个大班了。"她说："天使班会在全校叫得很响，看来你已经有班长了，是让槿熙当还是王小却？"

"向刘助理汇报，当然是槿熙！"我笑笑，肯定地说："要把槿熙竖立成望族天使形象代言人，也就是汽车模特专业形象代言人，有品牌才会有影响力。"

刘思雨笑笑，看着我。

"怎么了？"我也看着她，"对了，你怎么办？"

"杜院说他每天回家，就让我在这儿连住带办公。"她雅致地一笑，"等招完生把专业办起来，我就离开，我不是为望族大学而来，在某种程度上是因为你却不是为了你，方老板别介意我这么说。"

我站起身，稍有不安。

她明显地后退了一步。

"刘思雨……"

"方翔，让我这么叫你吧！"她低下头，又慢慢地抬起来，说："你要是把好处都给了槿熙，王小却怎么办？你看不出来吗？雀儿一姐是一个控制欲很强的人。"

"那就让小却当天使班班长，槿熙做形象代言人！"

"两朵花都那样红，"她叹口气，"你护哪一朵呢方老师？"

她把问题想复杂了，我敢说我绝不花心，再说雀儿一姐也没那意思，她过去知道我是谁，不过逢场作戏，知道我爱槿熙，还处处维护呢，刘思雨多心了。

"杜院查到了'中华小姐'大赛，一问正好是望族集团赞助的，杜院就让槿熙去。你对选美文案很有经验，我困了，你回头问杜院吧！"

她去睡觉了，我听见了插门的声音，像是故意弄得很响。

我有些感慨，有谁会知道刘思雨为什么来到望族大学，可她却并未被准许入职，而杜海离不开她，因为他要创办以美女为主的汽车模特专业，不能由我们两个爷们儿包办了，太不方便，我懂杜海的用意，可他把自己和思雨都陷入了尴尬。

我开始做"汽车模特"的专业介绍，知道了有一个"中华风采"大赛，其实就是"选美"，槿熙当然最合适。我兴奋了，"汽车模特"专业必须有一句叫得响的广告语，假装望族大学会同意招生而印在招生简章上。

喝了一口茶，在电脑上敲出"百度"。好茶，可我还没有到要喝茶的年龄，走进厨房，打开冰箱门，果然看到了饮料，果粒橙和可口可乐。还看到了饺子皮和拌好的馅，都跟刘思雨未来的日子有关，她显然痛下决心扎下来，我们三个人在这方面有惊人的一致，如果曹大蛤蟆了解这一点，一定后悔不已。

"百度"是个好东西，它必将改变我们的学习方式，包括生活。对我来说，还是鼓噪着自己建立"自信"的途径，不可或缺甚至无法被替代的载体。我拿了一听可乐，回到电脑桌前，上百度查我要查找的，敲下了一行字：有比方翔更棒的人吗？

　　百度在紧张地工作，启动了常人无法想象的庞大的计算机搜寻系统，三秒钟后出现了结果：抱歉，没有找到。

　　我可以信心百倍地工作了。自欺欺人不一定全不好，正如难得糊涂，吃亏是福，是一种境界。

　　我开始找一份文件，敲下了四个字：美丽宣言。

第六章

1

美丽宣言

我们因爱而美丽。我们愿意为爱付出，怀着一颗敬畏的心，为爱创造。我们的美丽源自于真诚和善良，追求自由与自然的结果。美丽不是拥有，我们懂得爱是责任，敢于为爱担当，所以才美丽。美丽的结局，不在于从哪里开始，而是在哪里发现。

这就是我曾为"名城公主"写下的"美丽宣言"。一家广告公司不知有何本事让教育部的一位领导同意在全国高校组织一次大学生选美，杜海跟我说这个活动好，可以为考上大学考生所在的城市拉动"美丽经济"，会得到很多城市的教委包括旅游局的大力支持。作为承办单位，广告公司的老总告诉我，"美丽宣言"把领导看得热泪盈眶，领导含着热泪告诉他每个城市送出的选手都必须是考上国家大学的，民办大学的学生不行，因为无法一一核查，因为"自学考试"不在国家教育计划内体系里，而太多的民办教育机构常常违规办学，明明规定是"自考助学"机构却按"大学生"招进来，正在清理整顿。我一听就傻了，雨婷就是"自考"专业，上到三年级了原来都不算"大学生"啊，恰恰又是民办的歌德耐尔学院！

我知道了，雨婷别说当"名城公主"，连参赛资格都没有，那一百万岂不是白扔了？我当时就叫喊起来，计划内是"统招统分"的产物，因为大学管分配工作，才有了"计划内"，教育部设立"分数线"把学生招进来，毕业了给分出去还算说得过去，现在是"只招不分"，把就业全推给社会，推给企业，推给学生自己了，设此门槛岂不匪夷所思?

《美丽宣言》,雨婷走后被尘封起来,现在为槿熙重新打开。要想把"汽车模特"专业办起来,推出形象代言人,槿熙是最好的。我开始重写文案,因为槿熙,因为我在望族大学,把杜海要鼓捣的"美丽经济"可以升华一下:"美丽经济,赢在自己!"

写完之后没想到天都蒙蒙亮了,我发到了杜海的邮箱,又给他发了一条短信,决定洗个澡,好好睡一觉。

走进杜海的卧室,脱去衣服,穿着内裤进了卫生间。冲洗完,我穿上内裤,打开吹风机吹干头发,根本没听见敲门声,也不知道刘思雨会穿着睡衣去开门。还在为文案得意,哼着小曲走出来,一下怔住。

槿熙刚进门,像我一样也怔住,她手里拎着一个塑料袋。

"刘姐,"她红着脸说:"对……对不起!"

我赶紧退回卫生间,停了片刻,静静神儿,拉开卫生间的门,看见装在塑料袋里的早餐掉在地上,纸杯的牛奶洒了,还有从一次性饭盒跌出来已经泡湿了的包子。

我进了杜海的卧室,重重地关上门,想到槿熙对看到的情景一定误解了。是啊,大早起的,穿着睡衣开门的刘思雨和几乎赤裸的我走出洗手间,在这个房间的早晨,这叫什么事儿啊!

我一头扎在床上,响起咚咚咚地敲门声。

"干吗?"我在叫喊。

"你的手机在响!"

"让它响去!你操什么心?"

"是杜海!"刘思雨有些恼怒。

"那你接!"

"你还不嫌乱乎吗?"

她说得对。

我跳下床,拉开门,接过手机,"喂?说话!"

杜海已经挂了。

我退回屋里,想关门,又停住。

刘思雨没有走开,恼羞成怒地瞪着我。

我索性拉开门,也瞪着她。

"看吧！"我咆哮着，"我还有八块腹肌呢！"

"你差远了！"她也咆哮着，"我见过十六块的！"

"那他妈是猪！"我大声嚷嚷着："猪奶头吧！"

我们两个都为槿熙看见的情景有些羞恼了。

槿熙突发奇想地会来给我送早餐，这我没想到，睡得迷迷糊糊的刘思雨不知道我在卫生间而且会只穿着内裤出来，三个人都显得无地自容，真受不了这腻歪的早晨，简直就是莫名其妙。

槿熙不接我手机，发短信也不回，她真的生气了。我相信她正跟自己较劲，一定在脑海里反复重播她看到我穿内裤，刘思雨穿睡衣展现的情景吧！我比她掉在地上被牛奶泡了的包子还委屈，她何尝不委屈呢！

回到宿舍，困得拿不住自己，却怎么也睡不着，槿熙不给我电话或短信我是无法入睡的，刘思雨去机场接杜海一路上肯定更生气。生气是生活的一部分，我本不想生气，也没想要这样的生活，冥冥中就是天意，上苍安排了这一切，我不是别无选择而是不想选择，不，我自己做出的选择。

过了好一会，槿熙回信了，告诉我两个信息，一是她在上课，二是晚上七点在武术馆见。她不想见我，要见和大家一起见。我知道，得到信息总比没有音讯好，我一觉居然睡到了晚上六点五十，赶紧爬起来。

走进武术馆里间的时候，雀儿一姐不是在整队，她早整好了，等我，二十几位同学齐刷刷地站直了看着我进来，雀儿一姐大声说："欢迎方老师讲话！"

我怔了一下，不知道我要讲话，我是来看训练的，来见槿熙，可她不看我，像雀儿一姐一样绷着脸，目光放到别处。

"同学们！"我知道我得讲，而且知道讲什么，大声说："望族大学要创建汽车模特专业，你们愿意转过来吗？"

"不愿意！"

齐刷刷地回答，完全是意外，这我可绝没想到，一张娃娃脸的韩佑也没想到，惊慌地看着同学，再看我。

我看向槿熙，她把脸明确地扭向一边，雀儿一姐瞪着我，像一只愤怒的小鸟。

我让自己难堪了，让雀儿一姐无法忍受了，我在这里甚至是多余了。我狼狈地走出武术馆，雀儿一姐和槿熙带着她们开始训练，我这才看到手机上的短信，是雀儿一姐发给我的，她让我讲一讲五一望族汽车上长城的事，宣布只有八个同学可以入选，也就是"八天使"的诞生，特别提到千万别讲汽车模特专业的事，没有谁会愿意降一级变成在望族大学读五年，尤其是"望族天使"一文不名的时候。可我偏偏讲了雀儿一姐不让我讲的，不知道我睡着了没看短信，她有理由生气，而且是愤怒。槿熙的气还没消，必是更郁闷了，我知道得哄哄她俩，可没一个接我的手机。

回到宿舍，第一次期待雀儿一姐跟槿熙一起来，可雀儿一姐不来槿熙好像就不想来或没法来。不行，她一定得来，不应该也不可能误解我和"刘姐"有什么故事吧？

真无语。我这才想起刘思雨是不是也郁闷呢，怎么没找我？一天了啊，刘思雨郁闷把杜海也弄郁闷了？我怎么突然如此孤独？为什么如此寂寞？我明白了孤独，弄懂了寂寞，孤独是因为有所牵挂，寂寞是白牵挂。

这不行，我打通了刘思雨的手机，响了好几声才接。

"太好了！"她兴奋不已。

"什么太好了？"我问。

"杜海说你写的中华风采大赛文案很不错，"刘思雨说，好像忘了早晨的事，很高兴，"杜院正在跟组委会的谈，我在楼下呢！"

"那赶紧上来！"

"上哪儿呀？"她说："我在杭州呢！"

"在哪儿？"我大声问："杭州？"

"你以为我在阿富汗呢！"她笑着，幽了我一默，说："我早上去机场接杜院，结果他从三亚飞杭州了，让我也飞过来！你一句话把杜院和我调动地乱转，关键是你的美丽宣言写得好，果真是北大才子，组委会也夸呢，要用这个主题，中华风采小姐就是美丽宣言，为明年北京奥运会预热，相当于迎奥运的美丽使者！"

"靠，给我多少钱？"

"组委会同意我们的人当冠军，'中华小姐'！"

"真的？"我兴奋了，"那太好了！我像到望族大学一样义务贡献了！我可没那么高尚啊，全为了槿熙！"

"主观为自己，客观为别人也是好的。"她真像个院长助理有模有样地肯定了我。

"你少来，我还没死呢，别拽词儿，棺材盖还没盖好就弄出个定论！"我笑笑，"在酒店是吧？你跑楼下干吗呢？"

"接庄总，董事长让庄总从上海赶过来了！"她美美地说："望族汽车的宣传包括加盟商都是上海的公关公司管的，赞助中华风采大赛也一样，要推出槿熙当冠军，组委会说要让庄已泊庄总认可才行！"

她挂断了手机，那就是那个庄已泊到了。

我也兴奋不已，这回不是"名城公主"非得是公办大学的学生才行，把槿熙作为民办大学的代表推成"中华小姐"，教育部歇菜了，新北京、新奥运，教育部只能是个不受待见的小媳妇，在教育部眼里民办大学就是国家的私生子，这回他管不着一边待着去，我们可以进入正堂了！

这个喜讯要告诉槿熙，我打手机她还是不接，发了短信"马上来"，后面用了六个惊叹号！

晚上十点二十，还有十分钟全校学生公寓统一关门的时候槿熙才回信了，也是三个字：干吗呀？

这就好，她会来，独自一人前来，回短信时间选择得恰到好处，因为她一来就不可能回寝室了。十一点全校学生公寓都拉闸断电，而我和她正来电！

我赶紧又冲了个澡，心怀鬼胎连内裤都没穿，只穿上大褂睡袍等待心思缜密的她。

已经快十一点了，她还没有来。十点半出了寝室就回不去了，她的心跟脚步一样徘徊吧？她不想上来，是担心撞上楼里还没睡觉的老师？一定是。

我有耐心，躺下。好像传来极轻的敲门声，一下，又一下，停止了。我没有开灯，蹑手蹑脚地走到门口，轻轻拉开暗锁，猛地打开门，一把把她拽进来，咚的一下关上门，在她还没有反应过来时把她顶到墙上，一只手按住她的额头一只手搂住她的腰，把嘴贴向她的唇，不是轻吻，而是把舌头探进她的嘴里一个深吻！

感觉到她丰满的胸挺起来，我激动不已地把手伸进她的衣服里，顺势往上，她的胸罩很紧或因激动乳房膨胀起来，我的手还是势不可挡地伸了进去，摸住了她如此光滑的乳房。跟看见的不一样，手掌根本罩不住，我触摸住她软软的乳头。

她两只手不是抱住而是使劲地把我推开，我一下撞到狭小过道的墙上，听见她一阵咳嗽。也许我太生猛，这一切太突然让她猝不及防，这狂吻竟把她呛着了。我不在意她像我一样粗猛的动作，借着从墙弹回来的惯性抄起她的腿一下把她抱起来，在黑洞洞中把她放到床上。槿熙居然难得地穿上了裙子，*就是为我而来*，我触摸到了她同样如此光滑的腿，不管不顾地把两只手伸进裙子里，在她挣扎中我借势脱下了她的内裤，这才听见她大叫一声："你要死呀！"

不是槿熙！天，谁？

在我发怔中她从床上坐起来，现在是我还没有反应过来，只觉得一只胳膊被抓住，随之身体腾空而起，身体被重重地摔到了床上，发出一阵巨响，咔嚓一声，床塌了！

我一下清醒过来，在不设防中我被有段位的跆拳道高手玩儿了。

传来咚咚的敲门声，她把我拽起来，一边跑向门口开了灯，闪进卫生间的时候还探出头扬起手向我竖起中指。

靠，是韩佑！

我使劲晃着脑袋，扫了一眼塌在地上的床板，把睡袍赶紧系好，在不停顿的敲门声中走向门口，使劲拉开门。

"怎么了？"一个戴着高度近视眼镜的男老师穿着睡衣站在门口，"把我吓着了！"

"不好意思，"我闪开了一些，好让他看见屋里面的情景，"床塌了！"

"学校这破床，我的也塌过！"他扶了一下眼镜说："你是武术学院新来的老师吧？我晚上遛弯儿在武术馆门口看见过你，瞧你这胸大肌，还一身的腱子肉，又这个儿头，学校买的这破床哪儿经得住啊！要我帮你吗？"

"不用了，谢谢您！"

"我是商学院的，中英商务系的系主任，时候不早了，收拾收拾快睡吧！"

"对不住惊着您了！"

我关上门，揉着腰和屁股，胸口隐隐作痛，虽然被韩佑抻了一下，证明伤好多了。

我以为是好多了，原来是紧张中不觉得，刚走回几步，不得不蹲下，豆大的汗珠顺脸而下，居然还有一串清鼻涕流下，全都滴在被我甩在地上的韩佑内裤上，那种我刚认识雨婷时雨婷也穿过的低档三角裤衩。

传来轻轻的开门声。佑佑从卫生间出来，还神经兮兮地蹑手蹑脚，一股无名火儿拱上我的心头，胸肋骨太疼，我忍住。

她弯腰拿起内裤，很生气，压着声音说："看看，都让你给弄湿了，什么呀！"

我无话可说，用余光看见佑佑的光腿，她把她还算漂亮的脚丫子抬起来，一只脚站地很稳地想伸向内裤。

我突然一把抓住了她的裤衩，使劲扔到了我那张倒霉的床上。

"你干什么呀？"韩佑急了。

"嘘……"我指了指墙，尽量小声地说："不能穿了！"

韩佑走过去又捡起来，她还要穿。

我艰难地站起身，过去又夺下来，压着声音说："怎么不听话？"

"你要干什么呀？"她也压着声音说："你让我光着屁股带你去酒吧？"

"去酒吧？"我愣了一下，"干吗？"

"你说呢？"她使劲儿地擦着嘴，低声说："熙熙姐劝不住王小却，后来也跟着哭，都怪你！"

"怪我？"我也低声道："怪我什么？"

"王小却挨个做工作，想多一些人转到汽车模特专业来，"她凑近我耳朵，"你可倒好，一下挑明了，结果都没明白这是一个毕业可以到集团就业的班，所以都不想转还有两个要退出训练，才不想去农村的大棚子里敲敲打打造汽车呢！王小却说跟你没办法做事情，也要退出不干了，熙熙姐在劝，可劝不住，都怪你！"

"你们以为望族汽车是在炕头上用锤子敲出来做他妈的煎饼锅呢？"我也对准她的耳朵，恼怒地说："有病，爱来不来！"

"那你跟小却说去呀？往我耳朵里吹什么气？"她转过脸来，对着我的耳朵，"你还亲我！我非告诉熙熙姐，说你还脱我的裤衩，太流氓了！我的第一次就这么没了！"

"别胡扯啊！"我倍加羞辱地说："什么第一次？我进去了吗？"

"你还想进去？"她瞪大眼睛，惊愕地说："我就没让人亲过！男朋友也没亲成，他也想干这种事情，结果弄了一晚上急得满头大汗都没弄进去，你以为你是神啊？"

"我靠！"我差点叫出来。

"熙熙姐知道了非掐死我！"她突然哇地一下哭了。

"掐死我！"我气急败坏地说。

"掐死我！"

"好，掐死你！"我一下捂住了她的嘴，"那咱们不说行吗？"

她瞪着圆圆的大泪眼，使劲点点头。

2

我发动了车，幸亏对着倒视镜照了一下，擦掉了嘴边和蹭了半边脸的韩佑的口红，简直是个天大的笑话，我还差点吻了韩佑的女人花园，真把她当成槿熙了！

"坐前面啊？"我说："你好带路！"

"不！前面是熙熙姐的专座，别人不可以的！"她说："远着呢，去昌平！"

我快速地倒出车位，她没坐稳身子趴向前座，我换好挡再次快速冲起来，幸亏她的两条大长腿顶住了前座没折个后空翻，刚稳住，我一把轮左转，听见她的头咚的一声撞在车窗上。

"你开的什么车呀！"她大叫着，"熙熙姐还吹你开得好呢！净瞎说！"

"韩佑，"我问："你干吗那么神秘地敲门？"

"熙熙姐说我了，说我敲门老是太凶，还说我特像湘西土匪，我小心了，因为你跟我们系主任门挨门，还真差一点让他看见！"

"佑佑，你才多大？真谈恋爱了？"

"太闷了！"她两只手伸向座位两边以防再栽到哪儿去，"都说中英商务比熙熙姐的汉语言文学和王小却的新闻专业好通过，可都什么课呀！还要学毛爷爷在井冈山上的事，中英商务不是学英国人做贸易吗？我爸见我学不成民航非让我学这个，将来好把我们怀化的板鸭出口到英国去！可人家英国人吃板鸭哪管毛爷爷当年在井冈山做过什么事啊？我爸爸说不对，英国当年跟日本鬼子侵略中国一样也被德国占了，等我学成了毕业了爸爸就办个鸭场，专门出口英国，每只鸭袋子都印上本鸭产自日本在中国投降之地怀化，还说：吃怀化鸭子，为世界和平！"

"靠！"我终于被逗乐了，"佑佑，你爸爸真棒！"

"啊？"她又惊叫着，"我还是第一次听见有人夸我爸呢！"

"坐舒服点儿，"我从倒视镜中看着她说："佑佑，我保证不再惊着你了！"

"真的？一言为定？"

"一言为定！"

"太好了！"她欢快地趴向前面，说："你把我当成熙熙姐了吧？亲我不说，手干吗往衣服里面乱摸呀？"

"这是男人习惯性连接在一起的动作，有点下意识。"我突然一本正经地说："小丫头，以后不提这事儿了，好吗？"

"我知道是个意外！"她点点头，说："熙熙姐好幸福啊！"

远远就看见了酒吧的招牌，一只蝴蝶在夜幕中起舞，霓虹灯让天空弥漫出一团多彩的雾色，一个大大的"印"字在闪烁，就是酒吧的名称了。不知怎样起了这样一个名字，印，印酒吧，老板在昭示什么？

我喜欢，喜欢这个"印"字。没想到在北京以北很远的地方会有一个起出这样名字的酒吧，我看见了远处山的轮廓，一弯曲线的朦胧印在苍穹。大二以后，我还从来没有再进过夜店，此时此刻，我被激起了什么。

一瞬间有些恍惚，我把一张一合着翅膀的蝴蝶看成了什么。是的，一个奇异的图形，它猛一看多像女性生殖器，而我是天下第一个把女人私密处称为"女人花园"的人。那是我上大学后的第一篇作文，老师留的关于女人的读书笔记，他慷慨为我留下很高的评语，北大教授对北大一年级教室出现这样一个新生感到很欣慰，花园必有蝴蝶，没有蝴蝶的花园不仅可怕而且难以想象。教授说每只蝴蝶都是一朵花凋谢后的灵魂，翩跹起舞舞出色彩的斑斓，让人不无感动，因为她是在寻找她的前世。花，蝶。花与蝶，蝶恋花，北大教授一句话就把"蝶恋花"的原委说清楚了。

我有些羞愧，居然敢误解图形，自从雨婷山隐之后，她永息在那高高的山顶，留下一个经常挺着鸡巴走路的我，会走出一段怎样的歌？悲，喜，或悲或喜。

硕大的停车场看上去略显空荡，倒是几辆大巴张目，驶近细看才知酒吧旁挨着温泉，再远处是躲在茂林中的门庭，上挂着培训中心的牌匾。西边，夜幕中还隐隐可辩高悬的梯架，一看便知是拓展训练的场所。拐过一个坡道，但见农家院招牌一字排开，还有垂钓园彩灯映出深处月光下的暗色池波。我明白了，这是为城里人构建的欢乐谷，该是政府机关之人放松身心与筋骨的地方，不知道槿熙和王小却怎会寻得此处，必是雀儿一姐的发现吧！

佑佑开始兴奋了，阵阵音乐刺激了她的神经，我感觉到了她热胀的情绪。我跟着她走进酒吧，一进门便可见搭在中央长型的高台上几个衣着暴露的女孩在领舞，抬头望去，半空中两边十二个玻璃楼阁内十二个女孩在整齐地跳着劲舞。久违了，震耳欲聋的世界，才几年，怎会宛如隔世？我倒是如同穿越，回到我大一的疯狂，若不是认识雨婷，我大三不会总往歌德耐尔跑，肯定会成为北京夜店的劲舞王子。

跟着佑佑挤过人群，来到靠墙根的小桌前，看见槿熙站着安抚着坐在吧椅上的雀儿一姐，槿熙看见我，扭过脸去，一只手依然搭在王小却的肩上。一瓶芝华士快见底了，桌子上零乱的几个杯子，还有半瓶的红茶饮料倒着。

两个穿着职装的人各拿两个装满酒的杯子走过来，一看就是在培训中心参加企业什么会议的人，领带全松开了，深蓝色的西服洒满液体，晃晃悠悠地要让槿熙和王小却喝酒，槿熙躲着，两个人一个想拽雀儿一姐，一个拉扯着槿熙。

我一步上前，拿过一个人的酒杯，佑佑机敏极了，挤过去夺过另一个人的酒杯一仰而尽。我礼貌地碰了一下还没有完全反应过来的人的酒杯，也是一口干了，妈的伏特加。

佑佑呛了一下，使劲咳嗽着，可能也以为是芝华士呢！这两个人倒是没介意，其中一个挥手叫着什么，又过来三四个人手里拿着各式各样的酒瓶，挤在前面的就先倒满了我的杯，佑佑站直了身子也把酒杯亮出来，我俩一口干了，我靠，居然是二锅头！

我看出这该是一个单位的小白领们，只是太年轻了，虽然酒兴，还不至于太粗野，看见我一个人跟三个高个美女有点不忿儿，轮流上。佑佑和我来者不拒，挡在槿熙和王小却前面，一杯杯乱七八糟全干，斗起酒来。

他们毕竟已经喝了好长时间，一个领导模样的人过来把他们招呼回去，音乐更猛，中央台上的舞女更疯狂。

我盯着槿熙，说："至于吗？"

"你说什么？"槿熙大声问。

"我说我就那么随便一说，"我喊着，"至于你们俩都不想干了吗？"

雀儿一姐推了一下槿熙，屁股离开吧椅，摇晃地指着我，说："你别……别利用我们！"

我的脖子被什么东西扫了一下，挺疼，转过身，但见佑佑甩着长发在我身后跳，刚才那些人又回来了，还带来他们的两男一女过来狂跳，佑佑酒兴已起，我没想到她跳得真棒。

我又转回身，凝视着王小却，没说话。

雀儿一姐抬起头，并不是看我，身后传来纷乱的尖叫声，我再回身，看见五六个人围过来，绝无善意，佑佑被那两男一女拉上了高台，三比一，把佑佑围住斗起舞来，夜店的职业舞者也凑过去，看不见佑佑了。

我一把扯住跟路过似的服务生，朝他耳朵说"上两瓶红酒"，然后拉着雀儿一姐踉跄着挤过去，我跳上台，把雀儿一姐拽上来。

我知道雀儿一姐的功力，她不知道我，我只摆了一下腰，扬起手随着强壮的音乐做了一个动作，雀儿一姐从酒中苏醒，作为显然是夜店高手的她在越醒目的位置越兴奋，而且洞察出我非鼠辈，这让她无比惊喜，扬起手，扭动了一下腰立即与我合上拍，跳起来！

没想到我跟雀儿一姐能配合得如此默契，她贴向我的身体扭动，佑佑早已冲出围攻，来到我的身后，背靠背随着音乐和我的摆动粘在一起，只听见此起彼伏的尖叫和口哨冲破音乐的犀利。我们把专业舞者都斗下去了，更不见那找事儿的两男一女，DJ 也一定兴奋不已，打出精彩，台的四周还喷射出冷烟火，十二个气柱一起喷发！

台上只剩下我跟雀儿一姐和佑佑，我在中间，两个大美女一左一右，小却在左，佑佑在右，我不太明白为什么往右挤的人越来越多，尖叫越来越烈。

我在闪烁的激光灯中偶见墙根桌旁的槿熙，她远远地望着我们三个，好像没有喝我专为她点的红酒，雀儿一姐说过槿熙只喝红酒，而且能喝两瓶，可她举的是红茶。

借着酒兴，我们在台上 hold 不住的疯狂，还有高高玻璃窗内的十二个女孩与我们呼应！

不知跳了多久，DJ 改放慢摇了，灯光也变成暖色。

人渐少。

雀儿一姐开心了，在羡慕的追随目光中挎着我的胳膊走回桌子。更多的人跟着佑佑，我看了一眼骄傲的佑佑，她的娃娃脸流淌着可爱的喜悦，她酒劲儿过了一些，该是在最美时。

我注意到跟着佑佑的人有些神秘地指指点点，没明白，也没多想。

槿熙坐在吧椅上，把脸埋在胳膊上，趴在桌子上像是睡着了。

我倒了四杯红酒，加上冰块，端起一杯，身子挨着槿熙，碰了碰她。

"槿熙，喝一杯，来！"

她没有动。

佑佑坐在吧椅上，用手当扇子在脸前煽着，汗水顺着她的脖子还往下流，衣服看上去湿漉漉的，抓了几个冰块放进嘴里，端起酒杯，看着雀儿一姐，说："小却姐，喝！"

王小却没有拿杯，转到槿熙另一边。

"槿熙？快坐起来！"王小却看了我一眼，继续对槿熙说："知道你腰功好，也别这姿势，看着难受！这腰功，不上台真可惜了！"

雀儿一姐说话怪怪的，还意味深长地又看了我一眼。

她总是话中有话，但我不想接。

"槿熙？"我俯下身，一只手摸着她的头发。"喝一杯，起来。"

她说了一句什么，我没听清。

我蹲下身，把头探进去仰着脸看着她，轻声问："你说什么？"

"我不会喝酒。"她说。

"红酒啊，你的最爱！"我依然轻声说。

"红酒也不会。"她小声说。

一只光脚伸到我的下巴上，王小却脱了鞋用脚碰我，"快出来！"

我还没动，就听有人叫道："方老师？"

我赶紧收回头，慢慢地站起来，转回身。

"真是方老师！"

我认出了他，必是刚才斗酒之后一个单位同事因不忿儿，气势汹汹围过来的五六人之一，怎么打听出我姓方而且还是老师？

我看了一眼被这句"方老师"唤得抬起头来的槿熙，却见她面无表情地扭过头去，对雀儿一姐说："跳完了？这回爽了吧？"

王小却说："你脸色好难看，怎么了？"

"去洗手间吗？"槿熙说。

"走！"王小却扶了一下槿熙。

"对不住小妹！"这人大声说，然后又转向我，"方老师，你不认识我了？"

我怔了一下，"你是？"

"我是许大鹏啊！"他说，热切地看着我。

"许大鹏？"我迷惑地看着他。

"江雨婷的同学！歌德耐尔学院！"

我霎时反应过来了，雨婷的同班同学，我做辅导员后带过他，一个来自江西的帅小伙儿，"许大鹏？"

"想起来了吧方老师？"他兴奋不已，猛地横跨出一步，挡住要去洗手间的槿熙和雀儿一姐，还鞠了一个躬，说："小妹，对不起！我不知道你跟方老师来的，多有得罪，别介意！"

"怎么了？"我警觉地问。

"小妹说是望族大学的，我就想让她退学转到我们歌德耐尔来！"许大鹏说："我告诉她现在不用上课了，带她去招生，跟着我，以小妹的形象气质，铁定可以招来人而且赚大钱！"

是这样，我明白了，笑笑说："我现在到望族大学了，要招生她也会跟着我。大鹏，你留校当老师了？"

"真的？"他在惊与不惊之间让开，让槿熙和雀儿一姐过去，恋恋不舍地转回来，说："我在招生办，方老师，真没想到！"

"我说过，"我拍了一下他的肩，"只要高兴，有一天我会到大学当老师的！"

"我信！江雨婷要是还在，方老师铁定会来我们歌德耐尔学院！"他使劲地摇摇头，苦笑了一下，"这可咋整？我和方老师又成对手了？我的命咋这不济呢！"

我收住了笑，一下很严肃起来，"许大鹏？"

"没别的意思啊方老师！"他捋了一下头发，"歌德学院跟望族大学在招生上势不两立，两个民办大学一直是对手！我们又不在一条战线上了，这就是命吧？"

我沉默了一下，看着远处雅座上那一群穿着职业装像是公司小白领的人，原来都是歌德耐尔学院的？

"今天又不是周末，你们在聚会？"我问。

"这是我们东北招生团队，三十来号人都是招办的老师，去年十二月就下去了，这次回来是学校组织的特训营，高中生们在迎接高考，我们在分析局势怎么把他们拉到歌德耐尔学院来！"他说："这是我的名片方老师，我得过去了，多联系！"

许大鹏把名片双手递给我，后退了一步，潇洒地转身走了。

我叹了口气，没看名片，把它在手心里折了扔进小桌的废物筐。

许大鹏跳上台子，看着他手下的人高喊："我行！"

响起一片整齐雄壮的呼应："我行！"

我侧过身，靠在吧椅上，看着许大鹏挥舞着手，攥成拳头再喊："我最行！"

众人齐呼："我最行！"

许大鹏把两只手握成两个拳头，伸出去在空中画着圈高叫："我最行我最最行我最最最行！"

站的齐刷刷的三十几个人握紧拳头齐刷刷地在空中画着圈齐刷刷震耳欲聋地齐叫："我最行我最行我最最最行！"

在他们有力把双拳收回定在胸前时，槿熙和雀儿一姐回来了。

雀儿一姐说："他们干什么呢？怎么像搞传销的？"

"差不多！"我说："在集体呼喊口号中人们会不由地荷尔蒙上升，彼此影响就会相互亢奋起来，就跟一人哭会招得别人落泪一样。这种雕虫小技总会自认为很成功，却不知有多恶心，局外人看得会起鸡皮疙瘩，但局内人被洗脑还真能亢奋！如果在招生上我们真跟歌德耐尔学院是死敌，对手可真不敢小看！"

"那你会与歌德耐尔学院为敌吗？"雀儿一姐冷冷地问。

"什么意思？"我白了她一眼。

"槿熙你说！"

"方老师，"佑佑插上一句："江雨婷是谁啊？"

我看着槿熙，想钻进她的心里，迫切知道她在想什么，也想掏出心来展给她看看，显然无助。

许大鹏像只猴子又跳到大理石茶几上，三十多个人齐齐站立，仰脖瞻赏，只见瘦猴再悬双手，握成两只猴拳，挥舞道："我们是幸福学院！"集体举臂："我们是幸福学院！"猴又喊："我们是幸福团队！"众齐呼："我们是幸福团队！"

我现在才明白他们过来斗酒斗舞时的眼神，并不是喝多喝美了，是被洗了脑，所以才各个眼神直愣愣。非同小可，谁要低估了传销培训谁就是个傻瓜。此猴儿一看便知是搞过传销培训的，只是他师傅忘了告诉他该如何穿衣搭色，况且西装并非人人可穿，更不必每每厥词之后势必振臂高呼，希特勒虽死，却阴魂不散，竟漂移到中国，落魄猴身。

许大鹏他们浩浩荡荡地走了，走过之时，目光还眷恋地抛向槿熙。

我知道，他像我第一次一样把槿熙当成雨婷了。许大鹏曾狂追雨婷，若我不出现，他自以为早已得手揽娇，哪知雨婷根本容不得他身上的气味儿。每个人身体自是有气味的，恋的合与不合，除了需生物钟般配，气味儿也是条件，也就是换言之的"缘"吧，非人人懂得。

已经凌晨三点，夜店里的人都有些疲倦了，还有不多的男女在跳，扭臀已大不如初，依然小晃着屁股，DJ见人少时了无情趣，放着美国黑人慢歌，冷冷地看着几处雅座上的男女相拥互啃，品尝彼此口水滋味。

我们默默无语，在吧椅上坐定，槿熙、雀儿一姐和佑佑的目光对我此起彼伏，期望我有个交代。

面对槿熙，看来无法回避雨婷了，可我实在不愿意惊扰雨婷。

雀儿一姐见我脸色必是铁青，不再逼迫，倒是安慰起很受伤的槿熙，用小叉将西瓜想送进槿熙嘴里，槿熙躲过，用小叉叉起一片哈密瓜递给王小却，两人又拿起红茶瓶口相碰，各自饮了一口，彼此无言，只交换了个目光，便手拉手地又去了卫生间。

我的目光转向佑佑。

"干什么？"她撅着嘴说："江雨婷又不是我先提的，你找那个许大鹏去！"

佑佑站起来，追着槿熙她们俩而去。

我忽然觉得好累。

我喝了酒，不想开车，现在回到学校也无处可去，便换到雅座，靠在最外面的沙发上，合上眼，听着雀儿一姐和槿熙低声细语，佑佑跑到已经不再晃动的舞池，跟着不多的人又去跳了。

"我们和好吧！"

雀儿一姐的声音，我还感觉到一只手轻抚我的头发。

睁开眼，槿熙坐在我的身边，她第一次还当着雀儿一姐对我如此亲昵之举，让我心头一热一酸。

"对不起，"槿熙说："是我们不好，太认真，让你伤心生气了。"

"你不该跟学生们说转专业的问题，我的工作白做了，她们只想五一的时候去长城玩玩，才不关心望族汽车望族集团呢，不知道学校跟集团的关系，知道了又怎么样？"雀儿一姐站在我前面，蹲下身子，真诚地说："我跟着你去招生，你先想想去哪里？估计还是东北高个女孩多。你再想想槿熙的才艺展示，她条件这么好，要是有集团支持什么大赛拿冠军，反正学校指不上，不封杀就谢主龙恩了！"

"还是让小却去做花葵！她有经验，去年刚入学就自己去参加民族之花拿了冠军，可惜那大赛影响力不够。你让杜院跟董事长说说，赞助个什么大赛把小却推出来没问题！"槿熙坐直了身子，认真地说："我虽然比不过雨婷姐，那个许老师说雨婷姐两年就考下了专科，还差一门就拿下本科了，如果你不嫌弃，我跟你去招生。"

我看着槿熙，又望了一下王小却。

回到学校，已经快早上八点，槿熙、雀儿一姐和佑佑进校门后提前下了车，奔向各自的学院去上课，而我按照杜海的吩咐上了行政楼，见到校办主任大脸杨帆。

他笑容满面，是个意外。看来我误解曹校长和他了，让文化研究院走出博士楼，正经地安排一间办公室，他们是愿意的。

"学校地方紧张，可老大支持你们为学校做事，你现在去新闻学院五层，教务处的人在等你。"他笑呵呵地说："老大对杜海想办专业的事情也很支持，八点半我召集会议，十点钟你和杜院长过来到会议室听一下结果。"

我点点头，实际上一句话没说，扫了一眼他的办公桌，有了一个意外的发现，这个"发现"让我高兴难耐，有一个词形容叫"喜悦"。

我带着喜悦离开办公室，开车去新闻学院，一直在想着办公桌上的批示。那是关于创办汽车模特专业的请示，不是我写的，是杜海早些时候报上去的不知道第几份。我相信杜海早先写的他们找不到了，可能根本没看就揉成团扔进废纸篓里，都懒得用碎纸机。我看见了那份"请示"上的一条斜线和一个圈，因为生气而用力过猛，那条斜线把 A4 打印纸划破了，圈在"汽车学院"名下，而请示上办汽车模特专业的第一个名称是"商学院"。

我能想象那个情景，曹大蛤蟆不知处于什么状态甚至压力下，可以肯定不是心血来潮签发了这份让他厌恶至极的"请示"，有人在上面先签署了意见，该是那个慈眉善目学究派的教务长吧，在上面列出了三个学院供校长选择，商学院、汽车学院和最下面的文化研究院，我看不出潇洒的落款签名的名字，曹大蛤蟆愤怒中把"汽车模特"划给"汽车学院"了，日期就是昨天。

就是说，曹大蛤蟆处于什么原因和考虑，甚至压力下同意创办这个专业了，而且看上去顺理成章，"汽车模特"当属"汽车学院"，可以肯定这个专业是不会交给杜海、交给文化研究院的。

我了解杜海，他也有着农民式的狡诈，只要能把这个超生的孩子生出来就是胜利。

我要把这个意外发现的喜讯马上告诉杜海，我打通了他的手机。

"知道了，十点钟你跟我去开会！"杜海说："高阳来了，董事长晚上要见你，时间和地点还没定，他会打电话告诉你！"

"见我干吗？"

"不知道，"他说："办公室怎么样了？"

"马上！"我说："安排在新闻学院的五楼了！我正要去！"

"新闻学院？五楼？"杜海说："那是生物工程学院啊？"

我在新闻学院楼下停好车，如果雀儿一姐在教室挨窗而坐，该能看见我的到来，肯定没想到她选择新专业之后还是没能离开这幢楼。生物工程学院？没太注意有这个学院，那就是不够大，跟新闻学院在一起，只占了半层。

我爬上四楼的时候，听见五楼有一个人在咆哮，前半句说的是上海话，中间是北京话，后面那句大江南北都会说。

"侬的脑子被枪打过哇？哪个丫安排的？我操你妈！"

我停了一下，顺便喘口气，然后听到脚步声，一个看上去极有修养的白发老教授出现在楼梯口，咚咚咚地大步走下楼梯，还莫名其妙地瞪了我一眼，带走了他身上飘逸出的阿迪达斯古龙水味儿。

我回头俯首了他一眼，他正从三楼楼梯仰视我，这物理上的结构让我俯视而他不得不仰视。他更有些气急败坏，调整了一下上海老男人的呼吸朝我呸了一下。这老家伙，我招你惹你了？

上了楼，一个看上去很本分的人红着脸看着我。

"是方老师吧？"他说："这间就是文化研究院的办公室，后勤工程部马上来打隔断，那个院长生气了，你签个字。"

我知道那个呸了一下我的人是生物工程学院意气风发的老院长，他表达要操曹校长他妈可没准备放过大脸杨帆，去找校办主任了。

我这才明白文化研究院侵占了生物工程学院院长办公室的地盘，老院长是从美国回来的，他的办公室占的是一间标准教室，大班台、书柜和两组大沙发，院长待遇应有尽有，不同的是组合沙发被一道屏风挡住，一进门看不见大沙发。

看来学校还真为文化研究院找不到地方，大脸就把生物工程学院院长办公室中间做一堵墙，那一半还是院长办公室，可这一半就是整个文化研究院了。

他一定是被气急了，才气宇轩昂地骂娘，杜海还没走出博士楼文化研究院就先跟生物工程学院结下了梁子，大脸杨帆不是无奈，我相信他是故意的。

我又去了后勤服务中心签了好些字，今天是周末，我被告知下周一文化研究院就可以开张了。

已经九点二十，我要回宿舍洗个澡，再换身衣服，一边给槿熙发短信，周五下午没课，让她中午好好睡一觉，我会带她进城，去看她的妈妈。我送她去，一边等高阳的电话，不知道董事长因何要见我？不会又给谁调房子吧？我被赶出花舍香榭已经成为望族人，他的忙可帮不上了。

我用钥匙开了门，进屋就怔住了。

雀儿一姐在屋里，她并没有去上课，刚洗完澡，这回是她一丝不挂、赤身裸体地刚走出卫生间，跟她看见我的情景一模一样！

我想赶紧出去。

"别走！我有话问你，快把门关上！"她说："不许回头！"

我居然就照做了，只是关门之后迅速进了卫生间。

卫生间里还热气腾腾，镜子上一片雾气，我对着镜子看着朦胧的我，思忖着，我究竟面临着怎样的处境？为什么命中注定般地跟槿熙总是忽远忽近？在我身边的时候，她好像离我很远，不在身边的时候，仿佛又很近，我甚至能感受到她的存在，清楚她的每一下呼吸。

"出来吧！"雀儿一姐敲了一下门。

我转过身，看见了一定是雀儿一姐的胸罩和内裤挂在门后的衣钩上，真无语。我使劲拉开门，看见悬在我眼前的是另一条内裤，佑佑的内裤，雀儿一姐用一个衣架挑着，在我面前晃晃悠悠。

"怎么回事？"她说："跟韩佑？人家可还未成年，才十七，你可真行，还把床都弄塌了！"

"你听我说……"

"别说了！好恶心！"她打断了我，"太恶心了！韩佑居然里面什么都没穿在台上跳！我说那么多色狼围着她看呢！你要不是在歌德耐尔学院做过辅导员，人家尊重你，还不定出什么事情呢！他们肯定会传播出去，我们是不能到东北招生了，怕被你和韩佑给羞死了！"

我说不出话，惊愕地一句话都说不出来！

"你对得起槿熙吗？"

她严厉地看着我，角色和位置全反了，雀儿一姐像老师，我倒成了傻乎乎的大一新生！

"小却，你听我说！"

"别说了！前两节是院长的课，说好了槿熙下了课过来洗澡换衣服的！"她转身走向里面，把佑佑的内裤扔进垃圾筒里，还用衣架在垃圾筒翻腾着倒到下面，说："我跟你赶紧把床支上，别让槿熙看见，你和那个不要脸韩佑的恶心事我先不说，看发展吧！"

我顺从地走过去，看着地上的床板，发现屋里多了两个凳子。

"你把我惊着了，不是吓，可我还得保密，不是为你啊，是为我的好姐妹槿熙！即便你能编出一千种谎言，我和槿熙都不会信！怪不得韩佑刚到夜店喝了两杯不加红茶的芝华士就跑了，原来借机跟你干那事情，借酒发情，反正这人不能留，转我们汽模专业不能要！"她搬起一个凳子，说："我从楼道上找来两个，把他们的锅都放地上了，也没谁能找到这里来，先用四个凳子把床板支上！怎么样，我比你想象的还能干吧？"

我无话可说，投出了赞许的目光，不经意间滑到她的胸脯，看见她丰深的乳沟和两处各露一半儿的奶。雀儿一姐没有穿胸罩，内裤还挂在卫生间门后。她没有穿我见过的分成上下身的睡衣，带来一件前面是一排八个扣子的像大褂的睡衣，上面少了两个扣子，下面也少系了两个。

"小却，把扣子扣好，我们一起搬床。"

"我以为你让我脱了呢！"她很大方地笑笑，转过身去系着扣子，"记住了，我不是槿熙也不是韩佑，我是王小却！"

3

我赶到会议室的时候，已经坐了好些人，杜海一脸疲惫地坐在会议桌前，可看出他信心满满，坐早班飞机跟刘思雨一起回到学校。他示意我坐在他旁边。

这边只有杜海和我，会议桌的对面坐着五个人，中间的是大脸杨帆，他的右边是德高望重的教务长，挨着教务长的是汽车学院的院长。大脸左边是商学院的院长，旁边的人可能是招生办主任，因为面前摊着一堆正在校对的彩色样稿，是学校的招生简章。

"瞧你们俩，看着怎么这么疲倦啊？"商学院院长笑着说。

"要搞模特专业，跟一群美女泡在一起能不累吗？"大脸笑眯眯地左右看了一眼，说："开会吧！老大成立了'321'领导小组，专门研究学校自设专业的问题，老汪兼任校长助理，负责'321'工程，汽车模特专业研究后由文化研究院和汽车学院联合办，齐院长先说说？"

"说啥呀？你们定！"齐院长说："我们是搞机械的，不懂更弄不了汽车模特专业，还是交给杜院长他们自己弄，我看好这个专业，学校不放心，要挂名也该挂在老汪的商学院！"

"老大定了，齐院就别推了！"汪院长说："待会儿还有会，杨主任赶紧说吧！"

"老臧的意见呢？"大脸看了一眼左边的人，对杜海说："这是招生办的臧主任。"

杜海微笑着点了一下头。

"刚才会上我就说了，望族大学需要创新专业，汽车模特专业有望族汽车和集团做靠山，与时俱进是好事，刚才开会几位校领导和别的学院院长们都支持，就由杨主任和汪助理定吧！"臧主任看着杜海和我，"我表个态，招办支持这个新专业，就是简章今天核红，马上印刷，我们比别的学校晚很多了，争取再挤一挤，地方不多，等曹校长签了字，尽量往上放吧！"

"谢谢！"杜海很感激地看着大家，眼睛定在教务长身上，说："请教务长多指导！"

"客气了杜院长！"教务长说："学校嚷嚷几年搞'321'了，今年动真的了，教务处全力支持创新试验，大胆尝试吧！"

"那我就说了，根据老大的安排，早上先开了全校中层干部会议，讨论了'321'工程在学校的开展，各学院可以提出'321'专业计划，老臧推迟一天印简章吧！"大脸严肃起来，说："会后'321'领导小组专门召开了会议，研究汽车模特专业问题，决定如下：第一，这个专业不上招生简章，在汽车学院介绍里可以提一下；第二，支持和鼓励杜院长想办专业的热情，但学校没有经费为这一个专业做什么，全校二十个学院一百多个专业一盘棋，杜院长会理解；第三，汽车模特专业必须招到五十个人，少一个都不能开班。我跟老大打电话汇报了，老大完全同意，他很感谢杜院有激情想为学校做点事儿，同意文化研究院有办公场所，方老师看过了吧？"

我有点愣神，被这三点决定弄得一头雾水，不知道这傻逼在说什么和躲在幕后的大蛤蟆要干什么？不上招生简章，学校没有投入，还你妹必须招到五十个学生少一个都不能开班！杜海说："方老师，问你呢？"

我站起身，向门口走。

"干吗？"杜海喊。

"我出去放个屁，怕熏着大家。"

杜海很生气，刚走出楼就冲我发起火来。

"你小子有病啊？"

"你才有病呢！"我咆哮起来，"丫这是让我们办汽模专业吗？跟谁装孙子？黄世仁和穆仁智啊？你当我是杨白劳呀？"

杜海忽然笑了，说："你是大春啊！最后还是把喜儿弄到手了！要结果管它过程干屁！"

"切！"

"切什么切？回来！"他压低声音恶狠狠地说："只要让招，给说法就行！还真能难倒我和你？记住一个老地主让长工买酒的故事，年底要结账了，地主找毛病不想给工钱，就把长工叫到跟前说：买酒去！长工伸手要钱，地主说：废话，有钱谁不会买酒？没钱买来酒那才是本事呢！你该怎么做？"

"我抽丫的！"

杜海又笑了，说："去问问聪明的王小却吧！你带她去招生，那边我都安排好了！"

"去哪儿呀？安排好个鸟儿啊！"

"东北，图钢市！"他说："带上韩佑，你和小却俩人我不放心！"

"那我带槿熙去！"我说。

"刘思雨带赵槿熙下江南！"他兴奋地说："望族集团赞助了'中华小姐'大赛，我跟组委会昨天都说好了！你们在东北驻点招生，集团在江南捧红天使，我和好些媒体的哥们儿打好招呼了，帮我们宣传，不怕在全国招不到五十个学生！就这么定了，拉开战役！"

我了解杜海，他没指望曹大蛤蟆真会支持，肯定只是做个姿态。一来学校对创办汽模专业充满好奇，很多人都鼎力支持，曹大蛤蟆不能不张张嘴了；二来对高阳也有个假惺惺的交代，反正学校不宣传不出钱连简章都不让上，能招来更好，有言在先，少一个人都不能开班，招四十九人都不行。开不了班杜海就无话可说了，滚出望族大学，高阳也无奈。

他们可真的不了解杜海，就跟我不了解"招生"这件事儿水有多深一样。

回到宿舍，槿熙并没有来，而雀儿一姐穿着那件扣子又开了的睡衣睡着了。都是一夜没睡，我们凌晨五点才在沙发上合了会儿眼，听着雀儿一姐轻微的呼吸声，我的两个眼皮也在打架。

我现在无处可去，杜海回博士楼跟刘思雨去弄槿熙参赛的计划了，我的任务是在汽车学院的介绍中揉进汽车模特表述，当然要按杜海说的，我们自己单独做一个招生简章，曹大蛤蟆指使大脸不许汽车模特专业上学校招生的车，杜海就学高阳自己造车！

要洗个澡，反正旁边还有一张床，不必老让一把吉他占在那儿。为了别让槿熙撞上我洗澡的尴尬，给她发了短信问她几时来？

没有回复，一定是她们院长的课拖堂了，要么就是第三四节课很重要没想走。我从箱子里拿出内衣内裤，进了卫生间。

雀儿一姐真的要把我的宿舍当成她的行宫了，卫生间里挂满了她洗的衣物。我叹口气，脱去衣服，还没打开龙头，听见手机的短信声，一定是槿熙回复了。

我穿好睡衣睡裤，走出卫生间，到桌子前拿起手机，是槿熙，告诉我她已离开学校，周日晚上再回来。

真是见了鬼了，不是说好了下午我去送她见妈妈吗？

我生气地把手机扔向桌子，没有吵醒雀儿一姐。

没想到她会这般睡觉，平躺着，仰面朝上，一团秀发挡住了半边脸，头有些歪，还吧唧了一下嘴，倒是一副可爱的样子，对我一点不设防，也真没把自己当外人。

我看着她，两条赤裸的腿斜成八字，睡衣下面的两个扣子又开了，露出带着蕾丝边的三角裤，女人花园高高隆起，甚至看见几根芳草钻出来。上面的两个扣子也开着，丰满的乳房有规律地起伏，我从未见过的文胸，这样薄，能看见两个乳头竖起，顶出两个圆点。

这是不对的，它们不该硬起，也许她在做着什么羞涩的梦吧！

我拿起被她踢到一边的被子，轻轻地给她盖好。

还好没醒。

我走到对面的床边，拿起吉他，碰出了声响，赶紧转回头，她翻了一个身。把吉他靠在墙上，我迟疑着，还是决定躺在陌生人的床上，一张很久没人睡过的床。刚把头靠在枕头上，一股难闻的气味飘散，又坐起身，真受不了，上了床才知道这张床有多难闻。

我赶紧下来，现在，屋子里连凳子都没有了，支在了现在属于雀儿一姐的床下。轻轻叹了口气，忽然感受到的不是孤单，而是飘零，一刹那好怀念过去的日子。仔细想想，拥有什么好像并未懂得珍惜，失去以后无论后不后悔，也只能是追忆。

我脱下睡衣，准备换上衣服，还是去博士楼吧，不睡一觉真不知道能不能盯到晚上见高阳。

高阳见我干吗？

还没有穿上裤子，雀儿一姐坐起身，揉着眼睛，说："几点了？"

"快中午了！"

"我以为天黑了呢！"她掀开被子，两只脚伸到床下，"你别瞎转悠了，睡一会。"

"你睡吧！我去找杜院。"

"快点吧！"她下了床，"我现在去找班主任请假，跟你去东北招生，请不请假是我的事情，批不批假是她的事情，反正下学期也不在那里了，你说我要请多长时间？"

这个我还真没想过，"问一下杜院，让杜院帮你请，你说不清楚的。"

"那好吧！"她走向卫生间，侧回头，"我还是去一下，可以侦察到一点情况，学校不管开什么会，马上就会有反应的，我就不必从你这里知道学校是不是同意办这个专业了！你好好补一觉，就别穿裤子了！"

她朝我笑笑，进了卫生间，传来插门的声音。

奇怪的是，我这次没觉得尴尬，把裤子又扔到衣箱里，躺在床上。这就对了，我闻到了薰衣草的芬芳，还有她留下的温暖。

槿熙为什么要走？我迷迷糊糊想着，侧过身，已经不能控制住睡意，迅速进入了梦乡。

打雷了，我被阵阵雷声惊醒，无力睁开眼睛，翻了一个身。雷声更烈，不，不对，不是雷声，是敲门的声音，我又用了三秒钟才判断出不是雷声，门被敲得山响。

我有些恼怒，掀开被子，光着脚咚咚咚地走向门口，使劲拉开门。

是佑佑。

我会以为是谁呢？不知道，我好像没有以为，大脑完全处于混沌状态，好像刚刚睡着，人在动，还瞪起眼，却未必算是醒了。

"干吗？"

"你让我进来！"

佑佑使劲推着门，哐当一声撞上，她惊慌地看着我。

"你干吗来？"

"你说呢？"她离开门，绕过我，径直往前走，走向床，一边说："小却给我打电话说她一会过来，还问我昨天晚上找你怎么那么久，意思是我跟你干什么了！"

我转过身，瞪着她。

"我的内裤呢？"她掀开被子，乱翻着，从里面拿起一只袜子，"不是我的！不对呀？也不是熙熙姐的！天哪，这是王小却的袜子，你跟她上床了？"

她惊呼着。这时候我确认我醒了，却更糊涂！

"别瞎说！"

她把带着蕾丝边的袜子扔在地上，很生气，为槿熙打抱不平。

"我说你怎么把熙熙姐支走呢，连训练都不让参加，熙熙姐不爱理我，在公共汽车上哭，原来你要跟王小却嗨啾嗨啾？"

我不知道什么叫"嗨啾"，但彻底明白这世界还真有跳进黄河洗不清的事！王小却相信我跟佑佑昨晚发生了什么，现在佑佑当场证实王小却刚才在床上，而我想好好抱抱的槿熙却在公共汽车上哭泣！

无话可说。又能说什么？

我大步走回，用了一个鱼跃的姿势蹿到床上。

"你快走！"

"我不！"佑佑喊道："我的内裤呢？天哪！不会被王小却发现拿走了，交给我男朋友去了吧？"

"在垃圾桶里！"我也喊。

"不会吧？"她蹲下身子，用手乱翻，"太过分了！"

我腾地从床上翻转过身，她哇地一下委屈地哭了。

"你凭什么把我的内裤扔到垃圾筒里！"

"快走吧！"

"就不！"她用两个手背快速地擦着两眼，"你赔我！"

我是彻底无语了。

真不明白是怎么回事儿，这一切是怎样发生的，槿熙为什么要走而佑佑偏偏要来？一定都有无懈可击的理由，雀儿一姐在操纵？

不，不会的，一切都别无选择且势在必行，该发生的一定会发生，不该发生的永远不会上演。

佑佑带着伤心和愤怒走了，她失去了内裤，而我失去了信任。

我听见外面传来的歌声。我已经开始习惯，歌声一响就是十一点四十分，全校下课，全校每个角落都会回荡起望族大学的校歌，三万多学生在想必已经彻底听麻木了的歌声中走进一食堂、二食堂或美食街。这是一个可以同时容纳三万多人就餐的大学，政府没花一分钱，十个亿的投资都是一个叫高阳的人拿出来的，晚上我要见他。

我把地上雀儿一姐的一只袜子捡起来，也扔进了垃圾筒。我相信在望族大学数不清有多少间宿舍的垃圾筒里没有一个有我的丰富多彩，里面有一条简约的女孩内裤、一只带着蕾丝边颇为复杂的女孩袜子，还有方便面包装袋和一个或两个被吃空的木瓜皮。雀儿一姐嫌胸不够丰满，酷爱木瓜。雨婷也是这样，确信木瓜可以丰乳，却不让我吃韭菜，百度告诉雨婷韭菜是壮阳草，自从我们开始那事之后她坚信我太厉害了，她又不愿意大声叫床，总是羞答答地呻吟，反而更激起我兴奋。我喜欢她充满陶醉的呻吟，迷幻于她隐秘的陶醉之音，学生命科学与技术的雨婷每次高潮竟都这样呻吟："快，快！丢了！丢了！"每次之后我都紧紧拥抱住她调侃，总是问："婷，你丢什么了？"每次她都羞得无地自容，缩进我的怀里，"下辈子都不理你！"

"反正这辈子我跟你没完！"我动情地说。

每次这时我都会再次雄起，把毫无抵抗力酥软的她抱到我的身上，在湿润的汪洋中再次挺进她的女人花园，每次她都颤抖着叫着我的名字，说："翔，我要飞了！"

闻着薰衣草的残香，我怀念雨婷，脑海却闪现着槿熙。佑佑说她很伤感，为什么？我想着她清纯的笑和柔软之身走出屋子时的韵味儿，不觉得有了强烈的反应。

开门锁的声音。

我赶紧翻过身去，面壁佯睡，坚挺着英雄。有点讨厌自己的冲动，困倦不已，乏至极限，竟会这般硬挺，人的身体可真是奇妙，或者我的臆想来势凶猛。

雀儿一姐千万别过来！

那是不可能的，雀儿一姐不仅过来了，还从下面掀开了我的被子。我紧闭双眼，能感觉到她爬上床，尽量很轻，钻进被子里在找她的袜子。我感受到她的乳房蹭着我的脚，再往上，绵绵之物贴到我的腿，她的腿又碰到我的脚，往上寻找。

"别上来！"

我突然一叫把她吓了一跳。一下趴在我的身上，她的手还滑过我硬邦邦的英雄，那玩意儿居然这么有弹性，被拨弄到一边丫又立即回复到原位。

"要死呀你！"她想直起身子，却又是一滑的样子，再次趴到我的身上，热热的唇正好贴在我最敏感的右乳头上。

她换了一条短裙，很短而宽松的大口裙，使劲地掀开被子，骑在我的身上，我能感受到她下面的热度，可称为滚烫。

"你装睡？"她俯下身，两只手揪揉着我的双耳，"我的袜子呢？"

"垃圾筒里！"

"什么？你太缺德了！"

"你太缺德了，别揉我耳朵，快下来！"

"你扔的还是韩佑？她是不是又来了？"

"你别在我身上扭了！天，不怕我干了你！"

"你让韩佑逗起火来了吧？想拿我泻了？想得美！"

我坐起身子，她竟顺势往后仰去，让我只看见她的乳峰和漂亮的T型内裤，遮住女人花园的前面就是一根带子穿过，两边隆起，腿并不光溜，很涩，我忽然想起小黑子常嚷嚷他要找到这样的女人结婚，总是扬言"男光女涩"一辈子好过。

我静静地看着她。

她一动不动，像是等着任由我随便。

"起来，小却。"

"你不是想吗？"

"是，但不能。"

"你真好，真的方翔！"她坐起来，忽然搂住我的脖子，"我要是没有大春真的不会放过你！"

"王小却？"

她有些哽咽，又抱紧了我，我感受着她胸的起伏。

"大春今天来学校找我，可能要住在这里，你不介意吧？"

我不知道这算是怎么回事儿，雀儿一姐弄出哽咽，还真把泪落下来，慢慢淌到我的胸口上。我不知道该怎么办，让她从我身上下来好像会打扰了她。她进入了自己的世界，有那么一刻，让我觉得都是幻觉，这一切是不存在的，不可能的。

她表达得很清晰，却让我觉得古怪，她说没有大春就不会放过我，不放过就是爱吗？没想过我的感受吗？我会愿意吗？这可能吗？

她不需要我的回答，骑坐在我的身上，眼泪流得越发快起来。佑佑为内裤流泪，王小却不会为一只袜子伤感。我忽然发现搞不懂她，而她显然也不需要我搞懂，被爱或者去爱都是自己的事儿，与别人无关，与我无关。

我的英雄正在发生变化，走向柔软，思绪转移，甚至不再把她看成一个女孩，只是一个很享受痛苦的人陶醉在自己的世界，我变成了不存在。这个感受如此奇妙，她感受到我的下面不再顶撞她柔软的女人花园时，依然泪流满面把身子往下错了一些，手向我的内裤伸了进去，她绵绵的手握紧了正在倒下的英雄，闭上了眼睛，然后翻转下来，手一直不松开，攥得更紧，顺势还揪起被子，把我和她一起盖住，另一只手紧紧搂住我的脖子。

我承认我有一刻很享受，不想拒绝她灵动缠绵的手指和软软的舌尖轻吻过耳朵正滑向我的嘴唇。我承认我想吸住它，抱紧她，英雄抑不住地充血甚至在颤动。

"别！"她闭上眼睛说。

我没有推开她，而是翻过她的身体，跳下床。

她睁开眼睛，看着我，看得我羞愧难当，无地自容。

"你真能装！"她说。

我英雄高挺地跨出几步，从地上的衣箱里弯腰拿起我的裤子，没想到她竟如此神速也跳下了床，冲到我的身后，一把拽下了我的内裤，我还没有反应过来，她站起身从后面一只手搂住我一只手又握住了它。

"小却……"

"在会所跳舞那次，我看见你坐在沙发上硬起来了，所以才赶紧出屋子吧？因为槿熙？"

"说对了！"

"可你并不真爱她！"

"什么？"

"你说的！就在这屋亲口对我说的！想不承认吗？"

"王小却？"我带着警告的语气。

"别不承认！硬成这样子你还装，我高一就懂了，你比大春的大多了，男人真的不一样，槿熙的话我信了！"

"你说什么？"我急了。

"她和她妈妈被一个人包养了，我不能不告诉你了！"

我推开她的手，转过身。

"你再说一遍？"

"所以她才不让你送她！她妈妈住在哪里连我都不告诉！老家现在不占了，房子不拆了，一分钱都没有了，你说她妈妈到北京住哪里，干什么来了？"

我惊愣住。

"你亲口对我说不爱她，别想不承认！你只是在利用她仅仅因为她长得像江雨婷！"

我被雷击了。

"所以她也利用你！方翔，真要把赵槿熙包装成冠军吗？方翔，赵槿熙跟我说从认识你第一天起只让你拉过几次手，从来没让你碰过她，是真的吗？你们俩谁骗我？拉拉手就害得你扔了十万，还被赶出集团赶出家，跑到大学当什么班主任？醒醒吧！"

我似乎醒了，被雀儿一姐点醒，反而更糊涂。

从结果出发，王小却哪句说错了吗？

我像一头被困住的雄狮，像疯子，想发怒，要燃烧，求爆炸，皆无果。提上裤衩，我拉开抽屉乱翻着，王小却从她的包里掏出一包烟，扔给我，坐回床上，打着了Zippo。

我坐到她的身边，她把火焰伸过来，看着我颤抖地点燃了烟。

使劲地咳嗽了几下，我不会抽烟，被呛住。

她轻轻地拍着我的后背，待我不再咳了，静下来了，她的手在我背上变成了抚摸。

"我故意告诉韩佑，知道她会来，来拿她的腺裤衩。"她点着烟，"我就想让这样胸大无脑的来满足你，可忽然又不甘心，所以跑来了。在你还是老板的时候我就喜欢你，现在你什么都不是了，我发现我还真喜欢你，可是不行，大春的爸爸管着我爸，我要跟他分手我爸爸就完了！爸爸是这个世界上我最崇拜的人，不知道你懂不懂。不重要。"

　　我看了她一眼。

　　她笑了一下，说："大春最怕我爸爸，上中学时就怕，他老说有一天我爸爸会杀了他！大春的爸爸夸我聪明，喜欢我成为他们家的儿媳妇，你说怪不怪，我倒是跟他们一起瞒着我爸爸呢，女儿又能为爸爸做什么呢？"

　　我又吸了一口烟，还是呛，她把我的烟拿过去，站起身，拿着两支烟走进卫生间。

　　我的心情变得极坏，是啊，她说得没错，槿熙的妈妈到北京住哪儿呢？太神秘了，只是我没在意。槿熙一定不想让我知道什么秘密才匆匆地走了吧？

　　雀儿一姐从卫生间出来，真吓着我了，脱得一丝不挂，赤裸着走向我，上了床，拉住我的手。

　　"不管谁陪谁，躺下吧！"她说："我不会把身体给你的，尽管我想。你要娶老婆就该娶韩佑那样的，可你好像真的不太喜欢她？"

　　我抽出手，站起身。

　　"我看见她气呼呼地从楼门出去，我本是来骚扰你们的，你这回没要她，是知道我会来？想给我？"

　　"我没你那么复杂，真的小却！"我转回身，看着她闪着亮光的身体，"你真不知道槿熙她妈住哪儿吗？"

　　"你上床，抱抱我行吗？"

　　"小却，"我认真地说："你要什么？"

　　"我想想。"她把一只脚伸到床下，彻底亮出了她的女人花园，让我看她茂盛的黑森林，说："还真没想好！下周一我们走吧！"

　　"去哪里？"

　　"东北，"她说："到图钢招生啊！"

第七章

1

我一直在想着一个问题，雀儿一姐做了很多事，而且还在做，她到底想要什么？我所知道的是她想望族大学有一个汽车模特专业，这样她就可以读她钟爱的专业了，按她的话说就是"走近了梦想"。那么究竟什么才是她的"梦想"呢？我估计她自己也未必清晰。

槿熙想要什么？我从来就没想过，这倒成了一个问题。杜海总说，女人必须知道自己要什么，而男人必须知道自己做什么，这个世界就和谐了。我没太懂。

我把赤裸裸的王小却留在床上，女孩可能像男人一样也有性幻想吧！当她看着我又硬起的时候，我赶紧穿上衣服逃离。打开车门时，不能不说有了些许遗憾，如果不用后悔这个词的话，并非"高尚"的我，会怎样？

她可以躺在床上等她的大春，尽管她不太像喜儿。雀儿一姐永远不会成为白毛女，那个大春也同样不会成为大春。离开雀儿一姐，我开着车倒是怎么也控制不住生殖器，硬邦邦。

妈的！我开始讨厌自己了！

雨婷想要什么呢？我好像从来没有好好想过。我也曾问过她，她总说她要我好好活着，结果是……她死了。

飘起了雨，我忽然想哭。

想找个地方大哭一场，才知道我无处可去，偌大的北京竟没有我可以放声痛哭的地方。

我开始相信，哭其实也是一种享受。看来人不能太享受了。有了空闲的时间，我竟不知道做什么，这种奢侈是不可原谅的。仔细想想，我从初三开始为考上最好的高中，一直到大学、到离开花舍香榭，我好像从来没有过什么"空闲"的时间。我开始痛恨雀儿一姐脱得光溜溜拿我调情逗性来喜迎她的男友，我痛恨越来越朦胧的槿熙又披上一层面纱去找她同样开始神秘的妈妈。我痛恨雨婷怎么可以抛下我一个人静静躺在那高高的山上！

我不知去哪儿，要等高阳的电话。漫无目的开车进城，八达岭高速上出城的比进城的车多，尽管是飘起小雨的周末，城里人还是想到郊外去，而我要进城去，这才意识到我是不是被抛出了城市的主流圈子，望族大学能成为我的世外桃源吗？我是不是接受还是一直在寻找我的伊甸园？槿熙此刻在干什么？可想起我，哪怕只是一瞬间？

不知道。

要不要给她打个电话？我一边想着，一边掏出手机，就在我刚刚摸到手机的时候，它响了。

短信的提示音。我扫了一眼，是槿熙。

我打开短信，发现很长。

　　方老师：刘姐告诉我，你们想让我参加中华风采小姐大赛，说是望族集团赞助的活动我拿到冠军没问题，我愿意去，拿到汽车我可以把它卖了，就能还上你为我妈妈做手术的钱了，可还不上你为我买的名贵衣服的钱。妈妈说不能欠你的，我没告诉妈妈我也欠你的，不知怎么会这样，我和妈妈都欠你的，这就是命吗？我想认命，但我想明白地知道你会怎样利用我，可以吗？真拿到冠军，你们可以好好宣传汽车模特专业，宣传望族天使了，我会静静地离开望族大学，但我今生今世都会记住你给我的好，这个光环对我不重要了，我要退学。

我看傻了，不知道我"利用"了槿熙什么？她怎么会这么想？我的血开始往头顶上冲，好在我自认为情商不算低，按哈佛丹尼尔教授的分析，属于还能控制不至于分裂到肢体，低情商的人才会支配肢体并产生不想后果的冲动，可我还是抑制不住地想击打什么，狠砸了几下方向盘。

不行，要见她，当面问问是怎么回事儿？

我拨通了她的手机，过了一会儿她才接。

"在哪儿？"我问。

"生气了？"

"我问你在哪儿！"

"别跟我吼行吗？"

"对不起！"

"这也是命吗？"她的声音有些抖，"你为什么老说对不起啊？"

"我可以去找你吗？"

"我想想。"沉默了一下，她问："你为什么来啊？"

"我要抱你亲你！"

"就这些？"

"还不够？"

"你给我的太多了！"她冷静地说："真的，我只想还，不想要。"

"那好，你还吧！"我气鼓鼓地说："上哪儿去找你？"

"我把地址发给你。"

天竹社区。天，机场路！全世界最贵的房子或者最聪明的开发商都把地块盯在机场路，为白领打造家园，在西方通常是 Townhouse，作为曾经的地产品牌总监，我懂。

我不懂的是槿熙，不，槿熙妈妈到北京也租不起啊！神奇，或者神秘，我彻底迷惑了。

从八达岭高速拐向北五环，我向东驶向机场路。车很多，有点堵，像我的心。思绪又想飘逸，我阻止自己胡思乱想，打开音响，开到极大，混沌在重金属迷乱的音乐里，幸好听不清歌词，但我知道乐队的愤怒。摇滚是用自己的方式撕裂的呐喊，像是替天行道，而我开始相信人在很多时候接近目标的却是想为自己突围。

这个开始流行的词棒极了，妙极了：纠结。

戴着头盔的保安不为我扬起栏杆，用有力的手势指挥我靠边停车。我奇怪这个社区的物业公司为什么把保安打扮成德国党卫军的样子？进了访客登记室，看了一下手机上槿熙短信留下的门牌号，值班保安使用内部对讲系统得到主人的确认，我在记录本上写下自己的名字和车号。

开着车进入社区，头顶上一架飞机正在降落。我开始有些迷惑了，每天有多少飞机呼啸从头顶而过，"高档社区"只是模仿了国外的形式，却未必找到内涵，或许因为商业化土地的无奈？土地成为政府几乎意外得来的庞大的资源收入，我现在才开始明白北大课堂教授的话语，有教授咆哮打土豪分田地让农民高兴之后不久就开始公社化集体所有制，土地就变成国家的了，我们还开始拥有塞给我们的思想，而且要充满感激。

拐过一个花园，进入槿熙地址的时候，我还没有停稳车，看见一个人站在楼梯设在外面的二层台阶上，看着我。

唐启光！

我承认我大吃一惊，并对"大吃一惊"这个词有了切腹的理解。

唐启光怎么会出现在这里？我怎么也想不明白，抬起头，久久地仰视着他。

他的脸上没有了昔日的光泽，却多了些新的辉煌，至少从地理位置上他这样让我认为。我站在延伸到甬道上的环形楼梯口，唐启光低头俯视了我良久，挥挥手，"上来，请！"

我走上了弧型台阶，目光一直没有离开他，他换了一副不带边框的精致眼镜，穿着同样精致的休闲裤和名贵T恤，越走近越发现他比过去更显得年轻了太多。

"唐市长？"

"你丫才是唐市长呢！"他犹豫了一下，还是先伸出手来，"托你丫的福，我是大唐投资集团的董事长了，你丫怎么混成班主任了，还要当我的女婿？"

我差点从台阶上栽下去。

槿熙出现在门口，一身的柔软和一脸的腼腆。

我忽然有些无地自容，淌出汗来。唐启光的手还像过去那么有力，只是这一次想把我捏碎。我回避了他的目光，看着表情不太自然的槿熙，她的妈妈出现了，和善微笑着，"是方总方老师吧？快进来吧，真是不巧，我们要出门，槿熙还愣什么？快请方老师进屋！"

"不用急，"唐启光上下打量着我，说："跟你小子有缘，能不能成为一家人就看天意了！我和槿熙她妈要去趟上海，好多话槿熙会跟你说，别这么傻乎乎地看着我！"

槿熙妈妈走过来，说："一直想当面感谢你，槿熙说你很忙才总不得见，又不巧要赶飞机，下礼拜我在家请你。槿熙这孩子爱闹小性子，就托付给你了，让她好好地完成学业，让你操心，谢谢了！"

我无言以对，不知说什么，目送唐启光和槿熙妈妈走下楼梯。

"方老师？"

我转回身，看着她，"槿熙，怎么回事儿？"

"我还想问你呢，佑佑没去找你？你不知道人家有男朋友吧？"她看似平静地说："你把地方让给小却，让她跟男朋友在你的宿舍约会，没地方去了才想起我来？"

"我们不吵架，槿熙。"

"要能吵倒好了呢！"她看着我，慢慢转过身去，说："进来吧方老师。"

带着好多想说的话进了门，步步紧跟她的身后，好想从后面一把搂住她。没有，不能够，我开始弄不明白现在都是什么情况了。

我停在客厅，深深地吸了一口气，房间里充满了薰衣草的味道。故乡的味道，属于她和妈妈的味道。熟识的香郁，此刻却带给我难言的伤感。她走向沙发，不是听不到我踩在地毯上的脚步声，而是感觉到了我的驻步，转回身。

"进来啊？"

我叹口气，这样的话语，她软软的声音，让我听起来跑偏。我用一秒钟考问自己，我真的想进吗？进入她的身体，寻访她丰盈的女人花园？好像没有。真正爱上一个人在性上是含混不清的，绝对不会像江城白小曼那样让人抑制不住冲动，否则也不会在病床上被护工的她给维护了。

热了一下，感觉到脸的滚烫。也不对，屋里很热，好像开着暖风。

"有拖鞋吗？"

她微微一笑，用眼睛示意了一下。"可以不换的，方老师。"

"方翔要换。"我故意冷冷地说，不喜欢她一口一个方老师。

"那好吧，方老师。"

她执意坚持，坚持被明确的距离。

我坐在超大型的奶油色皮沙发上，像航空头等舱座椅的芝华士小牛皮沙发。唐启光只坐头等舱，把航空座椅似的沙发也买到家里来了，他什么时候不当副市长改做大唐投资董事长了？

太多的好奇。

"唐叔叔怎么开空调了啊？"她不无奇怪地四下看着，"方老师你冷吗？不，方老师热吗？"

我看着她，不说话。她叫他"唐叔叔"，像叫我"方老师"一样把逻辑重音故意放得很重，想昭示什么。

她避开了我的目光，摇摇头，走进了一个向阳的房间，更浓的香郁扑出来，她关上了门。

这是四室两厅的公寓，我看见了敞开式厨房，在这种西式设计中摆着中式餐桌，显然不是故意的不伦不类，像是要突显某种霸气。大圆桌上摆着盘子，应该是盘子，我只看见四个花舍香榭会所那样的纯银罩。备餐台上整整齐齐地排列着同样的银罩，会让人误认为进了很讲究的名厨的家呢。

她没有出来，我打量着客厅，判断出这并不是新装修的房子。就是说，这该是唐启光一年、两年，但最多不超过三年在北京的秘密住所，天竹二期是三年前开盘销售的。

除去敞开式厨房，足够大的客厅更像五星级酒店总统套房的局部。唐启光一定有理由念念不忘他曾经必须表演出低调却是奢华的日子，现在成了投资公司的老板可以坦然了，所以墙上才挂着一张现在的自己的巨幅照片，PS成了油画效果，还是不像总统或国王，但也不像屠夫，隐隐还是能看出有些油头粉面，有些二十世纪上海滩银行家的气度。

在他这难以给自己定位到底要图解什么的油画式照片傍，一组大小不同的照片构成了同样大面积更有冲击力的视觉印象。我站起来，看出了是槿熙，我要再走近一些。

不，是槿熙的妈妈，二十岁出头的女孩，因纯朴而甜美到让人心疼不已，那单纯的微笑和清纯无邪似能望见心底的眼神，让人想捧在手心，一朵大自然赏赐的娇花，捧在手心要控制住呼吸，轻婉的呼吸也能把她吹碎。

槿熙的甜美足以让人感动，却不及她妈妈的芳龄岁月。

唐启光和槿熙的妈妈，会有一段怎样的故事呢？

我隐隐有一种不安，抑或是冲动，推开了槿熙进去的门。

花房。一个大花房，连接到加了玻璃墙的阳台，满视野的薰衣草。

槿熙抬起头，含着淡淡的笑。

"想好了？"她问。

"你干吗呢？"我说。

"你能编得圆满，听起来很顺畅吗？"

"我以为你为我准备什么呢，就把我晾在客厅不理了？"

"我在弄花。"她站起身，"这是我妈妈唯一拥有的。"

明白了，明白她想说什么，她和妈妈内心里并不想认可这个家。

"为什么？"我问。

"这正是我要问你的。"她说。

搭不上，我和她像来自两个世界的飞船在太空对接不上。

"槿熙，我们俩好好说说行吗？"

"太好了，我一直等着。"

"等什么？"

"我是赵槿熙，不是江雨婷。"她注视着我，眼里突然涌出泪水，"是你爱错了还是我活错了？"

我冲上前，一把将她紧紧搂在怀里，身和心一起颤抖。

"你踩我脚了！疼！"

"能浪漫点儿吗槿熙？"

"跟你认识的第一天，就注定了无法浪漫。"

无语。

我拉着她的手，回到客厅，她不挣脱，也不给我反应。

我坐下，故意坐在单人沙发上，顺手一揽，让她无可选择地坐在我的腿上，两只手紧紧抱住她，让她动弹不得，把脸贴到她的胸上，感受着她有些慌乱的起伏。

"别……"

我一只手试图从她的衣服里伸进去抚摸她的后背，差不多触摸到她光滑如玉的肌肤了，她还是挣脱开跳起来。

我蹿起来，一把抓住想逃离的她，顺势把她放倒在大沙发上，扑在她的身上，看着她忽闪着睫毛，一只手从下面搂着她的腰，一只手轻轻滑过她的眼睛，把嘴慢慢探向她的唇，轻点了一下，她不张嘴，双唇紧闭。我又点了一下，然后轻轻贴住她的唇，她有反应了，双唇微微张开，正准备接受我的舌尖，电话铃声突然爆响。

她用双手搬开我的头，一侧身从沙发上滑下来，拿起茶几上的电话。

"喂？"

唐启光打来的，告诉槿熙飞机正点起飞，她妈妈很好，就是不太喜欢被安全带捆在座椅上。我听见了他爽朗的笑声,然后知道了这个电话的原因,"方翔不吃醋,做鱼的时候别放醋!"

我彻底迷惑了,不明白唐启光是什么意思?有何原因对我好?

她放下电话,不知道该怎么坐回沙发上,不愿意还是找不到更自然的理由?

我轻轻地叹了口气,跟着她走向餐厨区。

"唐叔叔说他倒霉一次就发展一次,所以感谢你,当不成市长主动辞职才有了大唐投资,专门为山西的煤老板投资进行运作,包括北京的政府关系。"

"掮客。"我明白了,淡淡地说。

"管它叫什么。"她打开电磁炉,不知道沙锅里是什么。"妈妈也说在大学有方老师这样的人喜欢我照顾我,是前世修来的福气。"

"别这么说!"我看着她的侧面,轮廓是那样的美,"要说也是我前世修来的福,尽管我不相信前世今生的轮回。"

"那就试着相信吧!"她把火量调到最低,转脸看着我,说:"妈妈调好的老鸭煲,不算是我做的。"

"槿熙,"我抚摸了一下她的头发,"让我好好地爱你,行吗?"

"男人真的不可信吗?一个都找不到?"

"这要看从哪个维度上说。"

"别拽了,这不是课堂,再说你会讲课吗?"

"不知道。"

"我知道韩佑喜欢你,可你不太像来者不拒的人。王小却其实也喜欢你,只是看你能不能东山再起,恢复花舍香榭的股份和身份接班。唐叔叔说你没问题的,他合计着要把望族汽车在香港借壳上市,可他不认识高董事长,知道董事长今天要见你。干吗这么看着我?"

我这才彻底明白了,原来唐启光在利用我,不惜躲开让我跟槿熙有这样一个时光,还准备了丰盛的晚餐,丫会不会在哪道菜或汤里还下了催情药,让我和槿熙抑制不住来一场云雨?

我以小人之心四下看着,看看有没有监控头藏在什么地方?

"生气了?"她多少有些异样,"小却打电话告诉我说董事长要见你,唐叔叔很高兴,让我请你来,你正好就给我打电话了。"

"走!"我涨红了脸,大声吼着。

我带着槿熙离开，把车开得飞快，不确定要去哪儿，她也不问，看不出高兴还是不高兴，喜欢还是不喜欢。

"说说你妈妈和唐启光是怎么回事儿？"我问。

"我怎么知道啊！"她看着我，"能告诉我雨婷姐姐的事情吗？"

"你先说。"

"这还带交换的啊？"她扭过脸，坐直了身子，"听妈妈说了一些，不知道该不该讲给你听。"

"说吧，槿熙。"我转过脸，看着她。

"唐叔叔是到我们村来插队的知青，那时候才十七岁，妈妈说是知青里年龄最小的，长得也最白，拿着一把小铜号，吹得可好听了。妈妈说他的小号把村里的姑娘吹得各个心动，人们总能看见收工以后，一个英俊的小伙儿站在村西口的江边，对着夕阳，吹着凄婉的号声。"

唐启光会吹小号，既看不出来，也没想到。

"他还会念诗，妈妈说果真就是个能把知识展示出来的知识青年，还愿意干活，这就更不容易了，总是把我外婆家的院子扫得干净。他们好些人住在我家，妈妈那时十五岁，妈妈没有兄弟姐妹，从省城里一下来了这么多大哥哥大姐姐，妈妈说日子过得可鲜活呢！"

这能明白，从城里来的十七岁会吹号又爱念诗的男孩吸引十五岁的村中少女太容易了。

"一晃四年过去了，国家恢复了高考，他离开前把妈妈带到村西头，站在江边吹号，妈妈静静地听。妈妈忘不了他吹完号给妈妈念诗，红豆生南国，春来发几枝？愿君多采撷，此物最相思。妈妈不一定明白这首含蓄隽永的诗，但我能想象出十九岁的妈妈用青春可以解读的，而且记住了他的话，他要是考上大学，毕业的时候一定接妈妈到省城。"

槿熙的妈妈开始等，傻女孩总是对男人充满期盼，不知道男人是最善变的。

"唐叔叔考上了省师范学院，妈妈每星期都能接到唐叔叔的信，还在信中给妈妈讲唐诗，也讲宋词，还说元曲。妈妈这才知道唐叔叔在江边的诗是一个叫王维的人写的，妈妈一直以为是唐叔叔自己写的诗呢。"

我忽然明白一件事，唐启光从读师范就开始熏陶槿熙的妈妈，所以才会给女儿起了"槿熙"这样的名字?

"你的名字是你妈妈起的?"我小心打断她。

"你怎么知道?"她不无惊讶。

"那么,来北京读大学选择中文专业,也是你妈妈决定的?"

"不全是,妈妈从不要求我什么。"她停了一下,"我上中学的时候,莫名地就喜欢韩元吉的词,特别是那首咏《桃花》的六州歌头。"

"东风着意,先上小桃枝。红粉腻,娇如醉,倚朱扉。"我默默地诵出,"记年时,隐映新妆面,临水岸,春将半,云日暖,斜桥转,夹城西。草软莎平,跋马垂杨渡,玉勒争嘶。认蛾眉凝笑,脸薄拂燕脂,绣户曾窥,恨依依。"

"共携手处,香如雾,红随步,怨春迟。消瘦损,凭谁问?只花知,泪空垂。"她凝视着窗外,轻语接上,"旧日堂前燕,和烟雨,又双飞。人自老,春长好,梦佳期。前度刘郎,几许风流地,花也应悲。但茫茫暮霭,目断武陵溪,往事难追。"

沉默。我和她好长时间没有说话,也没有对视,但我知道,两颗心已经跳成一个韵律。少说一句不成,多言一字废话,就是有一天我真写起小说来,到此也尽可打住。知即知,不知即不知,流水匆匆而过,感念曾经淌,去处又何妨?

"我们去欢乐谷吧!"我突然说。

"太神奇了!"她高兴地扭了一下身子,"我正想呢!"

有一句话没想说出口,就是答应过雨婷多少回到欢乐谷,居然就没有来!带着槿熙走进只听说却从未走进的地方,看她高兴的样子,我不禁好一阵心酸。

槿熙看出来了什么,止住了笑,又端出很成熟的样子,只是不停地偷偷打量我。

"你……"她停了一下,"其实你不想来吧?"

"没有。"

"那就好,证明你不算老。"

"你才老呢!"我紧摇头,不知摇出了泪花,一阵尴尬,紧揉着眼睛。"怎么会眯眼了呢!"

她站住,第一次主动而且毫不迟疑地抓住我的手。

"就算小却说得对,你心里放不下,把我当成江雨婷,我也愿意做姐姐的替身,不管王小却说我有多贱。"

我怔怔地看着她，对雀儿一姐产生了不满，她看出来了。

"小却挺不容易的，"槿熙动情地说："她爸爸在官场上总是起起伏伏，倒让女儿吃亏，受了不少委屈。"

"吃的是哪种亏？"我有些羞恼，"受的又是何种委屈？"

"还是不讲了吧！"

"我要听！"我使劲抓住了她的手。

"别，你干什么呀？"她撅起嘴小声地说："你弄疼我了。"

"等等！"我似乎在明白什么，"你知道我不会放过你，要往死里爱你，可你怕王小却说你，所以才想到要退学？"

"我们去坐过山车吧，方翔？"

她没有回答我，伸出手，让我抓住。我抓住了她的手，绵绵的手，给了我回应，使我兴奋不已。

我们坐在过山车上，手一直紧紧拉在一起，进入刺激的爬坡。

"别离开我！"我喊着。

"你别撒手！"她回应道。

"不会的！"我大声叫唤："永远！"

我不知道欢乐谷会这样刺激，身体和精神的高度紧张，让自己完全放空，像是被重新组装了一遍，这感觉如此奇妙。我们玩了很多项目，出透了汗，她的头发老是贴在脸上，脸色更红扑扑的可爱。

从海盗船上下来，我才发现好几个未接电话，她也有。我们各自看着自己的手机，然后不约而同地抬起头，更神奇的是同时扬起右手击掌，异口同声地说："不回！"

我们又手拉手地钻进了鬼屋。

她走在我前面，我从身后紧贴着她。

"槿熙，你的是谁打来的？"

"两个，先听哪一个？"

"先说最不重要的。"

"唐叔叔。"

"噢。他要干吗？"

"肯定帮山西的煤老板定上悍马了，他就为这个去上海车展的，煤老板要买好几辆。"

"第二个呢？"

"王小却。"

"嗨，王小却会比唐启光重要？不会吧？"

"她一定是问我……不，不告诉你！"

"说！要不待会儿我揪你的头发，在这鬼屋吓死你！"

"这还不明白？"

"明白什么？"

"大春来找她啊！地方还是你提供的！"

"靠！她问你什么？"

"她的时间全被你给占了，为了汽模专业，他忙不过来所以让我帮她买那个，就是避孕药放抽屉里了，天黑还早着呢，要是找不到还会问我，这种事情她是不会发短信的，怕留下证据，我太了解她了。"

"是啊，王小却总说你不害死别人，别人就会害死你，哪儿来的歪论！"

"她爸爸。"

"她爸爸？"

"这话说起来可就长了！说说你的，谁打的？先说重要的。"

"高阳。"

"董事长？天，那你得赶紧回呀！"

"现在，此时此刻，全天下没有比你更重要的人了！"

"第二个呢？"

"招办主任。"

"妈呀！"

一个骷髅横空而下，吊在面前晃荡，她转身扑向我的怀里。

忽然有一种奇怪的感觉，这情景好像出现过，曾真实地发生过一样，只是想象不出也无法推断接下来发生了什么？

从鬼屋出来，我赶紧给高阳回了手机，他约我到亚运村的八先生涮肉房吃饭，而且很文雅地用了"共进晚餐"这个词。

我又打给招办主任，受不了他的木讷，更糟糕的是他把木讷视为矜持，真让人受不了。

他审慎地告诉我，周一上午派人去他办公室拿招生相关材料，杜院和我都不要露面，因为曹校长没说校办主任也没安排可以把办学许可证一类重要文件给我们，可如果没有这些东西到当地教委备案获得批准，公安局可以按诈骗犯把我们抓起来，他实在没时间去救人。招办主任的语气把招生说得像在谋划一场战争，听起来很有些恐怖感，我没笑，表达了真诚的谢意。

"招生工作很复杂，"他语气缓慢又严肃地说："方老师你们千万不可大意。"

"真的谢谢你！"我爽朗又快速地说："放心吧，我们都会活着回来！"

我挂断了手机。

"你刚才说什么呢？"槿熙坐进车里，一边系着安全带一边嘟囔着说："听着怎么那么可怕！"

"那哥们儿语气低沉又阴森森的，让人不舒服！"我笑笑，发动了车，"我带你一起去见董事长，吃涮羊肉！"

"你能不能吃点别的？怎么就知道涮羊肉啊！"

"高阳什么没吃过？北京特色也就涮羊肉算道菜了！"

"要说董事长可真不像个福布斯排行榜上的人。"

"所以才上福布斯，"我又笑笑，"太像的人都在秦城监狱呢！"

"你什么意思啊？"

"小屁孩儿，跟着我！"我将顺了一下她胸前的安全带，"我得用一辈子的时间让你明白我的意思！"

"那好吧！"她显得很无奈，"一辈子是多久啊？"

有一种景象叫华灯初上，有一种心情叫心花怒放。我在华灯初上的路上心花怒放。本不该这么早亮起路灯的，只因天空笼罩着厚厚的云，北京的四月不够稳定，大地复苏，人们在迎接短暂的春天，可大自然似乎还没有完全准备好，不到六点，天已经完全黑了下来。

春夏之间总是若即若离，而我真切听到槿熙说那好吧，还问我一辈子有多久？

我不知道。对雨婷来说，一辈子只有二十二年。槿熙十九岁，一切才刚刚开始。祈求公平是无奈的，也有人认为是可笑的，雨婷平静地接受了它，尽管那时一直紧紧拉着我的手，含蓄表达出对生的眷恋。我一想起雨婷这样总是泪流满面。

　　我的眼睛又湿润了。要好好对槿熙，用不管有多久的生命爱她，爱她每一天。懂得爱又珍惜爱的方法，就是把每一天都当做生命的最后一天来对待。

　　"你怎么了？"她没有看我。

　　"高兴。"我低沉地说："爱。"

　　"爱该是欢喜的。"她偶露缠绵地说："像是去欢乐谷，有谁会流着泪前往吗？"

　　"有。"我肯定地说："我。"

　　"是因为雨婷姐姐吧？"

　　我怔了一下，问："告诉我，你的情商是多少？"

　　"不稳定，分对谁。"

　　"有道理。"我假装认可，"可以说说另一个人吗？他知道会怎么样？"

　　"谁啊？"

　　"大眼灯。"我想看而没勇气看她，怕失望。

　　"怎么会想起提他呢？"

　　我这才看了她一眼，"不想说？那就不说。"

　　"小却告诉你的？"她轻轻叹口气，"太匪夷所思了，她是怎么想的？"

　　"我不在乎。"我故作淡定，"真的。"

　　"跟你有什么关系啊？"

　　我以为她要拍打我一下，结果她第一次把头轻轻靠在我的肩上。

　　"跟我说说雨婷姐姐吧，她到底有多可爱，吸引过多少人？"

　　我没吭声。

　　"你真的练过跆拳道吗？"

　　"什么？"我有些迷惑，"你怎么会提起这个？"

　　"随便问问。"她伸出手，轻轻搭在我握着方向盘的手上。"不想让你受伤，我一定好好地爱你，相信吗？"

　　我心里酸了一下，轻轻吻了她的头发。

　　"槿熙，是让我好好爱你。"

　　沉默。

　　"大眼灯和大春有点意思，两个人说好了公平地追王小却，却姐真厉害，总能把他俩摆平。"

"什么？"我惊愕地问。

"你不会认为大眼灯跟我有关系吧？"

"我……"我有话，可没说。

不知道这算怎么回事，但我愿意相信槿熙。

高阳见到槿熙愣了一下，我该告诉董事长我带槿熙一起来，他没有准备，但展示出了超强的记忆力，说："以后站车，手扶车门千万要小心，防备客户上去看车关车门时夹了手。"

"知道了，"槿熙有些感动，"谢谢董事长。"

"我就被夹过，"董事长继续着话题，"会往两个人的心里疼呢！"

说完，他飞速地扫了我一眼。我开始知道杜海为什么与高阳惺惺相惜了，董事长不仅敏锐，而且有着独特的表达方式，只要他愿意，就一定让人喜欢。可媒体上常常发布出的是他刺激整个汽车界的话语。槿熙可能觉得董事长的话很好玩儿，接着问："莫非董事长也站在汽车前做过模特？"

"错了，同学，"他笑了，说："太多人把望族汽车当成了我的模特！"

睿智，抑或犀利。

我深深地叹了口气，很庄重地看着他。

杜海说得对，高阳不是羔羊。

晚餐在愉快的氛围中进行，看不出他找我有什么事儿，不提学校，甚至不谈望族汽车上长城，很关心大学的语文和政治课是怎么上的？我从媒体上知道，几乎所有媒体在报道高阳或望族汽车时都要提到他没有上过大学，而且每一次似乎都不想放过十几年前他还是一个开过照相馆的农村小伙儿。

"知识不能改变命运，如果不是研究型大学，能力才能改变所有！所以你们要研究的不仅仅是用什么样的教材，更要研究怎么上课，为社会和企业培养什么样的人。"他郑重地说："汽车模特专业的核心课程该是如何做人，然后才能学营销。"

"太好了！"槿熙兴奋地说："我还想呢，汽车模特学什么呀要学四年？原来要学营销啊？哇，四年以后，卖望族汽车的是望族大学毕业的一大批美女，太棒了，这就是杜院长说的美丽经济吧？"

槿熙真的很高兴，也许就是高阳这几句话让她不退学了，宁可留一级转到汽车

206

模特专业来？

她兴冲冲地离开，取了一张纸巾，不用说，要去卫生间。

高阳从西服里面取出一张复印纸，没松手，递给我看。

是花舍香榭三期销售预付款订单。

"怎么？"我抬头问。

"帮我查一下这个人是谁？"他说。

我又看了一下订单上的名字，"是个女的？"

"这是曹校长在北京买的第三套房了，用了别人的名字。"他说："我想知道一个人把精力都放在龌龊的事情上，怎么能够放到阳光事业上来呢？"

我莫名地脸热了一下。我呢？董事长不是也说我吧？他看出来我和槿熙的关系，才说出她一旦被夹了手会有两个人往心里疼的话，我够阳光吗？

"杜老师说要让这丫头参加中华风采小姐大赛，我不认为是非做的事情，可杜老师坚持，你让他去找公关公司吧，赞助是望族汽车在上海的公司在做。"

"好的。"我说。

"记住，"他看着我，郑重地说："人对了，这个世界就都对了。"

这是我第二次听他这么说。

高阳让我把他送到机场，没有让驻京办事处的车送，这我没想到，他肯定也没想到这正是我要去的方向。

"董事长？"我看出他坐在自己造的汽车里很是愉悦，说："您总是一个人出门？不让秘书跟着？我觉得您该有一个保镖才是！"

他笑了，"做什么？"

"安全啊！别忘了您可是福布斯排行榜上的亿万富翁！"

"你爸爸有吗？"

"没有。"我说。

"这就对了，"他说："你爸爸最开始是想为有些钱了的老百姓盖好房子。"

"可花舍香榭有规模很大的保卫部。"

"就是啊，你爸爸现在誓为新贵盖大房，所以需要一个大保卫部。"他毫不掩饰地说："曹校长就是我从集团保安队发现的，是个人才，我把他派到北京筹建望族大学，这一干就是七八年。人总是要变的，我不在意他要当土皇上，为集团培养出有用的人就好，可他往偏处跑了，想弄出自己的思想，还用学校的钱印自己的书卖给几万学生，这不好，大错特错！我跟他讲了要创新望族大学的教育模式叫'321'工程，大学是培养好人的，而好人是高尚的！他不认同，跟我吵，说望族大学有三万多学生不可能培养出三万多个高尚的人。我就跟他讲，要允许和支持杜老师创建汽车模特专业，试试嘛，退一万步讲，如果望族大学不能把每一个学生都培养成高尚的人，底线就是可以培养成一个走向社会的合格公民吧？"

我隐隐约约开始懂了，正在懂高阳为什么办大学而且想办成什么样的大学，杜海为什么辞职、义无反顾地冲进来，甚至明白曹大蛤蟆为什么同意了文化研究院的请示。曹大蛤蟆是不得已。他感觉到了再不按董事长的要求创出望族大学的"321"育人模式就真的坐不稳了，可能还因为高阳知道了他弄了那么多不该拿的钱，在北京买了三处豪宅，才不得不推行"321"工程，才在形式上不得不同意创建汽车模特专业，实属迫不得已吧！

这是一个重要发现，我得告诉杜海。

我和槿熙注视着望族集团的董事长一个人默默地走进候机大厅，他哪是福布斯上的什么中国亿万富翁，改变中国汽车走向和几年后影响世界汽车格局的人，高阳更像抑或就是邻家的大哥哥。

"槿熙，你一定拿到冠军！"我愤愤地说："我一定从图钢招来学生！那地方离俄罗斯近，高个大美女多！"

"可我没有才艺啊，展示什么呀？"她摇摇头，说："别让我去了，王小却才想拿个真正的大冠军呢，我跟她换换，她去当最有脸面的中国小姐，我跟你去招生！"

2

当莎士比亚让哈姆雷特拿着剑在舞台上走来走去说出弥漫世界的"生，还是死？这是一个问题"时，我的问题是让槿熙如何在最短的时间里拥有"才艺"并在电视直播中向观众令人信服地"展示"出来？这才是真实生活中与其说是槿熙倒不如说是我的大问题！

我好想让她跟雀儿一姐换位，带槿熙去招生，让王小却去拿桂冠。可杜海安排得很周密，雀儿一姐长得属于艳丽型，尽管在需要时她也能笑出一番模样，可说到底还是偏冷，远远没有槿熙的甜美，更没有一丁点槿熙的清纯感，无论如何槿熙更适合"中华风采"，雀儿一姐更符合由西方人主办的选美赛事，况且槿熙缺少雀儿一姐的组织力，面对想考入大学的高中生，王小却显得更成熟。

她有些沉默寡语，当车开进天竹社区时，开口说："你不上来吗？"

"当然！"

她的问犹豫不定，而我的回答也含混不清，因为我并没想好上还是不上？用电话告诉杜海，董事长对曹大蛤蟆的警觉说不清楚，况且我不明白高阳给我展示那张收据的真实意图，想说明什么？有一点再明确不过了，曹大蛤蟆感觉到了只有他自己才能敏锐洞察到的压力，所以才放了杜海一马，同意"321"模式的汽车模特专业试试。姿态性的，他不想跟真正的老板在这个细微处结怨，具有象征性地启动高阳主张的育人模式，他多么不愿意他精心建立起游离在望族集团之外的王国被渗透，曹大蛤蟆有坚定做土皇帝的决心。

"当然是什么意思？"

她不高兴了，接受或开始进入恋情的女孩变化既微妙又明显，就是可以表现出生气了，如果不是撒娇的话。

"就是这个意思啊！"

"你上还是不上？"她真的生气了。

"上！"我笑笑说。

"想得美！"她喘着气说："我不让你上了！"

"你干吗不让我上？"

"我为什么让你上？"

"你说呢？"我又笑笑，看着她，说："别生气，我知道你心里想让我上的。"

"谁说的？"她坚持着生气，"现在不想让你上了！"

"那什么时候让我上？"

"等你不走神的时候！"她越发鼓励着自己生气，"要不然你人上来心也不在我身上！"

"那我心在谁身上？"

"佑佑啊？在你眼里傻乎乎的那个性蛋蛋！"她说："要不就想着王小却，这俩都跟着你去东北，我算什么啊？所以你别上了，上来也是糊弄我！"

"我干吗糊弄你呀？"我说："我还非上不可了，得让你看看！"

"不让你上！"

"我就上！"

"你非上来干什么？"

"你说呢？"

我俩忽然都怔住，彼此开始迅速回放这上与不上的话语，她的脸刷地一下红透了，也映红了我的脸。

"咱俩这说什么呢？"我摇摇头。

"都怨你！"

"好，好，怨我！"

对爱的人必须要宽容，跟恋人讲道理脑子可真就是进水了。

"我洗个澡。"一进屋我边换鞋边说。

"你洗澡干什么？"她边放钥匙边说。

"废话，我洗澡前都要睡觉的！"

她瞪着我，说："怎么语无伦次的？"

"被你气的！"我想喊，却压低了声音，"我睡觉前都要洗澡的！"

"谁让你睡觉了？"她大声问。

"那我上来干吗？"我好像气急败坏地说。

"你上来就是想睡觉？"她的胸鼓了起来，在我面前因运气而膨胀，"看着我啊！"

我无语了。低下头，重新穿上鞋。

"你干什么？"她失控地拉住我的衣袖，"不许走！"

我抬起头。

"就让我面对面坐着看着你不行吗？"

一阵委屈，她的眼泪夺眶而出。

我更是无言以对，心就那么又热又酸了一下。

"槿熙？"

我轻轻地拥抱住了她，她顺从地伏在我肩头，默默地流着眼泪。

从在车上关于上不上话语的意外搭错，到我表述洗澡睡觉的无端跑偏，两个人坐在沙发上陷入了尴尬，至少我从那语境中跳不出来，竟不知道说什么了。

还好，窗外响起了雨声，沙沙的雨声。

"下雨了？"我找到了话题。

"是啊，下雨了。"她默默地说。

"这是四月里的第几场雨了？"

"不知道。"她说："谁没事记着它啊？"

"可头些天还下雪呢！"我看着窗外，看不见什么，只见落地玻璃窗上雨水轻流，"我从江城回来那天，北京下雪。"

"那天江城下雨了。"她坐在旁边，把头靠向柔软舒适的沙发上，"我就相信你了，坐在麦当劳靠窗户的位置上，傻乎乎地等你，还想着你会不会买一把伞，别让雨淋着。"

我坐正了身子，认真地盯着她。

"怎么了？你不相信？"她坐直了身，"不想让你受伤，听唐叔叔说你被警察误伤了，以为你是拐卖儿童的呢！"

"唐启光也在？"我低声问。

"我要见你，不仅仅是因为答应你了，我真的想见你，不肯回到医院，快九点唐叔叔来了，很无奈，一直陪我到十点，你关机了。"

"他没抓到我，让你唐叔叔很失望吧？"

"唐叔叔不想见你，是我妈妈要见。"她眼里又闪动着泪花，"唐叔叔想跟妈妈结婚的，可他必须娶一个他并不爱的人，这样才不会总在农村当教师，他真的调到政府去了。"

我不关心唐启光，问："可据我所知，你并没有在那儿等我啊？"

"谁说的？"她想激动，又压抑或掩饰了起来。"唐叔叔告诉你的？"

我没说话，看着她。

"唐叔叔骗你，是想保护一点我的自尊吧！"她有些难过，"我妈妈就特别自尊，唐叔叔和我妈妈发生了什么事情没人知道，他老说而且发誓不让妈妈和我因为自尊而受伤。"

"槿熙？"我小心地问："你不会是唐启光的私生女吧？"

她没生气，说："你这桥段也太老了！"

"我说也是。"我苦笑了一下，想起雀儿一姐告诉我的和槿熙所说可真是南辕北辙，信谁的没那么重要，只要心里有一缕阳光，就该把过去的全都放下。重要的也许是拥有，也许不是，珍惜经历才是智慧吧，所以我差点又想提大眼灯，欲言又止，说："我好难受，你能让我洗个澡吗？"

她似无奈地看着我，站起身。

"你来吧！"

对于公寓来说浴室够大了，里面有一个简易型热蒸房，外面还放着一个日式泡澡的木桶，旁边是用玻璃隔出的淋浴间。我脱掉衣服，正准备褪下内裤时，槿熙在敲门。

"出来，别洗！"

现在是我无奈了，走到门口，向外喊道："你干吗呀？"

"快出来！"

我拉开门，看着她。

槿熙好像在用足够的气力托住眼球不往下滑，尽管我还穿着内裤呢，她的表情好像我是赤裸的。

"到那间去洗吧，唐叔叔有洁癖，他是处女座的，不喜欢别人碰他的东西。"她拿着一条大浴巾，故意抬着头不往别处看，展开来围在我的腰上，还用她纤细柔软的手把浴巾在我前面折叠着围好，说："瞧你怎么倒像个小孩子，别瞪着我，来！"

她拉起我的手，走过客厅，推开另一间浴室的门。

"你进吧！"

"你让我进？"

我故意发坏，表情严肃，想把她带到沟里。

"让！"她笑笑，"你快进啊！"

"我想想要不要进。"

"别想了，快进吧！"

"我是不是该轻点儿，还是凶猛一些才好？"

她怔了一下，歪着头，看着我。

"你转过去。"

我顺从地朝向门。

她把脚抬起来，我能感觉到她的脚贴到我的屁股上，而且能够停住，没有马上踹。

"一、二、三！"

我配合她数着数，当数到三的时候，她恰到好处地用力，把我不轻不重地踹进卫生间里。

这是她妈妈的洗浴间。我闻到了浓郁的薰衣草味道，那样的芬芳。

洗完澡出来，雨下大了，还响起沉闷的雷声。

她走过来，换上了睡衣，头发完全散落开来，看了我一眼，又把我推回去。

"把头发吹干！"

"我习惯的，不用。"我说。

"那就改改习惯！"她拿起盥洗台上的吹风机，在镜子里看着我，说："这样睡觉会头疼的。"

她打开吹风机，想递给我。

"我要你吹。"我说。

"你说什么？"

"你给我吹！"我在镜子里看着她肯定地说。

"你是幻想狂吧？想得美！"她关上了吹风机，说："那间有吹风机，我要洗了！"

她顺手拉掉我围在腰上的浴巾，想推我出去。

我大叫了一声，因为我没有穿内裤，顺手洗了，挂在门后呢。

她用浴巾捂住脸，"我什么都没看见！"

一间门开着，亮着灯，我知道，这是她要让我住的房间。

我赤身裸体地走过软软的地毯，进了屋。

房间不大，放着一张双人床，床头柜上有一瓶打开的红酒，一个很精致的红酒杯。只有一面墙上贴着粉色壁纸，装修得很灵巧细致。我走向卧进墙里的衣柜，轻轻拉开门，看见了不多的衣服，有些旧，甚至还有一身褪了色的高中生校服，再看看放着电脑的小桌子上有一些化妆品，这才明白这是槿熙的卧室，看上去还没有完全准备好，怪不得我以为是不常住人的客房呢。

我有些激动了。

不知道为什么只有一个红酒杯？她会来吗？睡到她应该也只住过一晚的床上？

我躺进被子里，有什么东西，我从里面摸了出来，是一只小熊。

小毛绒熊，很旧了，被洗过太多次，两只黑黑的眼睛很可爱，一只更明亮一些，分明是换过。

我把小熊搂在怀里，闻到了槿熙的味道。

客厅的灯照进来，柔软的光。床前明的不一定都是月光，李白把多少代中国人拐进了误区，却从来没有深挖过为什么要思乡？人都是孤独的，越有文化越浪漫的人反而越孤单，幸运的人也不过到这世界上三万六千五百天，唐启光比好多人活得明白，我忽然感觉到了他拿得起也放得下的快乐。

我坐起来靠在床头上，倒了红酒，抱着小熊，等待娇人走进敞开的门。她是穿上睡衣，还是把我用过的浴巾围在胸上？槿熙会赤身裸体走进来吗？我喜欢槿熙赤身裸体地走进来吗？

不，我喜欢神秘，钟爱她的遮挡，更愿意由我轻轻像是悄悄地脱去她的衣裳，抚摸她的头发、耳朵、圆润的脖子，轻吻她的眼睛、鼻子、脸颊，再触她的唇，她是紧闭还是微微张开？她会慢慢伸出柔软的舌尖让我吸住吗？我的手会去向哪里？缓缓滑过她的肩，爱抚她丰满的乳房？

我有了强烈的反应，英雄高挺，煞是威风凛凛。

我呷了一口红酒，客厅的灯灭了，听到了轻轻关上门的声音。

她没有穿着睡衣或围着浴巾甚至光着身子走进本属于她的房间上她的床，我想多了，她就是让我得不到，她娓娓地刺激着我，她简直就是有智慧懂男人的高手！我把红酒一口干了，扔开小熊，掀起被子，无论她在哪个房间哪张床上，我要把坚挺的英雄刺进她的体内，这叫英雄访问，进入她的女人花园！

我走到门口，蓦然停住，剧烈的雷声和炽白的闪电，她裹着被子站在门口，头发遮住半张脸，把我吓得魂飞魄散！

"你要做什么？"

"我……"我抖了一下，"我要你！"

她开始抖动了，又一道闪电，又一阵雷响，她一下软软地倒在地毯上。

我把她的被子分开，果然是穿着睡衣，把她抱起来，走回屋里，放到床上。

她不说话，忽闪着眼睛看着我。

我上了床，钻进被子里。

"我……好怕。"她说。

"怕我进去还是不进去？"

"我害怕打雷。"

"谢谢上帝，"我搂住她的脖子，"让雷声来得更猛烈些吧！"

"我是来拿我的小熊的。"

"我有大熊，我给你！"

我没有按想好的温情和浪漫，拽住她的睡裤想往下脱。

她两只手紧紧抓住裤子，急了，"别！快松手！"

我坐起来，跨过她的腿跪在床上，两只手伸向她的屁股，抓住了下面使劲地往下扯。

她松开了手，捂住脸，哭起来。

我停住了。

又一声炸雷。

静。我听着她的呼吸声，平躺在她旁边，看着天花板。

过了好一阵，她的手轻轻抚摸着我的脸。

"别生气，我没准备好。"

我翻过身去。

她从后面搂住我，"你怎么像小孩子啊？得不到就耍脾气？"

"那你为什么哭？"

"因为真的想要你。"

我怔了一下，翻过身来，对着她。

"你到底是怎么回事儿啊？"

"我也不知道。"她又抬起手，摸我的脸，"你要答应不乱来，我就不去妈妈的屋了。"

"什么意思？"我小声说："你是说你妈妈自己住？没跟唐启光在一起？"

"各有各的屋子，就是这样，还有一间做了花房。"

"真是奇怪！"我叹气，"奇怪的一家人！"

她坐起身，一只手抱着小熊，准备从另一边下床。

"别走！"

"你没答应我呢。"

"我答应，"我拉住她另一只手，"我保证不碰你！"

她低头看着我，"把灯关上。"

我顺从地关上了台灯。

雨声，雷声，还有闪电并没有停。

我轻轻搂住她，想吻，她躲开了，说："不是答应不碰我吗？"

我把她搂得紧紧的，让她一点动弹不得，轻轻地吻住了她紧闭的唇。

她屏住呼吸，不再反抗，微微张开嘴，我趁机把舌头伸了进去，用硬硬的舌尖搅动她柔软的舌头，她的呼吸有了变化，身子不自主地在动。

芬芳的她，吻出了她的甜，我又控制不住地挺起，紧紧贴住的身子，她的手原本放在下面，使劲抽离着躲开，生怕碰到它。

我把手伸进她的睡衣，她的肌肤是如此光滑，我感觉她的背就是滑润的玉，而且微凉。

我试探着前移，想抚摸她的乳房，她紧紧贴住我，不让我的手移过来伸进乳罩。

"槿熙？"

我的声音有点哀求。

"不。"

她弓起腿，躲开我硬邦邦的物件，呼吸却越发急促。

我一下骑到她的身上，她已经彻底酥软了。

我慢慢地解开她睡衣的扣子，她闭着眼睛，甬道上的路灯还是映进了屋子，她美得不太真实了，苍天怎会有如此杰作诞生出这般完美的人？

我摘下她的胸罩，一只手抚摸着她挺起的乳头，把脸贴向另一座乳峰，伸出舌头，用舌尖轻点她鲜红的乳头，又轻轻吸住。

她一阵战栗。

"方翔，我飞了！"她呼吸急促地说："快停，别……"

我把手勇敢地伸进她的睡裤里面，她猛地一翻身，差点把我掀到床下。

"不……"

她又一次抽泣起来。

无奈。无语。无法理喻。

我躺好，从后面拥抱住她，两只手摸住她的两个乳房，轻吻着她的耳垂，每吻一下，她的身体就抖颤一下，还发出声音，我已经不知道是抽泣还是呻吟。

"槿熙，脱了吧，让我挨挨，保证不进去！"

"不，不行！"

"求求你了！"

"太……太丢人了！"

"怎么了？"

我突袭地把手放到她的睡裤上，在她的私密处，湿润了整个花园，浸湿了一片。

多像雨婷。

雨婷会不会把灵魂附在了槿熙的身上？

都是那样的芬芳，源自于身体的气息，迷人的体香。

"你能湿成这样？"

"别说了行不行？"她用双手捂住了脸。

"好，不说。"我又吻了她的脖子，"我想让你脱光，让我紧紧抱着你睡着，绝不会冒犯你，相信我槿熙！"

"那……那好吧！"

她顺从了，轻轻抬起屁股，让我把她的睡裤和内裤一同脱下。

她翻身面向我，两只手搂住了我的脖子。

"方翔，我会给你的，我好想好想要你！"她的眼泪缓缓流下，"我们换个地方，换个时间，我想躺在花丛里，把我的小熊蒙上眼睛，我很小的时候不抱着小熊就睡不着，我愿意以后就抱着你入睡，我就管你叫大熊吧！大熊，老天注定，注定我会给你的！"

我点点头。不知道为什么要点头。

"一定给你，"她把脸贴在我的胸上。"古代的女人那时候会喊丢了丢了，好多书都这么写女人丢魂瞬间的，我不想把魂给丢了，不做云中鬼。魂字就是这样写的，我要一辈子好好爱你，在你要我的第一次以后，你想怎么样就怎么样，我都从了你，无论我在下面还是上面，你在前面还是后面，你高潮射的时候喊还是不喊，我都湿润着给你！"

我忽然搂紧她，心一阵狂跳，天，这不是雨婷说过的话吗？

"你干吗这么说？"

"我不知道！"她又抽泣起来，"我老是做同样一个梦，在梦里就是这样说的，可我看不清是对谁说，现在知道了，是你。"

"你……"我下意识或者习惯性地把手伸向她的屁股，高挺圆润充满弹性的屁股，说："让我做回云中鬼吧，雨婷……"

"你叫我什么？"她惊愣住，身子一下僵硬了。

"我说雨停了！"我有些慌乱，"搂紧我，你别吓着我，快躺下！"

又一道闪电刺进来，巨响的雷声伴随而至。

在我怀里，槿熙的身子又渐渐显出柔软，轻轻叹了口气。

我几乎跟她同时，也叹了口气。比她的重，而且是我叹气时，才意识到抱着的槿熙叹气了。

"睡吧。"我轻轻地说。

她把脸在我胸前蹭了蹭，调整了一下身体，让我的腿压在她的腿上更舒服一些。

"睡觉吧。"她也轻轻说。

她睡着了，不到两分钟就睡着了，睡得很香甜。过了好一阵，她在熟睡中动了一下，可能是不习惯被这样搂着睡吧，我松开手，她躺平了。睡得如痴如醉，表现出对我如此信任。

让我好不感动。我下意识中把她叫成了雨婷，她比雨婷更受伤，但什么都没说，在我怀里睡着了。

我轻轻掀开被子，看着她冰清玉洁的身体，鲜红的乳晕，毛茸茸的花园，曲卷着的芳草，一片凸起的完整的女人花园，竟是这般丰满。

天已蒙蒙发亮。雨真的停了。

我一夜未眠，始终凝视着她美轮美奂的玉体。她翻了一下身，我给她盖好被子，想下床，她没睁眼睛，一把拉住了我的手，她睡着了还是没有真的入睡，我没明白。

"你要我吧！不管小熊了，就让小熊看吧，它一定喜欢我被爱！我也不要花丛了，来，给我！"

我又躺好，轻轻吻着她的乳房，感觉到她的乳头一下就挺起来。

"再睡一会儿，才五点多一点儿。"

"你要我吧，大熊。"

我叹口气，笑了笑，"我在想怎么和你的第一次，不想在这个地方，我要寻找到那一片花丛，还有带不带上你的小熊。"

"算了，"她睁开眼，"你又硬了，一晚上软软硬硬地顶得我睡不踏实，我想要。"

我亲了她的唇一下，"宝贝儿，我更想，可我不喜欢在这张床上，真的。"

"那你……"她轻轻握住了它，"你多难受啊？是不是？"

"你不用管了。"

我下了床。

她说:"你的屁股真好看,我喜欢!"

"谢啦!"

"回来!"她掀开被子,"不想让你太难受了,让我……"

我转回身扑上去捂住了她的嘴。

她咬住了我的手指。

"丫头,"我无奈地说:"其实你很……"

"什么?说呀?"她紧盯着我,"其实很淫荡是吧?"

"你说的啊!"

"韩佑才淫荡呢!"

"怎么提她?"

"你隐秘的宝贝!居然里面什么都没穿跟你和小却跳到台子上跳舞!好丢人,让人堵着逼我看!"

"谁呀?"

"还有谁?把我当成雨婷姐姐的那个混蛋,你抢了他的女朋友,是不是?"

"那个混蛋怎么你了?"

"没怎么,瞧你急的!"她忽然笑了,"我终于知道什么叫吊儿郎当了,就是你现在这个样子,真好玩!"

我觉出她的笑是强装的,"告诉我怎么回事儿?"

"就这么回事,你急得让我感动!"她坐起来,用被子蒙住身子,扬着嘴,"过来,亲亲!"

我过去,弯下腰吻了她一下。

"太大啦,握不住,像熊!"她傻笑着说:"我以后真叫你大熊了,我们俩的秘密!"

她好像变了一个人,这个早晨。

"你怎么变了一个人似的?"我说。

"对呀,我是你的了!"她又躺下,"第一次脱成这样跟人睡觉。"

"别,我什么都没做!"

"你还想怎么样?"她掀开一点被子,"那就上来,我给你做。"

我凝视着她。

她好像一半醒来一半还睡着,也就是男人们常说的女人一半是火,一半是海水，槿熙的这个早晨让我搞不懂，除非她隐藏着什么秘密，现在故意演给我看。

不知道。

"你真的不要我？"她裹紧了被子，"我是说不要我跟你去图钢招生，你就想带着韩佑和王小却吧？"

"不跟你贫了，我要撒尿！"

"告诉我，"她忽闪着眼睛，"硬成这个样子，男人是怎么尿的？"

我洗完澡，再回来，她又睡着了。

她的脸色红润，充满幸福的表情。槿熙是一个如此容易满足的女孩？她到底为什么快乐，又会为什么烦恼？我和她赤条条紧抱而眠，真的没有进入她的世界，她是一个什么样的世界呢？

女人比男人更像一本书，我似乎打开了她的前几页，着实有些看不懂。

穿好衣服，我走向客厅，来到餐厅区，掀开灶台上的沙锅，闻到了怪怪的没有做熟的老鸭煲的味道，打开火。从冰箱里取了牛奶、鸡蛋，发现了备餐台上的豆浆机，也看到了法式面包，又回到西门子大型冰箱找到了贴着燕莎标签进口的冷餐肉。

我做好了早餐，推开卧室的门。

她依然睡着。

我俯下身，不忍叫她，看见她脸上曾有的泪痕。

槿熙，到底是怎么了？

我轻轻吻了一下她的眼睛，她渐醒，撅起嘴，我吻她唇的时候她用双手紧紧搂住我，说：

"别扔下我！"

她委屈地抽动，眼泪弄湿了我的脸。

我把赤裸的她抱进洗手间，我也曾这样抱过雨婷。她一只手搂着我的脖子，跟雨婷一样，只是雨婷在笑，她却哭，我没问。也许跟大眼灯有关，或者做了一个什么倒霉的让她伤感的梦？

她像一只受伤的羔羊，软软地搭在了我的身上，我完全搞不懂槿熙这个早晨的笑与哭，淘气与伤悲，也许这就是爱恋吧！真正的爱恋中男人经常会无端由地笑，而女人时常会莫名其妙地哭。可我更相信没有性就没有彻骨的爱，男人从爱中找到性，女人恰恰相反，是从性中找到爱。

"跟你说说才艺的事儿？"我要转移她的注意力，说："我想好了你在中华风采小姐大赛中展示什么才艺了！"

"我要你，"她撒娇或听不出撒娇坚定地说："要跟你去！"

我把她的睡衣放在门口的椅子上，回到餐厅区，开始煎鸡蛋。

她洗完澡出来了，并没有穿我放好的睡衣，而是进了卧室，再出来时换了一身有着小碎花的白色睡衣，对我做好的看上去还算丰盛的早餐露出欣喜。

"该我给你做才是。"

"听好天使，"我坐下，看着娇容又现的她，"你要用英语朗诵《再别康桥》，这是你参赛的第一个才艺展示。"

她有些惊异，很快明白了，笑了，"那第二个呢？"

"吃完饭跟我走，"我示意她喝我已给她倒好的豆浆，"先去见一个人。"

"谁呀？"

"你别问，杜院介绍的，能让小黑子在里面不太受罪的朋友，在我们做大事儿之前，我要安排好小黑子的事儿。"

她忽然低下了头，也许想起了我们的关系是怎么发展来的。

"然后，"我知道这个话题有些不妙，但我真的放不下小黑子，"然后我带你去魔术店，帮你选一套魔术道具。你睡觉我做饭的时候想起了安排小黑子的事儿，就想起小黑子在今年春节花舍香榭团拜会上表演魔术，把我们都看傻了，下来我一问才知道他买的魔术道具才练了两天，而你还有半个月呢，你一定能拿到冠军！"

她沉默良久才抬起头，"我一定要去参加吗？"

"要去！"我端起豆浆杯，"不是为了你，而是为了我们的汽车模特专业，为了望族天使的品牌，你必须代表民办大学的美女大学生成为'中华小姐'，干杯！"

她歪头看着我，并非故意显露出可爱，然后又巡视了一遍桌子上的早餐，幸福地笑了。

"方翔，你好可爱！"

这是夸女孩的用语，我却被她这样夸了，幸还是不幸？

第八章

1

雨后的北京，显出一点难得的清新，空气中有了湿润。

我和她拉着手走下设在外面的弧形楼梯，要是让人看见，不认为是一对恋人，倒像刚刚结婚的小夫妻，尤其槿熙脸上挂着幸福的笑容。我有些感慨，甚至感慨不已，我仅仅是在她凌晨睡着的时候做了一顿丰盛的早餐，如果老鸭煲真的有她说的那么好，也要感谢她妈妈的配料，我只是打开了昨天做了一半的火。

雨婷在第一次去我们家晕倒在排球场客厅，我一直以为是惊的，不知道是脑瘤恶化的前兆。我们不是第一次，在我巨大的水床上，她坚持要蒙在被子里不肯让身体着上一丝月色，可我还是第一次让她在床上几度晕厥。透彻的性是能要女人命的，从那次以后，她总是拉着我的手，说是怕迷失在这颗星球，我也第一次知道让女人酥透一次才真的会小鸟依人。

我跟槿熙连吻都不曾通透，她显得过于小心，反而在接吻时我要小心别碰到了鼻子，有几次竟撞到了牙，她阻挡不住我的舌头，但可以坚持很久不把她的舌头完全放开让我吸吮，而且紧闭着眼。

仅仅是这样，她已经相当满足了，满足得让我感动。

我带着她去了亚运村，见了杜海介绍如约前来的人，把装满钱的厚信封交给他，不再为小黑子这三年监狱担心了。然后我们去了前门，如愿以偿地买到了魔术用品，可以把三个魔球变成一个的道具，还有套在手指上看着变化多端闪亮的魔指套。

回学校的路上，槿熙一直玩着魔指，让拇指和食指连回闪亮。

"太好玩了！"她喜不自禁地说："你看我手指多灵活？"

"那是，"我笑着说："女孩的手指都灵活！"

她停下了，看着我，"你什么意思？"

"没别的意思啊？"

"你太坏了！"

"我怎么就太坏了？"

"你不怀好意！"

"我怎么就不怀好意了？"

"不理你了！"

我笑了，把紧方向盘，把她搂靠在肩上。

"我忘了在哪儿看过一份资料，"我放低声音，"说女人在洗澡时有七八成以上喜欢自慰，是这样吗？"

"那是你！"她挣开了我，摘下指套说："不玩了！"

"好了，"我飞快地亲了她脸一下，"我带王小却和佑佑去东北，上长城的事儿就靠你们了，是一点半训练吧？"

"那赛完了我就去找你！"

"得听杜院安排，"我说："一定拿到冠军！"

"我不管，我要去图钢！"

槿熙下了车，没有回头，看着她充满韵味的背影，我的目光不想离开，心里热乎乎的，我的世界没有她还有什么意思。刚刚离开三秒我就开始想她了，想抱着她，感动她那时在我的怀里睡着，听她均匀的呼吸声，两个身体贴得那样舒适自然，开始明白夏娃果真就是亚当的肋骨。

我依恋地把车缓缓开动，顺着望族大道开向博士楼，停在了另一辆望族汽车旁边，刘思雨的车。两辆望族汽车形成了一道小小风景，静静躲在楼北门的午后阳光下。我按了门铃，对讲器传来刘思雨的声音，"开了吗？"

说心里话，我很喜欢刘思雨的声音，更欣赏她的职业感。

"我可以上来吗？"

"赶紧的，"她说："杜院正要找你呢！"

上到六楼，门已经开着，我进了屋，杜海在打手机，听得出来在安排酒店，而且是为我。墙上多了一张大地图，而且标上了星号，我看见了东三省、山东、河南、河北、山西和成都用广告笔画的星，不明白是什么意思，像是一幅作战地图，我以为我会笑，可没有。

"这些都是杜院跟媒体关系最好的省份，都答应报道，对杜院提出的美丽经济饶有兴趣，"刘思雨不快不慢地说："都是出美女的地方，只是成都一米七五以上的女孩可能少些。"

"反正就五十个学生嘛，不怕，"我信心满满地说："我到图钢还不招二三十个的！"

"学校说了少一个都不让开班，明摆着不相信我们能招到五十人，别大意。"刘思雨看着我，"可以问问董事长找你是什么事儿吗？"

杜海挂了电话，大声说："图钢龙腾大酒店，好不容易挤出一个房间！你们今晚就走！思雨，拿到票了吗？"

"到北京站邮局，那人在里面等，九点见，火车是九点二十三分开。"刘思雨说："王小却和韩佑不能不参加汇报，所以时间可真够紧的。"

"什么意思？"我没明白。

"我开车送你们，记者证还没交，被交警截着还给点面子，就是票贩子别让警察逮着，拿到票你们从邮局到进站有二十分钟，来得急！"杜海又拿起手机，边按号边说："七点半，只要曹校长到了就开始，半小时必须结束，我们去车站只有一小时，这就是打仗啊！喂，是龙腾大酒店吗？"

我知道了，校级领导和职能处室的头儿们今天下午又开了会，继续吹捧他那本看三页就能让人吐的书，倒适合赞助给各大医院急诊室抢救服毒自杀的人看，省了洗胃的药。雀儿一姐说服毒自杀的人一般进了抢救室就都不想死了，真看了曹大蛤蟆这本书肯定就不想活了。

看了一下表，晚上七点半给曹大蛤蟆看"望族天使"，有时间跟槿熙进行"最后的晚餐"，我不知道今天晚上就要去图钢，而刘思雨明天带着槿熙去杭州，再见到槿熙的时候她就是"中华小姐"，成为来自中国民办大学最耀眼的花。

给槿熙拨通手机，我说："去吃饭，地方你定！马上！"

"可以带上佑佑吗？"她不需要我的回答，说："她喜欢吃辣的，就去阳坊涮肉吧，到一点二来接。"

"一点二？"

"一食堂二楼，我们都叫一点二。"她笑笑说："你不用上来，我现在去找她，我答应跟她一起吃饭，你在门口等一下。"

知道了，佑佑在跟我和雀儿一姐走之前，想跟她的"好姐姐"一起吃饭，在"望族天使"训练队里，槿熙已成为她的依靠。雀儿一姐总找韩佑的毛病，我知不仅让她来叫我去印酒吧，包括来找她的内裤，"发现"雀儿一姐的一只袜子，想向韩佑昭示点什么，雀儿一姐有点意思。

我见到雀儿一姐，给了她一千块钱让她请学生会的去吃饭，这样就不会为汇报表演的服装发愁了。她没有表现出特别高兴，说："什么玩意，你还真说对了，学生会就是黑社会！"

"我可没说啊！"我赶紧说："我说北大我们那一拨儿！"

"别不承认，本来就是！"她白了我一眼说："你跟槿熙和韩佑别晚了，杜院让我们给曹大蛤蟆和校领导们展示，不是示威而是示软，你们七点以前一定要回来，七点半开始，我们还得抓紧时间去车站。"

我想说什么，她拨通显然是学生会哪个人的手机，边说边走了。不用我说什么，杜院长的安排她都懂，有些地方比我理解的还深。我觉出她不太高兴，可能她更想当"中华小姐"吧！

我开车到了一食堂，韩佑已在路边等了，没见到槿熙。我下了车，看见槿熙钻进树丛里抱起一条小狗，一脸心疼的样子。

"槿熙，赶紧走了，你干吗呢？"我说。

"太可爱了，"槿熙怜悯地说："我们带上它一起去吃阳坊涮肉吧？"

"靠！你没事吧熙熙姐？"韩佑大喊大叫起来，"一帮假装爱狗的脑残们买来狗，养几天又不想养了，都成了校园里的流浪狗，你管得过来吗？"

我接过小狗，把它又放回树丛里，对韩佑说："你赶紧去食堂买点包子，要不熙熙姐还不难受死了？"

韩佑接过我的钱包高兴地跑进了食堂。

"那每天都买点吧，下了课我送来。"槿熙又蹲下把小狗抱起来，说："从此以后你就不会饿着了！"

韩佑拎着一塑料袋包子，槿熙接过来在树丛后面放好，才算放心了。"

"那天早上你来给我送包子，是不是把我当成小狗一样啊？"

"才不会呢，"槿熙含情脉脉地说："你是大狗，才不需要我照顾呢！"

无语。我上了车，韩佑拉开前座的车门又关上，跟槿熙坐在了后座，我回头问："槿熙，你爱狗让我感动，可干吗告诉王小却我们去吃饭啊？"

"快点开吧！"槿熙说："这么多人看着呢！"

"我们又不是做贼，怕什么？"韩佑说。

我笑笑，开动了车。

"熙熙姐，监控都拍下来了，曹校长什么都知道！"韩佑大声说："那天晚上，就是我半夜见到方老师，第二天班主任找我了，不让我跟文化研究院有来往，大半夜更不好，幸亏没有别的事，我说你怎么知道？班主任才悄悄告诉我学校到处都是监控，方老师，杜院长还有刘姐你们每天什么时候进出学校，在学校都去哪了，保卫处全知道，那个处长每天都根据监控录像向曹校长汇报！"

我吓了一跳，笑不出来了。

"怎么会这样？"槿熙从倒视镜看着我，"你得跟董事长说说，曹校长这是干吗呀？"

"曹校长防着所有要防的人，好多院长都不知道，现在最防我们了！"韩佑摇摇头，说："小却姐说过了今晚就好了，曹校长看了我们汇报表演就没事了，要不望族天使就成贼了！"

我长长地叹了口气，相信韩佑说的话，曹大蛤蟆还真干得出来，高阳知道了准得跟他急，可董事长对望族大学又能知道多少呢？可能连把每期快递来的《望族通讯》一本不发都当废纸给卖了都不知道吧！

有点压抑。招到五十个学生把汽车模特专业办起来，杜海，包括我和刘思雨的处境才有可能改观。我们原本都不需要改观什么，杜海来到望族大学真是做他想做的事，而我是因为爱，刘思雨为什么接受杜海邀请辞职而来一定有什么秘密吧，不得而知，也许高阳为她换房感动了她，有这样的老板，望族是可以信赖的，没想到会遇到曹大蛤蟆这样的人。杜海想在望族大学践行他的"美丽经济"处处受阻，可他像国家一开始并不让高阳造汽车一样有信心。人最难的不是有没有梦想，而是能不能坚持梦想。高阳做到了，杜海一定也要做到，推出"中华小姐"真的没那么简单，槿熙被推上的路像我们就要启程到图钢招生一样任重而道远。

"槿熙，"我鼓舞自己要兴奋起来，"敢吃辣的吗？"

"可以要双份辣椒吗？"韩佑说："看着还不够辣！"

没有包间了，槿熙被邻桌的辣火锅呛得直咳嗽而韩佑还嫌不辣。

"韩佑，你坐到墙角那边自己来一锅吃去吧，"我笑笑说："我和你熙熙姐要清汤的，怕被你呛死！"

"你不要我？"韩佑可怜巴巴地看着我。

"方老师跟你开玩笑呢，快坐下！"槿熙埋怨地看了我一眼，"别闹，佑佑跟你还不熟。"

我和韩佑飞快对视了一下，都是下意识或者叫情不自禁。就是说，槿熙还不知道我因重大失误意外吻过韩佑，而且居然还脱下了她的内裤！看来雀儿一姐还没分析透彻或者还未找到更有趣的价值，只是故意在我被子里面留下一只蕾丝边袜子。我相信是雀儿一姐指使韩佑来找内裤发现王小却的袜子，是想告诉韩佑一点机会都没有吧？

我拉开椅子，向韩佑做出歉意的微笑，她懂了，迈出像槿熙一样的长腿向前一步，娃娃脸上还挂着委屈。她不化妆，头发也毫无修饰，那双看上去很大的旅游鞋非白非灰，分明穿了很久，像她的牛仔裤，还真是快磨烂了。我摸过甚至吻到了她的乳房，现在才真的注意到她的胸真的是太大了，有如此大胸的人来北京这么久居然没有吃过涮羊肉，真是一个值得赞扬的未经雕琢的大美女，居然又说我给了她"第一次"。

"我这是第一次呢，方老师给的，真好！"

"我晕！"槿熙笑笑说："你快坐下吧，把你的第一次留着吧，方老师才不给呢！"

"我勒个去！"韩佑拍了槿熙一下，"我说吃涮羊肉，你以为是什么？"

槿熙能开这种玩笑算是给了我个惊喜，没有天竹花园的夜晚就不会有，小黑子说得对，女人就是要开发，而且要惯，惯到别的男人都无法忍受就是你的放心女人了。我当众为雨婷系过两次鞋带，想好好惯惯雨婷，可她越惯越对别人善良，完全往相反的方向跑，才让许大鹏更想死死地追她吧？

到图钢招生，可别遇到许大鹏。他说得对，望族大学跟歌德耐尔学院一直是对手，同处昌平区的民办大学，几乎就像狗和猫一样是天敌。我相信狗向教育部怎么讨好地摇尾巴、猫做出多萌的表情也没用，招办主任跟很多院长支持创办汽车模特专业，让我理解曹校长为什么不让汽车模特专业上学校的招生简章，要是被查出来学校可吃不了兜着走，因为这是"321"学校自设专业，我说那别的新专业怎么可以？雀儿一姐从她们那拿的简章我看了，新闻学院连造谣专业都可以有，汽车模特专业为什么不行？招办主任被我的话吓了一跳，我看出来他吓了一跳，尽管显得不动声色，一副总像是很矜持的样子，其实就是天生木讷，倒显出修养，这世界真的不公平。

"可不敢乱讲，"他说："怎么会有你说的造谣专业呢？"

"新闻采编与策划，有这个'321'专业吧？"我笑笑，"新闻采编都懂，你告诉我新闻策划是什么？一个新闻能被策划出来不就是造谣吗？"

他好半天才看到我的眼睛，与我对视，说："没觉得，你这一说还真是有点问题，可三百万份简章都印完了。"

我以为他会很急，他一点没急，看不出着急，又说："让教育部招生督察发现就完了，可不好。"

"他们查不出来就发现不了，恨不得民办大学都一个个自己死掉才好，多省心呐！"我又笑笑，问："你还没说他们为什么可以，我们汽车模特专业为什么不行呢？"

"他们有计划内专业，为了好招生把专业名称丰富了一下，藏在国家计划内里不注意。"他缓慢地摇着头说："没办法的事，我今年只能这么干，被歌德耐尔学院给逼的，他们什么都敢，把培训性质都敢说成国家计划内统招，把学生骗进来再说，曹校长可不允许这样，才没他们发展快，歌德耐尔学院都五万多人了，而且是全校招生。"

"是得管管，教育部也不全错，总有胡闹的民办教育机构，是不争的事实。"他被我充分肯定了教育部工作的牛逼样给电了一下，木讷地看着我的眼睛半天没有离开，因为再回来需要一点时间。我继续说："那也给我们一个计划内专业加上方向不就行了？我看音乐舞蹈学院就一个专业叫表演艺术，后面加上声乐舞蹈一类的方向就行吧？"

"这得老大定。"他说："曹校长不会让你们办计划内高职专业的，我看出来了，也不相信你们能招来学生，所以到图钢好好招，望族大学在图钢基础不错，去年就招得很好。"

韩佑看着服务员没完没了地上菜被逗乐了，金针菇、茼蒿、冻豆腐、宽粉、鸭血、肥牛和主打的三盘羊肉外加蔬菜拼筐摆满，在鸳鸯锅辣汤又为她加了两份辣块，沸腾的超辣之锅辣味飘香弥漫开来，她的脸色随之潮红起来。她终是个涉世不深的小丫头，看看她的脸色和眼神就知道了，一汪清澈，眸子的每一下闪动都很直白，并不在意我，一直偷偷瞄着槿熙，像是不知何时可以拿起筷子，甚至咽了一下口水，而槿熙一直在注意我身后小桌的客人。我没有回头去看，咳嗽了一下，提示该由她向韩佑昭示开吃。

"佑佑，吃吧！"槿熙收回目光，朝我笑了一下，悄声说："把人家呛着了，吃火锅最不好的就是衣服会薰上味道。"

"可以……"韩佑看着她说："可以喝酒吗？啤酒也行。"

槿熙这才注意到我在印刷成的菜单上划了太多东西，叹口气，"佑佑，一会要向曹校长和好多领导们走秀呢，也不知道小却姐跟学生会借来衣服的大小，别再撑到穿不进去，你不一直说要减肥吗？"

"吃饱了才有劲减啊！"她撇了一下嘴，又欢快起来，拿起筷子，"不喝就不喝吧，我吃了啊！"

"服务员？"我招着手，"来两瓶啤酒，常温的。"

"不要！"韩佑说："我听熙熙姐的！"

"太坑爹了！怎么这么倒霉！挨着一桌怪物！"

身后传来一个女孩的声音，非常不满，与座位有关，都离门口很近，出出进进的人一开门就把加了两份辣块的浓烈味道吹到我身后的另一桌。

"这死孩子，你不是要吃阳坊涮肉吗？"一个人说。

我转回头，看见一对母女。

"去吃肯德基！"女孩很生气，一只手捂住鼻子，拿起旁边椅子上的包，一边瞪眼看着韩佑，说："怪物！"

"你才怪物呢！"韩佑急了，"你们全家都是怪物！"

"佑佑！"槿熙忙说。

"妈，她骂你呢，"女孩站起来指着韩佑，"抽她！"

"对不起！"我赶紧说。

"你敢！"韩佑也站了起来，"我抽你！"

韩佑腿长身子短，坐着不显个头，站起来就不一样，一米七八的身高还没穿高跟鞋呢，女孩的妈有些惊愕地看着，起身，看看槿熙，又盯向我。

"这死孩子！"她拍了女孩一巴掌，转过来笑笑，"我们家果果太小不懂事，果果？回来！"

叫果果的女孩出去了，身高也有一米七五七六，跟韩佑一比太单薄，年龄也就十五六，腰细得像韩佑的胸一样夸张，一头长发飘落过腰，一扭一扭地走出门去。

槿熙站起，捅了一下韩佑，歉意地笑笑，我也站起身，对果果妈说："这味道是太冲了，我们抬起大桌跟你的小桌换个位置吧？"

"这死孩子！"果果妈笑笑，"果果惯得真没样子！你们都是学模特的吧？你是老师？"

"是，"我转向槿熙，"叫服务员我们帮着抬桌子。"

"果果也要学模特，我带她就是来北京找学校的！"果果妈亲切地看着我，"我把果果叫回来，老师看看行不行！"

我还没回答，果果妈拎起挎包匆匆地追出去了。

"佑佑，"槿熙无奈地说："这里就这么大的味道，你接什么话茬呀？吃就行了！"

"说我？"韩佑一下委屈得不得了，"不吃了！"

佑佑说着就往外走，我一把拽住了她。

"佑佑！"槿熙更无奈了，伸出手拉住了韩佑的手说："好了，咱们不理她，快坐下来吃吧，给佑佑要瓶啤酒。"

"好！"我说。

"我哪里不好了？"韩佑眼泪真快，吧嗒吧嗒往下掉，委屈极了，"我不就爱吃辣椒吗？怎么就成怪物了？"

"佑佑才不是呢，"我坐下，瞄着韩佑，"那个叫果果的才是，想学模特？咱不要她！"

第一次吃涮羊肉，韩佑必是印象深刻，还牢牢记住了果果，瘦到一阵风能刮到天上去的女孩。被果果和果果妈耽搁了一点时间，我们抓紧吃完，已经快七点，出门的时候，果果妈和果果站在门口，不知站了多久了，也许一直等候着我们从外向里看，果果抱着一大袋家庭号肯德基。

"老师，"果果妈上前，看着我们，"还有这两位同学，真对不住了！果果，过来，向老师和姐姐道歉！你看这老师长得多帅，有点像王力宏，可比王力宏帅多了！"

"我喜欢飞轮海！"果果说。

"这死孩子！"果果妈很无奈，"赶紧过来呀！"

果果走上前，没有道歉，九零后还没学会道歉吧，她把肯德基大纸袋突然伸向前递给我，说："老师，吃鸡吧！"

我怔了一下，毫无准备，果果不管我接没接居然松了手，大纸袋掉在地上，鸡翅和鸡腿滑落出来。

槿熙赶紧蹲下身捡，果果妈也蹲下去，边捡边看着槿熙说："这死孩子可咋整！"

"阿姨是？"

"从牡丹江来的！"果果妈说："我一直在北京，刚把果果接来找学校，果果就想学模特！"

"她不大呀？"槿熙说。

"七月份就初中毕业了！"果果妈说："还长呢，才十六就一米七五了！"

"十五！"果果说。

"这死孩子，在妈肚子里一年不算了？生日快了，论虚岁都十七了！"

"生日不是还没到吗？"果果说："老师，我原来姓康叫康果果，后来姓杜，现在叫杜果果，我要学模特上大学，你要我吧！"

"不管多大，大学是不收初中毕业生的。"我看着眼睛晶晶闪的果果，虽不忍，还得说："等高中毕业再来吧，我们是望族大学的。"

2

我总是忘不了果果，夜幕中默默站立的果果和果果妈，伤感的母女，车拐过弯开了好远，还从反光镜中看到她们久久遥望着我的车。

忽然又想起施八一，首都机场见到的那个精致极了的男孩，像雕塑，或者是美轮美奂的蜡像，也是东北的，他爸爸有飞机，而我分明看到了希望。到图钢去招生真是充满了希望，我看到了汽车模特这个创新专业真的有市场，槿熙、雀儿一姐和韩佑充满了渴望。有需求，有需求就有市场，图钢招生大功可成，何况还有必将产生影响的"中华小姐"，槿熙势不可挡地会成为"汽车模特"专业形象代言人，也就是"望族天使"的标志，还能为民办大学争口气！应该通过杜海跟组委会说一声，要是有公办高校的学生选手参加一个都不能进入十强，反正都知道"中华风采"大赛是望族集团冠名赞助的，谁都无话可说。

回到学校，雀儿一姐瞪了我一眼，槿熙和韩佑赶紧去屏风后面换衣服，曹大蛤蟆还没来。

七点半多一点，曹大蛤蟆来了，只有他一个人，我看出杜海的惊诧和曹大蛤蟆的喜悦。杜海要推出槿熙作为汽车模特专业形象代言人和招来不少于五十个学生的双重压力，而曹大蛤蟆的书得到"专家啃腚"之后又一个人独见美女可谓是双喜临门。

　　我在杜海的左边，刘思雨在杜海的右边，把曹大蛤蟆迎进了武术馆。曹大蛤蟆在前面排列整齐的八天使掌声中走来，八天使后面是二十几个还没训练到可以汇报表演的女生。八个女生都是由雀儿一姐挑选的，包括她自己，都穿着短风衣，十二寸的高跟鞋，十六条没穿丝袜的长腿一眼望去格外醒目。

　　太滑稽，我不明白为什么要这样，搞得如此凝重。本想很正式地在学校层面内部第一次亮相，却因曹大蛤蟆连他的心腹大脸都没带搞成了非公非私的场景，杜海心里可能都说不清这场"汇报"是正式的还是非正式的，代表文化研究院官方的还只是杜海面对曹大蛤蟆个人的？

　　我突然明白了高阳指摘曹大蛤蟆想做土皇帝的含义，原来果真就是这样。只见他一个人大模大样在一排椅子的中间坐了，拍了拍旁边的椅子让杜海坐，杜海没坐，说："曹校长，可以开始吗？"

　　曹大蛤蟆点点头，脸上冒着红光，一看就是保养得很好，他原本比高阳大个两三岁，看上去要比董事长年轻。

　　八天使退到临时搭起来的屏风后面，按我小妹用手机短信发过来的标准，要走四套秀，第一套是活力装，牛仔裤和T恤。第二套是职业装或旗袍秀，因为没有衣服而改成了校服。第三套是泳装，学生自备的。第四套是晚礼服，雀儿一姐从学生会借来的。

　　音乐响起，槿熙第一个从屏风后面走出来。她把八块钱一件的文化衫给剪了，一边没有了袖子，下面卷起来系在腰上，在低腰牛仔裤之间露出她平滑白嫩的肌肤，充满青春活力地走过来，一个漂亮的pose，转身留头的姿态这般迷人潇洒，尤其是回过头去留下的莞尔一笑，让我的心随之跳了一下！

　　曹大蛤蟆不知道也没发现望族大学有如此清纯靓丽的女生，不是一个，而是八个。也不是八个，两边还站着二十几位。热烈的掌声在与回荡在武术馆的音乐争鸣，我只能看见曹大蛤蟆的脸看不见他的眼睛，他的脸上只呈现出两条缝。

　　第一个出场的槿熙把曹大蛤蟆震撼了，第二个现身的韩佑锦上添花，她那张娃娃脸更显可爱，特别是她转身后露出她特别剪成横条的文化衫，有一条折了反而别有韵味。

雀儿一姐压轴登场,她有着咄咄逼人的气势,来了一个漂亮的收尾,再引出七姐妹踩着欢快的音乐鼓点依次而行,八天使成一排手拉手弯腰行礼,曹大蛤蟆忘了鼓掌,好半天反应过来,冒出一句:"好!好好!再重来一遍!"

雀儿一姐刚想说话,我看见杜海把手放到嘴边,示意她不解释。

韩佑大声说:"曹校长,不要重来吧?后面还有呢!"

"这样啊?"曹大蛤蟆说:"你叫什么?哪个学院地?"

"我叫韩佑!"她兴冲冲地说:"马上就是文化研究院的!"

雀儿一姐狠狠地瞪了她一眼,也只是个姿态而已,佑佑并看不见。

曹大蛤蟆怔了一下,好像没想起还有这么个学院。他是对的,因为"研究院"并非"学院","研究院"可以一个人或一百一千一万个人,(望族集团汽车研究院就有两千多工程师),而"学院"不管大小,至少要有办公室、学生科、教务科,要有主任、科长、干事一类的。他本不想有什么研究院,出于无奈不得不任命杜海"院长",而我的存在在他看来不是多余而是太奢侈了。他看了一眼不知因何存在的刘思雨,望族大学有三千多教职员工,不可能记得住认得出,于是又看了第二眼。

在清纯又有些青涩的美女大学生面前,刘思雨不仅突显成熟,她的端庄儒雅和流露出的职业感更有着足大的气场。雀儿一姐她们又躲到屏风后面换服装去了,曹大蛤蟆向刘思雨招着手。

刘思雨与杜海对视了一下,走过去。

音乐又响起,没听见曹大蛤蟆跟刘思雨说什么,只见刘思雨矜持地微笑,回答着什么,也听不到。

曹大蛤蟆越发兴奋了,当八个美女再次从屏风后面走出来的时候,他又站了起来,还上前迈了两步。杜海示意了一下刘思雨,刘思雨把他坐的那把折叠软椅往前搬了一些,可曹大蛤蟆不肯坐了。

我看了一眼杜海,感受着他的尴尬,又望了一眼刘思雨,品味着她的无奈。身后发出嗡嗡声,我转回身,示意二十多个预备队的同学莫出声,别乱看。

情景是这样的:曹大蛤蟆个子太低,手臂倒可与有刘备一比,这原本不算什么,问题是在这个女生都在一米七五以上的环境里,穿上十二寸高跟鞋的八天使都有一米八七了,曹大蛤蟆就显得不是有多矮而是太另类了,简直就像个古怪的外星人。可怜的是刘思雨站在他旁边成了陪衬。刘思雨没有模特们个高,可还是比曹大蛤蟆高出快一个头，我看出她掩饰着不自在。

更糟糕的是曹大蛤蟆往前上的这两步影响了排练中的设计，产生了距离问题。好在槿熙有些应变能力，控制住节奏提前了位置摆 pose，再转身留头，可韩佑太热爱 T 台的感受了，依然走到红地毯前面用胶布贴的位置标再转身，按雀儿一姐要求的紧盯校长放电，有些小、不太合身的校服快 Hold 不住她 E 罩的胸，几乎就是把胸脯送到曹大蛤蟆嘴前，身后响起一阵喧嚣。

曹大蛤蟆像是一件被拙劣的石匠雕刻失败的产品，我敬佩他的脸皮，一想到敢把一本狗屁不通的书卖给全校师生，连后勤和物业公司也不放过，这能耐非凡人能及了。他依然坚持不坐始终站着看，看到比基尼展示的时候，我转身走到了我这边的学生后面，不知为何我实在不敢看，不敢看这情景和曹大蛤蟆的表情。

结束了，曹大蛤蟆依依不舍还在那儿站着，跟刘思雨说了句什么，刘思雨走到屏风后面，带着换上牛仔裤的槿熙和韩佑见校长，不知道在说什么。

我能想到的是他一定问泳装秀里为什么不见槿熙而成了七个人，可能还没见过韩佑这样丰乳的女孩。雀儿一姐满脸不悦地过来，嘟囔着说："别让韩佑吊着两大袋奶粉跟我们去东北了，她准会惹事的，你们男人就不能长点出息吗？一个比一个酷爱乳房？"

我看着她，不知道说什么。

"你说我怎么那么倒霉？从帮你们满校园找美女开始瘦了有五六斤，"她斜了一眼曹大蛤蟆那边说："可偏偏脸没显，那地方倒是先减了，C 杯穿着都大了，真烦人！"

"东西都收拾好了吗？"我小声说："估计曹校长要讲话，他一讲完咱们赶紧去车站！"

"包都拿到这里来了，"她直视着我说："真要带韩佑一起去吗？"

"就我们俩也不是事儿，不方便。"我说："把同学召集起来，快站好，曹校长要讲话了。"

"大春相信我，不怕我跟你一个人出差，"她脸上呈现出一个奇怪的表情说："你是怕槿熙不高兴吧？"

"你说对了。"我有点烦。

曹大蛤蟆以他龌龊的坚强意志和不要脸的决心，站在一排美女胸前发表语无伦次的讲话。他离第一排女生未免太近了，高昂起头，恰恰也只能看到前排八个女生的胸脯，这使他变得更饶有兴趣了，后面还有十几座耸立的乳峰。面对二十多座丰满的乳房，他走来走去，说着他自己可能都不知道在说什么的话，我注意到他还在斜视第二排和第三排的胸阵。

杜海基本上一直看着武术馆的天花板，可能数清了武术馆有多少盏灯。他也许在想着曹大蛤蟆的话，�__不清曹大蛤蟆跟高阳的关系，因为曹大蛤蟆第一次在这里公开表达望族大学是望族集团的，望族大学董事会的董事长也是高阳，但高阳沉迷于造汽车不懂教育，而他亲手创办了望族大学，在望族，唯他是既懂汽车又懂教育的人。

我是听懂了，他拎出董事长是在抬自己，这通讲话基本上属于个人简历，如果现场挂着他的照片，这番话由杜海讲出来百分之百就属于悼词了。

想跟槿熙再告个别，没有实现，因为曹大蛤蟆开始展望未来了，他坚定地说望族汽车终有一天会倒闭的，做好了被外国公司收购，做太好了会被国家没收，只有望族的大学才百年不倒。我倒是有些惊异，曹大蛤蟆还是有些想法的，可他一点不顾及别人的想法。杜海看了一下表，上前跟他耳语了几句，曹大蛤蟆异常兴奋地说："这个样子地？你快去吧！大家一起鼓掌，欢送方老师带着我们两个小天使出征！"

我看了槿熙一眼，目光没有跟她对上，我看她的时候她刚看完我转回脸去。我期待着她再扭过脸来，没有，我感觉到她的警惕，曹大蛤蟆挥舞着手喊加油的时候，稍不留意就会碰到她的胸。

"太恶心了！"雀儿一姐边走边说。

"我去买止吐药？"我说。

"好！"雀儿一姐说："你也快吐了吧？"

"还行。"

"我不会告诉他的，保密！"

韩佑拉着箱子追上几步说："小却姐恶心？是不是怀孕了？"

雀儿一姐站住，无奈地说："求求你杀了我吧！"

杜海以为他已经把车开得飞快了，一脸开快车的表情，显然一边开车一边想事儿，不是被曹大蛤蟆刺激了，就是对曹大蛤蟆在我们离开以后不放心，不知道习惯于信口开河的曹大蛤蟆会对二十多个女生胡说什么。我不在学校的这一天一夜，看来杜海并未离开，雀儿一姐肯定告诉他二十多个学生中有一半对转入汽车模特专业有兴趣，而我并不抱有什么期望。

到东北去招生，图钢是高个儿美女集中的地方，想一想曹大蛤蟆那句话，有一种为我们壮行的味道，好像此去将不再回还，确有些悲壮呢，多好笑！

雀儿一姐一直用手机短信在跟刘思雨认识的票贩子保持联系，计算着我们有可能到达的时间。一个陌生人也在对望族大学汽车模特专业的诞生做贡献，保证我们有车票，这让我对保持火车票地下流通还真能解决燃眉之急的人忽生敬意。他们没有权力，靠关系和辛苦选择了一种属于他们的谋生手段，整个社会就像一个酒足饭饱的人和一个乞丐看见一块馒头的态度，终该如何评价真的是不得而知。

"你们一定注意安全！"

杜海一路上就说了这一句话，他似乎突然有些沉重。

"放心吧！"我说："我一定把这两个宝贝儿完璧归赵给你！"

我们九点零五分到达邮局门前，送火车票的人像是地下工作者，走到路边，四下看了一眼，雀儿一姐放下车窗，把每张加了二十元手续费的票钱装在信封里递给他，那个人数都没数，甚至没有看信封里装的是不是钱，扔进三张火车票就走了。我们下车的时候他已不见踪影，我如此感动，一种莫名的信任，这对那些在合同上斤斤计较却不得不走上法庭的人是多大的嘲讽啊！

杜海开着车急急地走了，刘思雨一定用短信告诉了他什么消息，而我们三个人不得不向火车站奔跑，或者叫奔向希望，终于抢在提前五分钟停止检票前进了站。

3

我们三个差不多是最后上车的，刚上车列车员就开始关门了。

两个上铺一个下铺，从北京向东安顿身体的地方。仔细想想，多少年我都没有坐过火车了，不，难以置信的是我只坐过一次火车，还是上初三的时候跟班里的同学一起去地处河北的野三坡。我就是在那里第一次触摸乳房，而且还摸到了别处，也是被女生第一次把那家伙握住，她软软的手刚动了一下我就一泻千里，在月光下我第一次看见一个女孩的失望。

我是被她灌醉的，我们的大屁股玛丽班长，她说她爱我。

人生就是这样不可思议，她现在就躺在中铺上，我没有认出快十年没有见过的玛丽。我承认我很多年总在回味那软软的手。实际上根本就没记住过她，而她居然认出了我，张着涂抹的两片大红唇呼叫着："翔子？真是你吗？方翔？"

我怔了一下，看着不会化妆而把整张脸弄得极度夸张的她，戴着美瞳，像一只大波斯猫。

"我是玛丽呀！"

她确信是我了。

"玛丽亚？"雀儿一姐嘲讽地说："方老师是耶稣？真幸福，你还在火车上找到妈了！"

这大不敬的话，玛丽没听见或没顾上做出反应，兴奋地直勾勾盯着我。

我正在发愁把箱子搁哪儿，行李架上摆满一排大号编织袋，我们有三张票却找不到可以容下一个拉杆箱的地方。我举着雀儿一姐的箱子扭过身来看见半躺在中铺上光着脚穿着长裙削着苹果的她。

"真是你呀？"她激动地想坐直身，起得太猛被上铺的床板撞了头，嘟囔了一句"挨刀的"，亢奋地说："翔子，你董存瑞呀？小董举包炸碉堡，你丫怎么像要炸火车的？"

雀儿一姐跟韩佑对视了一下，同时看着我，都惊愕地半张着嘴。

"挨刀的，快起来看！这就是我老跟你念叨的翔子！"她大声吆喝着，直眉瞪眼地对我说："你还带俩美女？模特吧？一看就是！哪个是你女朋友？不会张扬着搞俩吧？你也结婚了？这俩哪个是我妹哪个是小三儿呀？"

雀儿一姐皱着眉，韩佑跺了一下脚。我想说话却插不上嘴，听她又说："挨刀的！快起来给翔子腾地方！"

我下意识地扭过身，那个挨刀的也躺在中铺，撕掉一个鸡腿伸向我说："吃鸡吧？"

"吃鸡别带那个吧字成吗？"玛丽羞恼地说："成吃鸡巴了！"

"玛丽也别带那个呀，"挨刀的不甘示弱，"你还成圣母玛丽亚了！"

周围响起豪爽的笑声。火车启动了，坐在我对面下铺的一个东北大汉说："整啥呢？让你们咋呼的火车都倒着开了！"

"拉倒吧你！"挨刀的拿起红星小二喝了一口，吧唧着嘴说："你铺的方向是反着的！反着好，火车撞上牛犊子你也掉不下来摔不死！"

"别喝了！"玛丽说："挨刀的，快起来给翔子腾地儿！"

挨刀的从中铺爬下来，拿起在塑料袋里失去一条腿的烧鸡和另一塑料袋的红星小二，走了。

"回来！干哈去？"玛丽说。

"你不是要我给骆驼腾地方吗？"挨刀的说。

"骆驼？"玛丽不解地问。

"啊！"挨刀的看了我一眼，"你叫他祥子我就叫他骆驼，骆驼祥子嘛！"

"你丫有病！我们高中都叫他长腿翔子不是骆驼祥子！"玛丽充满幸福地看着我说："他的腿老长了，还比大姑娘的又白又嫩！"

我愿意在玛丽北京话夹杂着东北话的情景中当场死去，如果招生果真就是打仗，我宁可立即阵亡！

列车向东，呼啸着越开越快。韩佑爬到上铺很久了，不知道睡着没有，两只脚搭在外面。雀儿一姐上卫生间了，迟迟没有回来。玛丽坐在下铺，紧挨着我坐，我无处再躲又别无选择地了解到她的发家成长史，玛丽显然不知道北京花舍香榭地产，她成为图钢人了，是那个"挨刀的"媳妇。她不知道我是谁，我是说几天前我还是品牌总监呢，现在成了一个去图钢招生的老师。她都不知道才好。

我记得玛丽没有考高中，她的爸爸是国营东风菜市场经理，她考高中那年国家一咬牙把国营资产整合了，实际上就是把菜市场贱价卖给了正在崛起的一家很有名的连锁卖场公司，她爸爸成为名片上是物流公司项目主管实际上就是仓库管理员。我们都知道玛丽的爸爸是一个正直的人，道德高尚的人，丢了官耿耿于怀的人，他老觉得把国有资产卖给名义上的股份有限公司背后肯定有大阴谋，因为"有限"的是老东风，到处告状无果，五一的那一天服毒自杀了。

而那个夜晚，我们全班的同学在野三坡。玛丽的两行泪在脸上留下两道哭痕，还不知道她爸爸死了，她说她初中一年级的时候就暗恋上了我。说心里话我应该知道，除了一个长相很邪恶的龅牙女生外，全班的女生都对我好。

那天晚上玛丽组织我们搞篝火晚会，她碰巧叫了玛丽，碰巧又流行超级玛丽，她就在山沟的平地上画了好多方块，她要扮演超级玛丽跳格子，而我被她指定为超级玛丽游戏的操控者，我必须哼着超级玛丽游戏的音乐随时叫一声，她听到我的叫声就相当于我按了一下键往前蹦一下。玛丽没顶上蘑菇是否掉下去死毬了不取决于我，要由她决定，而她每假装死一次我就得喝一听啤酒，她差不多要把我玩死了。

快夜里一点的时候，她让大家都先去睡觉，作为班长她要跟我谈话，而我喝的差不多站不住了，被玛丽拽着衣袖没走多远就栽倒了。

我脑子还清醒，只是身体不太由己，而且越发的冷。她是带着一件军大衣来野三坡的，现在盖在了我身上。我看见月光下的她昂头挺胸地站立，那头短发还在山谷的微风中飘动，忽然有点像我想象中的刘胡兰，要么就是江姐。

她也喝了酒，我看见她越来越起伏的胸脯，低头看着我，像是思忖了一番，然后坐在地上，慢慢躺平了，掀开军大衣钻进来紧紧抱住我，说这样她和我就都不冷了。

我在哆嗦。我不知道为什么会哆嗦，好像不仅仅是冷。我已经够冷了，她还把冰冰凉的手伸进我的衣服里，抚摸着我，从背后滑到前面，居然拨弄着我的乳头，我那东西坚硬地挺起来，身子哆嗦得更猛了。

她解开了自己的衣服，还松开了皮带，不许我乱抖，然后解开了我的裤腰带，抓住我颤抖不已的手放到她的乳房上，把嘴伸向我的嘴，用舌尖轻轻舔我的唇。

我一下吸住了她的舌头，抽出左手，绕过她的背转过来摸到她的奶。我不知道乳房会这样光滑，这样有弹性，这样一个完美的圆形，坚挺又柔软的乳头有点像铅笔头上的橡皮。她发出阵阵呻吟，我捏着橡皮头，另一只手被拉进她的裤子里。她微微张开腿，我摸到了向往已久的神秘地方，她的手猛伸进我的裤子里握住，她握得那样紧，刚滑动了几下，带着呻吟我俩的手全湿了。

一道亮光闪过，与另一列车交汇，然后又重归昏暗，中铺上响起肆无忌惮的呼噜声。

"挨刀的不喝正好一喝准醉！"她显得很无奈，"居然从不起夜撒尿，能像猪一样一觉睡到天亮！"

我不置可否，没有评价。

"你想过我吗？"她又用肩膀撞了我一下，"说心里话。"

"没有。"

"靠！在野三坡我可是第一次亲嘴啊！也是第一次被人摸也第一次摸那东西。"她贴到我的耳朵，悄声说："你的太粗了，核武级的！"

"王玛丽？"我要无地自容了。

"你还没结婚呢？那才好，可以多玩儿几年！"玛丽自顾自地说："我老想你，可找不到你，听说你考上北大我才死心了。我没上高中，在动物园练服装摊儿，好几次差点想一咬牙去洗头房或洗浴中心发展，结果碰上这个挨刀的，他是从图钢来的硬汉，也是练服装的，一来二去我俩就练到一块儿了！他把我当成北京公主，哪知道我就是一个北京傻逼，不好好念书上个大学什么的，老后悔了！"

我发现我真的不认识玛丽了，甚至不知道她因何北京话里夹杂着东北话，或东北话里夹杂着北京味儿，这就是人们常说的女人嫁鸡随鸡嫁狗随狗吗？可她说在中铺上的那个她爱的挨刀的是猪。

雀儿一姐回来了，影子先到，靠近我们这边设在座位旁边的夜灯不亮，那会儿还是亮着的，过了山海关就坏了，另一边的灯把雀儿一姐的影子投过来。我能从影子辨别出雀儿一姐了，她的腿比不过槿熙，可在这车厢里算是第一长了，腿的长影斜射过来。

她出现了，没有向这里张望，我看见她脱掉鞋，蹬上梯子，爬向上铺。我弯着腰钻出来，站直了身子，雀儿一姐刚刚艰难地躺好，把头向外探了一点，可以看见我，说："方老师还不睡？"

"你睡下面吧，我上去。"

她好像明白了我的意思，我真想躲过不知她是否知道是我的初中同学，我隐约看到她苦涩的笑容。

"想挨着佑佑近点睡？"她轻声说："我不给你机会。别太过分了，你还不给槿熙打个电话吗？"

我怔了一下，不是雀儿一姐的话，而是感觉到两只手摸向我，一只手抱住了我一条腿，另一只手正在解开我的牛仔裤。我没动，僵硬住，因为我一动会让雀儿一姐察觉什么，怕她会探身往下看定惊叫出来。

"打了。"我一动不动，不能让雀儿一姐察觉出来我此时奇特的遭遇。"她……她关机了。"

我还得控制住声音，尽量不产生明显的变化。玛丽的手已经伸进来，灵巧地挑开内裤，摸住了我的英雄。果然就是英雄，立即昂起头来。

"是没电了，充上了，"雀儿一姐翻过身去，"她在等你。"

一阵阵电流正在袭击我，我不知道玛丽如何练就了这样的手，不像雨婷总显得笨笨的，玛丽的手让我觉得仿佛进入了她的体内。

"我现在就打，你睡吧！"

我边说边抓住玛丽的手腕，让她动不得，一定也把她抓疼了，然后使劲拽出来。

"槿熙喝酒了，我刚才打电话听出来的，刘姐也去了，被曹大蛤蟆用大奔拉走的，杜院长说我们可以踏踏实实招生了，曹大蛤蟆亲口对刘姐说让她当院长助理。"雀儿一姐又侧身探过头来，"你和杜院成功地利用她们了！"

"你说什么？"我问，玛丽又在下面动手动脚，把手又伸进了我的裤子里。

雀儿一姐累了或觉出什么不对劲，拉起被子盖住了头。

雀儿一姐怎么会这么想？我怎么会"利用"槿熙呢？对刘思雨也不会啊！

看来杜海送我们走后，不知道曹大蛤蟆又对未来的望族天使们信口开河了什么，可以知道的是他拉着槿熙和刘思雨去喝酒了！

我很生气。在没有成功也不够强大的时候，生气没有意义。哲学家说生气是拿别人的错误惩罚自己，那些斯们说的都对可屁用没有，解决不了问题不说反而让人更生气！

还有玛丽，难以置信地过分。

我不再理她，还觉得自己无脸面对她，离开车厢。

向东，跟在夜幕中行驶的列车一个方向，穿过一节车厢，还不踏实，下一节是餐车，没见到卫生间，走出餐车，原来挨着餐车的是软卧。我进了卫生间，真怕玛丽追过来，把门锁上。

我躲了进来，才注意牛仔裤的扣子被玛丽解开后并没有完全扣好，我就这样走过了两节车厢，想想该有多差劲。

小解后，放下马桶盖，我坐在上面，拿起手机，想了一下，槿熙肯定已经睡了，还是先打给刘思雨吧，问问她是怎么回事儿。

通了。过了一会儿，她接了。

"刘思雨，睡了吗？"

没有回答。

"喂？听见了吗？"

"你……谁呀？"

无语。

"我，方翔！"

"方老板啊？你怎么会给我打电话？才两点就喊我起床啊？我不是你们公司的，我也不卖汽车了，我当官了，升为院长助理了，曹……"她语无伦次地说："曹校长要我……他要我把诺贝尔请到望族大学文学大讲堂来，我说诺贝尔早死了，他说你们不是本事大吗？想弄出个望族天使办汽车模特专业，不就是想给集团在望族大学建个后花园吗？"

我有些怒火中烧，说："槿熙呢？也喝成你这样了？"

"槿熙！槿熙！"她大声喊着："快醒醒，接电话！"

"你们在哪儿呢？"我大声叫着。

"不……不知道！"

我怒火全无，突然间有些心疼，刘思雨和槿熙是怎么了？

"喂？"

槿熙的声音，有些沙哑，我把她吵醒了，酒后让她有些失音。

"你们在哪儿？"

"杜院长家。"槿熙说："杜院把我们从曹校长给我们开的酒店接回来的，这么晚，有什么事情？"

我感觉怪怪的，倒是放下心来，看见卫生间的门突然正被用钥匙从外面打开，第一反应是列车员在开门。

只见玛丽闪了进来，用身体撞上门，我还听见扣锁的声音，玛丽不仅有列车专用钥匙，还如此熟练地背着手能锁上门。

"别……"我紧张地说。

"你怎么了？"槿熙在问。

"没……没事儿，"我赶紧说："你睡吧！"

"有话就说，反正你把我吵醒了。"

我惊愕地看着玛丽，怕一下挂断手机倒引起槿熙的怀疑，更怕玛丽吵嚷起来，不仅对槿熙万一有乘客经过或乘警巡视可说不清楚了，眼睁睁看着玛丽扯开衣服拉下胸罩露出两个大白奶蹲下身子，拽住我的皮带往前拉了一下，再次解开我的牛仔裤。

"回头再打给你！"我匆忙地说。

"你在干什么呀？"

"先挂了！"

我挂断手机，使劲推着玛丽的头，可她比我想象的有劲儿，或者下定决心要这么做，外面真的传来一男一女的说话声，居然就停在了卫生间的门口，是男乘警在跟女列车长说九号车厢一个喝醉的人吵闹着找老婆，已经被弄到餐车控制住。

我不敢吭声，一动不动，任凭玛丽的嘴含住。

想起给槿熙出过的题，我老爸的列车奇遇，没想到这还真他妈的带遗传呢，可真够扯淡的！

她的舌头软软的……我控制不住自己，一股股热流喷薄而出。

不想说什么，想忘记这种记忆，同一个人从手到嘴发展用了差不多十年，无话可说，如果非说不可，就是三个字：他妈的。三个字太奢侈，用两个就是：傻逼。如果用两个字来形容也未免显奢华，一个字足以形容，就是：二。

太他妈的二了！

玛丽想到了被乘警弄到餐车去的有可能是她那个挨刀的老公，满意地拍了我脸一下，匆匆地先出去了，一边用手擦着嘴。

我像受了无尽委屈，有些气急败坏地回到车厢，原来这就是二的含义而且达到了最高境界，要多二有多二的一个人回来。走过餐车的时候，我看见并听见玛丽抱着已头破血流的挨刀的老公，在跟乘警诉说有人偷了编织袋，编织袋里可是要卖给图钢市追求时尚女孩的名牌夏装啊！

她在撒谎，搂着醉醺醺额头在流血的老公的那份情感倒是真的。我猜想身体强壮的乘警摁不住看上去体重有二百多斤的醉汉，一定使用了绝不会承认的暴力，好像也没有谁在意。看来驶往东北的列车上发生流血的事儿跟坐在北京出租车上听的哥讲国家大事儿一样没什么可惊奇的。

我假装不认识玛丽走过她的身旁，注意到她的嘴唇很红，一定又抹了口红，我突然对鲁迅关于"吃人"有了新解。我真的被她吃了，却看不出她吃过我的样子。我好像一瞬间有些后悔没有抚摸她任何部位，一直像投降一样高举着两手，直到阵阵电流袭击时我宁可把手放到自己的头上，这感觉如此奇特。

雀儿一姐坐在我的下铺上，明明知道我回来了，并没有看我一眼，始终盯着一定是她拉开一点儿窗帘的窗外。对面铺的人从一上车就蒙着头大睡，甚至没有变过姿势，一个幸福的能在火车上大睡的人。

我坐下，伸手从小桌板上拿过来矿泉水，咚咚的喝了几口。

"去哪了？"她看着窗外，冷冷地小声问。

"餐车那边，"我又喝了几口水，"那边打电话不吵别人。"

我以为她还会问什么，没有，她向前探了一下身子，躲过怕碰了头的中铺，站起来，没有动，也不看我。我知道有点挡她，赶紧收回脚，她走过去，从梯子爬上了上铺。

我站起来，看着她匍匐着爬好，把脸朝向里边，使劲地甩着被子，头在枕头上蹭了好几下才舒服了，然后一动不动，做出睡的姿态。

我坐下，口渴得厉害，把大半瓶矿泉水喝干。

躺下，却睡不着，一直在想杜海怎么会把槿熙和刘思雨从酒店接到他家？一定是曹大蛤蟆把他俩拉到城里喝酒去了。被雀儿一姐发现了吗？她为什么很生气？

对，她说我和杜海"利用"了槿熙，这是我最敏感又讨厌的，于是我也开始生气。

不知多久，我睡着了。好像刚刚睡着，又醒了，感觉到身边坐着人，朦胧中以为是雀儿一姐，原来是韩佑。

"你在干吗？"我小声问。

"我渴了，"佑佑说："我要喝水。"

"喝吧。"

"没有了，"她说："谁把我的喝了？"

我坐起来，也只能是半仰着，说："没了吗？"

她凑近了我，"我以为你回不来了。"

"怎么了？"

"中铺那个挨刀的说他老婆被你拐跑了，他要杀了你。"

佑佑率真地可怕，我难以置信她知道有人要杀我居然还睡得着，看见我活着回来下床找水喝，还亲切又神秘地告诉我如此重要的信息。

"你还有水吗？"她问。

"没有了。"

"你的水呢？"

"放了。"我有些阴险，甚至猥琐。做个时尚的人不易，做个高尚的人更难。还好，我从来没标榜过自己有多高尚。

"你怎么放了？"她气呼呼地。

"就放了！"我越发生气。

"我要喝呀！"

"你晚了，"我接着说出一句让品德完美的人会觉得令人发指的话，"有人对着嘴儿给先喝了。"

"谁这么缺德?"

两条长腿吊下来,踩住了我的腿,显然不喜欢,踢了踢,我往旁边挪了挪,雀儿一姐没有用梯子,从上铺就这样直接下来了,很生气地说:"你俩干什么?让不让人睡了?"

"小却姐,我要喝水,可他的水不知道让谁对着嘴给喝了!"

"我去!"雀儿一姐说。

"我晕!"佑佑附和着说。

"知道吗?"我看着雀儿一姐说:"在古汉语里女人是说我丢了!"

"槿熙跟你一样是学中文的,"雀儿一姐说:"我听过她说丢了,不过不是在火车上,是在小树林里,让人恶心的庸俗说法叫打野炮,炮手是大眼灯。"

"王小却?"我有些怒火中烧了。

"在。"她毫不示弱地看着我,在昏暗中闪烁着明亮的眼睛,"干吗?"

4

离我最近的两个人都产生了距离,忽然间亲不起来了,而对我很亲的那个玛丽让我恶心,尽管我愿意给自己塞满自责,不想全怨她。女人追求起什么来比男人更疯狂,也比男人在得到以后更容易忘记,至少玛丽是这样的,她不像刚在火车上见到我时那样炽热了,她把大包小包运往车厢门口,她是女人中的战斗机。

到站了,冷冰冰的图钢,一个陌生的城市。让我印象深刻的是,图钢人看上去一个比一个强壮,在远古的战争中,这里该是多好的兵源地。

车站前横七竖八地停满了汽车,有挂着国家颁发的出租汽车牌子的,也有一眼看上去就知道不想让政府操劳自己做的。一个个膀大腰圆的壮汉堵住了出站口形成长长的通道,幸亏我背在身上的旅行包带子比较结实,要不早就被拽断了。还好,他们不对女人动手,拉着箱子雀儿一姐的和背着包的佑佑跟在我的身后,我得随时回头照应她俩,两个都不想再看我的女孩假装淡定,我还是从她们的表情中读出一些惊慌。

我突然感觉到了自己的责任,不完全是招来新生,我首先得保护好已经有的学生。

快上马路了，人群才能够自然分流，这时候玛丽找了过来，大声问："翔子，你们去哪儿？"

　　我忘了杜海定好的酒店的名字，雀儿一姐和佑佑看见玛丽几乎同时扭过脸去，只不过是一左一右。

　　"小却？"我试探着问，不知是不想还是不敢与玛丽对视，"酒店叫什么？"

　　雀儿一姐的脸上有了变化，她看见了什么。

　　"你不会自己看？就在那里！"

　　我顺着雀儿一姐的目光看向马路对面，看见了"龙腾大酒店"，只有七层高的所谓"大酒店"挂满了条幅，全都是大学的名字，有的还使用了形容词或名词，我不知道竟有这么多大学，一个个都是如此陌生的名字，大概有上百家。

　　"中国第一职业教育学府北京歌德耐尔学院"，不知因何，我的眼睛一下就在"歌德耐尔"定住，在五颜六色像农贸市场花哨的条幅里，歌德耐尔让我的心突然咯噔了一下。

　　"招生的都在那儿！"玛丽说："那我就先不管你们了！翔子，带好你的两个小妹子，从天桥那儿过去就行了！看好手机和包，别让人抢了，图钢的小偷比北京的部长还多还疯狂！回头见！"

　　不知道"回头见"是什么意思？就是说她会到酒店来找我？我倒是先回了头，看见玛丽扭着走向不远处的面包车，她的屁股有点大。我想起来了，初中时同学背后都叫她大屁股班长，还有坏小子说玛丽将来生孩子不费劲儿，打个嚏喷就能生出小玛丽了，要是男孩保不准就是小方翔。玛丽初三时疯狂地用整我的方式追我人人所知。

　　雀儿一姐拉起箱子，僵硬着身板走向过街天桥，这展示出她在生气，她很喜欢这样，形体语言经常比脸上的表情还丰富。韩佑看了我一眼，决定跟上王小却，一个可爱的小迷糊用行动公然宣示与雀儿一姐相同的主张。我无奈地摇摇头，跟在她俩的后面，雀儿一姐在前，韩佑步步紧跟，我断后，想起玛丽的叮嘱，警惕地打量着四周。雀儿一姐出点事儿我跟学校和她的大春没法交代，韩佑招惹出是非来，我不知道向学校和她莫名其妙的男友如何解释。我忽然发现此行怪怪的，且责任重大。

　　我强烈地需要解释。我边走边拿起手机，打给槿熙，关机。又拨给刘思雨，也关机。看来我必须把杜海拎出来，通了。

"杜兄，我们到了！"

"好！"杜海有着洪亮的膛音，在电话中声音更显出磁性，说："她俩也到杭州了！待会图钢电台的记者会去找你，先下点毛毛雨报道，等槿熙拿下冠军，在图钢的宣传就展开立体轰炸——报纸电视台一起上，用形象建立品牌，用品牌带动专业，招生就有希望了！"

"那你呢？"

"我在搞招生老师的电话，招办不给，你让王小却接电话。"

"干吗？"

"她们班主任被派去招生了，要通过那个班主任打开关系，每招一个学生我们单独奖励五百！"

"学校给？"

"我自己出。"

"你有病吧？"

"看看天下能做成事儿的人哪个不像有病的？"

"我一会儿让她打给你吧！"

"你们干吗呢？"

"正在上天桥，"我大声说："走向寻找天使的路！"

"废话太多！让王小却给我电话，你要设法进学校宣传，记住了，要走进高中的教室！"

走进酒店大堂，我以为是进了印刷厂的样本厅，展示着五花八门的标本，看看拥挤在地上的易拉宝上面的文字各个气壮山河，好像这个国家的大学都完蛋了，能拯救中国教育的都汇集在此了，几乎都标榜"第一"、"最好"。我非常同情酒店老板，为了赚钱已经把酒店搞得面目皆非，才明白杜海定到房间多么不易，这么多叫大学的叫学院的挤在一起，我看着全国第一、世界领先、北京最好的广告语总想笑，不见北大清华就都敢胡诌第一，果真就是"山中无老虎，猴子称大王"了！

又见歌德耐尔学院，易拉宝有些霸气地排成两排占据在楼梯入口处，我隐隐心动，仔细品味，却是一阵难言的心酸。雨婷真的走不出我的世界吗？她怎样的生命气息会如此长留在我的心间，而且还在默默地成长？槿熙不是吗？槿熙不是活脱脱复活的雨婷么？

我似乎开始明白每个女人都是一本书，哪怕故事不同，封面几乎一模一样，虽然谁的一生也逃不过爱恨生死四个字，读起来却滋味不同，美轮美奂的一定是只属于自己的独特部分，最美的花并不争奇斗艳，活得自然就有了自然之美。这才是槿熙和雨婷的相同之处，却依然各有别样。

"方老师，我们在七层吧？"雀儿一姐说："够高的，没电梯。"

"不怕，"佑佑说："小却姐把箱子给我，我一口气就能爬上去！"

雀儿一姐并没有回应佑佑的故意讨好，若有所思地看着我。

说心里话，我喜欢她的这种并不太成熟的职业感。

"你是说，"我也做出若有所思状，面对任务，可以忘却火车上发生了什么，她俩当然也不可能知道发生了什么，我配合着要重新建立起严肃的沟通，并处于主导的位置。"学生和家长来咨询走不到七楼？没关系，我们有办法。"

"用什么吸引呢？"雀儿一姐尽显出深刻。

"没关系，找张桌子我坐在大堂不就行了？"佑佑说。

"闭嘴，你的嘴就留着吃饭用吧！"雀儿一姐厌烦地瞪了她一眼。

"长嘴不就吃饭和说话吗？"

"嘴巴不一定就做这两件事情。"雀儿一姐阴险地说。

"还能干吗呀？"

我赶紧说："小却给杜院打电话，问问找谁开我们预订好的七三七房间？佑佑看好箱子和包，一会儿帮我拿上去。"

"那你呢？"她俩异口同声地问。

"我去做易拉宝，"我大声说："我们来晚了！"

真的是来晚了，龙腾大酒店成为图钢市招生大楼，三月里上百家大学就驻扎进来，甚至还有物流公司、送盒饭的、印刷厂、小广告制作社、洗衣坊、招生代理公司、打字复印点，邮局和银行也设了服务点，我还看见了大堂阴暗处的药品柜台，一眼看上去最醒目的居然是五花八门的避孕套。

我不用走出酒店把招生要做的用品都能弄到。

我要做两个易拉宝，一个写着"最好的在高处！望族大学在七三七"。还有一个我想了片刻，酒店里汇集了如此多的高校，说得一个比一个牛逼，我已经找不到可以用的形容词了，想起哲人说的话，办法总比困难多，于是灵机一动，写上"本酒店里最好的大学在七三七"。

负责设计的长发小伙儿看着我写好要喷到易拉宝上的字怔了半天，然后向我伸出大拇指，赞许地点着头，没说话。

"什么时候能做好？"我问。

"明天下午吧！"负责接活儿的人说，又看了我一眼，"有图片吗？"

我摇摇头。学校有大量的照片，可是招生办按校办的指示不给我们，望族大学在全国每年招一万多名新生，却不相信我们能招来"汽车模特"专业的。还有就是曹大蛤蟆不在乎学校多五十少五十学生，同意杜海创办新专业只是给高阳做个姿态看，我们除了手提衣箱、肩上扛个脑袋之外什么都没有。

"就帮我设计两只眼睛吧！"我说："一个上面一只。"

我觉得挺好，一个易拉宝上有一只眼睛，一只眼睛告诉别人"最好的在高处"，一只眼睛看着人说"本酒店里最好的大学在七三七"。

我带着自信的微笑离开，走向大堂深处的楼梯口，穿过"歌德耐尔学院"两排整齐的易拉宝通道时，心里不由酸了一下。雨婷真的是跟我永别了，可她好像还在这个世界上，并不是在那座高高的山顶上而是在这里。在这里看着我，没想到有一天我会与因雨婷而担任过辅导员也就是她的母校成为竞争对手，雨婷会难过吗？

我看见了许大鹏，很突然，也必然，这就叫意料之外情理之中吧！他说他要来东北招生，没想到也是图钢。

我会拔出剑来对付我的学生吗？这样一想心里就充满了痛，而且是无法接受的，可他就出现在我面前，曾经狂追过雨婷的许大鹏，在离京前夜店相遇把槿熙当成雨婷，现已成为歌德耐尔学院招生老师的许大鹏。

他剃成了板寸头，正从一楼的楼道第一个房间出来，看见我时把墨镜推到头顶瞪大眼睛惊呼道："方老师？我靠，真的是你啊！"

第九章

1

我感觉有点沉重，歌德耐尔学院在一楼的楼梯口处有两个面对面的房间，把住了通向西面客房的口，两个该是在夜店跟我们斗过酒的人虎视眈眈地盯着楼梯，似乎随时要把想上楼咨询别的学校的高中生拽进屋里去。

许大鹏问了一句长得特像江雨婷的槿熙来没来。就是说他知道望族大学也来图钢招生而且是在七层，只是没想到会是我，他从我想到了槿熙。我第一次走进歌德耐尔学院成为校外辅导员的时候，他从我第一眼看雨婷的眼神中知道他真的追不上雨婷了。

看来我和这个许大鹏命中注定就是一种敌对关系，我不知道怎么会这样，他显然也不知道，一直笑着看着我走上楼梯，我拐弯迈向二层的时候看见他依然举头在笑。

他的笑多少让人觉得有些恐惧，如果不用毛骨悚然这个词的话。

上到七层，往两边看，看不出这过去是、将来是、现在肯定已经不是的酒店客房，楼道里不仅墙上贴着，地上也摆满了花哨的广告。全世界都不知道中国是怎样高速发展的，杜海总说看看中国形形色色的展销会就知道了，包括每年的糖酒大会就知道中国是怎样真实的中国，再看看图书订货会就明白这个国家不是没有文化而是文化是怎样坠落的。杜海一定想不到大学招生竟比全国糖酒大会和图书订货会还恶俗，可见中国的教育叫人情何以堪啊！

七三七房间在右边楼道的深处，韩佑站在有些昏暗的最里边正在向我招手。我走向深处，通过了一个个耳熟能详的大学，不熟悉的是这些大学的名字后面都缀上了有些西化的名字，也就是大学所属的二级独立学院。我还真不知道缀在大学名字后面起了单独名称的学院在体制上到底算什么，属于国立还是民办抑或创建出了新的非国有非民办的机制？看看那些来自西方如歌德耐尔的名称，估计属于上帝吧！

走进七三七房间，我难以想象要在这里住到七月。这是一个套间，外间没有沙发没有床，有两个破旧的办公桌和四把纯木老式椅子，道出了这家酒店的历史和心酸，所以才一咬牙蜕变成中国教育体制下大学招生的农贸市场吧！

雀儿一姐站在椅子上，把望族大学的招贴粘满一面墙，可招贴上既没有汽车模特专业也没有文化研究院，有的是已形成气候的二十个学院的名字。我们三个活生生的真人在此，可从学校层面上并不存在。我没有工作证实际上连名片都没有，有的只是要从图钢招到美女帅哥组成汽车模特专业的决心，但这决心尚未完全建立就要崩溃，真的，我不知道该怎样招生，即便杜海拐弯抹角地请到图钢电台，把"中华小姐"槿熙像彩蛋一样让人砸，就是真的有人想来，能越过层层坎坷穿过道道封锁到达七三七吗？

七三七，多好的房间号，让人以为是乘波音飞机起飞呢。对，乘着飞机追逐梦想，像天使一样飞翔。我在图钢这个诡异的酒店好像有了广告词了。

雀儿一姐从椅子上下来了，不知道她从哪儿弄来的这些招贴，她知道了我的心思，说："跟我们班主任要的，好多老师都听说要办汽模专业可曹大蛤蟆不支持，老师们认为这个专业好，别的学校比不过，因为我们有望族汽车做后台。你的易拉宝做了吗？"

我点点头，转身走向里间，看见一张大床。韩佑坐在床上用手机发短信，看上去速度奇快。房间不大，我听到了隔壁传来冲马桶的水声，还伴着咳嗽声。我明白了，这间卧室的另一面是 736 室的卫生间，不隔音，一个男的在打手机，说是明天上午要去学校进到班里宣传，我还知道了他来图钢是招空乘专业的，好像是一所航空学院。

我在想我该睡在哪儿，当然是外间，可外间弄成了办公室的样子，不知道是没有沙发还是被前一家退房的学校给撤走了？与此同时我还想着另一件事儿，脑海里重放出我看过的易拉宝，好像有一大堆招空中乘务专业的学校，包括歌德耐尔学院也有了空乘专业。我们是来招模特的，都跟美女有关，这不是杜海说的"美丽经济"大时代，更像"美女经济"大粥棚。

韩佑哈哈地笑着，不知道她男友用什么逗乐了她，我转身，雀儿一姐正进来，我在门口挡住了她，要不雀儿一姐肯定冲进去指着韩佑的鼻子骂娘了。

"你要不知道干什么滚回去好了！"雀儿一姐指着里屋，"有病！"

笑声戛然而止，韩佑不笑了。

"小却，别急！"我看着她涨红的脸说："招贴上既没有我们学院也没有我们的专业，贴它干吗？"

"要不让槿熙赶紧飞过来？"她气呼呼地瞪着我，"给你换上喜字贴满墙？"

我叹了口气。

她转身离开，走到桌子前，"这什么破电脑，十分钟还没开机呢！"

韩佑在后面推了一下我，走出门，过去。

"小却姐，我该干什么？"

"我怎么知道？"雀儿一姐拍了一下电脑机箱，"问方老师！"

"开机了！"韩佑盯着显示器笑了，"电脑都怕小却姐呢！"

我故意放声大笑，佑佑没心没肺地跟着笑，终能缓和一下，韩佑表现出她没生气。

"你去问问服务台可不可以加张床？"雀儿一姐看着她说："要那种能缩回去又能伸出来的！"

"小却姐太淫荡了！"韩佑吐了一下舌头，"说折叠床不就行了，什么叫能缩回去又能伸出来的？太恶心了！"

"你才恶心呢！"雀儿一姐说："你亲口跟我说的，看见你男朋友那东西把你吓坏又给逗笑了是不是？第一次你们俩都折腾得满身是汗，还一晚上愣没进去是不是？"

我快步走向门口，实在听不下去。

"回来！"雀儿一姐喊道。

我对雀儿一姐无法做出评价，她聪慧、干练，又如此漂亮，只是属于冷艳型，不是我喜欢小鸟依人的那一种。王小却跟槿熙完全是来自两个不同的世界，而有些男人更喜欢冷艳型的，肯定不是我。

韩佑带着懊恼去服务台要能缩能伸的折叠床了，肯定后悔跟雀儿一姐讲出自己的秘密，她正在开始明白女人跟女人之间或许没有朋友，如果有也是脆弱的，岂能像男人和男人之间为了朋友可以两肋插刀，闺蜜如此不可靠。韩佑为了取悦雀儿一姐说的是心里话，而雀儿一姐却听成了笑话。

我真的想槿熙，做易拉宝的时候发的短信还没回，不知道我的策划好不好，用英文朗诵《再别康桥》算不算一个好主意，她如何用从玩具店买来的魔术道具在众目睽睽下训练呢？

我一直拿着手机，期待槿熙发来短信。也许她没有时间吧，小妹说过无论冠以何种名头的大赛都是在选美，在集体展示之前必须经过密集的训练，在训练过程中实际上大部分结果已经出来了，也就是说并非全都是在比赛时决定的。

我不太懂，也不太明白选美到底算是怎么回事儿，正如尼采所说，存在的就是合理的，剩下的只看解读者的能力了。

我似乎隐隐感觉到能力的重要性。

雀儿一姐不说话，也不看我，关注着好不容易才启动的计算机屏幕，手指快速地敲击着键盘。我看不见她的手，听到的像是沙沙雨声。

"要做广告，然后进高中班级介绍学校和专业，有一个专业名词叫宣讲。"她好像是在念什么。"咨询会各地不同，但都是在高考结束的六月中旬以后。"

明白了，她在跟她的班主任聊QQ，把看到的话念出来给我听。班主任四月最后一周不再带班了，由学院推荐，招生办主任亲自面试通过之后，就会被派往全国各地，望族大学在全国三百个城市设立了招生办事处。

然后我开始不明白了，图钢作为东北三省的重要城市，招办怎会不设点儿而允许我们来呢？这是一个问题，也许比哈姆雷特在舞台上走来走去的经典问题还严肃，又可疑。大学招生看来也是一个舞台。在图钢市有一百多所大学集中在这家酒店表演，最具实力的豪华阵容莫过于歌德耐尔学院了。

"你看着我干什么？"雀儿一姐抬头扫了我一眼，"过来帮我揉揉肩，有什么问题要问我们班主任吗？她在河南洛阳连续招生三年了，每年都超过一百，你有什么要问的？杜院跟我说学习都是问出来的，不是像个大傻子光听！"

我走过去，站在她的身后，看着显示器上两个人的聊天记录，她扭动了一下身子，提示我该做什么。

我抬起手，迟疑了一下，还是放在她的两个肩上，轻轻揉动。

"招生最有效的宣传是进高三班级里，在传播学上叫锁定目标客户吧？"她对我说，一边看着显示器一边快速地敲打着键盘。"这还不行，老师告诉我关键的是要拿下班主任，学生在选择学校上更愿意听班主任的。你能使点劲吗？别糊弄我！"

我没说话，害怕无论怎样说都会掉进她的语言陷阱，使点劲儿，别糊弄，是我听过的我家保姆的话语。一天中午我离开学校回家拿《白毛女》，我突发奇想要创作根据《白毛女》改编的《杨白劳为什么不还钱》，记得妈妈有 VCD，在地下影音室的一排不放书只存影碟的书柜里，走进地下室的时候听见影音室传来保姆指责的声音。我没有进屋，稍刻停留，接下来听到保姆的抽泣，房阿姨毫无顾忌委屈至极的哭声。

保姆房阿姨已经四十多岁了，她的丈夫也在北京，在天通苑的一个物业公司做电工。两口子来北京已经十几年，没有自己的家，这天中午老公偷偷跑到我家来跟老婆约会了，让我知道女人得不到满足时竟然会哭，男人的责任好大啊。

"使劲呀？"雀儿一姐大声说："你行不行啊？"

门外传来一声清脆的咳嗽，像是有意在提醒屋子里门外有人，然后才响起了敲门声。

雀儿一姐站了起来，瞪着我说："不会是火车上的那个贱女人追来了吧？"

我吓了一跳。

又一声敲门。

"进来！"她气呼呼地说："没插！"

我扫了她一眼：

"是没插啊？"她大声说："你插了吗？"

我要疯了！大步走向门口，停了一下，真怕是玛丽来访，一咬牙使劲拉开门。

一个戴眼镜的站在门口，还扶了一下眼镜，看看我，歪了一下身子向里看，脸上露出了坏笑。

我下意识地转回身，看见雀儿一姐正在系衣扣，可她并未解开过啊！就在我走向门口这五步距离的时间里，她还把头发弄乱了。

"是方老师吗？对不住打搅了！"他收回目光看着我说："我跟你一个姓，也姓方，三百年前没准是一家呢，图钢交通台方子良。"

他没有进屋的意思，我看出他不想进来，只是眼睛禁不住地往里瞟。我不确定是雀儿一姐吸引了他，还是他在评估我和一眼就能看出来自南方的女孩何以在这个时间段里云雨，他好像后悔从咳嗽到敲门提示的时间太早了，错过了精彩的前戏。

"我们主任叫我来找你的，看来那个叫杜海的来头不小，我们俩都是具体办事的人，就不客套了，这是我的名片。"他把早拿在手里的名片递给我，"需要我具体做什么就打电话吧！"

我扫了一眼名片，是交通台广告部业务经理，媒体拉广告的，至于业务经理职务可一笑了之，其实就是跑销售的业务员。

我不知道杜海动用的何种关系，笑着说："我第一次来图钢，最想知道这里哪家餐厅最好？没办法，我就是个吃货，请指点一下，我们一起去。"

"到东北来当然要吃东北菜了？"他笑着试探问。

"不一定吧！"我故作幽默地说："在我看东北人做的都是东北菜，四川人做的就是川菜，湖南人做的自然就是湘菜了，唯北京没有菜系，依了山东菜的鲁系为主，幸好北京建都八百年有了皇家的小花样散落民间，也不过除了烤鸭就是涮羊肉了。"

"方兄果然是个美食家！"他有些兴奋了，尽显出老道，盯着我说："我不喝白酒不喝啤酒也不喝红酒，不吃猪肉不吃牛肉也不吃羊肉，所以对美食没有研究，比不得方大哥了！"

"那你吃什么？怎样活下来的？"雀儿一姐走到门口说："你们俩就在楼道上谈吃论喝，怕是像我一样饿了吧？"

"请方老弟带路！"我继续微笑着说："我们去一家不喝白酒啤酒红酒，不吃猪肉牛肉羊肉的地方吧！"

"吃素？你们要当和尚呀？"

"不！"

我和方子良不仅异口同声地说，而且彼此看了一眼，立即会意地笑了。

我记得一个很了不起的人说过：不做总统，就做广告人。说这话的人是总统，叫罗斯福。当然，老罗还是选择了当总统而没成为广告人，不对，他是世界第一广告人，把"美国"从名词变成了形容词。

方子良在出租车上并非刻意向我展示了他的人脉和资源，一个个响个不停的手机，夹杂着出租车上交通台一男一女主持人的话语，揭示出了图钢万象。一座老工业区正蜕变成新兴城市，再加上城市标志性的堵车和窗外左右的建筑工地，我知道在我五十岁之前，在中国无论到哪里都会是尘土飞扬。中国果真就是一个拆出来的新中国，我悲哀在我未来几十年里就这样活过，将经历整个发展过程，突然觉得作为个体并未给我带来多大好处，就像通往花舍香榭的那条路，这些年几乎一天也没停止过修建扩建，印象里总在施工中。发展看上去是由政府主导的，可政府似乎准备不足，通向花舍香榭的公路就老让政府处于被动，要不干吗老是往宽里扩个不停呢？

如果我对招生办学像对房地产那样熟悉就好了。

香港海鲜城灯火辉煌，不吃猪肉牛肉羊肉的方子良带着我们来到了有龙虾、鲍鱼、鱼翅的食府，一共有六层的建筑，看上去人满为患。我扫了一眼巨大的停车场，像是国际车展停满了豪车，有加长定制的卡迪拉克，也看见了布伽迪、兰博基尼、玛莎拉蒂，奔驰、宝马和奥迪看上去不算什么了，当然一辆望族汽车也见不到，日产、现代车系开来了似乎都不好意思往车场停，停在像皇宫一样的食府门前有人下车马上就开走了。

我结了账，下车，方子良先跑进去，显然是要去洗手间。雀儿一姐很有耐心地等着慢吞吞的机打发票，然后才在服务生伸出手挡住车顶的礼节护顶中下来，眨着眼，陷入了一瞬间的迷惑，问："谁请谁呀？"

"废话。"我说。

"你才废话呢！"她说："你还以为你是花舍香榭的品牌总监方总呢？你现在是扣除保险和养老金实发工资不到一千八的班主任！"

"胡说八道，"我怔了一下，"班主任工资这么低？"

"你还没发过工资吧？"她认真地说："知道我们班主任为什么每年都出去招生吗？她靠工资养活不了家，就靠招生奖励的提成供她女儿上高中！"

"会这样？"

"坏了！"雀儿一姐突然想起什么大声说："我们把韩佑给丢了！"

"真是的！"我也这才发现愣把一个大活人给丢了，居然忘了到总服务台去问床的佑佑，"赶紧打电话，让她打车来香港海鲜城！"

"算了，让她买包泡面自己吃吧！"

方子良走过来，"挤出一个包间，就是稍微大了一点，十人的，有最低消费没关系吧？"

"有关系！"雀儿一姐说："我们就三个人为什么要坐十个人的？按十个座位算每人最低消费？"

"没关系！"我阻拦了她，怕雀儿一姐再往前一步，性感的嘴就碰到方子良的鼻子了，"不是三人，是四位。"

"还有谁？我们主任来不了，他儿子今年也高考。"方子良说。

"请。"我豪迈又坦荡地说。

雀儿一姐看着我，像是很痛苦地拿起手机。

坐在二层靠近窗口的位置，我不仅可以眺望窗外，还可以看到楼下，听着方子良豪谈交通台在图钢的影响力，想的却是槿熙此时在做什么，正在训练或者像我一样此时也进入了晚餐？她为什么一直没有给我回信？我发现我着实弄不懂她。

服务生端进龙虾的时候，我闻到的是从楼道里飘进来的白酒味道，另外夹杂着劝酒声，豪爽的图钢人。当我点了不喝白酒红酒啤酒要了 XO 的时候，女服务员怔了一下，用对讲机询问，证实 XO 是存在的，并非酒水单上的摆设。吃海鲜喝洋酒总有些不伦不类，可这是方子良的意愿，并且让我明白请他大餐是值得的，钱不会白花。

"晚高峰时段交通台收听率最高，我们主任说你们不仅没钱做广告，连在图钢招生必须经过图钢市教委的批文都没有，省记协的人打电话找主任，看来你们杜海神通广大，主任打好招呼了，设计话题在直播中有奖竞猜，望族大学的招生宣传更到位！"他端起 XO，"预祝你们在图钢招生成功，来，干！"

他把 XO 当啤酒了，让我无语。

"我们方老师喝不惯洋酒，只习惯二锅头，北京农民而已，我来！"雀儿一姐为我挡酒，碰了他的杯一仰而尽。

方子良开始兴奋了，看雀儿一姐的眼神总像是不怀好意，呵呵笑着，还不时地打量着我，必是回味着在门口聆听到的谁听起来都是糟糕无极限的话语。

我转向窗外，看见一辆奥迪停下，服务生拉开车门，跟我一起看见了一条长腿，司机匆忙下车绕过来，我有些吃惊，竟然是许大鹏。我挪了一下身子细看，从车上下来一个穿着牛仔短裤的美女，两条长腿更显得张扬，紧身毛衣似 hold 不住要爆炸的胸，扎眼的两个巨乳先出现，我的天，是韩佑！

我惊呆了，韩佑何以能让许大鹏开着奥迪把她送到香港海鲜城来？

雀儿一姐定是察觉到了我的表情，想起身过来看看我看到了什么，方子良先起身走过去拿起 XO 给她的酒杯斟满，说："坐下！你既然给你老公挡酒，我就跟你喝个痛快！"

我转过脸，正跟雀儿一姐的目光撞上，看见了她恼怒的眼神，顷刻间又化成了微笑，她转向方子良，说："那好，我喝一杯你就给做十次直播，干！"

方子良没有拦住，大声说："那不行！一瓶一次晚高峰！"

"靠，一瓶一高潮？"雀儿一姐说："换啤酒！"

"你把我们交通台看得也太不值钱了！"方子良晃荡着脑袋说："不行不行！XO一瓶一高潮，啤酒十瓶一高潮，你选哪个？"

"那我喝两瓶就来一次高潮，就这样！"雀儿一姐大喊道："服务员，上两箱啤酒！"

"别闹了！"我站起身，端起杯，说："方老弟，这杯我跟你干！"

"你坐下！"雀儿一姐准备玩儿命了，"没你什么事！服务员！"

"那好吧，两瓶一次必须一口气干了，说好了十瓶起！豁出去给你们连做五天广告，不许耍赖！"方子良看着我，又瞄了一眼雀儿一姐，不怀好意还有些酸酸地说："看来成功男人的背后都有一个女人啊！"

"我来了！"韩佑推门进来。

方子良瞪大眼睛，嘴像死鱼一样张着合不上，鱼到死也不明白是怎么上钩入网的，不全因为鱼的记忆只有七秒钟。他此刻快断篇儿了，不是都说成功男人背后一定有一个女人吗？凭什么我是俩？还一屁股挨着我坐了，韩佑咋呼着说："饿死我了！你们都给吃完了？怎么就给我留了一碗小米粥？"

"老妹儿，"他快醒过来了，"这是辽参粥，一碗八十八，还不算服务费，真没吃过呀？你是谁呀？"

"我是来喝八十八一碗粥的！"韩佑看着雀儿一姐说："小却姐，你怎么不叫我？"

"来了不就行了？"雀儿一姐说："收到我的短信你就打车来了？好找吧？"

"好找！"韩佑答应着，转向方子良大声说："小却姐先喝十瓶，然后我来，五次哪够呀？"

"怎么，十次才能过瘾？"方子良坏笑着，"你美了，我可顶不住啊！"

"我看你行的，有什么顶不住？"韩佑不明白话中有话，傻乎乎地说。

"闭嘴！"我嚷了一句，对韩佑说："喝你的粥！"

"老妹儿眼毒啊！"他走向韩佑，"还没试过，你怎么知道我行？"

太过分了！

我端起杯迎上去，一只手搭在他的肩上，像是很亲切的样子，实际上非常用力，算是一种警告。方子良察觉出来了，却越发不明白。

"我先干！"我一口干了XO，却在嘴里三次才咽完，压低了声音说："你坐回去。"

他绕过我身后，坐回到我的右手边座位上，眼睛始终舍不得离开韩佑，还吧唧着嘴，死鱼复活。

雀儿一姐突然不开心了，拿起刚上来的啤酒，对着瓶子一口气干了，又拿起第二瓶，我大声说："小却，好了！"

"你老公心疼你了，"方子良说："让老妹儿来吧！"

韩佑把辽参小米粥的核心价值——辽参一口喷了出来，"老公？"

"瞧你激动的！"方子良想站起来，没成功，被我伸出的手压住了肩。"她呛着咳嗽呢！快喝口水顺一顺！"

雀儿一姐起身，坐到方子良的旁边，转着桌台，拿起酒瓶，对着吹了，说："你可别反悔啊，这二十四瓶我全喝了，交通台每天出题播十二天，题目由我们出！"

"奖品呢？"方子良转向我，"对了，你们是几本呀？"

"我们不是本科院校，计划内是专科，"我有点上头，还从未这样喝过XO，"教育部给起了个新词儿叫高职。"

"高职？"方子良怪声怪气地说："汽车模特专业就是个大专呀？"

"大专也不是，我们还没在计划内里呢！"雀儿一姐又仰脖喝干了一瓶，"所以是本科，望族大学自设的'321'专业，我喜欢！"

"那你们怎么跟歌德耐尔学院比？"方子良晃着头，"争不过啊，人家可是二本！"

"二本？"我差点儿把一口龙虾肉给喷出来，"歌德耐尔跟我们一样，什么时候变成二本了？哈哈！"

"我不懂，我是今年刚来图钢的，听台里跑教育的记者说，望族大学去年在这儿招生把图钢中学差不多给端走了两个班，所以才把歌德耐尔吸引来了。"方子良看着韩佑说："像这老妹儿吸引我一样，就把老妹儿当奖品吧，跟我走！"

"你想把佑佑带哪里去？"雀儿一姐挑逗着说。

"五月八号交通台开播五周年，要搞一个庆典，在胜利广场跟听众互动，老妹儿天生就是个模特坯子，穿上比基尼，我们主任跟台里也有个交代！"

"这样啊？"雀儿一姐笑着说："那你就给我们宣传到五月八号，让我们的'中华小姐'登场岂不更好？"

"'中华小姐'大赛？全国总工会联合十几个部委办的那个大赛？"方子良兴奋了，"台里正找新闻由头贯彻上面的精神呢，你们能把冠军请到图钢来？"

"我们方老师一句话！"雀儿一姐说："只要不花钱宣传汽车模特专业，方老师也正求之不得槿熙来呢对吧？"

"天哪！"方子良端起杯又放下，看着我，"你究竟有几个好妹妹呀？"

手机在闪动，是槿熙打来的。

"嗨，帅哥？"我打开手机，走出包间，有些吃惊地怔住，我想我一定露出了过分的惊喜。

"你怎么了？"槿熙在手机中惊讶地说："叫我帅哥？跟谁在一起呢不方便吧？那先挂了。"

"等一下！"我拿着手机急忙说，这一声唤住两个人，可槿熙还是把手机挂了。

他站住了。

我收起手机，他转回身，疑惑地看着我。

"我们见过，你叫施八一对吧？"

他没有任何变化，脸上没有做出一丝我以为会有的反应，我毕竟叫出了他的名字啊！

还是那么精致，他的脸看上去比女人还细腻，睫毛又浓又长。我看见他微微动了一下嘴，欲问又止，展示出了如此的唇红齿白。又见这个美少年，他不是人，他才是真正的天使！

两个男人从我身后走过，一个恶狠狠地盯着我，另一个护住他，走向隔着一间门的包房。

"望族大学！"我朝他喊着："图钢龙腾大酒店七三七！来找我，模特专业！"

挡住我的壮汉推了我一下，他被护着走进包房时侧过脸看了我一眼，这回有反应了，我看见他淡淡一笑。

我发现我出汗了，有一种莫名的激动。

把施八一招进来，再有槿熙，汽车模特专业就有了金童玉女，两棵梧桐树引来凤和凰，戴上"中华小姐"桂冠的槿熙不知会多吸引眼球，肯定引来无数少男竞折腰，而这个必是上帝制造的美少男定让更多美少女发出尖叫！

我拨回槿熙的手机，她直接按了挂机键，中国移动的自动语音播放傻乎乎地告诉我您播的电话正在通话中。

夜里十一点多，方子良喝美了，摇摇晃晃地坐上出租车走了。雀儿一姐喝多了，我能想到。韩佑虽然也走不太稳，却还清醒，说："别让槿熙到这里来！听见了？"

她也学着雀儿一姐开始指挥命令我了，尽管从表情到语气都有些好笑，但我不想生气。韩佑肯定没喝过 XO，不知道洋酒越往后越会发作，接下来有她受的。

两瓶 XO 加三十六瓶啤酒，她俩一路上都说在为我玩命，可我又为谁呢？我有些迷糊。看见施八一让我兴奋，我亲耳听过他钟爱模特专业，尽管前面多了"汽车"二字，除了特色又有何不同呢？还有在阳坊涮肉见过的那个叫果果的女孩，他和她都是有梦想的人，一个有飞机的大老板和一个坐地铁的母亲看上去对孩子都是百依百顺，我愿意为有梦想的人做事儿。酒开始上头了，我大声说："把这笔账记在杜海头上！"

"杜院长说不给报销的，这九千八只能你出了！"

"谁说的？"

"该怪学校的！"韩佑扶紧了雀儿一姐，"也怪不得学校，招生费用都是统一的，小却姐她们班主任招到八十个学生才算完成定额，从第八十一个每招一个才有八百块钱奖励，可人家歌德耐尔招一个给四千！"

我没有在意韩佑的话，不知道她这些信息是从哪儿来的，甚至没想起许大鹏为何送她到香港海鲜城这件事儿，扶着快要瘫倒的雀儿一姐走上楼梯，雀儿一姐已经迈不开脚，我只好背起她。

在蹲下让软软的雀儿一姐趴上身的时候，我下意识地转了一下脸，在阴暗的楼梯口看见了一双眼睛，我怔了一下，那个人不见了，但我知道或是想到这般偷偷摸摸的人是许大鹏。我在歌德耐尔晚自习后跟雨婷散步的时候他就这样，许大鹏看上去很阳光又硬朗，骨子里却很阴暗，做人并不真正的阳光，做事也不够纯粹，倒是一个有激情的人。招一个学生就给四千块钱奖励，歌德耐尔的校长真是疯了，拿出一半学费做奖励，只挣后三年的学费？

上到三楼我有些气喘了，加上手机在我裤兜里不停地震动，该是几条短信发过来，当然会有槿熙。

我转过身把雀儿一姐靠在墙上借点儿力，对韩佑说："你先上去打开热水器，她没得吐了，洗个澡会好一些。"

"都怪你！"韩佑说："小却姐最恨被人利用了！"

"闭嘴！"我有点急。

韩佑摇晃着上楼，没有扶梯她肯定会摔倒。

我调整着呼吸，双手背在后面抱紧了她的屁股，雀儿一姐快有一百斤，她醉得不省人事竟会显得很沉。我继续上楼，她用只剩下一点的游思把头搭在我的肩上，两只手在我胸前晃荡，已经抓不住我。

我一步一步地往上，不时地用力蹾一下才能托住她，然后感觉有点儿不对，我的手竟然放进她的裙子里托着她的屁股，能感觉到她的肌肤，而且热乎乎的，上到五层她失禁了，尿了我一手，我的衣服也被她尿湿了。

"放……放下我……"

她的游思还在。我在想要不要送她去医院了。

"小却？"

"我……我没喝多，再……再来两瓶，我要高潮！"

我忽然有些难过。

搂紧了她，她那里已经湿成一片。

2

把雀儿一姐放到床上，韩佑在接听手机。我喘着气，看着脸色苍白的雀儿一姐，她的胃又翻动了一下，嘴角流出残液，我听到了关门声。

"韩佑？"

没有回应，韩佑走了。

我边脱湿了的休闲夹克边走出里间，看见挂在门后的熊猫晃晃悠悠。雀儿一姐原先挂在手机上的饰品，她好像换了一个新手机不再挂了，而把熊猫宝贝儿吊在了门上。

把夹克扔在椅子上，没有看见能伸能缩的折叠床。我走回里间，看着衣服吐得一塌糊涂，裙子也湿漉漉贴在腿上的雀儿一姐，整张脸像个小脏孩儿，睫毛也花了。走出七三七的时候，还是衣冠楚楚活泼动人的她，为了能让交通台有奖竞猜宣传望族大学汽车模特专业，现在真正的是面目皆非了，想起第一次在花舍香榭会所她跟我出来蹲在地上装醉，已经完全是不同的两个人了。

我的眼睛有些湿润。

她还在吐，已经没有可吐的了，胃液也快吐干了。

我走进卫生间，拿起毛巾淘湿又拧干，回到套间，看见雀儿一姐趴在了地上。她用残存的清醒不愿意吐到床上，就这样把自己折腾到地上了，幸亏这破酒店的床很低，我还是怕她摔痛了，弯腰抱起她，又放回床上，用毛巾心疼地擦着她的脸。

她的手胡乱扯着衣服，还把脖子下面划出一道痕，两只脚乱蹬着，在床上向里打了一个滚，我怕她从床的那一边摔下床去，俯身伸手拽她，没想到她又滚了回来，把我的两只手压在了她的身下。

我索性把她抱了起来，走进卫生间，把她放进浴缸里。

她在浴缸里扯着衣服踹着脚，像美人鱼失去了水，我看见了挣扎，好不难受。我帮她解开衣服，脱下胸罩，拽掉裙子，她自己褪下内裤，晃悠着手臂高高举起，像是非要我接住。

我开始放水，她的两脚上下乱踢，水花乱溅，弄湿了我，还高举着她的内裤，我无奈地接过来，扔进脸盆。

她开始安静了，水慢慢地浸过她的身体，我看见她下身的毛丛像水草一样漂浮起来，黑色的水草，在水中漂浮。她的两只手捏住了自己的乳头，两只脚勾在了一起，双腿随之夹紧。

我差不多明白了，明白她在浑浊的意识中在做什么，然后果真听到了她发出的阵阵呻吟。

我转过身，出了卫生间，关上门，这才得空掏出手机，坐在椅子上，看短信。

是槿熙发来的，有五六条。

　　方老师：我不开心，却不知道怎么跟你说。我都忘了怎么跟你认识的，刚才合练队形的时候才想起来，是望族汽车。我以为认识你好久好久了，仔细一想，没多少天啊，可我为什么会觉得认识你太长时间了，有一百年？我才知道我有多老，你有多老，我们俩前世就是手拉着手老死的吧？你说过下辈子还来找我吗？我答应过你等你吗？不知道。

　　我以为我知道的。站在望族汽车前，我从围观的人群中找到了你，是我先发现的你啊，一双让我心跳的眼睛，燃烧着向我投过来，我去，我好像被你点着了，熔化了。我上了既不是你的也不是我的那辆车，知道你会带我乱跑，刘思雨姐姐在你要我陪着试驾时提前告诉我，要防着你一点，盯着我在手机上先输好110，以备急需时第一时间打出去。

　　第二天你又来了，刘姐把我叫来，这回让我提前输好的是120，她说你有病，是一个只要爱就会爱到发疯的人。我记得当时心里怎样狂跳了几下，原来心跳会让人发软的，我浑身发软地再上那辆车，结果是我进了急救室。我醒来，发现赤裸着身体，我以为我会很害羞的，可没有，那时候依然不知道你是谁，哪里知道你是个大老板，房地产公司的股东和花舍香榭的继承人。

妈妈出事，我想让你帮我的，可我张不开口，但敢脱光衣服，是因为后来刘姐告诉我曾经被你和几个男保健医生联手脱光，我自己脱一次也无妨。为救妈妈我竟这样伤害了你，才让你成为今天这个样子。可我不想当什么"中华小姐"，刘姐说为了如此深爱我的人必须当，成为一个值得爱的人。

我不知道自己是不是可爱，愿意任你们摆布做成一朵最骄艳的花。来到这里我发现美女太多了，组委会为了香港回归十周年讨好香港，请来一个香港人做评委会主席，我真无语了，人家才不接受什么安排好的冠军呢，那会给你打电话就是不知道该怎么办，他要我去他的房间。

现在好了，刘姐跟我寸步不离，杜院长给谁打了电话，组委会的秘书长来找我，他满头大汗地说杜院长急了，评委有人胆敢胡来，他保证会砸了大赛，虽然中央电视台是录播，杜院长发话也播不成。望族汽车虽然还被人看不起，但高阳董事长说了望族这个汽车婴儿定会长大，还说望族集团在汽车行业里终有一天会惊动世界。

我会坚定地走向总决赛，为了汽车模特专业的诞生，不辱望族天使的盛名。我真的好爱你，开始为爱而难过、伤心又无助！因为我真的以为你是那么地爱我，却原来只不过是个替身！

方翔，醒醒，我是赵槿熙，不是江雨婷！我为雨婷姐姐流泪，但不想为自己哭泣！

我郁闷了，真的，很受刺激。

要好好想一想，却容不得我静下心来，卫生间传来越来越响的哭声，雀儿一姐在嚎哭。

我把手机放回裤兜，忽然觉得这手机如此沉重，甚至有些碍事儿，这让人不安又无从解释的信息，我该怎样回复槿熙？她说错了还是我做错了？爱真的需要理由并且不停地解释才是爱吗？

走进卫生间，雀儿一姐胡乱地拍着浴缸溅起水花，我想躲闪着过去已无可能，任凭水花溅湿了我的裤子，坐在浴缸边抱住了她的头，"对不起，别哭了。"

传来了砸墙的声音，还伴着叫骂声："奶奶的让人睡觉吗？你妈死了回家哭去在这嚎个屁呀！"

我打了个喷嚏，想做点儿什么，激上心头的却全是懊丧。雀儿一姐突然收了声，憋屈地使劲抽搐着，把脸靠在我的腿上，一只手抓住我的背心，紧紧地挠着，她把我的背挠破了。

我没有动，任凭她反复地抓挠，一只手抚慰着她湿漉漉的头，看着长发在浴缸中漂浮不定，一如我和她各自不同的心情。

我不知道她究竟有几分清醒，在我愧疚地爱抚她头的动作中渐渐静下来，她无法隐去的委屈变成了压抑的抽泣。

我把她的头在浴缸边上靠好，伸进浴缸拔掉塞子，然后看着盥洗台上堆满三个人的洗浴和护肤用品，宝贝霜和没见过的一看就是低劣牌子的二合一洗发液该是韩佑的，我拿起了丝蓓绮洗发露，雀儿一姐头上时常飘逸的山茶花香原来是资生堂的产品。

我开始给她洗头，她变得安静下来，尽管坐不稳，手也没有扶处，放在了胸前，并不是要护住乳房。她的秀发很硬，不像雨婷那样软，槿熙的更是又软又密，在花舍香榭会所输液的时候我曾充满爱意地抚摸过同样是赤身裸体的槿熙的头发，她盖着被子露出丰盈性感的肩，我知道这将是我用一生仔细爱过的人，抑制不住想吻她微微张开的唇。

雀儿一姐现在变得如此安静，我拿起水洒冲洗着她的头发，带着山茶花香的泡沫流向她看上去很结实的肌肤，可能跟她跳现代舞有关吧！

我又给她洗了第二遍，然后用了同一个牌子的护发素冲洗干净，再拿起同样是资生堂的可悠然美肌沐浴露，把她在浴缸中扶着坐好。我没有找到她或许该有的泡泡纱，只好把浴液抹在她的背上，挤出很多滴落在她的肩上，开始用手洗。

她的肩很厚实，这样坐着竟显得有些轻微驼背，显出弯曲。我没有一丝一毫的杂念，就这样为她洗着，转到前身，才注意到她的乳房不大，至少不像穿着衣服时那样饱满耸立，是她用了加厚胸罩的缘故。随着我轻轻地滑动，她的两个乳头渐渐硬起来，我还是绕过乳房，也不能再往下用手搓揉了。她的身子越发软了，我扶着她慢慢站起身，一只手不敢松开她，也不想让她面对着我，小心地转过她的身子，发现她的屁股浑圆高挺，光亮而结实，是她身体最美的部分吧！

我站直了，用喷头从上往下冲着淡淡雅香的泡沫，墙那边突然传来奇异的声响。并非有多奇异，肌肤和肌肤的撞击声，一个女人大呼着"快！快！我要死了"也传过来，声音越发猛烈。我觉得如此不合时宜，从第三声肉搏开始数起，一共七下，传来男人啊啊地怪叫，还喊了一声"爽啊！"接着听到那个女人说："爽你妈逼！"

雀儿一姐猛地转过身来，紧紧抱住我，身体一个劲儿地抖。

我喘不过气来，也是用了不到十秒才明白，她是在竭力控制着不笑出声来，我差点错误地以为她也发情了呢！

我把她抱到床上，盖好被子，她忽闪着开始有些光亮了的眼睛，我转过身去，她一把拉住了我的手。

"别……别走。"

我停住，慢慢转过身来，看着她。

"你……你是第一个给我洗澡的男人。"她凝视着我，满是真诚地说："值了，谢谢你，方翔。"

"好好睡吧！"我说："挺对不起你的。"

她淡淡一笑，"难怪槿熙总说，说你最爱说的一句话就是对不起？"

"接下来呢？"我一字一句地问。

她知道我说什么，这些当然不想让第三个人知道，我不是不明白，是不能不给雀儿一姐洗澡。

"我知道，什么也没发生过。"她领会了，叹了口气，说："本来也没有啊！"

我感慨地拿开她的手，"谢谢你，小却。"

"韩佑呢？"

我不知道韩佑在哪儿，但可以肯定跟许大鹏有关。

许大鹏是一个雄性强大的男人，有着不可思议吸引女性的磁场，好像就是为女人而生。他长得并不英俊，善于运动，又酷爱练器械，有着发达的胸大肌和结实的大头肌、二头肌，在歌德耐尔的时候我在教室里还看见过他展示出八块腹肌，为了充分体现出这一点，他从春天到深秋都喜欢穿把身体包裹很紧的T恤，显示出他强悍的肌肉。雨婷说过许大鹏不吃猪肉，不吃羊肉，不吃鱼，只吃鸡肉，也许中国肉鸡是吃激素长大的，所以许大鹏才有了这一身的肌肉吧！

我一开始并没有太注意他，他知道我是因雨婷而来，所以总在我眼前晃悠，我曾捕捉到他有些伤感的眼神。一个单相思、深爱雨婷的人。谁又不爱雨婷呢？我愿意理解他。

　　雀儿一姐睡着了，脸色虽然恢复了不少，但看上去还是有些惨白。我把她压住胸的手放下去，她还是有些躁动，突然扬起在被子里的另一只手喊着"干杯"，半个身子露出来。

　　我又涌动着歉疚，把被子给她重新盖好。她又踢着脚把被子从下面掀开了，露出了她低平的盆骨。我再盖好下面她又掀开上面露出乳房。我开始真不明白她是醉着还是清醒，好像愿意用这样的折腾来惩罚我，如果不说诱惑的话，何以如此反复暴露她的身体？

　　"你好好睡，我去给你买药。"

　　我关上灯，出了房间，轻轻地关上了门。

　　已经是午夜，快十二点半了，酒店像死了一样，大堂昏暗的灯光如幽灵，放眼看去如此众多大学的一个个易拉宝竖在那里，我忽然觉得像是密密麻麻耸立的墓碑，猛地起了一身鸡皮疙瘩。情景是有物语的，这情景物语似乎在昭示着什么，似乎大学很恐怖，要么就是已经死了。

　　我快步走出大堂，感觉后背蹿出一股阴森森的寒气。

　　拿出手机，不知道这个时间要不要打给槿熙，她不奇怪我看到她发了几条才完成的短信我竟没有反应吗？我是无言以对还是腾不出手来？韩佑在哪里？她到底在干什么？

　　槿熙一定伤心了。她知道了雨婷，而韩佑告诉我别让槿熙到图钢来，为什么？不用猜，一定是许大鹏告诉韩佑槿熙太像雨婷了，她就告诉了槿熙，才让槿熙伤心了吧！

　　要打给韩佑，找到她，问问清楚，我拨通了韩佑的电话。

　　"对不起，您拨的号码已关机。"

　　我开始担心起来，担心韩佑掉进许大鹏设置的陷阱，担心槿熙拿不出最好的状态赢得桂冠，担心我欠下雀儿一姐什么，她会在我面前只像个大姐大了，还担心在图钢招不到学生让曹大蛤蟆笑掉大牙。不，蛤蟆没有牙，谁知道蛤蟆有没有牙，可知道的不比我聪明，不知道的也不比我傻。

　　火车站总是个很热闹的地方，两个浓妆艳抹的女孩挡住我，要拉我进挂着帘子的屋里去做足底，她俩的裙子遮不住屁股，俗称齐B小短裙，我看见在凉凉的午夜四条腿有些瑟瑟发抖，跟在我左右走了好几步才骂骂咧咧地放弃了。

寻找药店，要为雀儿一姐买葡萄糖注射液，这是解酒的良药，还得找到卖粥的饭馆，让雀儿一姐喝了以缓解她备受折磨的胃。我快步走着，四处遥望，突然看见了从前面饭馆摇摇晃晃出来的韩佑，后面跟着同样走不稳的许大鹏，看着他追上几步一下拉住了韩佑的手。

我停住，向旁边闪开，不知向何处躲，韩佑和许大鹏正在向这边走来。我没有多想，进了刚刚推门有人出来的店里，没注意这是一家洗头房。

我转回身，向窗户靠过去，拨开窗帘向外看。

"大哥干哈呀？"一个女孩从背后揽住我的腰，一只手绕过来摸向我的下面，"往外瞧啥？哟，这就湿了？水比小妹还多，没弄呢咋就湿了这大一片？"

我拿开她的手，才想起该换条裤子，给雀儿一姐洗澡的时候牛仔裤被溅湿了。

"行不行啊？脾气还老大？"

"嘘！"

我压低了声音，依然看着窗外，看见韩佑和许大鹏摇摇晃晃地走过，她和他晃得都有些夸张。我不确定在观察什么，不出我所料，几步之后跟上来三个人，不用想就是歌德耐尔学院的人。

有点紧张，韩佑定是看不出来许大鹏在做戏，可他要什么呢？

我叹口气，静了静神儿，走向门口，准备出去。

"回来！"

我转回身，三个长得真的对不起上帝的女孩瞪着我，旁边站着比猪肥的老板娘。

"你脑子长包了？以为这是夜幕下的哈尔滨呢？"一个肉乎乎的女孩指着我，一定就是刚才动过手的人大声说："想走？真能扯犊子！猪没撞树你撞猪上了，赵本山不卖拐卖的是骚，你以为这是哪啊敢进来晃晃就走？小心给你来个水煮鸡巴再拴根绳子扯你的蛋！"

靠，一个东北小丫头能有如此丰富多彩的话语，这片辽阔的土地不出个赵本山才怪！

又蹿出一个彪形大汉，手里玩着一把弹簧刀。

"瞧你像个善人，"老板娘慢悠悠地说："三个妹子给你服务过了，一般都是二百，大哥福气好，这仨妹子可都是大学生呢，就每人三百再加上掀窗帘的偷窥费，你就凑个整给一千吧！"

我开始体验招生让人匪夷所思的经历，明白了学校对我们招生的不信任，哪知道这才是招生大戏的垫场，真正的好戏还没有开始，更没想到我从走进望族汽车4S店发现槿熙开始所遇到的每一个人都不是闲人，在以后的日子里会纷纷出现。

我被人敲诈了一千块，还好，把我骂骂咧咧地放出来，我找到了有粥卖的小饭馆，在另一家二十四小时药店买到了葡萄糖注射液。

我拎着打包的粥和葡萄糖注射液回到酒店已经凌晨两点。雀儿一姐睡了，不知道她什么时候穿上的睡衣，侧身躺着，一条腿夹着被子。韩佑躺在床上没脱衣服，也没有卸妆洗澡，张着嘴睡得很香。

我不想叫醒雀儿一姐了，看来她好了许多，退身出来，关上了里间的门。

把东西放在桌子上，我看见了一个红苹果，定是佑佑拿回来的，是要给我吗？苹果像是洗过了，放在一摞纸的上面，苹果下面压着一摞复印纸，我没有留意。

我叹了口气，头有点发沉，眼前总晃荡着那个壮汉手里玩瑞士军刀的情景。我怕他吗？怕，或者不怕，我对付得了他，再加一个也无妨，我对付不了的是如何解释，一旦闹出事儿来怎样向槿熙说，她要听吗？雀儿一姐也白醉了，如果发廊发生我的"丑闻"只有曹大蛤蟆最需要，会如获至宝，他巴不得我们在招生中出点什么事儿好把杜海赶出望族大学，高阳也没话可说。望族集团看似威武，我心里知道这个民营企业家哪怕被说成是民族品牌的汽车领袖，其实骨子里还很脆弱，在国营企业独大的中国汽车产业链里，高阳这条鲶鱼保不准会被国家利益集团的草鱼联合起来给吃掉。

我不知道该怎么睡觉，把椅子一个一个摆好，脱去衣服，进卫生间洗了个澡，脑海里一再浮现韩佑被许大鹏拉住手的情景，她肯定不知道还有三个歌德耐尔的人始终秘密跟随。

许大鹏为何这样安排？那一定就是为了对付我吧，因为万一我找到韩佑看见和他在一起，一旦起了争执就胆壮许多，雨婷没准为了骄傲告诉过许大鹏我是跆拳道黑带八段。

我换上睡衣，躺在椅子上，却困意全无。

坐起身，从旅行包里拿出SONYD50，插上SENNHEISERH耳机，打开《heyandhdin》。我上大一的时候就喜欢伊戈尔·克鲁托的这首钢琴名曲，《悲伤的天使》。那时还不认识雨婷，雨婷后来才像天使一样出现，又悄然永远地失去。槿熙出现了，是我向她走去，槿熙会不会像雨婷一样也是一个悲伤的天使呢？

窗户玻璃上流淌着水，是雨滴。下雨了，我听不见雨声，看到了雨，和着这首钢琴曲浸入心扉淡淡的忧伤，忽然有一种不祥之兆，禁不住打了一个战栗。

韩佑为什么说别让槿熙来？怎么了？有什么我一无所知的秘密吗？如果有，是不是跟许大鹏有关？这个家伙到底是谁，他要干什么？我真想把韩佑从床上拽起来，问问她究竟知道什么，又发生了什么？

我摘下耳机，渐渐有了困意，在拼起来的椅子上躺下，听到里屋传来一阵呻吟，是雀儿一姐的声音，她醒了，还是在梦中？

我又坐起身，拿着塑料袋，推开里屋的门。

雀儿一姐靠在床头，两只手捂着胃。我走过去，她向里边挪了一下身子，让我挨着她坐下。我把东西放在床上，想从塑料袋里取出葡萄糖，她抓住我的手，放在她的胃口处，两只手放到我的手背上使劲往下压着，然后揉了起来。

借着从外屋透进来的灯光，她的长发散落遮住了半张脸，我看向她的时候，她微低着头正抬眼看我，我只看到她的一只眼睛，充满怨恨的眼睛，我的后脊梁冒出一股寒气。

"别停，"她的声音有些沙哑，"帮我揉。"

我舒了口气，她扬起手捋了一下头发，目光变得柔和起来，看着我。

"先把葡萄糖喝了，再喝口粥。"我抽回手，说："胃里全空了，喝完你就能睡踏实了。"

我取出药盒，打开，拿起药瓶，用砂片围着瓶子划了一圈，用手掰开，递给她。

她没有接，而是张开了嘴。

我把药瓶伸到她的嘴边，她仰了一下头，喝了。

"太甜了，"她伸出舌头在嘴边转了一圈，"我还要。"

我又开了三瓶，一瓶一瓶喂给她。

"我要是得了糖尿病就找你！"她的嗓音清亮了许多，大声说："我要喝粥！"

我看了一眼韩佑，她睡得很死，发出均匀的呼吸声。

"不知道她什么时候回来的，"雀儿一姐白了她一眼，"你说她干什么去了？"

我没吭声，拿出粥，"有点凉了。"

"这样才舒服，"她好像很兴奋，"你喂我。"

"小却，自己喝吧，"我说："喝完赶紧睡。"

"我不！"她坐直了身子，多少还有些晃，靠着我，"我为你命都不要了，你喂我粥还不行？"

"那你坐好吧！"

她又靠向床头。

我拿起勺，把粥送到她嘴边，看见她的眼睛流出泪来。

"是我不好，"我心动了一下，"对不起，小却。"

她不擦眼泪，任凭泪流。

我好不难过，不能让她把泪流进嘴里，塑料袋里正好有饭店送的纸巾，拿出来帮她擦着。

她真的饿了，酒后会渴，我看见她的脸渐渐微红起来。

"为什么对我这么好？"她躺下，把被子盖好，"告诉我。"

"我没有。"我坦诚地说。

"那就对我好一点！"她的手伸出被子，抓住我的手放进去，捂在她的胃上，"好疼，帮我揉揉。"

"小却？"

我抽不出手来，被她紧紧地按着。韩佑翻了个身，不是背转过去而是面对了这一边。

我没敢动，生怕韩佑突然睁开眼睛看到我的手竟然在雀儿一姐的被子里像什么话。我有些心跳，触摸到了她光滑的肌肤，她一定是在盖被子的时候撩起了睡衣。

她知道我不敢出声，一只脚伸出被子放在韩佑的身上，这个平躺的姿势再加上伸出去一条腿有多不雅。她一定还在醉态中，可我觉得只要我抽出手她就会把韩佑一脚踹醒，以韩佑的性格定会大呼大叫起来，那我可真就跳进黄河洗不清了。

她闭上眼睛，按着我的手在揉着。出奇的静，我清晰地听见三个人此起彼伏的呼吸声，韩佑的平稳，而我和她的分明紧张。她好像很享受，是不是特喜欢这种旁边有人的刺激？

不知道。

我只知道我不能动，不敢动，如此担心韩佑被突然惊醒。我相信我被半醉半醒的王小却绑架了，而且不能不瞪大眼睛，因为她使劲攥着我的手，伸进她的睡裤里，她没有穿内裤，让我摸到了湿漉漉的一片。

好狼狈，我又百思不解，那会儿只有我和雀儿一姐，为她洗澡且不说，还被我光溜溜地抱回床上，也不见她有什么异样，而我可以向天下最大的灯发誓，并没有把她当成一个女孩。也许是我不喜欢冷艳型的作祟，也许她吐成那样即便为她洗净身体也勾不起我的欲火，也许我抱着她赤裸的身体并没有感受到她的柔软，最根本的是我放不下槿熙，还惦记着韩佑别出什么事儿一直想着要去找她。一句话，我的心思不在雀儿一姐身体上，她只是让我心疼，没想过别的。

我真的很不舒服，她那里的毛又浓又密还硬得扎手，这一刻甚至跑偏在想何以长成这样，杂乱的草丛。雨婷不是这样的，槿熙更不是，那样的饱满丰腴，都是毛茸茸。我嘲笑那些喜欢说女人下面都一样的人，而且惊愕地发现槿熙太多地方像雨婷了。这是怎么了，我是不是真如槿熙所言不知不觉中把她完全当成了雨婷才如此爱她？

这对槿熙是不公平的。

我走出里间，关门的动静有点大。

躺在椅子上，我拿起手机，给槿熙写下三个字：对不起！

我的眼睛湿润起来，没有发出去。

这个时候，槿熙睡得可安好？

她如何对付从香港请来的评委会主席？槿熙这回下决心不是为自己要夺得桂冠，我们在不同的地方为一个目标而战，我对她的境况却不能不担忧！

我猛地又坐起来，拨通了刘思雨的手机。

好一阵，刘思雨接了，我把她吵醒。

"喂？哪位？"她嘟囔着说。

"我，方翔！"我觉得她好像也喝酒了。

"出什么事儿了？"她肯定被吓醒了，"怎么了？"

"我这边没事儿，"我放低了声音，"你们那边怎么样？"

"吓死我了！"她停了一下，"你们那儿几点了？"

"你们在哪儿？以为自己出国了？"我大声说："都是北京时间啊，你没事儿吧？"

"方翔，你别吓唬我行不行？"她很生气，"我两点才宵夜回来，刚睡着，你干吗呀？"

"宵夜？"我气儿不打一处来地问："跟那个港仔？还喝酒了？"

"人家比你爸都大！"她冒火地说："还港仔，是港爷！"

"那孙子灌槿熙酒了？"

"灌我！"她燃烧着说："你行不行啊？我把你的槿熙保护得像公主，我对我妈都没这样！再说选手全封闭连酒店大门都出不去！你倒是要管好韩佑！"

"她怎么了？"

"在你那儿我哪儿知道！"她真生气了，嗓音有些沙哑地说："别让她老跟槿熙联系发短信提什么一个叫许大鹏的，我要喝口水，先挂了！记住没事儿别凌晨三点给人打电话！"

传来断线的声音。

"你们还让不让人睡觉了！"

韩佑走出来，揉着眼睛。

"韩佑？"

"你们一会折腾一会打电话我睡得着吗？"

我一愣，她这可是话里有话，莫非雀儿一姐按住我手时她是假装睡着了？

"你说什么呢？"我有些不安。

"别胡说八道！"雀儿一姐冲了出来，指着她，羞怒地说："说！你晚上干什么去了？"

"肯定干正经事情！"韩佑大声说："不像你们俩！"

"韩佑！"我跨上一步，挡住了要去卫生间的她，"别没事儿找事儿！你是不是跟歌德耐尔学院的人在一起？"

"是！"韩佑说："跟那个许大鹏，怎么了？"

"真不要脸！"雀儿一姐冲上来，使劲推了她一下，"他们给你什么好处了？说！"

韩佑跟跄着撞到我身上，转回去浑身颤抖指着雀儿一姐，"你打我？"

"我看你恶心！"雀儿一姐也指着她，"你这个汉奸！"

"你才恶心呢！"韩佑说："你们全家都恶心！说谁汉奸？"

韩佑想冲上去，被我从后面一把抓住，雀儿一姐倒是冲过来，我拽着韩佑急转身，雀儿一姐的一巴掌轮到我的脖子上，我这一护太猛，差点让韩佑摔倒。

门咚咚咚地被砸响，"你们他妈的闹鬼还是有病？"

韩佑转身瞪着我，扬起手指着我和雀儿一姐，只见嘴抖却说不出话来，狠转过

273

去进了卫生间，用脚踹上了门。

雀儿一姐进了里屋，也狠劲儿地关上门，从里面插上。

我揉着脖子，雀儿一姐出手够狠，这一巴掌要是打到韩佑的娃娃脸上非变成肥娃娃不可！

我拉开门，一个穿着大裤衩的小个男人站在门口，半秃的脑袋还不到我肩，看见定是脸色铁青的我有点害怕。

"这俩女的闹……闹什么呢？怎么这……这样啊？"

"我惯的，怎么了？"

他尴尬地一笑，摆摆手，迈着罗圈腿走了。

我砰地一下关上门。

觉得稍有些不对头，这句话我好像是跟谁学的，在哪儿听过。

想起来了，是在认识槿熙的地方，一个爱罗莉的男人对我说过的话。

卫生间没有动静，韩佑久久没出来，她不会就在卫生间躺在浴缸里睡了吧？

不行！

我站在卫生间门口，敲了一下门，"韩佑？韩佑？"

"走开！"韩佑在里面大叫着："你走开！"

我刚想再开口，门哐当了一下，我知道是一只鞋摔到了门上。韩佑有着火爆的脾气，她实际上还在压抑着。

世界上有一种事情叫无奈，面对雀儿一姐和韩佑多了一个形容叫无语。我再次躺到椅子上，听着窗外沙沙的雨声，渐渐睡着了。

好像是做梦，我听到了炮声隆隆，似乎还伴着冲杀声。

我真以为在阵地上，浑身哪儿都憋得慌，翻了个身，别无选择地掉在地上摔醒了，晃了晃头，确定真的醒了，才明白是有人砸门。不是敲，也不是一只手握成了拳头，是多拳乱捶，还有脚。

"开门！快开门！"

我爬起来，走到门口，门震动得快要掉下来了。

不知道怎么了，我把安全链挂在锁上，拉开插销，有安全链挂着，门开了一道缝。

是许大鹏站在门口，阴暗的走廊里站满了人。

"方老师，把门打开！"许大鹏怒发冲冠地吼着。

我稍平静了一下，"怎么了大鹏？"

"让我进来说！"

我还想问，他已等不及了，一膀子就撞开了门，我忽然想起北大政治课教授说，酒店太多的安全门像这个国家的宪法一样形同虚设，不知道教授受了什么刺激，我倒是受了刺激，不由地往后退了几步。

"韩佑，出来！"许大鹏叫着。

雀儿一姐穿着睡衣正拉开里屋的门，一听是找韩佑就退了回去，使劲地关上门，还插上了锁。

许大鹏冲过去使劲敲门，喊："韩佑你给我出来！"

我现在是彻底醒了，才发现已经是早上七点，进来一屋子歌德耐尔学院的人跑这儿找韩佑来了。

我上前从后面拎住了许大鹏的衣领，一把把他拽了过来，七八个人一下围住了我，都扬起了手里的家伙。他们抄着家伙来，摆出耀武扬威的样子，我看出来不过是虚张声势，一群不过是大一大二的学生。

"许大鹏，有事儿跟我说。"

许大鹏摆摆手，"方老师你说的啊？"

"对！"我松开他，指着这伙人，"你们都给我出去！"

"到门口等着，"许大鹏说："有方老师罩着这事就好解决了！"

七八个人都出去了，在门口站着，随时准备冲进来。我忽然明白他们是来砸场子的，意图是把望族大学赶出招生酒店，他们抓住了什么把柄，或者韩佑做了什么把许大鹏激怒？

我拽着一把椅子走到里边一点，挡住卫生间的门。

许大鹏并不示弱，也拖着椅子坐到我对面。

"说吧方老师，怎么办？"

"什么怎么办？"我看着他，目光没有一丝游离，紧紧盯住许大鹏的眼睛，"找韩佑干什么？她怎么了？"

"她偷了我的东西！"许大鹏目光坚定地回应着我。

"胡说八道！"雀儿一姐换上衣服出来了，指着他说："你勾搭人家没得手吧？她偷你什么了？"

"你把她叫出来，当面一说就知道了！"

"大鹏，"我放缓了语气，"你丢什么了急成这样？"

"一般的东西我能急吗？"许大鹏站起来，"让她把学生信息还给我！"

"什么信息？"我也站起身，"学生？"

"图钢五所高中今年参加高考的学生名单！"许大鹏跺着脚，"上面有每个学生的手机和电话号码还有家庭地址，我花五万买来的寻宝图！"

我吓了一跳，知道这事儿有多严重，相当于被别的开发商弄走了参观花舍香榭的客户资料，这是大忌。

我走到桌前，他的眼睛盯着我身子也随之转动，看看我怎么说。

"小却，给大鹏倒杯水。"我看着张大嘴巴有点傻了的雀儿一姐，"他是你的学长呢，虽然不在一个学校可都算是我的学生吧，现在要叫许老师。"

雀儿一姐眨眨眼，从这惊人的消息中醒过来，转身又进了里屋，关上门，传来插门的声音。

"嘿，够狂的？"许大鹏倒像是比我还没面子，转头看着关上了的门说："狂什么呀？"

"没办法，望族大学的。"我摇摇头，"望族汽车每年销售几百个亿，不指望办学挣钱，每年招多少学生都无所谓，有集团托着呢，不像歌德耐尔每年光还银行的贷款利息就要几千万，怎么样？你也当老师了，现在每个月到日子能正常发工资了吧？"

许大鹏转回头，没有马上回答，盯着我。

我一语道破了歌德耐尔学院的处境，比起望族大学来处于何等劣势，尽管他们的学生总数超过五万比望族大学多，许大鹏能听懂我说什么。

他拽了把椅子，在坐下之前向门口挥挥手，让他的人离开。

我击中了要害，在图钢招生，如果我把这样的信息传递给学生和家长，聪明人一听就知道该如何选择，谁愿意把孩子送进随时有可能因还不上贷款而倒闭的学校啊！

许大鹏比我想象的冷静，他真的成熟了，不再是上学的那个傻小子。

"方老师，"他没有坐，看着我，说："我从大二开始就没跟家里要过一分钱，学费和生活费都是自己招生挣的，我去年还给我爸买了辆货车跑运输，再干个两三年我就能给我爸爸组建个车队！"

"不错。"

"你少来！"他准备反击了，"我们虽有师生情谊，可现在是各为其主，对手啊！我跟方老师从第一次见面就是对手，不是一天两天了，不提了！坦率地说，你们望族大学招生办也挖过我，我没去，达到指标后每超一个才给八百不说，还规定每天坐公交车多少钱，手机费补多少，传真复印为多少，核准了才报销！你知道你们为什么招不过我们吗？你们招办主任就是一傻逼！我不把招生说成打仗，就比喻是生孩子吧，要结果就行了，可你们倒好，规定把床设在哪个房间，几点上床，做爱连他妈的干几下都有规定，什么傻逼政策啊，能打过我们就见鬼了！"

"我没招过生，"我摇摇头，也许许大鹏说得对，"听着新鲜，还好我们只招汽车模特，也不在学校的招生体制里。"

"那方老师太幸运了！"许大鹏笑了，"去年我跟你们在河南对阵，那可是生源大省，发现望族大学的招生老师太逗了，他们整天整夜地往你们学校的招生简章上又贴又撕，去掉学校的所有联系方式，一打听原来你们还有一个政策，就是学生打电话或者上望族大学的网只要咨询过就不算招生老师的了，你们的招生老师有一大半精力竟然是对付学校的，太他妈的神了！方老师刚才说的都对，你们是不靠学费给老师发工资，有望族集团撑腰，老板都是高阳！可打仗靠的是人！一帮老想着怎么对付学校的人能跟我们斗？我们招一个给四千，只要是图钢来的就都算，敞开地干，所以我才敢在图钢包辆奥迪！"

"谢谢大鹏，你教了我不少东西。"我真的有些感慨，"你说河南是生源大省，怎么跑图钢来了？"

"利益呗！"他苦笑了一下，说："我们的招办主任比你们的睿智，可也像你们的招办主任一样也是个大贪！招办主任都一样，没什么好东西，他把我河南的点儿给了他相好的了，没关系，去年你们在图钢一个中学端了三个班，他跳槽来我们这儿了，今年去了山东，也是生源大省，我来了，要干得更漂亮，招五百人就是二百万！"

"你的胃口好大，想在图钢招五百？"

"你说到关键了，方老师！"他表情严肃了，"我花了五万弄来今年参加高考的名单，被韩佑给偷了，怎么办吧！"

"大鹏，这么重要的信息你不收好？"我拿起桌子上的红苹果，"弄丢了我听着都心疼，可并不证明是韩佑拿了啊？"

"那你就低头看看吧，方老师！"

我盯着他毫不示弱的眼睛，随着他的目光低下头，看见苹果下面压着的一摞纸，拿起来，是名单。

就是说，韩佑真的拿了考生资料，上面有学生姓名、性别、身份证号码、所在学校、家庭地址、电话和手机号，可真就是许大鹏所说的"寻宝图"，有了它就可以做客户维护工作了，成了一对一直接销售。招生就是销售，我该明白。

韩佑掉进了许大鹏设计的圈套，这份厚厚一摞的考生名单，许大鹏怎么弄来的不重要，重要的是他怎么让韩佑拿走，用偷来形容也并不过分。

许大鹏跟韩佑装醉，佑佑可真是冲昏了头脑，傻乎乎地掉进许大鹏专为她设计的陷阱，我无话可说，他租的奥迪有人报销了。我只能同意为此付一半的费用，不想让韩佑和雀儿一姐知道，到楼下自助提款机先提了两万交给许大鹏，并按他的要求打了一张私人借款五千的欠条，答应明天给他，他看上去还算满意，说哪天请我喝酒，高高兴兴地进了他一楼的房间。

上到二楼的时候，一个人跟我撞了个满怀，把泡好的方便面扣在我身上，幸亏不太烫，给我弄了一身的康师傅浓汤。

"对不起！"

我俩同时说道。

他不好意思地说："衣服我就不赔你了，招生跟民工差不多，都一样，我给你洗吧！"

"不用了。"难得在这酒店招生大楼里碰到这么客气的人，我说："您是哪个学校的？"

"图钢职业技术学院。"他说："不好招啊，考不上东北一本的就都想去北京上大学，我们去年没干过望族大学，今年又来了个更强的对手歌德耐尔学院！大哥是哪里的？也是北京的吧？"

"是，"我笑笑，"不好意思，望族大学的。"

"你看我！"他尴尬地一笑，伸出手，"认识一下，我是图钢职业学院的招办主任，姓王字宏民。"

"王主任亲自来招生？"我握住王宏民的手，"我叫方翔，班主任，跟您差着好几级呢。"

"哪里话，不过是名片印上我们院长想利用才需要的字罢了！"他扶了一下眼镜，"都说强龙压不过地头蛇，惭愧啊，我从乌克兰留学回来，不是海归成海带了，斗不过你们北京来的学校！东北孩子心眼直傻乎乎经不住你们北京的忽悠，北京真是招摇中心呐！你看我，话多了，到我屋来坐坐？二零一。"

"有时间去拜访您吧！"我示意着衣服，笑了，"我在七三七，有空欢迎王主任来！"

他摆着手，好像不好意思叫他王主任，说："叫我小王就好。在七楼可难啊，北大清华设到楼顶上都没关系，学生和家长自己带着梯子也愿意爬上去！一楼好地方让歌德耐尔给占了，没办法，人家有本事，这年月干哪行都是靠本事吃饭，乌克兰来图钢做小姐的被新鲜几回终也弄不过川妹子，东北的小姐们只好奔赴全国各地了！"

他看出我有些不好意思，我也不明白他说这些跟我有什么关系，莫名其妙竟一阵脸热。

"话多了，"他抖了抖身上的面条，"方老师是哪里毕业的？"

"望族大学……"

我想说望族大学不管哪儿毕业的，当班主任也得本科学历，可他误会了，没等我说完。

"好！"他肯定地说："国立的肯定干不过民办的，早晚的事，别说哈佛，全世界的好大学前十名有九个都是私立的！教育部要是不把住你们民办大学可真成精了！图钢前年批了职业技术学院可年年招不满，去年我这个招办主任够丢人的了，今年可不行！我这么说方老师别介意啊，东北从大清到伪满就是战场。"

"我们这回来只招汽车模特，"我诚恳又委婉地说："毕业后做望族汽车销售顾问，集团对第一届很重视可也要不了太多，打造我们的黄浦一期，在图钢招十个八个就够了，还有条件限制，女生一米七五以上，男生一米八五起才行，都是我们院长定的。"

"十个八个我不跟你争，得做朋友联起手来！"他笑笑，"小心让歌德耐尔截和！那个姓许的没主子，是个商人，谁给钱多他就给谁招，丫还招飞行员呢！这疯子可是你我最强的对手！"

我忽然觉得他是故意把泡好的方便面扣我身上，投资几块钱就沟通了关系，能不能成为朋友另说，但这个看上去个头不高、戴着眼镜、肤色很白，又彬彬有礼的人一定被许大鹏和歌德耐尔学院弄得很郁闷，在我这儿发泄一番，不是还不够成熟就是在乌克兰留学学傻了，要不就是招办主任压力太大？

我有一种预感，许大鹏敲诈收了我两万现钞，他碰上王宏民这样的对手了，因为王主任毕竟是图钢人，尽管看着不像，他的眼神还有些柔弱，现在就很柔弱地看了我一眼，说了声"再见"下楼去了。

我上楼梯拐过弯，看见一个身段极好的男孩站在下面等他，叫了他一声"民"，且很有磁性，我暗暗一惊，王宏民是 gay？

3

"干什么去了？"雀儿一姐看到我进来，拿着考生名单欣喜地迎上我，"太棒了！我按名单上的第一个手机号打通了，好半天她才接，我告诉她我是望族大学的来图钢招生，她比我还高兴，说下午两点过来见我们！"

我怔了一下，"名单是真的？"

"当然了！"她兴奋不已地说："我还打了第二个，不，第五个！我按女生顺序打的是第二个，她说学校今天五一也不放假，她会让她的爸妈来了解一下情况，她既考不上哈工大也考不上辽大，太想去北京上大学了！"

"值了！"我拿过来她手上的名单，厚厚一摞装订好的复印纸，"快，叫韩佑，我们商量一下电话该怎么打！"

"真是值了，被人家追上门骂几句也应该！"她又拿回去名单，"让韩佑受委屈了，怪我不好，都不记得发生什么了！"

雀儿一姐有点装，因为这些话经不住推敲，知道韩佑受委屈，也知道是她不好，却推出了一个不知道发生了什么的结论。我不想说什么，四下看了看，"韩佑呢？"

"你身上怎么了？天，裤裆又湿了？"

"什么话！"我有点恼羞成怒，"韩佑在哪儿呢？"

"卫生间，她死活不出来！"她走到卫生间门口故意大声说："韩佑可立下了汗马功劳！方老师不问青红皂白委屈了人家，快赔个不是，中午请我们姐俩吃大餐！吃得饱饱的，下午两点迎接我们第一个来咨询的学生，老天开眼，希望她像佑佑一样是个大美女！"

雀儿一姐向我使了个眼色。

我走过去，敲了一下门，"韩佑？出来吧，听我跟你说。"

没有动静，卫生间里静无声。

"韩佑，都怪我，半夜打电话吵得两边睡不着，还对你发火儿，向你道歉！"

依然没有动静。

"天！"雀儿一姐把耳朵贴在门上，有点紧张，"她会不会给吓死了？要不一咬牙自杀了？"

"你才给吓死了呢！"韩佑在里面喊着："你们全家才一咬牙都自杀了呢！"

雀儿一姐脸憋得通红，踢了门一脚。

"说什么呢！"我大声说："韩佑，快出来！"

"我说什么了？我一夜没睡去弄资料，回来也没人关心我，你带着吃的回来也不问问我，只关心王小却还一口一口地喂她！"

我怔了一下，她说得都对。

雀儿一姐也是明事理的，只是有点不放心什么，"你没睡着啊？我喝完粥还迷糊呢，竟不知道是方老师喂我，还以为你从外面给姐带粥回来还喂我喝呢！"

"你喝粥还吧唧嘴，我肚子里全是酒都快饿晕了！就听着吧唧声睡着了，哪是睡着了，是饿晕过去了！"

"真是的，"雀儿一姐放心了，看来韩佑不知道接下来的事，说："那你坐起来跟我一起喝呀，傻不傻呀？"

"我是够傻的，胃一搅我又醒了，还以为有人给我也带盒粥回来，一看哪有啊？不仅不管我，还对我吼！"

"对不起！"我有些无地自容了，"真对不起，韩佑！"

传来哇的一声，韩佑委屈地哭了。

"你也真是的，粥才几个钱，不知道买两碗打包回来？"

"是我不好！"我有些难过地说："对不起你韩佑！"

哭声更烈了，她哭喊着说："让我回家！"

雀儿一姐把门给撞开了，我想跟进去，却见韩佑脱得精光坐在浴缸里捂着脸哭，雀儿一姐转身挡住了我，"看什么看？槿熙的奶有佑佑的大吗？"

简直是疯了！

我冒起火儿来，"都比你的大！你的就像机场跑道上放着两颗绿豆！"

韩佑扑哧地笑了。

雀儿一姐一把推开我，咚咚咚地走出去，在使劲关上门之前吼声震天，"都什么玩意！我也要回家！"

我赶紧关上卫生间的门，却敲不开里间的门，但能听出雀儿一姐在收拾箱子。

"对不起！"我慌乱地说："是我错了小却！"

"你还是跟槿熙去说对不起吧！"

"王小却！"

"吼什么吼？"她拉开门，指着我，"杜院长让刘姐去帮赵槿熙戴皇冠，另一个大奶偷来名单立功在先！我算什么？趁我喝醉你还欺负我，还他妈上机场捡绿豆！"

我无话可说，不知道如何招架，怎么会冒出一句小黑子的话来？

懊悔不已。

"你们俩都回去吧！"我说。

"怎么？"雀儿一姐瞪起眼，"槿熙拿冠军，韩佑搞名单，我为了交通台跟那家伙拼成这样，这就把我俩一脚踢开等着你的心上人来？"

雀儿一姐豆大的泪珠落下。

帮我解围的是杜海，他恰逢时机地打来电话。

"臭小子，你那儿怎么样？"

"还行，交通台答应做软广告，只要槿熙，也就是'中华小姐'能来，五月八号是重头戏，到这家已经成了招生酒店的地方搞直播，王小却为拿下广告部的家伙可是立下了汗马功劳！"

"太好了！那就做大，我再找人看看图钢电视台能不能也掺和一把一起直播，上面有精神，把'中华小姐'大赛作为迎接明年北京奥运的一部分！"

"真的？那可太棒了，电视台再直播我们的望族天使在图钢准火！"

"根据这个精神，今天总决赛不出成绩，搞成三场，要拉着选手马不停蹄地跑养老院什么的去献爱心，天使送爱心，董事长喜欢还追加了赞助，昨天看了彩排对槿熙的表现很满意，相信我们能把汽车模特专业做起来，还要做好！老板对今天上长城的学生很高兴，我说还有更好的三位，一个在参赛，两个被你小子带到东北去了！高阳说东北人火性，特别让我叮嘱你注意安全，别没招来人又把已经有的两个天使弄没了！"

"放心吧！"我兴奋地说："咱们得从全国招，天使不能都是东北丫头啊，要招川妹子和湘妹子！"

"先做好图钢的再说，槿熙是颗卫星，你要用好，借此机会打好第一仗，汽模专业大事可成！不说了，董事长叫我呢，别忘了下午两点看电视直播，体育台！"

杜海挂断手机，我听得出来他很兴奋，对假装收拾箱子分明在听电话的雀儿一姐煞有介事地说："有新情况，你去服务台要电视机，下午两点转播望族汽车在长城，杜院不知怎么就戴上了迎奥运的帽子。酒店该配电视机的，下午有学生又有家长来，看着央视直播介绍我们的专业真是酷毙了，这事儿你去办我才放心！"

"那你呢？"雀儿一姐停住手，"就动动嘴让我跑断腿？"

"哪能呢，我去拿易拉宝，多喷几个，再设计点别的，屋里这样不行，你弄来的学校招贴上没我们学院更没有汽模专业。"我跨过门槛，看着她的背影，说："小却，韩佑可以搞来名单，许大鹏不要了，愣说我们没复印也照下来了，这话我们无力反击。他手里肯定还有，所以我们动手要快，下午听完学生和家长的情况，我们就可以制定出在图钢的招生策略，在真正具有内涵的执行力上，当然要看你的了！"

我们行动起来，三个人好像话都少了，都是一副既敬业又干大事的样子。我先去买来早点，图钢居然也卖油条，北京的早晨卖了上百年的油条了，我基本上没吃过，图钢的还是显得太大了，装豆浆的一次性杯子也比北京显得豪爽。

我们闷头快吃。跟雀儿一姐和韩佑共进早餐这还是第一次，虽然难以置信这算是怎么回事儿，我相信由此定下了基调，不说话，都一本正经，可我总觉得自己既不像老师也不像兄长，更像个民工包工头。也不对，包工头带着兄弟或快乱了辈数的乡亲闯异乡为不认识也不需要认识的主子盖房子挣工钱养家糊口，而我们自己都把自己看作了主子，没人发工钱还要自己往里贴，她们俩是为了实现一个能把专业办起来的梦想，包括槿熙被绑架着去赢得并不完全为她的荣誉，如果不因槿熙没有槿熙，我真不知道自己在干什么，跟杜海不一样，杜海是在责任感的前提下干自己想干的事儿。

韩佑把桌子往里搬了些，又重新码放椅子摆成会客状，挂着一脸立功后却受尽委屈不服又不幸的可人疼样儿。雀儿一姐的行动表现出她在思考把电视机往哪搁，一不知电视机有多大二不晓得是老式的还是液晶的，老式的摆到桌子上，面对韩佑摆成的会客区。如果是液晶的最好挂墙上，她比划着往上，发现只能挂窗户上了，可窗户都是挂窗帘的，缺心眼儿的也不会挂上电视机。

"问一问是什么电视吧？"韩佑打破沉寂，看着雀儿一姐说。

"对，"王小却果然不负一姐盛名，像是什么也没发生过，"佑佑你把昨天我贴的这些拿下来，方老师去喷个条幅也比这个强，我去找他们要电视，还得弄张伸缩……折叠床来。"

"好的。"韩佑答应着，拽了把椅子站上去。

多云转晴，这关系正如这天气。

我到了一楼广告社，一进门就看见了两只大眼睛，每个易拉宝上有一只，瞪着两个巨大的眼睛，很有视觉冲击力，一只眼睛下面写着"最好的在高处"，另一只更醒目的字是"本酒店里最好的大学"，小老板认出我，看着我，又看了看易拉宝，伸出大拇指说："你们北京来的一个比一个牛逼！"

我说："再给我喷副字，哪种材料快就用哪种！"

"要快就用相纸做，需要设计吗？"

"不用，"我说："就一句话：乘望族天使的船，去梦想成真的岸！"

"北京缺水，要船干吗？"小老板说："不如这样写：搭望族天使火箭一步登天！好不好？"

"不错，真不愧是干广告的！"我笑笑，说："望族天使不是上天的，恰恰相反是要落地！"

他嘿嘿一笑，说："你是来招美女的吧？真是来对地方了，我们图钢出美女！"

"也招帅哥，"我又笑笑，"天使实际上男的多。"

"还是美女好，养眼又养心，采阴补阳得当还互养呢！"他拿起工作单，"填上吧，啥时候要？"

"中午之前，"我说："越快越好，下午两点有学生和家长来。"

"许哥那边也是急活，不过没你的急，先做你的吧，他的且喷不完呢！"

"歌德耐尔学院吧？"我再笑着说："许大鹏还做什么？他把一层所有重要位置都占满了！"

"许哥那是什么脑子？不显山不露水的江西人！"他赞许地说："天上九头鸟，地上湖北佬，九个湖北佬，斗不过一个江西老表！"

"噢？"我下意识地做出反应，不知道许大鹏又要出什么牌，"他要做什么？"

"十个易拉宝，外加酒店门头下的横幅，"他说："他们成立了一个新学院！"

"什么新学院？"

"美少女学院啊！"他感慨地说："瞧人家这名字起的多直接又痛快！你老哥那还扭扭捏捏的什么汽车模特专业，不怪许哥嘲笑你们！"

美少女学院？

我有点懵，什么叫"美少女学院"？再说，除了我刚刚跟小老板说出，该还没人知道"望族天使"啊！

问题一定出在韩佑身上。

我有些怒发冲冠。

不知道许大鹏在打什么算盘，"美少女学院"算个什么学院，如果韩佑没跟他说起"望族天使"，歌德耐尔绝不会一夜之间冒出个新学院吧？

我知道歌德耐尔有多灵活，作为民办大学那个老大可不像是办学搞教育，倒像是开了一个农贸市场交钱租摊儿的，可也不至于一个招生老师就能成立一个学院吧？

搞不懂，但分明是冲我来的。望族大学要创办个"汽车模特专业"，歌德耐尔就直接成立个"美少女学院"，符合国人做事特征，比不了犹太人，一个犹太人开了一家加油站，会有另一个犹太人来在旁边开家超市，而中国只要有一个加油站很赚钱，旁边会开一堆加油站。

我也无法超脱，上百家学校在酒店大堂都有易拉宝，而且各个都有强硬的主张，尽管看上去像碑文，我也不能一把火都给烧了，也得挤在哪儿立一个像是要跟谁玩儿命的宣言。

可望族大学没有立足之地，谁让我们来得太晚了！

我拎着两个易拉宝，像个卖假药的，几个不知什么学校的人不看我，追着易拉宝上两只分离的大眼睛看，我有点难为情，躲着，他们居然围着我转起圈儿来。

这情景让别人看见以为我在耍猴，王宏民站在大堂门口停住，看着我，他看出了事物的真相，是猴在耍我呢！他停下脚步，站在那里看我，围的人越来越多，被易拉宝上的大眼睛和话语吸引，王主任看上去若有所思。

我有些尴尬，不成想广告没有吸引外人倒是刺激了同行，让这些都是招生的唏嘘不已。这也难怪，我做花舍香榭品牌总监时总会在《第三只眼》上做一些震动地产业的广告，有时候并不是为买房人做的，杜海教我的，他并不是骗我的广告费，杜海说得对，在营销中有一种宣传的目的并不是服务于受众的，就是要刺激同行建立起不同凡响的口碑来竖立地位，属于整合营销的一种手段。招生也是销售，把槿熙铸造成一朵最美丽的"国花"就是营销了，我把这些串起来一想，明白了杜海为什么让我到图钢来，在这里建立行业内的议论口碑会起到无法替代的传播作用，原来我一直是在按杜海教我的做。

王宏民走了过来，他换了一身西服，还系着领带，金丝眼镜擦亮了许多，一声不吭地从我手上拿过去一个易拉宝，示意那个从长相到做派都有些女性化的人过来，接过去另一个。

他们在前面走，我跟着王宏民和他的助手，一大堆闲得实在没事儿的人跟着我，走向一眼看上去分不出彼此的广告群里，拿开一个图钢职业技术学院的展架，说："你选一个放这里吧！"他看着我说："另一个搁不下了，帮你拿到七楼门口，那里也需要的。"

我有些感激地看着他，"谢谢！"

"不用谢，"他微笑着说："记住，我们要联吴抗曹！"

我听懂了，看来许大鹏把他刺激得快忍无可忍了，王宏民不相信许大鹏这条强龙能压过他王宏民这条地头蛇。

我没让那个助手帮我把易拉宝送上去，他也没坚持，走向门口，我看到一辆在北京也很难看到了的破旧的老式北京吉普停在酒店门口。

第十章

1

我把另一个易拉宝摆在了房间门口，进了屋，韩佑正在发短信，看见我扭过身去。我想问问她都跟许大鹏说什么了，我又放弃了这个想法，还是换个时间吧，或者没有必要。

雀儿一姐提着折叠床进来了，后面跟着一个服务员抱着一台二十一寸老式电视机，我上前要帮她接，她说："押金两千，租一天十块一个月起，你先交他两千三！"

"杀人呢？"韩佑走过来说："买一个液晶电视才多少钱？不要！"

"你把床拿屋里去！"雀儿一姐对服务员说："就被你们敲诈一个月吧！要是看着看着没影了就换一台，坏了可不赔啊！"

"只要不是摔坏的就行，撂哪疙瘩？"

韩佑拎着折叠床进了里屋，我掏出钱包，抽出一张卡，"小却，你到一楼去提吧！"

"你们这账号是多少？"雀儿一姐转向我，"都别跑了，从网上划就得了。"

"我没办网银。"我说。

"不会吧？"雀儿一姐弄出笑容，"方总没有办网上银行？看来一没时间二来也没个得力的秘书，太土了，回去我帮你去办！不过提钱还是你自己去吧！"

"也好，还差许大鹏五千呢，我去吧！"

"差谁？许大鹏？五千？"雀儿一姐叫了起来，"你怎么会差他钱？是不是……"

我摇了一下头，示意她别往下说。

"你得防着一点，你不害死别人，别人就害死你！"她气哼哼地说："别以为有好人，我在大堂看见我们的广告了，真叫脱颖而出，老远一眼就先看见了大眼睛！是那个图钢职业技术学院让的地方吧？他为什么帮你？因为看见我们也就注意他了，那个王主任还蛮有心计的！"

"干吗老把人往坏处想？"我说。

"无利不起早，谁比谁傻呀？"她生气了，"你当好人？现在哪有好人哪，好人就被当成猪了！"

"小姐，我把电视搁哪疙瘩呀？"服务员说。

"闭嘴！叫谁小姐呢？"她愤愤地说："先抱一会，我得找位置！你们破酒店原先的电视天线插口在什么地方？"

我已超过了透支权限，提不出钱来，三张卡里都没钱了，知道把电话打给谁，向小妹求援。

"哥，你是怎么了？"小妹正忙，我听到嘈杂的音乐声，她一定又在排练什么新奇的模特秀，传来像是砸锅卖铁的音乐。"你怎么跑到图钢去了？要多少？"

"三万五万都行，很急，马上打到我卡上。"

"好的，不说了，正在走场下午演出，我在延安呢！"

小妹真是修炼出了一种境界，带着她的美女同学到延安表演比基尼，就不怕革命老区的人以为自己穿越了？当年砸锅卖铁支援革命，换来一群在砸锅卖铁音乐中露着胴体的美女表演，那些老人和他们的子孙笑开颜逐还是泪流满面呢？

我又要思绪万千了，杜海带着"天使"们在长城上，刘思雨陪着槿熙在杭州走向T台。长城上将展示民族品牌汽车，槿熙要表演我为她设计的才艺，而我在等待第一个客户。

扫了一眼大堂，接近上午十点，果然看到有一些人了，像是吃完早饭不急不慌地来了，一眼就能看出是高中生由家长陪着，有点像看展览，在林立的易拉宝或铝合金展架前不停步，走来走去，看着满视野的广告招牌，更像是对中国教育的视察，大部分人的表情怪怪的。无论学校都把自己说得多好，看来客户并不买账。

我忽然意识到杜海安排交通台的宣传是如此重要，没有广告引导，没把握考上名牌大学的图钢人，走进这个招生酒店不蒙了才怪，如同进了大杂烩的服装市场，看上去眼花缭乱，如何才能找到自己喜欢的？

这时，一对长得难解难分的双胞胎姐妹走进酒店，她俩穿一样的衣服，留一样的短发，戴一样的耳钉，一样的身高，一样的笑容，一样的像两个性感肉蛋蛋，手拉着手走向我，我赶紧装起手机，露出了我经典的一笑。

我的笑不敢说征服过所有遇见过的女孩，但百分之百无意对视一下以后，必会抛来第二眼，而这两个一看就是高中生的姐妹居然没有看我一眼从我身边走过。她俩早已习惯被人瞩目而忘了回馈他人了。

我不由地转回身，姐妹俩身高也就一米七多点，不符合我们要求女生最低一米七五的条件。看着她俩婀娜多姿的背影，我愿意放低标准，如果能招到这对儿双胞胎姐妹，必将成为天使班的一个亮点，甭说参加选美比赛，就是毕业后无论到了哪家望族汽车专卖店，人气也能飙升，这是一个眼球经济时代啊！

我不由地跟上去，看见她俩驻步在大眼睛易拉宝前，抑不住一阵欢喜。我感觉好多人像苍蝇一样嗡嗡地拢过来，带着嘈杂的声响，更像轰炸机群。如果苍蝇的形象不是那么恶劣，把它放大到一定倍数，对于爱好和平的人来说，美丽程度一定远远超过拙笨的 B52 轰炸机吧！

没有时间再复性思维，直白地说就是总喜欢跑偏了，留给我的时间不多，我要抓住每一秒不容错过。

"同学，你们好！"

我相信我充满磁性的声音充满魅力，她俩一左一右面对面地转过来，忽闪着长长的睫毛看着我。睫毛是假的，属于地摊儿或摆在过街天桥上的产品。

"戴美瞳了吗？"一个问。

"什么？"我没听懂。

"这只大眼睛好漂亮，人在哪里？七三七房间？"另一个说。

我这才明白了。

"那就请到七三七房间来，我是望族大学的，姓方，叫我方老师吧！"

"别去，她不会告诉你这美瞳是什么牌子在哪买的。"一个女生说。

"肯定特贵，咱也买不起啊！"另一个女生说。

真是有点儿脑残，居然不理我，说起这些没头没脑的来，我刚要再开口，身后传过话来，"大芳、小芳，你们来了？"

是王宏民，我还闻到了一股香水味儿，古龙水。

"我要出去，幸亏被一开三轮的给蹭了，正在理论一扭脸见你俩下了公交车，"王宏民幸福又亲切地说："你俩不是说下午来吗？"

"小芳说读你们的高职跟职高差不多，"一个女孩说："可我俩本来就是职高毕业，干吗辛辛苦苦又去读高职呢？"

"这怎么能一样呢？高职是高职，职高是职高啊！"王宏民笑笑说，"妈的怎么有点像绕口令啊！"

"那你找校长说一下，打印毕业证的时候把我俩的职高倒个个写成高职不就行了？"另一个女孩说："那我俩就直接可以去乌克兰了？"

"真笨，在家不是说好了不去乌克兰要去俄罗斯吗？"

"大芳，小芳，不在这疙瘩说了，走，到我房间去！"王宏民说。

"你还没说清楚高职跟职高不就是俩字倒了个个吗？有什么不一样？"

"怎么能一样呢？"王宏民说："高职是大专，职高就是高中呀！"

"那为啥不叫大专偏偏要叫高职呢？"

"这得问教育部去！"

"太傻啦！怨不得有人说教育部每天就跟自慰似的自己玩自己，还让全国的学校都得看，不看都不行，还都得夸他们手淫得好爽！"

我和众人听得目瞪口呆。

王宏民看着我，笑笑，说："我本来很想把大芳、小芳推荐给你呢，可这俩图钢宝贝儿真不适合到北京去读书！"

"我要去乌克兰！"

"不对，是俄罗斯！"

"快跟三舅上楼吧！"王宏民转向她俩说："你爸你妈要是有钱就直接送你们去留学了，还是到三舅的职业技术学院吧，二年级的时候学会做暖水瓶，小芳去乌克兰大芳去俄罗斯！唉，前苏联卫星导弹都厉害可轻工业不行，连暖水瓶都做不好！"

我明白了，而且惊愕不已，莫非图钢职业技术学院真的是培养技工而且有什么做暖水瓶的专业？

"方老师，这俩是我远房表姐的闺女，你就别盯着了，回头我让她俩推荐班里更好的美女去你那学模特，你那要是有个头不够的就推荐给我，互通有无！"王宏民笑着，看着我依然分不出哪个是大芳哪个是小芳的姐妹说："走，三舅带你们上楼。"

大芳和小芳跟着王宏民走了，走出一道风景。我看出王宏民有多骄傲，心里还真有些羡慕嫉妒恨呢，羡慕他有一个远房表姐，嫉妒他抓住两个双胞胎侄女拉开招生序幕，恨他不给我机会说句话就带着大芳、小芳走了。俩女孩边走还边回头看，是这才发现了我，留恋、期盼呢？还是青春骚动不想去乌克兰做暖水瓶，想跟我去北京找教育部探寻为什么上的高中叫职高，而万一考上大学偏偏叫了高职呢？

我真不知道这俩丫头脑残还是教育部脑残，职高高职的文字游戏，是我自己搞不清了吧？

我的序幕也要拉开了，两个打通电话的学生一个自己要来一个请家长来，还真得感谢许大鹏呢，他肯定没想到我们动手会这么快。

我好像得到了一丝安慰和大量的幻想加企盼，希望我的两个女生不仅个头够高，而且都是美女！

周围的人悻悻散去，像是参加即买即开的奖票，只有图钢职业技术学院的王宏民中了大奖，而且当众张扬出别人无话可说的内幕，他是大芳、小芳的三舅啊！

我不知道大芳、小芳回眸一瞥是不是留下悬念让我不甘心，竟不自觉地跟着向楼梯走去。

然后我看到了一个奇异的景象：歌德耐尔学院的人站成一排堵住楼梯，他们的头发一水像水草似的韩式发型，穿着韩式紧身白衬衫，有领带都不系好潇洒地半松开，统一的杰克琼斯瘦腿牛仔裤，鞋帮上带着醒目大对勾的耐克。许大鹏端着照相机在给他们拍照，多么合理的封堵楼梯设计，王宏民和双胞胎姐妹只得站在那里等。

我有些敬佩许大鹏，看来成立美少女学院也并非突发奇想，不能怪韩佑话多。许大鹏带着这么多男生来招生是精心准备的，帅哥才吸引女孩啊，而我带着俩美女来岂不是一个致命的错误？

我忽然意识到了许大鹏真的不简单，看来招生真有大学问！

我多了一些赞许，而且感慨万千。看着许大鹏总是拍不完，如此自然地招招手，大芳和小芳激动地站到一排男生队伍里去了，分别伸出左手食指和右手食指戳在脸上做出很萌的表情。许大鹏快速地按着快门闪光灯奇闪，我不知道接下来会发生什么，以俩姐妹的脑残程度和许大鹏的伎俩，王宏民不哭才怪。

实在不想看照完相后会发生什么，因为我不想把王宏民的悲剧看成喜剧，那样太不厚道了。

手机在震动，我看了一眼短信，是来自银行的提示，小妹把钱打到我的卡上了，只有一万。小妹是怕我乱花才不肯多打一点？她是爸爸的心头肉，他总说女儿要富养，尤其又学了服装表演专业，给了小妹一张他的金卡的副卡，小妹每花一分钱都能通过银行自动提示知道，卡上只要少于十万，老爸的秘书会在五分钟之内补上。

我走向了自动提款机。

当我取完钱拿着剩下的一个喷绘走向楼梯时，我分不出谁是大芳谁是小芳，俩姐妹站在楼梯一左一右地给上楼的人发广告，身后各站着两个歌德耐尔学院的人，王宏民坐在通向二层的拐弯处抽着烟，一口一口地狂喷。他不像会抽烟的人，白净的脸变成了酱紫色，瞪着两只血红的眼睛看着两个侄女。

"上大学要到北京去上，要去就去歌德耐尔！"一个女孩看着我说："大哥真帅，留个电话呗！"

"你是大芳还是小芳？"我问。

"你猜？"

我看了一眼她，不知为何索然无味了，甚至奇怪那会儿怎么会心里一动呢，把这种女生招进来，班里不乱才怪！

我躲开了一些，心生厌恶，迈上台阶，她要追，被身后的两个男生拉住，一个男生说："人家是望族大学的老师，跟你三舅的高职学校一样，你三舅的学校学做暖瓶，他们望族大学是修理汽车的！"

我想转回身，王宏民向我招着手，一边站起来。

我尽量表现出淡定，没有理那个人。

"知道吗？"王宏民下了一级台阶迎我，悄声说："他们都带着刀呢，惹不起！"

我愣了一下，招生带刀？玩命啊？

"我还告诉你，他们学校派出了上万的学生跟着老师去全国各地胡说八道，你跟我一样也斗不过他们的！"

"你怎么不管管那俩侄女？"

"什么侄女，绕了八个弯的农村表姐是真的，可表姐夫该叫我三叔的！这疙瘩冬天太长，大半年没事干，就闲着没事上炕胡乱生孩子生出这么一对倒霉蛋！姓许的那小子把她俩截了，一天给五十，招一个再奖一千！我真后悔没把大芳、小芳介绍给你啊！"

我长长地叹了一口气，苦笑了一下。

"我劝你还是走吧！"他说："在图钢有这帮混蛋你招不成生的！"

有点压抑，只是一点点。比我更压抑的是王宏民，自认为地头蛇的他连大芳和小芳都守不住，不仅颜面尽失，信心更备受打击，不希望传染给我，而情绪真真切切是可以传染的。

雀儿一姐一眼就看出来了，我告诉她刚刚遇到大芳和小芳的事儿，还有王宏民的真心建议，她说："你赶紧给槿熙打个电话安慰一下。"

"安慰什么？"

"槿熙不想参加什么选美大赛当什么'中华小姐'的，"雀儿一姐收住笑容，"可她为了报答你没办法，只能为汽模专业献身了！"

"这是什么话？"我有点急，"献什么身？"

"你可别说不是利用啊！"雀儿一姐大声说："可她心里也高兴有被利用的价值！槿熙爱你，为你什么都能忍，可不仅仅是还你情，真不懂啊？"

我忽然有点不安了。

"别一脸纠结的表情，"雀儿一姐说："打电话一问不就知道了？"

"小却姐！"韩佑有些急。

"佑佑，我们不掺和他们俩的事情，天下轰轰烈烈的爱总是有人要付出的！"她看着韩佑，眨了一下眼。

我走出房间。

槿熙一直没有接手机，她在彩排，还是不想接？

到底发生了什么？我一头雾水。楼梯口只剩下一个了，不知道是大芳还是小芳，看到我下来，使劲扭了一下身子转过去，我走下楼梯向大门口走去，猛地转回头，如我所料她正盯着我看，不管她是大芳还是小芳，蛮可爱的女孩，只是上错了车。歌德耐尔跟望族大学一样都是专科，大专学历但不叫"大专"，教育部起的名字叫"高职"。

走出酒店，王宏民正从他的吉普车往下搬东西，一看便知是图钢职业技术学院的招生简章。

这是一辆改装过的老式北京吉普，从打开的后门可以看见车里加装了防翻架，很粗的铁管从里面加固，把车从里面包了起来，一辆定是参加过越野赛的吉普。王宏民开这样的车显得很不协调，也许就是为了拉送招生简章，那个有点像女孩的助手把成捆的印刷品放到酒店的行李车上，行李车也很破旧。

我不想打扰他，向吉普相反的方向走开，一定要跟槿熙通上话。

前面有一家包子铺。

我坐在包子铺的一张小桌前，再次拨通了槿熙的手机，耐心地等，一定等到她接。

传来咔的声响，我竟心跳了一下。

"槿熙？"

"我一直在彩排没办法接，"她的声音如此好听，"收到我的短信生气了？"

"没有。"

"你都好吗？"

"是我要问你呢，都好吗？"

"评委老师说我英语有天赋，还以为我是学英语专业的。刘姐鼓励我，让我报是学汽车模特专业的，也叫望族天使，好多记者和看彩排的都鼓掌了！"

"太好了！"

"是你选的《再别康桥》好，我这所谓的才艺展示有别于唱歌跳舞倒成了独一无二了！昨天组委会专门给加了音乐，成了配乐诗朗诵，今天早上单独让我练，不知怎么……"

沉默了一下，我静静地听，不想打扰，她好像有点动情。

"真的，我不想哭，可就是控制不住，眼泪一下流了下来。"

"证明你用心了。"

"挥挥衣袖，不带走一片云彩，是好美还是无奈呢？"

"徐志摩的《再别康桥》就是这样，在不同心境下会有不同的解读和味道，要不说是好诗呢！"

"她带走什么了？"

"谁？"

"雨婷姐姐。"

"槿熙？"

沉默。

"发完信我一直后悔，不怕你不高兴，本来就是嘛，可又真怕伤害了你，一直等你电话，怕你不理我了。可我不是故意的，真的，也许雨婷姐姐真的把你的心带走了，我拿得回来吗？告诉我，我只是一个替身还是别人的幻影？"

"干哈呀？点不点呀？别占座位打电话，要打到外面马路上打去！"传来呵斥声。

服务员大声插话吓我一跳，一个不是练相扑就是杀猪的壮汉拿着个小本本站在小桌前。

"稍等。"我对槿熙说。

"还等？啥玩意儿啊？"这人以为我对他说，大声吼着。

"我点，要一斤包子。"

"啥馅的？"

"都行！"

"这疙瘩没都行这个馅！成心咋地？起来！滚犊子！"

"要鸡蛋韭菜的吧！"我扫了一眼桌子上的牌子。

"放虾皮不？"

"放。"

"没有虾皮了！"

"那就不放！"

"嘀？你还急了？成心捣乱是不？"

"你怎么这样？"

"想叫老板吧？告诉你，我就是！"

无语了，走出小店，依然保持着跟槿熙通话，"槿熙，你们那吃得好吗？"

"别说了！"她忽然有些哽咽，"是我对不起你！"

"怎么了？"我不知道出了什么事儿，"告诉我。"

"告诉你什么呀？"她好像是在委屈中挣扎，"要不是因为我你怎么会成这样？你不是什么方老师你是方总啊！方翔，真的对不起！"

"提这个干吗？"我叹了口气，"你们几点开始？"

"好吧，我再也不提了！"她伤感地说："你随时可以跟我提雨婷姐姐，我不在乎做雨婷姐姐的幻影！"

"我在乎！"我好像在喊，又赶紧放轻了声音问："我的声是不是大了点儿？"

"方翔，"她长出了口气，"拿到冠军是不是就好招生了？"

"当然，"我顺了她的语气，"宣传就有由头了。"

"那你等着好消息吧！"她肯定地说："组委会要把这些美女用足，最后结果要到八号从上海欢乐谷才比出来。"

"那个，"我迟疑了一下，"那个什么评委？"

"你别乱想，有刘姐护着我呢！"她知道我要说什么，"再说大赛是望族赞助的，不会对我怎么样的，那人只是对我特别好奇。"

"好奇？好奇什么？"

"他老说好像在哪里见过我！"停了一下，她说："男人是不是都这样？你别担心我这边，好好招生，别太委屈自己了，你一定行的，我们一定会成功！"

"你也加油！"

"来了！"她大声答应着谁，有人叫她，"不说了，我得过去了，发短信吧！"

我心情好了许多，那个老港仔敢对槿熙动心思，我会把他收拾到让整个香港都哭泣。

没有买成包子，我拎了一箱方便面走进酒店，离楼梯口老远就看见歌德耐尔的人拦住一个女的上楼梯，那个女的在咆哮。

"拦我干啥？我女儿才三岁在幼儿园还他妈的上小班呢，你们收吗？躲开，让我上去！这是大学招生啊？整个儿一抢劫加贩卖人口！"

多么熟悉的声音，是玛丽！

玛丽来找我？

当然，她直接发布了，说："我上七楼七三七你们这儿招生最好的大学！哈哈！翔子智商太高了，还拿过跆拳道冠军呢，工夫也高，看来招生都用得上！太他妈的好玩儿了，你们给我闪开！"

我赶紧闪开了，真怕让玛丽瞧见。

2

细想一下，玛丽来找不该意外，意外的是我躲在一个易拉宝后面看见许大鹏抽了阻拦玛丽上楼的人的耳光，听到他说了一句"方翔是我老师不许胡闹"，我倒真不知他葫芦里卖的是什么药了。

玛丽笑哈哈地上楼去了，许大鹏向大门走来，身后跟着几个重要的助手，我绕着易拉宝躲过不让他们看见，许大鹏说："对方老师好一点就是对我们招生负责，你们怎么老记不住？做人做事都要光明正大，而且干就干他个轰轰烈烈，懂了吗？"

绝对没有发现我，可这句话看来是说给我听的，他是认真的。这真的让我坠入云雾，百思不得其解，但坚信一点，不管他葫芦里卖的是什么药，那药不治病准要命。作为竞争对手，换位思考我实在也找不到他这番真诚的理由，必是隐藏着什么阴谋。

会是什么呢？我想不出来，反而觉得有些恐怖了。这个许大鹏到底要干什么？

"联吴抗曹"，我想起王宏民的话，想躲过玛丽，先不能回去，就拎着一箱方便面上了二楼，站在二零一房间的门口。

王宏民正在电脑上玩赛车游戏，很投入，门是敞开的，我站在门口好一会他都没发现，那个像女孩的男孩看到我了，居然不做出反应，似在等着王主任把赛车跑完。

我进不是退不是，尴尬地拎着方便面箱子站在门口。

王宏民翻车了，懊恼地拍了一下桌子。

那个非男非女的人用翘起的手指点了他手背一下，然后指向我。

"方老师？"

王宏民热情地起身迎上来，满脸惊喜，很自然地接过我手中的方便面箱子，说："方老师真客气，能来我就很高兴还带这么实惠的礼物，快进来坐！"

我这才发现是我错了，不怪他误解。

"怕你熬夜饿了，这酒店居然没有餐厅。"我说，知道方便面是没了，只好借势送给他了。

"你真实在，方老师！"他开心地笑着，"我俩半夜还真老饿呢！拉斐尔，快给方老师拿瓶矿泉水！"

这个人叫拉斐尔，他很害羞似的笑笑，起身去拿矿泉水。他的身材真是好，穿着瘦身T恤，故意剪了一些口子变成一些细条，从前面看后面看都露出男人不多见的雪白肩膀，还显出纤细的腰，韩式紧身牛仔裤包裹着圆挺的小屁股。我只看到了一张床，他们是标准间。

"拉斐尔，我跟方老师唠事，你去外面玩一会吧！"

"我坐不住，没关系的。"我说。

"拉斐尔老是无聊，要不你上七三七找那俩姐姐玩儿去？"

"她们俩在收拾房间，那什么……"我赶紧说。

"那还是到外面游戏厅去玩俄罗斯方块吧，一会我找你！"

拉斐尔走了，扭着小腰，走到门口转身带上了门。

"多可爱，比你带的那俩女生更女孩吧？"他把矿泉水瓶盖拧开，递给我，说："拉斐尔是跳拉丁舞的，我要给我们的学生开舞蹈形体课，可我们老大不同意，我引进的老师就跟着我招生了。"

"今天是五一，可来咨询的人并不多啊！"我转移到招生话题。

"没到时候呢，得高考以后分数线下来！"他认真地说："招生不能等人来，你们北京的也一样，关键是要能进高中宣传一对一地招生！"

"是这样啊？"

"关键是还有一个月就高考了，不认识人哪个中学你也进不去，得打通关系才行！"

"王主任能不能指点一下？"

"真帮不了你，那我就说不清楚了！"

"为什么？"

"看来方老师是真不懂招生啊！"他站起身，很英雄地走了几步，是要给我上课，看我一副虔诚待听的样子，甚是欢喜。"这个酒店里各个学校都很玩命，可有多少人真是给自己学校招生呢？"

我吃惊不已。

"谁给钱多给谁招，互通有无，就是相互卖学生！"他愤愤地说："有几个像我真是为学校发展啊！我也有些不得已吧，跟乌克兰有协议，得给人家送人才行！"

我还是没太明白，他看出来了，笑笑说："不明白也好，要是知道自己准打败仗，谁还真想玩命啊！"

他边说边进了卫生间。我没想到王宏民是一个表现欲极强的人，或许备受压抑终有机会在我面前展示而兴奋不已，尽管我还是一头雾水。

传来电脑QQ呼叫声，我下意识地扫了一眼，一个名为"大丫头"的发来信息：你得注意小丫头，她真要掉进去了！

不明白是什么意思。我看了一眼头像有些吃惊，是大芳或者小芳，应该是大芳吧？她说的"小丫头"就该是小芳吗？"掉进去"是什么意思？

天，王宏民在搞什么？美人计？莫非大芳和小芳在王宏民操纵下故意上演"背叛"的故事？

我真的是不明白了。

"在吗？"她又追发过来一条。

我站起身，走向窗口，故意离电脑远一点。

王宏民出来了，边系着裤腰带边说："我告诉你，这酒店有一半人是在给许大鹏招生呢，歌德耐尔出价高，招一个给三千！方老师那儿给多少？"

"我们也不少。"我说。

"是许大鹏给三千，他们学校给四五千，差不多把一年的学费都拿出来投入招生了，学校赚的是二年级以后的学费，谁拼得过他们？"他扫了一眼电脑上大芳还是小芳的QQ留言，直接关上了显示器，看着我说："咱俩能合作吗？"

"怎么合作？"我充满好奇，"合作什么？"

"你们在图钢有计划内多少指标？"

"我们只招计划外的汽车模特专业，还真不知道计划内的事儿。"

"我靠！"他惊讶不已，"我说方老师你不是开玩笑吧？那你来图钢招什么生？"

我如入九里云雾。

他总算说明白了，要我了解望族大学在图钢投放了多少计划内指标，他要的不多，只要十个。他会给我带来学生，让我接待和咨询，要望族大学的简章，专业越多越好。

我不明白他给我招生要什么回报，我只知道望族大学招一个学生给八百块，还是超过指标以后，王宏民又一阵惊愕表情，拍了拍我的肩。

我忽然感觉到自己很弱智，多少年的自信甚至张狂荡然无存，竟越发不明白招生到底算是怎么回事儿，这水有多深？

带着太多的疑惑离开王宏民，方便面没有了，时间也快两点，没时间去买箱方便面。

想一想我曾让小黑子没收槿熙的方便面，算一算未来的花销，我终于为钱要做些打算了，这就叫人生的拐点吧！看来赢在起点很重要，可决定人生的输赢却在拐点。

想想槿熙的话，难以置信有一天是她在鼓励我，换一个人不是不能接受而是无法忍受，我却涌动着心疼的感激。爱，会有一种特殊的能量，我绝不能让槿熙失望，一定让她坐进汽车模特的教室，让我和她一切从头再来，该是一件多么幸福又激动的事！

我推开七三七的门，雀儿一姐和韩佑像两只待哺的小鸟儿可怜巴巴地看着我，蓦地又让我一阵心酸。我开始想疼爱她俩，不能比槿熙少才是。

韩佑突然哈哈大笑起来，雀儿一姐终也忍不住，两个人开心得不得了。

我现在就是一个大傻子，"你俩笑什么？"

雀儿一姐笑弯了腰，韩佑拍打着桌子 hold 不住，我真怕玛丽给她俩下了什么药，"你俩吃什么了？"

"巧克力！玛丽的巧克力，她说你上初中的时候最爱吃了，我跟小却姐一人吃了三大块！"韩佑指着我，好像是在学玛丽，说："方翔同学，人体哪个器官在激动时可以放大六七倍？"

"什么？"我差点叫出来。

"老师，我拒绝回答！"雀儿一姐装成男人或者就是我的腔调吧，说："这个问题太恶心了！"

"玛丽同学，"韩佑变了个腔调，说："请你告诉方翔同学那是什么器官？"

"怎么茬儿翔子？"雀儿一姐定是学了玛丽的北京腔，后面就用了东北话说："整啥呀？那器官是瞳孔，不是你们男人那玩意儿，想歪了吧？"

我这才反应过来，那是初三时学校按教委要求突然抽风般地加上生理课，老师实际上是问玛丽，人的什么器官激动时会放大六七倍，玛丽红着脸蛋儿说拒绝回答，老师又问我，我说是瞳孔，玛丽竟倒打一耙安我身上了！

"这个玛丽！"我摇摇头，没揭穿，看着她俩布置好的房间，不知从哪儿弄来不开花也不结果的一盆花说："你俩的笑点也太低了吧？"

"重口味的在后面呢！"雀儿一姐拍着胸，笑岔气儿了一样，"佑佑说！"

"你们班有一个特骚的文体委员，她从初一追到你初三是吧？"韩佑大笑着，"玛丽说在北京遇到她了，人家当书记了，更骚了，悄悄进了一家成人用品店买女人自慰器，老板说都在墙上你要哪种？骚书记看了看，指着一个红色最大的说：就要这个吧！老板差点没休克过去，颤抖着说：那是灭火器啊！"

现在是我目瞪口呆，而她俩笑得天翻地覆。

突然有人敲门。

我想转身开门，雀儿一姐把手放到嘴边嘘了一下，示意我坐到桌子后面，一边关上里间的门别让人看见床，一边向韩佑使了个眼色。

韩佑还在笑着，像雀儿一姐一样流露出欢喜。我走向办公桌，她俩都伸出手指相互做了 V 字手型，迎接我们的第一个学生。

门还在敲响，有点重。韩佑调整了一下呼吸，伸手开门，没拉开，原来我进屋时不知怎么把门锁给撞上了。她回头向我做了个鬼脸，刚打开锁，门就被使劲推开，把毫无准备的佑佑差点撞倒。

进来三个彪形大汉，都背着一只手，后面跟着两个女孩，嘴里嚼着口香糖。雀儿一姐迅速地看了我一眼，佑佑也没反应过来，三个人背着的手一个拿着砍刀两个亮出棍子，那两个把脸化得像鬼符的女孩一个对着雀儿一姐，一个对着韩佑，用肩撞使劲撞着她俩，公然挑衅。

我猛地站起来，第一反应会不会又是许大鹏找人来寻事儿？紧接着有了第二反应，拿砍刀的家伙好像在哪儿见过？容不得我再做出反应，又有三个家伙进来，抄起椅子就砸。雀儿一姐蒙了，韩佑发出一声犀利的尖叫，我冲过去一把拽住韩佑拉到身后，对雀儿一姐喊道："快过来！"

一把砍刀伸向我，指着，彪形大汉还晃荡着砍刀，好像在瞄准我的肩膀，似乎要剁下我的胳膊而不是头。

"你们干什么？"我大叫一声，迅速闪开，一把拉住雀儿一姐，把她和韩佑一起扯到我的身后。

两个拿着棍子的家伙一左一右围上来，那三个人从墙上撕下喷绘，两个女孩用鞋碾踩着，电脑显示器被扔到地上，桌子也掀翻了。

"退钱！"拿砍刀的人推开了站在他右边的人，这回他用砍刀瞄了瞄我的脖子，显然右边的同伙妨碍他抢刀。

"退什么钱？"

我话音未落，持刀的家伙飞起一脚踢在我的膝盖上。他没有用刀，我以为砍刀会飞向我，一刹那还在想躲不躲，要躲这寒冷的刀会不会要了我身后雀儿一姐或是韩佑的命？想都没想我伸出了左手准备奉献一只胳膊阻止住刀，没想到他会迎面飞起一脚却没测准距离，这混蛋是要踢向我要害处的。

我差点跪下，一阵钻心的疼。

岂能跪下！豆大的汗珠从额头滚落，一瞬间我险些失控，尽管我知道打不过这六个人，被逼急了要两三条命陪我同赴黄泉也并非不可，可怎么对得住雀儿一姐和韩佑，对不住槿熙，她还让我对自己好一点呢！

我不知如何应付，做强者是要有条件的，假如我可以命丧图钢，槿熙会像我安置雨婷那样把骨灰放进高高的山上，跟雨婷在一起，槿熙会伤心吗？问题是我此时玩了命，王小却和韩佑该怎么办？

一阵绞心的悲哀侵袭而来。

"有话……有话朝我说，"我忍着刺痛，"你们放过我的学生！"

"他们是一伙的！"一个女孩说。

"都不是好东西，望族大学的骗子！"另一个女孩说。

我忽然认出了眼前的人，昨晚在洗头房敲诈我的人，两个小姐和昨晚差点交手的家伙，可他昨晚拿的不是大砍刀，是瑞士军刀。

为什么提到望族大学还说成骗子？

"想找你们呢，居然打电话来自投罗网？"他把砍刀放到我的肩上，举累了。"我俩妹子的学费加起来一万五，一年的青春损失费十五万，让你这俩妹子跟我到洗头房做一年算是利息，整明白了吗？"

不明白。不需要我明白，雀儿一姐和韩佑被一左一右拉了出去，我被顶到墙上，把砍刀放到我脖子上。

"放开她俩！"我并不示弱地盯着他，这混蛋有口臭，让他陪着死可真他妈恶心！"说明白要多少钱我给，马上把她俩放开！"

"放开？"他喷着恶臭，"妈的民办大学的穷酸老师，连康师傅方便面都舍不得吃，你他妈的给得起吗？"

"给得起！"雀儿一姐说。

"他爸爸是北京地产大亨！"韩佑说。

"我操，还骗呢，把这俩二逼骚货给我一起打！"

"住手！"我闭上眼睛，"你们朝我来，要钱要命都有，放她俩走！"

"还挺仗义？拿三十万，有吗？"

"还挺值钱啊！"

一句响彻的声音，陌生，有力，亮堂堂。

我睁开眼，所有的人都转向门口，进来一个笑眯眯的人，身后跟着一个戴墨镜的。

"大哥？"口臭的人放下刀，"大哥怎么来了？"

"大哥？"这人笑着，"整啥呀？我怎么成大哥了？可别乱叫，这是怎么了？"

我看出这伙人全傻逼了，真不知来的是何人，何方神圣莅临七三七？

"大哥，你认识他们？"

"不认识，"被叫大哥的人说："就是来认识的，咋回事讲讲听。"

这人除了东北腔硬朗，看上去蛮儒雅，他摘了棒球帽，戴墨镜的人扶起一把椅子让他坐下，看见他留着板寸头，儒雅劲儿消失了。

我忽然知道了他是谁。

"快说呀！"施八一的爸爸坐在椅子上。

"好的大哥！"他放下刀，满脸堆笑，说："去年他们来招生，骗这俩妹子，不，骗了她们大半个班去望族大学念书！"

"念大学不挺好吗？"

"不是！那个招生的说他们望族大学是二本，通通都是计划内国家承认学历的本科，俩妹子念了一个学期才知道哪是什么计划内本科呀，全他妈是自考！"

"你去年考了多少分？"施八一的父亲弹了一下并没有灰尘的棒球帽，问。

"二百一。"一个女孩说。

"你呢？"施老板又转向另一个女孩。

"一百九十五。"第二个女孩说。

"这不扯淡吗？"他笑了，抬起手指了指他身后的人，说："我秘书，初中没念完，还是十年前了，现在连复杂一点的手机短信都读不全，去年我让他陪着我儿子一起也参加高考，让我的会计给他看了一个月高中课本，结果还考了二百三十五呢！你们的高中都念到西天去了？二百一还想上国家承认学历的二本大学？是人家骗你还是自个儿的脑袋进水了？你还人五人六地来这疙瘩捣乱，有这精力还是去偷飞机轱辘吧！"

"大哥，不，施总别生气……"

"还不快滚！"

施八一的父亲怒吼一声，吓得这伙人丢魂似的挤蹿着逃出去。

"别理他们，外强中干！"他的脸一下又呈现出笑容，"你真是望族大学的老师？"

我们这就算第一次正式见面认识了。

施八一并没有来，他老爸来了，就是说八一在香港海鲜城记住了我的话，有飞机的施老板自己先来图钢大酒店看看，意外地解救了我们。

施老板问了汽车模特专业算不算是模特？我告诉他当然算，而且是好模特，因为全世界的汽车产业正在往中国集中。他不太关心这些，我想起来了他有飞机，他表示敬佩高阳，中国常有农民可以干成大事儿，有梦想又非得实现不可，就别无选择了。他非常敬佩高阳，说高阳代表着中国有骨气的硬汉农民企业家。

原来是高阳救了我。如果他不敬重高阳，施八一非要学模特又想选择望族大学，他是不会亲自来的，尽管他并没有做出决定，还是要了我的手机号，他的名片上没有手机号，我也没要。

我把他送出门，施老板没有客气什么，人们通常都会说不用送的，他习惯了被尊重，要不是有一个一看就像保镖的人跟着他，施老板怎么都不像拥有飞机的企业家。

"我得飞趟内蒙古。"他一直让我跟着走到了楼梯口才停住脚，说："后天，三号下午我让人来接你，我儿子不准备参加高考，不高考你们也可以吧？接你去看看，我儿子能不能去你们那里学模特，就送到这吧！"

没等我回答，他快步下了楼，看得出他身手十分矫健。我迷惑了，他是拥有飞机的大老板还是一个开飞机的？他有着强健的体魄和硬朗的眼神。

回到房间，雀儿一姐脸色通红，那会儿一直是惨白的。韩佑坐在里屋的床上发着短信，说不出的郁闷。我只感觉到尴尬，从未受过如此羞辱，要不是她俩身处险境我无法抗争，今天必会有一场惨烈，明天图钢的媒体就都有头条新闻了，一具或几具尸首抬出龙腾大酒店，不知道会不会惊动教育部部长？我们在给中国教育抹黑，招生还招出人命来，足见中国教育有多吓人，又坠落到了何种程度！

我扶起桌子，从地上搬起电视机放在桌子上，雀儿一姐过来插上电源，电视机居然没摔坏，看来老电视机的质量真挺过硬。

雀儿一姐在调着台。原本是要跟第一个来的学生和家长共睹望族汽车在长城的，结果时间已过，中央电视台正在播送新闻，有一个家伙持刀闯进幼儿园，发生了让人震惊的杀害儿童的恶性事件。

"天！"雀儿一姐惊呼着，换了一个频道，结果也是这个让人心痛的报道。"能不能行了？"

她在自言自语，不是关上电视机而是直接拔掉了电源。

我从地上又抱起电脑显示器，雀儿一姐喊着："韩佑过来！收拾一下别玩手机了！"

这一片狼藉，真让人羞愧难当。

"去年谁在这里招生？"雀儿一姐大声说："是不是真骗人家了，让我们背黑锅？得找那个人算账！"

"问问你们班主任不就知道了？"韩佑出了里间，"我说来这地方招生，招办的人不给材料也不拦呢，招办什么都知道，太坏了！"

"回学校总能搞清楚！"雀儿一姐说："赶紧收拾吧，别让那个玛丽看到这狼狈样子，方老师可丢不起这个人！"

"玛丽？"我不解地问："她一会儿还来？"

"你的老情人要接你去她家吃饺子！"雀儿一姐说："酸菜馅的，说你小时候就最爱吃饺子，除了韭菜就是酸菜馅的，你们俩到底是从什么时候开始的呀？"

"小却姐，不是让我们俩也去吗？"韩佑说。

"人家就是客气让一让，你还当真啊？"雀儿一姐说。

"我俩都去！"韩佑着急地说："得帮槿熙看好方老师！玛丽太骚了，真怕方老师扛不住！"

我刚想说话，手机来电了。

是刘思雨。

"喂？"我走进里间，关上了门。

"槿熙急短直哭，你到底怎么了？"

"没事儿，你怎么知道了？"

"韩佑发短信给槿熙，说你差点让人给宰了！"

"真难听！能换个词儿吗？"

"槿熙把短信转给我了，韩佑就这么写的，还说她特感动，关键的时候你第一个先护着她！"

"当时她离我近！"

"她说这都是槿熙的面子，所以她要帮槿熙看好你，都出这事儿了你还有心思去玛丽家吃什么酸菜馅饺子？"

"谁说我要去吃酸菜馅饺子？净胡说八道！"

"槿熙说东北人惹不起，一定还会来的！槿熙是又害怕又难过，彩排走不好，光哭了，化妆师追着补妆都不行，还说晚上比完了飞过去找你！"

我心里咯噔了一下，有点酸，不，有点甜，很甜。

"告诉她好好比，别担心我，我没事儿！"

"方翔，你真的像个大男孩儿，得成熟一点，本来带王小却一个人就可以了，还非再带上韩佑弄俩美女招事儿！"

"带一个？那不行，槿熙放心我也不行，不方便啊！"

"槿熙能不能拿冠军还不好说，可万一招生成功了，我们真招到五十个美女帅哥，对你来说不见得是好事儿。"

"为什么？"

"你说呢？"

"你怕来了一帮帅哥没我什么事儿了？"

"你严肃点儿，认真想一想，杜院会允许你这个班主任跟学生谈恋爱吗？"

"扯淡！不为槿熙我来望族大学干屁！杜海又不是不知道！"

"你真的变了，方总。"

"少来！我就这德性，透明的玻璃人，从不藏着掖着就是敞开给人看！说说为什么没把握？那个港仔评委想打什么歪主意？"

"你猜对了一半！那个从香港请来的评委会主席还真是老打槿熙的主意，不过现在好了，庄已泊来了，代表赞助商，长得很精致的上海人，说是望族集团在上海的公关公司的庄总，都看出来了那个香港老头既敬重又有点怕这个叫庄已泊的。"

"为什么？"

"我说了庄总长得精致，气质独特，差点想说非凡！关键是他掌管望族汽车的宣传，包括参加车展什么的，还管在哪建汽车4S店，每年有两三个亿的费用，香港人像上海人一样只敬重有钱有实力的！彩排前庄已泊把槿熙叫到后台化妆间，不知说了什么，我收到短信去后台找她，槿熙脸色通红地出来，可能是被韩佑的短信给吓着了！"

"……"

"喂？听着呢吗？"

"你让槿熙别多想，好好参赛，注意一下那个姓庄的！"

"知道，放心吧！庄总很职业，对谁拿下冠军成为望族汽车形象代言人有分寸，他挺看好槿熙，你别多心，槿熙只是担心你才不想参赛了，她非说晚上赛完要飞到图钢去找你，你劝劝她，明天要转到宁波进行第二场呢，真不知道她这是怎么了，非想见你！"

"彩排完了你告诉我，让她接我电话。"

我挂断手机，忽然有些心慌。莫名其妙地就心慌起来，那把刀放到我脖子上的时候都没有。

香港老狼蠢蠢欲动，又来了个姓庄的想饿虎扑食，槿熙的处境比我险恶！

这不行！

我拉门出来，雀儿一姐和韩佑都在门口站着，在偷听我打电话。我没工夫生气，低头找我的旅行包。

"你要干什么？"雀儿一姐紧张地说。

"去杭州！"

"不会吧？"韩佑拽住我的包，"那就带我一起去，这地方太吓人了！"

"你不能去，扔下我们俩？"雀儿一姐大声说。

"我得看槿熙今晚的第一场比赛，明天就回来！"

"那不行！那几个流氓再来了怎么办？"韩佑带着哭腔。

我犹豫了。

"要去哪儿啊？"

玛丽进屋了。

我怔了一下，**她真的来了。**

没等我说话，玛丽被屋子里的情景惊着了，"这是怎么了？"

接下来让我重新认识了玛丽，她居然哭了！

韩佑描述了当时的恐怖情景，当说到恶棍把刀架到我脖子上时，玛丽的眼泪哗哗地流，如果我不是当场看见，以后听韩佑叙述我是不会相信的。

这个玛丽！

雀儿一姐冷冷地看着，一言不发。韩佑像是找到了靠山，一口一个玛丽姐姐，把玛丽鼓舞得非得当图钢女英雄不可了，她拿起手机，麻利地拨通电话，说："老公，把店门关了！你叫上你那几个土匪哥们儿去把老爱耍大刀的二姐洗头房，去给我砸了！叫那些丫头到酒店七三七来帮收拾屋子，砸了洗头房这边也收拾好了，就回家跟翔子喝饺子酒，得快点，五点半得把他送到机场，方翔要去杭州见他女朋友，我跟你说天下就有让人流干红泪的爱情，除了我俩就是翔哥了！"

我瞠目结舌，几乎全没听懂，或者懂了，第一次知道天下许多事懂与不懂没那么重要，只要认真做了就行。

"玛丽？"我不知是感激还是无奈地看着她。

"把这俩妹妹交给我吧！"玛丽转向雀儿一姐和韩佑，说："让你们方老师去，别拦着！有一种男人你追他是追不上的，得他追你才行！得不到就认了，就是烦别人追他，你们方老师就这德性！我中午那会儿就跟你俩说，我错就错在老追他了，应该用本事诱惑他追你，在杭州的那丫头有这本事，你们俩都学着点儿！"

我不吃什么酸菜馅饺子，讨厌没有约定的来访，尽管玛丽是好心甚至盛情，也不能接受她的自以为是。她不了解我的世界，她根本不知道我是谁，在火车上让她意外得手她就进入了自恋世界，自恋的女人一旦相信什么，就会变得不可理喻地疯狂。

可现在我改变了想法，从她支持我去见我肯定该有的女友那一刻起，不得不重新看待她。女人果然都是一本书，有畅销带着一点思想的，如雀儿一姐；有儿童读物多了些许成人理念的，如韩佑；有侦探故事夹杂着疯狂和性趣的，如玛丽；带着古典文学风韵时而浸出哲学诱惑的是雨婷，而能把这一切夹杂在一起让仁者见仁智者见智、情者见情慧者见慧的就是槿熙了！

我决定直奔机场，告诉韩佑不要再给槿熙胡乱发短信，尤其不要告诉槿熙我去杭州。韩佑在看玛丽手机上的时装照片，答应着当模特去拍照，她就是一个没长大没记性的傻丫头，高兴我能像个有责任感的男人去找槿熙，恨不得我快走。

玛丽突发奇想地对韩佑和雀儿一姐好，原来是有原因的，她的讨好显然是想请她俩去她的时装店做促销模特。雀儿一姐虽然不屑一顾，但没有显现出强硬，我必须得走。她也必须得找一个可以依赖的人，哪怕是她瞧不上的。

不知玛丽的老公会不会真的去砸洗头房，看来那个长得就像土匪又爱耍大刀的家伙在这一带颇被人知，果然就如施八一父亲所说不过是外强中干，但玛丽时装店会有人来帮着收拾屋子会是真的。

雀儿一姐送我出来，拉了一下我的衣袖，说："那会你为什么不先护着我？"

她忽生的柔软与委屈让我为之一惊。

"小却？"

她的眼睛满含热泪，转身走了。

"对不起！"

"你少来！"她大叫着说，进屋狠狠地撞上了门。

我忽然无话可说。

3

我坐上出租车，满脑子都在想槿熙，不，还有一个人，庄已泊！

就是他，凭直觉必将闯入我的世界，我和槿熙的世界。刘思雨只说了一句，我感觉到了从未有过的威胁，在大陆，那个港仔评委主席算个屁，何况姓庄的是望族汽车公关公司的老板，我必须得出现，如果情况不对，我宁可带槿熙离开，是回图钢还是返北京呢？我可以带她私奔吗？她要完成大学学业而我已是一无所有，怎么会变成这样？

飞杭州的航班是六点十分，看来玛丽真了解飞杭州的班机，可我不能坐那个时间的，我买了一张飞上海的机票。从上海坐大巴去杭州会更快一点，我一定要在比赛结束前赶到。

到达浦东机场已经五点多，我坐上开往杭州的大巴，八点以前我可以赶上槿熙最后一个环节的才艺展示，总决赛第一场七点钟开始，九点结束。

我打开手机，很多未接电话和短信。我先看了几个，有杜海，还有高阳的。一定是雀儿一姐向杜海告我状了，可高阳找我干吗？是问我看电视转播了吗？

我还是先打给董事长吧，通了。

"董事长？"

"方老师，你送的学生不行啊，没见过大场面，平常挺好的，在三千多观众的剧场就不行了，彩排的时候就吓得总哭，这怎么行呢？"

"您是听庄总说的吧？"

"是啊！"

"您把庄总的手机号发给我吧！"

高阳显然不高兴，董事长对第一次公开亮相的"望族天使"有很高的期望，他是一个完美主义者，要么不做，做就做到最好。至少他是这样期待和要求自己的。

手机震动，不是短信，一个陌生的号码，好像又有点熟悉。

"喂？"我接了，"哪位？"

"哪位？"传来很生气的声音，"你说哪位？"

我心里咯噔了一下，好亲切，又惊愕，"妈？"

"你怎么住在火车站边儿上的酒店？跟大栅栏似的乱哄哄！"老妈说："我敲不开你的门，是出去吃饭了还是在屋里跟谁鬼混呢？"

"妈！说什么呢？"我着急地说："您怎么来了？"

"你妹妹非让我来看看你，我下了飞机就打车来了，还让我给你送钱！"老妈的声音清脆，听不出是四十八岁的人，"你爸不知道，可我想知道你开销这么大都干吗花了？你妹妹也不放心，怕你被女孩给骗了，我真得来看看，快开门！"

"妈，我在上海呢！您来也不说一声！"

"上海？你不是在图钢招生吗？跑上海干什么去了？骗我！"

"没有，妈，您稍等一下！"

"我还得折腾再飞到上海去？你阿姨坐飞机太吓人了！"妈是带着保姆阿姨的，对她说："你不许再喊叫了，咱俩回机场再飞上海！"

"好的，领导。"房阿姨说。

"妈，我真的是在去杭州的路上，"我听见阿姨说，妈妈有领导欲，房阿姨在家就管妈妈叫领导，妈妈打手机用的是免提，学了老爸的。"妈，您等一下，我让王小却来找您！"

"又去杭州？王小却是谁？你妹妹说勾引你的不是叫赵槿熙吗？"

"跟您说不清楚，我马上打电话让她们回来！"

"她们？还有谁呀？"

"还有一个韩佑被玛丽一起带到家里吃饺子去了，您别动就在门口等着！"

"还有个玛丽？超级玛丽？看来你妹妹说的对，一帮丫头都把你当成超级贾宝玉了！她们一个比一个不要脸，你妹妹说赵槿熙不像江雨婷更像林黛玉，王小却就是薛宝钗？韩佑和玛丽哪个是袭人呢？"

"妈！"

"我才不见她们呢！"妈妈清脆脆地说："我住喜来登去，你快点儿回来！"

"妈？"

"你是谁？"妈妈不知在跟谁说话。

"我找方老师。"传来一个男孩的声音。

"方老师？"妈妈很开心似的笑了，不像是嘲笑我。"我都不知道方老师藏哪儿了，你叫什么？"

"姓施，我叫施八一。"

我一惊。

"建军节那天生的？这名字又好起又好记！"妈妈笑了，"你长得怎么跟日本玩偶假人似的？太帅了，甭说北京城就连电视上也没见过这么俊的！小八一，你们这儿有喜来登吗？"

"有，老师为什么问？"

"我不是老师我是老师的妈！走，带阿姨去！"

"妈？"我喊着："施八一？"

老妈挂断了手机。老妈来了，带着保姆。施八一也来了，不知道跟没跟着保镖。我得赶紧告诉雀儿一姐，这才是我们的第一客户，不是第一个而是第一！

还好，施八一见着我老妈又带路去喜来登，他就跑不了了。妹妹上高中时凡是敢来我家或是被妈妈撞上的大男孩没有一个不被老妈征服，至少没人相信是我妹妹的妈更像妹妹的姐姐，妈妈长得不仅漂亮又年轻，关键是有一种高贵又典雅的气质，不知道跟她五岁弹古筝有没有关系，反正酷爱《红楼梦》的妈妈最讨厌有人说谁谁谁像林黛玉，妈妈年轻时才像林黛玉吧，怪不得想对我老爸打歪主意的不论是女孩还是女人，凡见到我妈妈的一概变得语无伦次惭愧有加。我上大一时不认为妈妈像林黛玉，妈妈也许更像出走后归来的娜拉。

不用找雀儿一姐帮什么忙了，以妈妈的气势和气场，有金卡在身还有同样气度不凡的房阿姨随着，真是走遍天下都不怕，何况还多了一位很有图钢老大做派的施总，施八一的出现就等于施老板也在左右了。

居然不太记得妈妈的手机号，而且没有存进手机，这真的不应该，我不是自责更多的是惊讶。我拿起屏幕又在闪烁的手机，是杜海。

开始知道一些庄总了，庄已泊很早以前就认识高阳，这位复旦大学新闻系的高才生比高阳小，虽然不曾兄弟相称，却是望族董事长仰仗之人。杜海见过他，在新闻界打过交道，算不得认识，只记得这是一个不苟言笑的人，在任何时候都不会泄露出他想什么，城府极深。汽车模特专业办起来要想服务于集团，准确地说望族汽车能给予望族天使平台，没有庄已泊的认可和支持是不行的。还包括就业安排，加盟望族汽车销售也得由望族设在上海的公关公司批准，庄已泊的公司不仅仅承担着望族的公关使命，还掌管着望族汽车销售片区的结构。杜海说高阳显然不想在望族内部生成一种势力，庄已泊的公司就是望族的体外心脏。

我明白了，明白杜海这个电话所能包含的意思，要与庄总搞好关系才能决定望族天使的成长，招生必须成功，但要清晰地知道汽车模特专业在望族大学注定是个早产儿，对于曹大蛤蟆来说改变不了后娘养的命运。我明白了庄已泊的公司也将是汽车模特专业的体外心脏。望族天使，也就是汽车模特专业在望族大学诞生就没有心脏，尽管汽车模特不仅仅创造了中国高等教育史上的新专业，关键是教育理念和人才培养模式的创新，为企业乃至整个社会培养实用型人才，但绝对不能办成培训班，毕竟是大学。

我忽然觉得沉重万分，看来杜海有着远大的理想，跟高阳不谋而合，要在中国当代教育上闯出一条新路，跟我没有一毛钱关系。**我是为爱而为**，可显然这个专业不会被学校认可，也许还会危机重重，高阳和他的望族汽车还没有完全被社会认可和接受呢，何况由美女帅哥构成的"汽车模特"专业了！

梦好沉啊！槿熙，爱你真的注定很累吗？

爱不仅是一种责任，对于我来说忽然生成为一种使命，这是我无论如何没有想到的。当我走进剧院正好看到槿熙进行汉服表演时，她的美惊艳全场，掌声雷动，我知道我已别无选择。

雀儿一姐向杜海告了我的状，知道我去杭州，他并没有像雀儿一姐希望的和我想象的那样骂我，反而肯定我的此行，交代出了我不曾想过的责任和使命。庄已泊是汽车模特专业必将依靠的人，而我专程赶来却是提防他对槿熙下手的。

刘思雨让人在剧院门口等我，当我拿到请柬走向 VIP 座席区时，全场观众正在起立为槿熙喝彩。她带着二十号选手牌最后一个登场，台上已经站立着十九个演示汉服的选手，各个美轮美奂，只有槿熙最艳。

她看不见我，骄傲的公主。我忽然产生一个念头，如果是市场行为就叫企划，我又进入了摆脱不了的职业行为，何不就叫"名城公主"大赛，在选美中为每座城市带来商机，槿熙可以成为任何城市的一张美丽名片。

我一直以为她素妆才美，晶莹得像一块剔透的玉，原来艳妆也有着一种我不曾领略的风韵，她显得如此高贵，**不可冒犯**，不是公主更像女王。我差点在恍惚中没有认出她，越走越近，我居然心跳地忍不住，潮水般的掌声有一种陶醉的力量，我看到她有些含羞的表情。

这是我的女人，她好像长大了，如五月的桃花娇艳。

我随着人们一起鼓掌，如此激动，心里在呼喊：我的槿熙！我的汉女王！

她骄傲地转过身，做了一个精彩的 pose，在走向舞台深处时回眸留下一个绵长的笑容。

掌声更烈，音乐也到了高潮，灯光变幻，她的身上洒满彩霞。

我在 VIP 坐席落定，灯光暗了下来。

灯光再亮时，台上没有了槿熙，二十个选手隐去，定睛细看，舞台中间落下纱幔，主持人登场，竟是央视的名角，滔滔不绝的夸赞之语，告诉观众将进入最后一个环节，也就是最后一轮的才艺展示。

在展示第二轮才艺之前，为了让选手换装，组委会请来芭蕾舞团表演《梁祝》。舞台纱幔缓缓向上，露出了占满整个舞台后端的 LED 大屏幕，屏幕上出现了无数的彩蝶飞舞，这些飞舞的彩蝶向屏幕中央汇聚，构成了一行文字：兴旺民族。

彩蝶又在变化，汇聚成了一辆"望族汽车"，掌声再次响起。

我横着看过去，两排 VIP 宾客中没有看见高阳。高阳还在北京呢，出现"望族汽车"是对赞助企业的回报，别看七八台摄像机的现场录制，听听这三千人的掌声就值了。

我扭着身子往后看，看到了位置显赫的七个评委，中间那个满脸油光的就该是评委会主席吧？他的脸是漆皮的，旁边坐着一个磨砂。香港评委和大陆评委的脸一眼看上去，一个像漆皮一个像磨砂，竟如此分明，没有比较我还真的不知道，不仅是健康的差异，还有文化上的区割，在"选美"上港仔显然比大陆有"文化"。

"望族汽车"再次化成彩蝶，委婉的小提琴协奏曲《梁祝》响起，舞台上出现了不是一对而是满台的梁山泊和祝英台。

很美。凄婉之美。

第十一章

1

我坐在靠边的座位上，里边还空着一个位置。我想找到庄已泊，当然不知道哪个是，这才发现我把包丢在出租车上了！倒霉，就是杜海关于庄已泊的那个电话让我分心了。庄已泊在哪？我看着整个 VIP 区个个西装革履、衣冠楚楚，唯有我一身休闲服倒显得格格不入。

这 VIP 在第三排，未免离舞台太近了，可能就是因为选美吧，近点才会让各路贵宾们满意？我来晚了，没有看到泳装展示，不知道槿熙是怎样走上台走过来又转过去的。她的第一个"才艺"展示的魔术表演不知道是否穿帮？如果她穿着比基尼有谁会在意她手中的魔棍变幻成一朵鲜花吗？

一阵香奈尔飘逸，我看见了一双精致的高跟鞋。往上，纤细的双腿，做工考究的短裙。再往上，一朵鲜花别在胸前，露出白皙的略可见的乳沟。我站起身，好让她坐进去，忍不住看她的脸，看到了一张典雅又精致的脸。

我惊愕地张开嘴，甚至感觉到了莫名的震动，她显得这样美，我没想到她会这样美，美到像刚才穿着汉服的槿熙一样不可思议，却不能生成一丝邪念，多驻一眼都会成为侵犯。

"思雨？"

几乎认不出来她，刘思雨显得如此高贵。也许是因为在剧场，或者是她这一身极具品质的衣裙，要么是她学习了新式的裸妆课程，还是几日不见，在陌生中如此亲昵？

不知道。

我只爱薰衣草的味道，不曾想香奈儿的芬芳也有浓郁的迷人。

原来里边的空位是她的。不知因何，我竟呆呆地好半天没有话说，居然没敢正视而用余光拂视着她的面容。

"真好。"

她说真好。我不知道她是说芭蕾《梁祝》跳得好，不是两个人而是满台的梁山伯与祝英台化蝶后忘记忧伤的浪漫，还是槿熙表现得好，让人难忘那如潮清脆的掌声？

"我刚去跟槿熙说了，告诉她你来了，就坐在第三排通道口第一个，挨着我，她最后一个表演是你给他弄的《再别康桥》，在台上能看见你。"

"噢。"

我噢了一下，只会噢一下，不知道说什么。我觉得我成了木瓜。雨婷最爱吃木瓜，她离去以后我才知道木瓜是丰胸的，她老嫌自己的胸不够大，还是小黑子告诉我的，这厮还解释说一如男人都觉得自己的那家伙太小。我怎么就成了木瓜了呢！

刘思雨看了我一眼，我分明感觉到她如此精致而且生动的面容。

"知道吗？"她小声说："嗨？"

她觉出了我心不在焉，或者神色缥缈。

我得说句话了，我说："你谈恋爱了？"

"什么？"

女人谈恋爱会有惊人甚至匪夷所思的变化，尤其是好女人，可我没跟她这样说。

"没事儿。"我说。

她忽然认真起来，不是向我坐近了一些，而是把本来很有分寸的距离挪远了。

"你没想过要追我吗？"

我彻骨地惊愕不已，"什么？"

"那就快点儿，"她笑了，"要不你没有机会啦！"

我知道我来对了，这个世界变化太快，我坠入了九里云雾。我要冲出云雾。

"刘思雨？"

"知道吗？"她躲开话题，向后排中间扫了一眼，贴进我耳朵一些，说："你给槿熙策划的用英语朗诵《再别康桥》真不错，可真正画龙点睛的是庄总，他让配上音乐的。一会儿你看吧，不是别有味道，而是具有品位的美，凭这最后一关，放心吧，槿熙拿到冠军谁都无话可说！"

现在是我无话可说。

"槿熙知道你来了，她有些慌。"

"慌什么？"

"慌什么？"刘思雨似乎觉得说漏嘴了什么，"你说呢？"

"还是你说。"我不是严肃，而是故意淡淡地。

"怕你被人宰了！"她很生气，"你脑袋下午不是差点让人给剁了吗？"

靠！

"我去后台准备献花了。"她欲起身，"你别公开露面，结束的时候也别跑到台上去祝贺照相什么的，在门口等槿熙和我，可别忘了你的身份是槿熙的老师，庄总要请我们去吃饭。"

她起身走了，留下香奈尔的残香。

我忽然觉得自己是不是在被人摆布？

扭回头，想知道刘思雨刚才下意识地看谁。

一排道貌岸然的家伙，我总觉得一帮有地位和身份的老男人看选美没有一个像绅士更似老流氓。都不认识。找不到也不知道庄总是谁。

缥缈的琴声收了，六对梁山伯与祝英台从舞台飘然而下。灯光变幻，主持人带着跟梁兄与英妹毫无关系的表情在明亮又通透的号角音乐中上台，宣布最后也是最精彩的第二轮个人才艺展示，二十位选手将再次依次亮相，显然，二十号槿熙还是最后一个出场。

我隐隐有些激动，如此急切地想看到槿熙，忽然感觉有些异样，这一切如此不真实，有些虚幻。人们急于观赏经过层层选拔剩下的来自全国的十九个美女，槿熙是直接进入总决赛的，加上她一共二十，各个因天生丽质而显现出美，可这种被搜集起来集中展览与美却扯不上关系。因为我看到的都是浮华，感悟不到真实，远没有雨婷躺在担架车上被推进手术室时震撼，尽管她连女人很珍贵的头发都没有了，也没有做过什么可歌可泣的事留给这个世界。可我永远记得我和她都渴望却都不敢的第一次，她紧紧拉着我的手想要我进入她柔软的身体，我好像拗不过她了，再不进入会觉得那般对不起她。我轻轻地伏在她的身上，她不肯主动张开腿，我用腿紧贴着她一身的滚烫慢慢地分开了她的腿，经过几次反复的周折，谁都不说话，在紧张而急促的呼吸中终于进入了她的女人花园，我在她轻轻地喊了一声"疼"中滑入温暖，她的双手紧紧搂住我，眼泪缓缓流出，那样的美。"你轻点。"我几乎不敢动了。"给我，用力啊！"我吻着她脸颊上的泪。**她是那样的美。**

在这个真实的世界竟如此虚幻，我好像穿越进了一幅市井画作里，被拙劣的画家任意涂抹。站起身，走向刘思雨的台口，两个保安拦住了我。台上，一个穿着近乎透明衣服的选手在台上扭动着柔软的身体，随着音乐起舞，她的头向后伸弯成一个圈，女人就该柔软，可不必软成这样给人看。我离得太近，看见她仰面向后弯曲后尽显凸起的女人花园，竟能抓住自己的脚在台上滚动，她丰满的女人花园随着滚动会不会用私处给舞台留下吻痕？我听到了掌声雷动。

我走向舞台旁边的安全门。

这里是带地毯的走廊，通向卫生间和大门，还有挂着纱幔的贵宾室，重要人物在这里先休息然后再走进剧场。墙上悬挂着剧场的辉煌历史，精选出来的国家领导人、外国元首和世界级交响乐团的会见及演出照片在这里列队。地上有很粗的电缆从门里伸出又穿过一道落地窗，外面停着一辆从北京开过来喷着 CCTV 的转播车，虽然不是直播，但一定在导播制作，也没准同时传回了中央电视台。

能隐隐听见从剧场里传来的音乐，如果不是电缆形成的缝隙，剧场的隔音效果真是太好了。我心神不宁，在恍恍惚惚中越发不明白为什么要让槿熙参加这样的选美，让雀儿一姐来或许会更好，她比槿熙更喜欢。

我一定做错了什么，还有杜海。我何以让我心爱的槿熙走向公众视野，为什么不独自欣赏她的美，我太自私了吗？

一个人拿着手机也出来了，他在接听电话，显然是一个非接不可的电话，站在我旁边卡拉扬的巨照前。我仰视着小泽征尔。

"我再说一遍，不许你这样。"

我听出他的严厉，尽管声音不大。

"没有潜规则，你也不用脑子想想二十个人为什么要潜你？真有人想潜你是看得起你，懂吗？你不相信主办方有自己的利益追求吗？干吗把冠军给一个用不上的人？我不会要你做我的情人，美女有的是，花三五百就搞定了，现在谁还那么累给自己找份责任？不许你再进我的房间，也不许再胡说八道，你上初二的时候我到你家送业委会给业主的信发生了什么，你太自恋，得狂想症了吧？"

他挂断了手机，转身的时候才注意到我的存在，我像他一样有些尴尬，跟他对视了一下。他的脸上看不出表情，不像刚才通话时的语言那么丰富又有色彩，略显迟疑，然后推开门走向剧场。

在进门的时候，他又迅速地看了我一眼，而我也正看着他，目光再一次相撞。

他走了进去。

我又一阵恍惚，觉得这个情景似曾相识，好像出现过，就是想不起在哪里出现，后来又怎么了？

这时，刘思雨从走廊的那一头过来了，原来后台跟走廊还有一条通道。她走路如此轻快，这是我过去没有注意到的。亲，你爱上了谁，或谁爱上了你？

我竟有些吃醋，从未发觉刘思雨在我心里占据着一个位置，当她分明要离开时才忽然发现有些舍不得。她何时又怎样客居在我心里，我怎么丝毫没有察觉呢？

"见到庄总了？"她边过来边问。

这也是不多见的，她原本是一个相当淡定的人，不像是会边冲向一个人边冒失地提问，那该是韩佑才对。

"见到了。"我没有吃惊，"还真是他啊！"

打电话的那个人应该也果然就是庄已泊，跟我想象的不太一样。至少比我想的年轻，却挑起了望族汽车广告宣传和营销的重担，尽管望族有汽车销售公司，但高阳把广告营销和车展交给了望族体制外的公司，不知是为了防止内部出现腐败还是别的原因？

"他跟你说什么了？"她不够淡定。

"没有，他一直在打电话，跟一个女孩，应该是其中的一个选手吧！"我看着她。

"十二号，肯定是她！原先跟庄总是邻居，现在都不住弄堂里了，可离开后弄堂里的故事越发鲜活了。"

她恢复了正常，这才是刘思雨的说话方式。

"十二号老忘了那时她才十四岁，傲气冲天的上海小丫头，没想过邻居大哥有一天会成为上海新贵，个头并不太高可依然是高富帅，她老说庄已泊上大学是跟她们家借的钱，还偷看过她洗澡。上海老弄堂家里连卫生间都没有，都是用马桶的，她洗澡就用了大木盆，两家就隔一堵墙，她一洗澡他准来，就看见了。"

"她为什么不插门？"我奇怪地说，对这个话题更奇怪，"说这个有什么意义吗？"

"问题就在这里，"她笑笑，"台上槿熙是焦点，台下可就是庄已泊了！"

我倒是越发不懂了，不懂她，脸上故做出算是应景似的笑，心里却一阵收紧。

"庄总人很正派，不苟言笑，表情太少，城府很深。"她像在回顾什么，"昨天晚上他打电话让我去他的房间，要送给槿熙一样礼物，他是不会让槿熙去他的房间的，一直跟我联系。组委会把庄总跟选手们安排在一层楼上，我按了门铃，庄总开了门，我看见十二号穿着短裙坐在沙发上，庄总让我也坐了，我才明白他叫我来就是给十二号看，是想赶她走，可她偏不走，气呼呼地看着我。庄总就直接把她轰出去了，她眼泪汪汪起身的时候，我看见她裙子里面居然什么都没穿，你说她是不是脑残啊？"

"你到底想跟我说什么？"

"说庄已泊。"她捋了一下头发，"我搞不懂，一个没什么表情的人为什么看到我老会脸红？"

"还是说说庄已泊要送给槿熙什么礼物？"我岔开了话题，有点不舒服。

"你猜？"

我无语了，盯着她。

她笑了，说："不仅给槿熙，还有我的，没想到吧？"

"没想到什么？"

"不知道你会来，庄总还让我带给你一本。"

"什么？"

"《弟子规》。"

"他的礼物？"

"是老祖宗留下来的，中国传统文化的根。"她儒雅地一笑，"庄总说汽车模特专业一旦办起来，一定先开《弟子规》课。"

我彻底无语了。

"借个光，"一个声音传过来，"谢谢了，请帮我跟小泽征尔照张相好吗？"

又是一个拿着照相机的人，他不像白狼那样留着长发，而是光头，没有白狼那样装备齐全，可拿的也是单反相机，有点混血模样，牙齿超白，胸大肌发达，猛一看倒像是健身教练。

我又恍惚了。摄影师，刘思雨，焦点只是槿熙换成了小泽征尔，物理环境从汽车4S店演变到了剧场，历史不可复制倒是真的可以重演吗？

"我恨小日本，可崇拜小泽征尔！"他说："劳驾，请帮我拍一张！"

我接过相机，他站到小泽征尔的巨像前，我从取景器看到他的英俊，比直接看更明显，该是跟意大利人的混血儿，脸上的线条硬朗，眼睛有一点发蓝，我怀疑他是不是戴着美瞳。

我调整着角度，注意到刘思雨看了一眼手表，转向我，扫了一眼他。

我按下了快门。

他拿回相机检查着我的拍照水准，大加赞扬。

"这构图，都不用剪裁！"他很开心，看了我一眼，转向刘思雨，说："不知道怎么称呼？我是当老师的，也叫二位老师吧？"

我和刘思雨对视了一下。

他没有走开的意思。

"我姓江，长江的江，哲学的哲，江哲。"他热情地说："二位是上海的吧？都是庄总公司的？"

"不是。"我说。

"我还以为是呢！"江哲说："昨天都夜里一点多我看见这位漂亮老师跟庄总在酒店咖啡厅，还以为商量冠军的事儿呢！冠军肯定是望族大学的那个女生，望族集团不赞助也该是赵槿熙拿，这回望族集团和望族大学都受益了！"

刘思雨脸红了一下，我一下就捕捉到了她的窘迫，心里却荡漾出一种安慰，因为可以放心槿熙了，庄已泊不是冲着槿熙的，这位大半夜要送人《弟子规》的人，不会向大学生或参赛美女下手，也许他正在抓住更成熟的蜜桃，瞄上了刘思雨吧！

我看了一眼她，刘思雨不是天使，她更像女神。眼前的女神成了阿佛洛迪特，是充满了爱还是为了保护天使而将计就计自己掉进爱窝了呢？

"我先上去，"她没有看叫江哲的人，也不像看我，眼睛只盯了我的脸说："结束后你就在这里的贵宾室等着。"

她转身走了，又去了后台。

"江先生在哪儿发财？"我俗气地问。

"说起来跟庄总是一家，都为望族做事儿！我是望族大学的钢琴老师，被派到杭州招生。"他看着刘思雨的背影说："她是你的女朋友？昨天夜里没看见你，可真想认识二位啊，能不能把赵槿熙借我用用，她本来就是我们的学生啊，一入学代表新生在开学典礼上发过言，那会儿我就看好她，你们能不能让庄总在杭州投点广告？那我招的可是火火的了！"

"你看好二十号啊？"我承认我伪装着不露出异样，尽量 hold 住自己。"江老师认识她？”

“何止认识！”江哲兴奋起来，“不瞒你说，赵槿熙是我女朋友，可我不能让人知道师生恋，悄悄地住在一个屋，不信我给你看照片。”

他把相机伸过来，调取着照片。

我看见了宿舍，槿熙的睡衣、毛绒玩具，其实还有雀儿一姐的，还看见了屋顶上悬挂的两个足球。

知道了，他是我从未谋过面的室友，叫江哲。

“没有人啊？”我放下心来，有把握了。现在我在暗处，他在明处，而且都在撒谎。

“熙熙不好意思让我照，只让拍了她的贴身衣物，还有我给她买的玩具。”他满脸幸福地说：“外国有个茜茜公主，我屋里也有个熙熙，我的熙熙太可人疼了！不瞒你说，就是性欲太强，一晚上不弄个三五次不让我睡觉！真没办法，我就喜欢她叫床的声音，软软的又细又绵，每回都把我叫酥了，我也叫，可不敢太大声了，怕被人听见。”

我的血往脑袋上冲。我尽量保持着笑容，就是不知道有多难看。

“我对你掏心窝子说的全是隐私，就是让你相信我！”他一脸的诚恳样，“学校只给八千广告费，庄总手里可有两个亿！他抖抖手指露点儿缝借熙熙冠军投广告做宣传，我在杭州能招百八十的艺术生！现在学生多得像垂钓园鱼塘里的鱼，只要有食，那鱼儿会撒着欢地往上蹦，过几年可没这么多生源了，所以我都忍了！”

“忍？”我又强迫出笑容，“你忍什么？”

“被人夺爱呀！”他叹了口气说：“我知道刚才的是你女朋友，所以才不忌讳那样说，因为她跟庄总说话我听见了，昨晚我就坐在旁边的座位上。”

“她和庄总说什么了？”

“不是你们计划好的吗？”

“计划什么？”我笑着问。

“今晚结束后不参加组委会的晚宴，庄总请客，晚上十一点让熙熙去庄总房间啊？”他说：“名义上是听庄总安排明天到宁波的第二场，是想拿我的女朋友潜规则，你的女朋友还说熙熙都准备好了！”

“准备好什么了？”

“你说呢？”

"剧场二楼有咖啡厅吧？"

我四下看了一眼，想找一个地方。

"我请你！"他爽快地知道去哪儿，此时比我还想去。他让我帮着照相只是借口，原来是想认识我，通过我认识庄已泊，显然已经认识刘思雨了。"我得告诉你熙熙自愿被庄已泊潜，可你和你的女朋友想要什么呢？"

"你真是教钢琴的？"我忍住，强作笑容看着他。

"是啊？我三岁就开始弹钢琴，不像吗？"

"你看上去更像炼钢的。"

他没生气，说："其实朗朗不坐在琴前，看上去也不像弹钢琴的！"

我压着怒火淡定地说："请！"

二楼的咖啡厅很优雅，灯光幽暗，没有客人，只有两个服务员在看电视上剧场自己传递的舞台信号，现在是十号选手登场展示才艺，唱歌，唱着让林艺莲听到会当场自尽的《伤痕》。*夜已深，还有什么人，让我这样醒着数伤痕……*

我和这个迟早还要在同一间宿舍见面的江哲在一个女人优雅的郁闷中落座。我喜欢林艺莲诠释的歌词，那种感情和意味是无人可以替代的。什么经历的人唱什么歌，有什么经历的人才能听懂什么歌。*夜已深，还有什么人……*

"卡布奇诺，"他看着我，问："你呢？"

"拿铁吧！"

服务员走了。

"先生贵姓？"他往前拉了一下椅子，想离我更近一些。"我还不知道你是谁呢，知道你女朋友叫小雨，庄总叫得够亲的，别人看见还以为他们是恋人呢，可见你跟庄总有多哥们儿！"

"我还真不知道小……小雨跟庄已泊半夜里说什么呢，昨晚喝高了。"

我有些暗暗吃惊，从未注意刘思雨的名字，她的名字也带个雨，而且是"思雨"。我蓦地一下，感觉怪怪的。

"是说钱，"他收回了些往前靠得太近的身子，"你女朋友跟庄总开价要五万。"

"五万？"

"要说也值！"他摇着在灯光下闪烁的光头，"我一开琴行的哥们儿开车接我送我回趟学校，槿熙正在我宿舍收拾东西要去机场，都不跟我说一声就跑到杭州来选美，我哥们儿看到槿熙两眼居然冒出绿光来，居然当面说要包养我女朋友，一个月给一万，分我五千问我干不干？我的工资才两千多，操他妈的在望族大学当老师还不如学校食堂卖鸡蛋灌饼的！我又说糙话了，人一激动失控智商就成零了，我当场就答应了！"

"后来呢？"我看似静静地听着，用脚蹬着地，便于迅速起身。

"我那哥们儿想抱住亲她，还让我出去，说第一炮加倍！我刚拉开门槿熙就跑了出去，我俩想一起追，结果你猜怎么着？"

"说。"

"我们的校办主任居然上来找槿熙了！我和哥们儿才收住，让她跑了！"

"校办主任？"

"啊，姓杨，都叫他杨大脸，名义上是校办主任，曹大蛤蟆的一条狗，把自己当成执行校长了。那孙子对学校的院长跟对家丁似的，反正望族大学不姓高，跟那个叫高阳的董事长没关系，姓了曹，跟他们家的似的！我没敢再追，看见曹校长的车停在楼下，现在的女孩没法说，谁的床都敢上啊！"

服务员上来了咖啡，电视机上十二号出场了。发誓要献身庄总的十二号，过去没献现在献，现在献不了将来献，反正她看好庄已泊依仗望族所建立起来的权势财富，迟早是要献的，因为她说她把这支歌献给庄已泊先生，唱的是《别问我是谁》。

也是我喜欢的歌，可惜庄已泊知道她是谁。她长得的很漂亮，苗条性感，有着上海女人独有的味道，傲气中渗透出一种小资的高贵。

十二号转移了我一分钟。说心里话，我挺敬佩庄已泊，看到电视上的十二号对他还多少有些肃然起敬，因为他不为所动，在电话中那般训斥这个娇女，必是爱上了谁。男人像女人一样，一旦爱上谁的时候，身边突然出现一个天仙也只是欣赏不会真心动的，特别是刚刚开始的时候，只是男人没有女人那样绵长，女人是时间越长爱得越比男人深，那么庄已泊花五万到底是要上刘思雨还是槿熙呢？

对了，还有把自己当执行校长的校办主任，他为曹大蛤蟆那个晚上跑到公寓去找槿熙？他们怎么知道槿熙会到我的宿舍？想起来了，有监控，我没有秘密可言。杜海开车送我到火车站后知道了槿熙和刘思雨被曹大蛤蟆拉去喝酒，居然在酒店开了房，就接她们回了自己的家，坐第二天的早班飞机到了杭州吧？

江哲也知道曹大蛤蟆把望族大学当成自己的了，他为什么在宿舍屋顶上挂了那么多足球？也是个谜，我定会知道的。

"小……小雨，"我不太习惯叫刘思雨为小雨，盯着他问："小雨还跟庄总说什么了？"

"我就听见要钱，五万，说赵槿熙想好了，晚上会去他的房间。庄总说要想一想，还问熙熙为什么要这么多？"他显出很生气的样子，"庄总看着不动声色，我也没弄清是陪一夜五万呢还是当小三预支的？庄总太能算计了，就算陪一夜五万也不高呀，刚出道从二线要上一线明星的价码，要想干一线的一次就得从二十万到二百万呢！熙熙要五万也合理，因为过了今晚她下面也是金的了，五万的价码还开低了，你说是不是？"

我的脑袋开始大量充血了，毫不夸张地说，我能感受到从心脏挤压出来的血奔腾向脑袋里的速度和压力。我得静一静，思忖着距离，不能用肘，怕一肘过去会让这王八蛋当场毙命。不必上脚，一拳又肯定不解气，是封他的眼还是打碎他的鼻子，当即满脸开出血花？要保住他的下巴颏吗？

他的手机响了，是短信。

"这孙子要干吗？"他一边看着手机一边说："他居然也在！"

"谁？"我低沉着声音，"在哪儿？"

"大脸，就在这儿呢，要我赶紧定个杭州最好的地方，结束后要请客！"他愤愤地说："不知道是他看上几号了，还是奔槿熙飞过来的，这孙子没准给曹大蛤蟆拉皮条呢！曹大蛤蟆肯定也在，一定是问了招办主任，知道杭州我负责，就他妈的当驴一样支使我了！还他妈的现在就去占包厢等他！你赶紧告诉我手机号，这是我的名片，回头再联系！"

我拿起手机，拨了112急救中心，江哲看见我拨的号码了，迷惑不已。

"你……干吗呀？"

"你没办法安排那俩王八蛋带谁去哪儿吃了。"

他真的反应不过来，**神也不行啊**，何况是这等孙子，我一拳朝他脸打过去，没再想是眼是鼻子，只见他仰面向后倒去，撞翻了后面的桌子。

想好不用脚的，可很多时候计划是没用的，我绕过去，抬起脚踹他，先踹了他不离口的下三路，再踢了他总惦记着使用功能的腰，不知是否踢准了肾，没停歇，再狠踢他的光头，又跺了他的臭嘴。

两个服务员用了太长的时间才反应过来，发出犀利的尖叫。

我指着地上胡乱翻滚的他对服务员说："这孙子结账。"

我走出了咖啡厅，很沉稳地走下楼梯，没有推开大厅中剧场的正门，而是走向刚才来的地方。**这条路还挺长**，我缓慢而沉重地走向贵宾室的旋廊，隐隐听见救护车呜拉呜拉的笛声，不是呜拉呜拉，想起马三立相声描述的救护车警笛声，**完了完了完了**。

有些事真的是完了。

脸上有些凉冰冰，我才知道我流泪了。

泪流满面。

2

我抬起头，看着高高环廊顶上华丽的水晶吊灯，听着从剧场内隐隐传出婉约的音乐，忽然有了一个惊人的发现，就是感觉这一切如此不真实，我打了一个叫江哲的人吗？江雨婷存在过吗？真的有一个叫赵槿熙的人让我魂牵梦绕？我在哪里？我是说我存在吗？

迷惑，混沌，还有些慌张。我忽然感觉到了另一个空间的存在，几乎就是同时还有另一个我跟槿熙的存在，上演着几乎完全相同或完全不同的故事，只是我们无法转身洞悉，它就在另一个空间另一个维度里，与我并存，与世并存。这一个"我"感受着作为人的我的存在，还有另一个"我"在另一个维度的空间里，就是佛说的佛的世界，神说的天堂吧？

原来人与神一直是并存的，天堂与地狱一直纠缠在一起。我好像感觉到了什么却无法说清楚，慧根不够。人是如此愚蠢，才显得如此可笑，才有了牛顿、萨特，有了尼采、博尔赫斯、爱因斯坦、莎士比亚和伽利略，和依然用人的躯体形相活着的斯蒂芬·霍金为我们揭示另一个时空的秘密？

我无法开悟，愚不可救，听不懂教堂或寺庙里的钟声，看不明生活中每一点一滴的昭示，从根本上一点都没明白作用力与反作用力到底昭示什么。我好像知道钟声是人与另一个空间里的人的对话，那是开悟的人在与另一个自己对话呢，汉语里把他写成"神"，那么"神"到底是一个名词还是形容词抑或原本就是一个动词呢？

北大究竟教给了我什么？从小学到大学这十六年，我真的受过"教育"所能给予的启悟吗？他妈的全是胡乱灌输，比的是看谁能记下来通过考试走上一个更愚钝的台阶，到底要通向哪里呢？

我好像可以成为一个"小说家"了，我知道有一天可以写小说了，是写我与雨婷的故事还是与槿熙呢？雀儿一姐将扮演什么角色？韩佑在哪里？刘思雨是谁？还有杜海、高阳、老爸老妈和小妹，那个曹大蛤蟆和瘌三儿一样的大脸。对了，还有小黑子、白狼，像鬼魂一样缠绕的唐启光，又多出一个庄已泊。怎么能忘了玛丽，还有一下蹿进脑海吞了我、留给槿熙一万块钱、江城医院的丰乳护工白小曼。更会有许大鹏、王宏民和他远房双胞胎表亲姐妹大芳、小芳。忘不了雕塑一般的施八一和他有飞机的爸爸，那对到北京寻找模特学校的母女在哪儿，叫果果吧？有缘再见到她吗？

我看到了十二号，不知道她的名字，但见了鲜活的真人，还真有点像仙女，从刘思雨下来过的后台通道走下来，像我一样脸上挂满泪痕。她像我一样不相信自己能够成功，我只是计划，而她正果敢地逃离，身上还背着一个大包。

我的包丢在出租车上了，她背着自己的包正在离开。

丢了什么已经不重要了，就跟拥有也没有想象的那么喜悦，生与死也同样没有传说的那样动人。

这样宽大的环廊，她竟撞了一下我的肩膀而去。泪流满面的十二号，让人费解的上海女孩。

我为什么还留在这里？隐隐传来了警笛声，我听见了。

咖啡厅的两个服务员一定报警了，警车比救护车慢了些。

我拉开了剧场的门。

拉开一道门，又进入了一个充斥着兴奋和聒噪的世界，悲伤的女孩已经走了，十二号退出了舞台，她在后台知道了什么，甚至看见了今晚也就是总决赛第一场的冠军花环将戴在谁的头上，也许冠军授带上已经写好了名字。在不同的城市一共进行三场决赛，组委会要把二十个美女送到三个城市展示，花环最多的人将用花环换来总冠军的皇冠。总冠军才是真正的王者，从公主变成女王，"中华小姐"。

现在只剩下了十九个，也许还会有人退出，因为不能获得冠军而退出就不会有奥运会了吧？可我还是愿意理解十二号的悲伤，尽管人生并不是这样的。她不是不能战胜自己，而始终不能说服自己。她有了自己的选择，不管对与错，只有组委会有权批评她，但我相信会爆出新闻，当赵槿熙《再别康桥》结束的时候所有选手会汇聚舞台，十九个而不是二十个。有权评判的人也许不会讲话，叫不解释或叫不折腾，而无权评判的人们会叽叽喳喳，就叫**自由**了。

我可真是一个总在思绪万千的人，**一个活傻瓜**，曾经习惯了沾沾自喜。我坐回第三排座位，有谁知道、离开这里时间并不长的人经历了什么发生了什么？如果曹大蛤蟆真在这里，肯定将是比较早获得信息的人，如果躺在担架被推进急诊室的那家伙还能张口说话的话，一定会告诉警察他是哪个单位的，也许这时才会想起他是有组织的人，尽管他恨他的组织，因为钢琴教师的工资还比不过望族大学里卖鸡蛋灌饼的，但他不会放弃钢琴而改卖鸡蛋灌饼。

不知道台上站的是谁，也不知道她唱的是什么，她像写歌词的、作曲的一样无病呻吟还假装悲情凄婉，可真会扯淡。我们真活在一个扯淡的新世纪吗？我怕我看不到赵槿熙登场就被警察给带走了，我想好好做人好好做事，为什么老跟警察扯上关系呢？

趁着十九号下台喧哗的热闹掌声，我假装没事儿伸了一个懒腰侧回身，没有看见警察倒是看见了曹大蛤蟆，还有叫大脸的杨帆，丫一太监似的坏蛋居然还有一个挺积极的名字，责任全在他爸他妈。

他们坐在第五排评委的前面，靠近我这边过道一些但不够中间，中间位置坐的是庄已泊。杨帆站起身走出来，一边听着手机，我相信是江哲打给他的，丫在血流不止的形态中一定说出了带着红色的语言，把大脸杨帆弄出一脸的傻逼表情。

掌声如此轰烈，可以说是震耳欲聋，我转回头，看见她走上舞台。

槿熙，**赵槿熙**，穿着一身拖地的白色长裙，走向舞台中央，缓慢地转过身，走向前来，我能看见她胸前插着一朵薰衣草。

我被唤醒了什么，好像闻到了薰衣草的芬芳。她走得太近，太靠近台口了，不知道是紧张还是导演故意这样安排的，对，肯定是经过设计的，尽量让人看清她的美，雨婷是那种看一眼让人凝住眼神的人，而且是越看越美，尤其她的神情，她在所有公共场合让人难以想象地听话，脸上总挂着浅浅的动人微笑，安静又端详地像从未走出过城堡的公主，更别说在上万盏灯光照耀下的舞台上。

她看见了我，至少停留了有五秒钟。第三排太靠前了，我能看见她眼中的碧波，不知是含泪还是在强烈灯光下让我第一次发现了她如此让人含羞牵魂的眼睛。

五秒太长了，看电影该是一个全景的时间。我发现悬在空中吊杆上的摄像机正在对向我，朝向观众的灯突然亮起，亮着红灯的摄像机离我越来越近，导播一定发现了雨婷的不寻常，就用了她的主观镜头反打给了我，我看见了她惊喜激动的眼神，这才突然清醒过来，台上的不是雨婷，是槿熙，让我抓不住又不忍放弃的槿熙。

我站起来，音乐正响起，缠扬的古琴，为《再别康桥》的配乐，庄已泊让加上的。我还明白了那五秒钟在台上的槿熙实际上是看不到我的，一定是刘思雨告诉了我坐在第三排靠通道的位置，她才这样不管不顾有些失控地寻找吧，当摄像机对向我灯光照亮了我，她才真的看见了我。

Very quietly I take my leave

As quietly as I came here

Gently I flick my sleeves

Not even a wisp of cloud will I bring away

她的声音像她人一样纯美。人还在，也只有声音还是纯的。

我想起了小黑子的警世恒言，他老说女人给老公戴绿帽子，老公是这世界上最后一个知道的人。

我爱她，从第一眼开始直到现在，却从未拥有。更何况她已不属于她自己，美总会被分享，天下没有一个人可以独有。

我的眼泪潸然流下，世界模糊不清了。也许从来没有清澈过。原来爱都是浑浊的，只是愿不愿意发现，愿不愿意承认。

我走了，不知是轻是重。我如此渴望找到一个女人，近在身边的那个十二号很不错，她像我一样伤感，只因为知道了真相。我走出去要是遇到泪痕未干的她，就拉着她到酒店开房，一定住在赵槿熙楼上的房间狠狠地干她，干到她口吐白沫魂飞魄散。小黑子老说男人是从爱中找到性，而女人是从性中找到爱。我不懂，小黑子很懂。

我知道我什么也做不了，警察在咖啡厅的电视画面上看到了我，不知道是多大的特写，服务员会瞪多大眼睛指认我。

槿熙，你又一次害了我。尽管你不是故意的，我和你真的彼此都是别无选择。

我走向了剧场后面的正门，不知道她是否看得见，会不会哭。

门开了，两个警察正准备进来抓我。

我走向他们，门自动关上了。咖啡厅的两个服务员站在门口。

手机在震动，我摸向牛仔裤，突然被警察从后面一下扑倒在地。

我好像不能去南方，跟南方相克，还总是跟警察有关，*我爱我的北方。*

警察并不说话。坐在警车里听警笛跟在外面是不一样的，感受到特权，车辆纷纷让开。南方警察的皮肤真好，尤其是杭州的，脸如此细腻，还显得眉清目秀，就是不知道会不会打人？

他们不像会打人的警察，只这样一想竟心生感动。我是一个如此容易受感动的人，看韩剧《天国的阶梯》崔智友扮演的韩静书只要叫一声"欧巴"我就泪流满面。那是上初三的小妹的悲情课，她不相信她会被二班的帅哥给甩了，总认为那家伙玩滑轮被一个酷极了的跟头给摔傻了。我看是小妹傻了，高考结束后买来那么多电视剧光盘恶补失去的光阴，能一天一夜不离开排球场客厅没日没夜地看，害得我两晚上满脑子都是"欧巴"让人心碎的叫声。我认为北大生看韩剧居然还飙泪是北大的耻辱，这让我一想起来就羞愧难当，一如现在，如果赵槿熙知道她头上戴上花环而我被扣上手铐会不会也无地自容呢？

不会。

她懂得了放弃才能拥有，而且开出了五万的价码。

我得做点事儿，我恨刘思雨。我能找到她的房间，放弃干十二号的想法，我要把不像公主像女王的她衣服扒光，把她按到床上干死她。小黑子嘴里老挂着干死谁，也老说要干死他的第九个女友，那是一个学舞蹈的女生，从他干过学舞蹈的以后老说应该在全国普及舞蹈。那女生居然走进我的办公室来找小黑子，小黑子吓一跳问她干什么来了，她说："没事，就是找死来了。"

"我可以接个手机吗？"我苦笑了一下，扬起戴着手铐的手，"它老震动，肯定有急事儿。"

两个警察对视了一下。

一个警察拿起手机，打给了急诊室，询问在抢救的人是否活着，然后向离我近的警察点头示意了一下。*看来还活着。*

坐在我斜对面的警察把手伸过来，为我打开手铐，说："以后在警察面前手不可以乱动的。"

"我在掏手机啊？"我气急败坏地说："再说，哪儿还有以后啊！"

"不一定，"警察很有把握地预言，"你还会的，尽管你看上去不像一个喜欢冲动的人。"

这是咒我呢，也许他五一不想加班，更想带着女友去西湖。不会去西湖吧？生长在北京，要不是雨婷我还真没去过长城，也只是远远地看过几眼。

手腕有点痛，我下意识地揉了一下，掏出手机，是雀儿一姐打来的，她肯定吃完饺子了。

"怎么不接电话？看着槿熙受不了了吧？"

"说正事儿。"

"你还知道有正事啊？"

"王小却？"

"好啦，告诉你一个好消息，玛丽姐认识图钢中学高三的班主任，五一不放假，为迎接高考最后冲刺，说好了明天下午让我们去学校到班里宣传！班里有好几个像佑佑一样个头高又该哪里大哪里就大的美女，你明天得回来，什么时候到？"

"还不知道，"我很无奈，"不确定。"

"中午前必须回来！"她大声说："你在干什么？我怎么听到警车声？"

我第一次看见西湖，没想到是坐在警车里看的。没能告诉雀儿一姐她为什么能听到警笛声，正不知道怎么说，手机恰到好处地没电了。充电器该在丢失的旅行包里，警笛不响也消停了。不知道西湖美不美，倒觉得"自由"很可贵，看见正在追挤公共汽车的人，无论有多少抱怨也比我幸福。我看见了远处半遮在山峰里的高塔，该是雷峰塔吧，据说下面压着为了爱而倒霉的白娘子，而我被押在警车上。又想起了阿甘妈妈对阿甘说的话，谁知道拿起的巧克力里面包裹着是什么味道的呢？

我知道。我再也不想亲近槿熙了，不能够。在剧场，当我在台下她在台上都迎着巨亮的面光我向她做出微笑时，她可知道我转过身时的泪流满面？

别了，槿熙。

妈妈在哪儿？小妹怎样撒娇又耍赖地让妈妈来图钢，一是送钱二是亲眼看看我好不好，妈妈就真的来了，她在干吗？会不会跟施八一显摆不知道人家同样很富有，老爸家有闲妻，可施老板家有飞机。我真担心妈妈一眼就看上了施八一，小妹交的男朋友她一个都看不顺眼，会被施八一迷上吧？

雀儿一姐和韩佑一定还没见到施八一，如果见到，她俩还能淡定地吃玛丽包的饺子和计划着明天下午去图钢中学进班宣传吗？

我隐约感觉施八一会给汽车模特专业带来什么，这个如果是女孩会赛过西施、有着王子气质的人会迷倒全班的女生吧？

　　我真的还要招生吗？

　　不，我要一个人去旅行，哪怕是流浪。要跟爸爸谈一谈，他组建的形式上的董事会可以一句话把我"股东"撤了，但必须付给我钱。虽然只有百分之五的花舍香榭股份，足以让我周游世界两圈。

　　很累，太累了。我不会背着自己回家，我要背着自己去旅行。

　　我居然在警车上睡着了。

　　"姓名？"

　　"施八一。"

　　"叫什么？"

　　"噢，错了，不叫施八一，我叫方翔。"

　　"年龄？"

　　"二十五。"

　　"出生地？"

　　"朝阳医院。"

　　"什么？"

　　"我妈说我在朝阳医院生的。"

　　"我问你出生地！"

　　"就是朝阳医院啊？"

　　"你们北京人都这么贫吗？说户口本上的！"

　　"帮我找个充电器。"

　　"做什么？"

　　"手机没电了，充上电问问我妈。"

　　"什么？"

　　"我从来没见过我家的户口本，都是我妈收着，您不信吗？"

　　"你再废话就不用在这里了，拘你二十三个小时送你到看守所去！"

　　"那就是朝阳区吧，我们家最早住在吉市口。"

　　"哪里？"

"不是三条就是六条，我忘了。"

"我问你朝阳区在哪里？"

"靠，北京啊！"

"北京，按你们北京话你是马路上捡烟头找抽啊？"

"我不抽烟，只喝酒。"

"少废话！职业？"

"我想想。"

"你在哪里工作？"

"望族大学。"

"老师？你是老师？"

"都这么叫，其实是班主任，不过这个班还没有呢，正在招。"

"你贫不贫啊？到底干什么的？"

"如果招生成功了我就是美女帅哥班的班主任，如果招不来学生我就是待建模特班的班主任。"

"模特？"

"汽车模特。"

"汽车模特？"

"不是什么黄色的，瞧您这表情，还以为是日本女优吧？"

"废什么话？你为什么打人？"

"因为这世界上总有找打的人。"

"把他铐上！"

真不知道是怎么了，我说的句句是实话，却又被戴上了手铐。

这是派出所的讯问室，中间墙上有一个小窗户，开着，那边屋里要是坐着人就能听见这屋里的讯问。我还听见了键盘的敲击声，不知道在干什么，这屋里有两个警察一个讯问一个记录。

一个警察把我的身份证扔向了小窗户。我不明白身份证上除了出生地，还有他们问的信息啊，想必就是要听我亲口说再核实吧？

讯问我的警察手机响了，铃声设置得未免太大了，也许天天开警车坐警车耳朵被警笛吵坏了。

他听着，脸上看不出表情，有点像庄已泊。看来无论在哪个层次上能做大事儿的人是不会把事挂在脸上的。也有脸上挂相也能做大事儿的，比如杜海。更有脸上挂多大的相就做多大事儿的，比如高阳。全世界都熟悉的就是希特勒了，丫总是激情四射地演讲，接下来就把坦克开进了斯大林格勒。

接下来我会怎么样呢？我会怎么样不取决于我，取决于江哲那个王八蛋是否活着或伤得有多重。

居然没人理我了。

我孤零零地一个人坐在板凳上，看着墙上钟表的指针正指向十二点。

我想起来，五月二号是我的生日。

对了，妈妈是想为我过生日才到图钢来吧？好久好久了，我在爱着别人，而妈妈在爱着我。在妈妈心里，就是等我五六十岁了可能也依然是一个大男孩。

这样一想，好不心酸。

讯问我的警察进来了，仔细地盯了我一阵，我也平静地看着他。经过问与被问我们开始熟悉彼此了，看来沟通如此重要，无论处在怎样的位置，都要用心说话，铁石心肠的人也终会柔软，我感觉到了他的变化，为我打开手铐。

"方翔？"他把手铐扔到桌子上，又盯着我看，"你是叫方翔吧？来，跟我来。"

我跟着他走出了房间，算不上很大的院落，灯光倒是明亮，一辆警车开出去了，也有一辆警车进来，夜深了，这里还显得忙碌。我跟着他进了旁边的屋子，里面坐着三四个警察，一个穿上警服对着镜子在戴上帽子，而一个上了年岁的正摘下警帽放到桌子上。

他们都在用各种方式打量我，或者关注着我。我感觉到了，整个气场跟讯问我时有天壤之别。这是一个很大的像是值班用的公共办公室，墙上挂着液晶电视机，杭州电视台播放着显得很温馨的访谈节目，同样是关于家庭纠纷涉及法律或道德的对话，不像北京电视台里的人那样吵吵嚷嚷哭哭啼啼，原来北京是一个爱争吵又多哭泣的城市，这是我的忽然发现。

"手机呢？"亲切了许多的年轻警察伸出手来，"诺基亚吧？先充一下电，估计找你的人真不少呢！"

我把手伸向裤子，突然停止了，警惕地四下观看，怕被人从哪个方向冲过来给摞倒了。我这个举动让他感慨不已，知道了或者我表现出来是一个善于接受教训的人，他轻轻叹了口气。

"给我吧！"他说。

所有的警察都看向我，这个情景好奇怪，不是我的反应让他们心酸，是他们的反应让我诧异。

在镜子前戴警帽反复端详自己的警察拿起一瓶农夫山泉走过来，放到我跟前的长形会议桌上，给我的。我掏出手机，那个越发亲切的警察接过去，走向旁边的电脑桌，诺基亚充电器已经在电源插座上插好了，他亲自帮我的手机充电。

我心存感激地看了他一眼，他走开，拿起遥控器换了一个台，杭州的另一个台，周星驰正在神经病似的表演，不知道是《月光宝盒》还是《大话西游》，都是妈妈喜欢看的，我分不出来，接受不了被称为星爷的大作，尽管北大有酷爱周星驰的社团，北大坠落了。

我无目的地看了一眼正充电的手机，然后把目光停留在并没有设置保护屏的电脑显示器上，这让我惊愕不已，屏幕上居然是我的家，准确地说是我家所在的街区的卫星图片。

明白了，我在隔壁屋子接受讯问的时候，重要的信息透过窗户传递过来，一定有另一个警察在电脑上核实着信息，很简单地就找到了我的家，就是不知道是否知道我已经很久没睡了的床？如果有更高科技的手段，是否可以通过热敏感应搜寻复活我在床上跟雨婷的亲昵呢？每一次我都大汗淋漓，每一次都真诚投入，每一次从抚摸开始到电击全身都超过两小时。雨婷从歌德耐尔同寝室友那里得到什么信息，好几次都酥软在床上幸福无力地说："翔，你太棒了！"而我总是惭愧不已地说："不行，比古人差远了。"她惊讶地问："怎么就比古人差远了？"我说："你没看过《枕上春》？不知道那时的男人随便每次做爱都是两三个甚至五六个时辰？"她惊恐不已地说："不会吧？你看九零后在网上写的小说？"我比她还惊诧，"天，你是学中文的吗？不知道这些古典文学？"她娇羞地抹着滴在乳房上的汗，"当然了，就是不在北大罢了，我们也学古典文学，可没听说过你说的书。"我摇摇头，"民办大学真害人，没有图书馆？嗨，估计有图书馆也没用，全是洗脑的书吧，或者用于自学考试！只有北大才有特别阅览室，可以看到一些被政府禁锢的书，教授才可以看的，实际上中文系的偶尔也进得去，美其名曰研究，可不管怎样，学汉语言文学不能只知道什么五千年文明史吧？"她脸刷地红了，"非得知道枕头上闹春吗？我说你老把枕头垫我下面呢，在北大学的？"我愤愤不已，"屁，北大也学不到，都得靠自学！"她忽然得意起来，"所以我自学自考啊！你坏得真好，那一刻我要死了，像是找到天堂的门了，翔，我又想天堂了，进来好吗？"

这时候她才像个学文学专业的。

我对中国的科技发展到了什么程度一无所知，但看到了警察系统的先进，只要报出身份证号，肯定知道我每天晚上在哪里睡觉，如果愿意甚至知道我的床在哪儿又跟谁睡呢吧？

警察注意到我的视线，走过来用身体挡住了我，滑动着鼠标，然后转过身来，想说什么，没说，顺手拽过来一把椅子，在我对面坐了。

"我可以走了吗？"我还是决定先问，不明白把我带到这个房间做什么，按照我习惯性的语言，就是意义或目的何在？

"不着急。"他确实不着急，这是他的工作，而我被限制了自由。他盯着我，目光随和，说："我在北京上学，公安大学毕业的，去年差三分没考上研究生。"

"噢。"我不知道说什么，因何要讨论学历问题？

"我今年还要考。"他拿起桌子上的农夫山泉，拧开了盖，递给我，"北京做房地产的都跟疯子一样，要不就像土匪，一个月一个价，谁也买不到广告上最低的价格，总是售完了。只有花舍香榭做到了，我陪四舅去买房，没抱什么希望，结果按售楼广告上的价格买到了，虽然是阴面楼层也不好，但对花舍香榭地产公司充满了敬意。"

"噢。"我又噢了一下，却越发不明白，疑惑地看着他。

"你不是望族大学的老师，不是什么班主任，"他站起身，"何必隐瞒真实身份呢方总？"

看来他们真从网上查到了我的什么信息，花舍香榭的官网也许还没有更新呢。

"一言难尽。"我也站了起来，"你要是考上硕士就来北京找我。"

"北大的更不愿意跟警察交朋友吧？"他笑了，扫了院子一眼，"有人来接你了，走吧！躺在医院的那个才是望族大学的老师呢，鼻梁骨折了，得疼些日子。你们自己调解吧，医院说要观察一下，明天上午可以离开，你去看看他，你看过张艺谋的电影吧？有话好好说嘛方老板。"

屋子里的警察有些异样，都纷纷看向窗外，只有铐我的那个警察把目光投向了我，一脸的羡慕嫉妒恨。

"杭州电视台一直在报道'中华小姐'大赛，今晚直播了，我们都赌像天使一样的二十号，只有老冯赌十二号，他输了一条软中华。"他看着正走下汽车的人，"老冯说他再赌我们今天晚上能看见戴上花环的二十号，赌两条软中华，看来我们都输了。'中华小姐'配地产英雄，符合当下的国情，方老板，你真幸福！"

我似乎明白了什么，实际上更糊涂了。

抬起头，我看向窗外。

亭亭玉立的槿熙站在院子里，穿着一身白色的长裙，手里捧着一束鲜花。

有那么瞬间我以为是做梦，甚至反应不过来是在哪里，这一切如此不真实又真实地好像在很久很久以前出现过，我不能确定，不确定这一切是幻想中的还是物理上存在。我又想起了追绕我的另一个空间，零度，我找不到维度可以解释我看见又似没看见的她，槿熙因何穿了雨婷那样的白色长裙？医院的病号服真的是太难看了，穿在再也不能走出医院将在这里结束生命的雨婷身上是无法接受的。我就给她买了一条高领的白色长裙，高领是我想要遮住她被呼吸机在脖子上切开的伤口。槿熙冰清玉洁的身体没有受过伤，我甚至没有看到过一点瑕疵，她喜欢穿尽量能多遮住一些胴体的衣服仅仅是不愿泄露太多的完美。零度，零度美丽空间，存在吗？

我在一屋子警察羡慕嫉妒恨中走出来，走近白衣天使。她是雨婷还是槿熙呢？雨婷从天堂回来了还是槿熙要赶往天堂？"赶往"这个词用得准确吗？人人都说天堂好，可没人想去啊！

她为什么眼中噙着泪花？她像江南春夜中的凝露，幽曲缥缈，如诗如画，皎洁的月光洒满全身，院子里的灯好像只是为了能看清她的面容而做的补光。多情的夜，多情夜里多情的人。月为情而生，人为情而醉。

她的头发上晶莹闪动，在屋子里窥视的警察们一定知道她的头发为什么闪烁，因为在看电视直播时亲眼目睹了吧，二十号戴上花冠时喷洒了太多的花蕊，彩色纸片亮晶晶。我是最后一个知道"中华小姐"大赛第一站冠军要来此地的人。她不是我妻我不是她夫，不能在意是不是最后一个知道的人，不存在她是否给我戴或今晚准备好要戴一顶具有鲜活生命颜色的帽子。她的头上戴过花冠，用鲜花绕成的环让她成为今晚最耀眼的人，当八号那天，总冠军皇冠真正戴在她头顶上时，她才会成为全国最鲜灿的花儿一朵，"中华小姐"。

我停住，看着她手里捧着一束鲜花，会不会是庄已泊让刘思雨献给她的？

她走过来，慢慢地走过来，把鲜花慢慢地递过来，含在眼中的泪也慢慢流下来，轻声说：

"生日快乐……"

3

子夜的杭州应该迷人，可我却觉得很淡，甚至忧伤。不知道这是谁的车，没准是庄已泊的，无论多有钱，为望族做事开望族车是合理的，司机显得很精干，头发梳出了一丝不苟。我默不作声，跟槿熙坐在后座上，把鲜花放在了座位中间。我从上车前就对她礼貌有加，尊重极了，我用得体拉开了距离，从我微笑着与她对视的那一刻就开始了。

她感觉到了，脸上一直挂着淡淡的笑容。司机也感觉到了什么，打开 CD，而且把声音放得很大，还摇头晃脑地似很投入。司机故意听歌，表示他听不见也不在意座位上的人说什么做什么。

没有话说，可能源于想说的太多，所以不说了。不会做什么，因为我和她还从未由别人开车坐在过一起。

"杭州的景色真美啊，尤其是夜里。"她还是先开口了。

"是。"我应和了一句。

她坐直了一些身子，不再犹豫，扭过来直盯着我。

一个字太少了，我知道，补充了一句，"你说得对，特别是夜里。"

我把头转向窗外，觉得说了一句意味深长的话。汽车里放着我熟悉的歌：

> 天下就有一厢情愿，自享绵绵。
>
> 天下就有有来无往，孤单轻叹。
>
> 天下就有多少命运伴红颜，
>
> 啊，梦入云霄为何要走远？

感觉有点不对，我转回头，看见她直视着我的眼睛噙满泪水。

我承认我有些心软，还那么熟悉又陌生地酸了一下。

我猛地转过头去，她突然拉住了我的手。

"你怎么了？"她委屈极了，依然迷惑不解，"不是你让我来参加比赛的吗？后悔了？那我退出后面的比赛现在就跟你走！"

我想让她松开手，只一想信息就传递出去了，可她没有放开，反而抓得更紧。"你说话呀！"

她有些急了，像我一样有些受不了了。

"你不该来接我，"我没勇气或是不愿意看她，"别让人家庄总等急了。"

"刘姐去了！"她呼吸急促地说："知道你来，我当然要见你，只是没想到跑派出所来，刘姐知道了跑去找庄总，庄总找了组委会，组委会让杭州市政府办值班室给公安局打了电话，公安局又打给派出所才同意放你出来，我怕警察又打你，还跟一个姓冯的警察通电话，求他对你好一点，告诉他我马上来接你！"

知道了。她交代得很清晰，看来用了不少时间动用了不少人还麻烦了政府出面帮我，就是没说她自己损失了多少，五万。

当然，还有的是时间，机会更多，明天要辗转宁波，最后一站是上海，选美倒是不浪费美女资源，还他妈弄成F1赛事分站举行了！

刘思雨去见庄已泊了？庄已泊以为找小姐呢还能换人，刘思雨一咬牙还他妈的成妈咪了？！

"停车！"

我大叫着，把司机吓了一大跳，车狠劲地晃悠了一下，她一下扑到我身上。

我没有动。槿熙也没动。我们一动不动地停了几秒，她重新坐直了身子。

"我饿了，能请我吃点东西吗？"

她发出了最后的温暖通牒。

司机停了车，路边就是餐厅，只是开过了一点点。

槿熙先下了车，站在车门旁没有动，等我。

我犹豫了一下，才发现自己不够男人，想起在派出所院子里是她打开车门，我没多想就先上去了，然后她上车坐在我的旁边。

我停住了想推开左侧车门的手，从她为我留着的右车门下来。

她轻轻地关上车门，我看见了西餐吧的招牌，先走，她快步追了上来，跟我靠得很近走着，胳膊似无意间触碰到了我的胳膊，是想让我挽住她吧。

我依然往前走着，脚步刻意加快了，她步步紧跟，手还碰到了我的手，一下，两下，我都没有顺势抓住。

我不想感觉她的感觉，**伤感**，还有甩不开的惆怅。我听到她长出一口气。

她加快了脚步，我没给她机会为我开门，抢先一步拉开了门。不管怎样，这是我该做的。

靠着西湖的西餐吧显得很有格调，放着钢琴曲，贝多芬的《献给爱丽丝》，看来杭州也没有什么创意，走到哪儿的显出品位或格调静谧的场所都会听到《献给爱丽丝》，花舍香榭会所也不例外。很久以前，不，也就是十多天前吧，我就是拉着她的手在《献给爱丽丝》中走进会所的。

我多少有些惊诧了，以为跟槿熙很久很久了，我们已相识太久了，哪承想还停留在春天。

突然开始相信前世了，这让我吃惊不已，要不怎会觉得跟她认识良久，爱意甚浓，跟她的初恋或许还没有开始就步入亲情了呢？像老爸和老妈，我上小学的时候他们就在两个卧室睡觉了，我一直不能理解这是为什么，他们看上去足够的恩爱啊，后来上到初三的小妹比我明白，她说这叫"亲情"。从初二就陷入"爱情"的诗诗对她的同班男友在半年前就落入了"亲情"，她和他能像大人似的沉稳"恋爱"，举手投足就像天生的一对小傻瓜，对着电脑保护屏游动的两只蝴蝶能同时开笑而且笑个不停。

我闻到了薰衣草的芳香，她好像永远只用薰衣草洗衣液、洗浴液、洗发液，所以身上总是飘逸着薰衣草的味道。这味道唤醒了我什么。

"我是个农夫，前世是种草的。"我淡淡地说。

她对我能开口说话很是喜悦，只是不知道我说什么，问："你说什么？"

她一定感觉到了我的无厘头，说了一句天外之语。世界上哪有无厘头的事儿，周星驰也不一定是无厘头的，他只是或高级或低级的惹人发笑，没办法用逻辑串起关系吧，深度又远远不够，跟卓别林天地之差，可天地之差又怎么了，真有那么重要么？

不知道。只知道我在爱的路上彻底迷惑了，越害怕走失越走失。

人不多，两三对恋人有靠窗、有远离窗户地窃窃私语着，能感受到他们温馨的爱。午夜的西餐吧就是为不想回家也不想到酒店开房的恋人准备的吧，也许车震过了或者一会儿就去车震，因为外面停着两三辆车，各个都比望族汽车大而宽。望族汽车不适合车震，所以庄已泊才在酒店洗过澡喷上香水等她，等一个开价五万的"中华小姐"。我干扰了他和她的春夜计划，可怎么就换成刘思雨去了？

真让人恶心！汽车圈子也像地产界有着不为世人所知的肮脏吧？是圈子就脏，没有不脏的圈子，不进去的人永远不会知道。又何必知道。蹬三轮车的在某种层面上其实比开宝马的幸福，看要什么，又怎样理解和享受人生的。

我成了一个多余的人，意外或者并非意外。赵槿熙和刘思雨通过"中华小姐"大赛已经进入了"选美"圈，如果跟我无关，我愿意理解进入圈子的人一定都会身不由己。我成了一个"第三者"，还没有进局就已经出局，我已经不想未来了，琢磨我的前世是不是种花养草的，也许不是北京人，前世在南方，甚至是江城，要不怎的不敢直视她，却一再 Hold 不住地心跳起来了呢？

她看上去比我还受伤，在我的踌躇中显得更疲惫。服务生送来两杯加了柠檬片的水，递上像是店志一样硕大沉重的菜谱，没有些力气还真端不动翻开它看。坐落在西湖边的有西餐的酒吧式餐厅，典雅的氛围加上《献给爱丽丝》，再看看具有宏伟气势、比晚报还大的菜谱，证明点菜也是就餐的一部分，而且是重要的组成部分，不像在北京吃阳坊涮肉只一张纸就够了，而且有着燥热的气氛，格个好像吃完了都要去杀人报仇似的。

我没有翻看菜谱，点了美式小牛排，要三成熟。服务生很遗憾地告诉我没有，只有西冷牛排，推荐炭烧牛排是本店特色。我就问有拉菲吗？服务生怔了一下，说没有，如果想要具有品质的红酒，这里有五千到一万不等的源产法国酒庄的三个牌子。

"牛排诚可贵，红酒价更高。若为面条故，两者皆可抛。"我假装潇洒带调侃地说："来一份意大利面吧！"

服务生又怔了一次，以为我不满意，调节着气氛说："先生是诗人吧？"

"你才是诗人呢，"我的郁闷一下发泄出来，"你们全家都是诗人！"

"好吧，"小帅哥尽显淡定地笑笑，"小姐要什么？"

"你乱叫什么？"我火冒三丈起来，"叫她小姐？你没看电视吗？她是小姐也是'中华小姐'，懂吗？过几天中央电视台还要放录像呢，你还真敢叫！"

"我也要意面，罗宋汤有吧？再来一份金枪鱼沙拉。"她平静地看了我一眼，"你还是喜欢蘑菇汤吧？我看见有你喜欢的法式焗蜗牛。"

"赵槿熙，这儿不是必胜客的欢乐餐厅。"

"那方老师为什么不快乐呢？"

她不再有眼泪，脸色红胀地看着我。

距离产生了。距离产生美，这他妈是谁说的？

我也紧盯着她，看谁先败下阵来。

雀儿一姐解了围，午夜一点，她打来电话。

我显得兴奋不已地接了，而且叫得很甜，听到手机传来乱哄哄的声音，显出无尽喜悦地说："小却？ Hi，亲，在干吗呢？"

"唱歌！"雀儿一姐大声说："玛丽姐唱得真好！她不当歌星真是屈才了，你不知道吗？"

我用尽声音的甜美和无须雀儿一姐看见的笑容，故意让赵槿熙看到，无限愉悦地说："真的？太好了！"

"好个屁！"雀儿一姐开始声讨，"她在歌厅唱过！当过不出台不卖身的小姐，都是你害的！"

"是吗？"我相信我的脸成了猪肝色，这般气贯头颅还能笑容可掬是我刚刚挖掘出的潜能，玛丽当过小姐？妈的她如果真当过小姐跟我有一毛钱的关系？我嘴上说的是："太好了！"

"太好了？"雀儿一姐像是无缘无故地被拔了满口牙地咆哮起来，"玛丽姐就是因为爱你才差点堕落，幸亏遇上田哥！你还说太好了？田哥明天去机场接你要找你算账呢！哈哈！"

槿熙起身走了，幸亏她走了，是去洗手间，让我可以原形毕露了。

还他妈的有个田哥！背景声中像被剁了尾巴的猴子在包厢里号叫的就是玛丽那个挨刀的老公吧？我压低声音恶狠狠地说："王小却，你疯了？"

"真 high！我们四个喝了五瓶芝华士了！"她果真 high 着说："你跟槿熙在这里就好了！我想看槿熙像玛丽姐那样跳什么舞都像斗奶！听你像太监唱法的唱《把根留住》！哈哈，玛丽姐说你是太监，别提田哥有多高兴啦！"

"王小却！"我有些 Hold 不住了，"带着韩佑赶紧回去！别疯了！"

"对槿熙好一点！"雀儿一姐醉意飘荡，要压过姓田的嘶嚎，大声说："刘姐说槿熙跟你在一起呢，她要盯一会那个庄总。槿熙知道你有多爱她，快放她走吧，别误会她，她可全是为了招生啊，一炮红天下！"

他妈的！

我想骂娘，她先把电话挂了。

我使劲拨回去，雀儿一姐不接了。

我继续拨。我要燃烧，要听她说她知道了什么。

天下最悲催的是你怒火万丈地打手机的时候。另一个电话闯进来。

是刘思雨。

我有点发蒙，半天缓不过神来。刘思雨电话打到一半的时候槿熙回来了，我看出她在卫生间哭过了，还补了妆，补得匆忙，把舞台上电视转播和录像需要的假睫毛卸了，显然没有心情画上眼线，眼神显得比我还迷茫。

庄已泊在考虑怎样整合调动七百多家媒体资源宣传"中华小姐"，都是跟望族汽车有关系的，可来报道选美的都是娱乐圈记者，跟汽车界沾不上边，可庄总做事严谨，是一个做事一定要一加一大于二的人。

我只是听着，不想说话，一直琢磨雀儿一姐打电话的目的，她到底想说什么？就是告诉我玛丽带她和韩佑在K歌，田哥也来了，知道我不是太监但上初三就阳痿了而兴奋不已？玛丽，这个玛丽！她哪儿知道只有她老公信她，而引得雀儿一姐大笑不已？

刘思雨说无意中发现了一份名单，上面有媒体的名称和姓名，后面是数字，原来庄已泊每月给他组织到的记者和编辑发钱。我不关心这些，她察觉到了我的态度，这才进入主题知道我关心什么，告诉我槿熙原本今晚赛后是要去房间找庄总的，因为庄总一个朋友要买望族汽车想得到优惠，那人正在外国，时差关系定在今晚十一点半打电话来，庄总要槿熙直接跟那个人商量价格。

我好像开始介入情况了，如果不用"真相"这个词的话。原来"总冠军"将获得一辆由望族集团赞助的"望族跑车"，这款车将在今年九月成都车展发布，庄总的那位朋友答应要给他老婆五月里就先拿到外形有点像法拉利的跑车，尽管这车的市场价格还抵不上法拉利的一个轱辘，停在弄堂里四五个月不开也不上牌照，足够耀眼不说，准能把"望族跑车"在九月上市前卖个好价钱，反正上市前没人知道它的价格，是一个上海人喜欢挣面子又挣钱的好事。

刘思雨说，槿熙前天就告诉庄总她不需要"望族跑车"，上大学期间没准备跑来跑去，她需要钱。庄已泊听明白了，可他需要总冠军在"望族跑车"前的照片，要发给媒体，是一箭双雕的广告。

"庄总忙得不得了还得帮你！"刘思雨抱怨地说："槿熙都快哭了，要庄总赶紧把你从派出所弄出来！她去接你，我就来庄总房间等电话，那人原来是去非洲做劳务的，我跟那人说好了这车的底票是五万二，就让他出五万卖给他！你听着没有？"

"你说，"我用余光看了一下槿熙，"为什么是这个数？"

"你真糊涂假糊涂？"刘思雨大声说："槿熙想还给你那五万块钱啊！她真的很爱你，可你给她妈妈看病的五万这事儿老压得她不舒服，懂吗？你以为赵槿熙是王小却呢！"

我挂断手机。不知道雀儿一姐怎么惹着刘思雨了，冒出这么一句不着天不靠地的话来。我压抑得受不了，错怪了槿熙，甚至还错怪了刘思雨！

可这一切真的都如她所说吗？刘思雨是不是真的爱上庄已泊了？

我高兴庄已泊也爱上了她，在接下来的两站比赛，我的槿熙就绝对安全了。

有点热。

"来点冰块，"我向端上汤和沙拉的服务生说，然后抬起头看着槿熙，"你要吗？"

"不，不要。"她挂着淡淡的微笑，又礼貌地补充了一句，"谢谢你。"

我的心一阵发酸。

那种感觉又找回来了。

不是不想道歉，是不知道怎样向她道歉。

她不再看我，低头用精致的小勺喝着汤。该是又酸又辣吧，我体味她心里的苦，尽管她保持着淡淡微笑的表情。这罗宋汤做得不好，厨师没准把胡椒粉放多了。

我欠起身，把她的罗宋汤端过来，把我的奶油蘑菇汤放过去。

"这个暖胃，"我很严肃地说："让我酸辣一下可以吗？"

"方老师喜欢就好，随你。"她依然不看我，"可我用过了，方老师不在意吗？"

"那我问问他。"我一本正经地表演着对自己说："方翔，一个你非常在意想爱到死的叫槿熙的人问你，她已经喝过一口的汤你愿意喝吗？"

她抬起头看着我。

"愿意！"我对自己郑重地说："方翔你太过分了！人家关心你心疼你在意你想着你，你还臭来劲了，你是个混蛋立即把它一口喝了！"

她看着我的表演。

"谢谢槿熙赐给方翔她先尝了一口的汤，不烫不凉，方翔你为了看到槿熙朗诵《再别康桥》的精彩奔行千里胃不裹食，那会儿对一个姓庄的人为诗配乐而胡思乱想，现在饥肠辘辘就给你个机会犒劳一下自己吧！"

她有些动情了。

"好吧，我喝，"我两手端起碗咕咚咕咚喝了。"谢谢亲了！"

她的手伸过来紧紧地抓住了我。

我抬起头，看见她眼含泪花，禁不住心头一热。

"这汤是他妈索马里海盗厨子做的吧？"我叫喊着，难过地泪流满面，赶紧用纸巾擦着眼睛，"呛得我受不了！"

我在最后挣扎，装，然后缴械了。

"槿熙……"我难过地说。

她委屈地捂住脸，无法忍受地说："别又说对不起！"

我跟她和好了，她原谅了我的误解，我忽然明白"轻舟已过万重关"是什么意思，接下来就想一件事儿，早晨我去机场前要先去趟医院，无论哪个叫江哲的混蛋伤得是轻是重，他把我骗得好惨，我必把丫打得用上呼吸机。

我坐到了她对面的沙发上，服务生试图把我的那份意大利面条和餐具挪过来，我伸出大拇指表示谢了，又摆摆手改做了一个 OK 手势，他一下就明白了不用再过来打搅我俩了。

这服务生果然是训练有素，老板管理得好或是培训机构教育得好，再也没有走过来，远远地伫立，脸也不朝向我和槿熙，可能看不下去或不想看我一口一口地喂着我心疼又心爱的女孩意大利面条吧！

她执意不肯，我不能由着她，她只能两只手端着盘子，我一只手绕到她的身后放在她平滑的腹部，另一只手拿着叉子把适量的面条挑起再卷一下，然后送到她的嘴边，待她张开口，轻轻地送进去。

"你也吃。"她说，出现了甜美的声调。

"别说话！"

我愿意这样一口一口地喂她，感觉到她开始有些急促的呼吸。

隐隐响起一首新的钢琴曲，从第一小节旋律我就听出了是伊戈尔·克鲁托伊《悲伤的天使》。我不知道这算是怎么回事儿，是故意安排还是西餐吧电脑里编入好的播放程序，此时此刻怎么会有这样拨人心尖、撩动情思、感受温暖忧伤的钢琴曲？一首好的音乐真的是有灵魂的，犹如一首好诗，一幅油画。我喜欢古典音乐，学文学的怎能不喜欢底蕴幽深的一架宏伟之音的钢琴、孤寂的萨克斯和一把牵魂小提琴所能流淌出的涓涓生命小溪呢？她也感染了，我们果然都是学文学的，我进北大的时候有些像重金属疯狂的下半身写作，差不多集体阳痿了，而我的英雄正蠢蠢欲动。

我轻轻地吻了她，她的舌尖是那样柔软，身子也越发酥软地依在我身上。她的手似没了去处，不知放哪儿才好，松弛地搭落在我身上，又警惕地移开，她发觉了我的强硬。

我和她不约而同地下移，缩在沙发里。我紧紧搂住她，手伸进了她的衣服，穿过绷得很紧的胸罩，抚摸住她如此光滑的乳房，手指试图拨弄她开始硬起的乳头。

"别……"

她无力地握住了我的有力，呼吸乱了韵律，舌头变得更加柔软，不再挣扎被我卷入口中，我感觉到她一阵战栗。她跟雨婷一样，天下就有这样一种女人，不需要进入花园访问竟能达到高潮，这让我多么开心又感动。在未来的岁月里，有一天就是我真的不行了，英雄不能再昂扬访问她丰腴的女人花园了，我的槿熙同样能够得到满足，这是多么值得庆幸让我收放自如没有一丝压力的事儿啊！

"你说刘思雨在干吗？"我轻声问，"现在，在庄已泊的房间。"

"别瞎说！"她的呼吸渐渐平缓，"刘姐在……"

"在什么？"我抚摸着她还没有软下的乳头，"快说。"

"刘姐有男朋友，岁数挺大的，从南京开车来看刘姐。"她抓了一下我的衣服，被我弄得兴奋迟迟退不下去，"轻一点，疼！"

"真的？"这可出乎我意料，"那今晚？"

"本来我准备好要去庄总那里接电话，把奖品车卖了。"她坐直了些身子，"刘姐都没时间去见男朋友，都怪你，我也准备好了的！"

"该是你要刘姐准备准备才是，"我抽出手来，刮了一下她的鼻子，"你准备好了是什么意思？"

"不告诉你！"她整理了一下衣服，"我说不出口，你也别问，就是得有各种准备才是。天，都一点半了？赶紧回酒店吧？"

"不急。"

"酒店全满没房间了，刘姐说好了去跟我住，把她的房间给你，别让刘姐这么晚了还等着给我开门。"她拿起包，"我们早上五点半集合坐大巴去宁波，你的飞机是几点？"

"我还没查时间，中午赶回去就行，下午要去图钢中学。"我笑笑，看她在包里找什么，拿出了钱包，"怎么，你要买单？"

"当然了，大餐才要你这大老板请！"她把钱包放在桌子上，拿出一包纸巾，站起来，"刘姐的房卡在我钱包里，我去一下洗手间，你快点拿我的卡买单，我们赶紧回去！"

"好吧！"

我笑着看她急急地走向卫生间。让刘思雨去睡槿熙的床吧，我今晚不会放过你，英雄一定要进入花园，跟你真正的**第一次**。我看见她的钱包露出来酒店的电子门卡，拿起钱包，看来她和刘思雨是真的准备好了，把房间的钥匙留给了槿熙。

钱包里掉出来什么，落到我的脚上。

我拧亮了一些幽暗的台灯，从地上捡起来，心头一紧！

杜蕾斯！她的钱包里竟然会有避孕套！

我蹭地血冲头颅，眼睛发黑，还伴着一阵强烈的恶心！

她在干什么？她果然是**准备好了**！刘思雨也准备好了，巴不得当二奶或小三？我操天操地操自己，我是中国第一傻逼！

太恶心了！太卑鄙无耻下流了！我不知道要干什么，**能干什么**，但绝对知道我要离开杭州，离开望族，再也不见今生来世永不相见赵槿熙！妈的，一帮人在骗我，各演各的戏！

我不知道为何要攥住房卡，大步流星地向门口走去，服务生紧张地不知是拦我买单还是为我开门，我一把推开他，用脚踹开门，近乎疯狂地走进了夜晚。

今天还是我的生日啊，我泪流满面的 2007！

第十二章

1

悲伤的夜，我看见了流泪的西湖，流泪的远处的雷峰塔，西湖是许仙的眼泪汇成的。可怜可悲的许仙，纵然你再泪流千年，有多少人会说你何必呢？何必。

手机在震。

我掏出来，是槿熙打来的，把手机狠狠地扔出去，看着它划出一条弧线掉进了西湖。

我在行走。谁他妈说的既然认准了路就别管走多久？哲学家都他妈的该死！尼采说上帝死了你丫才该死呢，什么他妈的存在就是合理的，那天下还有公正吗？操他妈的望族大学，保安三问你是谁从哪来向哪去，我他妈的不想知道我是谁爱从哪来从哪来爱往哪去往哪去，哲学家你管得着吗，我是一头会行走的猪，悲催的是他妈的还老哼哼！

手有点痒，我抬起手，握得太紧，房卡把手划破了。

我知道我该去哪儿想去哪儿了。不过在找刘思雨算账前要先找到离剧场最近的那家医院！

拦住一辆出租车，是站在马路中间拦的，司机以为我要打劫呢，一脚急刹车又想跑，那哪儿跑得了，我顺势拉开几乎横在马路上的车的车门，挥舞着我流着血的手说："医院！到离剧场边上最近的！"

司机这才非常理解我，看到血的人通常都能加深理解。

"先生，你吓死我了！哪个剧场啊？"

"搞中华鸡大赛的！"

"叫花子鸡吧？"他紧张地说："我不知道哪里搞美食节呀？再说这么晚了宵夜

会有这道菜吗？你到底是找鸡还是上医院啊？"

"我找中华鸡旁边的医院！"

"是叫花鸡，什么时候叫了中华鸡？"他摆正确了方向，"那片街上性病诊所多，先生冷静一下别吓唬我！"

沟通是非常重要的，司机把车开出不远总算弄明白了，"中华小姐"大赛跟立了名目讲吃的美食节没关系，要说有也是精神食粮。作为传播着杭州美丽文化的优秀出租车司机，他知道这事儿是在哪里搞的，拉过从东北来的记者，也有北京的。他调了头，打开双闪把我往他已经知道的医院送。

怒火攻心，原本时间可以化解一些，可偏偏说到就到了，离我咆哮着打车的地方并不远，只是在另一条街，看上去灯火辉煌，这是食客的天堂，杭州人和外地人汇聚在一起，车来车往的另一片天地。

过一处突然显得很安静的地方，门前站立着一个头上裹着包巾的，像是印度人，两男一女刚好从装饰得如宫殿的门走出来，我有些吃惊，车开得飞快，杭州的哥真是爷们儿快车手，不坐是不知道的，我还捕捉到了一个美女的面容加靓影，因为差点撞上这一女二男，女的不就是十二号吗？我迅速把头扭向后面，看见了曹大蛤蟆和大脸杨帆一左一右护着王妃般骄傲的十二号，大脸杨帆还指着车叫嚣着，曹大蛤蟆本来个头就低，又弄出向十二号鞠躬尽瘁的下三路样儿，开车这厮一打把我就看不见了，看不见刚吃了印度大餐的三个让我想吐的食客。

我有点想吐，遇到了一晚上的恶心，扔了十块钱推门下车，怒声说着"别找了"，司机高叫道："还差一块附加费！"

夜已深，看见了挂着十字的招牌，我走过去，一辆救护车闪着灯没有鸣警笛地驶出去，不知道又去接哪个倒霉蛋，我看到了医院敞开着的门。

人不多，急诊向左，招牌明显。

我拐向左侧宽大的走廊，计划挨门寻找给了我很多信息的人，丫居心叵测，如果不是赵槿熙大意让我意外发现不可告人的杜蕾斯，江哲这混蛋百分之百误导了我！他就为这个被救护车拉来的，现在还得为动机担当一些新的结果，否则我出不了必须出的浊气。

这厮在哪儿？急诊区科室还分得挺细，我应该找外科。

外科并不难找，半夜里忽然缺胳膊断腿的人会有相当一部分送到这里，想一想杭州的哥驾车方式就知道了。开车是有一种文化的，由习惯养成，这就是异乡人到一个新地方总有人难免被撞，开车再好的人到了另一个城市按习惯开，稍有不慎就难免出错，所以小黑子老说考驾照应当修改规则，考什么起步停车过桥倒库，考智商就是了，然后测情商，他说交通部听他的，保证交通事故会减少一半。交通部怎么可能听他的呢，教育部也不会听杜海的，他老说上大学先要做一个职业选项测评，不准备考公务员、没计划进国企的要取消现在的"政治"课，高阳跟交通部、教育部两部皆沾，所以才是最郁闷的人吧！

我对自己有了一个惊人的发现，从何时起我怎么总是先遭遇警察再跟医院有关呢？

还好，在图钢就没有。

我还回图钢吗？我要回图钢吗？

得回。妈妈还在图钢等着我。她到底干什么来了，真的就是听小妹的，给我送钱再亲眼看看我被赶出花舍香榭赶出家后怎么样了？好像没这么简单吧？

我挨屋找我要再打一次的人，这次不为赵槿熙，她跟我没关系了，我只为我自己。找一个该打的人并不难，像我在派出所说过的那样，这世界总有找打的人。

我找到第三个观察室的时候他自己就出现了，先从屋里露出高举着的瓶子，然后是快被纱布全包住了的脑袋，只露着一只眼睛和肿成香肠的嘴，像《东成西就》里梁朝伟的香肠嘴。

我跟着他，用右手托着我划破了的左手，这样会让人对我放松警惕，谁能想到我是一个追到医院来要打人的人呢。我默默地跟着他进了卫生间，还帮他开了门。他忘了说声谢谢，也没有看我，只觉得委屈吧，到现在还不知道因何被打不说，曹大蛤蟆和大脸杨帆才不关心学校有一个招生老师被打了，尽管印度餐厅是他帮着订的，那两只苍蝇只顾盯上散着骚味儿的十二号，妖娆的上海女人。

小便池上面有挂钩，专为输液病人准备的，杭州的大众医院细节服务比北京的好，浙江人能挣到钱自有理由。我还看见了广告，再仔细一看才知不是广告，是损把尿洒在小便池外面的人，客气地写着："尿在外面的人不是太短就是太软。"我忽然感觉到了浙江人还很硬气，有股子江南硬汉的气节。

他的手没受伤，从裆里掏出家伙还算顺利，扬着头，把尿一点不差地全尿在了鞋上，香肠嘴骂出了声，表达出充满了愤怒中的幻想："赵槿熙，我操死你！"

我本来差点迟疑，已经萌发了同情之心，是丫又一次激发了我，我挥起拳打向了他的头，击中他耳朵部位，然后又是一拳。

我出了卫生间，走过护士站的时候对值岗的女护士说："男卫生间有人跌倒了。"

我以为把怒火全撒完了，可还是觉得不彻底，剩下的要刘思雨担当了。我必须见到她，做一个了结，开始我的旅行，尽管不知道要去哪儿，真的不想回图钢。生日这一天，我没有生日礼物，赵槿熙的花是刘思雨送的，我能想到是庄已泊买的，他只是不方便上台去，喜欢在幕后。刘思雨为他跟赵槿熙搭起了鹊桥，作为回报，一定是他为刘思雨拉了皮条，我被扔了出来，还傻逼似的以为自己是主角呢，一无所知就成了一个跑龙套的，还他妈的戴着绿帽子！

我拦了一辆出租车，居然是奔驰，杭州拿奔驰做出租车了。我喜欢它的音响，不知道这个司机会放什么听？

我不想说话，累了，把酒店电子钥匙卡给他看了一眼，闭上眼睛。

司机知道要去哪儿了，见我疲惫不堪，把音量拧小了一些，奇怪的是我反而因为集中精力听得更清楚，更奇怪的是这是在北京我开车常听的中央人民广播电台的节目，关于楼市的，这个午夜时间段重播的访谈录音。

"您说楼价还会涨？"

"当然，土地是不可再生资源，地可是用一块儿少一块儿，不涨才怪！"

"听说您在江城的项目失败了，你们要把花舍香榭空运到杭州？听说还要空运到图钢？预估的售价是多少？比北京高还是会低一些？"

我说这么熟悉呢，居然是老爸接受采访的直播，老爸不是在美国吗？

"这个还没确定，需要新的总裁去评估。"

"我在网上看到了，今天恢复了方翔的股东，他还将出任花舍香榭的执行总裁，可能是北京地产最年轻的 CEO 吧？"

"必须的！我们在杭州要推广三十平米的小户型，北京的项目就是方翔策划运作的，为青年白领考虑的，非常成功！年轻人的住房需求就要年轻人来做，花舍香榭要拆分成两家业绩公司。"

"您不怕被误解成家族企业吗？前段日子出了什么问题？您的公子怎么说也是个富二代吧？能干好吗？听说被您赶出公司，去了一所民办大学当老师？"

"他是奋二代！奋二代不是什么富二代！"

"他同意上任了吗？"

"有什么同意不同意的？我支持他出去历练一下，结果什么事儿也做不出来！瞎折腾！是连一个学生都没有的班主任！他必须走正道了，不能给北大再丢脸了，他妈妈也丢不起！"

我坐直了身子，司机以为吵到我了，要关。

我挡住了他的手。

"谢谢您在美国的连线！下面播一段广告，马上回来！"

我突然好像明白了一些事情。

就是说，赵槿熙和刘思雨想必都知道了发生在我身上的事儿，我要出任花舍香榭的CEO？我明白了包括派出所的警察上网后的吃惊。我脑子里快速回放着所有情景，有些变得清晰了，有些反而更朦胧。

有一点十分明确，槿熙知道我要走，成为真正的"奋二代"地产大亨，我在她最需要最期待激动时离开剧场，她不再相信我的爱才愿意委屈依附庄已泊？是委屈还是报复？她为什么哭？在派出所院子里不是为我流泪而是同情她自己呢？

刘思雨为何穿得那样精致来见我？她没有到门口等我，槿熙说她恋爱了，以刘思雨的性格岂会让槿熙知道她跟婚姻状态不明是当二奶还是小三而意味深长？

我明白了那个警察为何对我如此客气，不明白雀儿一姐电话的全部含义，她又知道了什么？

老爸还是那样自以为是！网上一定太多关于我的新闻了，我又是最后一个知道的，尽管不是绿帽子也不是红帽子，是一顶将继承花舍香榭的桂冠，他把白老爷子摆平了？白狼进入了深色夜晚还是血色黄昏？

圈子，地产，政治。*地产政治，政治地产*。无论是什么都与我无关！我不喜欢任何圈子，只想好好地爱！

槿熙，我会原谅你吗？

刘思雨，尽管你对我并不了解，可真的像雀儿一姐和韩佑那样脑残吗？

"再开快一点儿！"我喊叫着。

挑空极高的酒店大堂，有点像图钢一样变味儿，充斥着选美大赛的气息，一条条关于选美大赛的横幅从空而下，我开始相信杜海爱说的话，我们生活在一个把事不一定能做好，可宣传必须做到极致的时代。

大堂里摆在地上最醒目的竟是媒体报到处的招牌，真不知道一次选美有这么重要吗？全国各地来了多少记者，也有图钢的吧？图钢交通台的那个方子良说过，"中华小姐"大赛也是图钢的一件大事，因为图钢实在不知道迎北京奥运跟图钢有什么关系，可毕竟是"百年奥运"啊，可惜图钢没有选手进入全国总决赛，但一定也要为迎接 2008 北京奥运做点事儿。

记者住的地方占了整整三层，从六楼到八楼，导示牌上有。选手在十二层。九到十一层住的是组委会、评委会和请来的贵宾。选美本是让男人振奋女人生气的事儿。刘思雨不生气，她一点不比二十个选手差不说，还多了些高贵，因为有老男人之爱，那会儿眼睛里还多了些许风情呢。

刘思雨的房间是四层，惨了点儿，不是商务层。她也许还没有回来，回来可千万别在床上被我撞见不该看见的。不会的，我走向四〇一三房间的时候一再告慰自己，上床也上那男人的床，如果刘思雨没代替槿熙错上了庄已泊的床的话。

我尽量低着头走向右转后的第六或第七个门，双号朝阳，单号向阴，四〇一三的门该在右手边的第六个，如果中间没夹着一个小储物间的话。紧低头是以小人之心不想让谁脑瓜一热从监控中调取录像看见是谁在午夜两点半进了不该进的房间，尽管是她为我准备好的。我相信赵槿熙从卫生间回到座位时要用很长时间才明白我为什么突然消失，打手机也找不到我，手机程序设计在没有关掉电源时突然失效，多事儿的中国移动自动语言会提示"您拨的号码不在服务区"，**当然不在服务区，中国移动**又不是潜水机构，不可能服务到西湖底下。

我好希望我真的人间蒸发了，让天下并不真的在意我仅仅是为了满足自己需要的人都找不到我，包括杜海、赵槿熙、雀儿一姐，还有韩佑、玛丽和想让我成为道具人物的花舍香榭董事长以及这个见得着或见不着的刘思雨。不知道高阳算不算。妈妈对我的爱也不是无私的，她到图钢来并不是完成小妹的嘱托，只有小妹有时间想起我来时是最在意我的，而真正在意我的人死了。

呜呜呜，如果这时候一想到此我要哭泣，是为雨婷还是为自己呢？

赵槿熙找不到我会不会惊慌失措？她下一个电话会打给谁？当然是刘思雨，两个急于想找到依托的人已经狼狈为奸了，我好伤心又如此难过地用了这个词。罢罢罢，生活被描绘的五彩缤纷或像大熊猫那样只有黑与白，人们也得爱，人就应该为爱而活，只因我的爱意外死了。我只是不甘心，所以才步入歧途，若为此流泪，小鬼也难饶。

把钥匙贴在门锁上，听到电子锁咔的一声，我小心地推开了房间的门。

房间充斥着酒店的气味儿，我说不出这是一种什么样的气息，五星级酒店都有着一样的气息，刘思雨的多了些高贵，我闻出了香奈尔的味道，再仔细闻辨，还品出了古龙水的气味，真的有男人的味道！

我迟疑了一下，没有察觉屋里有反应，把卡插在取电座上，房间里亮起了幽暗的灯光。我没有马上关门，是想起了老爸的话，自从他不能一口说出自己有多少钱以后，除了逢庙必烧香以外，还多了些更浸入骨髓的迷信，老爸把它称为"酒店秘籍"。在我策划花舍香榭小户型的时候第一次去三亚见休养的白大爷，需得到白大爷的认可才有可能给北京市政府某个部门打电话把政府计划建一个文化名人纪念馆的公共用地拿出来搞花舍香榭三期，一个楼座的高层小户型，要想成功不撞霉运，必须掌握"酒店秘籍"，就是不要马上关门，亮灯以后门开一会儿，让"鬼魂"出屋，否则办事总是不顺，是因被鬼缠身。

我从不迷信，可自从知道了这个"知识"还是挺害人的，*知识并不全都是有益的*，住进酒店尤其是半夜入房后脊梁骨总是凉飕飕地蹿冷气。我开着门停了片刻，如果刘思雨见鬼似的答应那个开车来的男人上了她的床，我得给两个赤条男女留一点穿上衣服的时间。

没有动静。

我走进去，宽大的双人床还保持着服务生整理过床的样子，一边的被角折起来，床头柜上放着"祝君晚安"的问候牌，旁边精巧的托碟上有两块巧克力，五星级酒店的馈赠。还有一束鲜花，那样的红，红艳艳。

这家酒店的服务果然不同凡响，要不有资格承接"中华小姐"大赛呢，服务生一定也闻出了古龙水中所包含的雄性味道，才会给女士房间放上红艳艳吧？

我有些惊愕并怒火中烧，无名或有名。庄已泊或赵槿熙的房间会不会也有红艳艳？

不重要了。

我扫了一眼衣架，看见了一条领带。

传来极轻的敲门声。

我转回身，走向门廊，不用说，真的有点紧张。

"先生，请关好房门，"服务生礼貌地补充了一句："打扰您了，谢谢。"

我心怦怦乱跳，好像我是一个偷春的贼，要是被人发现当场擒获，岂能说清楚？

我没说话，回敬了一个注目礼，轻轻地关上了门，听到电梯到达楼层的声响。

不知为什么，我拔下了电子卡钥匙，关上门，延迟断电，我走回里边，进了卫生间，咔嚓一声，一片黑暗。

我才知道我不是一个品德高尚的人，辜负了政府的期望，政府希望培养造就出十三亿雷锋所以才有了雷锋，悲催的是十三亿雷锋没有，全国大概每年却扩建出不止十三万平方米的监狱吧！一如所有酒店都挂有禁止卖淫嫖娼，房间里却都备下了避孕套，而赵槿熙自己备了更安全更爽的杜蕾斯随身携带，就把它放在了钱包里！

传来了开门声，卫生间的灯刷的亮了，刘思雨回来了，不是一个人，是两个。

我轻轻地关上了卫生间的门。

她是欢快的，如此愉悦，不知道是否幸福，女人在自己不同阶段达到愉悦就足够了，我听她一口一句"老公"，叫着鸡皮疙瘩快掉地上了。这就"老公"了，算是怎么回事儿？

"老公你听好，我也要参加选美，老公行不行啊？"

"你干什么都行，不过得那个庄已泊支持才行！"

"那老公你愿意了啊？庄总肯定会支持的！"

"那个人真挺好，说你们哪怕招来一个学生，九月的成都车展也让你和槿熙俩人带队去！他是不是看上槿熙了？"

"才没有，庄总有女朋友，马行长的女儿！老公你看他一脸深不可测的样子多像你呀。他和你一样，才不愿意让自己的女人穿比基尼让别人看呢，男人的爱都特自私，是吧老公？"

"那当然！不过庄已泊确实挺深，怪不得高董事长看好他，每年公关费几个亿交给他！他还说要见方翔，商量汽车模特专业怎么办起来为望族汽车服务，他管的望族汽车每年参加大大小小的车展二十多个呢！这个专业也只有望族大学能办好，方翔好幸福啊，遇到了真给高董事长办事的人！"

"这个傻槿熙不知道怎么惹方翔生气了，手机还老不在服务区，真不知道跑哪儿去了！"

"那小子知道要当CEO肯定跑了，对于做大事的男人来说女人算个屁，赵槿熙还没活明白，女人等活明白了才知道所有的站都错过了，还个个以为自己经历不凡，要是会写小说一定能让天下女人流干红泪呢！"

"我错过了吗？"

沉默。

"算了老公，不逼你，我等着你！我去洗手间，你赶紧的！"

我心快跳到了嗓子眼儿。

她推门而进，关上门，我站在门后，她差点惊叫起来。

我捂住了她的嘴，挨得太近，胳膊碰到了她的胸口，感觉到她的心跳比我快一倍！

用了五秒钟她才缓过神来，轻轻拿开我的手，推开我，走向马桶，一直想着什么。

她冲了马桶，瞪了我一眼。

"这破马桶，还托托呢！"

她收起男人用的四五个资生堂瓶子，快速地装进袋子里，边走出卫生间一边大声抱怨，抱怨日本 TOTO 马桶，而且没有关门。在她瞪我欲走出去的时候，我就适时地靠在了门后。

"我也去一下，你快洗澡吧！"

"别去！"她娇嗔地说："臭臭！"

"啥情况？"

"马桶坏了，冲不下去！到大堂的吧！"

"你收拾箱子干吗？"

"我送你啊！"

"送我？不用了，你赶快洗完澡睡觉！五点半集合呢！"

"不嘛，我要你把我送到宁波，你从上海飞的飞机是早上七点吧？来得及！"

"那赵槿熙呢？你的学生你不管了？"

"有方老师呢，他知道槿熙住在一二一八房间，这会没准正哄着人家别哭了！方翔可真是缺德到家了，欺负人不说还带吓人的！到宁波我再跟他算账，差点把我搭进来说不清楚！"

"瞧你，哪儿那么大气性？来，啵一口！"

"快点吧，老公！"

我还是听见了巴巴巴的亲嘴儿声，哪是啵一口，男人在这方面说话都是不算数的，我数着，一连亲了三口，口口带响！

这个只听其声其音未能谋面的男人是谁？知道了，就是从南京开车来见刘思雨的男人。

还有多少秘密我不知道？

可我知道了槿熙住在哪个房间，刘思雨分明故意大声告诉我的，一二一八，而且还知道了她在哭，刘思雨是想让我去哄哄她。

2

还知道了庄已泊是好人，如果不出大的意外，庄总已经开始考虑整体宣传了，他真的是在帮助汽车模特专业的诞生，为的是更好地服务于望族汽车。

这显然都是真的，刘思雨不知道我在她的房间，她"老公"对庄已泊的感慨也让我产生感动，我还误解了人家误解了槿熙，更把刘思雨吓一跳，怕我在她房间的藏匿让她神秘的男友发现会误解了她，她不仅闪得痛快还足够彻底，让老公直接送到下一站宁波去了。她显然觉得很累了吧，明确把槿熙留给我，深深知道爱这件事，实际上别人是帮不上忙的，解铃还得系铃人。

我感到刘思雨够深的，她守口如瓶，当然也没有告诉我或谁的理由，属于那种只听别人秘密而不会泄露自己一丝机密的人。我在现场，可以由衷地理解，听那男人的声音至少四十岁以上，不用说，是一个有家室而且很成功的人。听不出口音是哪里的，一下想到这个爱着她的人驾车千里专程来看她又匆匆地驶向南京。

我苦笑了一下，忽然觉得自己真的有点傻。

乘电梯上了十二层，这回没有低头躲监控摄像头，槿熙是我的，我才不躲不怕呢，巴不得有人把凌晨三点敲开一二一八的视频传到网上，还帮我宣誓爱的主权呢！

我走到一二一八门口，意外或者不意外，发现门没有关，用里边的防盗锁扣环挡住，门开着露出一道缝隙。

一定是刘思雨刚才打电话告诉槿熙了，不知她怎么组织的语言瞒过老公，告诉槿熙我一定会出现，她才为我留了可以推开的门？

可杜蕾斯到底算是怎么回事儿？我要问她吗？

问还是不问，这是个问题。比莎士比亚的问题更沉重，哈姆雷特只是生或死，其实很简单，而我的问题是如何在可以信任的爱中活下去，远比生与死复杂的多，要不一口一个"老公"甜蜜呼唤的刘思雨何必逃离,她或我一句话就可以说清楚为什么我会出现在她的房间,她老公也不必动用太多智商就可以理解。可万一情商太高,动用了情商这事儿就复杂了,越发难以相信了,聪明的男人可以不说也不问,但一道沟壑势必形成,比如现在的我。

我在犹豫,要不要推门而进?

忽然心里一阵发酸。

我转身走了,不想进去。因为这太设计了,我也可以设计。

又回到刘思雨的房间,我可以大大方方地开灯,洗澡,甚至叫一份吃的送进客房。我有些饿,我还饿。我依然处在迷失中。

洗了澡,擦干身子,直接穿上了酒店的浴衣,那种敞开式的浴袍,躺在床上,却怎么也睡不着。

突然冒出个想法,槿熙没有等到以为会出现的我,她该知道我看过她的钱包为什么生气了?难道她不会想到我该在刘思雨的房间,她不会来吗?会的,这是我的"设计"。

这想法让我阵阵发酸。她不来,证明她心里有愧,我们真的是完了。她要来,证明心里更有愧,直接认错还是把话绕到墨西哥都不重要,我接受吗?

我把自己和她都推到了两难境地。

可我还是希望她能来,而且发誓一句话不说,就生生地看着她,任凭她怎样说,直奔主题还是编一个动人的故事,我保证我没有一句话,就默默无语地看着她,看着她如何在我面前崩溃,我会像小仲马那样制造出一个活生生的茶花女,我会爱她到死,回到我的前世再种薰衣草吗?

我渴望她的味道,那一抹总在飘逸的芬芳。

我看着门,学了她,用防盗扣环支住了门,她也不必按门铃可以直接进来。

我在等。

夜好静啊,静得仿佛世界已经死去,活着的经历和记忆不过都是一场梦,另一个空间生命的预演,抑或就是零度空间更高级生命正在进化的过程。我们只是被实验正在实验中的物种,这样才可以解释上帝是存在的,才明白或永不明白世界所有顶级的科学家为什么不解释,无一例外最后都相信上帝的存在。而我可怜又可悲的老爸只有在察觉身体出了状况或公司运营要出问题时才猛然想起佛祖,真以为佛祖是奶奶，儿孙需要时真以为奶奶会出手相救呢，我们的五千年文明真的有那么高级吗？杜海说得对，他总说中国除了所谓"四大发明"对世界文明有点用，近几百年来实际上对世界一点儿贡献都没有，丫居然认为中国总给世界添乱，这一百年或上千年中国文明远远落后人类文明，把中国文明从地球上抹去对人类文明发展进程影响不大没准还有益呢。我说丫怎么辞职，是不想干还是干不了《第三只眼》的总编辑不重要，重要的是丫活到只干想干的事而不干该干的事、只说想说的话不说该说的话的阶段。我恰恰相反，我和我们一家子都还只能做该做的事说该说的话才有今天吧，而我似乎没有了明天，除非我屁颠儿屁颠儿地去上任老爸摆布出来的CEO。花舍香榭一定出了大问题，白大爷又发飙了，要么就是老糊涂了，原来老爸无论做得多好也不过是被控制的棋子。这让我想起博尔赫斯的《环形废墟》，我们一个个很自以为是的在做梦并且制造出了自己的梦中人，悲催的是终会发现，原来自己不过也是别人的"梦中人"。

不想也罢。深夜里胡思乱想宛如穿越。我现在好想槿熙，想带着她一起穿越，那就去唐朝吧，据说唐朝是那时候地球上最牛逼的国家，像我早上不飞图钢回北京到花舍香榭上任的我，二十五，不，已经届满进入二十六岁的我执行统制新兴的地产帝国，想要一百个像槿熙这样清纯的美女会来一百一十个，多出的那十个必是哭爹喊妈自愿的。仔细想一想，天下哪个有姿色的美女没上错过床？不是没有，是打死不说。我们各个都是掩耳盗铃的高手，汉语成语是对世界最大的贡献，可惜太难翻译，就是翻译准确了也让人太难理解发出"怎么会这样"的吼声。

会吼吗？会有人吼吗？我们总让自己还是让世界稀里糊涂地大煞风景，还是毛骨悚然抑或李白"燕山雪花大如席"这样的诗句把狗都吓着了？

我不想吼了，盼着她能来。

半个小时过去了，已经凌晨三点半，她还没有来，没有如我期待的出现。

响起了电梯声。

电梯响了，声音太大了，我下了床，放轻脚步，悄悄走到门口躲在门后，静静地听，那果然是正向这里走来的脚步声。

走到了我的门口，停下。**一定是她。**

莫非她像我一样的犹豫？在思忖着推还是不推，进还是不进？

她是不是像我的想法一样，也许就不该这样地留着门，是从容、是客气、是心照不宣，还是冷笑、是张狂、是让人生厌的自以为是？

我甚至听到了她的呼吸声，闻到了飘逸进来的薰衣草的味道。莫非她也洗过澡，用的还是薰衣草香型沐浴露，穿着酒店浴衣站在门口？

为什么还不进来？我在你门口可没迟疑这么久啊！

时间一秒一秒地过去，我没动，她也不动。

我知道她，她不知道我，就这样在门里和门外久久站立。

我听见了她的呼吸，有些急促，是越发生气还是越发委屈？

我不动。

她也不动。

整整五分钟，或者更长一点。再不进，从监控上看到情况的保安该来了。

她还是不动。

我和她都听到了电梯启动的声音。上，或者下。电梯在动，她不动。

又是十秒钟。

她动了，我听见她吸溜了一下鼻子，是哭了吗？

她在动，不是推门而进，而是转身欲走。

我猛地拉开门，蹿出去一把抓住了她。

抓得太猛，而且百分之百惊着她了。进屋以后，我用身子撞上门，她才露出吃惊被吓着的表情，脸一片红中间还有点白，这就叫"惊喜交加"吧，我找不到别的词汇。

我依然不等她缓过神来，抱起了她，让她呈"L"型横竖在我的怀里，她果然也穿着酒店浴衣，没有扣子，腰间只有一条束带镶着粉边的敞开式浴衣，而我的是镶蓝边，酒店为一张大床登记一人住宿的客房准备了男女区别的浴衣，居心叵测的细微服务。

她的浴衣敞开了，露出了浴后更显嫩白细滑的胴体，我抱得猛，她细长的两条腿有点碍事儿，脚差点撞到狭窄的过厅，拖鞋掉在了地上。

她的身子从紧绷开始变得柔软，软软的槿熙顺从地贴在我的身上，看见了她脸上残留的泪。豆青色的胸罩起伏不定，我要扒下它，亲吻她粉红色的乳头，当然还有别处，不会放过她的女人花园。

她闭上了眼睛，准备任凭我摆布，顺从或拒绝都显得多余，柔软的她被我平放到床上。她不准备再睁开眼睛了，分明配合着我，我拽掉了她的浴衣，她抬了一下屁股让我把浴衣扯出来扔到地毯上，我也甩掉浴衣，赤裸着身体。

我翻动了一下她，她就侧过身子，让我顺利解开她胸罩后面的扣，且没能一下解开，这方面我总是欠缺，显得笨手笨脚。

我还没动她，她就自己平躺回来，在床上举起双手，呈投降状让我顺利地摘下胸罩。我又看到她粉红色的乳头，并没有硬起，两颗精美的草莓镶嵌在浑圆丰满、弹性十足的乳房上。

我抓住了她的内裤，她双手突然按住，我看见她眉头紧皱，依然闭着眼不让我把内裤褪下去。我生硬地拿开她的手，刚要脱又被她拽住，我再脱，她又拽住，这样反复了三次她就不再坚持了，把两手放在了脸上，挡住眼睛，遮掩羞涩还是怕泄露出渴望？

我顺利地脱下她的内裤，扔到床头的另一边。现在，她变得真实而完整了，完整是什么意思？我想说的是完美。我总不能想象出雕刻维纳斯的人是怎样的心境，工匠一定高扬着生殖器，"艺术家"就不挺起吗？"工匠"和"艺术家"是该有区别的，区别不在于结果吧，而是过程，低级与高级的文化取决于态度和方式，准确地说，叫精神走向吧！

我在欣赏，从容地抬起头，看到她的手微微有些抖。动情的标志，只是有些紧张，她完全准备好了知道我会干什么，才会洗过澡穿着浴衣下楼来，有点不管不顾了，想证明我是不是依然爱着她想要她，她愿意用身体证明她不想放弃我？她知道我不再是方老师，不是花舍香榭的品牌总监而要成为 CEO 了，她是为我还是自己感到既兴奋又紧张？她的身子开始微微发抖。

我趴在了她的身上，如此柔软，这般缠绵，她的玉体如此光滑。我吻着她捂在脸上的手，轻轻地，感觉到她夹紧了腿，我的英雄也许把她顶疼了，也怕自己稍不留神一下让英雄溜进花园。

我一下一下地吻着她的手背，她的双手慢慢地向两边分离，没有露出眼睛，而是呈现出了微张的唇。我吻向她的唇，她没有回应，牙紧闭着。我贴住她的唇，想用舌头撬开她的牙，试了几次，她终于打开了，允许我把舌头放进去。她的舌头更是柔软，任凭我搅动，然后毫无抵抗力地被我吸进来。她的胸开始膨胀，腿越发抖动，我一只手伸到下面，抱住了她圆滚滚有着惊人弹性的屁股，一只手抚摸住了她开始发硬的乳头，听到她发出轻微的呻吟，呼吸也越发急促起来。

我离开唇，用舌尖轻舔她的耳郭，慢慢滑下，吻着她的脖颈，锁骨，再往下，一只手抚摸着她的乳房，舌头在她另一个乳房上慢慢画着圈，向中心点靠近，终吸允住她已坚挺的乳头。

我还往下，她的小腹这样的平滑。再往下，绕过花园，吻着她的腿，一直吻向脚趾。

她一直紧夹着的腿正在慢慢放松。我已经能够轻轻地向两边分开，我把她的脚举起一些，她任凭我顺着她的脚心开始延着腿的内侧往上，在即将到达花园前停止了，我看见了她花园的露水。

丰腴的花园，真的太像水蜜桃了，带着曲线高高地隆起，这般丰满，花园的芳草不多，弯曲地贴在娇嫩的乳白色肌肤上。

我略有些疑惑，只是一闪，想起了小黑子的教诲，小黑子说没有经历过性的女人芳草都是卷曲的，检查的另一个方法是眉毛，怎样拨弄都会迅速舒贴地恢复原样。经历过性事的女人芳草会翘起来，性事越多的人芳草还会乱糟糟，昭示出零乱，眉毛久久地才顺溜甚至根本无法恢复。

我放展了她的腿，把她的两只脚左右分开。她是如此依顺，只是控制不住地呻吟。我轻轻地趴在她的身上，双手捧住她的头，又一次深吻，吸吮她的舌头，她的舌尖不再温热而是开始有些微凉，呼出了带着甜味的气息，呻吟越发急促，两条腿开始扩张了，花园在高挺，我知道我该进入了，必须进入她的身体了，要不就会对不起她了。

我的英雄感受到了她花园口的湿热，我要进入，第一次英雄访问。我以为她准备好了热切地欢迎来访，没想到她一下推开了我，猛地坐起身来，显得极度紧张。

我顺手又把她扒倒，趴在她的身上，她紧夹双腿，气喘吁吁地说："别……让我想想，这是我的第一次啊，有多疼？"

我承认我怔住了，停止了。

看着她又一次双手掩面，竟流出泪来。

"第一次？"我大口喘着气，只想立即进入，"什么第一次？是说跟我吗？"

"什么？"

"大眼灯呢？"

"什么大眼灯？"

"军长的儿子，那个追你到北京上学的混蛋！"

我一下就想起了雀儿一姐告诉过我的大眼灯，在河边小树林把上高中的槿熙给办了的人。

她好像也想起来了，松开捂脸的手掐住了我的脖子，喊道："方翔！"

她穿好了衣服，当然算是衣服，背对着我戴上胸罩，把很典雅精致的内裤套住臀部，我看见了她白皙皙屁股上的一指痕，是我留在上面的。激动戛然而止，是我，也怪她，为什么要提到"第一次"呢？

她弯下腰要从地上捡起浴衣，如此修长笔直的玉腿，浴后盘起的长发散落下去，我开始明白为什么文人把长发形容为黑色瀑布，真的很撩人心魄。

我希望是我错了，我丝毫没有在意她是不是听上去有些别扭的处女啊，只因那一刻她担心了，或者希望更美好，也许女孩谁都忘不了自己的"第一次"，可真值得纪念的并不多，小说里的人除外。

就这样想着，我承认是我错了，我一直后悔跟雨婷的第一次没有在床上撒满花瓣，缺两杯红酒和一曲迷人的音乐。我不是想好了，如果再有真正的爱一定要补偿回来吗？

我是怎么了？对，我一定想起了她藏在钱包里随身携带的杜蕾斯。不管是不是第一次，她原本都没准备给我。

我差点从身后抱住她以示歉意。

"你为什么总提大眼灯？"她光着脚在找鞋，"小却告诉你的吧？"

"我知道你很多不知道的。"

"切！"她冷笑了一下而不是惊讶。

"切什么？"

"大眼灯是王小却的第一个男朋友，我也是才知道刘姐跟别人好，庄总是一个职业经理人，为高阳董事长尽心尽力还尽责一定要推出我，是因为杜院长一定要把汽模专业办起来，不想毁了望族大学！"

"你说什么呢？"

我是想说不知道她在说什么，突然一片混乱，因为她的话语信息量太大了。

"打手机你不接还老不在服务区，刘姐发短信告诉我说你会来找我……"她突然委屈地想哭，"是我太贱了！"

她光着脚咚咚咚地走向门口，在门口找到了她的鞋。

又是咚的一声，她使劲地关上了门。

我真的陷入了混乱，想梳理出头绪，小腹一阵胀疼，而且要抽筋。英雄崛起的时间太长了，没有进入花园，这种生理反应太难受。

躺在床上，把被子蒙上了头，闻到薰衣草的余香，我感觉到一阵酸楚。这该是雨婷的味道，总是害羞又娇声的雨婷，她的花园像槿熙一样有着淡淡的芳草，无论碰一下她身体的任何地方就会露水涟涟，脸上红晕一片，酥软地捧不起来。追忆着她的呼吸声，我闭上眼睛，雨婷复活了，我吻着她软软的舌头，像是进入了她温暖的花园，一阵麻酥酥，终被电流击中……

不知多久以后，睁开眼，不知道是几点，灯还亮着。想了好一阵，我才想起这是什么地方，看了一眼表，八点十分，一下却不知是早上还是晚上。

坐起身，看到床头旁电话机上来电留言的指示灯亮着，头昏沉沉的，没想拨回酒店的电话服务。走进卫生间洗了澡，刷牙的时候看见镜子里的自己，仿佛一夜苍老了许多。跟雨婷一起起床的早晨，好像老是更年轻，一脸的精神焕发。

没有手机真的挺好，整个世界一下就安静了，老是想着做点什么事儿，突然不再有任何信息，不知道是遗忘了世界还是被整个世界遗忘了，如此寂寥，真的没有什么不好。看来要想烦恼，拿起电话就行了。

没有衣服可换，旅行包丢在了出租车上，手机安息在西湖，胡子也不能刮，一夜就成了阳刚中充满疲惫的男人。上大学开始，我还从来没有不一天换过一次内衣外衣，夏天要两次，有时候旷课仅仅是因为受不了教室里的味道，谁都能辨别出的奇异味道，夹在汗味中精子的气息，从高中的教室就开始了。

出门的时候我看见了电话机的灯亮着，显示有留言。犹豫了片刻，拿起了电话，按了 # 号，想听听槿熙说什么，是忏悔还是爱，还是一经开始就再也收不住的抱怨。

不是，总机小姐很难为情支吾了半天，还是转达出一个姓刘的女士留言，作为杭州五星级酒店必须满足为客人提供一切合理又势在必行的服务，刘女士一共留给我两句话，第一句是：你是个混蛋。

"第二句呢？"我问。

"对不起。"

我淡淡一笑，"就这两句？道歉接的也太快了吧？"

"不是，'对不起'这句是我代表酒店的。"

"那……刘小姐的第二句呢？"

"刘小姐的第二句留言是：你懂的。"

懂你妹呀！

我想说，不能说，不能对提供热忱服务的酒店说，也不能对刘思雨这样说，一是传达不过去，二是她比我还辛苦，证明了谁想帮助别人都是可喜可贺令人敬仰的，唯在别人的"爱情"这件事上别插手，必遭伤害。

我打车到了机场，只为一件事痛苦，就是打开自己的心结，即便雀儿一姐骗我，"大眼灯"才是那个在河边小树林把她给办了的人，比起美国女孩的"第一次"通常是在汽车里玩车震，她可是不甘落后，不在冷冰冰的钢铁机器里，而回归大自然的野炮啊，太他妈牛逼了，天下多少女人的幻想。雨婷在被我开发变得放得开之后，有一次对我说，她上高中的时候就梦想她将来的老公又帅又有钱，她下班回家老公躲在门后，一进屋就被老公搂住抱上床撕开衣服扯下内裤一番大战，之后对她说："老婆，吃饭！我都做好了！"

女人骨子里都有一种野性，无论真纯还是看上去很纯，只是笨男人开发不出来吧？在酒店那一刻，我是不是期待赵槿熙撒回野，翻身骑到我身上，双手掐住我的脖子，而不是一身心的怨气羞怒离开？对她我总是很笨。我记得雨婷只一次的话语是经过一夜四次的早晨，我们俩溜进厨房做早餐，主要是渴了，她话语刚落，我就把她按到餐桌上，她趴在餐桌上腿有些抖，源于激动万分吧。完事以后，她充满幸福饱含无力百思不解地说："我怎么像个荡妇呀？都是你！你太坏了！"

小黑子总悲哀地说我不够坏，所以将来也接不了花舍香榭的班。他错了，我老爸也错了。我错了，槿熙你也错了。不管"大眼灯"在小树林办的到底是谁，你钱包里的玩意儿总是真的吧？那一刻我已不知对与错，你又何必纠结真与假，爱就是爱，天下之爱哪有对与错啊！

跟我最亲的人都错了，包括妈妈不该带着伪装到图钢来，尽管您一定会说电话里不方便也说不清楚。小妹也错了，虽不如你，可你知道哥还算有些"思想"的叛逆，你肯定知道就该告诉我，而不是让妈顺水推舟假装来看我还给我过生日。杜海也错了，你丫想用汽车模特专业冲击让你恨之入骨的当代教育，还想通过"望族天使"改变大学与集团的关系，望族跟你有个屁关系！只有庄已泊是对的，他掌控着几亿资金为高阳做事，拥有是锯就掉末的收获，财富与社会资本双丰收，所以才从容。我们招生学校不给一分钱，靠本爷花钱支撑还他妈的一再被伤害！我要驻守图钢做我想做的事，只是对抗我老爸，与爱再无关！

这世界太多时候，为什么该对的人都错了，而错的人却他妈的都是对的？

登上飞机想睡一会，飞图钢国航用的是波音二〇〇老型飞机，对于腿长的我来说真是太挤了。我拿起一份不知花了多少心血才能送上飞机的《图钢日报》，除了头版头条告诉人们市政府又开了什么利国利民又利己充满政绩的会，其余的全都是一个歹徒持刀闯入幼儿园的事儿，再看头条新闻，原来政府也是为加强安全防范开的会。没有什么我喜欢的，除了招生，我好像已经不知道想关注什么了。

轻轻地叹了口气，又想起她。

我的爱，真的还在吗？我肯定不会从了老爸的愿，花舍香榭与我再无关，除非老爸像雨婷那样突然被查出什么不幸得了脑癌，我会谁都拦不住地去真正接管吗？

不可能，老爸虽然用脑过度，恰恰不会在脑袋上出问题，身体棒得很，又特别关心健康，对所有长寿的消息都会心存感激。我估计我老爸能活到一百二十岁，假如有一天我非接班不可，等我干到干不动，不是退休就是启用我的墓地，老爸可能还活着呢！他有时候两眼会迷茫地看着北京，可能不明白为什么盖了那么多房子，而且从一开始价格还是卖得太低了吧？

不可能的事就不去想了，我把市委书记和市长视察图钢幼儿园和中小学的新闻照片蒙在脸上，睡着了。

还好，飞机没有晚点，走出机场，一眼就看到我最不想看的许大鹏，不知道他在接谁，莫非歌德耐尔的校长到图钢来了？

"方老师？"

3

许大鹏满脸带笑，像是刚中了五千万彩票，我在歌德耐尔做辅导员的时候就知道"五千万"正是歌德耐尔每年要还银行的贷款利息。要说歌德耐尔怎么跟望族大学比？杜海说望族汽车去年就卖了两百个亿，而高阳的目标是十年之内要达到一千亿，还要让望族汽车跑遍全世界，最大不可告人的理想是有一天把丰田汽车收购了，让日本人给中国农民做拖拉机，我们要建设社会主义新农村快六十年了还没弄出什么模样儿，所以索性不建开始"城市化"了，那哪儿行？杜海说高阳为了让十三亿中国人更好地拉尿，还想让丰田制造马桶呢，跟我老爸的想法差不多，老爸总想找一个日本娘们到家里来当保姆，自从诗诗细心地向老爸介绍了苍井空之后，老爸羞红了脸再也不提日本女人了，以为日本女人年轻时都是干 AV 小姐的，就跟他到欧洲，傻乎乎的欧洲人以为是中国人都会李小龙的工夫呢，哪儿知道中国工夫是窝里斗。

许大鹏迎上来，我赶紧回头帮他看。

"方老师找谁呢？"没看到人，我又转回脸，问："你接人？"

"是啊，接你。"许大鹏笑着说。

"接我？"

"我就知道你会坐中午到的这班飞机，从杭州一共就两趟，方老师不会坐晚上的，下午要进中学的班里招生宣传，上车吧！"

"等一下！"

"佑佑闹肚子去厕所了，昨晚玛丽的饺子吃多了。"

我有些云里雾里，"大鹏，你是来接我？"

"我在图钢可没有方老师这样的同学，想让玛丽也给我介绍个班主任，进班招生成功率太高了，学生都听班主任的，谁说都不好使！"

原来是这样，佑佑大步跑过来。

"赶紧带鹏哥去吃饭，说好了两点到学校！"佑佑看着我又转向许大鹏说："鹏哥，学校旁边有饭馆吧？"

"有！"许大鹏说："我一点半约了人，把你们送到就回去，方老师，请吧！"

我坐进了许大鹏租来的奥迪，佑佑坐到前面。

"鹏哥，我熙熙姐拿到冠军来图钢你得请客！"

"一定的！"许大鹏从倒视镜里看着我说："'中华小姐'到图钢我们全受益，酒店还不挤疯了？高中生是星就追，我们学院在杭州的招生老师说可不得了，去的记者有一千多，图钢所有媒体都去人了，按北京奥运小姐做的，只是没这么说，叫了'中华小姐'！方老师，你们望族大学这回可不得了了，冠军什么时候来？八号准到吗？"

"鹏哥，说好了啊，"佑佑大声说："见到我熙熙姐你必须道歉！"

"是赔罪！"许大鹏也大声说："我都准备好了！"

我刚想问，韩佑回头朝我嘘了一下，打开手机。

"却姐？接到了，好的！"她回过身把手机递给我，"小却姐找你！"

我迟疑了一下，接过来手机，一边看着韩佑，还想着她刚才说让许大鹏向槿熙道歉是什么意思？

韩佑向我眨了一下眼，意思是让我快接，还有一层意思吧，让我相信她，我们才是一伙的。当然我相信她，这是一种沟通。

"喂？喂？"雀儿一姐喂喂地叫着。

"什么事儿？"我淡淡地。

"什么事？"她像是被惹毛了，有点气急败坏地说："你说什么事？幸亏你回来了！定好了两点到学校，可你妈要见你，她三点的飞机要回北京，怎么办？"

"那就回呗，"我说："你在哪儿呢？"

"在你妈的酒店！"她说，不知原委的人听到这话还以为骂人呢，她没这个意思，说："你妈在打电话，我在门口呢！那我就打车过学校去，不管你妈了？"

一口一个你妈，听着真别扭，"王小却，你就没点儿礼貌吗？喂？喂？"

我也气儿不打一处来地喂上了，她好像没听。

"嗨！"许大鹏都听见了，摇着头表示叹息，说："佑佑，那班里能当模特的不会太多，记住给我招啊，报到一个给你们三千！"

"你找谁？"手机里传来很激动的声音，雀儿一姐都变调儿了。

传来嘟嘟嘟的断线声，她把手机挂了。

我生气地把手机伸过去，韩佑一头雾水，"她给挂了？"

"有多少学生？那班主任怎么说？"我问。

离学校大门还有些距离，许大鹏停住车。

"你们走过去吧，那边调不了头，我从这里拐了。"

我下了车，他也下来了。

"方老师，我们互通有无吧！"他伸出手，"我们招一个学生给四千，听佑佑说你们学校才给八百？"

我笑笑，握住他的手，"你进展得怎么样？"

"图钢职业学院的那个王宏民挺厉害，地头蛇，关键是他们二年级就可以到乌克兰去实习，整个儿招低价劳工呢，还有个酒店管理专业，二年级也去酒店端盘子还他妈的叫游学，把大学办成劳务市场了！"他情绪上有点愤愤，可脸上还挂着笑，"我抄他后路了，今天上午就拦了一半到他那儿咨询的，想跟我玩儿？扯！"

我松开了他握住不放的手，"大鹏，好自为之吧！"

"她干什么呢？怎么不接电话呀？"韩佑气嘟嘟地说，看见许大鹏上车，"鹏哥开慢一点，谢谢了！"

奥迪开走了，向右拐，韩佑还扬着手。

我把她的手拉下来，"说说情况。"

"我饿了，把玛丽姐的饺子全吐了！"

"喝多了吧？"我扫了她一眼，"你们唱到几点？"

"天亮了，这边不到五点天就亮了！"

"你说让许大鹏向槿熙道歉，到底是怎么回事儿？"

"听我慢慢跟你说，先吃饭吧，我饿了！"

跟班主任定的时间是两点，现在是一点四十，有足够的时间吃下一碗面条。我要了肥肠面，韩佑点了牛肉辣面，我们坐在窗户边的座位上，能看见马路对面学校的大门。

"江老师说学生在教室午休到一点半，让我们两点钟进去，三点毕业班有大会，只给我们半小时的时间介绍学校和专业，明天假期结束就再也进不去了，因为幼儿园出了恶性事件，虽然没发生在这里可管得很紧，任何人都不让进的！"

"那我们怎么进？"

"跟江老师说好了，你是她弟弟来图钢出差，看江姐一眼就走，高三的班主任跟学生一样像是关监狱里了，班主任比学生还苦呢！"

我同意。

"道歉是怎么回事儿？"我还是放不下。

"一两句说不清楚，我晚上细细地跟你说吧！等一下！"

她的手机响了。

"杜院长？"她看着我，"在，你等一下！"

她把手机伸过来。

我接住，她磨叨着，"怎么找你都打给我呀？"

我白了她一眼，把手机贴向耳朵，"杜兄？"

我习惯了叫他杜兄，杜海也习惯地说："臭小子，你有病吧？"

"我手机丢了。"

"你是魂儿丢了！马上去机场见诗诗，她在图钢下机，停一小时飞俄罗斯！"

"不行，我马上要进学校。"我不无奇怪地说："她不是在延安吗？怎么又去俄罗斯了？"

"这有什么奇怪的？延安是中国闹革命的圣地，可鼻祖在莫斯科，诗诗她们没准儿还从莫斯科飞德国在红五月去朝圣马克思呢！你不知道五个犹太人改变了世界吗？"

"打住！"我赶紧说："诗诗有什么事儿？我没时间。"

"听着！"杜海咆哮着，以他的性格不把想说的话说完是不行的，他始终认为是男人就不会撒一半尿给收住。"第一位是摩西，他说一切都是法律。第二位是耶稣，一切都是苦难。第三位是马克思，认为一切都是资本。而第四位是弗洛伊德，一切都是性。第五个大宝贝儿是爱因斯坦，告诉我们一切都是相对的！"

"爷，你要说什么？"

"让你小子记住，路就是梦想，认准了就别管它有多远有多难！"他好像很生气，"高阳为什么能成功？就两个字：坚持！"

"谁惹你了？"我不屑地说。

"改变中国的应试教育就看民办大学了，民办大学就看高阳了，而望族大学就看我们的了，我们的理想能不能成功就看汽车模特专业办不办得起来了！你丫连墓地都有了，你爸还没混上个政协委员，你们家从你爸往下八代也不缺钱，你爸缺社会资本，你缺梦想又缺德，想跟我干就记住那五个犹太人，还得记住要招五十人才行！要是想当 CEO 就滚蛋别给我添乱，你打学校的老师还他妈的打两次！"

"你知道了？"

"去找诗诗拿你的委任状！"

他叭地挂断了电话，而我把手机拍在桌子上。

"干什么呀？"

手机散了，韩佑哭了，我真的怒了。

"操他妈的！"我拿起手机狠狠地摔在地上，"不招五十人我誓不为人！"

韩佑哇地哭了，蹲在地上边哭边找着她的手机零件，全是碎片。

碎片一地。

我被激怒了，尽管我知道他用的是激将法，可杜海完全合理应用了所有素材和条件，把我梳理到他需要的方向，等待着我的爆发。我如他所愿地爆发了，在燃烧的过程中我发现我真的是放不下槿熙，这个追我魂魄的人！

我冲出东北面馆，韩佑惊慌失措又泪眼蒙蒙地追出来，她并不怕我疯了跑了呆傻了，我知道她肯定没钱了，丢了我她可能连公共汽车都坐不了，所以紧跟不放，还一边哭着一边说："我不进去了！高三九班，班主任是江姐，记住了身高不够当不了模特的女生可以到歌德耐尔美少女学院，全是国家计划内统招本科，二年级时最差的可以到中国移动客服中心实习，喜欢当宅女的就去高速公路收费站，起薪最低五千！愿意出国的就去美国迪斯尼，还有法国罗浮宫，要不就是意大利，去给中国游客讲解比萨斜塔！"

她一口气喷射着说，兴许就是来机场接我的路上被许大鹏培训得滚瓜烂熟。

我停住，回过身看着她。

"一个学生鹏哥给我们三千！"她忘记了痛苦，抹了一下脸上的泪，"三千啊，鹏哥说招一个就是一部摩托罗拉！"

"你告诉许大鹏！"

"告诉他什么？"

"摩托你妈！"我运了口气喊。

我太了解歌德耐尔了，跟望族大学一样，为了多招学生遮人耳目地还办了"自考"专业，"自考"算什么？就是"自学考试"，而"自学考试"不需要上大学，学校不过是"助学机构"，像电大、成教一样，国家因文革荒废了教育而歉疚才兴起，主要是为"老中青"领导班子的"第三梯队"解决学历问题的！

因为雨婷读的就是自考专业，我因为雨婷才研究了"自学考试"，恍然发现在北京的通过率只有百分之三十，不是平均只有百分之三十的人可以考过，而是这百分之三十是由政府控制的，一是不相信，二是不希望有这么多"大学"毕业生教育经费没法要了，第三也更关键的是，北京控制人口岂能允许以教育的名义膨胀造次？每年几十万人考试只能有百分之三十的人通过，数字从一开始就是被限定了的。雨婷第一次考马克思主义基本原理概论考了五十八分，第二次考了五十九分，她不可能被"通过"，因为试卷老师手里的"指标"有限啊，当我把"玄机"告诉她的时候，她快疯了！

她没有疯，雨婷没疯，她患了脑癌。

我总觉得雨婷的死跟"自考"有关，她至少是被歌德耐尔学院利用教育制度给害死的！

我快步走向图钢中学大门，韩佑步步紧跟。

"许大鹏为什么来接我？"我低声问。

"他盼着熙熙姐当冠军啊！"她快步随上与我并肩而行，"我跟他说了槿熙拿总冠军当上'中华小姐'之后会来图钢，他说太好了，这才愿意让我们也帮他招生，他们给钱多，也可以互相帮助啊！鹏哥说不管什么学校，招生这活就不是人干的！"

"是吗？"我总觉得许大鹏有阴谋，这话没全说对，要不他干吗不仅还干而且干得激情四射又斗志昂扬呢？

这个玄机在哪里？

我想我会弄明白的。

离大门还有三五米远，一个老头和一个保安扬起手来阻止我们。

我没停，走上前，保安迎了一步，用警棍指着我，"站住！"

"我们找江老师，"韩佑忙说："高三九班的。"

"不行！"

"江老师是我们方老师的姐姐，"韩佑满脸带笑地说："是表姐，方老师跟他表姐约好了来看她，好多年没见了，来图钢出差见一面就走，我们还要赶火车呢！"

"说不行就不行！"老头也上前两步，"学校重地，闲人免进！"

"大爷，"我看出有点麻烦，尽量弄出笑容，"我们不是闲人，来看江姐，真的约好了，不信请您打电话问一下？"

"后退！"保安呵斥道："都往后！"

"怕影响上课？今天就是复习啊，没有课。"韩佑看着我，"要不你一个人进去吧，我在这里等却姐，她怎么还没进来？"

"还有一个？"老头说："你们想整啥事儿？"

"赶紧离开！"保安又用警棍指向我。

我想我的脸色铁青难看了。

"瞎指什么？把那破棍子放下！"我羞恼地说。

韩佑上前一步挡住我，怕我的邪火还没撒完，说："好好好，我们不见就是了，干吗凶巴巴的？他可是跆拳道冠军，好几段呢，不跟你玩就是了！"

她转回身，向我使了个眼色。

我们只得离开了，顺着围墙向东走。

"别回头看他们！"我压着声音说："我们从东边围墙向北边绕过去！"

"你也这么想的？"她忽然显得兴奋不已，"从东边翻墙进去，多像特工，出其不意，他们看不见！江姐说九班在一楼最东面，正好！"

我在前，她跟在我右后侧翼，我猛回头瞄了一眼，她不像电影里的特工倒像话剧里表演夸张的贼，把我弄得也显出了贼模样，一点也不可笑。

"拜托你好好走，别左右乱看，正常点儿行吗？"

"你别回头！我盯着马路和后面看有没有人注意我们！"

"那你也不用往左看，左边是墙！"

"万一墙里边有人跟踪呢？"

我简直无语。

拐过弯，如果保安和想必两眼昏花的老头一直盯着我们，现在就真的看不见了。围墙东边不是小树林一类的，是一个建筑工地，准确地说是建筑工地的料场，几幢要带着未来业主刺入云霄的高塔公寓在远端，还再往东一些。

我边走边寻找着方便翻墙的位置，可以大声说话了，就说："让许大鹏跟槿熙道歉是怎么回事儿？"

"回头再说吧！"她还四下看着，"江老师说学校有规定不让进校搞招生宣传，高考结束填志愿前市教育局会统一组织咨询会。江姐痛下决心让我们进班宣讲，也不是全给玛丽面子，江姐带的是艺术班，买练功服一类的东西都是从玛丽姐那里进的货，肯定没少吃回扣！她只让你进去，因为我和却姐都不像老师，只给你半个小时，还剩下二十分钟了，快一点吧！"

"佑佑，我记得你跟我说过别让槿熙到图钢来，现在又让许大鹏跟槿熙道歉，到底是怎么回事儿？"

"还不是那天晚上在酒吧斗酒斗舞，回头跟你说！就这里吧，前面就是教学楼了，你从墙头出现，人家还以为超人来了呢，你能上去吗？太高了一点！"

"我踩你的肩膀，这墙有三米呢，你还真以为我是超人啊？"

她不说话了，揉了揉肩，把背包拿下来，蹲下身。

"要不你踩我肩膀上吧？"我说。

"不行，江姐只让你去，她们班全是女生，都等着你这大帅哥进教室发出尖叫呢！快上！"

我小心地先把一只脚试探性蹬在她的肩上。

"放心吧！我是学体育的，校篮球队的中锋，撑住你没问题，快上！"

我放上了第二只脚。

她慢慢地起来了，我俩都扶着墙，可以借点力。

我看见了校园，很不错的中学，静悄悄。也只有高三的同学在五一假日还在学校吧，可怜的高中生。

我运了口气，准备爬上墙头了，她在喊："等一下！"

我低头看，她慢慢举起手来，把挎包扔给我。

"里面是歌德耐尔学院的招生简章，鹏哥给我装的，拿着！"

"有病吧？我跟贼似的越墙而入还帮他们宣传？"

"我们在望族大学就是后娘养的，就是没娘的孩子！鹏哥说我们根本不懂招生，集中在一个酒店看着都是对手，实际上一联手就是朋友！给歌德耐尔招一个鹏哥就给三千，你傻呀？干吗都要你花钱？高个美女我们要，不到一米七的就送给鹏哥，快一点，我撑不住了！"

我看她高举的手，无奈地拽住背带。

我把挎包背上肩。

"我数一二三，听好了，"我运了口气说："一、二、三！"

我弯了一下腿，她屈了一下身，配合得天衣无缝，两个人都用力过猛，我本想一只脚先跨上墙，结果韩佑太有劲儿了，我随之跃起长腿上墙，根本没在墙上停住，稀里糊涂就翻过了头，从墙上滑落跌进墙里，重重摔在了地上。

还好，是一片草丛。

"抓住他！"

我还没有爬起来，至少有六只手把我紧紧地按在地上。

我闻到了草味儿，不是薰衣草，没有薰衣草的芬芳，一股尿味儿刺鼻而入，我要窒息了！

"雪豹雪豹！墙外还有一个同伙，抓住她！"

"雪豹收到！快！冲过去，别让那女的跑了！"

我的双手被反拧住，胳膊要折了，两个肩胛骨撕心裂肺地痛。

第十三章

1

我突然明白了什么，没想挣扎，如果不是用力过猛翻过了头从墙上栽下来，一直在围墙里面跟踪我的三四个保安未必摁得住我，更别说让两个小个子保安在我身后一左一右拧着我的胳膊了。

我不想太出丑，把脸尽全力扭向左边，不想让教室里的学生从看警匪片演变成了搞笑动漫。我随时都可以把两个很有成就感的家伙撂倒，也能够迅速借着足够的助跑距离跃到墙上，可我不想让前边校门里全副武装的警察用微型冲锋枪把我像只大鸟儿似的给打下来。

我看上去被限制了自由，比被关在教室冲刺复习等待高考、挤在玻璃窗前的高中生更可怜，刹那间我就有了如此悲哀的想法，尽管窗里和窗外的人认识不一定一致。

警察不是来得太快了，是他们一直在校园里，躲在校大门的后面守株待兔，预防突发事件是显而易见的目的，不可告人的是领导者的政绩吧，我要是知道学校里面有警察而且是全副武装的警察又何必呢！

用力过猛，不仅仅是身体上，包括爱是不是都有些用力过猛？而且太追求完美了？这是我现场的第一个小结。

警察上来了，依然提防地看着我，尽管他手里有枪，而且指着我。

"你有权保持沉默，否则每句话都将变成遗言！"

东北警察显然比南方的警察彪悍多了。

我被押上警车，警车也一直藏停在校门里边，我不仅被戴上了手铐，还戴上了头套。警察不太有经验，两个窟窿眼的头套一只眼给挡住了，弄得我只露出一只眼睛。杜海用"第三只眼"看世界，而我成了"独眼"，用一只眼睛看见另一个警察从韩佑给我的挎包里搜出一把刀，不是遮蔽锋刃的弹簧刀，是明晃晃的匕首，有半尺长。

我"啊"了一下，还没反应过来，一个拳头猛击我脸，打到我鼻子上，像我揍江哲一样。

我终于明白了"出来混总得还"这句话的全部含义。

我像江哲那样吽吽吐着，只是我不能像江哲那样能看到自己的血。

被关进了屋子，黑屋子，既没有窗也不开灯，我摘下头套什么也看不见，只听哐的一声，还是铁门，锁上了。

我知道事情的严重性，开始归纳信息。在去杭州之前我就从电视上看到了新闻，全国人民都知道一个歹徒持刀闯进幼儿园杀害好几个儿童，教育部、公安部联手发文对全国的幼儿园和中小学加强防范，杜绝此类恶性事件再度发生，我是撞到枪口上了。

怎么会有一把刀呢？许大鹏在给韩佑装歌德耐尔招生简章时还放进去了一把刀？

鼻子和半张脸麻木着，我在麻木中突然笑了，我知道该有人比我还倒霉了，警察一定根据从挎包里搜出的歌德耐尔学院招生简章的线索，现在已经把龙腾大酒店里的许大鹏和他的招生师生团队给合围了，要不警察怎会不马上审讯我？

韩佑逃脱了吗？呵，她打过篮球，腿长跑得快，身上一分钱都没有的她会怎么办？十二年小学、中学、高中外加近一年的大学曾有一堂课教过她在尴尬的处境中该怎么办吗？谁来教一个身无分文又惊慌失措的美女在一个陌生的城市该怎样怎样呢？

我突然如此牵挂韩佑。

她如果能在最短的时间找到雀儿一姐就可以找到我妈，资深美女和两个半脑残美女会怎么做？她们可能连我的身份都说不清楚也达不成统一，我到底是过去的花舍香榭品牌总监，现在望族大学的老师，还是网上已公布的花舍香榭 CEO？

别说她们，连我自己都说不清！

而这回不比在江城，不比在杭州，一个包里藏匿尖刀、翻墙跃入校园的人首先必须把"我是谁"说清楚，可这他妈的有多难！

"我是谁"真是一个哲学问题，我一直以为我离"哲学"很远，这回近了，必须面对了，三个老少美女来到公安局与我的口供必须一致才行，她们达成共识了吗？我是望族大学到图钢来招生的老师，还是花舍香榭地产的二老板？

我千万别在这个河沟里翻船，今天还是我的生日啊，我勒个去！

居然一直没有人提审我，反而让我真的害怕起来。在黑洞洞的屋子里我开始换位思考，对图钢市政府或者公安局从政绩上来说，是没有发生有人持刀闯入学校好，还是在谁谁谁的领导下措施得当，果断挫败了一起恶性事件成果大？这个"谁谁谁"在向各自的上级汇报时会形成一个政绩链，从图钢中学校长到市教委主任、从辖区派出所到市公安局长。图钢中学所在的街道办事处也不会闲着，区政府也有了光环。坐在市委大楼的会议室里，市长肯定一脸严肃地阐述分析事件经过，作为老大的市委书记端庄地听取各方汇报，偶尔接句话，在询问中提示警车抓人后，在公路上是否通畅？肯定顺便把公安交通部门也给予表彰，然后集体皆大欢喜，所有带上光环的政绩拥有者都长出了一口气，彼此安慰鼓励一番，市委书记就可以代表市委市政府向省里汇报了，省里不耽搁地向国家教委和公安部汇报。我不是又想起了潘金莲为什么要开窗户，是立即深刻解读了《小公务员之死》的中国当代版，如果我是一个勇于担当又有足够责任感的人，该不该立即自杀以谢罪政府和人民，包括老爸老妈以及我爱的和爱我的亲朋好友们？我就在图钢被火化了，会是谁抱着我的骨灰盒把我放进墓地终跟雨婷又在了一起？老妈还是小妹？有可能是槿熙吗？

越想越害怕。我开始明白人只有在不可逆转的困境或威胁时，才会有真正深度又广度的思考，于是就会后悔，后悔为了欲望而奔忙，一切都是何必。

我差点就变成了一个消极的人，不是因为实在无事可做，而是无论什么结果都期待着它早点来。让暴风雨来得更猛烈些吧，那是高尔基想象中的海鸥，作为差点被当只大鸟从墙头打下来的我，只希望早点出去。

传来零乱的脚步声，然后是一个个关铁门的声音，还传来许大鹏的叫骂，"方翔我操你妈！"

我不再想发笑了，我想杀人。

"姓名？"

又来了。

我他妈的做什么了非得重复着向警察一遍遍地告诉我叫什么我是谁?

我以为会问很多,没有,警察甚至不问我翻墙进学校干什么,刀是从哪儿来的,因为他们已经有了结论。这不是派出所是公安分局,我马上明白了他们只是履行程序,让我在审讯记录上按了手印之后把我带出了审讯室。问题严重了,三辆警车停在大院里,我被推上警车,突然明白这是要去哪里,要被送进看守所。看守所不受拘留二十四小时以内限制,那里几乎是无期限的,可以关到检察院公诉法院判决之前。

事情会这么严重是我没有想到的,从三辆排列整齐的警车来看,他们认为是抓住了一个犯罪团伙,我一下想到根据我挎包里歌德耐尔学院有在图钢地址的招生简章,警察包围了龙腾大酒店,莫非从许大鹏他们的房间里还搜到了什么?

我被推上警车时回头向外看了一眼,看见了也戴着手铐的许大鹏和跟在他身后一串歌德耐尔学院的人,还有王宏民的远亲表侄女,只有一个,不知道是大芳还是小芳。如果是大芳就证明小芳跑了,如果是小芳就说明大芳逃了。

还好,没有看到韩佑或者雀儿一姐。她们一定都不在酒店,警察肯定通过许大鹏知道了我是望族大学的,可警察不信而且认定许大鹏撒了谎,我怎么会是望族大学的呢,上网一搜"方翔",铺天盖地都是花舍香榭执行 CEO 啊!我明白了他们为什么不审我而把这一干人送往看守所,因为二十四小时审不出结果,只因我的身份复杂,没准认定这是一个尚未理出头绪,逻辑上很混乱的大案。

警笛拉响,我一个人霸占一辆警车浩浩荡荡地开出了公安局大门。

这时我才注意到天早黑了,太阳早就下山了,图钢市倒也显得灯火辉煌,然后警车驶向了郊外。

我被推下警车,看见一道大铁门,不是公安局的警察在值勤,站岗的是持枪的武警。

图钢看守所。

我被关进一个不很大的房间,许大鹏他们拐向阴森森西边。

屋子里有七八个人了,奇怪的是看上去年龄都很大,而且都像是有身份的人,虽然显得垂头丧气,可一看都是干部模样。

我就在贴门的地方坐了,已经没地方下脚,屋子里一股恶臭,幸亏我中午没吃成腊肉肥肠面,上顿饭还是在飞往杭州的飞机上,国航的食物比不上海航的好,我没要牛肉饭要的是鸡肉面。零点后也没吃成意大利面,我喂过槿熙,没顾上自己吃,事情就发生了变化。

"你是哪个局的？"一个有些白发的人挪了挪身子，"这么年轻就犯错误了？"

"我不是图钢的，"我说："我是北京的。"

"北京？怎么图钢看守所也关北京人了？"他沙哑地笑着，只有笑的表情而没有笑的声音，可能对图钢也关押北京人有一种满足感。

"我是大学老师，来图钢招模特的。"有这样一个前辈挨着我说话是件幸事，要是跟许大鹏他们关在一起，一定会有一个人活不到天亮。我又补充了一句，"您和警察都误会了。"

老者依然笑着，用胳膊肘碰了我一下，"那你可不简单，无论北大还是清华的老师都跟上面有人的，谁会来帮你？"

"没人，我就是自己想来招生的。"我诚恳地说："想进班级宣传我们的专业，结果学校不让进还埋伏了警察，我就被误抓了。"

"你看上去不像一个爱撒谎的人，"他说："可谁信呢？"

"我真的没骗您，"我掏心窝子地说："我骗您干吗呀？"

"那我就信。"他伸了伸腿，问："你黑了多少？"

"什么？"

"想进北京上艺术院校二十万是起价吧？"他笑笑，"还没高考，还没填志愿呢，你行，动手早，这就让人给告了穿帮了吧？"

我看着他。

"教育资源太不公平了！"他摇摇头，"凭什么北京的考四五百分就能上好大学？你们还到图钢来抢生源？图钢这几年批了好些个独立院校，就是要拿国家教育经费，你肯定是让人给做了，不光是私下收家长贿赂那么简单吧？"

说心里话，我真的有些吃惊，可并没有理出头绪来，王宏民还是莫名其妙地蹦进我的脑海，难道他斗不过许大鹏就利用韩佑和我使了阴招把歌德耐尔给做了？

看来问题的严重性是真的，这世界上所有的事物都没有看上去那么简单。

"您是？"我试探着想问。

"别问我是谁。"他又碰了我一下，"你是党员吗？"

"什么？"我更听不懂了。

"不知道你的道有多深，政治背景是前提，别又骗我，告诉我不是，"他又伸了一下脚，不知道踹的那个人是何许人物，"这屋子里关的可都是共产党员！"

我惊诧不已，警察是怎么回事儿？怎么把我跟他们关在一起？

第二天中午我才明白。

我终生难忘一种哭声，五十九岁的老人之哭。他夜里一直在哭。

我想问他一些事儿，他也想说，他说："年轻人，你等我哭完了再告诉你。"

可这一切没有实现，我一夜无法入睡，不知道什么时候，也许天快亮，我才迷迷糊糊睡着的，可他再也没有醒来。他就挤在我的身边，头靠在我肩上，死了，死于心脏病。

"方翔，出来！"

我被带出来，穿过层层铁门，来到一道铁栅栏前。

做梦也想不到在栅栏外等着我的是谁，我一眼就认出了他，施八一的爸爸施老板。

"方老师？"施老板看着我。

我忽然羞愧得无地自容。

"你不能在这里面待着，"施老板把手搭在我的肩上，"我得把儿子交给你呢！"

"公子呢？"我显得软弱无力，很高兴他这样说，"是叫施八一，对吧？"

"他有新名字了！"他拍了拍我的肩，"你那个叫王小却的学生说，八一要是个女孩就赛过西施了，我听到她叫我儿子西施魔子，不算外号吧，西施魔子？有点意思！"

"噢。"我无话可说，"王小却呢？"

"磨着西施魔子去看飞机！"他显得挺自豪，很满足，"小却说她是班长，你的班叫天使班？"

"高董事长给起的名字，"我说："叫望族天使。"

"望族天使？好，就是汽车模特专业的代号吧？"他很高兴，"天使实际上是男的，西施魔子，望族天使，好！"

"施总喜欢就好。"我说，我知道雀儿一姐跟西施魔子因为我妈而对接上了，雀儿一姐一定是在酒店看见了来找我妈的西施魔子，才挂断了我的电话。

"小却那孩子很不错，我也希望八一将来找个媳妇是南方人，血缘越远孩子越聪明，将来我孙子继承我的企业。八一是我的独苗，太任性，就想当模特。"他显示一丝忧虑，"可我不想他们俩刚上大学就谈恋爱，八一复读也没考上，文化课老是差十几分，就是被那些丫头给闹的！现在流行女孩追男孩，像一团火，我跟你爸爸这代人可不是这样，听你妈妈说你爸当年追你妈追得好辛苦！"

"您见过我妈了？"我惊讶不已。

"见了！"他豪爽地说："我不跟你说好了三号要来找你吗？男人绝对不能失言的！这是原则，也是底线！"

"我记得，您说好了三号，也就是今天要带着八一来，"我苦笑了一下，"带着西施魔子到酒店见面的。"

"可我今天有事，内蒙古那边今年虫害多，我要带头飞过去洒药，九架飞机全出动！"他边走边说："所以昨晚我就去酒店找你，看见警察把酒店围了，从犯罪团伙的房间里搜出十几把刀来，把人全抓了，说第一个去探路的已经被逮起来了，哪知道是你啊！"

"真……真不好意思，"心很慌，脚发软，惊魂未定，更主要的是太饿了，没吃成看守所的有利于减肥的午餐。"谢谢您了！"

"那你得先谢小却！"他又拍了我一下，"刘局带着刑警队长抓人的，图钢虽然挺大，可头头脸脸的人咱都认识，我开始以为拍电影呢，那咱也能进去，这是图钢啊，就是北京林业部边上的饭店也跟咱家厨房一样！我进去了，刘局以为我来捞谁呢，晕乎得不知整啥态度对我，我一听抓的人哪的人都有，一人带着一把刀到图钢来还不反了？我就见不得来不来就动粗的，以为狗鼻子插两根葱就能装大象了？我态度明确，对人五人六的家伙永远别客气，那帮小子里挑头的那个都被打傻了！我上去找你，门关着，没人，打你手机，不在服务区，我就等，结果等来了王小却，还有这丫头！"

已经走出楼道，我得签字办手续，看见门口站着的韩佑。

坐上了奥迪，挂着警牌和内置警报器的3.2奥迪，我回过头看到七八个警察站在挂着图钢市看守所牌子下面挥手，当然不是送别我，是向有九架而不是我以为只有一架飞机的施老板告别。我差不多知道了，西施魔子的父亲承担着从东北到西北的植树造林工程，属于用飞机植树的政府项目。我想不仅林业部门口的饭店像是施老板家的厨房，可能空军大院在施老板心里也是他家的后花园吧，中国的领空都归空军管，不知道这位空军飞行员转业后没去民航开飞机自己当了老板，他做的植树还是一个爱心工程呢，又举手之劳算是为了西施魔子"营救"了我，让我肃然起敬。

我坐在后座中间，施老板在右边，一直打手机关注他的九架飞机起飞动态，好像要留一架还是他来飞。韩佑坐在我的左边，前座的保镖不肯到后座，副驾驶的位置是他的职责，我总觉得戴着墨镜的他从后视镜老观察着我，要么就是盯着韩佑。

韩佑一句话没说，一直在揉着我的手腕，那被手铐弄成红肿的部位，我好像戴上了两个红手镯。

她还眼泪汪汪。我轻轻地挪开了她的手，心头有些发热，韩佑真的让我感动，这是不曾有过的感觉。她固执地一只手依然握住我的手腕，一只手搂住我的胳膊，把脸靠在我的肩上。我没有办法再拒绝，她的安慰，多了一丝女孩的温柔，对我来说实属意外。

"方老师，不行啊，部里要求我带着飞，图钢机场不给指令，空司的朋友老逗我玩！"他又一边拨着手机号，一边对我说："我五天就回来，跟你妈妈说好了不能带你回去，接你老爸的班着什么急？又跑不了，我把儿子交给你了！我不陪你妈妈吃饭了，都安排好了，也跟小却说清楚，你们去教委补办个在图钢招生的手续，放心大胆地招，有我在你们什么都不用怕！那几个歌德耐尔学院的人，我来接你时也搞清楚了，他们到东北来招生有点害怕，所以每人备了一把刀子，可那也不行啊！那个许老师哭得哇哇的，已经受到了教训，民办大学也真是不容易啊，也放了。你们别惹图钢职业学院，那个叫王宏民的阴着呢，可也是为了图钢教育的发展，还好你没跟他起冲突，那小子在乌克兰自己搞了个厂子，乌克兰是过去苏联专门造航空母舰的，居然做不出暖壶来！儿子？带小麻雀去皇宫酒家，你们方老师在老爸车上，马上到！快点儿子！"

后面的话他是跟通上话了的西施魔子说的。

看见的情景感觉怪怪的，又见妈妈花了十万从第一夫人礼仪特训班学来的笑容，那样标准的甜美。那个专门蒙老板的学校连名字都不会起，什么叫"第一夫人特训班"？莫非后面还要开二奶和小三训练营？

妈妈没有看我，她像个小女生似的看着施老板，脸上荡漾着羞涩甜美的微笑，我突然对雀儿一姐在酒店遇到施老板之后的后来既好奇又关心，老爸看到此景定会妒火中烧吧？看来妈妈从北京到图钢既不是带着使命也不是娜拉出走，更像是娜拉归来。我猛地想起妈妈老说她崇拜军人，老问诗诗看你爸爸像不像个军人？小妹不是不喜欢军人，她讨厌一切穿官方制服的人，生气地说他就是个军人也是个没打过炮的炮兵，老爸羞愧难当地在排球场客厅像疯驴拉快磨地转圈，怎么也想不到、搞不懂他的宝贝儿女儿竟会说出这等无法讨论和争辩的话来。现在妈妈可是遇到了一个解救了她儿子的当过兵的真军人，而且还是个飞行员！

"施大哥别走啊？"妈妈用高费学来的软软的语调说："一起吃了再飞呗！"

"我那九头铁豹子嗷嗷的，刺进天空一下就戳上去！"施老板激情澎湃地说："大妹子别猴急地回去，我几天就回来，带你飞到靠老俄子边境那边去打猎，让你看看我的枪法，好好试试！"

"施大哥的枪法还用试？一看人就知道了不得！"

我勒个去，真听不下去了，我说："妈，快进屋！"

"请你叔叔进，他一夜没怎么睡光为你忙活了，妈得报答一下呀！"

"等我回来吧，要心思不在，不好！"他说完这话才觉得不太对劲，赶忙补充道："回来跟大妹子喝，好好整几杯！"

"你少喝点儿也没事吧？"妈还说。

我受不了了，怎么听着都像两个调情高手在调情，一如小黑子遇到他心仪的女孩就告诉女孩别把自己当好人，女孩哪知道他果然就不是个"好人"啊，可男的不坏女的还不爱呢！我气急败坏地说："妈，你以为开坦克呢横竖都不怕？施总开的是飞机！"

"那警察更不管了！"

"我的妈妈呀！"我无语了，"让施总酒后驾机？亏您真敢想还敢说出来！万一开到蒙古领空再让驻蒙的俄军听普京一声令下给打下来！老俄子才不讲这讲那的，咱也就是在歌里唱唱该出手时就出手，风风火火闹九州吧！"

这句话起了效果，妈妈不能再目中无儿了，可眼神还是有些眯眯地看着我，比我善于拐弯绕得还远地问道："妈妈怀孕的时候你在哪儿呢？"

"什么？"我大声叫起来。

"在我肚子里呀！一怀上你，我就知道你是不会让人省心的，害得八一昨天天都快黑了，看到韩佑就打电话把五一叫回来，"妈妈眯着眼神转向施总，"八一告诉我您的小名儿是叫五一是吧？"

"是，妮子，我小名就叫五一。"施总连我妈妈的小名都知道了，拍了我肩一下说："对妈妈要低声说话，她容易吗？"

我彻底崩溃了！老爸才爱对我这么说！

施老板还是走了，像是带走了妈妈的梦。雨婷带走了我的梦，唯一不同的是西施魔子的爸爸还活着，作为带机队长，八架飞机跟在他后面向西飞，肯定先是要向北飞，进入内蒙古的东边一直向内蒙古的西边，为万里人工植上的树林喷洒农药。

妈妈一直站在皇宫酒店门口往天上看，想看到天上出现九架飞机展示出的英姿，那才是真男人，尽管开的不是战斗机，也足以让妈妈敬仰。不知道老爸何时才会知道，知道妈妈到图钢来伟大的收获，老爸关系再广、人脉如云也不曾认识一个开飞机的，而且开的是自己的飞机，还不是一架，有九架。妈妈的心已经在天上了，真不知道发生了什么让她从此心系蓝天。

雀儿一姐和西施魔子还没有回来。妈妈叹口气，脖子有些酸了，脸色还显示着小女生爱上谁或被爱的潮红。我忽然有些感动，没有生妈妈的气，而且肃然起敬。可爱的妈妈，作为北京地产大老板之一的第一夫人，她几乎与世隔绝了，到图钢来见我还真像是一次放生。

"妈，包厢在几层？"

"那咱们就不吃了，去找一家东北小馆才好。"

"我走不动了，太饿了。"

"人每星期有一天节食才好，让肠胃休息，要不你进去喝一碗燕窝算了，我不回北京了，跟你房阿姨先回酒店，你三点过来。"

妈妈走向一辆白色加长的卡迪拉克，是施老板留下专为妈妈服务的车，司机为妈妈拉开车门，我看出妈妈参加第一夫人特训班真的有奇效，坐进车里的姿态显出典雅和高贵。

"我也饿了！"韩佑开口了。

2

我和韩佑走进了包厢，敢叫"皇宫"倒是名不虚传，所有的摆设和陈列都像故宫呢，就连椅子都是红木的。施老板要不是真的重任在身要上天，岂能耽误了这番用心良苦。

"你昨天怎么逃的？"我坐下，拉了拉衣袖，遮住手铐留下的伤痕。

"拦了一辆出租车，坐上去才想起我把包给你了，就是包在我这里也没钱，司机开了十米就把我赶下来了。"

"你知道我妈住在哪个酒店吧？"我说："也可以去找玛丽，车到了可以让她们付钱啊？"

"我全蒙了，不知道怎么救你，怕把我也抓进去，就钻进了胡同偷着看，看着警察往东墙那边跑抓我了，我现在看见保安都心慌！"

"你包里的刀是怎么回事儿？"

"还说呢！王宏民，就是二楼图钢职业学院的那个人，他怎么也斗不过鹏哥，他找来咨询的人也都给歌德耐尔的人截了！我知道鹏哥他们怎么挣招生的钱了，不光是卖考生信息，谁要是想读计划内交十万，不管哪个学校都行，他说有关系给弄进去，要是没录取就全额退还，收两万块的公关费，他还敢签协议呢！我们也争不过歌德耐尔，哪有鹏哥的本事呀！"

"往下说，那把刀！"

"你听着啊！早上我和却姐回到酒店，刚躺下没一会鹏哥就来了，说熙熙姐昨晚拿了第一站的冠军，鹏哥也高兴！却姐知道内幕，槿熙当然是要拿总冠军的，她很生气让我们出去说，她要睡觉！我就跟鹏哥下到一楼进了他们的房间。你猜怎么着？鹏哥有口碑，去年还真帮人办过好几个进了咱们望族大学计划内的，没办进去的也真退了钱，不知道那个圈子是怎么绕的，图钢的钱好挣所以才带着一个团队来这里吧，才不是两眼一抹黑呢！我坐了一会就看见他们收钱，你猜他收了多少？五六十万！鹏哥居然还在房间装了刷卡机！生人还不帮呢，都是去年进了计划内的家长介绍来的，估计也拿了好处，招生就是一笔生意啊，我说却姐她们班主任一边抱怨学校招生给的钱少还屁颠屁颠去招生呢！我弄清秘密了，望族大学去年在图钢计划内录取提档线是三百一十七，没招满第二批降分是二百九十五，家长哪知道够了分数就会被录取啊，还真以为是走了鹏哥的关系呢，狗屁，可我敬佩鹏哥！"

"刀呢？快说那把刀。"

"我估计王宏民对鹏哥这里的情况都知道，了如指掌，王宏民也是干着急，就是报了图钢职业学院的从二楼下来又进了歌德耐尔的门，公然脚踩两只船，再说谁知道今年录取分数线是多少？谁不愿意到北京上国家计划内统招的大学啊？鹏哥还在策划着高考结束后怎么把学生弄到北京去参观呢，也不知道是大芳还是小芳背叛了王宏民，告诉鹏哥要防着王宏民使黑，知道王宏民在找人要对他们下黑手，鹏哥就让大芳和小芳去买刀，每人一把备着防身！鹏哥说东北人特爱翻脸，给了我一把，是我自己装进包里的，鹏哥后来往里装他们的简章，还说进学校包里带刀不好，让我拿出来，我说没事，就急着去机场接你了！鹏哥一路上做我的工作，让我说服你跟他联手挣钱，卖望族大学计划内指标，都受益！"

"王小却呢？"

"我上楼后没见着她，打手机才知道你妈让施八一来找我俩，却姐先跟着那个被却姐叫西施魔子的去你妈住的酒店了，正在那里等我们。我饿了，能先吃点什么吗？"

果然就是妈妈说的，服务生先上了燕窝，而且是上品血燕，装在仿制皇帝用的那种器皿里，一共七套，原本是妈妈、施老板、我、雀儿一姐和西施魔子、韩佑还包括房阿姨的。韩佑掀开盖端起碗喝了，温度恰好吧，也就三两口，然后起身拿过第二碗，看着我，可怜巴巴的表情。

"喝！"我抬起手做出请的示意，也端起碗，扫了一眼露出惊讶表情的服务生，"把所有的都端到这边来，热菜先别上，谢了！"

我和她像比赛一样，一口气把七碗血燕全喝了，我喝了三碗，韩佑喝了四碗，就把施老板请客不算服务费的五六千干掉了。

"你没见着西施魔子？"我用餐巾布抹了一下嘴，"施老板找我妈来的？"

"我按却姐说的路线走过去的，却姐也没钱了，不让我打车，但她已开始行动。"韩佑拿起筷子，没见到米饭，夹了一大筷子龙虾刺身，"却姐一听你被抓了急得要死，不让我告诉你妈，也不让我回咱们的酒店，让我坐在喜来登大堂等她。却姐遇到事情好冷静，让西施魔子带着去了市长家，施老板在市长家呢！"

"后来呢？"我问。

"施老板开始没想管，我在大堂看见却姐回来了，带着施老板，我刚起身却姐用一根手指摇了摇，是不让我出现，我看着却姐带着施老板进电梯上楼去找你妈了。"

"叫阿姨行吗？"

"看却姐急得风风火火的样子，没了主意的我当然要听她的。过了一会却姐带着你妈的保姆下来了，要我和保姆在大堂坐着，让我们过半个小时再上去，她就往外走了，后来才知道西施魔子一直在车上没下来，却姐和西施魔子去迎接市长了。"

"怎么这么乱乎？"我听得一头雾水。

"别急，要不我更说不清楚了！"她把放进嘴里的龙虾又吐出来，说："真难吃，什么呀？"

"服务生，起两道热菜，什么都行，按施老板定的上，再来两碗米饭！佑佑，不急，你慢慢说。"

"我和保姆上去了，在门口停了一会保姆才按门铃，你妈，不，阿姨开的门，我看见施老板和阿姨都红光满面，一个比一个兴奋，振奋得不得了，像是要干一场大事情！"

我夹了一口龙虾，沾了芥末汁，送进嘴里，"找重点说！"

"不用我说了，却姐都按我讲的告诉过施老板了，就这么一点事情，施老板也一定打过电话了，我才知道却姐不是去接谁，是施老板再听我说一遍，用的免提给谁听。"

"给谁？"

"你真笨，还不明白？给市长啊！"

"市长？"

"我一下就明白了，图钢市这次严抓防范行动是市委书记亲自挂帅的，就跟全国统一行动支持'中华小姐'风采大赛是迎接明年北京奥运的政治任务一样，市委书记亲自抓，市长也做不了主，把你一句话就给放了，我听到却姐在手机里说你已经出任总裁了，花舍香榭先不克隆到杭州要空运到图钢，市委市政府总不能把北京来的房地产投资商关在看守所里吧？"

我好像要明白了。

"我后来上网查了，你真的要抛弃熙熙姐和我们要去当总裁？"

"后来怎么了？"

"怎么了？施老板带着你妈走了，去见市长了！也不是见市长，是跟市长一起见市委书记去了，今天上午我才明白，要给施老板的停机场搬到一个新地方，现在的机场要盖花舍香榭，还说挨着机场的地方最值钱，市委书记要盖一半的经济适用房，他们跟你在美国的爸爸还通了电话，你以为你这么容易能放出来？施老板是躲了，他在为他儿子着想做事情，他跟你妈都捡自己需要的在做，你肯定还以为你妈，不，阿姨跟施老板闹什么廊桥遗梦吧？"

我的胃一阵翻腾，受刺激了，韩佑也一样，饿了这么久承受不了三四碗燕窝，还是血燕，我先吐的，韩佑也跟着狂吐起来。

雀儿一姐跟西施魔子进来的时候，正看见我俩哇哇地大吐。

她瞪了我和韩佑一眼，带来了一个惊人的消息，宁波出事儿了，槿熙当不上总冠军了，十二号浮出水面。

"方老师，你听见没有？"雀儿一姐站在圆桌对面，居高临下地说："你俩没事吧？干什么呢？"

韩佑在呕吐时曾抬头看见刚进门的西施魔子一眼，然后又看了第二眼，惊慌地立即转身面向我，紧接着又吐了一下，让雀儿一姐很生气，差点以为是嫌她们恶心吐她和西施魔子呢！

我反应不过来，十二号怎么就浮出水面了？西施魔子看都没看韩佑，毫不客气地用手捂住了鼻子，很伤感地看了我一眼，转身出去了。他有超敏感的鼻子，不夸张地说有着小狗一样的嗅觉。

"怎么回事儿？"我拿起茶碗呷了一口水。

"要不让他上来跟你说？"雀儿一姐也学了西施魔子的样子，把手放在鼻子上。

"谁？"

"还有谁，许大鹏呀！"她显现出了骄傲，"我没让他上来，他也不肯，许大鹏和歌德耐尔被我们给镇住了，没有我，他们一个也出不来！"

我把含在嘴里的水喷了出来，喷了韩佑一身。

"要死啊！"韩佑捂住了脸。

"死前跟方老师说清楚你跟许大鹏是怎么回事！"雀儿一姐捂着鼻子说："太难闻了，换一个房间吧，我们在一楼的包厢等你俩！"

她扭着小腰退出去了。

"丢死人了！"韩佑紧捂着脸晃动着身子说："我怎么办啊！"

"小妹，"我招呼着服务生，"把领班叫来。"

"我就是，"服务生说："您有什么事？"

"帮我办件事儿行吗？"

"我是专为施董事长在皇宫酒家服务的领班，"她礼貌又得体地说："有事您可以跟我讲。"

"跟施老板没关系，"我掏出钱夹，"去帮我买件毛衣。"

领班事情办得很利索，我进来时就看到皇宫酒家一层有商品部，不言而喻，像加油站有便利店一样，前者是送礼的，后者是揩油的。不到五分钟她就拿来三件毛衣，我让韩佑挑了一件，她选了一件宽松的进卫生间洗了脸，换上。

出来时还拿着她换下来的衣服，领班用一个塑料袋装了，我接过来，扔进餐垢箱。

"你干什么呀？"

"听我说，"我拽住她宽松的毛衣袖往出走，"我差点误会了许大鹏，还把他们给折了进去，也赖他自己！这回我们得好好跟他聊，你对他再好一点儿，弄清楚他怎么会知道宁波的事儿，为什么要帮我们？"

"熙熙姐当了冠军，你不是答应来交通台做直播吗？"韩佑心情好了许多，"'中华小姐'到这里是给图钢面子不说，瞧这阵势图钢也要玩命宣传呢，鹏哥要借咱们的势，熙熙姐到酒店的时候还不给挤爆了？"

"你说得对！"我点点头，"是这样！"

"我们该跟鹏哥联手！"韩佑凑近我耳朵说："那个王宏民太阴，真该防着他！"

"你穿这件毛衣真好看。"我看了她一眼说。

"为什么对我这么好？"她站住，盯着我，"你到底是留下来还是去当总裁啊？"

"你说呢？"

走进一层包厢的时候，许大鹏毕恭毕敬地站起身，我当他的辅导员老师时也没这么虔诚过。

"坐，大鹏。"我摆了一下手说。

"方老师，真的对不起！"他很是难为情，"昨天骂您不是有意的，您打我吧！"

"让你坐你就坐，装什么装？"雀儿一姐大声说："把心放正就行了！"

"干什么呀？"韩佑不高兴了，"鹏哥来告诉我们重要的情况还挤对人家？"

"闭嘴吧你！"雀儿一姐不耐烦地瞪了韩佑一眼，指着服务生说："不是说了不吃蒜吗？"

"可……可你点的是蒜烧肥肠啊？"服务生怯懦地看着她，"没有蒜就不是这道菜了。"

"那是你们的事！"雀儿一姐霸道地说，转向西施魔子，"别生气啊，要不你也发发火，怎么老是一声不吭啊？"

我看了一眼施八一，还别说，他要是个女孩还真赛过西施呢，太漂亮了，漂亮到了完美，不是魅力而是有一种魔力，肤色白净还闪着光，跟旁边许大鹏那张脸比起来，西施魔子看上去是漆皮而许大鹏就成了磨砂，我扑哧一下笑了。

韩佑看了我一眼，不知道我笑什么，居然还能笑。

西施魔子不动声色，而且身子也一动不动，如此端庄，像个贵族，更像是电影里的王子，眨了一下眼睛，看着我。

我坐下，雀儿一姐还知道把中间的座位留给我，尽管真正的主人——买单人正在天上飞呢。

韩佑挨着我坐了，旁边是许大鹏。我的右手边是施八一，他该成为座上客，雀儿一姐紧挨着让她心猿意马的西施魔子，我以小人之心猜想，如果施八一想跟她上床，她自己不到五秒钟会脱光衣裳。模特善于脱衣服，而且脱得极快，当然穿得也快。

雀儿一姐的位置好，能看着我说话，实际上她怎么也 Hold 不住的老想看施八一，早把追她而来的军校士官大春给忘了，对，还有那个大眼灯，大眼灯在河边小树林到底把谁给办了，是她说的槿熙还是她自己？我该信谁？

轻微地叹口气。我承认我真的放不下槿熙，不是越得不到越爱，我不止一次可以从肉体上得到她，但我没有，一直幻想着跟她的第一次要超过雨婷。这是雨婷对我的要求，雨婷说我将来再遇到爱的人，不可以一两个小时吻来吻去，把人折磨疯了也折磨累了，她上网查过了，前戏的最佳时间是十七分钟，而进入身体开始到高潮最佳时间是十三分钟，太短不行，太长也不好，更不能像美国人、欧洲人那样做爱倒像是做体操呢！"可我不能看着时间啊！"我不无委屈地看着她。"那也不能每次都一个多小时，我都麻木了。"她亲了我一下，"你真的太棒了。"我摇摇头，"比古人差远了，随便就是一两个时辰。"她拍了我脸一下，"快别提你的古人了，也忘了四大发明吧，下一个好好的，记住了吗？别老担心像跟我似的没高潮，女人能被真爱心里就知足了。"我俯下身吻她的眼睛，"真是这样吗？"她轻轻叹口气，"查出来那天，我要你你不给，临住院的头天晚上你也不给我。我知道你是为了我好，可你真的不全懂女人心啊，我多想麻一下，全麻木了也不怕，才好！我们已经三个月零十九天身体没在过一起了，是我对不起你。我要回我的星球去了，你就当我毕业前回我来的地方去实习了，就是时间长了一点点，我会从那里找一个最好的女孩化成她再回来爱你，好吗？你愿意吗？你能再好好地对我吗？"

"能！"我紧紧搂住她，我记得我哭岔了气。

槿熙就是从她的星球化身而来的吗？要不她为什么也喜欢薰衣草而且身上总飘逸着一股甜香的气味儿？她的舌头和身子就是雨婷那样软，接吻的时候就是那样可爱地睁着眼睛，脸上一汪羞涩，只是腿比雨婷的长，长很多。雨婷在她的星球找你找得好辛苦吧，才练长了腿，而且话也少了，只爱抿着嘴儿笑，幸福吗？那唇的线条不抹口红因何那般清晰？又怎的这般饱满？那是一颗满是清泉的星球吗，才润了你的眼睛，总是那样水汪汪的清澈？

韩佑捅了我一下，她现在没空关照许大鹏，我想事儿时感受到她一直盯着西施魔子看。她凑近我耳朵小声说："他是不是人妖啊？"

"什么？"

"泰国人妖，"她必是吃过一口蒜烧肥肠了，喷着蒜味儿小声说："虽然比女孩还漂亮，可一想是男的可真恶心。"

"瞧我们西施魔子像不像雅典石雕？"雀儿一姐没听见韩佑跟我说什么，幸福地说。

"像！"韩佑欢快地说，还扬起手朝西施魔子晃了晃，"你动一个，真是石头雕的啊？"

"你赶紧吃吧！"雀儿一姐厌倦地说："还有许大鹏，你不是要见方老师有话说吗？赶紧说，方老师都被警察给弄出毛病了，你说说槿熙，方老师就像是打兴奋剂了！"

她一口一个"方老师"，就是声明与我的距离和关系，做给西施魔子看。

可西施魔子不看，对韩佑的招手和话语一点反应都没有，拿起手机，听着，有人给他打电话了，看不出表情，依然冷冷的，酷酷的，只是头发垂下来，遮住了半边脸说了一句"傻逼"就把手机挂了。

雀儿一姐鼓舞得要疯了，一下超级兴奋起来。

"我靠！"她抑不住地叫起来，"你太帅了！"

"我去！"韩佑也受了刺激。

手机又响了，我、雀儿一姐、韩佑包括许大鹏都静静地看着他。

他还是不说话，听着。

我好像也饶有兴趣地期待着他说"傻逼"二字，雀儿一姐和韩佑都爽歪歪了。西施魔子的脏话不脏，我现在看他倒真像是小妹爱看的日本动漫人物，一想起日本人在研究怎样从大便中提取营养物开始准备吃屎了，不是脏不脏，以我现在的认知水平和观点来看，是这个世界上真有傻逼。

他没说傻逼，依然冷冷地说："进来。"

一个人出现在门口，他推开门，犹豫着要不要进来，谁都看得出来他的迟疑，还看得出来风尘仆仆，背着一个双挎包，头发很长，蓬乱，眼窝有点深，鼻梁显得更高了，而且笔直。

有点混血的样子，让人过目难忘的不是他的帅气，还因为他的衣服和裤子很特别，在图钢可能是唯一穿着T恤的人，露出雄壮的大头肌，胸脯全是肌肉，牛仔裤上挂着铁链，还有一些不知道做什么用的带子，显得有些啰嗦，跟他的头发倒保持了协调。

"苏也进来！"西施魔子并没有看他，而是看着我说："我的同学，想跟我一起去你们那上学，个头低了点，一米八三，不想学模特，苏也喜欢街舞。"

我再看了一眼叫苏也的人，他的目光清透，干净得不得了，炯炯有神，因为阅历还不够，不能说是深邃，跳街舞也许不需要深度吧，但他真的充满艺术气质，只是头发过于蓬乱了。

"跳街舞的？"雀儿一姐审视地看着苏也，"叫苏也？我看你像苏门答腊野象！看这装扮也是一身的较劲，还真有点哲学家的样子，我给你起个新名字，就叫你苏门答腊吧！苏也苏门答腊，望族大学汽车模特专业欢迎你！"

我看见西施魔子皱了一下眉，不一定是厌恶，我捕捉到了他对雀儿一姐的一丝赞赏，虽然都是同龄人，可一姐就是一姐，上了快一年大学的人就是不一样，几句看似简单的话语透出不简单，雀儿一姐一下还能联想到苏门答腊，看得出来苏也对他有了像身上一样啰嗦的名字倒也喜欢。

"苏门答腊？他是跳poping还是breaking的？"苏也充满敬仰地问。

许大鹏鼓起掌来，赞赏地说："哲学就是思想者的街舞！街舞像哲学一样，看着没什么用，其实有大用，喜欢的就一个比一个执着，就看你从哪个维度去思考了。"

"鹏哥说什么呢？"韩佑贴到我耳边问。

我由衷地叹了口气。不能小觑了雀儿一姐，更不可低估歌德耐尔的许大鹏，虽然都不曾在名校读过书，跟我想象的不一样，不经意间还是渗透出一种东西，我不想跟韩佑解释，说："苏也，坐吧！"

"方老师，"许大鹏有些感慨了，"你们真的不得了，我要是有这两个大帅哥帮着招生，就听美少女尖叫吧，再加上'中华小姐'到图钢，可就是九级地震了！"

"你快跟方老师说说那个十二号是怎么回事情！"雀儿一姐说。

韩佑起身离座，去让苏也苏门答腊进屋。

"是这样，"许大鹏看着我，"让我吃口东西吧，慢慢跟你说。"

苏也走向施八一，说："小兔子还在外面门口站着呢！"

"让她滚，"他冷冷地说："不许她跟着我们去北京上学！"

韩佑问："小兔子是谁啊？"

苏也说："肖市长的女儿，追八一不放，刚才打电话被八一骂了反而更兴奋，可她真的怕八一，八一不发话小兔子就不敢进来。"

"别老打岔了！"雀儿一姐急了，"现在最大的事情是让槿熙当上'中华小姐'！"

"就是！"许大鹏比雀儿一姐还急，"不能让十二号那个叫高岚的得逞！"

"大鹏，你说。"

我坐直了，看着许大鹏，一边听他说一边琢磨他为什么不是一个会给我带来好消息的人，对他来说我同样是把他给送进公安局的人。我和他都本无意相识，因为雨婷才纠结在一起，为了招生又走进一个城市，他有理由关心槿熙，是因为"中华小姐"到图钢一定能给他带来好处，什么样的好处我还不太明白，仅仅是为龙腾大酒店聚集人气？

我知道，歌德耐尔学院不比望族大学在全国各地设的招生点多，也是三百多个，但歌德耐尔有五万学生，比望族大学多，这两所学校无意间就成了对手。好在全国每年有一千多万高中毕业生考大学，就是百分之十考不上也有一百多万为望族和歌德耐尔留下了机会。2007年考生一千多万，鱼塘里的鱼太多了，比起望族大学，歌德耐尔更会钓，歌德耐尔有许大鹏这样什么都敢说的人，他给别的学校玩统招游戏挣那些还感恩戴德、迷迷糊糊家长的钱，自己招生就敢把"自考"都说成是国家计划内"统招"，得益于歌德耐尔的招生政策，很多学生到大二就不用上课了，本来也没有上课欲望，组成庞大的队伍分布在全国三百多个城市去招生，变成了"招生经济"而且形成了产业链。中国教育从最低层次看不完蛋才怪，尽管政府看出来了，批准图钢设立"高职"不让生源外流消化掉国家给的教育经费，可王宏民哪是许大鹏的对手。

我开始明白了，中国的教育快无药可救了，一是本身没有与时俱进的科学教育思想，又丢弃了可沿承的传统文化精髓；二是每年"两会"的代表提案让政府为难，我到歌德耐尔才知无论民办大学看着多风光，实际上是很难的，才有了底气十足的"发展才是硬道理"的旗帜，而歌德耐尔的"发展"就是学生的多少，望族大学

392

也一样。"民办大学"怎么来的？就是人大代表提案啊，铿锵有力道出铁的事实，把每年几百万无学可上的高中毕业生推向社会国家。是盖监狱好还是鼓励民办教育好？还有人说多办一所民办大学会少盖两个监狱。

我是被歌德耐尔要求参加教育部对民办大学"评估"中了解到的，觉得"评估"如此可笑，害得我都不能跟雨婷共进学生食堂了，怕影响了他们的"评估"，万一因我的爱恋评估通不过再亮了红牌，歌德耐尔就会被停止招生。我和雨婷的爱恋让歌德耐尔面临着生死存亡，害得我黄昏后在图书馆杂志架旁偷偷亲了一口雨婷被许大鹏发现，他率领着一个小组正在陪专家巡视，专家势必也看到了，紧皱着眉，许大鹏赶紧说："这两位同学是生命科学与技术工程专业的，一边查阅理论一边结合实际，都是酷爱学习的人，一定是正在探讨当男女两唇相碰时人的下半身会有什么样的反应，您这边请！"

我记得许大鹏还狠狠地瞪了我一眼，他有恨北大恨国立大学的理由。也就是那一天我才知道他一直狂追雨婷，哪是我的对手。

我看着许大鹏，对他所说的一切惊愕不已，正在慢慢消化所有的信息。

许大鹏不回避他的安排，歌德耐尔杭州招生老师提供给他两个信息，一个是赵槿熙果然拿到了第一站杭州冠军，另一个是望族大学驻杭州的招生老师被打了，只有被打的人不知道是谁打了他，相当于被戴绿帽子只有老公是最后知道的。按他的要求，歌德耐尔驻宁波的招生老师接手宁波站动态，上午彩排时，发现望族大学的校长出现在宁波剧院，还带着脸奇大的校办主任。

望族大学的校长和大脸主任十点半到的，不是来捣乱的，他们是来慰问，带着礼品看望选手和全体工作人员，对秃头编导更是礼让有加。人们马上知道了他们就是来添乱的，因为宁波站比赛时间是下午两点，宁波电视台有空当时间直播，队形都彩排好了，秃头编导接了好半天电话后，老大不乐意地重排队形，二十个选手换了号，赵槿熙成了十二号，在杭州站不肯最后集体亮相的原十二号高岚成了二十号，最后一个出场，还专为新二十号反复调整灯光，一遍遍地走位，音乐也改动了，高岚出场前半曲用的是极具震撼力的《弥撒》，后面接的是天籁之声恩雅，还用了追光灯、冷烟火和气柱加干冰，那叫一个隆重的特别推出。

大家都知道"望族杯2007'中华小姐'大赛"会推出望族需要的人，企业诉求也好潜规则也罢，选美自有选美的游戏规则，望族集团不可能拿出二百万赞助包装一个用不上或不可用的人，现在显而易见的总冠军不是赵槿熙而改成高岚了！

"高岚是谁呀？"韩佑大声问。

"望族大学的老师！"雀儿一姐大声说："曹大蛤蟆不是瞎编的，刘姐看到校办的人带着聘书飞到宁波专程给那小娘们送到现场！听说那小娘们还真是学舞蹈的，只是长成了一米八没办法跳了才走模特路线。我还以为曹大蛤蟆帮我们解决老师呢，哪知道一下就做了音乐舞蹈学院的院长助理，跟刘姐平级不说，曹大蛤蟆跟刘姐说我们是瞎胡闹根本招不来学生。哪知道我们有五个了，我、槿熙、韩佑，还有我们西施魔子加上苏也苏门答腊俩大帅哥！"

"不对呀？"韩佑说："曹校长该知道熙熙姐才真是我们望族大学的啊？"

"还说呢！"雀儿一姐站了起来，"曹大蛤蟆说选美是要有经历的人才行，眼睛里得有风情！槿熙太嫩了推出来不能服众，只有高岚那种骚货才风情万种吧！他要亲自选人推出望族大学的形象代言人，就找了那么个骚货来！"

太难听了，我想说可没说，在紧急梳理这些信息。

"刘姐都急疯了就是找不到方老师！"雀儿一姐抱怨地说："快想想办法吧！刘姐说我们可能完了，曹大蛤蟆代表望族集团跟组委会做的工作，听说那骚货的男朋友是庄已泊，有短在高岚手里。小骚货上初一时在家洗澡勾引庄已泊，庄已泊没有强奸她但把她给猥亵了！庄已泊知道曹大蛤蟆要干什么才故意躲了，不去宁波假装上北京去找中央电视台谈播出大赛贴片广告！"

"刘姐没告诉曹校长推熙熙姐是杜院安排的，而且董事长也同意？"韩佑也急头白脸了。

"没用！"雀儿一姐说："方老师你说是吧？"

"是啊，曹校长根本没把杜海放眼里，"我顺势回答道："高层的事儿我们也弄不懂，董事长肯定不好出面的，谁知道曹校长跟高阳到底是什么关系，没准也有什么秘密吧，曹校长才会这么狂妄。"

"方老师倒没说他们狼狈为奸！曹大蛤蟆肯定知道高阳第一桶金的秘密，也掌握董事长一些不可告人的勾当，我信方老师的话！"雀儿一姐不容我插嘴一鼓作气地说："要不曹大蛤蟆能那么狂吗？把槿熙刷下来不说，还当面告诉刘姐说把赵槿熙赶紧带回学校去上课，要不就得因为旷课被开除了！曹大蛤蟆是非要推出一个有风情的骚货来！"

西施魔子看了一眼苏也苏门答腊，苏也有点傻了，真像是一尊苏门答腊野象，蓬乱着头发一动不动地待在那里。

"那什么，"施八一说："望族大学要是推出一个影响很坏的冠军来，我爸打死也不会让我去的！"

"不会的，"许大鹏说："望族大学不可能推出那个高岚，她的事在选手和组委会马上就会传遍了，都等着看笑话吧，再说有方老师呢也不怕！"

"你行吗？"施八一看着我问。

"懂不懂一点礼貌？"韩佑急了，"从见面到现在就没听见你叫过一声老师！"

韩佑说的没错，她开始学会读懂细节了。

"要是有那么恶心的一个人做了'中华小姐'，"施八一站起身拉住了苏也的手，在走出去之前庄严地说："这里就没有老师，我们也绝对不会去望族大学的！"

西施魔子拉了苏也苏门答腊的手，这让雀儿一姐备受伤害，韩佑瞪大眼睛，而我最受刺激的是这小子留下的严肃话语，包括庄严的态度。

我必须有所行动，阻止高岚，准确地说是抗击曹大蛤蟆，随便一分析这些会有多么力不从心，这件事杜海知道吗？高阳是什么态度？庄已泊真是故意躲开了吗？刘思雨在干什么？槿熙是不高兴呢还是高兴？她本无意做什么"中华小姐"，是汽车模特专业的招生需要，"望族天使"需要才让她走上征程，如果不是险途的话。

我现在马上要做的，是买手机和办理号码，一边把所有的事组合在一起进行分析，不知道高岚有什么事会马上在组委会传开？

雀儿一姐像追魂似的跟着西施魔子和苏也苏门答腊出了屋，两个大帅哥像是招魂人，王小却真是把自己的魂儿给丢了。我领教了西施魔子的魔力，汽车模特专业对外有槿熙"中华小姐"这块牌子，对内有西施魔子这块大吸铁石，一个对外传播，一个在咨询现场情动小女生，图钢招生必成！

许大鹏提供信息后也做不了什么，他不讲，宁波这等重大变化也会在第一时间扩散开来，刘思雨必有行动，尽管她看上去更像是槿熙的选美助理而不是可以操控局面的人。

"方老师，"许大鹏心情沉重地说："还告诉你一个重要的消息，图钢市教委五月八号、九号、十号，连续三天在咱们住的大酒店搞高考咨询会，加上图钢所辖九个县的中学得有十几万人吧！"

"噢？"我怔了一下，"我听说咨询会不都是高考结束以后吗？怎么五月就搞了？"

"这么多高校跑到图钢来招生，图钢是要压制住我们，宣传他们自己的高校！"他咬牙切齿地说："我们竞争不过东北的一本大学，但要联合起来把王宏民那小子打趴下，图钢职业学院才是我们同一个层次的招生竞争对手！"

"说的是，"我站起身，伸出手，"大鹏，谢谢你！"

"你们招五十个人就够了，只要做到位在图钢就解决了！"他握住我的手，"我可是赌大了，歌德耐尔给的是政策，前期投资并不比望族大学多多少，我把景德镇我爸妈的房子都抵押给银行了，是贷款做今年的招生经营。你们招一个人才给八百还是完成指标超额以后，我们一个可是四千，两个以上就是五千！景德镇的房子就是这两年招生我给我爸妈买的，今年我在图钢要招五百人，是你的十倍，能挣二百五十万，方老师明白了吧？"

我看了一眼韩佑，曹大蛤蟆要汽模专业招到五十人才可以开班，少一个都不行，韩佑把这个都告诉她的鹏哥了？这本来是一个家丑，曹大蛤蟆不要也不信可以把汽车模特专业办起来，他考虑的是更深的层次，不是这个专业有什么，他是怕"望族天使"真的诞生就会跟集团有了联系。

曹大蛤蟆害怕"望族天使"是怕与"望族集团"建立了桥梁，他就是要阻断与集团的联系当他的土皇帝，建立起自己的独立王国。这厮有点像年羹尧，可他进入高阳的望族帝国时连个家奴都算不上，还真是一条狗，杜海说曹大蛤蟆刚进望族时是在护厂队，而且只负责夜间巡逻，高阳把汽车做起来、做大了，护厂队才改叫保卫部。

"看我干什么？"韩佑不高兴地说："鹏哥一直在帮我们，可有一个忙鹏哥帮不上，市教委通知了酒店里所有学校参加高招咨询会，从酒店门前一直到火车站的站前广场，唯独没有我们，知道施老板救你出来为什么市委书记也周折了一下吗？因为咱们没有望族大学的材料到市教委去批准招生备案，这是程序，我现在还得陪你去教委，要不熙熙姐当了'中华小姐'来图钢也是给别人做嫁衣了！"

"佑佑，你回避一下，"许大鹏说："我跟方老师有话说。"

"我不！"韩佑很生气，"有什么见不得人的话？"

"就是见不得人，"许大鹏诚恳地说："听话佑佑！"

我看着他们俩，感觉怪怪的，*佑佑*？已经叫得这么亲切了？

"方老师，韩佑，实话说，我知道只有槿熙当了'中华小姐'才会来图钢，因为有方老师，我很自私，有自己的目的。"许大鹏更显诚恳地说："我们办不了汽车模特专业，你们有望族汽车做后台，但我可以办美少女学院，现在是美女经济，槿熙当了'中华小姐'来图钢肯定轰动，昨晚新闻联播都上了内容。迎北京奥运是国家大事，人们看到槿熙这样一个女孩都有机会成为迎奥运大使，到北京上大学不仅可以看奥运没准还能成为志愿者呢，这个机会难得啊！我有一对双胞胎大芳和小芳供你调遣，比佑佑和那个王小却管用，她俩能喝、能唱、能跳，还能上床，让大芳和小芳跟组委会评委会走献身路线是一招险棋，你要是说服你们的高董事长出面这棋就不险了。我已经风险投资了，大芳和小芳已经在去宁波的火车上，她俩一直从上海跟"中华小姐"回图钢！"

我愣住了。

"真恶心！"

韩佑说对了，是太恶心了。

许大鹏要来真的，把王宏民的两个亲戚给献出去了，可谁又知道王宏民是不是将计就计呢？我从王宏民的电脑上知道大芳和小芳至少有一个是王宏民的卧底啊！

招生是经营，更是战场，连"卧底"都有，脏活儿全上了，一点不比做房地产干净，同样惨烈。幸亏老爸有白大爷做后盾，不像北京有的地产商为了拿地或银行贷款连自己的老婆都献出去了，还有脸把自己弄成个明星状出没在电视台呢。

这是不是我潜意识里的某些东西？我是否从狼窝又掉进虎口呢？

管不了那么多了，我不会去当老爸的替身，我有我要的，那么简单，我的爱。

现在当紧的是要买手机，赶紧跟刘思雨取得联系。还要马上去教委，要不望族大学参加不了高考招生咨询会。

3

买两部诺基亚很顺利，有钱就行，恢复号码在图钢办不了，买神州行的号先用了。到了市教委可就麻烦了，尽管他们知道有谁在帮我，站在他们面前的是花舍香榭的执行 CEO 掌握着图钢项目，我享受到了贵宾级待遇，可程序总得走，要提供望族大学办学许可证文件。

给刘思雨打了电话，正如许大鹏所说的，而且宁波站的冠军已经出来了，直播刚刚结束，还是二十号，已经不是槿熙而成了高岚！刘思雨说组委会其实很高兴高岚做冠军，因为她是公办大学"名正言顺"的大学生！二十位选手要在宁波待三天，不是傻待着，要组织美女们去敬老院，还要参观开发区。六号去溪口，香港评委会主席建议"中华小姐"要去蒋介石的故乡看看，展示一下"中华小姐"的美，组委会召开紧急会议同意了，台湾还来了五六家电视台采访，然后直接去上海，在上海欢乐谷进行最后一场总决赛，产生总冠军，让国家大学毕业的高岚戴上"中华小姐"的桂冠。就是说，组委会并不认同民办大学推出的冠军，曹大蛤蟆也不认可自己的学生，可真够他妈的！

还有时间操作，刘思雨告诉我，组委会有人因为赞助商出现不同意见产生两站不同的"冠军"是好事儿，正求之不得，让人看上去不是安排好的。中央电视台七号开始播出，七号是整个大赛的集锦并出现两站冠军，悬念放在八号。中央电视台决定三套和四套下午两点并机直播，向全国和世界传递"中华小姐"，大赛又被升格了，央视直播的主题定位在"新北京，新奥运"，最后落在"上海世博会欢迎你"上。不知道是哪个高手策划的，做到了一加一大于二。

"杜海！"刘思雨说："包括去溪口，其实是杜院策划的，高阳董事长听说后很高兴，他喜欢花小钱办大事，对到底是槿熙还是冒出来的高岚成为'中华小姐'并不在意，是望族大学的就行！现在麻烦大了，高阳董事长就在现场，跟曹校长一起看的！现在能拯救局面改变形势的人就是庄已泊庄总了，可他忒暧昧，谁知道跟高岚到底是什么关系，是不是还巴不得曹校长出手呢？"

"槿熙现在怎么样？"我说。

"她快疯了！"刘思雨大声说："赵槿熙不想参加的，你知道！轻易得到的也许她不在乎，可眼看着轻易被拿走搁谁也受不了！她一直哭着在跟庄总通电话，你先挂了吧，赶紧打给槿熙安慰一下她，可真别让庄总真的钻了空子，说心里话你们男人真的没什么好东西！"

庄已泊。

还有我。

刘思雨是疯了，要不就被她男朋友刺激了，是不是也发现了他钱包里装着杜蕾斯？

"妈的！"我骂了一句。

韩佑愣了一下，她一直在摆弄着心爱的诺基亚，说："你骂我？"

"骂你干吗？"我叹口气，"我恨钱包里带着避孕套的！"

她笑了，说："我晕！"

"你晕什么？"

"这都不懂？我钱包里也有啊，幸运，不是那个性，谐音，是幸运的幸，"她说："还是却姐教给我们的，却姐说做活动或出远门钱包里放的是幸运套，就跟你们男的在车里挂个平安符一样！你去杭州那天我听见却姐给熙熙姐打电话，问她杜蕾斯是不是放在钱包里随身带着？却姐离开北京时送我俩一人一个，熙熙姐老不敢放进钱包，却姐说男人最希望得到尊重，到了杭州不能老你请，要让熙熙姐买一次单。天啊，你是不是看见熙熙姐钱包里的幸运套不高兴了？怀疑上熙熙姐了？"

我蒙了。

真的有些发蒙，迅速回想着那天的情景，最重要的是，这时才明白雀儿一姐给我那个电话的目的。

王小却！

我忽然一阵悲哀，五味瓶在心里翻倒。

"槿熙的手机号是多少？"我压低了声音问。

"不会吧？你不知道熙熙姐的号？"

"他妈的我背不下来！"

"吼什么？"韩佑的眼泪刷地一下流下来，"我没让你给我买手机！我还要我的！"

我这才清醒了一些，她不知道我在想什么，误会了。

"对不起，"我像她一样难过，歉疚地说："真的对不起！"

她反而委屈地哇的一声大哭起来。

可爱的佑佑，真是个孩子。

我用新手机号拨通了槿熙的手机。

"喂？"

"你好，请问是哪位？"

"我，槿熙？"

"我叫赵槿熙，你是谁？"

"我啊，槿熙。"

"报上名来。"

"我刚换了一个号，都好吧？"

"……"

"喂？"

"有事吗？"

"你……你把庄已泊的手机号给我。"

"要谁的电话就跟谁去要，别找我。"

"槿熙？"

"没别的事情我挂了。"

"槿熙？"

传来嘟嘟嘟的断线音。

出租车驶在这古老的城市，钢铁城市，看上去就很硬朗，从建筑到人，而我如此柔软，从身体到心。

韩佑坐在前座，还在摆弄着诺基亚，我忽然觉得她可能更喜欢三星，买手机的她老歪着头看三星音乐手机。我一直用诺基亚，以为她也会喜欢。我没有在意，现在才明白了，明白了我不是主观，而是武断。

我又拨通了她的手机。

"槿熙，别这样。"

"哪样？"

"我明天要解决招生的事儿，上午先去图钢市教委，下午我就飞宁波。"

"是跟我说吗？"

"放心，'中华小姐'一定是你的！你不仅有这个实力，我们的专业也需要，必须赢！"

"……"

"槿熙？"

"我是你们的道具，一个提线木偶，刚刚习惯被你们操控的登台表演，现在却要下场了，我没想到竟会怀念这个角色，我是不是像你一样有病啊？"

"你不会下场的，一定会拿到总冠军！"

"我本来不想参加，让小却来，你不听。我来了，只想挣钱还你，可组委会不给钱非要送一辆望族跑车。现在，跑车是一个叫高岚的了，曹校长正站在红色跑车前给庄总打电话，要换成黄色的，高岚喜欢望族的黄色跑车，说是要开回北京。"

"槿熙，我们就是从望族汽车上开始的，相信我，跑车不会到北京，从上海开出来的红色跑车是到图钢，开车的是我，坐在车上的是你，只能是你，我的'中华小姐'！"

"说来也怪，木偶不甘心下场，木偶流泪了，倒真想要争一争。"

"这就对了，槿熙，等着我！"

"我把号码发给你。"

"好！"

"还有……"

"你说。"

"我喜欢坐你的车，不管开到哪里。"

我有理由激动了，不知道槿熙的态度是怎样转变的，我相信她接电话的时候，刘思雨一定在旁边，她俩至少被曹大蛤蟆在望族跑车前给刺激了。

我猜对了，槿熙发给我庄已泊的手机号时还带着一句话，让我安慰一下刘姐。我回了一句"怎么了"。槿熙回复：刘姐说这个世界她认识的男人中只有一个比较可信，他叫方翔。

我又开始感动，刘思雨在帮我，而且她显然伤感了，不知那神秘的爱是爱的太深还是失望了，宁波一定还有别的故事，刘思雨的。

"你不去找你妈？"韩佑回过头问。

"叫阿姨！"我掩饰着槿熙给我的喜悦，大声说："不去！"

站前广场已经开始施工了，正在搭建招生咨询棚，从火车站一直连接到过街天桥的龙腾大酒店门前，放眼望去一大片统一设计的临时棚子煞是壮观。棚顶还没有挂上学校名称，过街天桥东面桥上正在摘掉挂了很久的"加强文明建设，严禁黄赌毒"的横幅。出自于市政府这种疤痕式的雷人标语早该拿掉，尽管我们太多的城市竟像企业一样习惯于口号管理，要是换上"热烈欢迎2007年'中华小姐'莅临图钢"该多好，用美来战胜丑比直接表述压制丑要美得多，可惜我们的五千年文明史还驻留在审丑文化上。

打住吧，我讨厌自己总是浮想联翩。出租车过了天桥，我禁不住回头张望西面的天桥顶上，一幅红底黄字的巨大横幅正在挂起来，"热烈祝贺2007年图钢市高招咨询会隆重举行！"

我隐隐有些激动，抑制不住一个想法，就是在天桥东面真的能挂上欢迎"中华小姐"的巨大条幅，花多少钱都行，那将是无与伦比的广告，别说汽车模特专业，整个望族大学在图钢也会因槿熙而一鸣惊人，何愁招生不成！

我相信学校招办主任会支持的，先把望族大学的材料快递过来，我们要为全校招生！

"佑佑，你知道招办主任的电话吗？"

"我连我妈的号也背不下来！"韩佑撅着嘴说："问却姐吧，她可以问她们去招生的班主任。"

出租车还没停，我一眼就看见了方子良站在酒店门前，旁边居然还站着许大鹏和王宏民，看上去王宏民跟许大鹏还亲切得不得了，真是怪事。

我下了车，方子良似喜出望外，大步迎过来。

"真是你呀？急死我了，你怎么停机了？"

"手机丢了。"我看着头上冒汗的他，问："什么事儿这么急？不会是跟我要广告费吧？我在出租上听的是交通台，可没听到望族大学或者望族天使啊！"

"台长找我了，市委宣传部找台长了，因为台长向市里汇报提到了'中华小姐'大赛的事儿，问我'中华小姐'会不会到图钢来？"他抹了一下脸上的汗说："快告诉我能来吗？对于你们来说是招生，可对于我们来说是政治任务！迎接北京奥运是全国的事儿，我们跟北京哪儿沾得上边？市里知道此事倒很希望'中华小姐'来能让我们跟北京贴近点儿，宣传就不再是空洞的口号！"

我拍了拍他的肩，"没问题！"

"可我们在宁波采访的记者说第二站的冠军换人了，不是你能控制的叫赵槿熙的二十号，换成叫高岚的二十号，你也能请来吗？"

"放心！"许大鹏走过来，"现在做事的成功要素就是只有想不到的，没有做不到的，对吧方老师？"

我还没有回答，王宏民也过来了，说："那当然！子良放心，方老师一定能把'中华小姐'弄来！来，许老师，我继续给你看！"

"你俩去那边相面去，别捣乱，我跟方老师说正事儿！"方子良拉住我的袖子说："真行吗？看见天桥东面还空着呢吗？我们交通台是高招咨询会主办单位之一，那位置我们拿下来了，挂上欢迎'中华小姐'的条幅，还要请'中华小姐'在天桥上直播！咱俩可是老朋友了，差点没跟你喝死！我们一分钱都不要，要"中华小姐"在图钢的独家专访！你想好了，别害我，晚上我请你喝酒把授权书签了！"

"佑佑，你过来！"许大鹏说："王主任给我相面，愣说我印堂发黑必有大难，你看看是不是鹏哥没事儿，他的脑门才黢黑呢？"

王宏民说："那就让韩佑看看你有多黑！"

"别以为你是地头蛇把好广告位全占了，我有我的韬略，一定打败你！"许大鹏开心地还补了一句笑，"哈哈！"

"你们俩有病！"方子良说。

"我有病，得让方老师给治治！"许大鹏忽然低下头，左右看了一下，说："方老师，来！"

不明白许大鹏的意思。

韩佑好像知道什么，对我说："你去吧，欺负熙熙姐总得有个了结的！"

我跟着许大鹏走进大堂，酒店更是理所当然地准备着，地上已经没有地方了，要发展到空中，酒店工程部的人正在悬挂钢丝，一排排的从酒店入口一直向楼梯口伸去。

"嗬，又有位置了？"我看了一眼，"这广告位得另收费吧？"

"酒店按要求自己安排的，外面一直到过街天桥那边整个站前广场都设摊咨询，这里才是主战场！"许大鹏看了我一眼，"方老师，咱们得联手强龙才能压过地头蛇，我们合作才能打败王宏民！"

"我们怎么联手？"我笑笑，"都别诽谤对方就是最好的合作！我们北京还是有优势的，真要到图钢职业学院想去乌克兰是拦不住的，你搞什么二年级到美国迪斯尼或法国意大利的借实习之名搞劳务出口，未必真能吸引到图钢的学生家长，这里毕竟有地域优势。"

"方老师，请！"

许大鹏表情凝重地侧身向前伸出手，不知道他这么有礼貌，对我从未有过的尊重，我忽然觉得这家伙的做作之举没憋好屁。

韩佑跑进来了，说："你妈来了！"

我一愣，转过身。

"阿姨很生气！"

我这才想起妈妈没在皇宫吃饭在喜来登等我。

"那一会儿吧！"许大鹏没看我，对韩佑说："我都安排好了，你一会儿带方老师下来，在我的房间。"

我想问什么，来不及，不仅是妈妈，还有西施魔子，气冲冲地过来。

"妈？"

"那个王小却真行啊！"妈妈愤怒地说："快去你们的房间，看看她要干什么！"

我确实有点搞不清了，弄不懂妈妈，不知妈妈因何拉出一副为西施魔子扫荡委屈的架势，尽管她只有一个人，妈妈以为她有千军万马呢，看来结识施老板又认识市长让妈妈底气十足，不知道施老板飞到哪儿了，落地没有，妈妈好像一直在天上，有点飘忽。

许大鹏用注目礼送我和妈妈、西施魔子还有韩佑上楼，脸上充满尊敬，虔诚的眼神被嘴角一丝淡笑破坏了。

妈妈遇到施八一纯属意外，他是来找我的，这个偶然一定让他比我先知道了现在的我是谁。妈妈一定炫耀了花舍香榭，我仔细回顾西施魔子的眼神，过了这么久才读懂了他的忧伤，一直以为他天生就有着普京看似坚毅、背后却充满忧郁的眼神，那是巴乔的眼神，都是小妹的最爱。也许他真的希望我是他的班主任，一定相信我要离开望族大学去当花舍香榭的 CEO，我让西施魔子失望了。

他难能可贵地扶着妈妈一只胳膊上楼，我和韩佑紧跟在后，他的手甩的有点大，拐弯的时候碰到了我的手，也是纯属偶然。不知道雀儿一姐怎么惹着我妈了，她上楼的速度奇快，西施魔子紧跟，我也锲而不舍，他的手再一次碰到了我的手，这一次我没能闪开，被他紧紧地抓住。

我从来没有被同性这样的抓住过手，忽然明白了这是一种信任。还有紧张乃至伤感。我一下明白了他那时突然拉住苏也苏门答腊手的原因，我，包括雀儿一姐和韩佑都进入了误区，这是一个长得过于完美又有贵族气质内心却非常脆弱的大男孩，我除了比他年长几岁又何不如此。

我跟他在一瞬间有了奇妙的沟通，我回敬了像他一样有力地反握了一下。他看了我一眼，没有多余的表情，我读出了信任。

"你会揍他吗？"韩佑天马行空地说。

"揍谁？"我抽回手，捋了一下头发，"说什么呢？"

"鹏哥把欺负熙熙姐的家伙捆起来了！"她略显气喘吁吁地说："我刚才用新手机号给鹏哥发了短信，他回复告诉我的，说把那家伙交给你，随便你怎么收拾他！"

"什么意思？"我迷惑不解。

"方老师，"西施魔子说："我可以叫你哥吗？"

"一会儿再叫，"我停住脚，瞪着韩佑，"怎么回事儿？"

韩佑看着我，说："你能不太急吗？"

她几句话就说清楚了，事情发生在许大鹏他们出征前那个夜晚，我和雀儿一姐加上韩佑跟歌德耐尔许大鹏的招生团队从斗酒到斗舞。酒醒后总结的信息是，在来酒吧前我在宿舍把韩佑的内裤扔了，像摔她的手机一样实属意外，韩佑竟忘了，跟我和雀儿一姐跳上领舞迪台来了次三人狂舞。许大鹏他们发现了什么，所以才比我们还疯狂。我说歌德耐尔的人越围越多在下面仰首翘望呢，原来韩佑忘了没有穿内裤而在台上疯跳！

在角落里，槿熙被许大鹏和几个人围堵住，他们像发情的猩猩，我不用听也明白了，现在才得知韩佑为什么一开始就老说别让槿熙来图钢，槿熙被骚扰了，韩佑也丢不起人被许大鹏他们拿捏住了什么，所以……

我转身咚咚咚地跑下楼，韩佑在后面紧追。

"别打死他！"

我冲到一楼，一脚踹开门，许大鹏知道我会来，朝捆绑在地上的家伙飞起一脚，"我先替方老师出口气！"

不需要。我一拳打向许大鹏的脸，又为耳鼻喉科制造了一个病例，然后飞起一脚踢向刚刚站起来曾抓住槿熙的手，差点塞进他裤裆里的家伙的蛇形脑袋，再就地转身飞起一脚把许大鹏扫倒。

冲进来一群人，他们没有刀了都拿着棒球棍，韩佑发出她独有的犀利的尖叫，一片乱棍挥向我，我快速闪开，使足了劲儿抡圆了一个飞腿，把许大鹏再次踢倒。

"都住手！"许大鹏晃晃悠悠站起来，血流满面地朝他的人喊道："滚出去！"

"许大鹏！"我挥起拳，"我他妈的杀了你！"

许大鹏扑上前抱住了我的胳膊，喊道："方大哥！让槿熙来！我们一起向槿熙请罪你再杀我！求求你了方大哥！给我个机会吧！"

韩佑跟跟跄跄冲过来，我没弄明白他是想保护我还是拉开许大鹏，紧张的身子发抖，脚下不利索一头栽向我，我甩开许大鹏把她接在怀里。

"你必须向槿熙道歉！"韩佑挣扎着站稳，"要不真的饶不了你们！"

"我们道歉！"许大鹏竟然跪下了，"方大哥给我们个机会吧！槿熙一到我们都给她跪下赔罪！"

我的怒火似乎并没有完全撒出来，王宏民倒是很解气了，楼道里围满了人，他说："打得好！不过方老师要防着点这孙子，他不定憋着什么屁呢！"

"都让开！"韩佑昂首挺胸地说。

我看了王宏民一眼，真的没有在意他的话。

七三七房间也没闲着，不知道雀儿一姐为什么发火，把房间弄得很乱，指着一个女孩说："笨死你！西施魔子你追不上，我给你机会跟苏也苏门答腊你都抓不住！"

"苏门答腊？"女孩迷糊地说，"整啥呀？"

"苏也！你不是说赵本山之后东北会出来的第二个达人吗？还说你们这里最火的一个叫小沈阳的算个屁！"雀儿一姐不搭理我和韩佑的出现，"你不是也喜欢街舞吗？你崇拜苏也苏门答腊身上挂的那些零碎，知道为什么吗？"

女孩摇摇头。

"见过皇帝吗？"

"姐你整啥呀？"

"电视上没见过皇帝？哪一个皇帝腰上零碎不多？康熙、雍正和乾隆那爷儿仨皇帝谁腰上不是那么多零碎？妃子给绣的香袋，还有皇后把玩过的玉石，要不就是皇太后瞎编的叶赫娜拉氏的什么东西，你以为街舞不是中国的就没有中国传统文化吗？错！苏也苏门答腊身上那些零碎就是继承了傻逼皇帝的气派呢，懂了吗？"

"切！"女孩嘿嘿地笑了，说："姐脑袋进水了也是大傻逼一个，你想把达赖介绍给我？"

"什么达赖？是苏也苏门答腊！"雀儿一姐恼羞成怒地说："就你这脑子还想追西施魔子想读我们汽模专业？还是听你市长爸爸的跟你妈移民到美国去吧，让你市长爸爸做个裸官多省心！"

"整啥呀？"女孩仰着脖子说："那你也追不上我的八一哥啊，没听见那个北京富婆说她有个叫诗诗的女儿跟八一哥视频了？你们北京帅哥都死绝了？整啥都来抢我的八一哥呀？"

韩佑看了我一眼，没有什么意味深长，好多事儿都是一瞬间恍然大悟的。

扯上了小妹诗诗，我这个妈妈呀，到图钢来可是收获颇丰！

西施魔子不在，苏也苏门答腊也跟我妈走了，只剩下雀儿一姐在教训一个女孩，我知道这个女孩是谁了，小兔子。

"这是谁呀？"小兔子看着我，对雀儿一姐说："你怎么不追你们一起还没死的这个北京帅哥呀？"

"他快死了！"雀儿一姐说："连墓地都有了！"

我最意外的发现，就是除了我老爸，只有雀儿一姐深深记住了我的墓地。

有人敲门，只是形式，随后就进来了。

"看我把谁给你请来了？"

我转回身，看见玛丽带着一个女人走进来。

"这是班主任江姐，她给你们送学生来了！"

第十四章

1

江姐五十岁出头，长得很慈祥，一看就是典型的中学老师，不知道是样子还是气质，老让我想起我高中的班主任。实际上并不能说清楚的，一如看到马行长还真能想到银行家，我不会看到留着大胡子的就以为是导演，长发飘飘的男人就是搞艺术的，穿着齐 B 短裙的一定渴望被强奸或做小姐的，可江阿姨才是怎么看都该是中学老师。

小兔子走了，我倒觉得小兔子是个报喜鸟，至少江老师亲眼所见市长的女儿都要去望族大学上学，她在班里宣传的时候会非常有底气。对于高考学生来说，班主任的话尤为重要，胜过所有人的千言万语，因为对于中学生和高中生来说，班主任几乎就是唯一通向社会的人生导师。以我和玛丽的感受看来，班主任更像人生驿站的值班经理，在经历了野三坡寒冷，两个裤裆又都湿乎乎的夜之后，班主任一眼就看出了端倪。我和玛丽在离开中学的最后一个月里几乎不说话了，她是班长也不再找理由跟我起腻，而我不得不承认在认识雨婷之前，太多的夜晚总是想起玛丽柔柔的手摸住我的英雄和我第一次触摸湿润又滑溜溜的女人花园的情景，再回味一下她冰凉的舌头和光滑乳房底下像小兔子跳得一样快的心脏，每每就婉婉地射了。

不知道江老师是否看得出来我和玛丽的关系，过去很久的野三坡和刚刚几天前列车上的诡异。反正西施魔子像一块超能吸铁石把雀儿一姐吸住了，韩佑的眼神也泄露出对苏也苏门答腊的律动，她俩一下就不太在意玛丽和我，又有了饺子垫底和一夜 K 歌的疯狂，玛丽又直接把班主任江老师带到酒店来，都是皆大欢喜，玛丽和江老师也不掩饰，果然是两个都喜欢助人为乐的女性。

"江姐带的是艺术班，图钢个头高的女孩儿比比皆是，够你美女条件的不会少的！"玛丽兴奋地说："当然跟小却和佑佑没办法比，就凑合点儿吧，上大学又不是选美，如果各个都姿色万千又风情万种，我怕你活不到她们毕业就嘎嘣了，两妹妹说是不是？"

"方老师有熙熙姐，熙熙姐就是仙女下凡，晃一圈就得回去！"韩佑盯着我说。

"妹妹不会说是在宁波的那个七仙女吧？"玛丽抢断说："如果真是也是个下凡忽悠人的，我们翔子才不是傻乎乎的许仙呢，他不是贾宝玉也整个儿就是一个洪长青啊！"

"洪长青是谁？"韩佑迷惑地说："超级男模？"

"快别丢人了！"雀儿一姐烦躁的不得了，"我先去喜来登，阿姨说晚上请吃饭，把方老师带回北京的告别宴，方老师再回花舍香榭不是品牌总监要当总裁了，倒把我和槿熙给忽悠了！"

"是真的吗？"韩佑急了，"那我呢？"

"你们太不了解你们的方老师了，他想好干什么没人拦得住！上初二的时候跑一千五百米，跑到七百米拐弯的时候被人绊倒了，两个膝盖和两个胳膊肘一共四处流血，广播都喊让方翔下来，他哪儿听，后八百米是流着血半跑半走到了终点的，这意志力他十四岁就体现出来了！"玛丽感慨地说："但他的想法也不可能全实现，那不成神了？我到北大偷偷去看过他的《杨白劳为什么不还钱》，场面那叫一个热烈！我听到北大认识方翔的学生说你继改编《白毛女》之后还要把《红色娘子军》改编成话剧呢，说洪长青的任务是把海南岛的娘子军都带到延安去，为首长们安排媳妇儿！"

"别他妈的胡说八道！"我急了，"那时候红军还没到延安呢，我有那么傻？"

"穿越啊！"玛丽说："你上中学就像是活在两个时空里，干完好事儿记不住，干完坏事儿跟没干一样！我老希望你写穿越小说，你出手的时候必会一鸣惊人的！"

"玛丽姐跟方总在这里胡扯吧，我去喜来登了！"雀儿一姐大声说。

"我也去！"韩佑嚷嚷着，跟着雀儿一姐走了。

剩下了我和玛丽，还有江姐或江阿姨的班主任江老师。

"江老师，请坐。"我说。

"你们叫什么学校来着？"江老师问。

"江姐，瞧您，望族大学啊！"玛丽说："您不是答应推荐汽车模特专业学生吗？"

"不好意思，找我的学校太多了，记不住啊！"江老师微笑着，"那我先了解一下吧？"

"嗨，酷比，俩心肝妹妹一走你魂没了？"玛丽拍了我一下说："你怎么心不在焉的？"

"你叫我什么？"我愣了一下，"酷比？"

"啊？你不知道？"玛丽比我还吃惊，然后笑着说："王小却说你酷毙了，到4S店去撒泡尿就找到了爱情，从此老往西边跑，就叫你方老西酷比！用枪毙的毙不好听，就用了比较牛的比，你就叫了方老西酷比，你真不知道啊？"

"大学生也给老师起外号？"江老师摇摇头，"现在这些孩子啊！"

"起！听上去还不错！"玛丽说："王小却还管大名鼎鼎的施老板叫九头机王，因为施老板有九架飞机！管他儿子叫西施魔子，因为长得赛西施还有魔法，那鼻子灵的愣能闻出谁来大姨妈了！管老上电视跳街舞冬狼屯的那个苏也叫了苏也苏门答腊！她自己也有绰号呢，把了却的却改成了麻雀的雀，叫雀儿一姐，这一串都带番号的美女帅哥的老大就叫了方老西酷比，还管你们院长杜海叫东海大虾！"

我被玛丽的话给拽回现场了，忘了挤成一堆的大事，琢磨着王小却这是得了什么病？

"江姐放下班里的六十个孩子出来一趟不容易，"玛丽说："这屋子的味儿也太难闻了，方老西酷比，换个地方，咱们去江姐喜欢的巴洛克吧？"

巴洛克是法式西餐厅。我一直揣摩着江老师可真够洋气的，一个图钢的中学老师竟有些奢华，我上高中的时候，早上有同学给班主任带一张鸡蛋灌饼能让老师感动一上午，晚上谁溜出校门到外面买一张掉渣烧饼足以让女老师热烈盈眶的一夜无眠了。

江老师矜持地点了多味鱼汤、法式鱼卷、磨坊主妇小龙虾，主菜是法式黑椒牛排。玛丽要了罗宋汤、公爵夫人土豆、天妇罗和西冷牛排。我问有没有意大利面？一个像是来自俄罗斯的美女服务员点点头。

"你丫就吃一盘面？"玛丽不高兴了，对服务员说："我请客！给这斯上法式蜗牛，海鲜蘑菇汤，三文鱼沙拉，再来个小牛排，你要几成熟？"

"三成。"我说。

"你牙口还行？"玛丽坏笑着眨眨眼说："不知道那活儿还成吗？"

我没理她，"江老师，您喝干白还是红酒？"

"晚上要照看孩子们自习，酒就不喝了。"江老师说："玛丽陪你的老同学喝吧，要说北京姑娘嫁到东北来也真不容易，你也就是喝了酒才敢跟你老公支巴，太多男人不喝正好，一喝就多了。"

"别扯我！"玛丽大声道："说你们的正事儿！"

我承认我惊愕无比，百分之一百地瞠目结舌了。

我想忘了跟江姐的对话过程，老琢磨着玛丽有多大酒量？我们喝的不是干白不是红酒，是她一人下肚一瓶伏特加，又想起了二锅头，北京故乡的酒。我不习惯伏特加，却也把一瓶分两次干了，又跟服务员要了两瓶。

"江姐，我懂，除了北大、清华、哈工大，上什么大学都扯鸡巴蛋！"玛丽醉意浓浓地说："过去国家搞统招有道理，因为国家管招生也管分配，所以才叫计划内！现在只管招生不管分配，把就业愣给推向社会了，教育部这不霸道的二逼吗？教育部和卫生部是国家的两个大奶，不是碰不得是随便碰，让你可劲儿摸，反正摸了丫也不起性！这俩白胖的大奶不影响政权啊，加上没事儿只会起腻歪儿的文化部，这国家的三个大奶就是逗着咱们玩儿呢！"

"我得回去了，"文雅的江老师把她点的吃得干干净净，"不着急，高考结束后才报志愿呢，八号不行，市里要对艺术类二模考试，我九号带学生去你们酒店咨询吧，全市艺术类都集中在九号，八号市教委安排都是重点中学，十号是十几个县的中学。"

"不行，别走江姐！"玛丽拉住她的手，"你得帮帮我的老情人，这孙子就是疯了，非要招美女办什么鸟模特专业！翔子，你丫是做不了主还是你们破学校真没钱？快答应刘姐，都不是外人，送一个学生能给刘姐多少，你他妈的倒是说呀？"

玛丽真的喝多了，我对法国吊灯发誓我也喝美了，巴洛克说没有伏特加了，改上日本清酒了，从吃法兰西捎上了意大利迷醉俄罗斯到快要吐了的日本。

"再来十瓶！"我喊着，"清酒他妈的也算酒？"

"上二锅头！"玛丽叫着，迷迷糊糊抬头左右看，"翔子，方老西酷比，那个人贩子呢？"

我扶着玛丽走出门外，明白了高中班主任原来都是人贩子，专门以推荐报考哪个大学的名义贩卖学生，对学校每个人开价不能少于两千！巴洛克还有华丽的服务，拒绝再给我们上任何酒，把我的银行卡和赠送下回可用的代金券用信封装了，两个不是大胡子导演而是印度保镖把我和玛丽塞进了出租车。

到了酒店天已大黑，的哥居然不要车钱，我非给，司机把信封塞进玛丽的胸罩，说："哥，别闹了，上去整乐呵吧！醉在巴洛克的都是从账单上扣车钱，还要加车座清洗费，你已经交过了，三百。"

"才三百？"我说："那不行！"

"三百够了，打表三十。"司机说："别整事儿啊，我脾气不好！"

"我再加三百！"我喊着："把超级玛丽给我抱到七三七！"

"你打飞机去吧！"司机乐了，"还七三七？"

"三百不行一百可以吗？"我嚷嚷着说："东北人不都是活雷锋吗？"

"你整错了，"他说："东北人都是活土匪！"

我和玛丽艰难地上楼，总觉得上到七楼天得亮了，玛丽几次坐到台阶上，说："酷逼，老西不走了！"

"什么呀？乱了，我是方老西，"我醉醺醺地指着她说："你才是酷逼呢！"

"我是二逼！"她坐在台阶上扬着头说："我好心好意地给你介绍个班主任，哪儿知道她是个人贩子呀？"

"来，"我伸出手，"我们往上爬！"

像两个战俘，却没有押送我们的人，那就更像两个逃兵吧，可谁在追捕呢？我一定让江姐失望了，我又不是大学的大厨去农贸市场采购萝卜，她也不是卖萝卜的，怎么就不管萝卜的命运，而是根据她的获益情况才掂量着卖给我？我记得玛丽老从家里带萝卜馅包子，有一种萝卜适合做成馅的，而小黑子到哪吃饭都想点萝卜炖牛腩，丫不是吃营养就喜欢那味道，而具有品质的餐厅开始推出水果萝卜了，只能生吃，最好生吃，清脆甜润，比充斥在市场上的假富士苹果好吃多了！

萝卜，江老师不是高中班主任是卖萝卜的，多像现在太多的医生不是给人看病而是卖药的，哈，看上去很得体的江老师该头疼了，她遇到了我，我不会买萝卜让她挣黑钱，那我怎么招她的学生啊？现在是我头疼了，要撕裂一般。

"头疼得要炸了！"我气喘吁吁。

坐在三层通向四层的拐角处，我好像要散了。

玛丽的头比我还疼或者一点儿不疼，我看见她眼神闪着光亮从包里取出瓶子，里面有半瓶水，又从一个装耳环的首饰盒里拿出两片药突然塞进我的嘴里，我还没有反应过来她就把瓶子也塞进我嘴里扬起来，我咕咚咕咚地大口喝了，我没想吃药，真是有点渴了。

全喝光了我才呼出一口气，"你给我吃什么药呢？"

"止疼的！"玛丽很开心地说："我喝酒头一疼就吃，超管用的！"

"怎么还吃两片？"

"我怕一片不管用，进口的！"

"进口的好！"我又关心起祖国的发展，开始放射性思维了，"我们国家的发展让美国头疼了，所以他们在研究头疼药上世界领先！"

"我们快点上吧！"玛丽晃晃悠悠站起身，拉住我的手。

"急什么？天亮前肯定能上去！"

"我要上，赶紧的！"

进了房间，玛丽一下躺在地上，"快起来！"我喊。

"就不！"她叫着，"我凭什么起来？"

"你丫喝多了！"我蹲下，"把手搭我脖子上，我抱你上床！"

我就把她抱进里屋，扔到床上。

我站不稳，眼睛有规律地一下一下发黑，可还是看见了她从胸里抽出来信封，把里面的东西掏出来，乱扔，我居然认识我的银行卡。

"我的！怎么在你身上？"

"废话！你的就该在我身上，我的也会在你身上！妈逼的上帝就这么安排造人的！"

她开始扯自己的衣服，"帮帮我！"

"得嘞！"我帮她从头上褪下毛衣，兴奋得不得了，好像开始控制不住自己，"脱！脱！"

"给我解裤带，勒死了！"

我跪在床上，解开她的裤腰带，"抬屁股！脱不下来！"

她就抬起屁股，我连她的内裤也拽下来了。

"你怎么这么多毛？"我看着她大腿根处，"黑又亮？"

"你丫以为鞋油呢还黑又亮？"她坐起来，解我的裤子，"你的呢？"

"我才没你这么恶心呢，你的毛太多了，整个儿一黑森林！"

她哈哈大笑，"你丫下面怎么没什么毛呀？"

"狗屁！谁说没毛？"

"在哪儿呢？"

我脱下衣服，拍了拍胸上的毛，"看这儿！"

"你丫真是一个极品！"她拽下胸罩，在两座乳房中间找着，"我也有，就他妈长一根，长了就拔，拔了还长，老他妈的一根！哪儿去了？你给我拔掉了？"

"没有！我根本没碰！"

"就怪你！你得赔，给我补一根！"

"那我拔你下面的！"

"不行，你赔，得拔你的！躺好！"

"赔就赔！"

我躺好了，金星闪闪。不是红星闪闪吗？有一支歌好像是这么唱的，红星闪闪，放光芒。走四方啊，路迢迢水长长，走过了一村又一庄岁月长又长，"等一下！"

我喊。没用了。

她跨在我身上，一种滑滑的湿润包裹了我。

我进入了不属于我的花园。

温暖。很享受的温暖，可我没控制住，一阵电流猛击我心。

"我靠！"我拉起被子蒙住头。

"没关系，很棒！"她哽咽着说："我已经很久没有过了……"

"不是！"我当然没说这个，"我靠，我怎么对得起槿熙啊！"

"别说话！"

她俯下身来，躺在我身边，顺手把被子蒙上，紧紧地抱住我，我能感觉到她赤裸的身体一阵阵颤动。

"玛丽？"

"说。"

"你害我。"

"我也不知道为什么会这样，怎么办？"

"没办法，我……"

"谁能想到现在的老师会变成这样？根本不问是什么大学，也记不住，找她的学校真是太多了，反正考不上一本二本的，三本也是一样垃圾，就不管什么专业啊学历啊，妈的哪个学校给的钱多就往哪个学校送学生！我也是吃饭的时候才听江姐江混蛋说给歌德耐尔送一个学生要给她两千块才行！望族汽车该很有钱吧？你两千给不起？"

"不是钱的问题，我没想到这个江老师连汽车模特专业的学历国家承不承认都不问，怎么就业将来干什么也不问，开口一个学生就是要两千！你说对了，她是人贩子！而且卖的还是信任她的学生啊！"

"翔子，我女儿太小了，才四岁，要不就……"

"玛丽，干吗呢？"

"我不管，再给我！我知道你不会像歌德耐尔学院那样糊弄人的，也别糊弄我！"

她哭了。

我何不泪流满面。

有人敲门。

我没有动，不想做出反应，管他是谁。

任凭泪流满面。玛丽刺激了我，她真的想帮我，在帮我，没有足够的关心，她说女儿太小，才四岁，意思要是十四岁就可以为我送一个学生了。

我对玛丽做过什么？对我来说，如果不在来图钢的火车上相遇，她早已被剔除出我的记忆，有了雨婷再来槿熙之后，我的心里没有给她留下过一丝空间。如果一定说有过，也是又爱又恨吧。其实从来就没有过爱，也就谈不上有多恨。我想起文学课堂上教授说"爱恨生死"是文学永恒的主题，开始明白女人为什么爱说男人没一个好东西。有那么一瞬间想起了我的墓地。

门还在响，有人持之以恒地敲着门，发出闹心的响声。一道门原本也可以隔离出两个世界，我总想象在一个空间两个维度的世界在物理上果真存在。我翻过身，面对了玛丽，她正忽闪着眼睛，除此之外一动不动。我很形象地理解什么叫"竖起耳朵"听了，尽管没有一个人耳朵不是竖着的，除了兔子，有谁见过谁会突然"竖起耳朵"听什么吗？人类受到动物的启发才这样说吧，已经不像是形容，就是描述，我突然不明白这算是名词还是形容词了。

我伸出手，抚摸着她的头发，吻了一下她的眼睛。

"你……你不起来去开门吗？"

我摇摇头。

"你真坏！"她眨着眼，火热的眼睛能烫着我，说："再来一次！"

"不！"

她把手伸向我的英雄，紧紧握住，带着严重酒味的呼吸又急促起来，有节奏地喷向我的耳轮，把我的手放在她的乳房，她的乳头如此坚挺。

"我十四岁就想为你开门了！"她呼吸越发急促地说："可我知道开你也不进来！"

"放屁！"我不知怎么了，从未有过的兴奋，英雄完全失控地昂头挺拔，要不怎么叫英雄呢！

"来！"她激动不已地点点头，力气真大，把我弄到她的身上，"快进来！"

我趴在她的身上，又一次挺进了她的女人花园。我跟雨婷管这个叫"英雄访问"，而且一定要吻。

"你为什么不亲我？"

我用唇碰了一下她的唇，随着敲门声越来越紧，身体运动得越来越快，而且发出清脆的响声。雨婷最怕这种响声，会非常难为情，而玛丽如此喜欢，"快！快！再使劲！干死我吧！"

门声不响了。我们也消停了。

"反正喝酒了。"她说："是吧？"

"我不找借口，玛丽。"我的声调有点怪。

"你有点伤感？"她把脸贴在我胸前，"觉得对不起谁？我一直以为是王小却，在火车上又觉得不像，那个佑佑也不太可能，后来才知道是一个叫赵槿熙的。"

我推开她的脸，"你别说话行吗？"

"不想我提这个名字？"她躺平了，"那我就不提她，你也不用歉疚，别觉得对不起赵槿熙，你就当干那个班主任，干中国教育呢，好不好？"

我坐起身，她从后面搂住了我。我在想她的话，**干中国教育**？有点意思。

"我错啦，别生气！"她吻了一下我的肩，"你跟她到什么程度了？你看不出来王小却实际上很喜欢你吗？"

"说什么呢！"

"王小却说她比赵槿熙先认识你，像当'中华小姐'一样，她也让给槿熙了，因为她是一姐，天使班的班长。"她把脸贴在我的背上，"赵槿熙好幸福，我能接受她，愿意当她的姐姐。"

"你没事儿吧？"

"听我说！"她在我背上蹭了一下脸，"你可别把王小却看太简单了，这个女孩太有心计，我怕她早晚不是害了你就是害了你的赵槿熙！"

我不知道玛丽为什么这么说，想一想韩佑道出的"幸运套"的秘密，不由地叹了口气。

"去洗澡吧！"我说。

玛丽下了床，她赤裸着身子，我扭过脸去，找我的裤子，拿手机。她偏偏转到床这边来，说："我的身材比不过她们俩，可有那么难看吗？整个服装市场我的身材比例可让所有人都羡慕死了，就是屁股大了点儿！"

我又转到床这边，她快步地绕过来。

"就让你看！"她推了我一下，"你干吗呀？"

"让我好受一点，"我闭上眼睛，"求求你了玛丽！"

"那好吧，把你的手机给我！"

"干吗？"

"我拍张照片给你，你留着偷偷看！"她说："我用我的手机拍一张你的，想你的时候看看你！"

"简直疯了你！"

"害怕了？"她一字一句地说："这就是提醒你，对女人要防着点儿，包括那个赵槿熙！"

我彻底无语了，睁开眼，她用衣服挡住身子了，转身出去。她没法挡住后面，屁股果然很大，差不多十年后才想起她的绰号，大屁股玛丽。

槿熙打过电话来，玛丽在我上面或我在玛丽身上的时候。我如此歉疚，开始深深地懊悔，难以置信我会这样，我欠下了槿熙，多不应该啊，她会原谅我吗？

我打回去，两声后她接了。

"槿熙，刚才没注意，你知道我手机不设铃声的，何况我正在干坏事儿。"

"有多坏？"

"明天见面再告诉你吧！"

"那你就真的太坏了！"她说："我该怎么办呢？喂，听着呢吗？"

"在听。"

"我把庄总的短信转给你吧，我不知道怎么回。"

"什么短信？"

"你看了就知道了！"她不安地说："我跟小却说了，她说很麻烦！"

"你跟她说干什么？"

"怎么了？"她停了一下，"见到你初中的老同学，又帮着介绍班主任，你就甩开小却和佑佑了？"

"王小却告诉你的？"我头皮发麻，有点蹿火，"她们被两个帅哥给弄蒙了，明明是弃我而去还倒打一耙！"

"你先看信吧，我们要开会了，先挂了！"

"好。"

"等一下！"

"怎么了？"

"见你老同学是应该的，人家又在帮我们招生，如果你俩单独在一起，最好别让小却知道。"

"她知道又怎么了？"

"不是你最怕也最讨厌的吗？"

"怕？讨厌？"

"是啊！"她长出一口气，"怕别人说你利用别人，包括我，还有小却和佑佑，你真的是为了办成汽模专业在利用我们吗？"

"槿熙？你不相信我？"

"我相信！"

"你……"我悲哀地说："你还是别信了。"

2

槿熙把庄已泊发给她的短信转给我了，这样写的：

槿熙同学，我在跟央视的人吃饭，八号在上海欢乐谷的直播定下来了，评委会的人跟我说，他们都同意总冠军应该来自望族保举的人，所以今天还是二十号，当然必须是二十号，没人敢改。槿熙，我不知道你有什么梦想？可以说出来，告诉我，我一定会帮你，不过我想知道你对当这个冠军真的很在意吗？特别重要吗？

这是第一条，一共两条。

第二条短信是：

槿熙，你没回，很纠结吧？别误会了我的意思，你想成为"中华小姐"当然可以的，等八号中央电视台直播上海总决赛的时候，全国的人都看到你了，你会成为"中华小姐"！我想知道你真那么想让人人知道你走到哪都有人围着看你吗？不用急着告诉我，以我的经验，晚上想事，早晨再决定事。只有早晨决定事才好，冷静，正确，不后悔。真的，不信你试试，试过几回就知道了，明天早晨再把你的真实想法告诉我。我会安排时间和地点，然后是我要想一想了，再决定怎么帮你。

我纠结了，像槿熙和庄已泊一样的纠结，发信的、收信的和一个第三者看信的处于一个位置，感同身受，我甚至更沉重。妈的，怎么回事儿，庄已泊不是讨厌高岚吗？要干吗？

我又把两条短信各看了好几遍，一会儿觉得清晰一会儿觉得糊涂，明明看出了玄机却又找不到准确的位置，算是遇到了狡猾的高手。我在外屋来回转着，几乎不走脑子下意识地走来走去，时而听到卫生间传来的水声和歌声。玛丽边洗澡边唱歌，我明白了这短信何处让我有火发不出来。

我再次看信，从后往前看。庄已泊说早晨做决定是对的，无论棘手的事儿还是所有该想一下的事儿，只有早晨起来最清醒。庄已泊说对了，什么叫"晚上想事，早上再决定事"？他会安排时间和地点，把阴谋都隐藏其中了，就是预防了槿熙会把短信给人看也抓不住什么把柄，这世界谁不知道直眉瞪眼地对女孩说我想跟你睡觉是王朔跟女孩说我想跟你一起起床就是徐志摩了。庄已泊更高，根本就没提睡觉起床的事儿却全涵盖在里面了，就是在法庭上你还找不到证据，他说"安排时间和地点"并不表示会涉及床的问题，一如王朔说他夸饭馆菜做得好并不是想留下来当厨师，朔爷笔下的老婆们才不一个人给老公戴绿帽子呢，哪像玛丽和我这么二，人家组织一批小娘儿们说姐妹们走咱们绿化祖国去！那气势就像九头机王带着编队从内蒙古东边飞到西面整个儿快穿越了祖国的北疆啊！

是啊，"中华小姐"就是一朵"国花"，红的有多娇艳就看怎样宣传如何包装了！庄已泊两条短信越琢磨越深，且没有一句闲话，就看你怎样解析了。第一条还称槿熙同学第二条就少了两字，如果槿熙回复短信正是他想要的，估计就剩下一个字"熙"或"亲"了。

我还奢望靠庄已泊阻止、打傻曹大蛤蟆呢，什么叫"还是二十号"？不知道他们下午在宁波不是换汤没换药而是旧瓶装了新酒吗？此二十号非彼二十号，槿熙换成了高岚。人换了号没换，曹大蛤蟆可真够阴的，没准就是庄已泊一手策划的呢！

玛丽从卫生间出来了，**白花花的玛丽**，没想到她这么白，身上还不太干，水淋淋又白花花的玛丽，花园的草丛贴在肉上，那肉也肥沃地高高隆起，像凸起的丘陵。两个乳房像两个东北大白馒头，上面挂着两颗黑枣，很高兴我失神地看她，哪知道我一半脑子还在槿熙和庄已泊那里呢！

咚咚咚地敲门声，又来了，玛丽刚准备给我摆个多情 pose，她哪儿摆得过槿熙，连韩佑都不如，被又响起的敲门声吓了一跳，赶紧回到卫生间，叭地从里面插上了门。

我快步走向里间，来不及收拾床和玛丽的衣服，又退出来，关上了门。

不会是雀儿一姐和韩佑，她俩有钥匙，没有也能踹开或让服务员开了。不是雀儿一姐就好，她再把西施魔子带来，我可知道施八一的鼻子，他对味道极为敏感，没准一下就能闻出这屋里有过一场交欢的气息。

"哪位？"

我装模作样地边问边开门，一座黑塔横移进来，像被坦克推着。

"我老婆呢？"

我知道是谁了，玛丽想必也知道了。

他酒气熏天，手里还拿着一把菜刀，我非常赞赏政府推出买菜刀要实行实名制。

"今天咱俩得死一个！"他很明确地指着我说："不是我就是你！"

空气凝固了。我一下就想到了我的墓地。

看来准备什么也别给自己准备墓地，唐启光一直反对我老是很牛逼地说我有墓地的事儿，丫从当副市长后苦读不了易经，但花钱保送政府办一个很有智慧的秘书去北大读 MBA，专修国学的易经课程，为他所用，传回给他的第一个信息就是人的心里生理和周围都是有气场的，而且除了发财你老怕什么就一定会招来什么。

也许是真的。

"你找谁？"

我故作镇定，脸上尽量保证笑容，在寻思着是夺他的刀还是兔子快跑。夺刀容易失手，可跑也不是上策，他万一发现玛丽，会把正好赤裸着身子、洗得干干净净的玛丽剁成肉酱。为了我虽不曾爱过的玛丽也不能跑，男人不一定是好东西但一定要成为敢于担当的人。

我判断着形势。他一个人来，实际上让彼此都处于劣势，容易走向极端，因为中国式解决问题的方法总是以讲理开始，哪怕是歪理也希望有人听，凡事都想找到一些依据，然后依据很快就用不着了，进入各自的逻辑。没有一场架不是这样开始的，在东北发展快一些，因为东北人的手比脑子快，南方人手会慢一些，到了上海就没进度。我开始渴望五月八号的上海了，这样一想，我不是忽然感觉到严峻，而是悲哀。

"坐吧！"我说，"你刚才来过了？"

"没！"他有些气喘吁吁，体格再强的人一口气也爬不上七楼，带着怨气体能消耗得会更大一些。"你先让我喘口气！"

现在，趁他虚弱时我刚好可以发起攻击，在他拿着菜刀以为处于强势不太设防的时候，就叫攻其不备。可一旦这样我就等于不打自招了。汉语里怎么会有"不打自招"这样一个成语？说明自古以来就没有愿意讲实话的人，一定要打才会说。不是"说"，是"招"。汉语可真是博大精深，一个"招"字好生了得！是谁"招"来了这个手持菜刀的人？是我吗？玛丽？不，都不是，是莫名其妙的汽车模特专业。因何就有了这样一个专业？是杜海。杜海因何要创办这样一个专业？因为他不想在《第三只眼》当总编辑了，第三只眼恐怕也是一只瞎眼吧，他郁闷了，认识了高阳。我却因槿熙改变了生活的轨迹。看来开窗户的不光是潘金莲，还有杜海。不管我和玛丽这个挨刀的老公谁死，都不会死得其所，连轻于鸿毛都谈不上。我从未想过我怎么没的那一天要重于泰山，可我现在想泰山了。因玛丽而死不是值不值得的问题，若是槿熙，我甘愿血尽而亡。

难道不因槿熙吗？万事皆有因果关系。佛教真好，什么事儿都能说得头头是道，为陷入苦海者指点迷津，我还一直觉得如果人人都去寺里、尼姑庵里念经拜佛，中国人怎样传承子嗣啊，高阳还造什么汽车啊，造出汽车谁开呀，世界还闹什么政治啊，整个地球会安静的像一只午睡的小猫，那该是一个什么样的世界啊，简直无法想象！

"你找玛丽？靠，怎么会找到这儿来？"

我尽量在环境上制造平和，假装没看见拿着刀的人，拿着手机故作继续，我真他妈的壮志未酬啊！妈的"酬"是什么意思？是说有"壮志"的人原本都是为了犒劳自己吗？要不"酬"字是什么意思？我为什么要上北大还他妈的读中文系？我怎么突然觉得汉语不是博大精深而是混乱不堪啊！

老祖宗发明汉字的时候都有据可循，每一个汉字都有来历或寓意，我们愣把博大精深的汉字给简化了。乱了，信仰随着迷信如孩子连同脏水一起泼掉了。问题还是出在教育上，像老爸拿花舍香榭三期、四期、五期的地不是钱的问题，政府拿出地来凭什么给你？槿熙或高岚凭什么拿总冠军？我忽然为"潜规则"寻到了理由，明白了事理，逻辑上也自有归处，不管金莲为什么开窗户，至少杜海是一定要开的，新教育是必须的，而我不爱槿熙是不能够的，可怎么就发生了玛丽在我上面把我先办了，我又在她上面把她继续办？

我如此道德败坏、低级趣味又不可理喻。我应该夺过那把刀立即自宫，不入佛门愿意信奉基督教可以找到上帝问他因何用七天创世界，在第八天造人弄出个亚当夏娃来，还他妈栽了棵苹果树！

我情绪激动，比他还冲动。还好他看不出来，我也没想夺刀自宫，我得留着英雄，英雄自有用武之地，我要好好干一次、十次、千次、万次赵槿熙，要抢在庄已泊之前，她可能真的还是处女呢，尽管我并不在意此处！

我实际上是在给韩佑发短信，告诉韩佑，玛丽的老公在此寻事，让她赶紧带着能找的人来为我解围，因为我不想被杀或杀人。

我的酒劲儿还没过，又无端地造次两回，一再感觉身子发软，不一定抢得过来那把锋利的刀。

"那叫什么一姐的逼丫头说我老婆跟你一块儿呢！"他挥起刀，剁在桌子上，"你妈逼的玛丽出来！"

王小却？不出所料，玛丽说得对，得防着一点雀儿一姐了。为什么就没让她去参赛，偏偏安排了槿熙呢？

"你酒喝多了，"我笑笑，也是想大声说给玛丽听，"玛丽和江姐在巴洛克吃完饭就走了，根本就没来我这儿啊！"

"扯犊子！"他拿起刀又剁了一次桌子，"什么江姐，她叫江婕到店里买衣服拿回扣，说是九号要统一着装来这疙瘩不能给图钢中学丢脸！"

"那到底是王小却还是江婕跟你说的玛丽在我这儿？"我突然变得强硬，要建立气场，示弱必败，拍了一下桌子，说："别说玛丽没来，就是来了又怎么了？我们俩从小学到初三都是一个班！她初一开始当班长，为了她能当上班长，从给我们班主任往家里送大兴的西瓜到秋天的大白菜，都是我组织的，那时候你在哪儿？"

"我？在哪儿？"他眨眼回顾着，"我在图钢上学啊！"

"还是的，玛丽当班长你没出过力吧？"我指着他，呵斥地问："你没当过班长吧？"

"妹当过！"他的一口东北话把没当过的"没"是说成"妹"的，听着就是"妹当过"，朝我瞪着眼睛，"我扯那犊子干哈呀？"

"可你妹当过啊，玛丽是好班长，你不行啊！"我庄严地说："在社会上混有朋友吧？仔细想想吃饭喝酒时有几个不吹自己当过班长的？啊？玛丽才真的当班长，可你贡献什么了？"

"我，我是啥也没帮过，"他委屈地说："我在这疙瘩上学，也不认识她咋帮啊？"

"她感冒了我送药，想吃冰激凌了我去买！"我越说越有理，爽歪歪地趁势推进发挥，"她一来例假就肚子疼还是我揉呢！"

"你鸡巴大点就给她揉肚子？"他拔起了菜刀，"我说她不是处呢，原来是你王八蛋代我先给破了的？"

我编造发挥得大发了，要不智者都劝人少说话，**言多语必失**，难免就给自己挖坑跳，旁边还得立块牌子：傻逼在此！

他挥舞着菜刀就砍过来，在七三七房间我是第二次见刀了，幸亏未见血，上一次是九头机王施老板救我，没想到这一次是许大鹏。

在我闪过菜刀第一刀之后，有些被激怒了，尽管周身酥软还站不稳，弄个鱼死网破还是可以的，人在发飙时头脑发晕也是有的，要不我干吗说玛丽例假肚子疼，全班都知道可我又何曾揉过？倒是在野三坡那个黏稠的夜晚，玛丽招得我英雄勃起时间长了我小肚子疼痛起来，是她用手心帮我揉了，没揉几下就再往下攥住了我的热棍，她命名称之为"翔哥大英雄"，跟我一起颤抖着身子激动不已，所以她跟这个挨刀的在结婚之前被谁爽朗地干或她在上把谁给办了不必惊愕。

我跟跄了一下，闪得猛又因酒精阻隔了大脑传输指令，一个跟头滑倒在地，他的第二刀高高举起。只见许大鹏带着人冲进来，一棍子打掉了刀，那菜刀从空中落下横腰斩断了我已脱落的拖鞋。

"别打！"我喊道，"大鹏住手！"

我呵斥住了许大鹏，可他的棍子也得去去处，惯性使然他临时改变方向，桌子上的电脑显示器被打爆了。

挨刀的酒惊醒了，实际上并未真醉，借酒发飙是东北人常干的。

"他找他老婆，"我爬起来狼狈地说："跑到我这儿瞎闹来了！"

"玛丽呀？"许大鹏说。

"玛丽！不是玛丽亚！"他果真没醉，在众人的棍子前咧开嘴，带着哭腔说："我爱老婆，她就是我的玛丽亚！"

"靠，大哥，"许大鹏说："玛丽在我那儿呢，帮我们歌德耐尔介绍学生呢，差点误会了，你们几个赶紧带这位大哥下去！"

我总算松了一口气，许大鹏看着我意味深长地一笑，我知道，大鹏没准备走，真正有内涵、有意境、有扩张也就是更大的麻烦来了。他带着一把看不见的刀，就是俗称的"软刀"，那种杀人不见血的刀子，显然比刀刃沾了猛钢的刀口更锋利。

他不走，没准备要走，关上了门，转回身走到桌子前收拾着被他用棒球棍击碎的显示器。

我知道他不会走，不是要发现而是要亲自掌握我的秘密，他比玛丽的老公更相信玛丽就在这间屋子里，而我更想知道他是怎么来的。

"你来过几次了？"我拿了一瓶矿泉水扔给他，"一个小时前我听见有人敲门。"

"是王宏民！我的人盯着他呢，他上七楼两次来找你，第二次没敲门，把耳朵贴在门上听，有多龌龊！"他拧开盖，咕咚咕咚地喝了有半瓶，才喘了口气，说："那家伙就是靠市教委撑腰，把图钢职业学院当成免费劳务市场了，可既然讲市场哪儿是我的对手？他干着急，想联合你，不知道你曾经当过我的老师，现在虽然不讲一日为师终身为父了，可你永远是我的大哥！"

"你的人看见有人拎着菜刀上来了？"我拧开矿泉水的盖，"那你为什么不马上来？想见到血再帮我才更显得有价值是吧？"

"哪儿呀大哥，不是，我在外面跟酒店的老总喝酒呢，新来的总经理，原先的给弄走了，可见市里对这次高招咨询会有多重视！"他瞄了一眼里屋的门，下意识地，然后看着我笑着说："是佑佑，佑佑火烧火燎地给我打电话让我赶紧上楼，我撂下筷子跑过来的！"

我相信，韩佑看到我的短信动了脑筋了，让许大鹏先赶紧来给我解围。

许大鹏看了一眼手表，"快到了，这个点堵车，佑佑她们也该到了！"

他在提示我，别无选择，想到玛丽赤身裸体地还躲在卫生间里，我走向里间，去拿她的衣服。不让许大鹏看到玛丽他是不会走的，岂不也白叫了我大哥？

我边走边说："你说玛丽在你那儿，怎么跟她老公解释啊？"

"就说玛丽又走了呗！放心，我是您的学生，现在也当老师带学生了，继承你的传统很会危机公关，才不会那么大意呢！"

我抱着玛丽的衣服走向卫生间。

"玛丽，开门吧！"

这事儿就算了结了，许大鹏看到玛丽踏实了，对我没有回避他表示很赞许，又看了一下表，说："估计快到了，我去对付一下爱玩刀的。"

玛丽一直在抖，发冷，抖个不停。

"无论你对我怎么看，咱们联手吧！"许大鹏把自己的夹克脱下来，披在玛丽身上。"大哥到歌德耐尔来，我们老大会同意把刚批的美少女学院改成模特学院，他才不管这个那个的，学生越多越好，每年光还银行贷款利息就得五六千万，急了！你当院长，我负责招生，大哥把'中华小姐'接来就带着佑佑她们回去，我们校长会派车到机场接你们五个人，您重回歌德耐尔，八月新生报到我不给模特学院带回去两三百个不是人！"

玛丽鼻涕眼泪一起流，还一个劲儿地打喷嚏。赤身裸体躲在卫生间这么长时间，她是冻坏了。

"玛丽先跟我下去，"许大鹏看着我说："大哥就好好安排一下吧，要不惜一切代价让槿熙成为'中华小姐'而不是那个上海骚娘儿们！"

我跟他在这点上是一致的，但我不可能让玛丽跟许大鹏走。

"玛丽，你先喝点热水，"我很心疼地说："过一会让韩佑她们一起送你回家，不着急，去蒸个桑拿暖暖，正好有个理由。"

玛丽摇摇头，说："他一喝酒就找事儿，不打我就砸东西，我老是打不过他！你放心吧，他酒劲儿一过就给我跪着，我不说起来他真能跪到天亮！"

"对不起，玛丽。"我有些无言以对。

"佑佑说你特爱说对不起，看来是真的？可你对不起谁啊？"她把许大鹏的夹克拿下来，"我不知道我的天什么时候能亮，快了，真的快了！"

我不明白她的意思，"玛丽？"

"你从来没有对不起过别人，那天到我家吃饺子又去 K 歌，佑佑和小却都跟我说了，说了你是怎么怎么爱那个赵槿熙的，九号你一定带她来，我给你俩包鲅鱼馅饺子！"她站直了身子，然后深深地弯下腰，"是我对不起你！"

"说什么呢玛丽？"

我上前扶住她。

玛丽抬起头，这回是真的泪水潸然而下。

"方老师爱上谁，一定要让天下女人流干红泪的！"许大鹏真诚地说："我受不了了！"

玛丽泪流满面地看着我说："方翔，原谅我！"

说真的，有一瞬间我又以小人之心揣测，而且永远不敢讲出来，看到玛丽这样，我怀疑她是不是得了性病，甚至是把艾滋病传染给了我，要不何以这样？

就是那么一闪的念头！一个念头，我感觉到自己原来很卑鄙，我要为这卑鄙的念头不是付出而是甘愿寻找代价，必须有一次救赎！

我好难受，心里酸酸的，虽然没有面红耳赤，但心一定红了，火红，滚烫，原来一颗火红又滚烫的心还该有这样一种解释。我寻找到了我的零度空间，发现了我的丑陋，真他妈的该死，我说我怎么提前拥有墓地了呢！我答应过雨婷，雨婷走前一再要求我必须好好爱上一个人，还要把她带到墓地让她看看，她会托梦给我。如果我没梦到，就是她很放心，好好地去爱，在天堂等我，再面对面听我讲述我必须有的爱的旅程。雨婷啊，我不救赎自己，有何脸面去见你？

3

来到喜来登妈妈的房间,我站在门口迟疑了良久。一想起亿万富翁的爸爸从未跑偏过,始终如一地爱着妈妈,妈妈一定也动了一丝对施老板的感觉竟会那般羞愧得像个小女孩,比起爸妈,我到底算什么?我对天安门的华灯发誓我够真诚够本份,我那样地爱雨婷,雨婷走了这些年我遇上了槿熙,真爱着槿熙,从来没想跑偏过却在江城医院被那个有一岁女儿的白小曼算计了,在来图钢的火车上被玛丽安排了,我追寻着清纯的女孩,我是谁?我冤还是不冤?在品牌部,那么多美女记者和广告公司大小美女都不曾把我拿下,倒是小黑子把差不多该办能办的都办了,丫在监狱呆几年也不冤,可在品牌部我知道手下在议论我什么,我的口碑竟还不如近乎每周一妹的小黑子,真他妈的你妹啊!

"你准备什么时候按门铃?"

妈妈原来一直在门镜里看着我。

"妈,您答应跟我爸说兑现我的股份先给我一百万,让我先开个服装店,我就按。"

"那你就在门口站着吧!"

"妈!"

妈妈拉开了门,"你疯了?不回去帮你爸爸也不当老师了?要开服装店?"

"对。"

"别骗妈了,你是想给你那个初中的同学开吧?"

"是我开,我是老板,"我认真地说:"交给玛丽和她老公经营。"

"进来吧!"

"您答应了?"

"我给你妹妹打电话,让她九号别飞北京先到图钢来!"妈妈很生气,"我是看出来了,这世界上就你妹妹能管你,诗诗一出面你准听!得有人管管你了,你就是八路军的老土枪连个准星都没有,真不知道要干吗呀!"

"方老师,你真能折腾我们!"

我转回身,雀儿一姐站在我身后,旁边是移动雕像西施魔子。

"韩佑呢?"我问。

"正跟苏门答腊爬楼梯呢,知道你没出事,一接阿姨的电话出租车就调头,我说你老在通话中，还以为你在跟玛丽的老公用心沟通呢，原来是跟阿姨打电话！"

真够讨厌的，我说："小却，你快让我讨厌了，韩佑爬什么楼梯？"

"阿姨传授了诗诗姐的秘招，说是上楼梯每步跨两个台阶可以练屁股，"雀儿一姐笑着说："佑佑要练成槿熙那样挺拔的屁股，明年的'中华小姐'就是她的了，当不上也可以成为北京奥运会举牌子的引导员！槿熙算什么？CCTV直播也没多少人看，也就是图钢脑子进水了当成一件大事情，北京奥运会开幕式全世界有几十亿人看，引导员没屁股怎么穿旗袍呀？槿熙做望族天使形象代言人，她要做汽车模特专业的形象大使，一个一个都挺会给自己设计的！"

"小却，你怨气还不少？"

"哪有啊？我说的是实话！"她伸出手拉住了西施魔子的手说："明天我们俩陪方老师去市教委办许可证，他让他爸爸都打好招呼了，我们俩才真想着招生的事情呢，还真是怕这个专业办不起来！"

"方老师，"西施魔子拿开了她的手，"能行吗？"

"放心八一，一定行！"我点点头。

"我说的是'中华小姐'，"他紧张地说："听那个许老师说你们校长要捧的那个女的在歌厅做过小姐，陪唱，听说还在KTV包厢里跳过艳舞，就是脱光了衣服给人跳，太恶心了！"

"许大鹏还跟你们胡说什么了？"我听着有点急，就跟高岚在包厢里脱光了跳给我看似的，"他还胡说八道给人乱编排什么？"

"那你就得问佑佑了！"雀儿一姐说。

当然，她说对了。我真不知道韩佑跟许大鹏混到什么程度又算是怎么回事儿，望着楼道深处，等苏也苏门答腊陪着韩佑从十二层紧急通道的楼梯出来。

"你们快进屋，别把蚊子放进来。"妈妈坐在套房客厅的沙发上说。

"哪儿有蚊子啊！"真是太夸张了，我无奈地说："妈，您什么时候走啊？"

"不急，等你妹妹来，我也想在这儿看看图钢的古迹，再看看你弄出来的'中华小姐'！"妈妈站起身走到门口，"我看出来了，不把这事儿办完你是回不去的，可我要不把你带回去跟你爸也交代不了。八一啊，跟你哥进来吧，我要了果盘马上就送上来了，小却赶紧回你们的酒店吧，你们方老师就在楼下的房间住下，不能再回去跟你们俩女生住一起了，哪有男老师跟女学生住一起的，还俩？望族大学也忒不像话了，给学校招生倒像是对付民工呢！"

"阿姨，"雀儿一姐说："您先跟方老师谈家事吧，我们在方老师的房间等，方老师是回去当老板还是继续做班主任也早一点给个话，尽快告诉我们！还有方老师，不管怎样明天都要去交材料，我让我们班主任把办学证明传到阿姨的房间了。"

雀儿一姐说完挽住西施魔子的胳膊走了。

她总是能左右局面，她的控制力像控制欲一样强，我替她担心的是她控制不了西施魔子，西施魔子不停地回头，眼神里没有求助，我读出了他的怀疑，更多的是担忧。是啊，槿熙必须成为"中华小姐"，怎么可能是高岚呢？

雀儿一姐推开紧急通道的门前回过头，说："方老师别忘了，复印件上要有学校盖的章，你知道的。"

我当然知道，教委的人告诉我了，要提供盖有学校公章的办学许可证复印件，我们才被允许招生，要不肯定是不行的，一是教育部会有督查小组检查各地高招工作，二来政府给图钢职业学院投了那么多资，对于王宏民来说甭管是谁，把北京来的强大对手打趴下一个少一个。

人家教委已经够掏心窝子的了，施老板再能也没法说，市委书记和市长也不好办，他们也不知道这事儿对我来说竟会很难！

多难也得办，要不槿熙来干吗？费了好大劲儿，结果望族大学没法儿招生，酒店又换了新老总，就是许大鹏不使坏王宏民也得用招儿，不把我们赶出来也就只能封锁在七层了。没有图钢市教委备案批复是不可能招生的啊，现在谁都相信"中华小姐"一定会来，看图钢交通台方子良那个劲儿，我都怀疑他们是不是以政府的名义派出了公关小组到宁波，因为看这势头，"中华小姐"很有可能成为一朵国花作为迎北京奥运的形象大使，哪个市政府不想趁机捞一碗政绩羹啊，借此不是跟北京而是跟中央套近乎，聪明的市长一定不会放过锦上添花的事儿。

"那女孩有什么好看的？快进来！"妈妈又对不像保姆如同秘书的阿姨说："你也从防火梯赶紧下十一层去，帮我看着点儿那丫头！"

"妈，干吗呀？"

"干吗呀？"妈妈有些闹心地说："我得帮你妹妹盯住八一，别让那丫头给拐跑了，他肯定是咱们家人，成为你妹夫，我能看得上的未来的好女婿！"

我晕！也一下明白了好多事儿，完全可以解释清楚妈妈的好多行为，也许还真会在图钢克隆花舍香榭呢！妈妈到图钢来可真是收获大大的，而我几乎丢失了全部。

韩佑带来消息，歌德耐尔学院拿下了酒店大堂新开辟的空中广告长廊，而且酒店在抢着施工，把大门原先上面的横隔栏窗拆除，要换上一通到顶的四开大玻璃门，旁边朝向大街的窗户也全要换成玻璃窗，这样眼神好的一出火车站都能看见酒店里面了，更别说在人来人往的街上能看到歌德耐尔悬挂在半空中的广告了。

我无法判断出这个信息对我重要还是不重要，有一个想法倒是确实的，我在品牌部的时候如果有许大鹏这样一个人，在跟媒体打交道上倒是会省心许多。他天生聪慧，天生就是干公关的材料，公共关系对于一个企业来说就是企业的"外交部"，学校何不如此。他能在第一时间就把刚上任的酒店老总拿下是需要一些功力的，可真不是钱的问题。按理说王宏民绝不缺少请当地酒店老总大餐小宴的酒钱，又有地头优势，可明显在许大鹏的下风，好像跟远来的和尚会念经也没有太多关系。我甚至闪过了一个念头，如果许大鹏在望族大学，他帮我招生定是让我省力许多，但我知道万万不可能用他的，我怕他会弄脏了一池水。

"还有，鹏哥让我告诉你别费力了，"韩佑带着一半伤感一半喜悦说："无论你去不去当你爸的提线木偶，鹏哥是这么说的，他能招来一大堆模特，身高够的就做汽车模特或服装表演，不够的就做广告模特！鹏哥要把模特细化，包括发模、胸模、手模、脚模和人体模特，从大一开始就为中央美院和社会提供一切需要的，叫面向市场。说如果你真当地产大亨的道具了，还能从美少女学院训练出一批超级侃奶帮你卖楼，细化到售楼小姐、保险女优、珠宝春花、手机妮妮！鹏哥推崇杜海院长提出的美丽经济，说白了就是美女经济，希望你劝杜院一起到歌德耐尔去当美少女学院的院长，你们承包都行，开出价来，别在望族大学当叫花子了，还说咱们跟图钢职业学院的王宏民一样，太执着反而像是武训办学！武训是谁啊？听着好像是一个历史人物，跟武大郎有关系吗？"

我严肃地问："你知道他后面有什么动作吗？许大鹏为什么要帮我们？还把王宏民的双胞胎表妹派到宁波去了，让槿熙当冠军成为'中华小姐'他有什么好处？"

"鹏哥知道那个高岚你调遣不了啊，只有熙熙姐才听你的啊！"韩佑想着什么，说："明天却姐和八一跟你去教委，我和苏也到鹏哥那里去，看他搞什么东东，一定能知道，鹏哥没把我们当外人了，他一定要阻击打垮王宏民！"

"为什么？"苏也苏门答腊问。

韩佑把我拉到一边，小声很神秘地说："鹏哥知道大芳和小芳是王宏民的卧底，她们俩是要上图钢职业学院去乌克兰的，半个村子的人在乌克兰跟温州人搅和到一块，俄罗斯人太粗野，他们在乌克兰建厂进军俄罗斯再通过土耳其占领东欧，大芳，小芳的爸妈都在乌克兰的热水瓶厂，就是还没挣到什么钱，王宏民把她俩的学费全免了，要掌握鹏哥的招生动作还偷报名的学生信息，鹏哥假装不知道，我听见他跟他们的人说让大芳，小芳去宁波是废物利用！"

"佑佑，你还知道什么？"我急忙问。

"不说了，我和苏也去找却姐了！"韩佑说："却姐一个人跟八一在一起不行，八一连一句话都不肯多说，苏也和我在才会好一些，我们去K歌了！"

"方老师，"苏也说："我和八一两年都没有考上大学，就指望望族了，可一旦是那个脏孩子当冠军，还到图钢来，八一的爸爸在半个东北都有影响，要面子，就绝不会让八一去了！八一不去我也去不了！"

我还没问，韩佑说："苏也家里没钱，学费和生活费八一的爸爸愿意出。苏也的爸爸和八一的爸爸都是飞行员，一个部队的，苏也的爸爸连飞机带人都掉进东海了！"

我没有什么惊讶，至少没做出惊讶的表情。

"去吧！"我尽量不露沉重地说："放心，到图钢来的'中华小姐'一定是槿熙！"

杜海依然没有开机，不知道这斯在干吗？我又发了一条短信，走进卫生间，脱下衣服洗澡，看到胸前和腿上被玛丽抓的痕迹，奇怪的是没有想起玛丽倒是想起了施八一。我知道他为什么顺从似的跟雀儿一姐走了，西施魔子始终一脸紧张的表情，我知道为什么了，他一定从我身上闻出了性交的味道。我羞愧不已，思绪带着畅想游离，想起初中、高中时教室里总会散发出的男生的味道，总有阵阵精液味儿飘逸在教室，青春的气息和记忆。我好像从认识槿熙第一天就不是那么笨拙，而是开始老了。

刚过完二十五周岁生日的我，真的老了吗？

是老了，我从来没有也不会在酒店的浴缸里泡澡的，可现在超想把身体泡进热水，不知道是想松弛身子还是心？

玛丽一再漂浮眼前，可我分明是在想槿熙啊！为什么如此疲惫？为什么会一闪念把玛丽往那么坏处想？她都没在意我，而我竟那样怀疑她，到底是为什么？

对，她说"对不起"的时候，不看我，还鞠了一个羞愧死我的躬。这不是玛丽作风，尽管我不了解玛丽是什么作风，她怎会变得如此客气和"礼貌"，我又因何那样完全失控？

我想起了爬楼梯时她塞进我嘴里的药片，忽然一惊，又一个强烈的念头不是闪过而是带着光亮和声响击中了我，天哪！玛丽会不会给我吃下了两片伟哥？

还能解释吗？要不我为什么会如此冲动，还他妈的一上一下两次？

呜呼！哈哈！千山鸟飞绝，万径人踪灭。孤舟蓑笠翁，独钓寒江雪。我大声吟诗，突发奇想地拎出来柳宗元一通豪诵，无厘头，无逻辑，就是想嚎，简直要疯了！

门在响，轻轻敲。轻轻地我走了，正如我轻轻地来，挥一挥衣袖，不带走一片云彩。徐志摩哪是再别康桥啊，丫在鹊桥，而那桥太高就站在云里了，可真是云里雾里了。女人要是豁得出去，定会比男人来去猛烈，走得狠又走得远！

"谁？"我大声叫着。

"小哲啊，妈妈叫你去吃水果。"是房阿姨，不是在门外敲而是直接敲了卫生间的门。

"你怎么进来的？"我高叫着。

"这是我的房间啊，妈妈让你住。"房阿姨竟学了我妈妈声音也是软软的，"洗完澡快上去吧！"

"我吃了水果了！"我像驴一样嘶鸣，"大黑苹果！"

"那好吧，"房阿姨说："把你的新手机号告诉阿姨，爸爸要给你打电话。"

"110119120999！"

"这是什么号啊？怎么挺熟悉？"

"一打就知道了！"

我有点懵，不知道自己的判断是否正确，老觉得一定精准，玛丽对我像是囊中取物了，而我的爱不是物连囊也快没有了，曹大蛤蟆对上海小娘儿们肯定得手了，得赶紧告诉杜海！

还是关机。我又给他发了短信，告诉他也是想让他告诉高阳"中华小姐"是望族大学的，但不是赵槿熙，曹大蛤蟆换人了，换成了一个叫高岚的！

又是什么公办高校，好像只有国家办的大学才是"大学"，那批准民办大学干什么？组委会的人真是疯了，不知道"中华风采"是望族赞助的吗？那一定就是庄已泊在暗中作祟。

我望着窗外，还一直想接下来会怎么样，我怎么告诉槿熙我跟玛丽的事儿，她能原谅吗？

我该有人指点要不要说，可惜政府把简直就是当代西门庆好好教育必是人才的小黑子关进监狱了，我需要一个参谋。图钢的夜很黑，远处是看不见冒烟的一片大烟囱，这是一个炼不出能造航空母舰的钢铁城市，只是一幅图，看上去依然壮丽，像玛丽老公那样强壮，可是不是阳痿了，玛丽到底为谁准备的伟哥？

杜海回短信了，就俩字：已知。

我火冒三丈，你丫以为你是人民币上那个头像呢，听老爸说批向全国传达的文件上面也老是两个字：已阅。可真能推卸责任还老是处于主动，"已知"是什么意思？！

我给他打过去，丫又关机了！我操，神经病啊？

我又快速地拼写短信：

　　首长，领袖，可爱的东海大虾：我要解决两件事，第一槿熙必须拿冠军！第二我需要在办学许可证上盖望族大学的章！

我呼呼地喘着粗气，把短信发出去，客房的电话响了。

"找谁？"我粗声粗气地问。

"阿西吧！"她郁闷不已，"方太太说你有病了，要当CEO给美的？你不会是范进中举了吧？"

"诗诗？我以为是爸呢！"

"老方在美国，你不上任老方不会回来，知道为什么吗？"

"不知道，"我说："你那边冷吗，诗诗？"

"老方还是放不下江城，解铃还得系铃人，你只能以CEO的身份去江城做一个有品位的道歉，老方在白大爷那儿才算有个交代！"

"我不是木偶也不是道具！"我说："诗诗，你别管妈叫方太太管爸叫老方行吗？"

"哥，我在延安演出转到西安的时候帮你招了一个学生！"诗诗欢快地说："她叫果果，她和她妈在西安乱转找学校，看见酒店欢迎我们的标语就黏上我了，后来知道竟然认识你，吃阳坊涮肉被你带的女孩给气跑了，小丫头在门口还送过你一大袋肯德基是吧？这就是缘分，果果发短信给我，我跟她说九号从莫斯科飞图钢，她和她妈也要从牡丹江过去见你，我先挂了，弗拉基米尔来了！"

弗拉基米尔是何鸟人？小妹到哪儿都会迅速建立人脉，气场大过我家排球场客厅的十次方，当然都是帅哥。非帅莫近。弗拉基米尔够牛逼的，小妹从来不会轻易先挂我电话的，可弗拉基米尔再牛逼能牛逼得过西施魔子吗？弗拉基米尔有爸爸吗？他爸爸有九架飞机吗？

弗拉基米尔再过几天就悲催了，小妹看到西施魔子会怎样？或者西施魔子看到诗诗会如何？雀儿一姐有必要读读《悲惨世界》了，我不在雾都，不是雾都孤儿，现在倒有点钢都孤儿了。

不会的，我有槿熙。

小妹居然也帮我招了一个生，果果，一想到她的妈妈又带着女儿去西安找学校，可哪个大学会招初中毕业生呢？想一想倒为果果妈和果果有些心酸。

现在，我们还没大张旗鼓地正式招呢，已经有了槿熙、雀儿一姐、韩佑、西施魔子、苏也苏门答腊和果果。我忽然想起江城医院的护工姐妹，白小曼就算了，她把我那一万块钱给咪了，我没有也不好问槿熙，何况白小曼都是有女儿的年轻妈妈了。她妹妹也很漂亮，做什么护工，该让雀儿一姐通过她的班主任告诉江城的招生老师去江城医院，那有好多周边农村的女孩做护工吧，每招一个八百算江城招生老师的，歌德耐尔招一个学生四五千块，别让望族大学的给卖了就好。管理护工服务公司的人又不是班主任，定不会也做不到像那个江老师卖学生吧？

千万不能让许大鹏知道！天，我得赶紧告诉玛丽！

可我不记得玛丽的手机号，雀儿一姐会有，韩佑也有，还有重要的盖章问题，这一切有些结果时我赶紧给槿熙打电话，要不要告诉她我和玛丽的意外？对了，还有大芳和小芳明天一早到宁波，许大鹏在害王宏民，莫非要使美人计？除此大芳、小芳还能做什么？

我收到杜海回的短信：

> 臭小子，曹校长同意给全套学校招生材料，安排招办明天派人飞过去，让你明天早上打电话说明情况。第二，总冠军必须是赵槿熙，我已把几百家媒体记者请到上海，董事长支持。最后记住：你要敢在这时候离开学校，我就把几百家媒体记者再请到北京去，一定让你家的花舍香榭成为娱乐新闻！还有，我叫杜海，你要敢再叫东海大虾，一进校门我揍扁你！

我热血沸腾起来！

杜海在操纵着一切，显然已经通过高阳摆平了曹大蛤蟆。他跟曹大蛤蟆本是水火不容，只因高阳。从位置上说曹大蛤蟆是校长，高阳不过是还没有一个学生的"院长"，可在精神和文化层面上，杜海才是那个站在高高山顶上的人，差距果然太大，所以谁看谁都很渺小。可杜海为什么不把高阳叫高阳了，开始口口声声"董事长"？杜海敬佩高阳，但这样会把身段过于放低了，长久下去会形成气场，一旦形成气场，时间长了高阳就不一定认同杜海的价值和分量了，会处于不利。有我在，绝不会让曹大蛤蟆在我们必将存在的学院行蝇营狗苟之事。

我还是不知道曹大蛤蟆怎么就同意让招生办的人坐飞机把本该给我们的招生文件送过来？大芳、小芳还没到宁波呢，许大鹏导演的什么下三路的"行为艺术"尚未开始曹大蛤蟆就退却了？不太可能。最可能的是曹大蛤蟆将遇到对手，一定会应验那句古话：莫与小人为敌，小人自有小人之敌。哈哈，何况这俩都是小人，小人跟小人合伙或争斗，行的必都是龌龊之事。

我就这样在喜庆之余想着，在脑海里推演大芳、小芳如何给高岚制造麻烦，让曹大蛤蟆上了猴山被戏耍。我相信我的预感，许大鹏一定给了大芳、小芳什么承诺，甚至直接给了不少钱，姐妹俩到图钢就算是进了大城市了，何不借机旅游，还能到上海欢乐谷好好欢乐一番。

我可以睡觉了，还是不在电话中跟槿熙坦白我的过错吧，等学校明天送来材料把手续办了，争取下午飞到宁波，当面向槿熙一五一十说清楚，槿熙会原谅我吗？

好像很久没有在一张合适的床上安稳地睡过一觉了，自从因为堵车又被白狼吸引走进望族汽车 4S 店相遇槿熙开始，这一路好生辛苦，不辛苦又何尝爱的甜蜜。

我决定来一次 A 级睡眠，脱得精光，舒舒服服躺下，才十一点十分。我很少能在十二点以前上床的，那将表示我不再年轻，妈妈十点以前一定要睡觉的。

我在想槿熙，有些慌张，竟会怎么也想不起她的面容，这可真怪，脑海里竟是玛丽幸福的脸，还有她在我上面时晃动的乳房。有些烦躁，我必是吃了伟哥，还他妈的两片，酒劲儿正旺，紧接着竟还失控地来了第二次。我这时才想起那一刻是把身下的玛丽当做了槿熙，有一瞬间闪过雨婷，我悲伤失去了雨婷，只是一闪。

长长地叹口气，我拿过来手机，慢慢地按着键，在拨着号码，犹豫要不要打给槿熙。我把自己吓了一大跳，在按到第七位时，突然明白我打的不是槿熙而是雨婷的手机号！

有些惊慌，我扔下手机掀开被子，走到吧台前，拿起一小瓶威士忌，在吧台的镜子前看着自己，我好像已经不认识自己了，因何如此龌龊？

威士忌的刺鼻味道又激荡出我还残留在身体里的酒精，胃痉挛了一下，我仰起脖子把它干了，又开了第二瓶，再一口气喝光，周身马上一阵发热，回到床，把被子蒙到头上，很快睡着了。

淅淅沥沥的雨，雷声在很远很远的地方滚动，沉闷的声响。一道闪电划破夜空，我赤身裸体站在悬崖上，两个穿着白裙的女孩紧张地拉着我，一个是雨婷，一个是槿熙，她俩的白裙都被雨水浇透，紧贴在身上，透出了肌肤，我几乎分辨不出哪个是槿熙，哪个是雨婷？

雨婷怎么忽然长高了？槿熙因何眼中含泪？

一个浑厚的声音在空宇中回荡："你们三个人必须死一个！"

原来是这样，从一开始就注定了？关于死，有一个人必须死。我选择了我，而她们拉住了我。

我们从哪儿来？我们往哪儿去？我们因何到此？为什么走上了悬崖？这千古之问有过答案吗？我们拥有过什么？我们失去过什么？

我坚定地看着她们，向左看，向右看。雨婷在左边，槿熙在右边，我在中间，心疼地看着她和她，说："既然非死一个，放开我，就让我死吧！"

那个声音又响起："你们必须是杀死一个人！"

天，这就是命运吗？凭什么？

"杀了我吧！"我对她俩喊："快杀！"

远处传来咯咯的笑声。我回过头，在悬崖下面，一群看不清面容的脸，有人在爬梯子，刚爬上去，就自己滑下来，他再重新爬，我看出来了这将永无休止，他永远爬不上去。

再看，不是一个人，满山遍野的人都有一个梯子，在爬，爬那永远也无法爬到顶的悬梯。听见了一个女人在哭，那声音好像玛丽。不，不是玛丽，是王小却，雀儿一姐在哭。哭会传染的，我听到了哭声一片，有刘思雨，有韩佑，还有我已经记不起面容的果果。天哪，还有我以为早已忘却了的白小曼！这个在我无力挣扎时安慰过我的女孩，不，小曼不是女孩，她有一个女儿，自己还不到二十岁就有女儿了，是用那一万块钱给女儿买了奶粉吗？

怎么还有男人在哭？天，小黑子，就是小黑子在哭！监狱失火了吗？他在喊什么？"别放我！我不出来！出来活不了，姐姐，我死不起啊！"

他在喊他的姐姐，*我的雨婷*。

槿熙软软地欲倒，我还没来得及动，雨婷扶住了她，说："妹妹，你杀了我吧！"槿熙说："不，雨婷姐姐，还是你杀了我吧！"

为什么？为什么有人在那里挖坑？谁？那不是白狼吗？只剩下一只眼睛的独眼白狼还背着照相机，使劲儿地挖，还叨叨："天堂客满，太多好人给塞进地狱了，我要给你们照，照光着屁股的照片，是谁扒光了你们的衣服？"

为何如此混乱？一个人走向了云梯，笑眯眯，是许大鹏，他不爬梯子也不挖坑，坐上云梯，噌地一下就上天了，还在空中留下一道弧烟，不见了。王宏民泪流满面地用枪朝天上猛射，喊着："操你妹！操你妹！"

现在是我泪流满面了，对槿熙说："杀了我吧！我要带雨婷走，省得待会儿只让剩一个，雨婷绝不会杀你的。"

槿熙哭了，"可……可我没办法活啊！"

我醒了。不明白做了一个什么样的梦，倒是想起了一首诗，雨婷走后槿熙还没来时写的，在八达岭长城下，我选好了连在一起的两块墓地后写的：

大漠孤影对月弹，他人把酒魂飞散。

流星划过破九天，原是楚歌断金弦。

咚咚咚，不是雷声，是敲门。

我一下惊醒，"谁？"

"你搞什么请勿打扰啊？门铃按不响！"韩佑在门外嚷嚷着："快开门，有情况！"

我看了一下表：凌晨两点。

第十五章

1

韩佑自己来的，她是一个不困到极致不知睡觉为何事的人，不爱睡觉、喜欢上网、执着麦霸、逢酒必喝到美的韩佑，如果遇到她独家掌握的信息，更爱撒欢给别人看，而且能庄重到一本正经，幸亏她不是独家掌握 2012 地球因何悲惨的奥妙，否则到哪儿她都得炸了。

"2012 了！"她咚咚咚地走进来，我关上门，她说："太神了！"

我还没有从充满伤感和疑惑的梦中彻底脱离，说："我刚才就 2012 了，做了一个见鬼的梦！"

"我才是见鬼了呢！"她又转回身去，"有水吗？你说鹏哥要干什么？那个方子良太色了！"

"能不能有点儿逻辑？"我指了指冰箱，"那里有水，自己拿，到底怎么回事儿？慢慢说。"

她弯腰从冰箱里取出一听可乐，叭的一声拉开环，咕咚咕咚地喝。

我系紧了酒店提供的睡衣带子，看着她。

她刚想说，蹿上一个嗝来，爽快地打了好几个，坐在床上，又喝。

我拽着椅子，在她对面坐了，耐心等着。

"方子良非跟我跳舞，脚瞎蹦也就算了，手还老是乱舞，故意碰我的胸，太流氓了！"

"谁让你的胸长这么大？"

"长得大怎么了？我往后退，他往前凑，胸大就让他这个样子啊？"

"算了算了，"我摆摆手，"这不重要，赶紧说正题！"

"什么叫不重要？"她急了，站起身，"你什么意思？熙熙姐被欺负，你连鹏哥一起给揍了，我被欺负就不重要了？"

"重要！"我站起来，"他哪只手碰你的？"

"右手！"

"我剁了他的右手！"

"他左手也碰了！"

"那我再剁了丫的左手！"

"他两只脚还都踩过我呢！"

"那把方子良的两脚也剁了！"

"他把我往人堆里挤，受不了他口臭，我转过身去，他那东西就顶我屁股！"

"也剁了！"我说："让他成太监！"

"哈哈哈！"她开心地笑了。

"你他妈的抽风干吗跟他跳？"

我急了。

"你生气了？"她忽然小声了，"你不是让我去侦察鹏哥的动向吗？"

"啊！那叫方子良来干吗？"

"他不来还真不知道情况呢！"

"什么情况？"

"你不生气好吗？"她眼泪又差点掉出来，"别老吼我。"

"不是心疼你吗？"我想帮她擦去脸上的泪，又止住，"别老哭，我道歉，再也不吼你了，再说我声儿有那么大吗？"

"熙熙姐说你从来不吼她，还老像个小花猫做出可萌的样子来。"

"不是说我脑残吧？"

"你以为不是啊？"她又来了，"你就会亲我姐！把熙熙姐舌头都亲疼了，好几天连一点点酸的、冷的、甜的都不敢碰！你比方子良还坏，跟你还不太熟呢，趁我姐晕就把她脱光了，假装看病体检！结果有机会你装糊涂，专会折磨人，你太坏了！"

"嗨嗨嗨，说什么呢？你怎么全知道？"

"当然了！槿熙是我姐，我们无话不说！"她居然指着我说："你不许利用我姐啊！"

"什么意思？"

"王小却老说你利用我们！"她豪爽地说："而且谁都利用，把你的司机都利用到监狱里去了！"

"韩佑！"我急了，"王小却还跟你说什么了？"

"又吼我！"

她哇地一下哭起来。

我彻底无语了，王小却为什么老说我利用槿熙，难道不知道是为了汽车模特专业的诞生吗？

真应该让雀儿一姐去参赛，可杜海让槿熙去，欣赏槿熙的清纯，所谓"清纯"就是一股样子一股劲儿，学不来，别人也装不出来，王小却总像是一团燃烧的火，选美无外乎天赋要好，才艺展示哪个不是非歌即舞？只有槿熙用了英语朗诵《再别康桥》，见惯各式各样美女的评委们一没想到、二没见过一个如此清纯的淑女竟在台上表演魔术，魔术就是骗人的，可人们就是喜欢。

小黑子传授给我的经验是要把女孩哄高兴，首先得让她吃饱吃好。我觉得哄皇上皇后、哄王母娘娘也不过如此，必须吃饱吃好，我为佑佑安排了夜宴，把餐送到客房。

韩佑吃高兴了，她不像十七岁，该在幼儿园大班。她的吃相像一个可爱的小女孩儿，对凌晨三点会有一辆精致的餐车推进来的美食大为赞赏，溢出感激，可她不太会表达，当说起她搞不清鹏哥是阴谋还是阳谋时就一泻千里了。

"真的，好奇怪啊！"她喝了一口汤，"鹏哥一下租了二十辆巴士，五十座的大巴，你猜要干什么？叫幸福之旅，暑假游学！"

"你慢慢喝，不，慢慢说！"我酒意全无，威士忌一下就蒸发了，紧盯着她，"幸福之旅？暑假游学？"

"就是啊！"她对我的好奇充满成就感，"参观鸟巢，还要去八达岭长城，住在歌德耐尔学生公寓，还提供一日三餐，全都是免费的，他疯了吧？"

我不感觉到新鲜，这就是"整合营销"，许大鹏肯定能做到极致，如果不报名也得提前交点钱，当然不说成学费，可以是学生公寓的"占床费"一类的，等新生报到时再扣除。花舍香榭二期正式开盘前我就是这么做的，只要有一个交了开盘占号费就会有两个，两个就变成四个，四个就变成八个，会形成骤变，从众心理早已成为大众文化，谁不交都会觉得自己要吃亏。

我敢打赌，白吃、白喝、白玩儿，没报歌德耐尔也不交"占床费"，要想从北京以北的昌平再坐火车回图钢可就费劲了，首先这么多人火车票都不好买，又参观了学校，许大鹏也会承诺被国家大学录取的会退钱，百分之八十的人会愿意交钱，他可一下就能招七八百人，就算最后有一半人没来报到，三四百也会有的，就算招一个四千，三百人也是一百二十万！许大鹏真的不简单，把招生按销售做，可他不是商学院的，跟雨婷一个班，是学生命科学与技术专业的啊！看来上大学读什么专业没那么重要，看怎么学，会不会学。

　　"暑假游学呢？"我特想抽支烟，好奇怪，真想抽烟了，因为酒是不能再喝了，韩佑不会走的，我怕她打车不知道又去哪儿了。"细细说。"

　　"方子良来就是为这个，我跟这个满脸青春痘的色鬼确认了鹏哥包了二十辆大巴是真的，他来是敲定游学的事。"她感慨地说："鹏哥请方子良帮忙，不是在交通台做宣传，鹏哥说不跟我们望族大学争，要方子良为图钢的技校和没准备考大学的职高做一点好事，歌德耐尔旅游学院跟北京上百家宾馆餐厅有合作协议，暑假去北京游学，实际上就是打工，表现好的通通录取酒店管理专业，还说能发国家承认学历的自考文凭，而且可以组织初中生，没毕业的都行，更神奇的是什么你知道吗？"

　　"你说。"

　　"全部免学费！"

　　"什么？"

　　"不过被方子良给揭穿了！"韩佑笑笑，"凡是技校或职高毕业不参加高考的，今年开学上初三或高一、高二、高三的，通通属于游学自考生，边上学边工作，自己挣学费。形象好的女生可以进美少女学院，一年级跟大家一样游学，也是每星期上两天课，都是上午，只学英语口语，二年级就游学到美国了，去迪斯尼每小时可以挣七八美元！"

　　"说说方子良的揭穿。"我假装好奇，只是想证实。

　　"到餐厅当服务员一个月一千六七总是有的，还管吃管住！"她瞪大眼睛，"你不明白？鹏哥说的免学费实际上是自己挣学费！方子良说善良一点吧，别把学生的工资全被学校扣了，没有寒暑假，每个学生一年可是两万多，其实什么也没学倒是给歌德耐尔打工了！鹏哥说会考虑给学生每月发五六百，一年学费本来才七千块。方子良说算你狠，不过二年级真能去美国诱惑还是够大的！你怎么了？"

　　我苦笑了一下，没说。

王宏民算是完了，他碰上了许大鹏这样的招生高手。

韩佑在床上睡得奇香，还打起了呼噜。她累了，没脱衣服没洗澡和衣而睡，一头扎在床上就着了。

我看着她，忽然有些心疼。

躺在沙发上，我睡不着，大学到底是什么？如果"大学"真的面对"市场"，许大鹏就没有错，他也遵循着"发展就是硬道理"啊！我忽然理解在现阶段的中国教育为什么不能"产业化"了，明白国家为什么要让民办大学举办方与学校资产和经营必须剥离，知道歌德耐尔为什么比望族大学的学生多，一旦发展到更多会让政府紧张了。

已经五点多了，这个早晨我睡不着，思绪纷乱，早晨最重要的是给曹校长打电话。我忽然想尊重他了，不想开口闭口再叫他曹大蛤蟆了，因为无论怎样，他总没有也不允许望族大学像歌德耐尔那样胡来，尽管要发展，民办大学的生源和学生数量是赖以生存的底线。他没有破这条底线，高阳才始终没有撤换他，且忍他一步一步地把望族大学与望族集团扯不上关系，三万多望族大学师生员工竟没几人知道望族大学是望族集团的不说，更没几人知道望族大学董事会的董事长是高阳，两千亩校园和教学楼挂满了曹校长的语录，甚至把他让别人帮他拼凑的书当成教材人手一册，不仅期末学生要考试，几千名教职员工也要考，否则别想拿到年终奖，他可是从书钱赚到了"思想"，真正的名利双收，毕竟高阳的重点是汽车，哪儿顾得上！

所以，敬佩高阳的杜海要担当，况且杜海在北大讲课多年，想从理念到方式改变教育模式。我在歌德耐尔的兼职辅导员也真没白当，也许就真算是有些理想吧，可我要自私的多，是对槿熙的爱而起航的。没有爱哪有这个世界，望族天使，汽车模特专业就是要打造一个爱的方舟。

有节奏的敲门声，我还是忘了把"请勿打扰"关了，门铃不响。我迷迷糊糊睁开眼，七点半，一定是雀儿一姐来了。

我打开门，雀儿一姐进来，我还在等后面的人，她说："烦死了！走到哪里都跟着保镖，我看到北京上学怎么办！你可别收一个三十岁的大叔入学陪读了啊？"

明白了，西施魔子没来。

"几点去？"她怔了一下，看见韩佑在床上还没醒，"她没回去？"

"我先给曹校长打电话，看派的人坐几点的飞机过来。"我走向卫生间的门，停下，对雀儿一姐说："让她再睡一会儿吧！"

"幸亏西施魔子没来，要是看见韩佑跟你睡一起像什么话！"她不无遗憾地说："苏也苏门答腊必定伤心，佑佑终归是一个让人恨铁不成钢的！"

"他把你甩了？"我不想解释，"还是你想起军校的少尉来了？"

"切，少来！"省儿一姐被戳到疼处了，可她并不疼。"我俩在星巴克，西施魔子总不放心苏也苏门答腊，半夜带着我把苏也苏门答腊从夜店拉回他家！"

"怎么没带着她？"我看着睡得死沉的韩佑。

"她？"雀儿一姐说："你又不是不知道，一到夜店不是如鱼得水而是鲤鱼看见龙门了，哪里拉得走，跟许大鹏和交通台那个傻瓜疯上了！一群男人围着她蹦，她就喜欢她是唯一的中心时刻！"

我看了一眼她，明白韩佑在做什么，而且她是为了弄清告诉我的那些信息，怎能不由衷地感动！

"别吵醒她，"我说："你到一楼餐厅等我，我马上下来，让她好好睡一会儿！"

我看到了雀儿一姐奇异的表情，而且一直保持到我进了餐厅都没有从脸上散去，一定是想起跟她的男友一夜狂欢之后，男友对她更是不释手的爱吧！

我没有去自助餐台取食物，拿起手机先给曹校长打过去，让服务生倒上咖啡，才想起新手机上没有他的号码，迟疑了两秒，对雀儿一姐说："告诉我刘助理的手机号。"

"刘助理？"

"刘思雨，你们的刘姐，"我说："院长助理，以后要叫刘助理才是，记住了啊。"

雀儿一姐闪出一丝笑，拿出手机，她关机了，这才打开等了一下，她调出刘思雨的号，起身去取餐了。我看着她的背影，走出了一身的疲惫，愿意原谅她刚才泄露出的不敬之笑。

我拨通了刘思雨的手机。

"刘助理？"

"谁？是你吗？方翔？"

"啊，是我。"

"你干吗呀？"

"怎么了？"

"能不能别这么腌臜？派只鸡来到酒店生事儿？"

"你说什么？"

"从图钢来的，下了火车就到酒店大堂咋呼，找什么夕岚！"

"夕岚？夕岚是谁？"

"百十号人正在进餐厅呢，都是组委会评委会和没去溪口的记者，槿熙她们二十个昨晚就去溪口了，这个把嘴抹成像吃了死孩子血的人，露着半个胸脯的丫头说要找她的夕岚姐！"

"思雨，别急，我听着有点儿乱！"

"太乱了！她叫什么大芳，太不要脸了！不要脸的人还振振有词说什么夕阳紫翠忽成岚，大家才恍然大悟这就是夕岚名字的来历，河南钧瓷一等名贵，她原来是找高岚，可高岚在她们姐妹圈里原来是叫夕岚，夕岚可是北京天上人间三个月的头牌，有名的一姐，有品位的客人谁不知道夕阳紫翠忽成岚！"

"她怎么说？"我掩饰着惊讶，还有惊喜。我不是一个道德高尚的人。

"怎么说？她说她和夕岚在天上人间联手骗过一个大人物，那大人物正在追杀她俩呢！她看了图钢新闻才知夕岚改叫高岚参加中华风采大赛拿了宁波站的冠军，跟杭州站的冠军并排亮相，她说这下可好了，夕岚当了'中华小姐'她就有靠山了，她就来投奔高岚！大堂听到的人炸了，全不干了，她把选美当鸡窝了？！"

我明白了，许大鹏不知给了大芳多少钱，让看来颇具才华的大芳去诋毁高岚演了一场好戏，绝对进退有余，即便见了高岚对证，也会再胡乱纠缠一番，最坏的结果是认错人了，但对高岚在上海总决赛定会造成恶劣影响。娱乐圈记者才不愿意按主办方画的圈顺时针跑圈呢，巴不得"选美"活动出点事儿，没事还想生事造事呢。何况是一个抹着血红嘴唇露出半个酥胸的女孩精彩亮相，定会有大喜过望的记者生出事端，当然不会是三级党报的主流媒体，可偏偏非主流才传播得更广更大！

许大鹏还说了一个大谎，看来不是大芳、小芳姐妹同行，小芳并没有去，被他藏起来另有用场，必还会有第二波奇闻轶事闹出惊天披露，许大鹏为他租好的二十辆大巴塞满人可真是缺德到家了！

这波澜溅起的脏水湿了曹校长的衣、曹校长的心，倒霉的我也跑不了，聆听他在电话那头的咆哮，当然大芳与高岚之事扯不上我。怎么会扯上我呢，他哪儿知道许大鹏为助槿熙成为"国花"一朵在精心设计一场悲喜大戏。

我同样也不知道，天下所有好故事的真相到最后的精彩无不是奇幻为高潮，一人做事一人担只有手淫，除此再不会有不为他人或社会担责的事儿了。

曹校长很明确地告诉我，停在行政楼下的汽车已发动，上面坐着怀抱全套文件的人，随时奔赴机场，要是没有恰当的航班也不要紧，以飞车著名的王师傅八个小时就可以到图钢。"你马上飞宁波，把那个叫赵槿熙的给我带回学校，她要是不肯，告诉她旷课够五十节了，按学校规定自动退学了！"

我知道我遇上大麻烦了，他一定要让他相中的高岚成为"中华小姐"，同样绝不放弃。

我立即打电话给杜海，脑子一片混乱，开口道："大虾，曹大蛤蟆……"

"你他妈的是进了植物园还是在动物园呢？"杜海也骂娘，愤怒加嘲讽地说："你跟槿熙达到过智商像爱因斯坦的五秒钟吗？怎么像萨达姆傻乎乎地把巴比伦文化丧失殆尽？"

"咱不侃了，说人话吧杜兄！"

"你不是特能侃，北大的还他妈牛逼地到处说拥有墓地吗？"

"我跟你一样，都在丛林中！"

"丛林法则？"他怒火更旺，"强者生存？狗屁，现在早进入了智者生存的时代！知道曹校长为什么要推高岚吗？"

"为什么？"

"年底教育部要来望族大学评估！曹校长比你我有智慧，捧红公办大学毕业的高岚以借调帮忙的名义去上面上班，望族大学上面就有人了，上面的人谁没事听轻轻地你走了正如我轻轻地来，爱他妈走就走，死去就少玩儿活来！"

"您这是批评徐志摩呢还是嘲讽槿熙？"

"我说你！"他的声音始终保持在我把手机拿得远远的，雀儿一姐依然能听见的音量，"董事长不喜欢曹校长搞这些乌七八糟的，所以总冠军这个'中华小姐'的名头必须是赵槿熙！"

"好！太好了！让高阳出面说一声不就行了？"

"高阳是福布斯排行榜上的人物，望族帝国的缔造者，拉下架子来跟我们做这些小事儿？"杜海斩钉截铁地说："核心人物是能左右局面的庄已泊！你马上飞宁波，不过得把图钢的招生手续办好，我八号、九号都没时间，十号去图钢，教委同意十号组织三十所中学在广场为我们专门组织咨询会！我也跟市委宣传部的打好招呼了，他们也跟市教委说好了，不需要那么多文件材料，只要在办学许可证复印件盖上望族大学的章就行！"

"可曹校长不答应啊，我上哪儿盖章去？"

"我只要结果！图钢招生你负责，这是汽模专业的第一仗，必须打赢打好！"

传来断线的声音。

雀儿一姐愣愣地看着我，软心鸡蛋黄流了一盘子，她的刀叉一直停在被切开的鸡蛋上。

"怎么办？"她紧张地说："我不会也被自动退学了吧？"

"不会，有杜院呢，咱们干自己的事儿！"

"那公章怎么办？"她寻思着，盯着我，"都说得很明确啊，市教委只看我们班主任传过来的办学许可证上有望族大学的章就行！"

"是啊，想想！"

"我看过一本小说，叫《京西大嘴》，里面写了一个人给另一个人出主意，说抢银行不如开银行，反正工商银行滥遍大街，还就真在社区租了个房子开起了个工商银行，还真有一帮老太太去存款呢！"

"走！"

"干什么去？"

"刻章！"

"太爽了！"她兴奋地说："你先让我把鸡蛋吃了！就两口！"

雀儿一姐兴奋不已，看来人除了干好事儿充满骄傲感，原来坏事儿更刺激。我心慌个不停，比电脑快一万倍地调出储存在脑海里的信息，一下就知道哪儿有刻章的，就在那晚我发现韩佑"偷"许大鹏学生名单被洗头房敲诈的街上，不必按满大街"办证"的电话去寻找了。

"什么叫像爱因斯坦一样智商的五秒钟啊？"雀儿一姐说。

"别问！"我在招手拦车。

"你和杜院有什么暗语？"她不高兴了，"都这样了还瞒着我！"

车没停。

"你说呀！"

"好吧好吧！"我扫了她一眼，"男人偷的时候智商奇高，像爱因斯坦一样！"

"那怎么那么多小偷还老被抓住呢？骗我！"

"偷情！"我因无语而愤愤地说："男人偷情的时候智商堪比爱因斯坦！"

"偷情你喊什么？"她又恍然大悟地说："我知道了！"

"知道什么？"

"昨晚你跟佑佑干那事的时候，在那五秒钟里就想好去刻一个望族大学的公章了吧？"

我愣了一下。

一辆出租车停下，我迟疑了一下，拉开车门，说："小却，你别害我。"

"是你别害我！也别害了槿熙！"她毫不退让地说："不刻公章我们什么也做不了，槿熙来了也没用，倒给别人做嫁衣了！"

2

飞机正点降落，我走出机场的时间比刘思雨预期的早了些，因为我是从七三七客机中走出来的第一个人。

刘思雨看到我走出来，没有问候，直奔主题，不无奇怪地说："我看见那个大芳了，该是坐你的飞机回图钢吧！"她叹了口气，又说："她来就是往花圃里扔包屎，非常成功，受到奖励不用坐火车回去了，谁指使她的？"

"许大鹏，图钢电视台和报社，包括电台的三大媒体都来了，一定有人给交通台的方子良报信了，所以许大鹏高兴吧！"我关切别的，边走边问："那个高岚怎么样？有什么反应？"

"现在酒店里一个记者都不剩，都兴致勃勃地往溪口去找她了！不管真的假的，天上人间第一鸡的事儿传炸了！"她紧跟着说："我们也去溪口？"

"不，在酒店等槿熙，让她打车提前回来，不能跟高岚搅和在一起把自己也弄脏了！"我走向出租车排队口，"记者就是喜欢出事儿的职业，挖高岚莫须有的丑闻总会增添关注度的，一定会问槿熙对此有何感想？槿熙怎么回答都会把自己扯进去，现在要封闭槿熙不让任何记者见到，要不就怎么也说不清楚掉化粪池里，脏了自己！"

"可那边有晚宴呀？"她显得紧张起来，说："能撤出来吗？"

"我登机的时候让杜院给集团打电话，请总裁出面跟组委会请假，说集团要跟赵槿熙签订拍摄望族汽车电视广告的事儿，导演要见，八号总决赛一结束就在上海拍。"

"你是导演？"刘思雨笑了，"这样你就可以公开见槿熙了，记者也钻不进来，就把槿熙直接保护起来到总决赛结束，是吧？"

"思雨，"我看着她，"在专卖店第一次看见你觉得你很职业，现在更聪明。"

"干吗夸我？"

"你有黑眼圈儿，"我看了她一眼，"不光是为槿熙的事儿吧？"

她沉默了。她坐在出租车上一直不言不语，摆弄着手机，没有坐前面，跟我坐在后座，必是有话想说。

"那天晚上……"我叹口气，开个头，说："对不起，也谢谢你！"

"我跟那个高岚现在的处境一样，会说不清楚，一解释倒是越描越黑了。"她也叹了口气，苦笑了一下，说："槿熙真幸福，有你这个导演，我的戏就只能自己演了，可还是被你看见了知道了，一下就穿帮了！"

"做什么的，他？"

"不问行吗？"她把脸扭向车窗，"问我也不回答，不告诉你。"

"几年了？"

"大二，到企业参观的时候。"

我怔了一下，就是说，不是所谓刚刚认识的。

"他有四十？"我似漫不经心地问。

"认识他的时候四十五。"她回答得很认真。

"五十多了？"我很肯定地说："他好有魅力。"

"我把你吓着了吧？"

"没有。"

"为什么？别说你想到了。"

"天下的爱，到底有谁能说清楚？"

"谢谢你。"她停了一下，说："我……你说我还适合留在学校当老师吗？"

"当然！"我肯定地说："正好，我们就是一个美女帅哥学院，无论你幸福还是不幸，有故事的人，真正有经历的人才该当大学老师，警戒，不可复制，等等。"

"你是说我当反面教材？"她不仅难为情，而且分明不高兴。

"错！"我真诚地说："一粒沙里三千世界，你会让学生从正面进入一个世界。

河蚌因为伤口才有珍珠，这世界总有因受伤而美丽，你做院长助理管理学生，我相信有这种经历，反而不会空洞说教。"

她忽然把头靠在我的肩上，我感觉到她流泪了。

"我要是槿熙该多好。"她缓缓地说："回不去了。"

"回哪儿？"

"别装了！"她轻轻地挽住了我的胳膊，"走过青春，没有谁可以再回去。可比起槿熙来，我更愿意是雨婷。"

我怔了一下，"思雨？"

她闭上了眼睛，不再说话。

我相信思雨在机场真的见到那个大芳了，不是她说的只是看到了她，一定还有对话，匆忙，但不简单。大芳一定是从许大鹏里那里知道了雨婷，思雨也知道了，就是说，大芳或许大鹏还有一包屎没扔出来，我相信。

我没有问，像她的"爱情"，不找原因也必有道理，鞋子好不好只有脚知道，他人何谈感受，多想都无益，又何必。

到了酒店，她先下车，我后钻出来。

"宁波站没有把选手隔离，我给你开好房间了，在槿熙的对面。"雨婷把房卡给我，"我在下面，不跟你们在一层。你来了我总算解放一些了，他就没走，知道我不开心，我觉得倒该哄哄他了。记住，我们彼此都保密好吗？"

"一言为定！"我伸出手，"辛苦你了！"

"该女士先伸手才可以的。"她苦笑了一下，握住了我的手，"这是标准礼仪，你们都太自我又自信，大男子主义，有时候也挺好。"

"别逼着他谈离婚问题。"我突然说。

这回是她怔了一下，惊愕地看着我。

显然，被我说中了，她竟说不出话来，有点懵。

"未曾拥有，又何谈失去。"我笑笑，得缓和过来，就先说自己，而且很亲切地看着她，说："这是我高中时候写的诗，就两句，老师看了赞叹不已，就非把我分到文科班。我本来是想考清华的，学生命科学专业，结果读了中文。没有人都赢在起点，但必须赢在拐点。你能，思雨！"

"我上大学……"她脸色红润了一下，"真是的，怎么就没遇到你这样的老师？"

"现在也不晚，"我笑笑，"你先伸手吧，我还想跟再你握一下。"

从远处匆匆走过来一个人，一看就是奔刘思雨来的，我假装没看见，躲过，可还是禁不住扫了他一眼。他根本就无暇看我，奔向思雨，脸上的笑容和蔼可亲。刘思雨走向旋转门，他又转身跟了过去，满脸带笑又有些委屈得像父亲。我没有总结出更多的感慨，没活出人家的经历和滋味，又何必。这么想着，竟有一阵心酸冒上，差点湿了眼眶。

将来我跟槿熙有了孩子，无论儿子还是女儿，上大学一定不能学文！哪怕学植树造林都成，到那时施老板该退休了，我有一个那时有超过二三十架飞机的学生施八一会继承父业，千禧后的世界该何等精彩，文化有用，可学文科太扯，尤其是汉语言文学，没有一本教材不带着棺材的土腥味儿，却不见传统文化，既没有做人也没有职业指导，连基本的"公民"教育都不入主流，甚至就没有，全交给社会了，"思想"又有何用？我想起杜海在北大讲座时说的一句话："大学是培养好人的，而好人是高尚的。"高阳也有话，老喜欢对媒体说"人对了，这个世界就都对了"，可惜这话没有出现在望族大学的任何角落，倒是曹校长的破书在校园里泛滥，乐坏了收废品的，那么好的纸印成书，糟蹋了多少树啊！

我在等槿熙，望着公路上来来往往的出租车，不知哪一辆里装着我的爱。她好像不习惯打手机，心疼漫游费吧，我就依了她，又发短信问：到哪儿了？她依旧回复：快了。

五月的宁波，空气里带着海的味道，这里是北仑开发区，镶在东海的一颗小明珠。按照高阳的描述，这里几年、十几年以后将成为连接上海最大的港口，东海作为中国最重要的出海口，望族在这里打造汽车基地，高阳的望族汽车还没有占领中国便已经开始布局走向世界了。高阳总是超前一步才显得看上去老像是意外成功吧，我想的是望族汽车无论遍布全国还是走向亚非拉或者冲进美国挤进欧洲，"望族天使"该是望族汽车的文化标志。因为汽车作为工业革命标志性产物，总是冷冰冰的，必须得有人，只有人才能使汽车拥有生命，所以"望族汽车"该有"望族天使"，她不仅仅是形象，更是鲜活可触摸的"文化"，杜海所谓的"美丽经济"就是指这个吧，也许。

有雨，却看不出雨，蒙蒙的天气，我的衣服很快潮湿了，头发也湿润了，感觉到一丝凉意，没有图钢春天里不肯退却的冰寒，在丝丝的凉意中有一汪温暖。车来了，直奔向我，靠边停下。

又见槿熙，我不是明白爱情而是感悟亲情是怎么回事儿，感谢槿熙的爸爸妈妈生育抚养出这样清纯美丽的女儿，她并不是我的，我们彼此拥有。如果还没有真正的拥有，我愿一生走在拥有的路上。

我结了账，槿熙背着一个很沉的包，一直在摆弄着手机。

"干吗呢？"我接过包，把两个背带合拢单肩挎上。又闻到薰衣草的芬芳，心就多跳了那么几下。

"庄总一直给我发短信，我不知道怎么回！"

"我能看看吗？"

我不同意她回到自己的房间去洗澡，才知道到宁波后，槿熙和高岚被分到了一个房间，也许组委会嫌赞助商太闹腾，就让望族的两个人住在一起较劲斗去吧！槿熙说高岚几乎不理她，想住单间可组委会不同意，高岚就自认为已经是单间了，把同屋的槿熙视为不存在。当在宁波站拿到冠军，曹校长撑腰撑出结果的时候，半夜里才跟槿熙说句人话，主要是核实槿熙的鼻子是不是做的，还跳到槿熙的床上动手捏来揉去的检查了一番，然后公布决定，拿到冠军后她哪儿都不去，先飞韩国去做出超过槿熙的鼻子，再视情况考虑要不要做出槿熙这样虽不是超大却恰到好处，浑圆坚挺的乳房，还考虑要不要漂染成槿熙乳头这样的鲜红，甚至扒开槿熙的内裤，不明白为何那个地方竟不是褐色而且是白里透红。"下面漂成这样的颜色需要多少钞票啊？"槿熙被羞辱欺负到此地步。我不想听了，不忍听了，这笔账要记到曹大蛤蟆的头上。我又恢复了对那家伙的称谓，关于高岚的信息就这么多，可以打住了。

槿熙出来后的全部家产都在包里了，不明白组委会给了选手太多的内衣内裤，浙江是全国服装生产重要的基地，服装赞助好拉，她有半包的比基尼，雀儿一姐在花舍香榭跳舞穿过的那种只有二两重的衣服。她在洗澡，我有时间看庄已泊发给槿熙的短信，是槿熙让我看的，她一条都没有回复。

庄已泊先是道歉，不知道"二十号"换人了，组委会的人没跟他说，只知道他要"二十号"拿冠军，是"二十号"就是了。庄已泊第二条短信剖析了中国官场文化，是由机关文化衍生的，就是人人揣着明白装糊涂，聪明人都不显示聪明才可谓是聪明人，非要变得明白、显得明白、事事都做的明白就不是明白人了。他在此处提到了杜海，能想到杜院长以此性格在望族大学会有多难，别看那大学是民办又被姓曹的一统天下，但院长们和身边一类人群都是老江湖，洞悉"机关文化"，杜海将来也是寸步难行的，因为中国的"官场文化"从来不是谁能做出做好什么事，而是要做统领者需要做的事，且不能急，要掌握好领导喜欢的节奏，在势必流行别无选择的"官场文化"任何一个团队里的适应就变成"组织需要"，成为一个心照不宣的原则。所以杜海注定另类，**望族天使很难**，即便招生成功把汽车模特专业办起来，要想发展也会层层阻力，越想办好越有所谓创新精神越会步步惊心，退却是死，成功也是死。聪明的可能就是那个方翔吧，听说他都有墓地了，不想穿越，万一穿越到大清就知道菜市口是干什么的地方了，那是杜海这种改革者的圣地，终将成为望族天使的圣地亚哥。

别说槿熙回不了这样的短信，就是我也如同被上课，不是本科不是硕士简直就是博士或 MBA 课程！

我知道了，庄已泊不简单，怪不得高阳把望族汽车线下销售全交给他，每年还有上亿的公关宣传费，高阳给望族网络的人才可是高手如云，即便曹大蛤蟆总想独行跑偏其实也算是一个，杜海比起来倒真的不算什么了，所以才对高阳必称"董事长"变得越来越尊重？

我好像有点冒汗，怕槿熙洗澡出来着凉，空调的暖风开得有些大，还是突然感觉到庄已泊的短信更像是预言？

这可真够他妈的！

想骂娘，感谢庄已泊的信，对我来说真像是醒世恒言！

可杜海不会不知道这些，这就是他之所以辞职的内在原因？再也受不了"官场文化"了？性格决定命运原来是这样，他跳出狼窝怎不知又掉入虎口呢？既然敢称"文化"就是有共性的。我们，或"望族天使"终会在劫难逃，从一开始就注定了不会被人从骨子里认可！

那庄已泊不必揣着明白装糊涂啊，总冠军是谁？"中华小姐"必须是槿熙，无论他在高岚还是少女的时候看没看过她洗澡，是被少女高岚看见他发大财就要冲出上海、进入上层社会设计了他还是他果断地将计就计了，这件事上必须有一个明确的态度！

槿熙的手机响了，把我吓了一跳。

还是庄已泊的短信，告诉槿熙他下飞机了，正在去宁波天一广场的御牛轩日式烧烤店，七点半能到。他没邀请槿熙，却把时间和地点说得如此明白。

我起身走到卫生间门口，使劲敲门，"槿熙，快点洗！"

"别催我，在溪口蒋委员长的老家非让我们穿高跟鞋走来走去，脚都打血泡了，我好好泡一会澡。"

"你真行，谁会在酒店的澡盆泡澡啊？赶紧出来，我说洗这么半天呢！"

"我还不饿，你饿了吗？"

"你马上去天一广场！"

"明天我们才在那里表演呢，演出完了直接去上海。组委会真抠门，把时间排得这样紧就是为了省钱吧？可庄总说又追加了一百万呢，就因为央视直播和又多来了两三百记者。"

"你现在去！庄已泊是上海人，崇拜日本神户肥牛吧，你要去！"

"一定要去吗？"

"当然！"

"去干什么？"

"当总冠军！'中华小姐'！"

"可我不想了！"

"那不行，你必须是！"

"你怎么老逼我呀？"

"我们都得逼自己一下！要想成功就得坚持！学习高阳好榜样！董事长是怎么成功的？就两个字：梦想！非要说四个字，就是坚持梦想！"

"我没想你说的梦想啊！就想在大学能学到东西，将来有一份好工作。"

"这都不用你考虑！快点起来，要不我进去了？"

"别，不许你进来！"

"我非进！"

"不让你进！"

"那你起来！"

"你起来！"

"我起来了！"

"真的？"

"真的！"

"非逼我当'中华小姐'，你不后悔？"

我相信，能不能成功就在此一举了，毫不犹豫地用槿熙的手机回了短信，说："庄总，我在洗澡，刚看到，我正想去天一广场，可以去找你吗？"没两秒钟，庄已泊回复了，就一个字："好。"

我停了一下，又发了一条，"我和刘老师一起去，可以吗？"好半天没回，有半分钟吧，庄已泊回了两个字，"很好。"

我以小人之心揣测庄已泊的心态，假如他想像小黑子那样地钓女孩，现在反而是被钓了，无论情场还是官场，这都是常有的事，庄已泊很老练。差不多十分钟以后，刘思雨来了，槿熙也换好衣服，又收到他的短信："正好跟你和刘老师谈谈大赛的事，不急。"

庄已泊接受了，不知道他是不是后悔把约见地点定在天一广场，因为他从机场到北仑，原本不用再绕进市区的。

槿熙把头发绾起来，她开始习惯造型师为 T 台设计的发式了，看上去更成熟又雅致许多，而刘思雨的长发垂下来，穿了一件高领白衬衫，外面套了一件马夹，一看就是做工精细的名牌，也是白色的。

槿熙把早准备好跟我吃饭要穿的红色高领毛衣往头上套，被我给拽住，"你干什么呀？头发弄乱了！"她撅着嘴，我说："你把头发放下来，思雨，把你的绾起来！"

槿熙和思雨都不干了，异口同声地说："不！"

"你们俩把衣服也换一下！"我看了一眼表，"时间太紧了，不能回屋找衣服换了，别让庄总等太久，快！"

她俩互相看了一眼，以为听错了。女人出门对选择衣服是最头疼的，一旦选好该怎么穿就坚定不移，让换了衣服连发型都改了还不如杀了她。

"快！"我背过身去，"我以你们最好的朋友和一生的亲人请你们照我的话做！"

她俩都进了卫生间，用了十几分钟才出来，我并非故意瞪大眼睛，槿熙穿上刘思雨明显小不少的白衫白马夹，衣服更显出两条大长腿，上身更短更丰满，加上瀑布一样垂下的长发，真就是个"天使"！而刘思雨绾起头发，换上槿熙的红毛衣，又宽又大，真是休闲装的极品范儿，可她眉头紧皱，烦躁的不得了。

"刘姐，"槿熙赞叹不已地说："看惯你穿职装了，总是黑白蓝三色，没想到刘姐穿红色会这么好看！组委会发的毛衣简直就是为刘姐设计的，刘姐这打扮上 T 台，必是惊艳地满场尖叫！"

"你是主角！"刘思雨愤愤不平地看着我说："我就任凭被这个傻瓜糟蹋吧，真还就是命！"

到了晚上我才知道刘思雨为什么老大不乐意还是接受了，槿熙在卫生间跟她换衣服时，刘思雨没躲过去，还是让槿熙看到了她脖子上的草莓，穿上高领红毛衣自在了许多。

就是说，我在等槿熙的时候，她没去吃晚饭一直在床上，不知道是怎样被爱的，但我知道她接受了一直忐忑不安不肯离开宁波的那个他。槿熙洗澡的时候她也在洗澡，我却不如他，无论他是一个多大或多小的老板，我都不如他。今晚我绝对不会放过槿熙，一定要为她在脖子上种下草莓花环。

她们走了我一直忐忑不安，总觉得自己是不是在做一件不光彩的事儿？如果汽车模特专业创建起来，"望族天使"的诞生会被总结充满了智慧和策略，也会被说成充满了阴谋和狡诈。看来同一件事物从不同角度看结果会完全不同是存在的，让我想起中国当代文学史的课程，从一个维度看充满了成就，换一个维度看会不会为了服务于什么而满目疮痍？光荣与耻辱，终将由历史说了算，中国百年有鲁迅，可未必能有司马迁，悲乎，乐乎？

我又思绪万千、胡思乱想了，保不准也是胡说八道，谁知道呢，饿了倒是真的。我走进酒店餐厅，看见了那个深爱又刚刚干完刘思雨的男人，他正在津津有味地品味着老鸭煲，桌上还有一盆清汤面，他很会享受，也创新了一种吃法，把面条挑起来放进老鸭煲，再盛进碗里，除了老鸭煲还有四个菜，两凉两热，一看还都没有动过。

"兄弟，来！"他看着我说："是方老师，对吧？"

我迟疑了一下。

"服务员，可以上焗牡蛎了，谢谢！"他看着我，"坐，男人要多吃牡蛎，你懂的，但别学了外国人吃生的，西方人进化太慢，我们有五千年文明史啊，已经进化到生的东西消化不了！西方哪个国家的大学也没我们多，完了！"

他没说清楚，是说西方人完了还是我们完了？好像是说我们，不对啊，大学多是好事儿，可听这语气像是说我呢，不，不仅是我吧，还有庄已泊完了，槿熙完了，把刘思雨也捎进来完了？

我知道我非坐下来不可了。

"你好，我叫方翔。"

"客气，方老板！"他说："谢谢你照顾思雨，还帮她换了房子。"

"我不是老板，那件小事儿不过是举手之劳。"我怕他误会我肯帮忙的动机，赶紧补上一句，说："高董事长托付我办的，那会儿我还不认识刘助理。"

他笑了，说："你们都是老师了，我最崇拜的职业！可为人师表说起来容易做起来难，大学已经不是过去的大学了，学生也不是过去的学生。我上大学那会儿求知若渴，现在的学生进教室玩手机反而嚷嚷学不到东西。我敬佩高阳，造汽车已经很不容易了，还办起了教育，而且能像德国那样办职业教育，全世界两万多所大学，真正研究型大学也就两百多家，一比九十九，这说法能成立。"

"您？"我放松了许多，"您对大学蛮有研究的啊！"

"你们把思雨折腾到大学去了，好在都是望族，高阳正在为民营企业争口大气，早晚还得干出惊天动地的大事儿！"他感慨地说："我支持思雨去大学，真正的爱不是拥有，也不是付出，是经营。爱情是学习，生命的学习，你这个年龄还搞不懂。"

"您说的是。"我有点惊诧，更多的是佩服，"我还第一次听到爱情是生命的学习这种说法。"

"研究型大学和实用型大学在全世界是一比九十九，我们中国教育一直没搞明白，这些我是从网上学来的，所以支持思雨到一个正确的、还要进一步学习的地方去！"他又笑了笑，"你没看新浪网上的教育访谈吗？你们那位杜海院长讲的，有这样的院长还有望族董事长高阳，大事可成！"

"谢谢！"我又惊诧了一下，杜海接受新浪访谈了？

"你们的专业一定办得起来！"他肯定地说："赵槿熙真不错，还是嫩了点儿，你让思雨陪着一起去是对的。我们都是男人，知道男人想什么，兔子没有不吃窝边草的，如果不吃是天气不好，老弟将来当美女班的班主任，可要小心了！我不确定你会不会来餐厅，早想好了，来就跟你说，不来就不说了。思雨在专卖店的时候就不许我露面，我现在更得做潜水员了，能看到你们看不到的，赵槿熙不一定要当冠军，曹校长要推他的人就让他推，高阳没法出面支持，也许。想一想吧，杜海、你和思雨在望族大学早晚会被说成是望族集团领导的后花园，可千万别让那个庄已泊沾上赵槿熙，我跟了几天，已经听到那个校办主任跟人这么说了，说你们推她是为集团领导准备的菜，所以望族大学要推自己选的人。总之一句话，那个曹校长是不允许任何情况下望族集团跟望族大学有任何知性联系。庄已泊倒是不尿姓曹的，就看他怎么想了，我倒觉得这事儿你们成也是败，败更是败，这步棋从一开始就走错了。要说高董事长完全可以让赵槿熙做望族汽车形象代言人，可他跟曹校长之间一定有我们所不知道的，加上高阳早看出来望族天使自望族大学诞生必会让姓曹的给弄上腥味儿的，怎么做他只能看，现在的核心人物还真是庄已泊了！牡蛎上来了，方老师别愣着，吃！"

我终于知道我有多二了，傻乎乎的方翔啊！

回到房间，这一刻我才明白了杜海为什么老说"时间只会让人变老，经历才能使人长大"这句话，正如那流行歌唱的"不经历风雨怎么见彩虹"。学习，经历，汽车模特专业从一开始就别无选择的在油锅上，有的会被烧煳，有的就不该上锅，但终将能历练出人才来。

我在网上看着杜海访谈，很长的专访，除了"1：99"，他主要谈的是"学历"，把"文凭"形容为"一张车票"：

> 其实文凭不过是一张车票，北大的软卧，本科的硬卧，专科的硬座，民办的站票，成教的在厕所挤着。火车到站，全都下车找工作，才发现原来老板并不太关心你是怎么来的，只关心你会干什么！

3

时间不算太晚，刚过十一点槿熙回来了，脸色微红，在房间柔和的光线下，她显得更美。

我坐在电脑前，没有起身，默默地看着她。

她以为我会迎上前的，在推开我把安全锁扣在门上，不需我开门就能进来她就想到，也许我不会起身的。这情景总显得有些怪异，我也不知道为什么，总觉得是自己做了一件羞愧不已的事儿，却又不想承认。

"干什么？"她先开口了。

"欣赏。"我说。

"我回屋了，那你休息吧！"

"槿熙？"

我站起来，快步追上去，从后面搂住了她。

她没有动，不像过去那样我一碰她就软软的，身子有些僵硬。

"你什么意思？"她默默地说。

"怎么啦？"

"那眼神，好像我做了什么对不起你的！"

"是我，"我轻轻吻了一下她的脖子，又吻了一下耳垂，"我对不起你。"

"干什么呀？"她有点急，挣脱开我，转过身，"方翔，你到底什么意思？"

"说说他怎么说的吧！"我走向沙发。

"你问刘姐吧！"她走向门口，"我们喝了两瓶红酒，头晕，我先回屋睡了！"

她拉开门出去了。

我坐在沙发上，没有动。

她不会真睡的，我相信。冲了一杯酒店免费提供的袋装咖啡，我一直在猜想那个情景，庄已泊面对两个如此漂亮的女人，心里一定对我羡慕忌妒恨吧！如果他再知道图钢还有两个美女在期盼着我回去，再扩展思路想一想还会有三四十个美女组成汽车模特专业的"望族天使"班，我更能深刻解读刘思雨男朋友的话语了。是的，得有多少人想杀了我啊，不消灭我的肉体也得往我身上泼尽脏水，我开始想他请我吃牡蛎不一定是没安好心，至少是意味深长。在男人的世界里不用具体看见，只要一想我建立并统治着美女模特，男人们不需要任何沟通立即就能达成共识。看来我注定要倒霉。

刘思雨的男朋友叫雷风，他很不好意思地告诉了我他的名字，并跟我强调"此雷风不是彼雷锋"，那个闻名退迩的"雷锋"只是在为实际上并不够多的具体的人做好事儿，而面前的这个"雷风"如果按照高阳的话说是在为整个中国做好事儿，全世界的汽车中心无可挽回地都将转向中国这个惊人的庞大市场。他是做汽车零部件进口的，但主营是汽车设计，公司总部在意大利，汽车配件事业部在德国。我明白了，这个雷风的家不在意大利就在德国，他应该是"空中公民"飞来飞去，因为刘思雨才对北京爱了又爱？

不知道，像对他名字的来历又何必知道。我只想知道我的爱在哪儿？无论我多么爱槿熙，会不会终归是一场梦？

我拉开门，槿熙换上睡裙拿着手机正要按门铃。

"他又给我发高深莫测的短信了！"

我一把把她扯了进来，抱起她，她的身子又是软软的了。我用脚踹上门，把她放到沙发上，趴在她的身上一阵狂吻，一只手伸进睡裙里扯她的内裤，她挣扎着推开我。

"等一下！"她坐起身，"从开始到我回来全是过程，现在才要进入结局啊！你要是不要你想要的结果，短信不用回了，明天上午我们就走！我真的不想当这个'中华小姐'，你也许不回你爸爸的公司，你去哪里我就去哪里，太累了，方翔，你带我私奔吧！"

态度决定一切，这句话在某种意义上是对的，但细节并不决定成败，格局才决定生死。思路也许决定出路，屁股才百分之百决定脑袋。这世界从来不是无知者无畏，是无私者无畏才对！我翻江倒海地一通总结，让自己冷静一下，也坐好了，把她的头放在我的腿上，拿过来她的手机，看庄已泊发过来的短信。

> 睡了吗？我不大喜欢喝红酒，感谢你，因你我才第一次喝拉菲，也就那么回事。有些滋味尝到也就罢了，想比得到更美，你说是吗熙熙公主？我不想让你戴上花冠做女王，想你成公主，你有罕见的清纯之美，清纯美丽到罗密·施奈德复活了，她来到了中国，你是中国的茜茜公主！"

"你没回？"
"怎么回呀？"她心跳很快，急促地说："你回吧！"
"我说，你发。"
"那好吧！"她接过手机，"我倒真想看看你们男人都是什么东西，说吧，亲……爱……的！"
"不带讽刺语调的！"我把手放在她的睡裙上，很自然地摸住了她的胸。"你还从来没叫过我亲爱的，第一次竟用了咏叹调，我教你用苏州话软软地重说一次好不好？"

"快做正经事！"她的脸红了一下，"说，我怎么回？"
"你终于认同这是正经事儿啦？那好吧！"我抚摸着她的乳房，槿熙没有过具有品质的文胸，组委会发的不舍得穿，又戴上了一定是从学校望族生活馆买的那种劣质胸罩，我却喜欢它无质感的柔软，都能感觉到她渐渐硬起的乳头。"庄总，茜茜公主是贵族，出身豪门，而我不过是来自江城农村的农民。熙熙不想当女王也做不了公主，只想汽车模特专业办起来，毕业能加盟望族卖汽车，将来有一份喜欢的工作。"

"我发了啊？"她照我说的在手机上输好了，眨着眼睛问我。

"发。"

她按了发送，调整了一下身子，躺得更舒服些，其实很享受，没有拒绝我用手指拨弄她挺起的乳头。

"你看不起我？"

"又怎么了？"我愣了一下。

"干吗说我是来自江城的农民？"

"噢，"我笑笑，"别往远里说，三百年前谁不是农民啊？你高中怎么上的？我们是农耕国家和民族啊！"

"反正我不喜欢，听着别扭，我给改了，我是来自江城小镇的大学生，这才像学中文的！"她半怒半喜地说："轻一点，疼。"

我放轻了手指，解开她一直系到脖子的睡裙口的扣子，她没有拒绝，而且配合着我把手伸进去，挑过文胸，抚摸住她如此光滑丰满的乳房。

"他回了！"她不愿意进入过于务实的情景，喜欢说与做完全不是一会事儿的形态，倒真有些超级浪漫的味道。"我念啊！"

"好！"

"你可以不工作，熙熙，该知道一句深得人心的话吧，公主？男人生来就是要征服世界的，女人征服了男人而拥有了世界。"她笑了，又赶紧收住，"什么呀？把女人都说成有心计不劳而获的了？我到底是熙熙还是公主啊？反正都是乱叫！"

"你回。"我轻声说。感觉到她的胸开始高耸，乳房开始膨胀，我的英雄也禁不住抬起头来。"就这样写：妈妈跟我说，女人在任何时候都必须有独立性，哪怕是靠得住的男人，女人首先在精神上，其次在经济上也要独立，没有一个女人可以永远地征服男人，好男人是说责任感。天下美女没有一个红杏不出墙不上错床的，男人再爱一个女人也保不准……"

"什么呀？太烦人了，我才不这样发呢！"她气呼呼地说："坏了，发出去了！都怪你，那玩意戳的我难受，你行不行啊！"

"上床你就知道了！"我搂住她亲了一口，"我看过一本小说名字忘了，里面有一个人叫雪狼，管那事儿叫英雄访问，我也要英雄首访女人花园了！"

"快别闹！他又回了！"

我拿过手机，他写道：你说得对，熙熙公主，请打开电视看中央十。

"英雄先不访问。"我松开她，趁她不备，手迅速伸向她的下面，一下就摸到了那里，"花园都湿了，也罢，让你看看天下谁是英雄！"

我从沙发上抱起她，放到床上，脱掉衣裤，蹿了上去，盖上被子。

"别……"

"想得美！先干正事儿，看看他让你看什么？"我伸手拿过来遥控器，打开电视机，"中央十套在播什么？"

狼，*狼的世界*，一匹狼和一匹狼在战斗。威武强壮的狼和步入老年的狼为争头狼厮杀，一群母狼和少狼并不观战也不走远，默默地等待结果。什么结果它们都可以接受，解说员说着，听着。让人伤感的话，年轻的狼原来是头狼的儿子，它要当头狼带领狼群去战斗。要赶走年迈的父亲。

"还有一个层次，头狼可以霸占所有的母狼。"庄已泊又发来短信写道："丛林法则，强者生存，我的熙熙公主必须知道。"

"庄总什么意思啊？"她羞红了脸说。

她不跟我较劲了，乖乖地任凭我的手在她文胸里两个乳房巡摸。我准备把它扯坏，从此让她穿最好的文胸，高贵女人看她的内衣，品位男人看他的袜子。还有一种说法，尊贵的女人看她的朋友，尊贵的男人看他的对手。我乱跳着思绪，以免被庄已泊惹急，他狐狸尾巴终于露出来了。

"你回，告诉他，丛林法则到二十一世纪改了，不是强者生存，而是智者生存！"

"你们折腾吧！"她把我的手拿出来，坐起身，"我去睡觉了，手机就搁你这里吧！"

我搂住了她的脖子，算是锁住吧，她夸张地蹬着脚，乱踹着被子，故意挣扎，结果是顺便脱掉了睡裙，我一只手举着手机，一只手摘掉了她胸上的布，"你干什么呀？撕坏了！"

"他下面该跟你说了，一夫一妻制的婚姻法才五十多年，在五千年文明史中算个屁，皇帝有三宫六院七十二嫔妃，在中国的历史长河中凡有本事的男人没一个只有一个老婆的，妻妾成群！现在有能耐都是暗着的，有二奶小三儿的还不一定是坏人，都是为政府纳税的大户，最缺德的倒是那些一不创收二不纳税的、工资不花老婆不用的、企业里吃喝嫖赌全报销的，政府里太多跟老婆一不做二不休的！"

"你怎么知道庄总跟我和刘姐聊这个？"她无比惊讶地说："你是不是给我身上

装窃听器了？"

"他妈的他聊过这个了？"我不惊诧，短信又来了，"等一下！"

这回是诗，晏几道的《蝶恋花》：

　　醉别西楼醒不记，春梦秋云，聚散真容易。斜月半窗还少睡，画屏闲展吴山翠。

她赤裸着抢过手机看了，却是一头雾水，"什么呀？他还会写诗？不会吧？"

"唐诗，晏几道的《蝶恋花》，你告诉他你是学中文的了吧？"我说："假装考你，却露心思。这个庄已泊看似寡语，一副深藏不露的样子，动起情了倒蛮会用心思！真不简单！"

"怎么办？"她把脸贴在我的胸前，"我不会，这是唐诗吗？也没听说过晏几道啊！"

"你回吧！"我往下躺了躺，更舒服些，说："衣上酒痕诗里字，点点行行，总是凄凉意。红烛自怜好无计，夜寒空替人垂泪。"

她快速拼写着，兴奋地坐起来，"你合上的？太棒了！"

"你这个大傻丫头！"我捏住她的鼻子，"晏几道的！"

"那也不简单！"她并没有失望，把脸又依在我胸上，一只手自然下垂，却碰到了我雄赳赳气昂昂的英雄，赶紧移开，说："北大真是不简单！"

"狗屁，能背诵唐诗有鸟用？"我抚摸着她的头发，"我们要让望族大学不简单，要培养能力！"

"什么叫能力？"

"等跟庄已泊折腾完了我做给你看！"我兴奋不已，"我要三个时辰，把你干到天亮！"

"我怎么老是上当啊？"

她的心跳还是加快了几下，真的不好意思，脸在我胸上蹭，却触到了我的乳头，湿润的唇，还悄悄用并不伸出半含在嘴里的舌头蹭了几下。我麻酥酥地控制不住，一下把她翻到身下，一只手伸进她的内裤里触摸到已经湿成一片的花园。

"别……"她急促呼吸，像是喘不过气来，"快拿开，丢死人了！"

她快哭了，挣扎着不让我脱掉她的内裤，为湿漉漉的花园羞愧不已。我涌动着感动，她并非青涩，只是清纯，既盼又怕英雄来访，这一夜这一生都注定是我的。我依从了她，把她先紧紧地搂在怀里，感受着她如此快速的心跳。雨婷也是这样的，玛丽不是，玛丽也心跳，却是掠夺。

"那什么……"我叹息了一下，"我跟你说说玛丽，反正到图钢你会见到她的，我初中的同学。"

"别说话！"她急促地喘着气，"再抱紧一些！"

我想说，我觉得应该承认，必须得到槿熙的原谅和宽恕，但不想找借口告诉她，我肯定是被玛丽下了药，又何必！

"她很喜欢你，"她轻轻地说："小却都跟我说了，我不担心，因为……"

"因为什么？"我拍了一下她的屁股，"说啊！"

"不告诉你！"

我刚想吻她，手机响起，把我俩都惊了一下。

是庄已泊。

槿熙看着我，我说："接！"

她坐起来，我把被子蒙在她的身子上，她打开了免提。

"庄总，你好！"

电话很长，我听出来了，他不是答应而是安排好槿熙成为总冠军，为了汽车模特专业能够办起来要给曹校长点面子，授予高岚特别奖，曹大蛤蟆很满意。

"熙熙，你真想当'中华小姐'啊？"庄已泊显得有些疲惫，"你这么可爱，没想过安安静静过好日子相夫教子吗？"

"没有！"槿熙说："您问了我好多次了，再说我才多大啊？我真的喜欢汽车模特这个专业，听着是模特，现在流行注目经济，可学的实际上是汽车营销，培养能力，庄总一定要多支持啊！把汽车模特专业做成汽车销售订单就业班全靠庄总了，三四年以后庄总有五十个美女帅哥卖望族汽车，你管的全国加盟店要跟庄总抢人呢！"

"你真的想好了？"他并不隐瞒失望，再一次追问道："不后悔？"

"绝不后悔！"

"那好！"他也肯定地说："明天上午我要飞北京，你让你们方老师早上七点到二楼的中餐厅见我吧！"

"您不是住在宁波市里了吗？"

"挂了吧，熙熙！"

我该出场了。我以为我在暗处，哪知是在明处，庄已泊会不会知道我此时正跟槿熙在一起？他要见我，什么意思？

我不紧张，没什么紧张的，可总觉得有点别扭。

槿熙看出来了，问："你怎么了？"

我没有回答。

故事不该是这样的，如果这真是一出戏，好多地方出了问题，至少都没有走向极致，比如曹大蛤蟆怎能简单地放弃？大芳对高岚的诋毁所造成的影响为什么没有展开？庄已泊出现了，他才是要谁当"中华小姐"的核心，为什么对槿熙一通进攻之后突然拐弯，好像也算是放弃了，同意她当总冠军？

我弄不明白。如果跟我无关，或者我来讲这个故事，至少还要一波三折许多，一定经过不可逆转的惨烈之后，曹大蛤蟆才别无选择地退出。然后矛盾集中在庄已泊这里，都以为万事大吉了，却因他发给槿熙的第一封手机短信开始进入了新的危机，槿熙不就范，更无总冠军可能，我的出场才有意义，可惜生活并不是剧本，有它更真实发展的逻辑，而我却彻底糊涂了。

"你到底怎么了？"她比我还糊涂，"庄总不是答应你了，不，答应我是总冠军了，八号我们开着望族跑车可以一路狂奔到图钢了，不正是你要的吗？"

"我想知道为什么？"

"什么为什么？"

"他为什么不发起最后冲击，眼看就要到手而突然退却了？"

"那他就是觉得没意思了，不想再坚持了呗！"

她倒是忽然放松起来，第一次公然主动地把手放到我的下边，英雄已陷入沉思，我说："它在沉思。"

"什么？"她甜美地笑了，觉得很好笑，"你是说它还有思想？"

"当然了，"我扫了一眼电视机说："要不就是狼了。"

"你们男人是不是都很狼？"她把头往上伸了一下，对着我的耳朵悄声说："色狼！"

"对，没家伙儿的太监都一样，"我轻轻推开她，"要不庄已泊让你看电视干吗？"

她从未被我推开过，因为她一直是被动的，哪怕用"拒绝"的形式接受或期待，对我其实只是下意识的举动深受伤害，转过身去，把后背给了我，可她并不知道如果这样就不该蜷腿把屁股顶在了正在苏醒的英雄。

"槿熙，回你的房间去吧。"

她沉默了一下，"你不后悔？"

"绝不后悔！"我学着她。

她蓦地一下就起来了，迅速下地，套上睡裙，把胸罩团在手里，朝我大声吼道："你不做狼就是羊，早晚被吃掉！"

这是雀儿一姐的语言，我第一反应是这样的，还没来得及说出来，她连酒店的拖鞋都没穿，光着脚咚咚咚地走出去了，使劲地开门又狠狠地撞上。

我真的担心，既然知道庄已泊也住在这家酒店，他会不会来敲槿熙的门？反正高岚还在溪口，他或许知道槿熙编的离队理由，这个理由太他妈的拙劣了！

他一定往槿熙房间打过电话无人接，而且不可逆转地发现了我，所以才决定放弃？

我给槿熙发了短信：别生气，让人知道不好。

她回了两个字：少来！

我又回了三个字：对不起。

她没有回。

我有些不安，何况计划好了，英雄要第一次隆重访问她的花园！

我打她的手机，关机了。

我拿起电话，拨入她的房间号，居然是总机接的，告诉我客人限制打入。

我下了床，准备敲开她的房间，电话响了。

我赶紧抓起电话。

"先生，要客房服务吗？"

妈的，怎么槿熙走了就有这种电话打进来？

"先生？"她还在娇滴滴地问。

"要！"我大声叫："来一个班！"

"先生好棒哟，可现在姐妹们都很忙，我带一个妹妹，两个人去你房间行吗？"

"滚！"

我咆哮着挂断电话，本客房的情况也尽在酒店掌握之中！

我又拿起电话，按了总机专用键，大声说："我的也限制打入！"

我想咆哮，找不到东西可以发泄，也不想再摧残自己，用了一个跳水的姿势跃到床上，仰面朝天跃上去。

我听到了床的声音，**床很疼**。床一定很疼吧，弹动着我的身体，对不起，床。不知道有多少人睡过的床，一个人或与另一个陌生女人睡过的床，可能更辛苦的床，每天或每几天就躺上一个新的旅行者，它承受了太多的屈辱，却始终默默承受。人**不如床**。我该写一首床的诗，还是留给诗人吧！那就写一部为天下孤独的行者，写一部关于栖身之地的小说，那样我不成为马尔克斯就是卡夫卡。村上春树就算了，他迷失在《挪威的森林》，只是寻找，寻找再也回不来的青春和只有燃烧的青春才会有的爱。我像村上春树一样老了，假装年轻回到十八前一再挽留的青涩少年经历和被改编的记忆，而且没过多少页都能看到貌似淡定的性，差不多把方式和心里写全了才如此畅销吧，至少小妹看懂了，并且与村上春树一同沉浸在古老而又神秘的森林里。妈妈从未看懂过电视机、微波炉以及像考研一样菲利浦烤箱的小册子，甚至没法根据药品说明书准确的服用药片，医生不说，妈妈就没法明白到底吃几片是对的，却看懂了《廊桥遗梦》，还总被弄得泪流满面。那正是我苦读博尔赫斯的岁月，漫步在博尔赫斯的布宜诺斯艾利斯的大街上，像我为花舍香榭楼盘写的企划书。这地方每一脚不小心都会踩到一个精英的灵魂，像是到了巴黎的左岸，太多伟人生前都存在过，**灵魂不散**，而我全是杜撰的。我是不是一直活在一个杜撰的世界里？至少我发现好日子都是被形容出来的。我突然感觉"生命"不是一个名词而会不会是一个形容词呢？

手机响了。

我兴奋地抓起手机，有些失望，不是槿熙，是杜海。

"喂？"我懒散的态度。

"要死了？"杜海声音洪亮。

"我睡觉了！有事儿吗？"我不开心地问。

"姿势不对，起来重睡！"他叭地挂了。

手机传来嘟嘟的断线声，丫神经病吧？我忽然斗志昂扬起来，拨回去，大声说："你干吗？有病？"

"伤心了？郁闷了？"他嘲弄地说："烦躁不安彻夜难眠了？"

"你什么意思？"

"问你，臭小子！"他继续洪亮，道："庄已泊是绝对不会找喜欢抛头露面的女人的，他爱的人必须是美女，必须甘心情愿留在家里，必须愿意不停地多生孩子！"

"你是不是回到旧社会了？"我受不了他用了三个"必须"。

"听着，真有本事的哪有一个是只有一个孩子的？"他咆哮着，"你太二了，不过也够牛逼的，让庄已泊明白赵槿熙不是他的菜，他才不会要什么'中华小姐'当老婆呢！你能，所以别玩梦想的纠结了，你成功了，总冠军是赵槿熙！"

"我知道了，不用你说，我跟他吃了八个牡蛎！"

"九号我去不了图钢了，董事长要组建一个新集团企业，把望族非汽车产业通通管起来，庄总来北京没时间管这小事儿了！"他正常了一点，说："八号一结束你就带上赵槿熙奔图钢，那边已经启动大规模的宣传'中华小姐'方案了！十号你们通通撤回学校，汽车模特专业不能都是图钢人，你想想望族天使要都是说着一口东北话，天堂不就出问题了，还不把人吓死？"

我明白了。杜海只是强调并证实一下，我明白。

可以好好睡一觉。自从雨婷走了，我已经习惯一个人，而我爱的人仅仅隔着两堵墙，今夜本来是该在一张床上的，是我太敏感，而且有些心术不正。我得救赎自己。

于是，我愿意让雨婷安息，想着那一刻摸到槿熙湿漉漉的花园，她那般丰满的胸和唇，让我的英雄泪如泉涌了。

一觉睡到天亮，**居然没有梦**，不知道槿熙起来没有，她们一早要集合去瞻仰蒋委员长的祖坟，不知道会不会再去绍兴参观一下鲁迅的故乡。晚上六点要赶回宁波共进组委会为香港评委安排的招待晚宴，八点半在天一广场表演时装秀，十一点赶到上海，明天下午直播结束后就各回各家了，**散伙**。我带着满脑子的思绪，六点五十五分来到了设在二楼的中式早餐厅，没想到庄已泊还是比我早到了，他表现出的尊重让我感动。

"你好，庄总！"我伸出手，"我是方翔。"

"见过，"他看着我，笑了笑，握住我的手，说："在杭州打人的真是你？"

"警察没有抓错，"我难为情地说："还没来得及谢谢你呢！"

467

"坐吧，方老师。"他很有风度地示意我坐下，然后才坐，说："槿熙昨晚上回溪口去了，我找朋友送的，我觉得她做得对。"

我还等他往下说，庄已泊不说了，在看着菜单。

感觉到了，他是在等我说。**我说什么？**凌晨一点或两点，我哪儿知道具体的时间是槿熙找他还是他找槿熙？哪来的什么朋友可以半夜从床上爬起来送一个人从宁波到溪口，而我却一无所知？

庄已泊不简单。在我面前，他是一个沉默寡言的人，做出一个话不多的人，与是否投机无关。

"谢谢你，庄总。"我向服务员招招手，餐厅就我们两个人，说："来一根油条。"

"一样。"他抬头看了我一眼，没有什么意味深长，说："再来一碗豆腐脑，你呢？"

"好！"我说："谢谢庄总对汽车模特专业的大力支持，以后……"

"新生第一课我会去。"他语速沉稳，"九月有成都车展，不属于 A 类大车展，十月底的西湖博览会是望族汽车下半年最重要的。"

他又不说了。

"那让我们参加吧？"我说，我知道该我说了，望族天使要依靠他。"汽车模特专业就是为集团服务的，这也是望族大学创办汽模专业的优势！"

"你们准备怎么做，"他很是亲切地看着我，说："拿个方案给我。"

这个面部表情并不丰富的人，露出笑容实属不易，我很高兴。他不知道槿熙回复他的每一条短信都是来自我的，我愿意忘记，可也许他知道并且记住了槿熙不可言状的"才华"。

"庄总，我们可以成为朋友吗？"我试探着拉近距离。

"当然，"他恬静地样子，让人捉摸不透，甚至很欣赏被别人琢磨的样子，停了一下，"说吧！"

"庄总得多支持！"我不想隐瞒，真诚地说："没有你的支持，汽模专业办不起来，办起来也长不了。坦率地说，曹校长并不支持，他才不在意望族大学多五十个学生，何况是一个让他闹心的专业。我们杜院长的想法是创新教学模式，增加大量实践课程，所以要靠庄总给我们提供机会，多参加车展是必须的，学校不会出钱，我们也不能让学生自己掏路费，还有服装和食宿什么的。"

"实践是对的，"他肯定地说："但不能把大学强调技能而办成培训班吧？"

468

"当然不能！"我也肯定地说："关键是解决库房和厨房的关系！"

"说来听听？"他饶有兴趣地看着我，"大学教育怎么扯到库房和厨房了？"

"杜院长的观点，我们在出来招生之前他给我们做的培训，用库房和厨房的关系一语道破了现在中国教育一个严重的问题。"我兴高采烈地说："库房指的是知识，厨房是指能力，就好比冰箱里什么都有，可进了厨房什么都不会做，冰箱里有再多东西又有什么用？知识不是无用，要为能力服务才对，是大学职业教育的根本。可我们传统教育的理念只重视知识而忽略能力，毕业前用一个学期参加社会实践，到了工作岗位实际上一切都从头再来，知识与能力脱节，库房是库房，厨房是厨房。"

他点点头。

"教育再不能把责任推给个人或推向社会了！"我动情地说："我们的汽车模特专业的核心课程体系是汽车营销，将来到望族汽车做销售的时候，不仅不陌生，在大学学的过程正是汽车销售的过程，个个上岗就能干事儿，因为学习过程就是这么完成的，这才是我们所谓创新的本质！"

"这不是你们的，正是董事长创办大学的初衷，不仅为望族，更为全社会培养人才。可惜曹校长搞不懂，以为学生多有钱赚就是成功了。"他难得如此表态这样说，证明很高兴，而且为望族充满了责任感。"钥匙给你，方老师。"

"什么钥匙？"

"'中华小姐'的奖品。"他微笑着说："明天下午直播一结束，你就带着赵槿熙开着望族跑车去图钢招生吧，祝你们一鸣惊人。"

"谢谢庄总！"

"车就停在后院，"他审视着我的兴奋，淡定地说："我和你细聊聊。"

第十六章

1

我明白了，庄已泊已经确定谁是总冠军，槿熙回到房间睡觉又叫醒了她，找了一个朋友开车把槿熙午夜时分送回溪口，而他没有离开，**想见我**，在这个早晨把冠军奖品提前给了我，他不准备去欢乐谷现场，没想看槿熙在上海戴上"中华小姐"的桂冠。

庄已泊走了，没有他说的细聊聊，先于我离开了餐厅。我不知道自己是不是快乐了，一朵"国花"在尚未比赛前，业已诞生，正是我想要的，就这样得到了，可我的身份已经变成一个"司机"。庄总是在提示我吗，我只是个司机？对于槿熙来说，我只是个把奖品车开到上海，拉上她再从上海开到图钢的人。

宁波只剩下了我一个人。槿熙到了溪口跟十九个选手会合了，刘思雨坐在那个神秘男友的车上离开了，不知道那是一辆什么车，她坐在车里哭还是笑。槿熙将在欢乐谷再次坐上"望族汽车"，这次不是我的试驾，车是槿熙的，我只是一个帮槿熙开车的人。

庄已泊不准备在天一广场展示"望族跑车"了，由我把它开到上海开进欢乐谷，那里有组委会的人等着我，还要进行彩排，我将在最后一个环节开车带着槿熙开上舞台，不知道 CCTV 在直播时会不会给我一个镜头，肯定不会的，我只是一个司机，一个拉着"中华小姐"的人。真是太奇妙了，我就是在"望族汽车"得以跟槿熙亲近的，还是"望族汽车"，还是我跟槿熙，已不再是两个人的世界，而是在众目睽睽之下接受喝彩。当然，我不是主角，庄已泊让我知道自己是一个开车的人。

我回到房间收拾好东西，拿着钥匙来到酒店后院，车就停在那里，一个保安在守护着，而且分明已经知道是我要把它开走。我远远地就看见了它，精美的流线设计，多像一个脱光了的美人，忽然明白了，白狼给槿熙拍的"艺术照"原来用的就是这个"都市第一跑"，赤裸裸的槿熙的曲线与它的浑圆流线构成如此的和谐。

手机响了，是雀儿一姐打来的。

"电视台一直在播明天直播的预告！"她兴奋地说："槿熙和高岚的画面最多，不相上下，不会有问题吧？"

"你别管这个了，"我坐进车里，车里有一股过重的薰衣草的味道，用过空气清新剂，庄已泊知道槿熙喜欢的味道？有点意思。"我们的展台有了吗？"

"还说呢，位置奇好！"雀儿一姐真的很开心，"许大鹏够意思，我们在广场中心位置，就在歌德耐尔对面，酒店大堂也是跟他们在一起的进口处！"

"咨询的人多吗？"我愉悦起来，图钢那边也准备好了。"我们是不是离许大鹏的歌德耐尔太近了？"

"近点好，联合作战有人气！我们又不招一米七五以下的女生，许大鹏跟我商量的，他早把承办单位的交通台搞定了，位置随便挑！"她兴奋地说："今明两天都是本科，后天开始才是我们的主场！"

"手续办好了？"

"市教委见到我们盖章的材料核准批复了，"她压低了一点声音，说："公章怎么办？"

"销毁它！"我开出了酒店后院，说："你先收好可千万别丢了，我得看着销毁。"

"放心吧，这哪敢丢呀？我一直放在包里随身带着，可老是害怕！"她语气怪怪地说："就怕碰上一个缺心眼的，我妈带着狗狗到银行存钱，狗狗拉屎了，我妈用报纸包好，刚一出门被一个家伙给抢了就跑，我估计小偷这辈子老得想怎么会抢了一包狗屎呢？我的包要是被小偷抢了去，你说他发现望族大学的公章会怎么样？"

"小却，"我咽了口吐沫，突然有点心慌，"电话里不说这些！我怎么听到魔兽世界的声音，你和韩又没在现场？"

"各个学校像卖假药似的乱窜发简章，许大鹏说我们北京来的不能降低层次，后天才是低分考生，要我们等'中华小姐'回来，槿熙一到必引起轰动，交通台已经开始没完没了地做预告了！后天上午九点整个站前广场必是人山人海，龙腾大酒店也得水泄不通！"她抑不住的兴奋，"许大鹏把整个广场通道的悬空广告位都办下来了，他真能倒腾！"

"那你们呢？"我听着她手机传来的声音越奇怪。"在哪儿呢？"

"在西施魔子家的别墅，客厅大的有半个篮球场！养精蓄锐，就等着你们后天一早回来！"她越发高兴了，"广场中央还搭了个大台子欢迎'中华小姐'，我们可就唱大戏了！王宏民都看傻了，扬言非得弄死许大鹏，强龙怎么可以压过他这地头蛇！"

"小却，赶紧回去，要注意许大鹏做出什么对我们不利的来。"

"你多心了，太小心眼了吧？"她美滋滋地说："知道吗？交通台在天桥下面挂起巨大条幅，热烈欢迎2007'中华小姐'访问图钢，说是后天一早还要挂上槿熙的巨幅照片，许大鹏让酒店还铺上了红地毯！"

"那好吧！"我叹了口气，"明天一结束我们就开车回钢，后天早上八点到！"

"方老师？"

"怎么了？"我听出她的声调怪怪的，"小却？"

"我也拿过大奖的！"

"噢。"我想起来了，她夺得过全国大学生电视辩论赛北京赛区的花魁。"记得，第一次见到你唐市长就说了。"

"那不算，民办大学的被人看不上，我就为这个进入不了总决赛，全国五十强都是公办大学的！"她笑笑，"我经常获奖的，你不知道吧？"

"还真不知道，"我也笑笑，"你说。"

"我和槿熙总一起去望族生活馆买饮料，我好几次获得再来一瓶的大奖！"她忽然有些伤感，"这一次槿熙比我幸运，因为……有你！"

我品味着雀儿一姐的伤感，她说得没错，槿熙夺得"中华小姐"虽然与我当年拿了花舍香榭一百万，想让雨婷戴上桂冠成为品牌形象代言人无关，可从内在逻辑上仔细想来也不无关系，有一点也是相同的，雨婷以为我是开玩笑，她不愿意才晕倒在排球场客厅吧，而槿熙也不愿意，但槿熙不会晕倒，她还要戴着桂冠高举奖杯露出甜美的笑容，通过CCTV把甜美的笑容传遍全国。有方子良相助，交通台没完没了的宣传，图钢明天下午CCTV的收视率一定创出新高，后天上午九点还有图钢交通台的直播，就在两边悬挂着"中华小姐"巨幅照片的天桥上。

不到中午我就到了上海欢乐谷，吃了组委会提供的盒饭，下午开始彩排，秃头模导不知从哪儿找来一帮人代替二十位选手走台，主要是按照中央电视台导播的要求进行直播的舞台灯光组合，他们管这个叫"合光"。

导演助理的指挥我把车开到后台，告诉我，他发出指令后我立即把车开上舞台，剧场会黑下来，将有一束光照亮我。不，不是我，是望族汽车。也不是望族汽车，是车上的"中华小姐"。

知道了，其实也是"试驾"，只是角色换了，定义改了，目标变了，意义炫了。四月里我为接近槿熙第一次开望族汽车，我是试驾的人，槿熙是陪我的，现在我依然是开车的，却成为陪槿熙的人。那时生怕被人看见，现在生怕被人看不见，CCTV将用两个频道向全国和世界直播。槿熙将走向辉煌时刻，我知道，而且是不可复制的。

我等候指令，助理会给我一个手势，我的步骤是缓缓起步，把车开到舞台中间，接受现场观众的喝彩。

车一直发动着。我看出舞美设计的非常考究，灯光更是气势磅礴，能看到无数台摄像机架在各处，摇臂摄像机像变异的螳螂伸出独臂蹿动，显得有些呆头呆脑。灯光突然全灭，像是要撕裂上海的音乐骤然响起，助理挥着手，我轻抬离合器开向黑暗的舞台，突然明白庄已泊的全部用意，为什么要我而不是他们公司的人把车从宁波开到上海，是要我熟悉这辆奖品车。我在黑暗中驶出后台，向舞台中央驶去。如果我以为自己是主角，再激动万分一下紧张地失控，会撞向十九位戴不上桂冠的选手，如果再慌乱，有可能把选手撞飞。

刚刚驶向台口，一道贼光突然亮起射向我，不，他们是想照亮望族汽车，也不全是汽车而是车上的人。我准备不足，眼睛像被灼伤一样什么也看不见，一脚踩住了刹车！

音乐停了，追光灯灭了，导演嗷嗷乱叫，丫在骂我呢，四五个工作人员冲过来拉开想要撕碎我的架势，二十，不，十九个帮着走台的人分开两边不是鼓掌而是耻笑，模导和导播都用对讲机指着我狂嚎，我从他们的嘴型判断出是哪两个字。

"什么都看不见！"我跳下车，同样大声吼："睁不开眼，傻逼太亮了！"

现场突然静下来，我这个连群众演员都算不上只是一个大道具居然敢向导演喊，还有那句不确定被骂主题的"傻逼太亮了"令人思索。沉静了十秒钟，导播一手持麦一手拿着对讲机说："重来！傻逼！给一点顶光照亮丫的路，别他妈的冲到台下去！"

大家都很扫兴，全因为我，而我因为那一定要照亮"中华小姐"的灯。我又把车倒回后台，助理带过来一个女孩，让穿着小短裙的她上车，站在车里，把脑袋和上半身伸出天窗，下半身留在车里，我必须把座位往前调才能让她站直了，而我不得不把自己快挤到方向盘上开车。

这回是载人试场。我抬头瞄了一眼倒视镜，看见两条粗壮赤裸的腿，赶紧把倒视镜向上掰了掰，掰到我看不见的位置，不是怕走神，是怕吐了。我更受不了她身上拙劣的香水味儿，大一时策划花舍香榭一个广告公司的人招待我去歌厅叫来陪唱小姐身上都散发着这种诡异的味道，那次我差点就吐了。

灯光又暗，音乐再响，贼光射来，还好，几百盏顶光微亮给了我一些视觉环境，加上我有准备了，在列队两排的鼓掌中把车驶向舞台中心。我的座椅乱动，顶替槿熙的女孩用膝盖提示着我什么。

助理跑过来，拍着车窗玻璃，嘴乱动说着什么，我放下车窗，现场音乐像巨浪拍进来，我大声喊："什么？"

助理也在喊，我和他近在咫尺彼此都听不见！

音乐突然停了，我这回听见了，助理的声音半个剧场都能听见，"傻逼你停下来干吗？导演让你再往前一点！"

我立即回敬道："你才傻逼，听得见吗？"

音响传来导播的声音："换一个傻逼！"

我下了车想抽他们，看见四周上百号各类工作人员，都因我而停滞，很泄气地从四面八方望着我。时间很紧，我知道槿熙她们明天上午只有一次合好光后的走台时间，下午两点整开始直播，突然理解了"导演"为什么爱骂人，此时此刻我把我这个活道具变成了大主角，成为全场的中心。

我淡定了一下，为了槿熙，为了望族天使，为了汽车模特专业的诞生，被一大群不认识的人中被反复骂那两个耳熟能详的字也是应该的。我扫了一眼下面，不，该是上面才对，观众席看上去那样高，能容下五六千人、很适合看杂耍演杂耍的大剧场，导演坐在第七排，他手中多了一支激光笔，照过来。他终于知道喊是没用的，听不见，用激光笔指引我停在哪儿才是可行的。

我坐回车里，像一只差点被惹急的猴子，在我把车倒回后台还没响音乐和熄灯之前，导演喊着让我开大灯，"现在就开！用远光我看看！"

我打开了大灯，显得很亮，把车往后倒，有一个弧度，我打了一下把很自然地扫了前边一眼，突然惊讶不已，又看了第二眼，天，观众席上坐着谁？唐启光和槿熙妈妈！

他们怎么来了？

我好不奇怪，唐启光坐在观众席被车灯照亮，还向我竖起了大拇指，是赞扬我被骂了几遍的承受力还是夸我为槿熙这事做得好？槿熙妈妈保持着雍容得体的笑容。他们都知道了槿熙将在这里迎来人生中的第一次辉煌，望族大学没来错，公办大学才不重视什么"选美"呢，更重视向教育部要大笔的选题研究经费，重视学生更在意没有不造假的"就业协议"报上去的数据吧！

以唐启光的把握，深知槿熙夺得"中华小姐"命运必将改变。没有考上"国家大学"的人无疑像是输在了起点，以他的经历，他知道人输在起点不必悲痛欲绝，人最关键的是要赢在拐点。他不当副市长了成为"大唐投资"董事长，手里握有内蒙古煤矿老板的几亿、几十亿资金用于投资和政府公共关系，作为一个"企业家"再也不必在乎纪检委了，只要不被抓住犯法证据，永远不必担心被"双规"了，何不是喜？**大喜**，我看他脸上的气色比我认识槿熙他到香港私房菜吃河豚的时候更好了。

合光用了太久，我不能离开后台，坐在车上，想给唐启光打手机，才发现他的手机号跟我的手机一起沉入了西湖，居然不再有他的手机号，看来只能等他打给我了。

我还是想见他和槿熙妈妈，明天下午两点全国都知道"中华小姐"诞生了，槿熙从此将变得与众不同，不管他们知道还是不知道，我该把这个喜讯与唐启光和槿熙妈妈分享。不管怎么说，我或花舍香榭与唐启光或江城市政府有过合作，唐启光或祸或福那个"拐点"也全因我。槿熙妈妈知道我深爱槿熙，笑容才那般和蔼慈祥。

在他们增加新的灯位时，我下车，走到台口，不见了唐启光和槿熙妈妈，他们看出来要跟我见面说话不定要到什么时候呢！我看了看手机，没有未接来电，一条未读短信是刘思雨的，我已经知道她跟着神秘男友离开了，**我来了**，她可以安心被爱和好好呵护一下无法昭示于众的爱了。

导播又在骂娘，这回与我无关。看不见光头模导了，他跟央视导播交代的都由二十个找来的替身把环节展示了，匆匆赶往宁波天一广场去了，那里不能没有他。

看合光彩排，我才知道了上海站比赛内容有了重大变化，庄已泊没说，我明白了光头模导为什么急忙离去，没准要在晚上八点的表演中提前预演，明天上午只有一次彩排时间，央视的时间每分每秒都弥足珍贵。

导播带来的信息不仅仅是央视的要求，肯定来自更高层的指示，"中华风采"向全国和世界展示的"美"是什么？是爱，**大爱**，每个选手不再是三个环节组成，只剩下一个自我展示，走向舞台自我讲述一段关于"爱"的故事。亲身经历更好，没有或准备不足将由组委会提供文本，才能最后决定谁是"总冠军"。

我把这个信息用短信迅速告诉庄已泊，不管他知不知道。他马上回信告诉我"是这样。"

是这样是什么样？我不得不打给他以求详细。他正在候机，有时间跟我说仔细一点。我知道了，原来组委会接到通知，关于"爱"的主题展示，昨晚已经紧急成立了一个策划小组，还请了几个名记参与，为每个选手组织一段故事或话语。庄已泊没说，但已经让我明白这就是他为什么午夜找了一个朋友把槿熙送到溪口的原因，要准备材料。

他让我放心，槿熙将展示的是我写的《美丽宣言》，组委会认同，还得到大佬名记的盛赞，"中华小姐"已确定，只等槿熙在台上用心用情念出来，有了《再别康桥》的展示，槿熙有非常好的朗诵天赋，虽然央视在直播中要求改为评委现场亮分，而且增加了十个大众评委，以槿熙的自身条件和《美丽宣言》的内容一点不用担心。我谨慎地提到高岚，改为现场亮分，槿熙最大的对手是高岚。庄已泊在此处停留了一下，短暂的沉默，说我说得对，他已经知道。我们共进早餐时，组委会根据高岚在大学曾有过的三月五日学雷锋日到敬老院"一日游"的爱心经历，正在组织一段精彩语言，为高岚设计的"爱心展示"，为赢得"特别奖"而准备。

我明白他沉默一下的意义，告诉我《美丽宣言》命中注定就像是为槿熙准备的，受到评委会的一致夸赞，槿熙是总冠军，加上这种"爱"的环节，而且是唯一的，所有选手都将穿上由组委会统一配置的旗袍，体现中国传统文化，槿熙穿上旗袍展示《美丽宣言》，成为"中华小姐"更不可撼动。

我还是不放心，犹豫了一下，说："庄总，央视直播是容不得公然造假，也不会允许我们内定的，又增加了十个大众评委，万一出了问题……"

"不用担心，十个大众评委都是娱乐圈记者，评委会把《美丽宣言》发给他们了，不仅认为方老师这东西写得不错，至少敢用美丽做个宣言也是中华风采大赛的一个亮点。"庄已泊郑重地说："方老师放心吧，评委们都搞定了，十大记者评委都是跑娱乐圈的，个个心照不宣，看到评委会在评选规则后面附上《美丽宣言》就都明白了，谁念这个谁就是高分，这也算是评委们都明白的潜规则吧！"

"万一出了问题呢？"我急着说："听你一说，我明白庄总和组委会严格规定不能告诉选手这个环节的意义，防止有人作秀，可我怕槿熙背的没有《再别康桥》顺畅，她有压力，万一磕巴怎么办？"

"没关系，一旦出现选手分数相同的情况，评委会主席将决定谁是总冠军，分数相同'中华小姐'就由香港的那个主席当场决定。"庄已泊说："这个概率不大，你打电话好好鼓励一下槿熙就行了，已经把《美丽宣言》给她了。"

"好吧！"我说："谢谢庄总了！"

"记住，你千万不可以告诉她爱心环节这件事，她反而压力更大，不如顺其自然更好！"庄已泊郑重地说："爱心环节这件事大领导不让说，不想让人知道大领导关心什么选美的事儿，但组委会不能不做，所以统一文本，虽有不同但都突出了爱的主题，这就足够了！"

我舒了一口气，挂断手机，那个助理开始吼我了。

重新开始。

合完光已经六点，灯光师已输入电脑编完程序，需要时晚上会随时叫我，明天上午选手过一遍，再没有时间了，中午一点全部进入直播前备场状态开始倒计时。工作人员送来了盒饭，我奇怪唐启光还没有联系我，看来槿熙赢得"中华小姐"他比我信心还足，也没准备这个时间找我跟我"共进晚餐"。

我拎着盒饭走到剧场外透透气，在长椅上坐下，一直想怎样给槿熙打电话，为昨晚的事道歉，因为我想到了会被"监视"，让庄已泊知道她在我房间里很不好，她回到自己的房间没多久就该被庄已泊让人送到溪口去了，证明我的判断没错。

拨通了槿熙的手机，响了好久，她接了。

"干吗呢？"我以平淡开场，还是没想好怎么跟她说起。

"太好了！"她显得很兴奋。

"什么太好了？"我很好奇，高兴她没有为昨天晚上的事生气。

"我们在一家满族风味菜馆呢，为从香港请来的评委会主席过生日。"她抑不住的喜悦，说："不知从哪冒出来一个人才机构，大家管他叫猎头公司，专门为上市大公司寻找人才，专门冲我来的，下午两点就在等我了！"

"槿熙，"原来是这个，我说："你不需要。"

"需要！"她肯定地说："还拿着合同，明天我拿了总冠军就跟我签，先让我做一个上海楼盘的形象代言人，一下就给我二十万！太好了，我可以还清你的钱了！"

"槿熙？"这话让我伤感，"你怎么老想着这事儿啊？难道我们……"

"你听我说！"她打断我，"这二十万是预付款！上海世佳房地产公司还要投资拍一部电视剧，我是女一号，开机前还要给我一套上海世佳在黄浦江边的房子，妈妈最喜欢上海，就可以住到上海来了！"

"你在说什么呢？"我真的不高兴了，"望族集团投资三百万搞中华风采大赛推出你，不会一点感恩的心都没有吧？拿了总冠军不为望族做事倒是便宜了上海世佳？"

"哈哈，我就知道你会这么说！"她笑了，"签不签你决定，我只是告诉你。"

"这还差不多！"我舒了一口气。

"不过我想挣那二十万，只是给他们拍一个广告，你答应我好吗？求你了！"她第一次撒娇地说："我要还你钱，必须的，剩下的钱给妈妈，让她回家去好好弄花棚，真不想见到唐叔叔把我妈绑架式的快乐！机会是你给我的，望族给的，我当然要感恩，好好上学，可我才发现当'中华小姐'真的挺好的，我高兴！"

"高兴就好！"我说："把《美丽宣言》好好准备一下，不管几点到上海我都要见你，帮你准备！"

"好的！"她答应了，"你还没答应我呢？我跑到餐馆外面接你电话，答应我好不好？让我还你钱，给我点自尊和成就感好不好？要不我不理你了，当上'中华小姐'，中央电视台再一直播谁都知道了，我是你说的什么国花可真就管不了我了吧？"

"你真这么想？"我的声音低沉，显得很严肃。

"瞧你真生气了，不说对不起了？"她也调整了音调，很庄重地说："我会珍惜的，相信我吧，真的！"

"我相信。"

"真的谢谢你！我一定要拿总冠军成为'中华小姐'，明天一结束就跟你去图钢！"她很动感情地说："谢谢望族！"

"晚上我教你怎么说获奖感言吧！"我笑笑，说："快进去吃饭，别让过生日的老港仔等你！槿熙，你是总冠军，我们的'中华小姐'！"

"这哪来的狗啊？"

"什么？"

"真可爱！"她甜蜜地说："先挂了吧，晚上见！"

传来嘟嘟嘟的断线声。

导播助理跑过来，说："进来，我们老大又有一个新想法，你拉着'中华小姐'要在台上转个圈，马上试一下！"

我站起身，还没把手机装兜里就响了。

看了一眼来电显示，一下知道这是谁。

"唐市长？"我笑笑，"好了你别急，唐老板？"

2

唐启光约我去吃饭，*我差点误解他*，要在这个既不属于他也不属于我的城市做东，地点定在新明珠大酒店。我很高兴地答应了，告诉他我从这里打车过去要一个多小时，他说他知道，我又说央视的导播在折磨自己，要导出一台气势辉煌的选美盛典，有利于竞争春晚的导演，而我是他不可或缺的道具，所以不确定几点结束可以前往，他说他也知道，有的是时间等我，看来今晚是见定我了。

从我认识唐启光起，就知道这是一个从来不用工资的人。老婆用不用一无所知，甚至不知道他有没有老婆，老爸只跟我隐约提起过他好像很早就离婚了，在当副市长以后，离婚的老婆带着儿子就移民美国了。他是一个崇尚自由的人，成为一个无牵无挂的人，立誓一心一意为人民服务、保养到位、不断采阴补阳，计划活过一百岁的人，一个典型中国某些做官的人，活着没人笑死了没人哭的人，小黑子插话说唐爷是一个活着有人哭死了人人笑的人，还不如白大爷呢。老爸踢了该踢的小黑子一脚让他滚出董事长办公室，而他抱着我的笔记本电脑要给老爸演示一下江城花舍香榭的效果图，老爸通过以后要给白大爷看的，*白大爷的祖上就是江城人*。我喊着："回来！"小黑子委屈地说："我滚了！"我大叫："再滚回来！"他说："对不起，滚远了！"然后更委屈地嘟囔了一句："堂堂董事长还带踢人的，哼！"

老爸瞪着我说："你要双人墓地我也给你买了，你爱雨婷我知道，能不能把雨婷这个混蛋弟弟赶出集团？"

我说："不能。"

"你也滚！"老爸咆哮着，"让唐启光来，我带他去见白老爷子亲自汇报！"

这次合光还算顺利，把舞台上为我做的地标向前移了一些，我的任务是把望族车头在巨大的舞台上拐出一条弧线后正面对准观众，像螳螂的吊杆摄像机瞄准我缓缓离去，导播确定这样才有视觉冲击力。**冲击力**，这是一个很不错的词汇，我喜欢，带着成为"中华小姐"的槿熙到图钢不就是要"冲击力"吗？

招生有望，汽车模特专业大事可成，唐启光欠了槿熙妈妈半世情，也为槿熙高兴吧，所以这个自我认识起就一毛不拔的铁公鸡才会请我，而且不管多晚。

我坐上出租车，进入上海之夜，一路欣赏着上海的建筑，感觉到上海才像一个真正的"城市"，与建筑群都比较集中有关吧，而且无论百年还是新建的。到新明珠大酒店的时候已经八点多，唐启光依然红光满面，声音更嘹亮了，服务员把我引到包厢，他劈头盖脸地大声说："小老弟，我习惯你总是活在自己的世界里了，我得把你拽出来！快坐！"

不知道他在说什么，也就无法评判对不对。槿熙妈妈朝我腼腆地笑笑，一个让人肃然起敬的母亲，看上去还很年轻，少言寡语的槿熙妈妈有一种让人怜爱的气质，**怜爱**，我不知道怎么会这样想，但相信用这个词的准确。槿熙妈妈看上去怎么也不像一个种花的，她就是一朵花，我却找不到用什么花来形容，**能浸入心里芬芳的花**，不是捧在手心里的那种，成熟的迷人，并不华贵的高雅，**她才更像老师**，不由地会让人产生依赖和信任，如果让她伤心会有一种罪恶感。

"阿姨，您气色真好，"我坐在了唐启光为我留的右手边位置，一直看着她，"身体好多了吧？"

"让方老师惦记了。"槿熙妈妈脸红了一下，"一直想当面谢谢你，不仅照顾槿熙，我还让你费心了，你忙，一直不得机会。"

"跟小方老板不用客气，这小子欠我的！"唐启光豪迈地说："他家伙帮人害人都用心，帮人是主观故意，害人是客观无意，你可别学了韩剧哪天突然失忆啊，那可没法弄了！服务员，把那两瓶茅台打开斟上，起热菜吧！"

听唐启光这么说，我忽然冒出这会不会是个鸿门宴的想法，只是一闪，匆匆掠过，在槿熙妈妈面前莫名的会有些紧张，这种感觉是从未有过的。

"小老弟，去年国庆节的时候小麻雀带槿熙去北京贵宾楼，白老爷子也喜欢槿熙，她要不是借去洗手间跑了，能让我请十五年茅台的就不是小老弟而是白狼了！可我不知道她是槿熙啊，你懂我的意思，这个名字那时对我没意义，"唐启光端起酒杯，"啥都别说了，先干三杯，为槿熙！"

"这一杯有一两吧？"我笑笑，琢磨他的话，明白又不明白，是老爸把他引见给的白大爷，莫非白大爷也看上槿熙做他的儿媳？唐启光就是一个夸张的人。我摇摇头，"干吗呀？"

"八钱杯，小老弟的酒量我又不是不知道，快干！"

他不由分说，一口干了，看着我。

我苦笑一下，也干了。

"三杯酒，为槿熙。"我干完第三杯，胃里有些灼热，而且兴奋不已，说："其实好久没这么喝了，我也就半斤的量，你知道的。"

"人逢喜事精神爽，"唐启光又满上酒，"今天不醉誓不休！"

"别介，"我赶紧说："明天上午九点还要彩排，下午两点直播，我得为槿熙开车呢，今晚不能醉！"

"槿熙成为'中华小姐'是好事，她妈妈也高兴！"他又端起杯，"那你呢？"

"还用说？"我看了槿熙妈妈一眼，觉出她的表情有些奇怪，没多想，还不容我多想，说："竖起一个品牌，我们的招生就有由头和话语了，这一杯就为汽车模特专业的招生而干吧！"

唐启光伸出手把我的酒杯压住，说："我说了要把你从你的世界拽出来，听我说。"

"好吧！"我是该听听了。

"明天，槿熙明天能不能成为'中华小姐'取决于你。"

"非也！"我笑笑。

"你听着小老弟！"他刚要说，手机响了，接起，听着。"知道了，不用跟我说，也别给我打这种电话，是我打给你明白吗？不管多晚送到新明珠大酒店！"

他很生气地挂了手机，脸色有些难看。

"怎么了？谁惹唐董事长生气了？"我看着他。

"办事不力！中国什么都不缺就缺人才，也缺你这种有小清新浪漫梦想的人。"他调整了一下状态，笑了一下，看着槿熙妈妈，"我说到哪了？对了，你先回你的房间吧，我跟小方老板谈点正事。"

槿熙妈妈站起来，我捕捉到了她怜爱的表情，**怜爱**，本是我给她的，现在分明给了我。

"阿姨一口还没动呢，"我赶紧说："坐下阿姨。"

"我已经吃过了。"槿熙妈妈看着我，走向门口，又转回身，"方老师，对槿熙好一点，拜托你了！"

"放心吧！你也见到方老板了，把心搁在肚子里！"唐启光说："方老板为槿熙好事坏事全干了，我会跟他说清楚，没事的！"

我有点懵了，看见了槿熙妈妈出门前瞥向我无助的眼神，一瞬间我怜惜了，突然警惕起来。

"我说到哪了？你坐，"唐启光似有点不耐烦，"快坐方老板！"

"你干吗老叫我方老板啊？"

"你就是！"他解开了衬衫扣子，扭了扭脖子，说："这颈椎老是不好。方翔，明天槿熙是否出现在直播现场成为'中华小姐'，就取决于你了。"

"你什么意思？"我迎着他的目光，"说。"

"你必须回到花舍香榭去做 CEO，一切都按计划安排好了，网上的，包括你爸爸的美国连线采访，想必你也知道了。"他的目光像我一样毫不示弱，说："你答应了，明天上午九点我保证把槿熙给你送到欢乐谷。"

"什么？"我好像明白什么，只是一点点，"说清楚！"

"很清楚啊？"他又解开了一个扣子，说："江城的花舍香榭运作了两年，因为你给停了，市长没有去当成副省长，政绩没有了，江城就剩下那么一块地，能卖的都卖到二零五零年了！我不仅市长没有做成，还牵扯到白老爷子，白老爷子很生气，老人家就是要为故乡做点事，可他并不了解具体情况，不知道地方政府都是怎么干的，没有土地收入财政就完了，真像美国那样，江城市政府早就破产了，所以我们不能学美国那套！"

"说我的事，你别扯远了！"

"还不明白吗？"他摇摇头，"这个项目牵扯上多少人啊？知道吗？你爸爸不告诉你，也对，你还要历练。我离开江城可事还没完，江城项目必须你出面，白老爷子气才能顺顺，你的活土匪小黑子还打瞎了白公子的一只眼……"

"我知道了，那些网上关于我出任 CEO 的事都是你干的？"我有些羞怒，"你挟持了花舍香榭董事会？"

"我在拯救，拯救所有牵扯进来的人，包括你老爸！"他拍了一下桌子，"槿熙当'中华小姐'，你回花舍香榭，干了这杯酒，一言为定，别的现在我也拿不住你，梦想既可爱又可怕呀！"

"槿熙呢？"我恍然大悟了他刚才接的那个电话，"你派人去宁波了？"

"办事不力，但肯定会把槿熙带来！"他拍了一下我的肩，"有爱真好，可你还没活明白，天下有多少大事，唯有爱最扯淡！你的荷尔蒙太旺盛了，我在这大酒店给槿熙开好了房间，我派的人会把她送来，明天你和槿熙一起去欢乐谷！"

"你他妈的混蛋！"我咬紧牙一拳狠狠地打向了他的下巴，唐启光连人带椅子倒了下去。"我操你妈！"

我来到街上，**晕头转向**，一时竟不知干什么！

拿起手机，槿熙关机了，天，她会不会根本就没在天一广场表演正被唐启光的人弄上车往上海来？

在新明珠大酒店等！这不是江城不是唐启光的地盘，我看了一下表，不到九点。也许没有我想的那么严重，唐启光的人也不可能那么轻易地把槿熙弄走，组委会是干什么吃的，居然能让他们心知肚明的"中华小姐"失踪了？这个时间槿熙该在表演才关机了吧？

想起了槿熙妈妈的眼神，还有泄露出来的怜爱，我既不知道她与唐启光有多近又有多远，唐启光有一句话说对了，我让杜海请到江城的内参记者让唐启光不得不辞职，可这事儿真的没完，该有一条多大的利益链啊！唐启光只是被设计抛出的一个棋子，丫一直还在江城！不是人不在心在，是利益在！这孙子从一开始就利用了槿熙妈妈和槿熙，利用了我的爱！这样一想，槿熙妈妈到北京入住天竹花园包括来上海等等一切都能串起来了，我也才更明白槿熙现在欣然接受"中华小姐"的意义。还有那个电话，她不是向我表白签约不签约，而是终于贴近了我想拿下总冠军，开始的不仅仅是我和她的梦，岂能让唐启光威胁？这孙子，我真该像小黑子一样打瞎丫的眼，他已经瞎了，活该遇上了我，我不接受威胁更不会也被他挟持！

槿熙，戴上你的花环！

她的手机依然关机。我越来越紧张了，生怕出现一辆车，槿熙被什么人带下来，此时此刻出现在上海。虽然天一广场不是比赛只是一场表演，可组委会真的伤不起，无论模特还是选美，聪明的人都知道比赛并非是在T台或舞台上。小妹告诉我都是从向组委会报到那一个就开始了，而模特大赛更绝，头天晚上选手就会向评委展示，结果实际上就已经出来了，第二天真的是展示而非比赛，评委不过再做个样子而已。

槿熙总是大意，不如雀儿一姐那样是一个高度警惕处处设防的人，要是王小却就绝不会午夜从床上爬起来坐上庄已泊什么朋友的车从宁波被送到溪口去。庄已泊有一个什么样的朋友也会半夜爬起来去送一个美女，而且如此放心？

手机突然响了，我还是吓了一跳，一看是庄已泊打来的，赶紧接了。

"方老师，你在哪儿？"

"上海，"我不无奇怪地说："中午前就到上海了，庄总？"

"没事，"庄已泊停了一下，淡定地问："赵槿熙没去找你，在你那里吧？"

"没有！"我心怦怦跳，"她不见了？"

"再找找，没事。"他不急不慌地说："我在北京，组委会的人说吃饭的时候她就不见了，还跟香港的评委会主席起了争执。"

"怎么回事？"我大声问。

"我再了解一下，挂了吧！"

"等一下！"我急忙说："她有可能被人绑架了，正往上海送！"

"太夸张了方老师，"他出奇的冷静，"是有两个从江城去的人在天一广场，说是槿熙的表哥想看看她，结果也没找到，现在跟组委会的人一起找呢！不会有事的，你好好休息，明天还要连夜开到图钢呢，挂了吧方老师。"

他说完就挂了。

我的心一阵乱跳，好半天才稳住。唐启光不是说着玩，真让人去宁波要把槿熙弄到上海来，让我答应回花舍香榭才会让她去欢乐谷，还好那两个人没有见到槿熙，跟组委会的人一起找呢！

发生了什么事，槿熙为何突然不见了？她还跟那个老港仔起了冲突？会不会是刘思雨不在了，那个老东西暗示或公然要对她做什么？以槿熙的性格不可能跟评委会主席起冲突，何况是在老港仔的生日宴会上！

我坐不住了，槿熙突然失踪了，可以肯定的是唐启光并未得手，他现在应该也知道了！我跑向公路，拦住一辆出租车，司机很礼貌，问："先生去哪里？"

我关上车门，"快，去宁波！"

"宁波？"司机很有幽默感，"你倒没有去美国。"

"快一点！"我喊道。

"真的啊？"司机确信了，"那要好多钞票的，不可以打表的。"

"你开价吧！赶紧！"

"我跟调度说一下！"司机很兴奋，"去宁波哪里？"

"天一广场！"

我必须赶到，不知道槿熙遇到了什么麻烦，心里突然抱怨起刘思雨来。刘思雨跟爱她的连国籍都不详的人去南京了，神秘的爱情自然会有神秘的行踪，她从大学就开始的这场无法了结的爱，两个人一定都很辛苦，可我支持她，爱上一个南京人总比被上海老男人或小男人爱上要好。我和小黑子都不喜欢花舍香榭财务总监那个上海人，只要见到他，包括在洗手间站着撒尿他都会对我嘟囔"钞票！品牌部太能花钞票了！给你爸爸省点钞票"什么的，他哪儿懂品牌部就是花钞票的。我被赶出公司这孙子没起好作用，看人家也是上海人的庄已泊，从休闲西服到衬衫和裤子加皮带皮鞋一身看着很随意的行头超过十万，还不算手表和夜店。精明女孩一眼就识得的 Burberry 围巾，如果西服里兜还有一支名笔，里面穿着 CK 内裤，加上左手拇指套着的钻戒。小黑子从监狱出来把庄已泊庄总摁在地上扒光了一下就弄了百万，反正唐启光说他像土匪，土匪就该有点土匪样，我说不上来为什么会喜欢小黑子，谈不上照顾，实际上他照顾我比我照顾他要多得多，这个与雨婷格格不入的弟弟，按他的话说，他是我能接上地气的平台。小黑子总认为我条件太优越了，优越到不食人间烟火，我也逐渐开始明白他的意思，我真的有些飘忽的。

我就飘忽地乱想着，这一刻却怎么也进入不了我的"零度空间"，我被卡在哪儿了，是不是从爱上槿熙那一刻起就注定了挣扎？要不要给刘思雨打个电话？

还是算了吧，她应该正在跟神秘的男友漫步在南京独有的梧桐树下，要么就是在床上，想象不出刘思雨这样矜持典雅又职业感巨强的女人在床上会是什么样？靠，我怎么会居然想这个！也许，跟那个早晨槿熙给我送早餐有关吧，我看出穿着睡衣开门的她没有戴胸罩，槿熙把包子掉在地上，我的心也散落一地。槿熙干吗要给我送早餐呢，看见了必产生误解的情景，何况我只穿着内裤走出卫生间。

我又拨槿熙的手机，还是关机。到底发生了什么才让她坚定地拒绝跟人联系，也不担心我的担心吗？要让女孩成熟，需要无数的悲催发生才行，而眼泪并不能救赎，苦难也并不是财富，谁他妈第一个说的"苦难是财富"？苦难只会让人的心态变异影响到性格形成，而上大学、上一个好大学的重要目的就是把性格完成定型期啊。家长并不一定全知道，学生也未必知道，教育部就没想知道，所以多少年来我们理科培养的是解题高手而不培养创造力，文科培养的是记忆力和会考试，也跟创造力无关，而且善于"苦难"教育，所以才形成了中国独有而且死不改悔的"审丑文化"吧！中国当代哪一部叫座的电影和畅销的小说不是"审丑"之作，我们离"审美"有多远？

手机响了，居然是刘思雨！

"喂？方总吗？"她用很无奈的语调说，干吗要无奈呢？

"叫我什么？方总？"我也很无奈，"嘲笑我还是不信任我？"

"你妈妈不是亲自到图钢接你回去上任吗？"

"你半夜打这个电话就是想指责我？"我叹口气，"我是汽车模特专业的班主任，不会去上任提线木偶的什么CEO的，放心吧！"

"好吧，我相信你！"她说："你看过《伴你高飞》吗？"

"美国电影，一个十三四岁的女孩开滑翔机带野雁南飞的故事，非常感人，不瞒你说，我看哭了。"我感慨了一下，"你真闲情逸致，有时间跟我谈论电影？"

"这会没事儿。"她说："香港评委主席说，大陆真有懂爱的高级领导，知道爱才是美丽的，丑只是让人觉悟，可没有美做基础，就仅仅停留在撕心裂肺的层面。"

"是，任何文学艺术作品都该有精神走向，我们的小说还只善于揭露，电影也只学了好莱坞的大制作，没有电影背后的情怀。"我调整了一下坐姿，到宁波要两个多小时，很高兴跟她闲扯艺术。"那个老港仔评委主席还真不是白给的，悟懂了明天上海站修改规则的意义。"

"那槿熙有福了！"刘思雨叹了口气，"如果那个主席言行一致的话，不在生日宴会上真被槿熙给激怒了！"

"怎么回事？"我大声问。

"我也是听说的，"她又叹了口气，"挺激烈，槿熙有点失控，她真急了。"

"你在哪儿呢？"我忽然觉得不对劲。

"医院。"她平静地说："我在宁波。"

"医院？"我急了，"你在宁波？槿熙怎么了？"

"瞧你急的，"她依然平静地说："医生说也许能抢救过来。"

"刘思雨！"我怒火中烧地大叫道："你没事吧？"

"我们在动物医院！你嚷什么？"

3

我明白了，说不上震惊，还是有所震动，这事发生得太奇妙，突然想起跟槿熙通话时她提到了狗，她说完一句"这哪来的狗啊"就把手机挂了，我没多想，忘了那是餐馆。以我的性格或习惯，要想也是海阔天空，会想槿熙是不是骂人，**槿熙从不骂人**，我没听见过她骂人，她不骂人。

刘思雨告诉了我她所知道的。组委会不知道今天是从香港请来的评委会马主席的生日，他自己看似无意说出来的，组委会准备不足，但总得吃饭，又闻听他在香港吃遍了天下美食，对小时候吃过的艾吉格饽从舌尖到大脑直至心里印象深刻。没人知道什么是"艾吉格饽"，为了不显得大陆人在吃上比起香港人太土了，秘书长让人赶紧上百度查，一查才知道原来"艾吉格饽"就是饺子，所有人都笑了，高岚闻听后展示出了才华，她毕竟是公办大学毕业的，想不到学过的知识居然有用，在离开蒋委员长故乡之前告诉秘书长满族风味喜甜食，又谈到了饽饽。秘书长不知道什么是"饽饽"，高岚说饽饽是满语，用黏米做成的，跟馒头差不多，有豆面饽饽、苏叶饽饽、年糕饽饽，春天最好的是豆面饽饽，是用大黄米、小黄米磨成细面再加进豆面蒸制而成，颜色金黄，有黏性，味香可口。"咱们都吃饽饽！"秘书长不知道饿了还是兴奋了，说："还吃艾吉格饽大饺子！高岚，你上马主席的车回宁波路上陪他聊，我派人先出发找满族风味餐馆！"高岚兴奋不已，说："看马主席那牛逼样会不会是满族人啊？我在大学交过的一个男朋友就是满族人，喜欢酸汤子，恨不得天天吃，我一直以为他是俄罗斯混血儿呢！"秘书长眨着眼问："还有酸汤子？啥东西？"高岚说："就是玉米面面条！"秘书长笑了，说："玉米面好！我也想吃粗粮了，大家这些日子都吃腻了，打前站的赶紧到宁波找满味餐馆，告诉餐馆中华风采大赛组委会用餐，他们沾光有福了，可不敢对我们马虎，马主席想吃什么就做什么！"

马主席还想吃狗肉。高岚坐在马主席的身边，从车上把这重要信息发给秘书长，也才知道了马主席原是广西柳州人，柳州有人人尽知的桥头狗肉，跟重庆的桥头火锅一样有名。高岚知道马主席原是柳州人有些失望，再听他是 1969 年偷渡香港的更失去兴趣，便一路不想说话，坐在轿车上总把露出大腿的裙子往下拉，可拉不出什么结果，一拉就露出屁股了，齐 B 小短裙可真不是轻易穿的，又不敢假装睡了。

这点我能理解，唐启光要拆出一个新江城，她一旦闭眼马主席保不准就摸出一个新纪元。

满味餐馆老板一听是中华风采大赛组委会来包餐，岂敢怠慢，正求之不得，赶紧准备照相机，又派人买了五本贵宾薄，准备了毛笔和签字笔放在铺了红布的进门处临时设的迎宾台排开，只等贵宾和二十个在电视上看过的"中华小姐"莅临。

可一听要为评委会主席准备红焖狗肉犯了难，满族忌食狗肉，老板虽然不是满族人借了"满味"开餐馆，可没有狗也没有"红焖狗肉"这道菜，而且厨子不会杀狗也不会做。老板可不想放弃"中华风采"曾在本馆用餐的机会，题词留言再把合影照片挂满墙，对以后吸引顾客提升品牌好生了得，就差人去买狗。买狗像寻见政府官员一样哪能说找就找想见就见得到的，派出去的小厨工一咬牙从不远的社区偷来一条京巴，关在厨房藏了。我知道了，槿熙就是跟我通话的时候看到了可爱的小京巴。

槿熙和高岚代表选手一左一右坐在马主席身旁，老板过来说狗肉有了，可能做不出马主席思念的味道，而且狗小了点。马主席说没事，现在最愁的是吃，想吃红焖狗肉有就好，他吃不了多少的，何况还有艾吉格饽和酸汤子，都是刮油有利于健康又想吃的东西，很好了。槿熙不明白干吗要吃狗肉？马主席就回忆起他小时候跟爸爸到桥头吃狗肉的幸福往事，偷渡香江那天他爸爸要是吃了狗肉，也不会热量不够，体力不支给淹死了，今天生日吃狗肉还有祭奠他爹的意义。

槿熙一定想起了自己的爸爸，复员回家竟跟大车一起掉进山崖，马主席的爸爸带着儿子逃离故乡，她可是跟妈妈一起盼爸爸回家啊！她不开心，偏偏马主席还跟她找话，说狗有狗的独特味道，待会一吃就知道了。槿熙说她不吃狗肉，马主席说一定得吃，不管喜不喜欢结果如何，像二十个女孩参加"中华风采"大赛一样，重要的是经历，人生成长的经历比什么都重要。"我干吗非经历吃狗肉啊？"槿熙脸色通红地表示拒绝。"你是代表选手坐主桌陪我的，要吃。"马主席笑呵呵地看着她说。"马老，我陪您吃，我爱吃狗肉，也想吃！"高岚娇滴滴地媚了一下。"你们俩场上是对手，场下是朋友，一起吃，都得吃！"马主席左右拉住槿熙和高岚的手，咽了口吐沫。"我肯定不吃！"槿熙甩开了马主席的手，说："你吃吧，希望你是好人！"马主席当即拉下了脸，说："我想吃狗肉怎么就不是好人了？"

槿熙涨红了脸，起身离席，越走越快，她突然明白马主席要吃的是哪条狗，那只可爱的小京巴。她挂断手机，小京巴一直向她身上跳，狗不仅有灵性，而且预感到了不幸的命运，可她不知道，还陪小京巴玩了一会，不明白小京巴为什么扎在她怀里一直在抖，**抖个不停**。

现在明白了，原来有人要吃了它，**太缺德了**，她快步走进后厨，正见厨师用棍子猛击小京巴的头，厨师不知道怎么杀狗，竟然用了棍子，她冲过去，抱起小京巴就往外跑，小京巴奄奄一息知道被抱在怀里，挣扎着用舌头舔了一下她的手，槿熙受不了了，哇的一声哭了，**边跑边哭**。

刘思雨就是这时候来的。

"医生用了最好的药，实在不行就安乐死，可槿熙不干，一直守在小京巴前哭，医生只好做开颅手术，现在正做着呢！"刘思雨说，长长地叹了口气，"真是让人心疼。"

"小京巴？"

"不，槿熙。"她动情地说："从没见一个女孩这样哭过，到宠物医院以后一直哭，不出声地哭，把医生都感动得不行了，这就是你说的爱的美丽吧！"

"好好陪一下槿熙，我正往宁波赶！"

"你别来，槿熙再看见你更会受不了了！她要把眼睛哭到睁不开，明天怎么决赛？还是直播！"刘思雨急忙说："槿熙关机谁的电话也不想听，你来了她会更委屈，她恨死那个马主席了，我担心小京巴救不过来她不会去上海的，交给我吧！"

"抢救京巴！"我大声说，心绪有些乱。

"我跟庄总打电话说了，槿熙不能不参赛，必须出现在直播现场！"她压低了声音，"庄总出了一个主意，宠物医院旁边就有宠物店，庄总让他宁波的朋友正开车过来，实在不行就买一只小京巴，跟医生也悄悄说好了，万一救不过来就用这只顶替，会给京巴包上头，槿熙看不出来，庄总会让他的朋友明天上午九点前把我们直接送到欢乐谷！还有，你还没接到电话？"

"庄已泊没打给我。"

"不是，是那个导演！"刘思雨急忙说："那个导演可能听了光头模说了槿熙救京巴的故事，要找你重新合光彩排，全力突出表现这段意料之外、情理之中的故事，正在搭台让你拉着'中华小姐'从观众席开上舞台，央视导演说爱在大众之间，不能从后面上来，要从大众中来！还说一位领导因为看了《伴你高飞》感动得不得了，可那毕竟是电影，还是美国的，而我们是活生生的真事，就发生在中国，这是一个美丽的天使，她来自被国家大学抛弃的民办大学！"

"后面一定是杜海加的吧？"我心热了一下，"思雨，你跟杜院通电话了？"

"你猜对了，民办教育从不是一个人、几个人在搏斗！"她激情满怀地说，又惊叫道："我的天，那个餐馆老板来了，还有厨师，妈呀怎么这么多人？"

"思雨，谢谢你！"我的血有一点热，**要沸腾**，说："我该想到你不会跟男朋友去南京的，一定会把该做的事做好而不是做想做的，在望族汽车专卖店第一天就看出来了，你能够为大爱担当，思雨，明天欢乐谷见！"

我不在那个情景，但如同亲身经历，好像看见了所有，感受着槿熙的感受，在刘思雨讲述中的好几个瞬间眼睛发热。我想起买好双人墓地把雨婷安葬那天，我不想回到卧室，如此孤单，躺在排球场客厅的 Stressless 沙发上看《伴你高飞》，觉得自己像一只野雁，跟着艾米一起向温暖的南方飞翔，总觉得那只只展翅飞翔一次、飞得不高也不远就受伤了的伊果像雨婷，伊果被包裹得很温暖坐在艾米的滑翔机上，**带伊果飞翔的不是我**，任凭眼泪默默地流下。我难过带伊果飞翔的不是我。我不知道那个夜晚为什么要看这样一部电影，这部下载了很久的影片让我隐隐觉得像是个预言，然后看见了格格，格格垂着尾巴贴着墙角出现了，**停住**，站在远远的地方看着我。我坐起身向格格招招手，格格轻轻叫了一声，如此柔弱，有些摇晃地走向地下室的楼梯。

我很少见到格格，没人知道妈妈从哪儿弄来的格格，自从搬进别墅它就出现了，成为家庭的一员，可爸爸对小狗的味道和脱下的毛都过敏，妈妈就从不让格格走出她自己的卧室，这个夜晚格格自己出现了。不知道格格做什么去，也许它饿了。这时候我听到一种鸣叫，静了半天才明白是蛐蛐在叫，不明白客厅里为什么会出现蛐蛐，它从哪里来？因何到访我家？是找不到家了吗？蛐蛐可有家还是忘记了回家的路？

有一种记忆叫忘记。我还没有享受到"有一种痛苦叫甜蜜"。那是我第一次看到雨婷时给雨婷写的诗，用短信发给她，**有一种痛苦叫甜蜜**，雨婷一下就明白我在追她。现在我就很"甜蜜"，想着槿熙此时此刻在宠物医院的悲伤，原来有些甜蜜是从痛苦中起航，这可是我没想到的。

出租车司机很生气又返回去，尽管我们还不算离开上海，只能重返欢乐谷，他听到了导播咆哮着给我的电话，导播说我不可以离开欢乐谷的，出租车司机明白了我原来也是一个开车的，而且倒霉到为一个什么鬼领导开车，不仅原谅了我，还对

490

我充满同情。我不想解释，没必要解释吧，思绪一直停留在家中的那个夜晚，格格走下楼梯，蛐蛐出现了，我只听到叫声，却找不到它。

蛐蛐在叫，没有哀怨，没有悲伤，也听不出喜悦，就那样不停地叫着，我忽然打了一个冷战，莫不是雨婷归来，她化成了蛐蛐？我记得当时跳下沙发，跪在地上开始寻找。客厅真是太大了，我一定要找到！我泪流满面地爬来爬去，妈妈穿着睡衣走过来，我朝她大喊：“站住！不许踩了她！”妈妈问：“踩了谁？”我喊着：“雨婷！我的雨婷！”妈妈忧伤地叹了口气，“翔，你真的疯了吗？看见格格了吗？”

妈妈把两个不相关的问题一起问，我告诉她格格去了地下室，妈妈不无奇怪地说：“格格好奇怪，今晚一直不好好睡，没完没了地舔我，自己跑地下室干什么去了？格格从来不走出卧室的，知道你们不喜欢它。”我抬起头，大声说：“我没有！我喜欢！”妈妈叹口气，“喜欢放在心里就行了，干吗嚷嚷出来？真像你爸，好像做什么都要张扬才行。”

妈妈去地下室找格格，而我继续在找我找不到的蛐蛐。我跪在地上，没有悲伤，我奇怪我冷静的出奇，不明白为什么非要找到它？声音没有了，蛐蛐不叫了，也许它走了，像雨婷一样走远，再也不回来。明明存在，刚刚还叫声绵绵，就是不知道会在哪？我好不难过。失去的好像才完美。失去是完美，那样的完美。我坐在地毯上，靠着床，又听见蛐蛐的缠鸣，它一定是在感召我什么。

突然，从地下室传来妈妈的哭声，那样大，我从未听过妈妈这样哭，哭得我浑身发抖。我站起来，爸爸也被惊醒从自己的卧室出来，小妹也穿着睡衣出来了，不知道发生了什么事，我们一起往地下室冲去，看见妈妈抱着已静静死去的格格悲伤不已。我终于明白了，格格知道自己不行了，这个夜晚才没完没了吻妈妈，是在向她告别。格格也曾在客厅一角向我道别，我居然不懂得，不知道，不知道一只被妈妈从街上抱来的狗已经很老了，格格感动妈妈陪它最后的几年，向主人道别，不想让妈妈看到它的死，所以自己悄悄离开，到以为我们都发现不了、看不到的地方静静得离开这个世界，格格孤独吗？

我记得那一刻我也哭了，全家人都明白了格格的心迹，全家人一起哭了，诗诗还抱着格格跪在了地上，哭到腿软。我感觉到爸爸也在忏悔，为什么格格生前没有好好爱爱它，格格死得如此有尊严，还不想让主人伤感，格格死得如此高尚。

我开始祈祷，为正在抢救没有人知道它的名字的小京巴，也为槿熙。

很多年前我就进行了“选美”策划，认识雨婷爱上雨婷以后，要让她成为花舍香榭的形象代言人。没想到一场美丽盛事真的进行了，而且我和它如此亲近，作为一名司机会开着"望族汽车"载着"望族天使"成为"中华小姐"的槿熙驶上如此硕大的舞台。

彩排到凌晨一点才结束，我从观众席上一遍又一遍的开上舞台，追光灯这回不刺我的眼了，望族汽车的大灯照亮了台上的十九位选手，槿熙和望族汽车将被照亮，我在舞台上划成一个完美的圆对着观众，摇臂摄像机依然从槿熙的特写开始慢慢拉起。**冲击力**视觉冲击力总算让导播满意了，他才是真正的"导演"，跟并不在现场的"模导"合作得天衣无缝，百十号人在大剧场忙碌着，我决定再也不指责中央电视台每年一度的春晚了。

我不需要酒店，就睡在停在剧场里的车上，可怎么也睡不着。看了一下表，已经凌晨两点半，还是忍不住打电话，从导播跟模导的通话中，我已经知道十九位选手汇同组委会和评委会的人午夜前已抵达上海，入住离欢乐谷不远的酒店，上午九点正式彩排将准时开始，不知道没吃上狗肉的马主席是否像我一样睡不着？

槿熙依然没有开机。刘思雨的也打不通，她不会关机的，一定是手机没电了。不知道小京巴怎么样了，手术肯定做完了，活下来了吗？庄已泊找的朋友该跟她们在一起吧，决定去买另一只京巴来代替死去的小京巴吗？

不知道。

我迷迷糊糊地被敲醒，已经是早晨八点半，现场忙碌起来。十九位选手都到了，我看见了已经知道将获得特别奖并要留下来拍广告的喜气洋洋的高岚，她换上了一条长裙，婀娜多姿摇曳着向我走来，脸上浮现出笑容，看着车，飞快扫了我一眼，刚飘移开又回来，定住。

她认出了我？想起我们在杭州见过？不，不像，她停在车前，弯着腰把头快伸进车窗里了，说："你是司机？"

我看着她，点点头，"是。"

"真好。"她说："他们付你多少钞票？"

"什么？"

"希望你车子开得好。"她这才很认真地看了我一眼说。

我们都所答非所问，都在自己的世界里，而且都没想出来。

"宝贝们，赶紧领服装，九点整彩排！"光头模导在大声叫喊："动作快一点！"

高岚迅速离开，给了我个飞眼，从铺好的车道上去，又转回身来给了我一个飞吻。

槿熙怎么还没到？庄已泊找的朋友不是把槿熙和刘思雨送到欢乐谷来吗？我看了一下表，八点三十五分，也许还在路上。

我又打给槿熙和刘思雨，两个人都关机。

导播走过来，说："就按昨晚排的，冠军产生的时候是两点五十分，'中华小姐'会从台上走下来，上车，你开上去，记住了？"

我知道了，央视直播只有一小时，如果按彩排我把车开上舞台也接近十点了。

我拿起手机，下了车，拨通了庄已泊。

"庄总？"他接了，我急着问："把你朋友的手机告诉我，我问问到哪儿了？"

"他到的时候槿熙不在了，说被接走了，"庄已泊说："不是你啊方老师？"

"什么？"我大声喊，剧场的音乐响起来。

"那就是组委会的吧？"

我挂断手机，跑向舞台，抓住光头模导大声问："你们昨天晚上接到槿熙了？"

"什么？"

"二十号！"我把他拉到跟前，"赵槿熙！"

"没有！"

"什么？"

"你去问组委会，问评委吧！"

"他们住在哪儿？哪个酒店？"

"香格里拉，你去问马主席！"

"他的手机号多少？"

"我只管走台，评委的手机都保密！"

我快步跑下舞台，上车，发动，望族跑车蹿起来冲向舞台，听见导播用麦克大声喊："谁让你上去了傻逼？"

十九个选手惊叫着闪开，我开着车冲向后台，从后台的大门风驰电掣地飞奔出去。

是有点傻，我本可以调头从舞台前面的大门出去，可我没时间调头，**不想调头！**

第十七章

1

飞快地驶出欢乐谷，直奔市区，**希望别堵车**！我出了一头汗。香格里拉，评委会的人没再跟选手住在一个酒店，我再一次拨通了庄已泊的手机。

"庄总，把那个马主席的手机号给我！"他刚接，我就大声说。

"赵槿熙没到？"庄已泊说："方老师不用着急，也许马主席在给槿熙辅导你的《美丽宣言》呢！我把他的手机号发给你。"

我心急如焚，他辅导个屁，肯定没吃上狗肉心有不甘吧！

收到了庄已泊发来的短信，我拨通了老港仔的号码，没有开机。

靠，不会更有什么离奇的事发生吧？老港仔一开始就瞄着槿熙，一直不得手，因为有赞助商庄已泊，他知道深浅，会不会已确定槿熙是"中华小姐"，丫要抓住最后的机会找个理由扣住槿熙起腻呢？

没时间多想。上海像北京一个鸟样，也堵车，好在没有北京那么严重，到达香格里拉已经十点多，我走进大堂冲向总服务台，才知道评委已经退房。**我要疯**！再次打给老港仔，居然通了，好半天他才接。

"是马主席吗？"我大声说："我姓方，是赵槿熙的老师。"

"你快把人送到欢乐谷，我要给大家开个会！"

"你们昨天晚上不是把她接走了？还有我们的刘老师也一起吧？"

"乱讲话！是你们两个人接走的，马上送来，把车好好地开回来，直播里没有赞助商的车你可要负责的啦！"

他挂了，我也突然明白了，**妈的**，是唐启光！

我怒火中烧，一定是唐启光派到宁波的人干的，槿熙傻，刘思雨也那么傻吗？怎么会跟着唐启光的人走？整个一绑架啊，所以她俩都没开机！

我跑向汽车，快速离开，直奔新明珠大酒店！

诗诗打来电话。

"哥，你在上海呢？妈现在已经在天上了，家里跑了大水，地下室都给灌满溢到外面了，你赶紧飞回北京吧！"

"我没时间，今天要开车去图钢！"我急着说："诗诗，你别来图钢找我！"

"老爸要哥回去，那个白大爷真不是东西！"诗诗说："不管你跟老板有多大仇现在也不能较劲了，后天上午九点开董事会，老板在美国不敢回来，躲一下白大爷是对的，你快回去上任，哥，这是大事！"

"我不能回，在招生！"我眨眨眼，一个交警指着我，坏了，打手机被发现了，"先挂了诗诗！"

罚款，倒霉！交完钱，我问了交警去新明珠大酒店的路线，他又检查了汽车移动证，告诉了我怎么走，还是好奇地问："这是什么车？要一百多万钞票吧？"

"一百万能买二十辆，"我笑笑，"记住了，这是望族汽车。谢了哥们儿！"

"你是北京的吧？"交警瞪了我一眼，他很生气，"有什么了不起，北京人哪有上海人有钞票！"

年轻的交警以为我骗他，跨上摩托车走了。

我又把北京人跟上海人结下梁子了，绝非本意。很多事情就是这么奇怪，北京鸟人跟上海鸟人天生就是狗和猫，现在我只跟江城人又有仇，唐启光你等着！

我想快，可开不起来，上海交警很注意，看来望族跑车真的扎眼，像是百万的豪车，我说庄已泊一个在国外的朋友为什么想买这辆望族跑车呢，那上海人到国外本是个民工偏要撑撑脸面，庄已泊可是什么朋友都有！

到新明珠大酒店已经十二点，我给老港仔发了短信，告诉他也让两个导演知道，我和槿熙两点前一定赶到欢乐谷。他没回我短信，爱回不回，我走向总服务台又连着给他发了三遍。

我从总服务台查到了唐启光的房间，走进电梯，一边拨通他的手机。

只一声他就接了，说："孙子，到了吗？"

"唐启光你听好，这不是江城！"我大声说："你已经违法了，绑架槿熙和刘思雨？"

"你错了，"他居然笑了笑，"槿熙的妈妈心脏病又犯了，上海除了平均每人每天说九到十二次钞票，所有的细微服务都比北京好，很到位，在房间输液呢，你来吧！"

我走出电梯，刚拐向客房，就看见四个人不是两个站在房间门口，还有酒店的一名保安，对面的门开着，唐启光走出来，从下巴到头缠着绷带，上来两个人一左一右地迎向我。

"请吧！"唐启光看了我一眼，转向酒店保安点了一下头，说："我和这孙子谈完了再说，我们要是能谈好就不麻烦警察来了，谢谢！"

我知道了，唐启光把一切都安排好了，像他到北京我为他安排的那样周密。我知道槿熙和她妈妈包括刘思雨都在两个人的房间门口站着，先走进了唐启光的套房。

我怔住了，白狼坐在沙发上，戴着墨镜，该是用一只眼睛瞪着我吧！刘思雨也在，她显然哭过，惊愕地看着我。

这情景我就不明白了，刘思雨的衣服被撕破了，就是说，昨天晚上她和槿熙反抗过，可还是被弄到上海来了？我如此心疼，不知道槿熙怎么样？会不会受伤？我的血压升高了，这回可是热血沸腾，我知道，今天是真要玩命了，无论如何两点前要把槿熙和刘思雨带到欢乐谷，图钢该有多少人在期待着我们归来呢！

我蹲下身子，重新系了一下鞋带，过来两个人，一左一右地站在我身边想随时搋住我。

"方翔，听中央的号召别折腾。"白狼说："我刚飞过来，唐市长怕弄不住你。你现在跟我回去，两点的飞机，机票我都给你买好了。瞧你混的，到民办大学越发像个流浪汉了，回去好好收拾一下后天上午参加董事会，出任 CEO 你下午就去江城。解铃还得系铃人，江城的领导班子都换了，家父虽然不再过问干涉，可这个项目不进行我不行，懂了吗？你只要在董事会出现让记者拍到照片把新闻发出去，江城新班子会像贵宾一样欢迎你，不卖地江城政府就没钱！老唐也是，骗赵槿熙那骚货她妈妈病了干吗？让她参加好了，教育部要脸面所以太客气，一帮考不上大学的垃圾！"

"白老弟，"唐启光说："熙熙晕了头，一晚上哭闹要当什么'中华小姐'好到图钢去招生！你现在是花舍香榭的执行董事了，带这孙子赶紧去机场吧！刘小姐去哪里咱就不管了，我不会让槿熙去什么欢乐谷的，她妈妈求我也不行，她现在应该在江城机场降落了，一会准又给我打电话！你看看，打来了吧？我待会再接，她像槿熙一样固执，我不接就老打，真是只认死理的娘俩！嗨，当时小麻雀要是跟我说细点我就知道槿熙是谁了，才不会让她认识这孙子，害你丢了一只眼，我辞职王市长也还是没保住，让白老爷子也着急了！方翔这孙子自有一套，我今天晚上就带槿熙回江城，等这孙子来！"

我听懂了，就是这些事，房子，教育，医疗，还有上访。我看了白狼一眼，他那番话敢说出来，真就是瞎了，再留一只眼睛也没用，如此恶心民办教育还捎上了老师和家长，心瞎了，有眼又有何用？

还有这个唐启光，一开始就在利用槿熙妈妈和槿熙，我差点也瞎了，想不让槿熙去欢乐谷跟他回江城？*真好笑*。门口四个家伙，屋里一个独眼、一个下巴还没掉的两混蛋，再加一个保安，够我对付的，要先撂倒保安以防他用对讲机报警，还要封住监视器别让值班室看到，*活儿可够多的*。我在沙发上坐下，看了一眼表，时间很紧了，必须先弄清槿熙的状况，我看向刘思雨，问："唐老鸭的人跟你们动粗了？"

"你以为都像你这么土匪呢？"白狼说："怎么样？我们走吧？"

"狼，等一下！"我扬起手，制止他说话，看着刘思雨，说："思雨，告诉我发生了什么？"

"昨天跟你通话时，满味餐馆的老板带着厨师和偷狗的小工来了，他们没那么高尚，可毕竟是不能食狗肉的餐馆，就来道歉。"刘思雨疲惫地说："结果丢狗的人也找来了，餐馆的人怕挨打，丢狗的一家子人以为是槿熙和我偷的点点，还差点给红烧了，进门就抓住槿熙和我撕扯，知道他们家点点头上挨了一棍子正在做手术抢救真急了！餐馆的人全跑了，我俩都被打了，槿熙的脸还被抓破，头发也扯下好多！我们快没救了，正好开来一辆车，就是门口那俩人把我和槿熙护到车上，一口气就开到这儿来了。我俩想给你打电话，才知道手机全掉了！槿熙在车上听他俩说她妈妈也在上海，还真以为她妈妈犯心脏病了，一直没哭，这时候才哭了，姓唐的就是个大骗子！"

"你骂谁呢？"唐启光急了，跨上一步就给了刘思雨一脚。

他又抬起脚，我猛地蹿起一拳打向他的后脑勺，唐启光扑通一下栽到了刘思雨身上，刘思雨使劲推开他站了起来。白狼跳起来，叭的一声亮出了一把弹簧刀，我飞起一脚踢正他的手腕，刀掠过刘思雨扎到天花板上，我转身飞起一脚把他撂倒，一把抓住刘思雨往外跑。两个拿着匕首的人冲进来，我把刘思雨护到身后，练过的跆拳道全激活了，与这两厮搏斗起来！

他俩不是我的对手，三下五除二就被我撂倒，"快！"我拉着刘思雨就往外跑！

保安不明白地出现在门口，我挥起拳要封他的眼，刘思雨喊："别打他！"

可伸出去的拳怎么收，我迅速晃开随着惯性竟跟他撞了个满怀，我胸口上的伤又发作了，一阵撕裂的痛！小保安向后倒撞开了对面的门，我看见了正站在门口的槿熙，喊："快下楼！上那辆跑车！"

槿熙听明白了，迈过保安出来，刘思雨竟还要去扶保安，我大叫："快走！"

走廊的两家伙没凶器，但显然身手还行，其中一个一下把刘思雨放倒，另一个给槿熙来了一个大背，我在空中垫了一下，她摔倒在地。我真红了眼，就地一转飞脚把一个踢到墙上，丫差点成壁画贴在墙上半天没倒。走廊那头又跑过来三个人，其中一个肯定是上海人，我迎上去还没打他一屁股先坐地上了，他同伙一脚踢开，一根棍子向我的头抡来。我可不是京巴不是那个小点点，快速一闪，他跟跄着往前，我顺势一个劈掌打在他的后脖子上，他一个马趴扑倒。

我把冲上来的人迎面一拳让他满脸放花，白狼从唐启光套房里跑出来，他真像小黑子说的玩了一个骑马蹲裆式，丫这 pose 还没摆好我就来了一个黑虎掏心，一拳向下打向他的裆里，**再让你骑马蹲裆式！**

我左右拉起槿熙和雨婷，一边往电梯那边撤，怎么也不明白怎么人越打越多，拿什么的都有，一股脑冲过来！

"哪儿来这么多人？"我边退边叫，一个小子从侧面冲来，**壁画苏醒**，竟然敢朝槿熙的胸脯打去，说时迟那时快，我高抬起脚把这孙子撂倒了。

"这是大唐驻上海办事处！"刘思雨说，擦了一下脸上的血，把脸全抹花了，说："完了，我们完了！"

"快带槿熙上电梯！"我大声喊，"我跟他们拼了！我守住，你俩快跑！"

"电梯来了，"槿熙把什么东西扔向要打她胸又冲过来的人，这厮恼羞成怒地正张着口大叫着，那东西正好打进他的嘴里，只听槿熙又喊："快吐出来！不给你！"

这厮吐不出来，可能太滑溜卡在喉咙上了，槿熙算是救了自己一把，这家伙的刀没能捅向槿熙，扔了刀一只手掐住自己的脖子一只手往嘴里抠，我刚用腿脚放倒一个，然后迎面给了这家伙一拳，他的手差不多让我给打到嘴里去了，东西没抠出来到给咽了下去，仰面躺下打起滚来。

十几号人把我挤到墙角，我护着槿熙和思雨往最边上的电梯角退，展开双手用身体护住她俩。**要完，肯定完了，望不过来的刀和棍子正在向我伸过来！**

"槿熙！"我大声说："我有墓地，杜海知道在哪儿，你就把我埋那！"

"不许瞎说！"槿熙带着悲腔颤抖地说："我要跟你去图钢呢！"

祸都是惹来的，而福必是修来的。

在这生死关头我又一次得贵人相救，**不知道他是不是我的贵人**，电梯门开了，走出来一位留着板寸的人，脸上没什么表情，果然就该是庄已泊的朋友，槿熙一眼就认出了他，惊喜地叫道："小马哥？小马哥！"

果然就是小马哥了，我并没有看清他，他身后跟着两个同样脸上没什么表情的人，而且个头也不高，可真是出手不凡，我一眨眼只见这三个人一下就放倒了六个，小马哥一边说："快坐电梯下去，庄总不让误了直播！"

我想再看唐启光一眼，真的，我不会回花舍香榭做什么提线木偶 CEO 的，我的世界不会再有他，不知道他现在成了什么鸟样，可能还没爬起来。还有白狼，像他爸爸一样成为我们一家的闯入者，从建设开始，到毁灭结束。槿熙和刘思雨从后面拉着我进了电梯，我看清了小马哥的背影，他没长成虎背熊腰的样子，身材也不像小黑子的铁塔一般，甚至还有些瘦弱，没拿《社会治安管理条例》中列举的任何凶器。在电梯门关上的时候，我听见一片嚎叫声。我第一次知道什么叫人外有人了，**小马哥**，显然像是不动声色的黑道高手，肯定是庄已泊让他来的，而他居然能够找到槿熙，仅这一点也足够瘆人。

电梯开了，一楼到了，我看到了拿着棒球棍的人，不是一个，一眼望去有整整一个棒球队正热烈地进来，而且都戴着棒球帽，一身要上场的打扮。走在前面的居然是为我精心备下过晚餐的刘思雨男友，他看见满脸血迹的刘思雨闭了一下眼，刘思雨泪流满面，推着槿熙看着我说："快走！来不及了！别管我！"

槿熙一腔真诚的难舍难分，惊魂未定地说："刘姐……"

"方老师赶紧的！"刘思雨的男友眼睛顷刻间血红地瞪着我。

我拉住槿熙的手跑向门外，酒店门童正在绕着望族跑车看呢，二十分钟前门童为这辆从未见过连颜色都说不清不知是金是黄隐闪着紫色还有点湖蓝的耀眼跑车腾出了专用车位，看见我拉着脸上有伤、狼狈不堪的女孩跑过来还做了一个立正的姿势。

我把槿熙推上车，跑过来钻进车里，使劲地关上车门，发动，轰了一脚油，望族自己研发的发动机声音真好听，像多明戈的亮音又有帕瓦罗蒂的浑厚，挂上二挡，门童迅速闪开，威武地拦住一辆驶过来的奔驰，望族跑车如箭离弦地蹿了出去，再不快走不是来不及，**已经来不及了**，一旦报警警察驾到就走不了了！

槿熙的身子贴在座椅上，比我第一次试驾还紧张，可表达要清晰准确，"快！一定要抢时间，为了汽模专业！"

这就对了，为了望族天使的诞生，为了狠狠回击白狼的恶毒攻击，我们已经付出太多并心甘情愿付出所有！这不是升华，是事实，**伟大的事实**，让诽谤和看不起民办大学的白狼颤抖吧！估计他此时已经瘫痪在地，唐启光做梦也想不到会有两拨人出现来收拾他，我从车镜看到刘思雨在酒店门口伸出大拇指向我们道别。

我打开双闪，冲向高架桥，刺向欢乐谷，槿熙这才系好安全带，说："你快系安全带！"

"你帮我系！"

她没有犹豫，靠过来，把手伸到我车门的这一边，拉起带子扣好，没有再回去，把脸靠在我的肩上。

"第一次见到你我们开车在一起的时候，"我说："我就想这样帮你系安全带的，可你自己系好了，没给我机会。"

"讨厌，"她难得撒娇地说："你借刹车趁机摸我胸！"

"哪是啊！"我争辩道："不是差点追尾嘛，我拦着怕你冲出挡风玻璃！"

"你故意的！"她拍了我一下，说："故意制造机会，还不承认？"

"好……好吧！"我的胸刺疼了一下，不想让她看出来。"你打败我了。"

"没有人可以打败你，除非你自己。"她的脸在我肩上蹭了一下，*男人的肩就是为心爱女人靠的，我比她还幸福*。"说，你把我带到鬼屋去脱光我的衣服，是不是也是设计好的？"

"哪有啊？"我委屈地说："你不是晕倒了吗？"

"你就是一个让人发晕的人！也真怪了，"她把手搭在我的手背上，动情地说："我喜欢。"

"换一个词儿！"我坚定地说。

"那你先说。"

"好吧，"我吻了一下她的头发，深情地说："我爱你！"

"我也爱你！"她低声说。

"不带那个也字行吗？"我又吻了她的额头，"还得大点声，我听不见！"

她动了一下，把嘴贴向我的耳朵，大声说："我爱你！"

我幸福地笑了，尽管耳膜嗡嗡的。有一种爱必须说出来，喊也行，喊才好，有的爱却不必说出口，默默地记在心里就行了。

我又想起什么，问："你那会儿用什么东西打拿刀刺向你的家伙，还那么巧居然给扔他嘴里了？"

"狗胶，"她坐起身，很生气，心疼地说："我在宠物医院买给小京巴的，后来知道了叫点点。"

"靠！"我明白了，"我那一拳把你给点点的打到让那家伙吞了！肯定卡住了，我说他在地上打滚呢！"

"也不知道点点怎么样了？"她默默地说："我老忘不了点点的眼神，在餐馆抱起它的时候，点点一边舔我的手一边抖着，原来是让我救它！"

"你做到了，"我抓住她的手，"真的，尽力了。"

"我太笨了！"她伤感地说："要是知道那个马主席要吃点点，我会一直抱着点点就不会让它挨了一棍子！"

"那餐馆也太缺德了，哪他妈的有吃宠物的呀？"

"老板说他们没招了，要抓住中华风采大赛到满味餐馆的机会，从来不做狗肉也不会杀狗的他们就孤注一掷了！"她生气地说："现在有多少人为了利益连起码的底线都没有了！"

"世风俱下，道德沦丧！"我感慨地说："中国教育没救了，大学理科只学会解题哪学创造力？文科培养的是考试能力，想推崇传统文化居然把孔子像立在了中国国家博物馆门前，面对长安街倒是个好由头，可几千年来是儒家为宗还是法家为上也没争出个结果，道家偶尔为大，自古以来全是统治者需要！我悲长城依然在，不见黄河滚滚来！"

槿熙往前探身，扭过脸来看着我。

"干吗？"我羞愧地一笑，"我也不过是个二货，充其量发发感慨，对二货何必这么看？"

"作起诗来了？我们才不跟着你二呢！"她很认真地说："怪不得那天杜院长送你和小却还有佑佑去火车站走了以后，曹校长说你是很有激情的人，果然就是！"

"扯淡，激情算个屁！"我恼怒地说："曹大蛤蟆因为知道董事长盯着他的经济问题呢，那天带你去见高阳，董事长给我看了他又一套豪宅的购房付款凭证，我敢肯定是大脸杨帆出卖了他，因为我从复印件上闻到了大脸用的日本原产资生堂的男性专用护肤品味儿！本想告诉曹大蛤蟆收敛点儿，可这家伙一门心思想当土皇帝，不得已才假装支持我们创建汽车模特专业，骨子里不是排斥而是厌恶杜院长和我，没办法帮帮这个家伙！其实杜院不是不想拯救他和董事长的关系，可这个人坏到骨子里了。疯子更有激情，冬天敢光着膀子上街居然不感冒，对祖国医疗事业的发展都不做贡献，所以激情是一条船，能力才是发动机，思想是导航仪，智慧是方向盘！"

她愣愣地看着我。

我抚摸住她的脸，**那一道伤痕**，"怎么？我不是二，是二到家了吧？"

"我想想，"她思索着说："这是《美丽宣言》的发展吗？"

"别想了，当上'中华小姐'让我们汽车模特专业为培养能力而战！"我心疼地轻轻抚摸了一下她的伤痕，"别恨弄伤你的人，他们不知道你是救点点的，记住，槿熙……"

"什么？"她摸住我的手，"你说。"

"我们可以原谅无意中伤害我们的人，但绝不饶恕粉碎我们梦想的人！"

已经看见欢乐谷，就在远处，车上时钟已经指向两点三十分。我和她都沉默了。我坚信不会错过，庄已泊一定给组委会有安排，那个马主席不敢取消槿熙的资格，如果我们能在两点五十分以前赶到的话，何况央视把大赛本身就变成了表演，"中华风采"已成为一个最大的秀场，为了爱，**因为爱**。

"我知道你们在图钢招生都经历了什么，有多辛苦，小却都跟我说了。"她现在抚摸起我的头发来，有些激动，更是动情地说："你放心吧！相信我，绝不会丢脸！"

我一把将她拥在怀里，"我当然相信！"

把油门踩到了底，冲向欢乐谷。

正午阳光，我带着她迎接灿烂，心里却一阵发紧。要抢回分分秒秒的时间，抓住有可能的希望，槿熙一定要展示《美丽宣言》，不能失去，不能失败，**不能啊**！

我飞快地看了她一眼，她闭上眼睛，心里跟我一样吧，也在祈祷。看着她脸上的伤痕，有些零乱的头发，我的心越发揪紧，槿熙，"**中华小姐**"，就这样出现在现场，等待我们的将会是什么呢？我拿起手机，不知道打给谁，庄已泊还是那个马主席？也许就是命中注定，手机响了，车速太快，我听不清，打开免提，槿熙接过手机举在我面前。

"你谁？说什么？"我在喊。

"傻逼，你把车开哪去了？"导播在骂。

"马上到！"我听到传来了剧场的音乐声，在唱歌。

"没有备用车，你们这帮傻逼敢拿央视直播开玩笑？我他妈抽你！"

"十分钟，最多十分钟就到！"

"真的？"他喜出望外了，"爷？求求你，五分钟能到吗？"

"没问题！我保证！"

"拜托你了，快一点，爷！"

"到哪个环节了？"

"加了返场歌，还有一个选手，可以给你八分钟！"

"不对！是两个！"我喊道："'中华小姐'在我车上！"

"你有八分钟！"

他挂了，我也第一次懂得了时间的重要性，争分夺秒！

"还可以吗？"槿熙激动得嗓子有点哑。

"必须的！"我更是心潮澎湃。

天佑槿熙，**天佑天使！**

2

内部通行车辆的大门一定接到了指令，看到风驰电掣的望族跑车早早就打开栏杆，我就像一道闪电闪了过去，霎时还想起第一次听到槿熙说话，她说她要瘦成一道闪电照亮北京所有的胖子。我又看了她一眼，她正在绾起头发，抓紧时间收拾一下自己。

我开到了剧场舞台的侧门，工作人员开了一扇门，指挥着开进去，剧场 LED 大屏幕正同步播着"望族汽车"的广告，我的前面拉起围布，车刚停稳，另三面帷布也放下来，一个人快速拉开车门，化妆师和服装助理火速打理起槿熙来，化妆师惊叫道："脸上有伤？快通知导演！"

一个人拿起对讲机，其实我没明白是怎么回事，在巨响的主持人上场音乐中，我听到："欢迎十九号，高——岚——"

我看见被换上旗袍的槿熙，她也正转过身来，一个工作人员给她别上了"20"号选手牌。

我向槿熙做了一个刘思雨向我们做过的手势，先伸出大拇指，她向我回敬了一个"V"。

我们被围在了门口通道，看不见舞台，对讲机传来"二十号马上备场"的声音。

音乐响起来，悠扬唯美的古筝，传来高岚的声音："参加中华风采大赛，作为一名即将毕业公办大学的毕业生，我高兴有机会走上这个舞台，告诉现场观众和电视机前的朋友们我关于美丽的学习过程，中华风采大赛让我学会了美，发现了美，认知了什么是爱的美丽，我带来的是：《美丽宣言》。"

我怔住，惊呆了！

槿熙推开化妆师的手，惊愕地看着我！

明白了，一定是那个老港仔干的！我这才明白高岚上午走向我，不，走向望族跑车的微笑和眼神，这是一个阴谋！

手机响了，杜海打来的，我直接挂掉。又响了，是庄已泊，他该跟杜海在一起，先后同时打给我，高阳也该也在，他们都知道是怎样安排的，不明白现在，此时此刻发生了什么，怎么会由高岚进行《美丽宣言》？现场评委一定会乱了，不，恰恰不会乱，来自媒体的十个"大众评委"都心领神会地知道该怎样亮起记分牌，槿熙在迷茫中被工作人员拽走了，我掀开挡布，看着舞台聚光灯下的高岚，听不见她在动情地朗诵我写的每一字，脑海里一片空白。这是不常有的，我老觉得我脑子是个永动机，不睡觉的时候总在转。

响起雷动的掌声，我看见十个大众评委举起了得分牌，全部给的都是"10"分。

我还看见坐在专家评委中间不用亮分的马主席，眉开眼笑地鼓着掌，还左右看着其他的六个专家评委，也都亮出了十分，他鼓励或是感激，就快站起来欢呼了。

我得站稳，**不能倒下**，我一定要杀了这个混蛋！

"最后一个出场的，是来自民办学校的选手！"

主持人洪亮地说，不明白他为什么刻意要说"民办学校"四个字，再想想高岚的开场白，我真的要杀人！一切都是他安排好的！

"有请二十号选手，赵——槿——熙！"

我如此无助，不知道前面十八个选手的得分，天下从来没有一场选美大赛可以这样，全是满分，也太过分了！我相信央视的导播不会切入专家评委和大众评委的画面，别说特写，连个全景都不会给，**不待这么玩的**，我看向舞台上与电视同步的LED，如我所料，没有评委的画面，是现场观众的全景，不同机位切换的画面都刻意躲过了评委席。

接下来的画面我没有看明白，不是已经走上舞台的槿熙，LED屏出现了男女老少一家人，又切入了槿熙的特写，再切回一家人，摇臂镜头缓缓推向一个中年妇女，她怀里抱着头上裹着纱布的狗，**点点**，就是点点了，一个大特写定住。

我一阵紧张，**又激动**，开口不离那两个字京骂的电视导演接下来会用什么镜头？LED屏出现了眉开眼笑的马主席，有三秒，缓缓叠入了那满脸歉疚又感动的一家人。明白了，这家人欺负了刘思雨还动手打了槿熙，一家人知道了真相才专程带着救活的点点赶到欢乐谷来，是向槿熙致歉的。

央视直播导演一定知道了这个故事，槿熙救点点的故事，知道我们会赶来，放心了，他不在意谁是"中华小姐"呢，用几组镜头表明了立场，导播已经用画面讲述了"故事"，他不在意结局，可我在意，槿熙在意，还有整个图钢如此在意。

槿熙看不见画面，高岚已经展示了《美丽宣言》，我不知道她会怎样说，如何表达"爱"的主题。她只有三分钟，没有时间也不可能讲述她该告诉人们的故事。

槿熙走上了舞台。

"我来自北京的望族大学，正像刚才主持人说的，是一所民办学校。"她平静又充满自信地说："我和很多人没能考上公办大学，感谢有那么多充满爱心的人，为像我一样失落的孩子提供了上大学的机会，我感谢望族大学，感谢望族集团，感谢高阳董事长让我和我的同学王小却有学上……"

她停顿了一下，环绕着观众。

"现场的叔叔阿姨，还有电视机前的兄弟姐妹们，我知道大家怎么想，很多人心里看不起民办教育，认为我们都是失败者。我承认我输在了起跑线，高阳董事长到他创办的望族大学来进行经典人生的讲座，我们的董事长总是一个讲实话的人，他说我们要相信民办大学，因为很多太多从事民办教育的人都用心用情地努力，从事民办教育的人知道不努力不行，不像公办大学那样给指标每个学生国家都给钱，民办大学招不来学生就会倒闭，所以从事民办教育的绝大部分人都比公办大学更努力。董事长说我们都是输在起点的孩子，教育的不平等、资源的不合理让我输在起点，但望族大学一定要让我们赢在拐点，发挥民办教育的优势就是职业化教育，请相信我们一定能赢！"

现场响起雷鸣般的掌声，我激动万分又对槿熙惊讶不已！

"导演在示意我没有时间了，正如我们在望族大学不能不争分夺秒一样。"她的眼睛慢慢地流出眼泪，"我去北京之前知道很多家长都为考上大学的孩子举行庆学宴，我也知道我们无论多么自信，最没有面子的是爸爸妈妈。我求求你们，天下所有的爸爸妈妈们，要相信民办大学，相信同样含辛茹苦的老师们，我们什么都可以失去，唯独不能失去爱，每天早晨叫起我们的不是闹钟，而是我们心中的梦想……"

潮水般的掌声要掀翻剧场！我不知道是怎么回事，所有人也都不明白，那一家人抱着点点拥上了舞台，十九位选手也从两边再次出场，震耳欲聋的音乐响起汇聚在掌声中，我看到 LED 大屏幕给了全体评委特写，亮的全是十分！

观众起立，集体高呼："二十号！二十号！二十号！"

我这才想起我该干什么，该在评委会主席宣布谁是"中华小姐"前发动车，等待总冠军走向望族跑车，"中华小姐"乘着中国品牌的国产汽车驶上巨大的舞台！

我钻进挡布，那个助理一边听着对讲机一把抓住了我。

"干什么傻逼？"我大叫着。

"没时间了傻逼！"他骂得更响。

现场突然安静下来，**如此安静**，我看不见，一定想到现在的画面该是对准了谁，那个马主席，将由评委会主席宣布结果。

"我宣布，获得 2007 年中华风采大赛的总冠军……"他停了一下，"'中华小姐'的称号授予——赵槿熙！"

我抬起头，看不见 LED 大屏幕，看不到观众，看不见槿熙，**我的天使**，看见了舞台顶上飘洒而下的彩花，一排气柱和三十道冷烟火喷射出来。

3

手机一直在响，响个不停，**都是喜悦**，成功的事总有亲朋好友愿意一起分享，喜气洋洋会让人心花怒放。我一直搞不懂"心花怒放"因何用了这个"怒"字，就跟人们一听说我有墓地总是搞不懂一样，还有点像"落花流水"这个词，想一想"落花"还有"流水"，凋零的花落在水上无声而去，本是溢满悲伤，该是很唯美，想到那样的情景我总能感受到一种凄美，却成为一个贬义词，真是费解。

第一个是杜海打来的，话不多，说了一句"槿熙真棒"就挂了，用一句话肯定了这件事，高兴溢于言表吧！杜海是一个遇大事反而话不多的人，就像花舍香榭开会，决定大事半个小时、一小时足够了，比如把我驱除让白狼进入集团，而小事总能开上半天甚至一天。我们就生活在一个会议文化的国度里，悲催的是常常小事开大会，大事开小会，而让我出任 CEO，老爸把财务总监和几个重要的人叫到董事长办公室就定了。

高阳也打来电话。我迟疑了一下，不是要不要接而是该怎样说，"望族汽车"要搭乘着"中华小姐"亮相大舞台是庄已泊为望族赞助中华风采大赛的点睛之笔，就像杜海要让望族汽车上长城却没能开上 CCTV 直播的舞台。

"董事长？"我赶紧说："很抱歉，因为时间来不及了，央视导播没让我带着槿把车开上去。"

"汽车就是为人服务的，汽车不能独立存在，像你爸爸盖再好的房子没人买、没人住也是瞎扯！"他停了一下，说："这事做得很好，望族天使要成为望族大学的形象大使，更要打造成望族集团的文化使者！"

"好的。"我说，他没生气我很高兴。

"记住了方老师，世界上从来没有对与错的事，只有对与错的人。"高阳大声说："只要人对了，这个世界就都对了！"

很精辟。我开始越发喜欢和尊重高阳了，他总是语不惊人死不休，经常用语言桑拿中国汽车界，一定也在看直播，对槿熙的演讲有所感触，望族大学不能为社会培养一堆白眼狼，要培养懂得感恩的人，因为大学是培养好人的，而好人是高尚的。

手机又响了，槿熙受不了了，我们还没好好说话呢！

"开车不许打电话！"她说。

第一次以"试驾"的名义带着她上路她也这么说过，我笑笑，还是接了，雀儿一姐打来的。

"小却，槿熙说了，开车不许打电话。"

"你们几点能到？"雀儿一姐哪管这些，大声说："图钢电视台也转了中央电视台的直播，交通台也转了，这个时段它们本来是，跟卖假药差不多的健康节目！"

"说正题。"

"方子良问你们明天几点能到？"她反问着我，"交通台到现在还没完没了地做明天的预告呢！许大鹏正在大堂跟电视台的人看位置，明天上午九点一同直播采访槿熙！"

"好啊！"我说："帮我们宣传呢，不花广告费、不给记者车马费，我们连酒钱都省了，好！"

"槿熙太棒了！那个像女皇一样的十九号高岚做《美丽宣言》演讲，我紧张地直出汗，评委又全部给的十分，我真以为完了！"她难得动情地说："没想到这么棒，这是民办大学打败公办大学的经典！我激动得都哭了，槿熙为民办大学做了一个超级广告，许大鹏明天中午要设宴庆贺，他说国家大学老欺负咱们民办的，我们一定要联起手来打败他们！真的，明天直播肯定引起轰动，我们何愁招不来学生，在图钢就能招够五十人了！"

"王宏民那边怎么样？"

"他都要疯了，哈哈！"雀儿一姐爽朗地笑了一下，"许大鹏把酒店大堂天花板全拿下了，你走的时候就在施工，许大鹏要做空中广告，还有站前广场那一大片，说是今天晚上开始挂广告，一定要抢在'中华小姐'九点到之前挂完！王宏民这个咬牙切齿，眼都红了！"

"许大鹏也疯了！"我笑笑说："望族大学拿到总冠军，槿熙成为'中华小姐'跟他歌德耐尔有屁关系！"

"借势呗，许大鹏太聪明！"她兴奋地说："让他借吧！酒店大堂和站前广场咨询报名台都是他帮我们安排的，真得谢谢他呢，我们都在他对面！现在大堂都挤满人了，都在打听'中华小姐'明天几点到，你们千万别晚了！"

"你现在在哪儿？"

"龙腾大酒店啊！一看完直播我和西施魔子、苏也苏门答腊都来了！"

"韩佑呢？"

"也来了，这会帮着许大鹏忙活去了！她说歌德耐尔沾了我们的光，非要她的鹏哥每招一个给我们一千，傻乎乎地又开始做梦了！"

"也好，韩佑总能给我们带来重要的信息。"我笑笑，说："你们把新生报名表准备好，可以多准备一些，估计明天在天桥上直播完够我们忙活的了，望族大学出了'中华小姐'，虽然不像四川音乐学院出了李宇春，报名的人也得乌泱乌泱的！晚上你和韩佑去喜来登，在我妈的房间等我们，我给喜来登打个电话续房，今晚就住在那里，我和槿熙明天早上四五点钟就能到，让槿熙休息一下，我们九点以前再一起到站前广场！"

挂了电话，又打给喜来登，告诉总服务台续房，报了我的金卡号，发短信告诉了雀儿一姐。我扫了一眼油箱表还有多半箱汽油，不知道望族汽车一箱油能跑多少公里，到图钢一千多公里，估计要两箱或三箱油吧！我看了一眼槿熙，槿熙睡着了，她真的累了，一脸疲惫，可我还是能看出她甜蜜的表情。

驶向高速公路，我的心情格外愉悦，图钢真的都准备好了，还因为有一个想借"中华小姐"之势的许大鹏。雀儿一姐说王宏民要疯，有可能，图钢职业学院肯定会被歌德耐尔逼疯。如果明天开始的"高职"专场自知考不上一本、二本的图钢高中生都追随着引起轰动的"中华小姐"，许大鹏又包好了二十辆大巴免费到北京旅游，王宏民真得疯了，他这个地头蛇不仅压不住强龙，更是羞辱，图钢教育局充满信心的让他出任图钢职业学院招办主任，去年曾被望族大学像马蜂似的蜇了一下，今年望族大学又现身图钢，还来了一个招生疯子许大鹏，歌德耐尔包下站前广场和龙腾大酒店所有的"空中广告"之位，以排山倒海之势占领了图钢，王宏民无法容忍，不疯才怪！

图钢真的准备好了，像我见到槿熙一样，有计划地让她上了望族汽车，开始了这场爱，*我的爱*。看着槿熙睡得如此香甜，哪像第一次坐我的车那样警惕，她防不胜防地就这样被我爱上了，也爱我，而且为"望族天使"的诞生如愿以偿地当上了"中华小姐"，差一点失去，*怎能失去*。我由衷地多了一番感动，没想到我进入望族大学从招生开始进入了民办教育，而"招生"竟然会像一场战争。

我又看了一眼睡得很深的槿熙，长长地叹出一口气。在舞台上，槿熙发自内心说出了多少民办教育莘莘学子的话，最"没有面子"的还真不光是学生自己，是爸爸妈妈和多少亲朋好友们，要守护中国千万个家长的尊严！

槿熙的妈妈是如此无助，她太弱了，没有能力帮助女儿，被唐启光以爱的名义挟持，她恐慌还是泪流满面，反而希望我成为CEO重返江城呢？我绝不会回花舍香榭更不会再进江城，唐启光做梦吧！槿熙妈妈没有西施魔子爸爸的强悍，同样失去父亲的苏也苏门答腊一个可以步步紧跟的哥们儿，天天嚷着要离婚的韩佑的爸爸高兴就打生气也打她的妈妈。果果妈挺神秘，可我看见了她的辛苦，带着果果四处找学校竟然从东北到北京又找到西安去了，对了，小妹说果果妈会带着果果来图钢，可汽车模特专业怎么收下一个初中生啊！

我把车开得飞快，四月里的那一天导航仪提示我前方三公里堵车，现在导航仪告诉我顺行，没有监视，望族跑车开到了二百一十迈，我千里奔袭必须越早到图钢越好！

刘思雨打来电话，我降低了一些车速，赶紧接了。

"思雨，你老公怎么样？给你出气了吧？"

"别说那么难听行吗？还你老公！"

"哈，你叫的啊，我在卫生间听到的，那个甜，一口一个！"

"别闹了，我看到新闻了，在公安局看的，槿熙是'中华小姐'了，记者还采访了那一家人，警察看着也感动，被槿熙感动得眼圈都红了。现场要采访槿熙，那个评委会马主席说2007的'中华小姐'正在赶往图钢，我也知道你们在路上了。'中华小姐'年年有，马主席说就没出现过槿熙这样真想让人流泪的，槿熙这回影响可大了，真好！"

"等等，警察真来了？你男朋友真笨，干吗打完他们不赶紧跑啊？"

"他找了一帮上海做贸易的朋友开着中巴来的，我不让你打那个保安，是我用了他的手机给我男友发了短信来救我们。人虽多可遇到高手了，因为打乱了，宁波的三个人以为上来的这帮人是唐启光找来的，谁也不知道谁是谁，等我看着你们走了上去的时候，看见三拨人打在一起，宁波的三个人真够厉害，没准就是黑社会的，真玩命了，而且非常狠，我男朋友这边重伤了好几个，宁波的小马哥真不得了，七八个拿着棒球棍都没把他打倒还被他伤了，又上去七八个才把他撂了，开来十辆救护车，没送医院的现在都在公安局关着！"

"那你呢？"

"保安证明我是受害人，没关我，我来录口供。"她叹了口气，"这件事你知道就行了，千万别告诉槿熙！"

"好，我不告诉她，你也别说！"

"这边处理完了我回北京，杜院说我们势头很好，学校好多招生老师都要槿熙的照片。"

"太好了！"我高兴，肯定吵醒了槿熙。"你的手机不是丢了吗？"

"那一家人捡到的，还向我道歉给送到公安局来了，可槿熙的他们没捡到，你帮她买一个吧！"

"肯定的！"我说："我们这边你放心，一切都安排好了，我们北京见！"

我挂断了手机，看见槿熙正望着我。

"不告诉我什么？"她问。

"没事儿。"我笑笑。

第十八章

1

黄昏已近，又是背着夕阳开，转眼天就黑下来。我看出槿熙不太高兴，以为有什么事瞒着她，**也是瞒着**，如果让她知道那么多人被打被关，包括庄已泊的黑道朋友小马哥也送去抢救了，刘思雨的男友估计不被像小黑子一样判刑或者中国别具一格的劳动教养，至少也得治安拘留。我没有告诉刘思雨，她不可能按计划的时间回北京，槿熙更会难过不安，她是一个从不抱怨别人的人，自尊心极强，多像雨婷。

"槿熙？"

"别说话，"她转过头去，"我累了。"

我微笑了一下，打开音响，声音放的不大，让她在柔婉的音乐中入眠，好好休息，明天会更辛苦。

突然熄火了，在发动机停转的一瞬间我扫了一眼油表，明明还有不到一格，也没有报警，看来望族汽车是有需要改进的地方。在此之前我注意到了前方有休息区，算起来至少也还得有三四公里。

车速渐渐变慢了，我好希望滑行更远一点，因为接下来只能推行到休息区加油了。

"槿熙？"

"你不让我休息一会啊？"她转过来，依然很生气，叹口气说："对不起。"

我无奈地笑了笑，"你对不起什么？"

"我不会开车，"她坐起了一些身子，"一千多公里让你一个人开，要明天早上才能到吧？这是怎么了？"

"你会把方向盘吧？"

"车坏了？"她紧张地说。

"没油了。"我苦笑了一下，"我推车，你换过来。"

"那不行！"她肯定地说："我跟你一起！"

我和她开始推车，槿熙坚决不肯坐到驾驶室，我在左，她在右，把着放下车窗的边框往前走。

跑车很低，而我和她又是高个子，所以显得很别扭，身后开来的车一定格外注意到了两个撅着的屁股，好像跟车尾的造型很吻合，人和车一样的性感。作为女孩，槿熙的屁股更能引起别人的重视，**尾部的浑圆流线**，和谐，人与车真的很和谐，不愧是她的奖品。不知道我和槿熙有没有夫妻相，但她是"中华小姐"跟"中国第一跑"有着天作之合的流线，只不过人是站立的，而车是趴着的。

"要帮忙吗？"有人快要停下车来问。

"车没油了，谢谢了！"我说。

好心人降低车速又看了我们一会，**主要是看槿熙**，不知道"中华小姐"在高速公路上推车，然后加了一脚油，走了。

第二个东北大哥开车快到跟前才刹住，如果跑偏就能把我撞成挂在车外的壁画，吓出我一头汗。

"整啥呢？"这人像是要下来。

"车没油了，没关系，谢啦！"我说。

"你二乎啊？这么好的车开没油了都不知道？"

"大意了，"我幽默一下，符合他心地说："不是拉着美女吗？"

"真是的，要不我带美女走？"他眨着眼睛说："前面有加油站，将近五公里呢！从加油站买个桶加油就行了！"

"那怎么回来？您不能倒着开回来送油吧？"

"可不是，我这脑袋也进水了！"

"没关系，谢谢，您赶紧上路吧！"

"打电话救援吧！122也行的！"

"可不是，真谢谢了！"

他走了，不知道是不是带着些许遗憾，车箭一样地蹿了出去。

我停下，查了114，果然有救援公司，交通队才不会管这事。救援公司仔细询问我在哪儿，他们今晚很忙，接电话的小姐也不无奇怪，没事的时候老没事。一有活就全挤一块儿了，让我等，说不上时间，也许两三个小时以后。

我们继续往前推，槿熙紧低着头。

我感觉不对，"槿熙？"

她吸溜了一下，果然哭了。

"是我不好，想早一点赶到别误了明天上午九点的直播，"我轻声说："图钢有多少人盼着你啊！"

"我不好是我不好！"她跟自己较起劲来。

下雨了，开始只是星星点点，没一会就变成倾盆大雨，老天爷像多事的婆娘用大盆泼水，还磨叨，雷声阵阵，我俩赶紧上车，衣服还是都湿了。

"方翔，要不是因为我……"她靠在我肩上，有点冷，身子微微有些抖，"没有我，你现在不会这样的，真的对不起……"

我捧住她的脸，紧紧地吻住了她。

雨越下越大，幸运的是救援公司打回我的手机，告诉我有一辆救援车正在赶往我们同路的前方，可以顺路拖到加油站。我和她紧紧拥抱在一起，我兴奋又幸福地说："槿熙，古人说得对，好人有好报！"

"我们能抢回时间吗？"她依偎在我怀里，"古人还说好人命不长呢！"

我突然就想起了我的墓地，把她的脸贴向胸口使劲搂住。

"不许瞎说！"

救援公司的车把我们的车拖到了加油站，不能按五公里算，要从离开公司算起，加上高速公路这段给我打了折扣，因为是顺路救援，去掉零头一共收八百元。

我打开钱包，现金只有六百，傻了。

槿熙笑笑，拿出钱包，有三百大钞。她想了一下，没掏钱，把钱包塞到我手上，撇着嘴说："自己拿，反正你喜欢看我的钱包！"

我知道她说什么，我倒是无话可说，可还是要争辩，"哪有啊？"

她说："是没有了！我再也不能干蠢事了，害了你也害了我！"

我当着别人的面不管不顾地亲了她一口，她红着脸推了我一把。

"真恩爱，"加油站的人说："在高速路一男一女的夜行人都很恩爱！"

要是不缀上后一句多好，我不知是不是有些尴尬地看了女加油员一眼，看出她的羡慕，也有嫉妒但肯定没有恨。

加满油，我走到收费窗口交钱，递上信用卡。

"没钱，已经透支了。"女收费员说。

我突然想起了什么，额头浸出汗来，忽然记起三张卡都透支没钱了。

收费员比我还紧张，盯着我，分明还向加油员使了个眼色，她反应极快，要么就是训练有素，快速过去拔下了车钥匙，怕我跑了。

"槿熙？你的卡……"

"有钱，"她红着脸说："里面有一百，我不是信用卡。"

加满油却没钱，我做梦也没想到会遭此尴尬，收费员很客气，说："赶紧找人借吧，我不会报警的，你们俩看着都是好人。"

"好人？"我笑笑，强做笑容，"好人会有好报吧？是不是？"

"是，"她说："赶紧打电话找人送钱来吧！"

槿熙紧张地看着我。

"别着急，会有办法的，办法总比困难多！"

槿熙知道我只是在鼓励自己。

拿起手机，我们只能进屋里打，屋里是便利店，我边拨号边问收费员，"要请你帮个忙，可以吗？"

"我不可能借你钱，大帅哥，你长得好像王力宏啊？"

"要真是王力宏你会借钱给他吗？"

"不，我会跟他走！"她肯定地说："可惜你不是，还有女朋友，东北人吧？光顾着玩了，把钱花光了都不知道？东北人果然豪爽，可美女费钱啊！"

小妹关机，诗诗没有开机，弗拉基米尔有何本事让小妹失魂？如果按妈妈说的，小妹见到西施魔子会心动吗？不知道，但施八一肯定会动心，家里要是不跑水妈妈说什么也不会回去的，一定要明天见到从莫斯科来的诗诗跟西施魔子谋面。我突然想到让施八一帮忙马上往我卡里钱，此时雀儿一姐一定会拉住他在喜来登，可对我来说打这个电话得有多难，槿熙看出来了。

"把手机给我，"槿熙说："我打给妈妈。"

手机响了，是韩佑，气汹汹。

"有人非找你，坐着不走，你等一下啊！"

我还没有反应过来，传来了一个女人的声音。

"方老师？我和果果早就下火车了，从牡丹江专门赶过来见你，诗诗大妹子给的我酒店地址，可这丫头说你不在就不让我见！"

"我明天早上才能到，刚进山东。"我没多想，说："阿姨，能帮我个忙吗？现在到酒店大堂自助机帮我转两千，不，转三千块钱可以吗？"

"快拿包来！"果果妈说："这死孩子，别傻愣着，一会儿再跟佑佑姐道歉，不打不相识嘛，是不是佑佑？"

"太谢谢了，"我兴奋地说："明天到了图钢就还您！"

"跟我不许客气方老师！"果果妈对能帮我一个忙很高兴，"我太高兴给你钱了，啥都别说了！卡号是多少方老师？"

"我马上发过来！"

"那我就先下楼，抓紧时间，你一定遇到事儿了，佑佑不肯告诉我你手机号，诗诗大妹子在飞机上往图钢飞呢，我大意了没跟诗诗要你的手机号！佑佑手上有我的名片，我现在下楼你赶紧把卡号发到我的手机上！"

果果妈有点风风火火，*我喜欢*，佑佑接过了手机。

"你们几点能到？"

"误不了直播，王小却呢？"

"反正也没牌子没车号，不怕超速拍下来，又是跑车！"韩佑不高兴地说："她下楼了，带着施八一和苏也苏门答腊！"

"她们是不是宵夜去了把你扔下了？"

"不是，我刚从龙腾大酒店回来，鹏哥说明天很辛苦，还让大芳、小芳过来给我们帮忙，反正歌德耐尔学院就在我们正对面！"佑佑生气地说："玛丽姐来了，找你。"

"她还跑喜来登来找我？"

"玛丽姐高兴得不得了，说她怀孕了，这俩天吃什么都吐，就想吃酸的还装着一背包的果醋，太夸张了吧？"韩佑不解地大声问："她怀孕跑来高兴地告诉你干吗呀？"

"她有病！"我血往头上蹿，头皮还真有点发麻！

"小却姐跟撞见喜神了似的拉玛丽姐下楼去了，肯定去打听玛丽姐怀孕的细节，不让我去，因为那个我们吃阳坊涮肉撞上的俩二货来了，她自己连叫康果果还是杜果果都说不清，你说她那妈妈跟了多少个男人啊？"

"佑佑，不许胡说，赶紧把她妈的手机号发给我！"

"好！"韩佑笑了，一下高兴了，因为像骂人，"我把他妈的手机号发给你！哈哈！"

她一定用了男他，他妈的。

重新上路，果果妈居然给我卡上打了一万块钱，再加油和多少过路费都不担心了。

"你还有一个什么秘密没告诉我？"槿熙看着我说："开慢一点，太快了！"

"没有啊？"我说。

"我打给佑佑一下就知道了，不过我想听你自己说。"

"好！"我继续加油，"过了今天晚上吧，我要一句不落地慢慢跟你说，毫无保留，关于玛丽的故事。"

"刘姐的呢？"她歪着头，"那会儿你跟刘姐通话，有事瞒着我。"

我笑笑，用手抚摸着她的头。

"不重要，"我叹了口气，"槿熙，我不会隐瞒你任何事，给我点时间和让我想一想方式，相信我。"

玛丽怀孕了？这怎么可能？不是说她不可能怀孕，是时间对不上，哪能现在就检查出来！玛丽，我真的不想恨你，不能够，尽管你不管我死活，塞进我嘴里两片伟哥，我还是不能恨你，只怨自己，何况有爱我哪里需要什么伟哥，我跟雨婷每次都要超过一个时辰，没有两三个小时不行的。我怎么又想起雨婷，这太不好了，按雨婷要求我的，希望的，我找到了爱，你化成了槿熙，让我命中注定地找到了你，四月的那个午后就坐在望族汽车上，坐在我的身旁，我闻到了薰衣草的味道，那不经雕琢来自田野的芬芳，我醉了。

"你不想说就不说，我只是有点好奇而已。"她睁开眼睛，伸过手来，第一次主动地抚摸着我的头发，动情地说："对不起。"

"我们做个约定好吗？"我也抚摸住她的头发。

"什么？"她笑笑。

"从今天开始，"我看着她，"现在开始，我们都不当面再说对不起了，好吗？"

"好，"她说："我听你的，就这么定！"

天蒙蒙亮了，早上六点多一点，我们进入了图钢，直奔火车站。

"交通台在站前广场的天桥上挂上了欢迎'中华小姐'的条幅，"我兴奋地说：

"方子良一定还要在条幅两边挂上你两张照片呢！"

"我怎么左眼老跳？"她拉住我的手放到她胸口上，"你摸摸，心跳得好厉害，这么慌！"

"激动呗，我也慌呢，心跳得厉害。"我笑笑，"先看一眼天桥和挂满站前广场上你的照片，再去喜来登洗个澡收拾一下，九点前在天桥上接受图钢交通台的直播采访，淡定噢！"

"我说什么呀？"

"你昨天说得非常好！给了我一个大惊喜！"我拍了拍她的头，"宝贝儿，这回主题是招生，说说汽车模特，你一直在社会实践中，说说你的伟大梦想！"

"哪有啊？还伟大的梦想！"她撇了一下嘴，"当老师的就是夸张，尤其是你们北大的，把什么都能往哲学上扯，我就是想毕业后有份好工作，我喜欢做汽车销售，在望族还有很多机会做汽车模特，补助会给不少呢，就是这样！"

"挺好啊？"我飞快地亲了她一下，"槿熙，没有限定，你想怎么说就怎么说，说真话人话就行，整个图钢都期待着你呢！"

2

拐过弯，进入通往火车站主路，迎着朝阳，远远就看见过街天桥上挂着横幅，因为知道内容，所以能辨别出"热烈欢迎'中华小姐'访问图钢"，要不太远还真看不清。很疲倦，脑袋有点发蒙，要不是被一种东西支撑着兴奋，该是有些困了，随着越来越近却毫无困意。

接近天桥的时候，看到从过街天桥横幅两边悬挂着槿熙的巨幅照片，从西往东"中华小姐"背着刺眼的太阳，快到跟前时才看清了，北边的是槿熙头戴皇冠的现场照片，南边的竟是一张充满阳光和青春气息的生活照，看上去更为鲜活可爱。

等一下，这张照片很熟悉，**头有点发蒙**，想起来了，这是雨婷到北大做礼仪时在未名湖拍的，雨婷很喜欢，她的电脑屏幕用的也是这张清纯甜美的照片，怎么会挂到天桥上？我还没有反应过来，停留在好不奇怪的感觉中，槿熙向前探着身子，惊诧不已。

"好像我呀？"她转向我瞪大眼睛说："这就是雨婷姐姐吧？"

"是！"我肯定地说，然后突然明白过来什么，我在马路中间一脚跺住刹车，

"天哪！"

我惊叫了一声，许大鹏这个混蛋！

槿熙的头撞向挡风玻璃，我没有像第一次坐车时用手拦住她，因为那是有准备的，而这一次毫无防备，槿熙一定痛了。

我快彻底清醒过来了，明白了许大鹏为什么如此热心槿熙当"中华小姐"，丫狂追过雨婷一定存有雨婷不少照片，而槿熙太像雨婷了！我，槿熙，还有望族大学以及整个中华风采大赛都被丫鲜活又彻底地利用了！

槿熙蒙了，她一边揉着脑门一边解开安全带下了车，我推开车门追她，一边高喊："槿熙？槿熙！"

她跑向了站前广场，我紧追不舍，一直追向了广场一片招生咨询亭子，她突然站住，抬起头，没有看望族大学报名处，而是盯着歌德耐尔学院，摊位上挂满雨婷跟天桥上一样的照片。

"槿熙，我们被利用了！"我咆哮着，"许大鹏这个混蛋！我非杀了他！"

"我是谁？就是江雨婷的化身？王小却说得对，你一直在利用我我还不信！"槿熙的眼泪缓缓流下，"没关系，方翔，还有多少秘密我不知道？你能告诉我吗？"

我无言以对，上前紧紧拥抱住她，"雨婷，不，槿熙，你听我说……"

她一把推开了我，我没站稳，踉跄着后退，还是摔倒了。

我看见槿熙哀怨的眼神，一瞬间，她泄露出了对把我推倒的心痛，也许我不该跳起得太快，槿熙转身又跑，我喊道："去喜来登找王小却，在那儿等我！"

我转过身跑向路对面的龙腾大酒店，听到一声巨响，没明白是怎么回事，猛地转回身，又抬起头，跑向天桥的槿熙向我来看，指着公路，"车！快看车！"

我明白了，飞快地跑过亭子，看见望族跑车被撞到马路边上已面目皆非，公路一片狼藉，散落着一地碎了的啤酒瓶子，还有"中华小姐"的皇冠、绶带和旗袍浸泡在一片白泡沫中，在公路上格外醒目。

我看见了一辆加长的大货车撞在过街天桥的柱子上，还没有熄火，能看出车头已经变形。

再抬起头，天桥上已不见槿熙，我听见了脚步声，槿熙的脚步声，她正向这里跑来，救过点点的她一定是想帮帮不知是死是活的大货车司机，我拿起手机边打给120报警，边跑向龙腾大酒店。

我看到许大鹏租来的奥迪停在酒店门口屁股朝外的专用车位上，后车窗上贴着不知是 PS 还真是他曾与雨婷的合影，**如此醒目**，还有一行字：幸福的歌德耐尔学院。没有别的广告词，这就够了，看过电视直播、看到天桥照片没人不相信许大鹏跟"中华小姐"在一起，而且如此亲腻，不像 PS 过的照片，那就是真的，一定是在我认识雨婷之前的合影，不是在歌德耐尔学院里照的是北京动物园，背景能隐约看出"狮虎山"字样，就是说许大鹏曾经带着雨婷去过动物园并在狮虎山前把手搭在雨婷的腰上合影，**这头野兽**，比白狼更狠，我非杀了他！

奥迪旁边并排停着王宏民的老式吉普，后门贴着两排一样的"图钢职业学院"，看上去不是弱小，比起许大鹏和歌德耐尔学院显得如此可笑。

在进龙腾大酒店之前，我转回身看向公路，看见槿熙默默地站在公路上，朝阳的彩霞映着她，**我痛爱地心里酸了一下**，我不知道这是我最后一眼看到她，要是知道，后来的事我就不会去找许大鹏算账，一定会冲向公路紧紧拥抱住她，告诉她，大声喊出来：对不起，我爱你！

我真的爱你，槿熙。

我走进酒店，大堂挂满照片，都是雨婷，还有许大鹏和雨婷在歌德耐尔教室、计算机房和比起望族大学来可笑的图书馆的照片，如此真实，我们一起为许大鹏和歌德耐尔精心地做了嫁衣。我甚至为拿到摊位私自刻了望族大学的公章，曹大蛤蟆要是知道一定会喜出望外，他是一个能把坏事变成好事的人，就凭我违法干的这件缺德事，我和杜海还有刘思雨理当被赶出校园。我还有可能为此坐牢，跟小黑子又见面，想分都分不开地在一起了。绝不能让任何人知道此事，杜海非杀了我，高阳一定会像一个领袖一样说出万能语言，比如人对了这个世界就都对了，汽车模特专业没有了，望族天使也不会有，**她就不该诞生**，屈死在摇篮。

我奇怪大堂空中还有一半只见钩子不见悬挂内容，像站前广场那一望无际的吊钩一样，只是高悬。丫不会玩什么后现代行为艺术吧？《杨白劳为什么不还钱》被封杀之后我也有壮举，决定排第二部戏，孟京辉能让演员在台上砌墙，我决定让演员在舞台上拉屎。没人肯演这个必将一拉而红的角色，戏剧选修课教授果断地给了我一个优而且大加赞赏，称我勇敢地在向当代中国教育挑战，**屎一样的教育**，我说没有演成没有拉出来呀，教授说正因为没人能上台拉出屎来才证明我们的教育有多失败！

我边给雀儿一姐打电话让她们马上到龙腾大酒店来，告诉她在公路上找槿熙，要捡起"中华小姐"的皇冠和绶带都收好，还有槿熙没能卖出去要还我钱的奖品车，**我答应收下了**，只是这辆望族跑车没办法开了，那辆大货车司机一定在凌晨睡着了，高速撞向我居然停在马路中间的奖品车，把它弄成了废铁，代我向"中华小姐"的座驾道别。

我挂断手机走向大堂深处，歌德耐尔学院的人肯定知道我会来，他们都准备好了，穿戴整齐，系着领带，每个人手边还放着一个硕大的手提箱，脸上带着不怀好意抑或胜利者的微笑看着我，我在他们的注目礼中推开了许大鹏的房间门。

许大鹏更是准备好了，穿着想必是定做剪裁得体的西服，不再是印酒吧那身颜色很土、又肥又大的傻逼西服站在台子上傻逼地挥手领喊"我最行我最最行我最最最行！"和"我们是幸福学院"的样子了，他相信而且有十足的把握正在走向成功，尽管把专业办成了培训班让学校成了廉价的劳务市场，这个学过培训必也干过传销的家伙居然还受到栽捧，歌德耐尔学院真是垃圾，才把民办大学给弄成了屎一样的教育。

"来了？"许大鹏微笑着，"请坐，方老师。"

我看着他，不知道他准备的有多好，上次挨揍还没汲取教训，雨婷真的没告诉过他我是跆拳道黑带，以为这次屋里有两个手持桌子腿的人就行了。许大鹏多粗鲁，丫不敢再有刀怕抓进去出不来了，为了迎接和对付我来，愣把一张酒店提供的老办公桌给拆了，油漆都磨秃了的桌面扔在地上，是告诉我他们有准备。

"我们有准备，知道方老师一到图钢就先会找我来，"他笑笑，淡定地说："我准备的比你想象的好！别生气，看你这脸色有多难看，有话好好说，我们要联手合作才好，不被王宏民这种有地方政府保护的地头蛇欺负，他也不是我的对手，方老师，和为贵，你也不是。"

"噢？"我调整着呼吸，这回一定很惨烈，我不能受一点伤才好，得保护形象，九点直播后把局面扳回来，要迎接多少学生和家长啊，还都是图钢市教委组织的。"说来听听。"

"我就喜欢方老师这态度！"他上前一些，但不敢靠我太近，而我知道身后的两个人一左一右地正向我靠近，说："你利用学生但不会出卖学生，这是品德啊，你高尚，但我不认为你有多缺德，比王宏民强多了！丫给我玩美人计，我就将计就计把大芳、小芳全办了，她俩水儿那叫多，都酥在床上了，叫床一个比一个绵，绵绵的，我还用手机把一段录音发给王宏民了，不知丫听着是不是也射了！那王八蛋就是一个小人，让教委口头通知不下文件，报他们图钢职业学院，想用行动封杀我和你们望族大学，那哪儿行啊？既然我们国家一切都在市场化，教育也一样，可国家护着公办的挤兑民办的，对王宏民这种小人就别理他，也不用客气！"

他错了，只防着我的手，看得出来时刻警惕我一个耳光抽过去，哪知道我爱用脚，腿又长，飞起一脚踢到他的下巴上，他直接飞了出去。我顺势跨前一步，躲过劈过来的两条桌腿，哪条打到我也得一命呜呼，**这俩太年轻**，出手不知深浅，竟是从身后照我头打来的。

我腾空跃起，刚落地以左脚为轴心使足腰力旋转飞起右脚扫倒一个，用左肘击倒冲过来的第二个，许大鹏刚爬起又自己趴下喊着什么，倒下的二人从后腰抽出了刀，**闪着寒光的刀**，真是要玩命了！

我跳上桌子，然后再一跳，两把刀剁在桌子上，三个人怎么也想不到我会些工夫，在练跆拳道之前我修过三年形意拳，没学过套路，三年只练了劈钻崩炮横的五行招式，今天倒是好好用上了，跟两个拿刀的人打得昏天暗地，心里老想着死不怕，脸上别带伤，还要接待学生和家长！

许大鹏觉出势态不对，不出人命似无法收场，大喝了一声，让两个没占到便宜的、分明是出来招生的两个大二、大三样子的学生赶紧滚，还骂了两句笨蛋，每人领了一句就滚了。

许大鹏果然有手段，**是个高人**，他拿着丢下的两把刀毕恭毕敬地递给我，表现出谦卑和柔软，见我不接轻轻放到桌子上，一左一右抽了自己两个耳光，这样反而让我无法再动手。

我不知道他是怎么了，再有一两个回合我必倒在血泊中，**他放弃了**，许大鹏为什么要放弃？

"方老师，民办大学就是后娘养的，我们不仅是教育部而且是国家的私生子！"他还在抽着自己的耳光，开始泪流满面，哭着说："歌德耐尔不多招学生连每年的贷款利息都还不上！你们虽然有望族集团做靠山比我们好，可又能好到哪儿去？我们本质上都一样，教委天天找茬儿，新闻界不待见，社会耻笑，企业白眼，家长屈辱，学生自己也没信心！就你牛逼专招美女还什么他妈的美丽经济！就是美女经济把大芳、小芳那样的土逼练成金逼卖给企业家做二奶，你倒是直供望族！"

"我操你妈！"我怒火中烧地给了他一个耳光。

"戳到你痛了吧？"他哈哈大笑，居然还能笑，往前上了一步，指着我的鼻子说："你们校长说的！在杭州印度餐厅搂着那个高岚说的！说你们要打造望族天使为集团建一个后花园！我们杭州的招生老师一直跟踪着那个被你们叫了曹大蛤蟆的校长。方翔，你他妈的累不累呀？你们招生老师一多半精力对付学校，你更得一大半精力对付他们，你他妈的把汽车模特专业办不成遭耻笑，办成那一天更受污辱！不信你等着，大傻逼！"

他突然给了我一个耳光，我猝不及防，可……没想还手，没想再打他，竟愣愣地看着他。

"我就是要不择手段地招生，韩佑告诉你我包了二十辆大巴了吧？"他红着眼睛说："教育部表面让你办学却千方百计地想整死你！你以为我们是后娘养的？在有些人眼里我们都是婊子养的！"

"你怎么满嘴胡说八道？"我也指着他，"歌德耐尔有你这样的老师才是婊子养的呢！"

他哈哈大笑，说："来歌德耐尔吧！你又不是没来过，不来可别说我对不起你！我就不信你宁可受尽屈辱而不睁大眼睛看到我们的成功？我一个电话就让你死定了信不信？别以为我不知道你们到市教委换批件的章是怎么盖的！因为我爱过江雨婷，咱们就后会有期，我在歌德耐尔等你！"

许大鹏摇头晃脑地出去了，他说出了他想说的真话，一定认为很成功，难得的发泄，走了。

我慢慢地坐到沙发上，说起来难以置信，脑袋嗡嗡的，竟然困了，我还以为此时此刻我会想到国家、想到教育、想到雨婷、想到槿熙、想到各种可以归纳升华的什么伟大意义，没有，我居然困了，睁不开眼，而且能诡异地睡着了。

我累了，*真的很累*。

醒了，不是自己醒的，是被站在屋里围着我看的四五个警察叫醒的。好半天才明白过来，警察要处理我胆大妄为敢把汽车停在马路中间离车而去，让果真是像我一样睡着了从哈尔滨开了一夜车送哈啤来的超大货车撞飞我的车，幸亏被过街天桥的柱子拦住，看现场的势头要是没有柱子拦着要冲进火车站迎击火车，*太夸张了*，后面这部分是我联想的，因为警察在问警察，*我喜欢联想*，还好司机没事，我听出来了。

用了一分钟我才明白了，也许不止一分钟，我开了一夜车又怒火满腔再经历一场恶斗，像是醒来了，睁着大眼乱眨，其实没有了时间概念，空间也乱了，好半天才明白这不是一拨警察，处理违章停车不需要这么多警察。原来这是两拨警察，一拨是交通队的，一拨是公安局的，也许从认识槿熙第一天开始我就注定了跟警察扯上关系，而且从北京到江城再从江城到杭州，宁波没事，又到上海，现在是图钢，而且两次。我不明白公安局的找我干什么，也许歌德耐尔那两个还有刀的学生扔下刀后去投案自首了？他俩没捅到我，身上一点血都没有，**我一直很小心**，又何必，我本善良，又听了许大鹏那一番话语之后突然困了，想睡觉而且真的睡着了，现在彻底醒来了。

"挂满大街的裸照是咋回事儿？"一个警察指着我说："整啥呢？你的学生？还'中华小姐'呢，扯犊子，跟我走一趟！"

"我得先把他带到交通队去！"另一个警察说。

"我带走吧！"第一个警察说："这是治安案件，说狠点算刑事案呢，这么多高中生来报考咨询，居然看见满大街的光屁股照片！"

"我这疙瘩可是死人了。"第二个警察说。

"司机不是没事吗？"我慌了，"刚才听你们说的！"

"大货车司机没事儿，另一起事故，把奥迪给撞成奥拓了！撞死了北京来的招生老师！"

"许大鹏？"我惊叫出来，"他死了？"

又匆忙进来两个警察，不知道算哪拨的，朝我来。

"你叫方翔？"

"是，"我真的很慌，"怎么了？"

"走吧！这小子居然躲在这疙瘩，还睡得着，走！"

不知道是哪个警察大声说。

我被两个警察拽住，一左一右，而我的腿一阵发软，许大鹏死了？到底怎么回事？

不是同拨的警察也不明白，我听见问："王宏民招了？"

"招了！他说那个许大鹏该死，这个叫方翔的可以作证。"一个警察非常感慨地大声说："招生还招出人命来，真他妈的新鲜！"

3

我被带出许大鹏的房间，以为会清醒，反而更迷惑了。楼道里挤满了人，都是热情洋溢，多像我第一次好奇地走进望族汽车看到槿熙，而现在人们蜂拥着来看我。

真的不明白，出了楼道走向大堂，我震惊了，不是酒店里挤得人山人海，而是看见悬挂在空中的照片，白狼给槿熙拍的曾在网上出现的裸体照，酒店的人正在往下摘。

警察在前面为我开道，他们忘了或者就没打算给我戴上头套，我涨红了脸，脱口骂道："许大鹏，我操你妈！"

人群一阵聒噪，大家都喜气洋洋。我猛然看见了雀儿一姐，她紧紧捂住韩佑的嘴，两个人都是泪流满面，旁边站着一脸茫然的西施魔子和头发更蓬乱的苏也苏门答腊。槿熙在哪儿？

我说不出有多混乱，被警察快速推着、停不住脚来到外面，这才是人山人海。我看到龙腾大酒店门口一直延伸到站前广场都挂满了白狼拍的《人与汽车》，裸体的槿熙和性感的汽车。我现在彻底明白了，明白了许大鹏对我说得每一句话，**他真的是准备好了**，而且有着完整的计划，想到了我在这个早晨一定会找他，如果我冷静一点愿意跟他谈，站在楼道歌德耐尔学院的人就不会立即行动，把箱子里早就准备好有预谋的槿熙的照片挂出去，而且一定还雇了不少人。许大鹏想逼我就范，同时也报复了我，他爱过雨婷，却利用了槿熙。我非杀了他，可他居然敢死了！

现在已经是十一点，火车站的大钟鸣响了十一下钟声。

就是说，我真的是睡着了，手机没有吵醒我，没人找得到我，谁能想到我会在许大鹏的歌德耐尔院房间里的沙发上睡着了？我在被推上警车前看到了公路上停着一片警车，已经封路了。第一次能见到槿熙也是因为封路。

城管在摘下槿熙的照片，"中华小姐"受伤了，我看见了被做成喷绘的照片上槿熙忧伤的眼神。公路上有四辆汽车，两辆面目皆非，一辆是槿熙的，不，我的，她让我答应算是还她妈妈的手术钱，我同意了，不能跟心爱的女人较劲，讲道理也是多余的。许大鹏租来的奥迪果然像警察说的奥迪真成奥拓了，贴在另一个桥墩上，王宏民也是有预谋，早就准备好了加了安全架的吉普翻在路边。王宏民得多么仇恨、用什么速度迎面撞死许大鹏啊，王宏民自己招了他是故意撞死许大鹏的，许大鹏该死，而且要我作证，那个警察也许说得对，招生竟招出人命来，我不认为中国的教育完蛋操了，是登峰造极了。

正午的阳光如此刺眼，我第一次见到槿熙那一天也是阳光灿烂。

警察搞清楚了，我除了违章停车，许大鹏悬挂"裸照"和他的死都与我无关，是王宏民用恶意的交通事故杀了他。许大鹏真的是该死，但杀人是不可以的，这事儿属于国家和王宏民。

我被限制离开，因为知道了我将是要把花舍香榭"空运"到图钢的 CEO，警察接过什么电话以后变得很客气。天黑以后，已经十点，公安局的人用警车把我送到了喜来登。

这是妈妈的房间，我看见桌子上码得整整齐齐的报名表，雀儿一姐和韩佑接到我的电话没来得及带去现场。我的手机被太多电话打没电了，没有充电器，我的东西在这个早晨洒满图钢站前广场的过街天桥下面的公路上。多像一场梦，*我的梦，已不在。*

我走向窗口，看到送我的警车并没有走，分明希望我能看见，是在告诉我已经被限制了吧！*槿熙去哪儿了？*她好像失踪了，我对不起她。

电话响了，客房的电话。谁会打来？

我迅速跑过去，抓起电话。

"哥？"

是小妹。

"诗诗？"我急忙问："雨婷，不，槿熙在哪儿？你见到她了吗？"

"被你爱上的人好幸福，无论是雨婷还是槿熙，"小妹感概地说："我怎么就遇不到你这样的人呢，哥？"

"别说了，诗诗，"我叹口气，"你在哪儿？"

"在家呢，我的手机也没电了，刚进门就赶紧打给你。"小妹轻松地说："我飞到图钢才知道出了这么多好玩的事，我把你的三个宝贝儿都带着飞回北京了，她们一个比一个哭得厉害，可真成了哭天使！"

"诗诗？"我不高兴，望族天使怎么会是哭天使呢？*那不行，*"你怎么找到槿熙的？"

"咱妈，董事长太太来图钢真长本事了，认识了一个有九架飞机的老板，那施老板也本事大，槿熙是他找到的！槿熙快疯了，一直哭，让我告诉你，就三字：对不起。她说你俩约好的，都不许当面再说对不起，让我转告，这就不算当面了，真有意思！"

"她去哪儿了？回学校了？"我很急，"槿熙到底怎么样？"

"她崩溃了，像雨婷当时一样，没福气做成我嫂子的雨婷知道得了脑癌差点崩溃，槿熙看到她的艺术照挂满大街彻底崩溃，还有一句话让我告诉你……"

"什么？快说！"

"她不让你再找她，她说你再也找不到她了，她和她妈妈也不住那个地方了，说你知道的，真崩溃！"诗诗也叹了口气，"哥，你跟这个槿熙没缘分，反正你也爱过了，挺好，我问过图钢公安局了，说让你走，赶紧回来吧！还有，你马上给老爸打个电话！"

"干吗？"

"当你的 CEO 啊！"她认真地说："别去瞎闹了，哥，妈说后天上午九点要开董事会，不能再拖了！"

"知道了。"

我放下电话，心里异常难过，喘不过气来。

脱光衣服，我要好好洗个澡，听到一种声音，**蛐蛐的叫声**，好不奇怪。我记得雨婷走的那天，回到家里，就是在排球场客厅，听到了蛐蛐的嘶鸣，为什么此时此刻又一次听到？

我开始寻找，赤身裸体地四下看着。我跟槿熙的开始很不错，怎么会这样？我不能接受这个结局，一定要见到她！忽然有些毛骨悚然，蛐蛐的出现绝非偶然？我在寻找，槿熙，还有雀儿一姐和韩佑，也包括西施魔子和苏也苏门答腊，对了，还有果果妈和果果，都没有赢在起点，但一定会赢在拐点，拐点是多么重要。没人可以伟大，生来个个渺小，都无须自卑。

蛐蛐的叫声绵绵，我听着很绵绵，**从哪儿来？还是你么？**来了，又一次出现的蛐蛐。所有的事物都没有看上去那么简单，尼采说得对，存在即是合理的，尽管我并不太赞赏尼采，尤其他说上帝死了，他哪儿知道？除非他死了又活了，瞪大眼睛告诉我们真理或真相，我倒觉得浑身动不了、说话都靠高科技的霍金才是活神仙，我相信霍金实际上早死了，他存在于"零度空间"，向地球人传递着不知道是哪个空间里或人或神的话，告诉我们太多我们听不懂的信息。那是我们不想懂。

我要懂，不再说，只做。

响起了门铃声。

是果果妈带着果果来找我吧，果果要上大学，喜欢汽车模特专业，而我不能收她，望族大学怎么可能收一个初中生呢？不，不是，没有了槿熙，没有了我的爱，我还会回学校吗？我该回花舍香榭。为了买双人墓地我才去做了品牌总监，现在又回到原点，不同的是要成为CEO。

还能听见蛐蛐在叫，可我没时间找它，我得开门。对了，果果妈也许是为那一万块钱来的。在江城医院我曾经把一万留给白小曼，槿熙没有提起过，槿熙妈妈也没说，那一万像槿熙一样失踪了。槿熙一定哭着对诗诗说对不起我，当上"中华小姐"的她却把我们在图钢的招生毁了，可怎么能怨她呢？不怪槿熙。

我慢慢地从沙发上起来，走到门口，拉开门。

是玛丽。

玛丽进来了，她泪流满面地扑向我，"翔子，你太他妈的二了吧？"

"你骂我？"我瞪大眼，"你他妈的还骂我？"

"我还要干你呢！"她扯住我的衣服，疯了般地往下拽，"招什么生啊？招生还招出人命来，中国教育真他妈玩蛋操了！"

"别胡说八道！"我拉住衣服不让她给我脱了，"许大鹏该死，王宏民也不是什么好东西！可兔子急了还咬人呢，也不全怪他！"

"别扯犊子了！快脱，扒光了，我干你还是你干我都一样，就是个操！我们好好操，现在能好好操才是正事！"她一下把我扑倒在床上，玛丽疯了，（疯狂）利索地解开我的皮带还熟练地抽下来，叫着："老娘不懂什么教育！我看你不缺智慧可还是傻逼一个！我没上高中没上大学，可我知道你丫和现在的教育一样，缺的是勇气和正直！这才是真正的耻辱和失败！懂吗方老西？"

玛丽抢起皮带抽向我，把我打疼了。

疼了的时候我好像有些清醒，也许更糊涂了。

"千万别把梦想跟脸皮扯上，想他妈的好多大学一样看着放光却无比肮脏！"玛丽麻利地一下就把自己脱了个精光，"来吧！操我！你这鸡巴毛还黑又亮！"

我急了，知道该干什么，起身把她摁到床上。玛丽如此配合，（赤裸裸的玛丽）

仰面躺在床上，亮出了她的女人花园，大声说："快！使劲操！让老娘看看不给你丫吃伟哥行不行！"

我当然行，能雄赳赳地挺起，英雄像一把利剑刺进她的女人花园，只听她兴奋地喊："行！你太棒了！再使劲！我他妈的哪个大学也没上过就想操！你把我当成江雨婷、当成赵槿熙、当成教育部都行！再使点劲！干！"

像是做梦。玛丽舒服了，带着一脸满足的表情走了，我才知道她那个挨刀的老公车没熄火还在车上等她。玛丽撂下话，说她明天还会来。

手机响了，是韩佑，不是雀儿一姐，佑佑悲伤地说："方老师，你会回学校吗？王小却说会，我不知道她为什么那么有把握，你别抛下熙熙姐和我，我好害怕，求求你了，行吗？"

我不知道怎么回答，没说话，（对不起，佑佑。）默默地挂断手机，把手机关机了。

又听到蛐蛐的叫声，跟排球场客厅听到的一样，就是把雨婷安放进墓地以后的那个晚上。后来，两年以后初春的中午我遇到了槿熙，可她也走了，只留下了我，因何蛐蛐又一次出现？

我跪在地上，没有悲伤，没有哀怨。可我找不到她，明明存在，叫声绵绵，就是不知道她在哪？**好不难过。**失去的好像才完美。失去是完美，那样的完美。我坐在地毯上，靠着床，听着蛐蛐的缠鸣，一定是在感召我什么。我听过它，甚至见过它，蛐蛐向我发出嘶鸣，哀怨，还有别的吗？

我光着身子赤裸裸地在地上爬来爬去，一定要找到她！我好难过就是找不到，听着蛐蛐缠鸣，泪流满面。在泪流满面中我想起卡夫卡让格里高尔一觉醒来变成一条虫子，吓坏了家人，格里高尔从此不敢见人，屋门一响就赶紧躲到床下，吃妹妹给他发霉了的面包。卡夫卡可真行，他一直有病，就真的病了，才有了格里高尔。我没病，却突然好想变成一只蛐蛐，进入迷幻的神国世界，最好别被到处使用农药的晨露给毒死，我要找她呢，找雨婷，会不会遇上有着两条奇长腿的槿熙？

我要是成了蛐蛐，小妹决不会给我吃发了霉的东西，在国家大学的诗诗如此欢快，告诉我她看见了三个流泪的天使，一起飞。我要成为蛐蛐，我就是一条赤裸裸的大虫子，会不会被毒死或吃了发霉的面包，只有成了蛐蛐才知道。神国无处不发霉，我会哭吗？我是如此幸福，二十三岁就拥有了自己的墓地，多牛逼的人一听我说我有墓地马上就闭嘴了。我总让人无语，我赤诚地愿意成为一个让人无语的人，**我愿意**。

可早已备好的墓地，安放谁？

我哭了，活到二十六岁从来没有这么哭过，哇哇地大哭起来。

（第一部完）

图书在版编目（CIP）数据

脸皮 / 陆涛著. — 南京：译林出版社，2013.10
ISBN 978-7-5447-4269-6

Ⅰ.①脸… Ⅱ.①陆… Ⅲ.①长篇小说－中国－当代
Ⅳ.①I247.5

中国版本图书馆CIP数据核字（2013）第193791号

书　　名	脸　皮	
作　　者	陆　涛	
责任编辑	陆元昶	
特约编辑	江　汀　殷添焰	
出版发行	凤凰出版传媒股份有限公司	
	译林出版社	
出版社地址	南京市湖南路1号A楼，邮编：210009	
电子信箱	yilin@yilin.com	
出版社网址	http://www.yilin.com	
印　　刷	三河市祥达印装厂	
开　　本	710×1000毫米　　1/16	
印　　张	33.75	
字　　数	592千字	
版　　次	2013年10月第1版　2013年10月第1次印刷	
书　　号	ISBN 978-7-5447-4269-6	
定　　价	39.80元	

译林版图书若有印装错误可向承印厂调换